살다,
생각하다,
바라보다

LIVING, THINKING, LOOKING

살다, 생각하다, 바라보다

시리 허스트베트 | 신성림 옮김

mujintree 뮤진트리

바라보지만 알아보지 못하는 것은 오래된 문제다.
그것은 대체로 이해가 부족하다는 의미이며,
우리 주변에 있는 어떤 것의 의미를 간파할 수 없다는 뜻이다.

차례

바라보다 LOOKING

작가의 말

이 책에 수록된 에세이들을 다시 읽으면서 나는 그 글들이 다양한 주제를 다루고 있기는 해도 인간이라는 것이 무엇을 의미하는지에 대한 지속적인 호기심과 관련이 있음을 깨달았다. 우리는 어떻게 보고 기억하고 느끼고 다른 사람들과 상호작용할까? 자고 꿈꾸고 말한다는 것은 무슨 의미일까? 자기라는 말을 사용할 때 우리는 무엇에 대해 말하고 있는 것일까? 어떤 시대든 그런 질문에 대한 해답을 자처하는 특유의 진부한 의견과 상투적인 대답들, 민간의 지혜, 다양한 종류의 신조들이 있었다. 우리 시대도 그리 다르지 않다. 사실상 우리는 그런 대답들에 묻혀 익사할 지경이다. 서점마다 널려 있는 지나치게 단순화된 자립자조 설명서들부터 토크쇼에 출연한 치료사들이 내놓는 기운내라는 충고들, 그리고 진화론적 사회생물학, 분석철학과 대륙철학, 정신의학, 신경과학 등에서 펼치는 더 정교한 주장들에 이르기까지 우리 문화 속에는 이론들이 넘쳐난다. 하지만 이런 해결책의 과잉에도 불구하고 인문학에서도 과학에서도 우리가 누구인지 그리고 우리가 어떻게 그렇게 되었는지는 해결되지 않은 문제로 남아 있다.

6년에 걸쳐 쓴 이 에세이들은 다양한 학문 분야에서 얻은 성찰을 활용하려는 나의 욕망을 반영하고 있다. 내가 인간의 복잡한 현실을 두루 담아낼 수 있는 단일한 이론적 모델은 존재하지 않는다고 믿게 되었기 때문이다. 독자는 철학과 신경과학, 심리학, 정신분석학, 신경학, 문학에 대한 여러 언급들을 접하게 될 것이다. 에드문트 후설, 모리스 메를로 퐁티, 마르틴 부버, 지그문트 프로이트, D. W. 위니콧, A. R. 루리아, 메리 더글라스, 레프 비고츠키 등 몇몇 사상가들은 반복적으로 등장한다. 신경과학 연구의 발견들이 이 책 곳곳에서, 특히 지각과 기억, 감정, 자기와 타인의 관계를 다룬 부분에서 언급되고 있다.

나는 작업할 때 일상 언어를 사용하기 위해 많은 신경을 썼다. 하지만 소수만 이해하는 특수용어가 생겨난 것이 전문지식을 가진 사람들이 속물이어서만은 아니다. 전문 언어는 그 이용자들이 단어의 정의를 다시 다듬고 공유해서 그것으로 연구를 계속할 수 있게 만든 것이기에 확실한 대화를 가능하게 해준다. 문제는 그런 이용자 집단이 폐쇄적인데다 한 분야의 전문지식이 아무것도 이해하지 못하는 문외한뿐 아니라 다른 분야의 전문지식에도 별 보탬이 되지 못한다는 데 있다. 나는 적어도 어느 정도는 여러 학문 분야 간의 진정한 대화가 가능하다고, 그리고 별개의 담론들이 개념의 명쾌한 해명을 통해 통합될 수 있다고 믿는다.

그렇기는 해도 여기 실린 에세이들은 《그랜타》《컨정션》《샐머건디》《예일 리뷰》 같은 문학잡지나, 런던의 《가디언》《뉴욕 타임스》《르 누벨 옵세르바퇴르》 같은 신문이나 잡지, 《오늘날의 정신분석학》과 전문가 논평이 포함된 《신경정신분석학》 등 좀 더 전문적인 저널에 이르는 광범위한 출판물에 먼저 발표되었음을 밝히는 것이 온당할 것 같다. 그러다 보니 어떤 글에는 방대한 주석이 달려 있는 반면 어떤 글은 그렇지 않다. 원래 강연회에서 강의했던 내용을 정리한 텍스트도 있다. 모란디 에세이는 메트로폴리탄 미술관에서 개최한 연속 강연회인 메트의 월요 강좌에서 강연한 것이다. 〈왜 고야인가?〉는 프라도 미술관에서 한 강연이다. 〈체현된 시각 : 미술작품을 바라본다는 것은 무슨 의미인가?〉는 뮌헨의 순수미술 아카데미에서 열린 제3차 연례 셸링학회에서 발표했고, 〈프로이트의 놀이터〉는 2011년 5월 빈에서 개최한 제39회 연례 지그문트 프로이트 강연회에서 발표한 내용이다. 그중에는 강의를 듣는 청중들이 어느 정도의 지식을 갖추었다고 가정할 수 있는 경우도 있었고, 그렇지 못한 경우도 있었다. 어쨌든 여기 실린 모든 텍스트가 – '시도한다'는 뜻을 가진 프랑스어 에세이예essayer에서 파생된– 에세이이고, 모두 1인칭으로 쓰였다.

개인적인 에세이는 16세기에 몽테뉴가 처음 시작했고 지금까지 계속 활발하게 이어지고 있다. 에세이 형식은 소설 형식처럼 탄력이 있어서 조절 가능하다. 그것은 이야기와 추론을 모두 활용한다. 에세이는 철저한 정확성을 보이며 진행될 수도 있고, 의외의 지역을 이리저리 방황할 수도 있다. 그 형식은 오직 작가의 생각이 어떻게 움직이느냐에 따라서만 결정된다. 그리고 과학 저널에 발표된 논문이나 학술논문, 신문기사들과는 달리 1인칭 시점이 배제되지 않고 수용된다. 나에게 이것은 단순히 장르의 문제를 넘어서는 의미를 갖는다. 내가 1인칭을 사용하는 데에는 3인칭의 객관성에 대한 믿음이 기껏해야 잠정적으로 설정된 허구에 불과하다고 보는 철학적인 입장이 담겨 있다. 신경과학 분야든 저널리즘 분야든, 3인칭의 '객관적인' 연구와 저술은 집단적인 합의–세상이 어떻게 작용하는

지에 대한 공유된 배후 가설이자 그 방식에 대한 동의-의 결과물이다. 누구도 진정으로 그녀 혹은 그의 주관성을 탈피할 수는 없다. 설사 대명사로 모습을 드러내지 않을 때에도 텍스트 안 어딘가에는 항상 나 혹은 우리가 숨어 있다.

그러나 지면에 있는 그, 나I는 누구인가? 왜 그것을 사용하는가? 이 책에 실린 에세이 가운데 일부는 나의 경험을 다룬 일화적인 내용인 반면에, 다른 글들은 나 자신을 텍스트 안으로 끌어들이지 않고도 쉽게 펼칠 수 있는 논의를 담고 있다. 나는 내가 관련되어 있음을 보여주고 싶었다. 나는 학술논문의 관례 뒤로 숨고 싶지 않았다. 나 자신의 주관적 경험에 의지해 내가 풀고 싶은 문제들을 해명할 수 있고, 또 실제로 그렇게 했다고 생각하기 때문이다. 고백록의 시대이다 보니 1인칭 논픽션 책을 집어들기만 하면 사적인 내용이 홍수처럼 쏟아질 것으로 기대하는 사람들이 있다는 것은 그리 놀랍지 않지만, 유감스럽게도 그런 것은 내 성격에 어울리지 않는다. 나의 에세이들은 일종의 정신적 여행, 예리한 자각을 가지고 대답을 찾아 나아가지만 내가 그 길 끝에 이르는 일은 결코 없을 산책이다. 나는 생각을 더 멀리 밀고 나가기 위한 성찰의 일환으로 다른 사람들의 경험을 이용하듯이 나 자신의 경험도 활용하였다. 앞으로 읽게 될 에세이들에서 나는 한 명의 등장인물로 등장했다가 사라진다. 나의 존재와 부재는 내가 펼치고 있는 논의에 따른 것이다.

그러한 접근법은 전혀 새롭지 않다. 우리는 아우구스티누스의 《고백록》을 읽으면서 그에 대해 많은 것을 알게 되지만, 특히 그가 자신과 벌이는 고통스런 싸움에 대해 들려주는 이야기들은 정말 유익한 발견이다. 그것은 그가 영적 각성에 이르게 된 심오한 철학적 탐색을 독자들에게 잘 보여주는 역할을 한다. 자신을 사상을 담는 수단으로 이용한 더 현대적이고 훨씬 더 신중한 사례는 프로이트의 《꿈의 해석》에서 찾아볼 수 있다. 신경학자 프로이트는 자신의 꿈을 분석하여 스스로를 충분히 드러내 보임으로써 자신의 주장을 인정받았고, 독자들을 잠과 꿈에 대한 그의 새로운 이론으로 이끌었다. 기념비적인 이 두 작가는 스스로 사례가 되었던 것이다.

나는 1986년에 컬럼비아대학에서 영문학 박사학위를 받았지만 교수가 되지는 않았다. 나는 나의 학업에 적절해 보이는 방식을 자유롭게 추구해왔고, 내가 내 전공에 '계속 머물' 필요가 없어서 다행이라고 느낀다. 책을 읽을 때도 스스로 방향을 정한 덕분에 내 관심을 끄는 여러 분야 가운데에서도 특히 신경과학 논문들과 미학, 정신분석학, 의학의 역사, 철학을 공부하는 데 셀 수 없이 많은 시간을 보낼 수 있었다. 나는 많은 강연회와 학회에도 참석해왔고, 최근 몇 년 동안에는 학회에서 강연도 했다. 내가 앞으로만 나아가다 예기치 않았던 곳에 도착해서 전에는 알지 못했던 풍경을 둘러보고 있음을 깨닫곤 하는 국외자, 매인 곳 없는 지적 방랑자라는 데는 의문의 여지가 없다. 이런 정신적 여행은 내게 기쁨을 주었고, 과거에는 낯설었던 땅의 거주자들, 내가 모험을 하면서 만난 다양한 분야의 과학자, 의사, 사상가들과의 만남 역시 그러했다.

이 책은 살다, 생각하다, 바라보다, 이렇게 세 부분으로 나뉜다. 세상에 있는 대부분의 범주들이 그렇듯이 이 구분 역시 절대적이지 않지만 그렇다고 임의적이지도 않다. 예를 들어 만일 당신이 살아 있지 않았다면 많이 생각하거나 바라보기 힘들었을 것이다. 그럼에도 나는 가장 개인적인 에세이들을 위해 '살다'라는 제목을 선택했다. 그 에세이들은 이런저런 방식으로 내 삶에서 바로 끌어낸 이야기들이다. 한편, '생각하다'의 텍스트들은 모두 지적 호기심에서 나왔다. 소설 쓰기와 회고록 쓰기의 차이는 무엇일까? 기억은 상상력에 어떤 역할을 할까? 그 둘은 같은 능력일까 아니면 서로 다른 별개의 능력일까? 어떤 사람과 다른 사람 사이에서 일어나는 일을 우리가 어떻게 틀 속에 집어넣을 수 있을까? 두 사람 사이에 제3의 현실이 만들어질까? '바라보다' 부분의 에세이들은 모두 미술과 미술가들을 다룬다. 내가 시각예술에 대해 글을 쓴 지도 이제 거의 20년이 되어간다. 그동안 나는 곰곰이 생각에 잠기게 만드는 불가사의하고 충격적인 작품에 마음이 끌리고 그것에 대해 무언가 말하고 싶어진다는 사실을 거듭 되풀이해 깨달았다. 2005년에 그림을 다룬 책 《사각형의 신비》를 출간한 이후로 나는 지각 경험에서 벗어나거나 축소하거나 속이지 않는 언어로 미술작품에 대한 글을 쓰려고 계속 노력해왔다. 이것은 쉽지 않은 일이다. 이미지는 텍스트가 아니다. 하지만 그 작업에 내재된 어려움은 미술작품을 본다는 것이 무엇을 의미하는지 내가 더 깊이 검토하고 그 질문에 대한 체현되고 상호주관적인 접근법을 개발하게끔 자극했다. 그 접근법은 이 책에 실린 마지막 글에서 가장 충실하게 표현되었다.

모든 책은 누군가를 위한 것이다. 글을 쓰는 행위는 고독할 수 있지만 그것은 항상 다른 사람을 향해 나아간다. 단 한 명의 다른 사람. 모든 책은 혼자서 읽기 때문이다. 물론 작가는 자기가 누구를 위해 글을 쓰는지 모른다. 독자의 얼굴을 볼 수 없으니까. 하지만 종이 위에 새겨진 모든 문장은 접촉을 향한 시도, 이해받고자 하는 희망을 담고 있다. 《살다, 생각하다, 바라보다》에 있는 에세이들은 이런 마음으로 썼다. 나는 이 글을 당신을 위해 썼다.

시리 허스트베트

살다

LIVING

욕망과 필요는 종종 겹치기도 하지만 그 의미는 서로 다르다. 나는 음식을 먹을 필요가 있지만 지금 내 앞에 놓여 있는 음식을 먹고 싶다는 욕망은 없을 수도 있다. 필요는 육체적인 편안함이나 생존과 밀접한 관련이 있는 반면에 욕망은 경험의 다른 층위에서 존재한다.

욕망의 변주곡

쥐, 개, 부버, 그리고 보바리

욕망은 몸 안의 어떤 느낌이나 깜박임, 폭탄처럼 나타나지만 항상 무언가에 대한 갈구이며, 우리를 다른 어딘가로, 지금 갖지 못한 것 쪽으로 몰고 간다. 이런 움직임은 환상이라는 내면 영역에서 일어날 때도 몽상가에게 활기를 불어넣는 효과를 낳는다. 욕망의 대상은-그것이 훌륭한 식사나 아름다운 옷, 자동차이든 다른 사람이든, 명성이나 학습, 행복 같은 추상적인 것이든 간에-우리 바깥에 거리를 두고 존재한다. 그것이 무엇이든 우리는 지금 그것을 갖지 못했다. 욕망과 필요는 종종 겹치기도 하지만 그 의미는 서로 다르다. 나는 음식을 먹을 필요가 있지만 지금 내 앞에 놓여 있는 음식을 먹고 싶다는 욕망은 없을 수도 있다. 필요는 육체적인 편안함이나 생존과 밀접한 관련이 있는 반면에 욕망은 경험의 다른 층위에서 존재한다. 그것은 합리적일 수도 비합리적일 수도 있고, 건전할 수도 위험할 수도 있으며, 일시적일 수도 강박적일 수도 있고, 약할 수도 강할 수도 있다. 그러나 그것이 생존에 꼭 필요한 것은 아니다. 이제껏 누가 쥐의 '욕망'에 대해 이야기하는 것은 한 번도 들어본 적이 없다—쥐의 본능이나 충동, 행동에 대해서는 들어본 적이 있지만 쥐의 욕망에 대해서는 들어보지 못했다—는 사실 뒤에는 바로 이 필요와 욕망의 차이가 숨어 있을 것이다. 욕망이라는 단어에는 상상할 줄 아는 주체, 생각하고 말하는 누군가가 함축되어 있는 것 같다. 《웹스터 사전》에서 욕망이라는 명사의 두 번째 정의는 '표현된 소망과 요구'이다. 어떤 사람들은 동물들이 '욕망'을 갖는지의 여부를 놓고 논쟁을 할 수도 있을 것이다. 동물들도 선호하는 것이 있는 것은 분명하다. 개들은 밖에 나가고 싶다는 것을 알리려고 짖고, 어떤 음식은 게걸스럽게 먹어치우면서 다른 음식은 건드리지도 않고, 동물병원의 문은 질색을 한다. 원숭이들도 그들의 사촌격인 호모 사피엔스의 소망에 필적할 만큼 충분히 정교한 형태로 자기 소망을 표현한다. 그럼에도 불구하고 인간의 욕망은 동물들에게 적용할 수 없는 상징적인 용어로 형상화되고 명확하게 표현된다.

여동생 애스티가 세 살이었을 때 그녀는 미키마우스 전화기를 갖고 싶다는 간절한 욕망을 계속 표현했고, 그 크리스마스 소원 때문에 부모님은 상점들마다 동이 나버린 그 장난감을 찾아 도시 곳곳을 헤매 다녔다. 크리스마스가 다가올수록 가족들의 긴장감도 커졌다. 당시 일곱 살이던 여동생 리브와 아홉 살이던 나도 구하기 힘든 장난감을 둘러싼 감성적 드라마에 빠져들어서, 어린 여동생이 갈망하는 물건을 얻지 못하게 될까봐 걱정하기 시작했다. 내 기억에 의하면 크리스마스이브 오후 늦게, 그러니까 선물을 열어보는 시간이 되기 겨우 몇 시간 전에 아버지가 그 물건을 이웃 도시 페어볼트에서 찾아냈다. 아버지가 번쩍거리는 큰 상자를 손에 들고 발을 굴러 부츠에 묻은 눈을 털면서 주차장 문을 통해 의기양양하게 걸어 들어오던 모습이, 그리고 우리가 느꼈던 기쁨이 기억난다. 그 기억 속에 막내 여동생 잉그리드는 들어 있지 있다. 우리 모두의 소망이 되다시피 한 그 일에 그녀가 함께하기에는 아마도 너무 어렸던 듯싶다. 애스티도 그 일을 기억하고 있다. 그 일이 우리 가족에게는 거의 신화적인 비중을 차지했기 때문이다. 그녀는 문제의 전화기도 예전에 가졌던 장난감 중 하나로 기억하고 있었다. 그러나 거실에서 대대적으로 선물을 열어보았던 순간, 내가 가슴 졸이며 기대감 속에서 지켜보았던 그 순간은 그녀의 기억 속에 남아 있지 않았다.

미키마우스 전화기 이야기는 인간의 욕망이 가진 특수성을 이해할 길을 열어놓는다. 분명 텔레비전 화면에서 본 장난감 전화기의 번쩍거리고 아마도 과장되었을 이미지가 애스티의 욕망을 자극하고 소유에 대한 환상을 유발했을 것이다. 디즈니의 쥐도 거기에 한몫했음에 틀림없다. 어쩌면 그녀는 진짜 쥐와 대화를 나누는 상상을 했을지도 모른다. 그런 과정은 알 수 없지만 그 물건은 처음에는 그녀에게, 그 다음에는 나머지 가족 전체에게 매혹적인 광채를 발했다. 그것을 구하기가 쉽지 않았기 때문이다. 그것을 구하기 위해 여기저기 찾아다녀야 했는데, 이것이야말로 항상 욕망을 증폭시키는 요인이다. 음유시인들을 생각해보라. 개츠비를 생각해보라. 로시난테를 탄 문학의 위대하고도 혼란스러운 떠돌이 기사를 생각해보라. 세 살배기의 욕망이 그녀를 사랑하는 나머지 네 식구에게로 옮겨갔다. 자기가 응원하는 팀이 승리하기를 바라는 스포츠팬의 희망과 다를 바 없는 강력한 동일시를 통해 그녀의 소망이 우리 것이 되었다. 욕망은 전염될 수 있다. 사실 거세게 돌아가는 자본주의의 바퀴들은 그 전염성에 의존한다.

애스티의 '미키마우스' 욕망은 마음속에 어떤 물건을 담아두고 미래에 그것을 소유하는 상상을 할 수 있는 능력을 전제로 한다. 러시아의 위대한 신경학자 A. R. 루리야는 그 비결을 마음대로 옮겨 다니는 나I와 과거, 현재, 미래로 쉽게 전환할 수 있는 시제를 가진 언어의 특성과 명시적으로 결부시켰다. 서사는 정신이 시간을 옮겨 다니는 것이며, 어떤 것에 대한 갈망은 간략하게나마 서사의 형식을 취하는 경우가 상당히 많다. 예를 들면 이런 식이다. P는 외로워서 친구를 갈망한다. 그는 Q를 만나는 꿈을 꾼다. 그는 바에서 Q에게 이야기하고 그녀가 그의 어깨에 머리를 기대는 상상에 잠긴다. 그녀가 미소짓는다. 그도 미소짓는다. 그들은 일어선다. 그는 그녀가 벌거벗고 그의 침대에 누워 있는 모습을 상상한다 등등. 나는 항상 의식적인 기억과 상상이 서로 밀접하게 연결되어 있고, 사실상 아주 비슷해서 때로는 서로 구별하기 어려우며 둘 다 장소와 결부된다고 직관적으로 느껴왔다. 당신이 기억하거나 상상하는 사람들과 물건들을 어떤 정신적 공간 안에 정박시키는 일은 매우 중요하다. 그러지 않으면 그것들은 이리저리 떠다니거나 더 나쁘게는 사라져 버리기 시작한다. 기억이 장소에 뿌리를 둔다는 생각은 고대 그리스인들에게로 거슬러 올라가며, 중세의 사상에 강력한 영향을 미쳤다. 스콜라 철학자 알베르투스 마그누스는 "장소는 영혼이 이미지를 비축하기 위해 만들었다"고 했다.[1)]

최근 과학자들은 양측 해마에 손상을 입은 기억상실증 환자들에 대한 연구를 통해 고대의 이런 지식에 새로운 무게를 부여했다. 뇌 안쪽의 다른 측두엽 부위와 연결되어 있는 해마는 기억의 처리와 저장에 꼭 필요하다고 알려져 있지만 상상에도 필수적인 것으로 보인다. 특정 장면을 시각화하라는 요청을 받았을 때 뇌손상 환자들은 그들의 환상에 부합하는 공간적 문맥을 제시하는 데 어려움을 느낀다. 그들의 보고는 건강한 피험자들(과학자들이 즐겨 사용하는 용어로는 '통제집단')의 보고보다 훨씬 더 파편화되어 있었다. 물론 이런 통찰이 욕망 자체에 영향을 미치지는 않는다. 해마가 손상된 사람들에게 욕망이 없는 것은 아니다. 단지 자신이 갈망하는 것을 온전히 상상하는 능력이 손상되었을 뿐이다. 그렇지만 다른 형태의 기억상실증이었다면 미키마우스 전화기의 이미지나 미즈Q의 환영을 단 몇 초도 마음속에 간직할 수 없었을 것이다. 이런 형태의 욕망은 오직 그 순간에만 이야기 바깥에 살아 있어서, 감정의 추적 불가능한 분출이 촉발될 수 있는 것은 단지 같은 순간에 탐나는 물건이 불쑥 나타났을 때뿐이고 곧 기억상실증에 의해 잊어버린다.

그러나 막연한 욕망도 있다. 나는 가끔 지금 내가 원하는 것이 무엇인지 알 수 없을 때가 있다. 그 대상이 무엇인지 아직 이야기할 수 없는데도 모호한 욕망이, 내 몸 안에서 일어나는 동요가 느껴지는 것이다. 어쩌면 배고픔일 수도 있고 아주 미약한 성욕일 수도 있고 글을 쓰거나 다시 읽거나 다른 것을 읽어야겠다는 요구일 수도 있겠지만, 어쨌든 내 안에 만족을 향한 충동이, 내가 정체를 확인할 길 없는 어떤 것이 존재한다. 그것은 대체 무엇일까? 신경과학자 자크 판크세프Jaak Panksepp는 《감정신경과학 : 인간과 동물의 감정의 토대》에서 그가 '탐색 체계'라고 부르는 것에 대해 썼다. 다른 과학자들은 같은 작용에 '행동 활성화 체계' 또는 '행동 촉진 체계'라는 더 재미없는 이름을 붙였다. 판크세프는 다음과 같이 이야기했다.

> 인간의 희망의 세세한 내용이 다른 생명체의 상상력을 넘어서는 것은 확실하지만, 그 증거는 이제 인간뿐만 아니라 쥐까지 포함하는 모든 포유류의

정신에 깃든 특유의 열망들이 똑같이 아주 오래된 신경화학작용에 의해 이끌린다는 것을 분명히 보여준다. 이런 화학작용은 우리의 동료 생물들이 그들의 세계를 조사 탐색하고 그들의 환경 속에서 이용 가능한 자원을 찾아내고 우발적인 사태들을 이해하기 위해 왕성하게 활동을 시작하도록 이끈다. 이와 똑같은 체계들이 우리에게 세상에 적극적으로 참여하고 주어진 다양한 상황들로부터 의미를 뽑아내려 하는 충동을 부여한다.[2)]

호기심, 세상으로 나아가려는 욕구는 모든 포유류의 구조 속에 자리 잡고 있는 것 같다. 판크세프가 명확하게 표현했듯이 그것은 '목표 없는 자극'[3)]이다. 하지만 그런 탐색에서 '의미의 도출'에 이르는 것은 인간의 뇌 특유의 더 고차원적인 피질 영역을 필요로 한다. 지금은 세상을 떠난 나의 사랑스런 개 잭은 미네소타 주의 시골 지역에 풀어놓자 콧구멍을 벌름거리며 그루터기에서 엉겅퀴로, 쇠똥으로 맹렬하게 오가면서 자연의 경이를 하나하나 들이마셨다. 나중에 그곳 지형을 완전히 익히고 난 후에는 정신 나간 정복 영웅처럼 갑자기 그 지역을 가로질러 왔다갔다 뛰어다녔다. 잭은 예민한 코를 가져서 그 장소를 기억했고 다시 알아보기까지 했다. 그러나 나는 잭이 브룩클린의 집으로 돌아왔을 때 자유롭게 뛰어놀던 넓은 평원의 심상을 간직하고 있었거나 적극적으로 그곳으로 돌아가기를 간절히 바랐다고는 생각하지 않는다. 또 그가 자려고 누웠을 때 갖가지 냄새를 풍기던 이상적인 놀이터를 떠올렸다고 생각하지도 않는다. 하지만 잭도 우리가 나가고 없으면 식구들을 그리워했다. 실제로 잭은 몹시 슬퍼했다. 애착과 분리불안은 모든 포유류가 공유하는 원초적인 진화 메커니즘이다. 한번은 우리가 집을 비우게 되어서 여동생 잉그리드가 잭을 돌본 적이 있다. 그녀는 방에 가만히 앉아 있자니 한기가 느껴져 옷장에서 내 스웨터를 꺼내 입었다. 그러자 우리 가련한 개가 발작적으로 흥분해서는 그녀를 향해 뛰어오르고 공중에서 빙글 돌며 그가 닿을 수 있는 곳이라면 어디든 그녀를 핥아댔다. 잭의 코는 정확했다. 단지 그에게 부족했던 것은 난데없이 내가 다시 나타났다고 믿지 않게 해줄 시간과 문맥에 대한 인간의 감각이었다.

마르틴 부버Martin Buber의 책《사람과 사람 사이》에는 그가 조부모의 사유지에서 사랑하는 말을 쓰다듬었던 일을 묘사한 아름다운 구절이 나온다. 그는 그 말이 그에게 주었던 커다란 즐거움과 그 동물의 피부 아래 감춰진 생명력을 촉각으로 경험했던 일, 그리고 말이 고개를 들어 올리며 그를 맞아주었을 때 느낀 행복감에 대해 이야기하고 있다.

> 그러나 일단–무엇이 그 아이를 사로잡았는지 나는 모르지만 어쨌거나 충분히 어린애다웠는데–쓰다듬으려는 생각이, 그게 얼마나 재미있었는지가 떠오르고 나자 나는 갑자기 내 손을 의식하게 되었다. 게임은 이전처럼 진행되었다. 하지만 뭔가가 달라졌고 이젠 더 이상 예전과 같지 않았다. 그리고 다음날, 먹이를 많이 주고 난 후에 내가 내 친구의 머리를 쓰다듬었을 때 그는 머리를 들어 올리지 않았다. 몇 년 뒤 그 사건을 돌이켜 생각했을 때 나는 더 이상 그 동물이 내 변절을 알아차렸을 거라고 가정하지 않았다. 그러나 당시에는 나 자신이 심판받았다고 생각했다.[4]

부버의 이야기는 타자와 대화를 나누는 삶에서 독백 또는 '반영'의 삶으로의 물러남을 보여주려는 것으로 여겨진다. 부버가 볼 때 이런 자기반영적인, 즉 비춰보는 성질은 타자에 대한 진정한 인식을 가로 막는다. 그럴 때 그는 '오직 나 자신의 일부'로만 존재하기 때문이다. 부버가 이 단락의 앞부분에서 3인칭으로 옮겨갔다가 나중에 1인칭으로 되돌아가는 것은 주목할 만하다. 그의 경험은 갑작스레 불쑥 끼어든 자의식의 경험이고, 이것이 그의 욕망의 성격을 바꿔놓았기 때문이다. 그는 '너'와 함께하는 적극적인 '나'라기보다는 그 자신에게도 다른 사람, 말을 쓰다듬고 그것을 즐기는 모습을 마음의 눈으로 바라보고 있는 제3자가 되었다. 내 생각에 3인칭의 이 자아-극장은 오직 인간에게만 있는 것이고, 쉴 새 없이 우리의 욕망과 환상을 침해한다. 유명인 문화는 어떤 사람을 외부에서 구경거리로 바라본다는 생각을 계속 이어간다는 점에서 이런 입장의 극단적인 가능성들을 보여주며, 보잘 것 없는 인간도 운만 좋으면 계속해서 사진이나 영상으로 촬영되는 지위에 오를 수 있음을 보여준다. 인터넷과 마이스페이스 같은 웹사이트들 덕분에 제3자로서의 삶을 살고자 하는 강렬한 염원이 완벽하게 실현된 것처럼 보인다. 그러나 우리가 우리 자신의 드라마를 인터넷으로 훔쳐보기를 즐기든 아니든 간에 우리 모두는 부버의 '반영', 즉 자아가 공기도 통하지 않는 거울 방에 갇혀 있다는 자기애의 묘사로부터 자유롭지 못하다.

독백하는 자세에 대한 부버의 비난은 엄청나다. 하지만 자의식 자체는 '거울에 비춰보기'와 상징의 습득에서 시작된다. 그런 것을 통해 우리는 자신을 '나', '그', '그녀'로 표현할 수 있는 것이다. 서사의 진전과 자전적인 기억을 가능하게 만드는 것도 바로 이 자아로부터의 거리이다. 그것이 없다면 우리는 스스로에게 자신의 이야기를 들려줄 수 없을 것이다. 하지만 오직 반영 속에서만 살아가는 일은 채울 수 없는 욕망의 끔찍한 장치를, 공허를 메워주고 굶주린 자기 이미지를 충족시켜줄 것에 대한 끝없는 추구를 만들어낸다. 엠마 보바리는 파리를 꿈꾼다. '그녀는 온갖 최신 유행을 알고 있었고, 최고의 재단사를 어디서 찾아야 할지, 숲이나 오페라

극장에 가기 좋은 날이 언제인지 알게 되었다. 그녀는 외젠 쉬Eugéne Sue(19세기 프랑스 소설가—옮긴이)의 가구 묘사를 탐독했고, 발자크와 조르주 상드에게서 자신의 욕망의 대리만족을 구했다.'[5]

욕망의 대상이던 것이 일단 손에 들어오면 원래의 매력을 잃는다는 것은 더 이상 비밀이 아니다. 진짜 파리는 꿈의 도시에 상응할 수 없다. 쇼윈도에서 미와 도시의 세련됨, 부의 약속인양 빛을 발하며 진열되어 있던 굽 높은 펌프스도 일단 신발장 속에 자리를 잡고나면 그저 평범한 신발에 불과하다. 온갖 거창한 의식 속에서 결혼을 궁극적인 도착지로 선언하는 성대한 결혼식이 끝나면 근시안적이고 나약하고 특수할 수밖에 없는 진짜 인간과의 생활이 기다리고 있다. 혁명가는 자나 깨나 혁명의 순간을, 새로운 체제가 승리를 거두는 대대적인 청산의 순간을 꿈꾸지만 일단 혁명이 일어나고 나면 시체들과 폐허 속을 헤매는 자신을 보게 될 뿐이다. 오직 인간만이 생각으로 자신을 파괴한다. 엠마 보바리는 절망한다. "다시 한 번 그녀의 절망적인 처지가 떠올랐다. 그녀의 가슴이 터져버릴 듯 숨이 차올랐다. 그녀는 거의 기쁨에 가까운 영웅적인 비장함에 사로잡혀서 소가 지나다니는 판자 다리를 건너고 오솔길을 서둘러 지나갔으며 가로수 길을 오르고 시장을 지나 약제사의 가게 앞에 도착했다."[6] 내가 가장 가슴 아프게 여긴 부분은 "영웅적인 비장함에 사로잡힌"이라는 구절이다. 그것은 자신의 이야기를 부풀려서 영웅적이고 아름답고 순교자적으로 비치는 것을 보고자 하는, 우스꽝스럽지만 정말 너무나도 인간적인 욕망이다.

욕망은 삶의 엔진, 우리가 파열음을 내며 길을 따라 앞으로 나아가도록 몰아대는 갈망이지만 죽음 외에는 다른 어떤 목적지도, 최종적인 도착지도 없다. 식사나 섹스, 훌륭한 책이나 대화에서 얻는 경이로운 충만감은 짧은 순간으로 끝나버리기 마련이다. 우리는 뭔가 원하고 소망하고, 우리 내면의 삶을 이야기하면서 그 허무 속에 내용을 채워 넣도록 타고났다. 더 좋든 나쁘든 우리는 그것에 의미를 부여하는데, 그것은 필연적으로 우리가 살아가는 문화와 언어에 의해 형성되었다. 의미 자체는 궁극적으로 인간이기에 갖게 되는 유혹일 수 있다. 개들에게는 그것이 필요 없지만, 우리가 계속 살아가기 위해서는 반드시 필요하다. 비록 우리에게 일어나는 일의 대부분이 우리의 의식 배후에 묻혀 있음에도 불구하고 그렇다. 우리의 뇌가 행하는 의미작용과 연설, 의지작용과 의식적인 인지작용들은 그 아래 놓여 있는 방대한 무의식의 과정에 비하면 극히 미세하다.

20여 년 전에 나는 딸을 낳았다. 아니 사실상 '나'는 아무것도 하지 않았다. 양수가 터지고 진통이 시작되었다. 열세 시간의 진통 끝에 나는 힘을 주었다. 나는 이 힘주는 순간이 좋았다. 그것은 수동적이지 않고 능동적이었으며, 나는 마침내 양 다리 사이로 경외심을 불러일으키는 축축하게 젖은 피투성이 이방인을 내보냈다. 남편이 그녀를 품에 안았다. 아마 나도 분명 그랬을 텐데, 그 순간 그녀를 안았던 기억은 남아 있지 않다. 내가 기억하는 것은 아기가 건강하다는 것을 알게 되자마자 이전에 느낀 적 없는 만족감 속으로 빠져들었다는 사실이다. 낙원에 있는 듯 무기력한 나른함이 온몸 가득 밀려들었고, 나는 축 늘어져서 꼼짝도 하지 않았다. 나는 어두침침한 방으로 실려 갔고, 몇 분 뒤에 담당 의사가 나타나 나를 내려다보며 말했다. "그냥 확인하는 겁니다. 몸은 좀 어떠세요?"라고 묻는데, 대답에는 노력이 필요했다. 내가 어디가 아프거나 탈진한 느낌이 들어서가 아니라 말이 필요 없는 듯했기 때문이다. 나는 지금 상태를 설명해주는 단어들을 간신히 내뱉었다. "난 좋아요, 좋

아. 한 번도 이런 느낌인 적이 없었어요. 내겐 더 이상 아무런 욕망도, 어떤 종류의 욕망도 없어요." 그녀가 활짝 웃으며 내 팔을 토닥이던 것이 기억난다. 그녀가 나간 후에도 나는 한동안 그대로 누워 내 몸의 고요한 만족감을 느긋하게 즐겼고, 경외감 속에서 같은 말만이 거듭 되풀이 울렸다. 내겐 더 이상 아무런 욕망도, 어떤 종류의 욕망도 없다고.

나는 그때 내가 이전에는 한 번도 경험한 적이 없는, 옥시토신 호르몬이 다량으로 분비된 영향을 받았을 것이라고 확신한다. 그로 인해 나는 행복한 살덩어리로 바뀌었다. 출산은 완전히 동물적인 경험이었고, 육체의 거의 야만적인 발작은 반성을 잊게 했다. 실행하고 생각하고 이야기하는 '나'는 하나의 몸이 다른 몸을 낳는 궁극의 창조 행위에 완전히 몰입했다. 그 '나'는 출산이 끝난 뒤에야 깜짝 놀란 해설자로 돌아가서 마치 영화에 더빙된 목소리처럼 나의 새로운 상황을 단 한 명의 관객, 바로 나에게 알려주었다. 물론 그런 마비상태는 오래 가지 않았다. 그럴 수가 없었다. 나는 내 아이를 보살펴야 했고, 안아주고 먹이며 지켜보아야 했고, 내 모든 것을 바쳐 딸을 원해야 했다. 이 욕망보다 더 평범한 것은 아무것도 없지만, 그럼에도 그런 욕망에 사로잡힌 것이 기적처럼 여겨진다.

마르틴 부버가 나/너 변증법에서 어머니와 아이의 관계를 다루지는 않았지만 그가 타인에 대한 개방성으로, 말에 의존하지 않고 침묵 속에서 '신성하게' 일어날 수 있는 소통으로 묘사한 이상적인 대화는 아마도 어머니/아이의 관계에서 가장 완벽하게 실현되는 것 같다. 특히 생후 첫 한 해 동안 어머니는 아기에게 온전히 자신을 내준다. 영국의 정신분석가이자 소아과 의사인 위니콧D. W. Winnicott은 《가족과 개인의 성장》에서 어머니는 '그녀 자신에게서 아기에게로 관심을 옮겨갈' 수 있다고 지적한 후 특유의 명료함을 보이며 덧붙이고 있다. 어머니에게는 "올바른 일을 하는 특별한 능력이 있다. 그녀는 아기가 어떻게 느끼고 있는지 알 수 있다. 어느 누구도 모른다. 의사들과 간호사들은 심리학에 대해 많은 것을 알고 있고, 육체적 건강과 질병에 대해서도 당연히 많은 것을 알고 있다. 그러나 특정한 아기가 그때그때 어떻게 느끼는지는 알지 못한다. 왜냐하면 그들은 이런 경험 영역의 바깥에 있기 때문이다."[7] 아기를 주의 깊게 살펴보며 아기가 어떻게 느끼는지 상상해서 그에 맞게 반응하는 것이 어머니의 일이다. 그것은 나/너의 문제이며, 양쪽 모두에게 계속되는 만족감을 동반한다. 또한 그것은 앨런 쇼어Alan Schore가 《정서 조절과 자아의 기원》에서 분명히 밝혔듯이, 유아의 신경생물학적 성장에 필수적이다.

어머니의 욕망이란 이데올로기가 개입하는 주제이다. '가족의 소중함'을 목청 높여 옹호하는 사람들부터 기회만 있으면 '어머니'라는 단어를 '양육자'로 바꿔야 한다는 안건을 내놓는 사람들까지, 대중문화는 서로 대립하는 이야기들을 대대적으로 떠들어댄다. 인간관계를 마치 시간을 들여 맞추면 되는 천 피스짜리 퍼즐처럼 공들여 완성해야 할 실체로 여기는 나라에서는 자기 자녀들과 함께 있는 즐거움, 우리가 그들에 대해 갖는 욕망이 논의 밖으로 밀려난다. 내가 낭만주의자가 되려는 것이 아니다. 부모가 된다는 것은 매우 힘겹고 지루하고 고통스러울 수 있다. 그러나 대부분의 사람들은 자식을 원하고, 또 사랑한다. 위니콧이 '충분히 좋은' 어머니에 대해 이야기했듯이, 그들은 부모로서 '충분히 좋다.' 이 '충분히 좋음'은 완벽함이 아니다. 그것은 자식에게 부모의 욕망을 일방적으로 부과하지 않고 자식의 자율성과 진정한 개별성을 인정하는, 일종의 대화이자 수용성이다.

나는 매주 페인 휘트니 정신병원에서 환자들에게 글쓰기 수업을 진행하고 있다. 내 학생들은 모두 병원 밖에서의 생활이 본인이나 다른 사람들에게 견딜 수 없는 것이 되었기 때문에 병원에 있게 된 사람들이다. 바로 그곳에서 나는 그 어떤 것에도 욕망이 없거나 아주 약간의 욕망만 가진 사람이 어떤 모습인지 목격했다. 정신병 환자들은 전율을 느끼고 미친 듯이 창작 에너지에 사로잡힐 수도 있지만, 극심한 우울증을 앓는 환자들은 기이하리만치 꼼짝도 하지 않는다. 내 강좌에 참여하는 사람들은 이미 다른 사람을 향해 한 발 내딛고 의자에 자리를 잡았다는 점에서, 자기 방에서 산송장처럼 꼼짝 않고 침대에만 머무는 다른 사람들보다 훨씬 많은 것을 한 셈이다. 어떤 사람들은 수업에 들어오지만 말은 하지 않는다. 또 어떤 사람들은 수업에 들어와도 글을 쓰지 않는다. 그들은 종이와 연필을 바라보며 자기는 할 수 없다고 말한다. 그래도 어쨌든 그들은 그곳에 남아 이야기를 듣는다. 그중에 완강하게 의자에 앉아 글을 쓰는 손 외에는 거의 움직이지 않던 한 여성이 시체안치소에 대한 글을 썼다. 벌어진 입으로 시커멓고 궤양같이 생긴 혀가 드러나는 사체들이 시체 처리대 위에 눕혀져 있는 내용이었다. 그녀는 큰 소리로 자기 글을 낭독하더니 말했다. "그래서 우리가 여기 있는 거예요. 우리는 죽었기 때문에. 우린 모두 죽었어요." 그녀의 말을 듣자 나는 가슴이 에일 듯이 아프고 마음이 편치 않았다. 그것은 슬픔을 넘어선 것, 비통함을 넘어선 것이었다. 비통함이란 결국 죽은 사람들에 대한 욕망, 없어져서 다시는 돌아올 수 없는 것에 대한 욕망이다. 비통함은 갈망이다. 비통함은 채워지지 못하고 정체되어 있다. 이것은 정지된 세계였고, 소멸되었음을 의미했다. 그럼에도 그녀는 그 이야기를 썼고, 이 음산한 이미지를 기록하는 수고를 감내했다. 나는 그녀에게 그 이미지가 나를 두렵게 만들었다고 말했다. 나는 영화에서 본 끔찍한 이미지를 떠올리는 것과 같은 방식으로 그 이미지를 내 마음 속에 그렸다고 말했다. 나는 눈으로 그녀를 붙잡으면서 그녀가 계속 나를 바라보게 만들려고 노력했고, 몇 초 동안 그렇게 할 수 있었다. 지금 와서 그 일을 생각해보면 영화를 들먹인 것이 내 딴에는 방어적이었을지도 모른다. (늦든 빠르든 내가 가게 될 곳인) 영안실과 나 사이에 어느 정도 거리를 두는 방법이었을 수 있다. 그럼에도 그 학생들에게는 내 말의 내용이 우리 사이에서 벌어지는 일에 대한 나의 구체적인 관심, 완전히 몰입한 나의 주목만큼 중요하지 않은 경우가 많음을 깨닫게 되었다. 내가 듣고 있고 집중하고 있고 마음을 열어 놓았음을 그들이 안다는 사실을 깨달은 것이다. 나는 직접 이성을 잃는 일 없이 그런 상태에 처하게 되면 어떤 느낌일지 상상해야만 한다.

그 여성의 개인사가 어땠는지, 그녀가 왜 그 병원에 오게 되었는지 나는 모른다. 어떤 사람들은 자살을 기도했다가 붕대를 감고 왔지만, 그녀는 그런 적이 없었다. 모든 사람에게 나름의 이야기가 있었고 다들 독특하지만, 그 병원을 드나든 지 1년이 지난 지금 생각해보니 내가 그동안 본 것은 단일한 이야기의 다양한 변주곡이었다. 한 남성이 그것을 짧은 시로 아름답게 다루었다. 정확한 글귀는 기억나지 않지만 그것이 마음에 불러일으킨 이미지들은 간직하고 있다. 그는 다시 아이가 되어 어떤 아파트에서 '누군가' 거기 있기를 갈망하며 홀로 헤매 다닌다. 그는 문 하나를 발견한다. 문이 돌아가며 열리고, 방은 비어있다. 나는 보답 없는 갈망에 대한 은유로 텅 빈 방보다 더 좋은 것을 생각할 수 없다. 내 학생은 그가 갖지 못한 것의 성격을 이해하고 있었다. 그것은 바로 호응해주는 다른 사람의 존재였다. 그는 이 부재가 그를 형성한 동시에 그에게 해를 끼쳤음을 알고 있었다.

미키마우스 전화기에서 너무 멀리 온 것 같다. 하지만 무수히 많은 욕망의 대상들이 그렇듯 그 전화기는 단순한 전화기 이상이었다. 그리고 그것을 찾아 헤매다 마침내 찾아내어 아이의 소망을 충족시켜준 이야기는 내가 너의 이야기를 들었고 지금 내 대답을 가지고 가고 있다고 말하는, 진정한 대화의 자그마한 우화이다.

2007년

LIVING

나의 어머니, 피니어스, 도덕성과 감정

"네가 정말로 하고 싶지 않은 일은 어떤 것도 하지마라." 어떤 수업이나 모임 후였는지 친구 집에서 돌아가는 길이었는지 지금은 잘 기억나지 않지만 나를 차에 태워 집으로 데려가면서 어머니가 했던 말이다. 우리가 대화를 나누는 동안 어머니가 했던 다른 말은 아무것도 기억나지 않는다. 왜 어머니가 그때 나에게 그런 충고를 했는지도 생각나지 않는다. 다만 기억나는 것은 내 고향인 미네소타주 노스필드 바로 외곽으로 펼쳐진 19번 고속도로이다. 이제 그 길은 그 말과 영원히 연결되어 있다. 풀이 푸르렀고 나뭇잎이 무성했으므로 분명 여름이었을 것이다. 어머니가 그 말을 했을 때 내가 죄책감을 느꼈던 것도 분명하게 기억한다. 그때 나는 진정으로 원하지 않는 일을 하려고 했을까? 한창 사춘기이던 열다섯 살, 은밀한 열망과 혼란, 고민거리로 가득한 시기였다. 어머니의 말은 나를 진지하게 생각에 잠기게 했고, 이후 나는 늘 그 말을 생각해왔다.

주의 깊게 들여다보면 그 말은 '네가 정말로 하고 싶은 일'이라는 몹시 긍정적인 구절을 두 개의 부정어 사이에 집어넣은 흥미로운 문장이다. 어머니가 나에게 쾌락주의나 이기심을 허락하는 처방을 내려준 것이 아니라는 사실을 알고 있었기에 나는 이 지혜로운 경구를 욕망에 대한 도덕적 의무로 받아들였다. 그 문장의 부정어들은 아마도 성적인 강압을 조심시키는 경고였을 것이다. 물론 어머니는 "섹스를 하거나 마약을 하거나 탈선하지 마라"라고 말하지 않았다. 어머니는 나의 도덕적 감정에 귀를 기울이라고 주의를 주었다. 그러나 그것은 정확히 어떤 것일까? 감정, 특히 감정이입은 불가피하게 우리의 도덕적 행동에 결정적인 역할을 한다.

그날 어머니는 내가 부모의 지시에 의지하지 않아도 되는 성인이라도 된 것처럼 말했다. 그것은 나를 기분 좋게 하는 동시에 조금은 두렵게 만들었다. 그 문장 이면에는 어머니가 더 이상 내가 무엇을 해야 할지 말하지 않겠다는 분명한 암시가 숨어 있었다. 지금 내 딸이 스무 살이기 때문에 나는 어머니의 입장을 더 분명하게 이해한다. 소피는 유아였을 때 콘센트에 손가락을 집어넣거나 다른 아이들의 장난감을 잡아채거나 기회만 생기면 옷을 벗어던지려고 들었다. 남편과 내가 그런 욕망을 가로막으면 아이는 큰 소리로 울부짖었다. 하지만 여섯 살이 되자 딸은 완전히 다른 사람이 되어서, 심지어 남편이나 내가 가볍게 야단치기만 해도 눈물을 글썽였다. 딸에게 기본적인 사회적 감정인 죄책감이 생겨났고, 이것이 옳고 그름, 해야 할 것과 해서는 안 될 것을 체계화한 도덕 세계의 일부가 되었다.

벌거벗은 야만인에서 다소곳하고 이해심 있는 어린아이로, 다시 독립적인 성인으로 옮겨가는 여행은 뇌가 성장해가는 과정을 담은 이야기이기도 하다. 출생부터 여섯 살 무렵까지는 아이의 전전두엽피질이 엄청나게 성장하며, 그것이 어떻게 성장하느냐는—대기 중의 독성물질에서부터 부모의 양육방식에 이르는 모든 것을 포함하는—아이의 환경에 달려 있다. 여러 연구를 통해 이제는 청소년의 뇌도 중대한 변화를 거치며, 정서적 외상과 박탈감이 반복되는 경우 특히 뇌의 성장에 지속적이고 해로운 각인을 남길 수 있다는 사실이 분명해졌다. 다른 동물들보다 인간에게서 훨씬 더 많이 발달한 전전두엽피질은 흔히 뇌의 '관리자' 영역에 비유되는 부위로, 우리의 감정과 행동을 평가하고 통제하는 데 관여한다.

20년 전 나는 신경학 교과서에서 우연히 피니어스 게이지의 이야기를 접했다. 철도 공사장 감독관이던 그는 1849년에 기묘한 사고를 당했다. 4피트짜리 쇠막대가 그의 왼쪽 뺨을 뚫고 들어가 뇌를 관통하는 사고였다. 게이지는 기적적으로 회복되어 걸을 수 있고 말할 수 있으며 생각할 수도 있게 되었다. 하지만 전두엽 복내측 부위가 약간 손상되면서 그는 예전의 자아를 잃었다. 한때 사려 깊고 상당히 유능했던 건설감독이 충동적이고 공격적이며 다른 사람들에게 냉담한 사람이 되었다. 그는 계획을 세웠지만 그것을 실행에 옮기지 못했다. 이런저런 직업을 전전하는 동안 그의 삶은 점점 악화되었고, 결국 정처 없이 떠돌아다니다가 1861년 샌프란시스코에서 사망했다. 이 이야기는 도덕적 삶이 뇌라는 고깃덩어리로 환원될 수 있다는 끔찍한 암시를 담고 있기 때문에 계속 내 뇌리에서 떠나지 않았다.

나는 피니어스의 이야기를 읽은 지 얼마 지나지 않았을 때 정신분석 전문의 한 명에게 이 문제에 대해 질문한 적이 있었다. 그녀는 머리를 흔들며 그것은 불가능하다고 했다. 그녀가 볼 때 정신은 뇌와 아무런 관계가 없었다. 회백질 때문에 윤리학이 사라지지는 않는 것이다. 그러나 이제

나는 피니어스 이야기를 다르게 생각한다. 피니어스는 그가 이전에 살면서 얻었던 것, 감정이입이나 죄책감 같은 고차원적인 감정을 느끼는 능력을 잃었다. 두 가지 감정 모두 이 세상에서 우리의 행동을 제어해주는 감정들이다. 그는 부상당한 이후 일종의 도덕적 유아가 되어버렸다. 그는 자신의 행동이 다른 사람이나 그 자신에게 어떤 영향을 미칠지 상상할 수 없었고, 더 이상 동정심도 느끼지 못했다. 비록 그의 인지능력은 고스란히 온전했지만 이런 감정이 없었기에 그는 근본적으로 장애를 가진 사람이 되었다. 그는 충동대로 행동하고 아무런 가책도 느끼지 않는 전형적인 이상심리 소유자처럼 행동했다.

신경과학자 안토니오 다마지오Antonio Damasio는 《데카르트의 오류》에서 피니어스 게이지의 이야기를 다시 들려주며 자신의 환자 중 한 명인 엘리엇의 사례와 비교한다. 엘리엇은 악성 뇌종양 수술을 받으면서 전두엽이 손상되었다. 엘리엇도 게이지처럼 더 이상 계획을 미리 세우지 못하게 되었고, 그의 삶도 망가져버렸다. 그도 이상하게 냉담해졌다. 그의 지적 능력은 여전히 잘 작동하는 것 같았지만, 그는 자신에 대해서도 타인에 대해서도 감정이 결핍되었다. 다마지오는 "엘리엇의 이야기를 들을 때 오히려 엘리엇 본인보다 내가 훨씬 더 큰 고통을 느끼는 것 같았다"[1]고 했다. 다마지오는 엘리엇에게 여러 차례 실험을 행한 후 내 어머니가 당연하게 여겼던 것을 이론으로 정립했다. 그것은 감정이 살아가면서 내리는 의사결정을 강화할 뿐만 아니라 그것에 필수적이라는 것이다.

하지만 가끔은 나도 내가 정말로 원하는 것이 무엇인지 알지 못한다. 나는 나 자신을 살펴보아야 하는데, 이 탐색에는 내가 느끼는 것에 대한 본능적인 감각과 나 자신을 미래로 투사하는 일이 포함되어 있다. 나는 그 초대에 응한 것을 후회하게 될까? 내가 지금 다른 사람의 압력에 굴복하고 있어서 나중에는 잔뜩 원망하는 마음을 갖게 될까? 나는 지금 어떤 이메일을 읽고 분노를 느끼지만, 즉시 분개하는 답장을 보내기보다는 이틀 정도 기다렸다가 답을 하는 쪽이 훨씬 더 현명하다고 배우지 않았던가? 물론 미래는 상상 속에 존재하는 것, 내가 나의 기대와 내 기억 속 경험들, 특히 반복된 경험들을 바탕으로 만들어낸 비현실적인 장소이다. 전전두엽 병변이 있는 환자들은 똑같은 흥미로운 장애를 보인다. 그들은 모든 종류의 정신적 인지검사를 통과할 수 있지만 여전히 결정적인 무언가가 빠져 있다. 신경심리학자 A. R. 루리아Luria가 《인간의 고위피질 기능》에서 언급한 것처럼 "…임상의들이 변함없이 관찰한 바에 따르면 이 환자들은 '형식적인 지적 능력'에 아무 탈이 없음에도 불구하고 행동에 뚜렷한 변화를 보였다."[2] 그들은 자신의 행동을 판단하는 비판적인 능력을 잃었고 본인이나 타인에게 기묘한 무관심을 보인다. 나는 그들의 정서적 상상력에 무언가 문제가 생겼다고 주장하고 싶다.

차에서 어머니와 그 대화를 나눈 지 2년 뒤 나는 사촌과 콜로라도주 아스펜에 있는 한 휴양지에 스키를 타러 갔다. 어느 이른 밤, 나는 지면 위에 모굴이라 불리는 작은 산들을 만들어놓아서 더 무서워 보이는 가파른 슬로프 꼭대기에 혼자 서 있었다. 사실 나는 그 언덕을 내려갈 만큼 스키를 잘 타지 못했지만 리프트를 잘못 타서 그곳에 서 있게 되었다. 내가 그곳에서 벗어날 수 있는 길은 딱 하나, 밑으로 내려가는 것밖에 없었다. 꼭대기에 서서 저 아래쪽에 있는 스키 샬레를 간절히 바라보면서 나는 한 가지 사실을 깨달았다. 바로 그때 그곳에서, 내가 스키를 좋아하지 않는다는 사실을 알게 된 것이다. 스키는 너무 빠르고 너무 추웠다. 스키는 나를 무섭게 했다. 그것은 항상 나를 무섭게 했다. 어떤 사람은 어떻게 열일곱 살이나 된 젊은 여자가 위기에 직면할 때까지 자기 삶과 관련된 이런 단순한 사실을 깨닫지 못할 수 있는지 이상하게 여길 수도 있다. 하지만 나는 노르웨이 출신 가정에서 자랐다. 어머니는 북구에 위치한 그 나라에서 태어나 자랐고, 아버지의 조부모님은 노르웨이에서 미국으로 이민 왔다. 노르웨이 사람들은 아이들이 걷기도 전에 스키를 탄다고들 말한다. 과장이 섞여 있기는 해도 요지는 확실하다. 스키가 재미없을 수도 있다는 생각, 그것이 모든 사람을 위한 운동이 아닐 수도 있다는 생각은 한 번도 내 머릿속에 떠오른 적이 없었다. 내가 자란 곳에서 그 운동은 즐거움과 자연, 가족의 행복을 의미했다. 이런 생각들이 내 뇌리를 스쳐갔을 때 나는 리프트 운행이 끝났고 하늘이 어두워지고 있음을 깨달았다. 나는 숨을 들이마신 뒤 스키폴에 의지해 내 몸을 앞으로 밀어 벼랑 끝으로 나아갔다. 그리고 30여 분 뒤 스노모빌을 탄 순찰대가 스키 한 짝은 보이지 않았으나 다른 부분은 멀쩡한 채 모굴 아래 웅크리고 누워 있는 나를 발견했다.

우스꽝스러운 이야기이기는 하지만 그 함축은 광범위하다. 때때로 우리는 우리가 진정으로 원하지 않는 것을 원한다고 상상한다. 어떤 것을 생각하는 방식이 너무 깊이 몸에 배어있어서 그것에 의문을 제기하지 못할 수 있으며, 그런 실패는 스키 슬로프에서 굴러 떨어지는 것보다 더한 일을 겪게 만들 수도 있다. 자신을 학대하는 남자에게 계속 되돌아가는 친구는 애초에 상상했던 미래는 다 잊어버리고 익숙하고 자멸하는 욕망에 사로잡혀 있는 것이다. 가난한 대학원생 시절에 나는 이따금씩 그리 필요하지도 특별히 원하지도 않던 티셔츠나 액세서리를 사는 데 2~30달러를 쓰고는 했다. 내가 간절히 원했던 것은 물건 자체가 아니라 구매였다. 물론 궁핍하지 않다는 감각은 감당할 수 없는 결과에 이르는 일 없이 정서적 공허감을 메워줄 수 있다. 반대로 만일 당신이 전기요금도 낼 수 없게 된다면 당신은 빠져나갈 길이 없게 된다. 나는 내가 진정으로 원하지 않는 일을 하려고 했기 때문에 스키 슬로프에서 그런 고약한 상황에 처했다. 내 판단력이 부족했던 것은 내가 나의 감정과 단절된 데다 나 자신에 대한 공감도 부족했기 때문이다. 후자의 관찰은 상당히 중요하다. 모든 인간이 그렇듯이 내가 나를 객관화해 이 사회의 여러 사람 중 한 사람으로 볼 수 있기 때문에, 지금 나의 행동이 미래에 내가 처할 상황에 어떤 영향을 미칠지 미리 상상하고 계획을 짤 수 있을 뿐만 아니라 나 자신을 공감의 대상으로 인식하는 데 필요한 거리를 획득한다.

결혼하고 첫 한 해 동안 나는 내내 불안했다. 나는 막연하게 자유를 잃게 될까 봐 걱정스러웠고 일반적인 가정생활이, 어떻게 '아내'가 되야 할지가 걱정되었다. 내가 그런 근심들을 남편에게 드러내자 그는 나를 바라보며 말했다. "글쎄, 시리, 뭐든 당신이 원하는 걸 해요." 남편에게 12년 전 어머니가 19번 고속도로에서 내게 했던 말을 들려준 적은 없지만, 그의 말이 어머니의 말을 떠올리게 한 것은 부정할 수 없다. 그가 나에게 다른 남자의 품에 뛰어들어도 좋다고 허락한 것이 아니라는 사실은 나도 잘 알고 있다. 그는 나를 나의 욕망들에게로 인도했다. 내 어머니처럼 그가 나의 도덕적 감정을 신뢰했기 때문이다. 그러자 즉각적인 해방감이 밀려들었다. 내 어깨를 짓누르던 부담이 줄었고, 나는 내가 하고 싶었던 일을 하기 시작했다. 그 가운데에는 내가 사랑하는 남자와 결혼생활을 하는 일도 포함되어 있었다.

결혼에 대한 나의 생각은 스키에 대한 생각과 그다지 다르지 않았다. 나는 양쪽 모두에 대해 표면적이고 융통성 없고 마음이 담기지 않은 견해를 택했다. 즉 스키 타기는 당연히 재미있어야 하고 결혼은 속박하는 제도라고 말이다. 나는 내가 진정으로 원하는 것이 무엇인지 자문하지 않았다. 나는 고정관념에 사로잡혀 있었기 때문이다. 그것을 버리거나 받아들이기 전에 그것에 대해 질문을 던지고 직접 느껴보았어야 했다. 피니어스나 엘리엇과 달리 나의 전두엽은 아무 이상이 없다. 하지만 나는 내 개인의 신비로운 신경구조도 다른 모든 사람의 것이 그렇듯 내가 타고난 유전적 기질과 내가 살면서 겪은 경험의 결합물이라는 것을 알고 있다. 이 생각은 나를 이 이야기의 핵심적인 인물인 나의 어머니에게로 되돌려놓는다. 내가 어머니에게 당신이 수년 전에 했던 충고에 대한 글을 쓰고 있다고 말하자 어머니가 말했다. "글쎄, 너도 알겠지만 내가 아무한테나 그런 말을 하진 못했을 거야." 육아 안내서에서 뽑아낸 상투적인 문구들과 달리, 어머니의 문장은 내게 직접적으로 전달되었고 그것에는 지혜와 공감과 사랑이 담겨 있었다. 의심의 여지없이, 그것이 어머니의 말이 계속 내 마음에 남아 있었던 까닭이리라. 나는 어머니의 말을 느꼈다.

2007년

LIVING

정의定義의 추구

애매성 : 전적으로 이것도 아니고 저것도 아님.

애매성은 범주에 저항한다. 그것은 작은 칸이나 정리함, 창틀, 백과사전에 들어맞지 않을 것이다. 애매성은 둘 자리를 찾을 수 없는 형체 없는 물건이나 감정이다. 그리고 애매성을 위한 도표나 안정적인 알파벳, 연산은 존재하지 않는다. 애매성이 질문한다. 이것과 저것의 경계는 어디야?

의자라는 단어를 말하고 바닥에 의자가 놓여 있는 방을 가리키는 것은 편리하다. 의자를 보면서 마치 그것이 문제의 끝이라는 듯, 마치 세상과 말이 만난다는 듯 자신에게 부드럽게 의자라는 단어를 말하는 것은 편리하다. 소박실재론. 영어로 말(word)이라는 단어에 문자를 딱 하나만 더하면 세상(world)을 얻을 수 있다. 나는 r와 d 사이에 소문자 l을 넣어서 그 둘 사이의 깊은 간극을 좁히며, 그 게임은 나에게 만족감을 준다.

애매성은 논리에 복종하지 않는다. 논리학자는 말한다. “모순을 용인하는 것은 진리에 무관심한 것이다.” 이 같은 특별한 철학자들은 참/거짓 게임을 좋아한다. 그것은 이쪽이거나 저쪽이지 양쪽 다인 경우가 절대 없다. 그러나 애매성은 본질적으로 모순되고 해결할 수 없으며, 안개 속의 혼미한 진리이고, 식별할 수 없는 인물이나 유령 혹은 기억이거나 꿈이다. 그것은 항상 날아가 버리기 때문에 내 손에 넣거나 붙잡거나 간직할 수 없다. 나는 애매성이 무엇인지, 아니 그것이 결국 어떤 것이기는 한지조차 말할 수 없다. 그것이 포착되지 않을 때에도 나는 여러 단어들로 그것을 추적하며, 매순간 그것에 가까이 다가간다.

형체 없는 유령에 가깝다는 그 느낌, 애매성이야말로 내가 가장 원하는 것이고, 내가 책 속에 집어넣고 싶은 것이며, 독자가 느꼈으면 하고 내가 바라는 것이다. 그것은 어떤 것이면서 동시에 아무것도 아니기 때문에, 독자는 내가 쓴 것 속에서만이 아니라 내가 쓰지 않은 것 속에서도 그것을 찾아야 할 것이다.

2009년

LIVING

나의 이상한 머리

편두통에 대한 고찰

1. 휴식하는 팔

나는 편두통환자다. 나는 그 단어를 조심스럽게 사용한다. 평생 두통에 시달리다보니 편두통을 내 몸에 침투한 어떤 힘이나 전염병이 아니라 나의 일부로 여기게 되었기 때문이다. 고질적인 두통은 나의 운명이다. 나는 철학적인 체념의 입장을 택했다. 그런 견해가 그다지 미국적이지 못하다는 것은 알고 있다. 우리 문화는 누가 역경을 받아들이는 것을 장려하지 않는다. 반대로, 우리는 그것이 마약이든 테러이든 암이든 우리를 괴롭히는 것들에 으레 전쟁을 선포한다. 대중매체는 결코 희망을 잃지 않고 온갖 역경과 맞서 싸워 가난이나 중독, 질병에 승리를 거둔 사람들의 흐뭇한 이야기에 열광한다. 등을 기대고 누워서 "이게 내 운명인걸. 어쩔 수 없어"라고 말하는 사람은 비겁한 사람이고, 수동적이고 비관적이며 좇

대 없는 패배자여서 경멸의 대상이 될 뿐이다. 그렇지만 내가 나의 상황을 '적'으로 생각하지 않기로 한 바로 그 순간, 나는 방향을 틀어서 나아지기 시작했다. 치료되거나 완전히 좋아진 것은 아니지만 나는 더 나아졌다. 은유는 중요하다.

나는 스무 살이 될 때까지 편두통 진단을 받은 적이 없지만, 내가 두통으로 고생하지 않았던 게 언제인지는 기억나지 않는다. 편두통의 전조증상과 예술가들에 대해 연구해온 독일의 신경학자 클라우스 포돌Klaus Podoll이 몇 년 전 나에게 연락을 취해왔다. 내가 두통을 겪기 전에 경험했던 환각에 대해 언급한 인터뷰 기사를 읽었다고 했다. 그는 이메일 대화 중에 나에게 조심스럽게 나의 역사에 대해 질문했고, 내가 매년 편두통을 한 차례씩 앓았고 어머니와 내가 장염이라고 생각했던 것이 아마도 편두통 증상이었을 것이라는 결론을 내렸다. 나는 그의 말에 동의하게 되었다. 나의 '장염'은 항상 격심한 두통과 끔찍한 구토 증세를 동반했다. 그것은 장염이 유행하는 시기에 일어나지 않았고, 증세는 언제나 정확히 똑같은 과정을 거치면서 이틀 동안 고통과 구역질에 시달리고 나면 사흘째에 누그러졌다. 어린 시절 내내 그런 증상이 의식처럼 정기적으로 찾아왔다. 고등학교 시절에는 그렇게 자주 '장염'에 걸리지 않았지만, 대학교 3학년 때 해외로 나가 대부분을 태국에서 지내며 매우 흥미진진한 한 학기를 보내고 돌아왔을 때에도 나는 여전히 장염이라고 믿고 있었던 것에 걸려 앓았다. 이번에는 몹시 괴로운 두통과 구역질의 포위 공격이 6일이나 지속되었다. 7일째 되자 고통은 다소 줄어들었지만 완전히 사라지지는 않았다. 그게 1년 동안이나 계속되었다. 더 좋아졌다 나빠졌다를 반복하기는 했지만 항상 머리가 아팠고 늘 속이 메스꺼웠다. 나는 그것에 굴복하기를 거부했다. 나는 착실한 로봇처럼 공부하고 글을 쓰고 바라던 A학점을 받으면서 혼자서 고통을 견디다가 결국 우리 가족의 주치의를 찾아가 그의 품에 안겨 흐느껴 울었고 편두통 진단을 받았다.

나의 청년기는 전조증상과 복부증상을 동반한 두통과 급격하게 몰려왔다 사라지는 신경과민의 폭풍으로 점철되었다. 그러다 스물일곱 살에 깊이 사랑하는 남자와 결혼해 파리로 신혼여행을 떠났는데, 그곳에서 다시 병을 앓게 되었다. 그것은 발작과 함께 시작되었다. 내 왼팔이 갑자기 공중으로 치켜 올라가더니 방문 중이던 미술관 벽에 내 몸이 내동댕이쳐졌다. 발작은 순식간에 끝났지만 그 뒤를 이은 두통은 몇 달 동안이나 이어졌다. 이번에는 나도 치료법을 찾아다녔다. 나는 이런 증상들과 싸우기로 결심했다. 이런저런 신경과 의사들을 찾아다녔고, 카페고트, 인데랄, 멜라릴, 토프라닐, 엘라빌, 그리고 내가 잊어버린 다른 약들까지 포함해서 셀 수 없이 많은 약을 복용했다. 아무것도 소용없었다. 내가 마지막으로 매달린 신경과 의사는 뉴욕시의 두통 황제로 유명한 사람이었는데, 나를 입원시키더니 강력한 항정신병 약물인 소라진을 처방했다. 8일 동안의 진정제 투여로 혼미한 상태에서 계속되는 두통에 시달린 후 나는 자신을 돌아보았다. 공황상태에 빠지고 절망적이 된 나는 내가 결코 좋아지지 않을 것이라고 생각하기 시작했다. 황제 의사는 최후의 수단으로 나와 같은 불치병 환자들을 바이오피드백biofeedback(생체의 자기제어상태, 즉 신경 및 생리상태 등을 어떤 형태의 자극 정보로 바꾸어 그 생체에 다시 전달하는 조작—옮긴이) 전문가에게 보냈다. E 박사는 전극으로 나를 어떤 기계와 연결시키더니 나에게 긴장 푸는 법을 가르쳤다. 방법은 간단했다. 내가 긴장할수록 기계에서 더 크고 빠르게 삐 소리가 난 것이다. 내가 긴장을 풀면 소리가 점점 느려지다가 결국에는 멈췄다. 8개월 동안 나는 1주일에 한 번씩 그곳을 찾아가 긴장 푸는 훈련을 받았다. 집에서도 기계 없이 매일 연습했다. 나는 차

가운 손발을 따뜻하게 하고 혈액순환을 개선하고 고통을 약화시키는 법을 배웠다. 나는 싸움을 멈추는 법을 배웠다.

편두통은 지금까지도 여전히 제대로 파악되지 못한 질병이다. 신경촬영법 같은 새로운 기술들 덕분에 관련 있는 신경회로의 일부를 구분할 수 있게 되었지만, 뇌 영상이 해결책을 제시하지는 못할 것이다. 증상이 너무 다양하고 복잡한데다 외부의 자극이나 개별 환자의 특성과도 너무 많이 뒤섞여 있어서 fMRI(functional magnetic resonance imaging, 기능적 자기공명영상—옮긴이)나 PET(position emission tomography, 양전자 단층촬영—옮긴이) 정밀검사에서 편두통과 관련된 측면만 따로 구분해서 확인할 수가 없다. 나는 내 두통이 주기적이고 나의 감정 경제에서 어떤 역할을 수행한다는 사실을 깨달았다. 아이였을 때 학교에서 또래와 함께하는 생활은 나에게는 늘 버거웠기에, 해마다 있었던 나의 발병이 어떤 목적에 기여했음은 의심의 여지가 없다. 한 해에 이틀씩 나는 속을 모두 비우는 설사로 고생했고, 그동안 집에서 어머니 곁에 머물 수 있었다. 그러나 태국에서의 모험, 사랑과 결혼처럼 크나큰 행복의 시간들도 나를 삶의 나락으로 떨어뜨릴 수 있었다. 두 사건 모두 고통 속으로의 붕괴가 뒤를 이었다. 마치 기쁨이 내 몸을 극한의 한계점까지 몰고 간 것 같았다. 그럴 때 편두통은 자가 증식했다. 나는 공포와 염려의 상태, 그리고 괴물 같은 두통과 기꺼이 싸우겠다는 끊임없는 생각이 나의 중추신경계를 지속적인 불안 상태로 떠밀어갔다고 확신한다. 하지만 그것은 오직 깊은 휴식에 의해서만 멈춰질 수 있는 것이었다. 나는 계속 주기적으로 리듬을 탔다. 나에게 엄청난 즐거움을 주는 강박적이고 생산적인 글쓰기와 독서 기간이 지나면 신경학적 붕괴—두통의 기간이 따라왔다. 내가 높은 곳에서 낮은 곳으로 선회하는 것은 조울증, 즉 양극성 장애의 리듬과 비슷하다. 예외라면 나는 우울증 대신 편두통으로 떨어지고, 나의 조증은 정신질환을 앓는 사람들의 조증보다 덜 극단적이라는 점이다. 사실 정신질환 문제에서 신경학적 문제를 분리하는 것은 정신과 신체의 낡고 진부한 구별만큼이나 인공적이다. 분노, 두려움, 슬픔, 기쁨 등 모든 인간의 상태가 몸에서 나온다. 그런 것들은 그 분야의 연구자들이 이야기했듯이 신경생물학적 상관관계를 갖는다. 흔히 순전히 심리적인 문제로 여기는 것, 예를 들어 우리가 어떤 질병을 어떻게 바라보는가 하는 것이 중요한 문제이다. 우리의 생각이나 태도, 심지어 우리의 은유들이 우리 안에서 생리적인 변화를 만들어내며, 두통의 경우에 그것은 고통과 관리 사이의 차이를 의미할 수 있다. 연구에 따르면, 심리치료만으로도 치료에 도움이 되는 뇌 변화를 야기할 수 있다고, 우리 정신기관의 '집행부'라고 할 수 있는 전전두엽의 활동 증가를 만들어낼 수 있다고 한다. 그렇다. 그냥 말하고 듣는 것만으로도 당신은 더 좋아질 수 있다.

이제껏 편두통으로 죽은 사람은 아무도 없다. 편두통은 암도, 심장질환도, 뇌졸중도 아니다. 생명을 위협하는 질병에 걸리면 호전적인 태도든 불교적인 태도든 태도를 바꾸는 것만으로 당신의 생명을 연장할 수는 없다. 그저 당신이 어떻게 죽을지 그 방식을 바꿔줄 수 있을 뿐이다. 그러나 계속해서 찾아오며 앞으로도 분명 그럴 나의 편두통은 항복이 투쟁보다 낫다는 사실을 알게 되었다. 편두통이 오고 있는 게 느껴질 때면 나는 침대로 가서 이제는 기계 없이 긴장을 푸는 운동을 한다. 명상이 마력을 발휘하지는 못해도 최악의 고통과 구역질에 시달리는 것만은 막아준다. 내가 두통을 환영하는 것은 아니다. 하지만 두통을 이질적인 것으로 보는 것도 아니다. 어쩌면 두통은 내가 은신하도록 강제함으로써 높이 날아오르는 다른 날들을 위해 꼭 필요한 규제의 역할을 수행하는지도 모른다.

2. '갈수록 신기해지는'

"'도대체 난 누구지?' 아, 그건 엄청난 수수께끼야!" 루이스 캐럴Lewis Carrol의 앨리스는 갑작스럽고 갈피를 잡을 수 없는 급성장을 경험한 후 이렇게 말한다. 그녀가 이 철학적 난제를 놓고 사색하는 동안 그녀의 몸은 또다시 변한다. 몸이 줄어든 것이다. 나도 편두통을 겪을 때의 지각 변화와 기묘한 느낌, 아주 예민한 감성과 관련해서 나 자신에게 같은 질문을 여러 번 던지고는 했다. 도대체 난 누구지? '나'는 단순히 제대로 기능하지 못하는 회백질에 불과한가? (제임스 왓슨과 함께 DNA의 이중나선 구조를 발견한 것으로 유명한) 프랜시스 크릭은 《놀라운 가설》에서 다음과 같이 이야기했다. "당신, 당신의 기쁨과 슬픔, 당신의 기억과 야망, 당신의 개인적인 정체성과 자유의지에 대한 인식은 사실 신경세포와 그와 관련된 분자들의 어마어마한 집합체의 행위에 불과하다."[1] 크릭은 마음이 물질이라고 주장했다. 인간 삶의 모든 것이 뉴런으로 환원될 수 있다는 것이다.

편두통의 전조증상 중에 찰스 루트위지 도지슨Charles Lutwidge Dodgson(루이스 캐럴의 본명)의 무수히 많은 변신 이야기에서 이름을 딴 것이 있다. 바로 이상한 나라의 앨리스 증후군이다. 그 증후군에 시달리는 사람은 자신이 또는 자기 몸의 일부가 부풀어 오르거나 크기가 줄어들고 있다고 느낀다. 그런 기묘한 성장과 축소의 감각을 이르는 신경학적 용어는 대시증(macropsia)과 소시증(micropsia)이다. 도지슨은 편두통환자였고, 아편팅크도 복용한 것으로 알려져 있다. 그가 어린 여주인공에게 겪게 했던 신체의 기묘한 변화를 적어도 어느 정도는 몸소 경험했을 가능성이 크다. 이런 경험은 편두통이 있을 때만 가능한 것이 아니라 신경 손상을 입은 사람들에게서도 볼 수 있다. 《지워진 기억을 쫓는 남자》에서 A. R. 루리야는 제2

차 세계대전 중에 머리에 심각한 부상을 입은 자세츠키라는 환자의 사례를 기록했다. 자세츠키는 "가끔은 내가 앉아 있을 때 갑자기 내 손과 발, 몸통은 아주 작아지는데, 머리는 탁자 크기만 하다고-못지않게 크다고-느끼고는 한다"라고 했다.[2] 신체상(body image, 자신의 신체에 대해 가지는 심상-옮긴이)은 복잡하고 무너지기 쉬운 현상이다. 다가오는 두통이 초래한 신경계의 변화, 뇌졸중이나 총알 때문에 생긴 병변들은 뇌의 내적인 신체 지도에 영향을 미칠 수 있으며, 우리는 변한다.

《이상한 나라의 앨리스》는 질병이 낳은 산물, 한 독신 남성의 미친 듯 날뛰는 '신경세포와 그와 관련된 분자들'의 결과물일까? 예술적·종교적 또는 철학적 성취들을 신체의 질병으로 환원하려는 경향은 윌리엄 제임스가 《종교적 경험의 다양성》에서 의학적 유물론이라고 적절하게 이름 붙인 바 있다. 그에 따르면 "의학적 유물론은 사도 바울이 다마스쿠스로 가는 길에 접했던 환영을 그가 간질 환자여서 갖게 된 후두부 피질 병변의 방출이라 부르며 그를 끌어내린다. 또 성 테레사를 히스테리 환자로, 아시시의 성 프란체스코를 유전적으로 타락한 인간으로 치부한다."[3] 여기에 루이스 캐럴을 중독자나 편두통환자로 추가할 수도 있다. 우리는 여전히 의학적 유물론의 세계에서 살아간다. 사람들은 조기에 질병을 제거할 수 있기를 희망하면서 그들의 유전자 지도를 한 번 들여다보는 데 수천 달러를 지불한다. 그들은 장수에 대해 종종 모순되는 이야기를 하는 최신 뉴스들을 받아들이느라 급급하다. 어떤 연구는 통통한 것이 좋다고 발표한다. 또 다른 연구는 우리의 가까운 친척인 침팬지들이 음식을 충분히 먹지 못했을 때 더 오래 산다면서 우리도 그렇게 사는 것이 현명하다고 주장한다. 공화당원과 민주당원들이 정치에 대해 생각할 때 어떤 신경망이 영향을 받는지 알기 위해 뇌 정밀검사를 한다. 대중매체는 과학자들이 뇌에서 '신의 영역(God spot)'을 발견했다고 발표한다. 게놈이 해독되고 인간은 초파리보다 조금 더 많은 유전자를 가졌을 뿐이라는 사실을 과학자들이 발견하기도 전에, 대중지에는 알코올 중독, OCD(obsessive compulsive disorder, 강박장애—옮긴이), 보라색 넥타이에 대한 애착 등을 야기하는 유전자, 간단히 말해 모든 유전자가 발견될 것이라는 추측 기사들이 실렸다.

단순한 대답에 매달리면서 애매하고 가변적인 현실을 다른 쪽으로 제쳐놓는 것은 인간적이다. 사실 유전자는 환경을 통해 발현된다. 유전자가 어떤 질병에 대한 취약성을 결정하는 데 아무리 중대하다고 하더라도 헌팅턴 병처럼 매우 드문 경우를 제외하면 예언은 불가능하다. 또한 뇌는 고착된 것이 아니라 변화할 수 있는 기관이어서 출생 이후 오랫동안 우리가 다른 사람들과 갖는 상호작용을 통해 형성된다. 그리고 정치에 대한 것이든 참치에 대한 것이든 열정적인 감정은 정밀검사에서 뇌의 활성화된 감정적 회로로 나타날 것이다. 몸무게와 장수에 대한 과학적 연구들은 대부분 우리에게 원인이 아니라 상호관계에 대해 알려준다. 또 소위 말하는 '신의 영역'이 불러일으킨 감정들은 그런 감정을 느낀 사람에 의해 종교적인 것으로 해석될 수도 있고, 전혀 다른 어떤 것으로 해석될 수도 있다. 문제는 이런 모든 사실을 흔히 잊어버리거나 오해한다는 데 있다.

우리에게 《이상한 나라의 앨리스》를 안겨준 남자는 편두통으로 고통받았다. 하지만 동시에 그는 수학자였고 성직자, 사진작가, 그리고 재치 있는 사람이기도 했다. 그는 자신이 말을 더듬는다는 것을 의식했고, 어쩌면 어린 소녀를 좋아하는 성적 취향을 가졌을 수도 있다. 편두통이 그의 창작 작업에 어떤 역할을 했는지 정확히 알아내기란 불가능하다. 나 자신이 아팠던 경험-암점, 다행증, 위로 끌어올려지는 것 같은 기묘한 느낌, 왜소환각-은 나의 이야기 속에 등장한다. 그것은 결국 어디까지가 타고난 것이고, 어디까지가 교육받은 것인지 구분할 수 없는 이야기이다. 편두통은 유전되므로 나는 아마도 두통을 앓는 유전적 소인을 가지고 있는 듯하다. 그러나 그 질병이 생기는 방식과 그것이 나에게 갖는 차후의 의미는 내적이든 외적이든 셀 수 없이 많은 다른 요인들과 관련이 있으며, 그중 많은 수를 나는 결코 알아낼 수 없을 것이다. 도대체 난 누구지?라는 질문은 풀리지 않은 문제이지만 우리는 그 퍼즐의 조각을 조금은 가지고 있다.

프로이트가 한 세기도 더 전에 주장한 것과 같이, 우리의 뇌가 하는 일의 대부분은 무의식적이어서 우리의 이해력 이면에 있거나 그것을 뛰어넘는다. 어느 누구도 이 사실에 대해 더 이상 반박하지 않는다. 인간 유아는 미숙하게 태어나며, 생애 초반의 6년 동안 뇌의 맨 앞쪽(전전두엽피질) 부분이 급격하게 성장한다. 그것은 경험을 통해 자라며, 비록 이전보다 느리기는 해도 계속해서 성장한다. 우리 삶의 초기는 유아기억상실증(우리의 뇌는 나중이 되어서야 의식적인 기억들을 확고히 간직할 수 있게 된다)으로 인해 유실되어, 그중 많은 부분이 우리의 의식적인 기억의 일부로 남지 못하지만, 그럼에도 그 시기는 우리가 어떤 사람이 되는가에 대단히 중요한 역할을 한다. 부모의 보살핌을 잘 받은-자극을 받고, 이야기를 듣고, 안기고, 요구가 충족된-아이도, 반대로 충격과 박탈을 겪은 아이도 그런 접촉에 의해 물질적으로 영향을 받는다. 당신에게 일어나는 일은 어떤 신경망이 활성화되고 유지되는지 결정하는 데 중대한 역할을 한다. 사용되지 않는 시냅스 회로는 '정리'된다. 즉 사라지는 것이다. 이것은 소위 말하는 야생 상태의 아이들이 왜 가장 원초적인 형태의 언어 외에는 아무것도 습득하지 못하는지를 설명해준다. 너무 늦은 것이다. 그것은 또한 후천적인 환경이 선천적인 본성에 어떤 영향을 미치는지, 그리고 왜 그 둘을 단순하게 나누는 것이 터무니없는 일인지 잘 보여준다. 쉽게 불안감에 빠지는 과민한 유전적 기질을 가진 아기도 마음을 달래주는 환경에서 성장한다면 매우 차분한 성인이 될 수 있다.

그러므로 엄밀히 따지면 프랜시스 크릭Francis Harry Compton Crick이 옳았다. 말로 다 설명할 수 없이 풍부한 인간의 정신적 삶처럼 보이는 것들도 '신경세포들의 집합체'에 의존한다. 그렇지만 크릭의 환원주의는 앨리스의 질문에 적절한 대답을 주지 않는다. 그보다는 베르메르Johannes Vermeer의 〈우유를 따르는 소녀〉는 물감이 칠해진 캔버스이며, 앨리스는 종이에 적힌 단어들이라고 말하는 쪽에 가깝다. 사실이 그렇기는 하지만 그런 대답은 그 두 소녀에 대한 혹은 그 두 소녀가 나에게 의미하는 것에 대한 나의 주관적인 경험을 설명해주지 못한다. 과학은 연구 결과를 시험하고 재시험하는 것으로 진행된다. 그것은 매우 소수가 아닌, 많은 사람들의 작업에 의존한다. 과학의 '객관성'은 의견일치, 공유된 전제, 원칙, 방법들에 기반하며 이런 것들로부터 그 '진리들'에 도달한다. 그리고 이 진리들은 오랜 시간에 걸쳐 수정되거나 혁신된다. 심지어 고인이 된 크릭도 그의 주관적인 정신적 기관에서 뛰쳐나와 뇌의 초인적인 관찰자가 될 수는 없었음에 주목해야 한다.

우리는 모두 언젠가는 죽을 우리의 마음과 몸에 갇힌 수인들로, 지각의 다양한 변모에 취약하다. 동시에 우리는 체현된 존재로서 우리가—물론 부분적이지만—탐색하고 흡수하고 기억하는 세상에서 살아간다. 우리는 오직 여기를 통해서만 저기를 발견할 수 있다. 그렇지만 철학자 칼 포퍼Karl Popper가 지상의 세 가지라고 불렀던, 도서관과 박물관에 쌓여 있는 과학, 철학, 예술과 같은 우리가 물려받은 지식, 이제는 죽고 없는 사람들이 만들어낸 말과 이미지와 음악, 그런 것들이 우리의 일부가 되고, 우리의 일상생활에서 지대한 의미를 가질 수 있다. 생각하고 느끼는 우리의 마음은 유전자뿐만 아니라 언어와 문화를 통해서도 만들어진다. 나는 어릴 때부터 루이스 캐럴의 앨리스를 좋아했다. 그녀가 처음에는 종이에 적힌 글자로 시작되었을 수 있지만 이제 그녀는 내 내면의 삶 속에 깃들어 있다 (나의 해마가 행한 중요한 작업을 통해 그녀의 이야기가 나의 기억 속에 굳어졌다고 말할 수도 있다). 나의 두통으로 인한 일화들이 내가 그 소녀의 모험과 형이상학적 질문에 특별히 더 공감하게 만들었을 수도 있다. 하지만 나 혼자만 그런 애정을 가진 것은 아니다. 감히 말하건대 셀 수 없이 많은 사람들이 그 자체로 일종의 이상한 나라를 형성하는 세계 3에서 그녀를 들어올려 그들 자신의 내면 풍경 속으로 데리고 갔고, 그 속에서 그녀는 계속 커졌다 작아졌다 하면서 대체 자기는 누구인지 곰곰이 생각한다.

3. 상승, 빛, 그리고 작은 사람들

모든 편두통이 서막, 즉 '전조증상'이 있는 것은 아니며, 모든 전조증상에 두통이 뒤따르는 것도 아니다. 그럼에도 이런 고통의 전주곡을 갖거나 따로 분리된 사건들이 연달아 일어나는 것은 편두통이라는 질병의 가장 특이한 측면이며, 이것이 지각의 본질에 대한 성찰을 제공할 수도 있다. 아이였을 때 나는 가끔 내가 '끌려 올라가는 느낌'이라고 말했던 경험을 하고는 했다. 내 발이 땅에서 떨어지지 않았음을 알고 있는데도 마치 내 머리가 위로 올라가고 있는 것처럼 위쪽으로 끌어당겨지는 강력한 내적 감각이었다. 이런 상승은 경외감이라고 밖에는 부를 수 없는 초월의 느낌을 동반했다. 나는 이런 상승을 신성한 것(신이 부르고 있다)이나 이 세상 사물들과의 놀라운 관계 등으로 다양하게 해석했다. 모든 것이 이상하고 신기해 보였다. 나중에는 빛이 내 삶으로 들어왔다. 한쪽, 주로 오른쪽에서 시작되던 유성우들, 아래쪽으로 흘러내리다 내 시야의 중앙 쪽으로 움직이던, 반짝이는 빛으로 둘러싸인 선명한 검은 점들 또는 검은 고리에 둘러싸인 환한 빛들과 공중을 헤엄치듯 떠다니던 작고 검은 반점들이 나타난 것이다. 나는 앞에 있는 것을 보기 힘들게 만드는 안개와 회색 반점들에 둘러싸였고, 시야에 기이한 구멍들이 생겼으며, 내 머리에 무거운 구름이 있는 듯한 느낌을 받았다. 말로 표현할 수 없는 멋진 행복감을 느꼈고, 초자연적인 탈진상태-내가 이제껏 경험했던 그 어떤 것과도 다른 노곤함, 억누를 수 없이 잠에 빠져드는 상태-를 경험했다. 가끔은 발작적으로 하품을 하게 되는데 도저히 멈출 수가 없다. 그리고 내가 편두통과 함께 잠에서 깨기 바로 직전에는 종종 실어증에 걸린 꿈을 꾸고는 한다. 말을 하려고 노력해보지만 내 입술은 말을 만들어내지 못하고 입 밖으로 나오는 말이라고는 하나같이 끔찍하게 왜곡된 것뿐이다. 그러나 편두통이 오기 전에 내가 겪은 가장 주목할 만한 사건은 환각을 경험한 일이다. 나는 침대에 누워 이탈로 스베보Italo Svevo의 책을 읽고 있었는데, 어떤 이유에선가 아래를 내려다보았더니 그곳에 그들이 있었다. 분홍색의 작은 남자와 그의 분홍색 황소, 아마도 키가 6~7인치 정도 되어 보였다. 그들은 완벽하게 만들어진 존재였고, 그들의 색만 제외하면 아주 현실적으로 보였다. 그들은 나에게 말을 걸지 않고 주변을 걸어 다녔고, 나는 흥미진진하게 그리고 일종의 상냥한 애정을 품고 그들을 바라보았다. 그들은 몇 분 동안 머물다가 사라졌다. 종종 나는 그들이 다시 찾아오기를 기다렸지만 그들은 결코 다시 돌아오지 않았다.

편두통 이전에 왜소환각을 겪는 일은 드물다. 하지만 다른 사례를 기록한 것들을 찾아볼 수 있다. 신경학자 클라우스 포돌은 편두통이 발병한 동안 사람 얼굴을 가진 재미있고 작은 딱정벌레들이 바닥과 천장을 가로질러 기어가는 것을 보는 한 여인에 대해 쓴 적이 있다. 작은 원주민들이 등장하는 사례가 보고된 적도 있고, 난쟁이가 등장하는 사례도 있다. 나는 나의 2인조가 사라지고 난 후에야 비로소 내가 본 것이 미네소타 주에서 보낸 어린 시절에 들었던 전설 속의 거인 폴 버니언과 그의 파란 황소 베이브의 축소판이었음을 깨달았다. 내가 이야기책에서 읽었던 거인과 그의 거대한 동물이 극적으로 축소되고 분홍색으로 바뀌었던 것이다. 환각의 내용에 대해 자문한 것은 그때였다. 나의 전조증상이 다른 어떤 것이 아니라 그 같은 형태를 취한 것은 무슨 의미일까? 이 환영은 완전히 얼토당토않은 것일까? 이런 경험을 할 때 어떤 기억의 흔적들이 활성화될까? 내가 입원 환자들에게 글쓰기 수업을 진행하는 정신병원에서 만난 한 남자는 작은 녹색 남자가 우주선에 오르는 환각을 경험했다고 말했다. 이런 전형적인 화성인의 환영은 그가 발작을 일으키는 동안 나타났다. 그러나 내가 책에서 읽은 대부분의 편두통 환자들과 달리 그는 그의 작은 외계인을 충격적으로 받아들였다. 정신병, 알코올 중독, 치매, 간질, LSD 같은 환각제는 모두 작거나 실물 크기 또는 거대한 사람과 동물들을 꾸며내는 신경장애를 일으킬 수 있는데, 이것이 샤를보네증후군이라고 불리는 질환처럼 허약한 시력과 관련이 있을 수도 있지만 항상 그렇지는 않다. 라마찬드란Vilayanur S. Ramachandran의 《뇌 속의 유령들》을 보면, 그의 환자 한 명은 만화의 작은 등장인물들이 그녀의 팔위로 서둘러 올라가는 것을 보았다고 한다. 왜 폴 버니언일까? 왜 화성인일까? 왜 만화의 등장인물일까? 특이하게도 이런 환영들은 대부분 민간전승의 성격을 가진다. 레프리

콘, 브라우니, 요정, 놈(gnome, 16세기 연금술사 파라켈수스의 저서 《요정의 서》에 나오는 흙의 정령—옮긴이), 고블린, 북유럽의 니스와 톰텐, 하와이의 메네후네, 그리스의 칼리칸차로이, 체로키족의 염위yumwi 등 전세계 신화에 나오는 소인들을 더 현대적으로 변형시킨 존재인 것이다. 아주 작은 이 사람들은 모두 어디서 왔을까? 환각의 내용이 개인적이면서도 문화적인 것은 의심의 여지가 없다.

나의 소중한 작은 생명체들은 편두통이 만들어낸 것, 전조증상의 산물들이며 다른 종류의 복잡한 시각적 환각의 경험들과 닮았다. 이것들의 의학적 원인은 다양할 수 있겠지만 서로 비슷한 면을 보인다는 점에서 신경생물학적으로 어떤 관련이 있음에 틀림없다. 올리버 색스가 편두통을 다룬 그의 책에서 지적하고 있듯이 우리 모두는 잠을 자는 동안 환각을 경험한다. 우리는 꿈의 이미지와 이야기들을 만들어내는데, 대체로 특이하고 물리학 법칙을 위반하며 매우 감정적이다. 그러나 왜 우리가 꿈을 꾸는가는 과학적 수수께끼로 남아 있다. 지그문트 프로이트는 꿈이 잠을 보호한다고 주장했다. 신경학자이자 잠 연구가인 마크 솜즈Mark Solms는 이에 동의한다. "뇌 손상으로 꿈꾸는 능력을 잃어버린 환자들은 수면유지 불면증을 앓는다—그들은 잠든 상태를 지속하기가 어렵다."[4] 우리 인간은 그런 상태에 처해서 깨어 있는 세계가 사라져버린 동안에도 계속 자신을 바쁘게 만들어주는 자극 이미지들을 만들어낼 필요가 있는지도 모른다.

자발적인 정신적 이미지의 또 하나의 일상적인 형태는 잠과 깨어남 사이의 문턱에서 나타나는 입면환각이다. 나는 매일 밤 잠들 때 보았던 눈부시고 변형된 이미지들이 보편적이라고 항상 믿어왔다. 그러나 나중에 그것이 흔하긴 해도 모두가 환각을 보면서 잠드는 것은 아님을 알게 되었다. 얼굴과 몸을 바꿔가며 커졌다 작아졌다 하는 악귀와 괴물들이 나오는 나의 잠들기 전 영화에, 산꼭대기 너머로 도망치거나 호수로 뛰어드는 이름 없는 만화 주인공들에게, 화려한 기하학적 무늬를 만들며 폭발하거나 번지는 눈부신 색채들에, 내가 아직 의식이 남아 있는 상태에서 모르페우스(그리스 신화에 나오는 꿈의 신—옮긴이)에게로 떨어질 때 나를 즐겁게 해주는 빙빙 도는 무용수들과 에로틱한 연기자들에게 나는 강한 애착을 느낀다. 이 정신 나간 것 같은 경계 지역에서 내가 하는 일이라고는 관객 역할 외에는 아무것도 없다. 그것은 내가 항상 배우로 등장하는 내 꿈속 세계와는 다른 세계이고, 오히려 왜소환각 경험과 더 가깝게 연결된다. 나는 그들을 보았지만 그들과 상호작용할 필요를 느끼지 않았다. 그들은 단지 내가 바라보는 즐거움을 위해 거기 있었다.

시視지각은 저기 바깥에 존재하는 것을 받아들이는 문제이며, '환각을 보는 것'과 일상적인 바라봄의 경험 사이에는 분명한 선이 존재한다고 생각하면 마음이 편할 것이다. 하지만 실제로는 정상 시력이 이런 식으로 작용하지는 않는다. 우리의 마음은 외부 현실이나 경험을 담는 수동적인 용기가 아니다. 우리가 보는 것은 외부에서 들어오는 감각정보의 조합인데, 이것은 지금 보고 있는 것에 대한 우리의 기대와 정합적인 이미지를 만들어내는 우리 인간의 능력, 이 둘을 통해 우리의 뇌에서 역동적으로 해석되거나 해독된다. 우리는 그저 세상을 소화하기만 하는 것이 아니라 세상을 만든다. 예를 들면 우리의 눈은 하나같이 시신경이 망막으로 들어가는 지점에 맹점을 가지고 있지만 우리는 그 구멍을 감지하지 못한다. 우리의 마음이 자동적으로 그것을 메우기 때문이다. 라마찬드란과 철학자 패트리셔 처칠랜드Patricia Churchland가 주장했듯이 이 '메우기'가 항상 똑같은 것을 더 만들어서 빈칸을 덮어씌우는 것은 아니다. 뇌가 그림을 제공하는 순간들이 있는데, 정상적인 형태의 환각이라고 할 수 있다. 아주 간단히 말해서 마음에서는 부재가 존재를 위한 촉매가 될 수 있다. 자크 뤼세랑Jacques Lusseyran은 아름다운 회고록 《그리고 빛이 있었다》에서 여덟 살에 눈이 먼 후 그가 세상을 경험한 내용을 들려준다. "빛은 사물들과 사람들에게 색채를 드리웠다. 아버지, 어머니, 내가 만나거나 거리에서 스쳐간 사람들 모두가 특유의 색을 가지고 있었는데, 내가 실명하기 전에는 한 번도 본 적이 없던 것들이다. 하지만 이제 이 특별한 속성은 얼굴이 만들어내는 인상만큼이나 확고하게 그들의 한 부분으로 내게 깊은 인상을 남겼다."[5] 뤼세랑에게는 시력을 잃은 일이 거의 신비주의적인 통찰에 이르는 길을 열어주었다. 그는 자신이 의미로 가득한 색채와 빛의 세계로 고양되는 것을 깨달았다.

시지각에 대해 많은 연구가 이루어져왔다. 과학자들은 뇌에서 보기를 담당하는 부위 중 특별한 영역의 세포들, 예를 들어 수직상태나 색채, 움직임 등을 인식하는 특별한 역할을 담당하는 세포들을 구분해왔으나, 수수께끼는 여전히 남아 있다. 철학자, 신경과학자, 인지과학자들은 '결합 문제' –대상의 여러 특징들이 서로 전혀 다른 뇌 회로를 통해 전달되는데 어떻게 그것이 우리 눈에 온전하고 통합된 하나의 대상으로 보일 수 있는지–를 놓고 치열하게 논쟁을 벌인다. 감각질–사물의 주관적 경험– 또한 많은 논란이 있다. 나는 빠른 시간 내에 의견일치가 이루어질 것이라고 보지 않는다. 빛과 색채와 검은 구멍, 안개가 나타나고, 고양된 감정과 두려움이 나타나고, 달리거나 춤추거나 또는 그냥 느긋하게 걸어 다니는 독특한 작은 생명체들이 나타나는 편두통의 전조증상은 의학 문헌에서 특별한 위치를 차지한다. 그런 증상들은 모든 사람이 아닌 소수의 사람들에게 일어나는 이상 현상들이고 신경계의 틱tic임에 분명하지만 인간의 일반적인 특징들, 즉 우리가 누구인지, 우리가 무엇을 느끼는지, 우리가 어떻게 보는지를 설명하는 데 도움을 줄 수 있다. 나는 모든 사람에게 어느 정도는 왜소환각이 숨어 있지 않을까 의심한다. 단지 겉으로 드러나느냐 아니냐의 문제인지도 모른다.

2008년

놀이, 두서없는 생각들, 그리고 소설의 지하세계

정신분석학은 우리가 우리 자신에게 이방인이라고 주장한다. 철학과 과학 분야에는 프로이트의 정신적 무의식 개념의 선구자들이 있다. 쇼펜하우어와 니체, 그리고 19세기 영국의 윌리엄 벤저민 카펜터, 독일의 구스타프 페히너와 헤르만 폰 헬름홀츠 같은 과학자들이 제각기 다양한 형태로 자신의 생각을 피력했다. 그들 모두가 우리의 자동적인 생물학적 과정뿐만 아니라 기억과 생각, 관념들까지 포함해 우리가 누구인지의 많은 부분이 우리에게 숨겨져 있다고 믿었다. 파리의 살페트리에르 병원에서 장 마르탱 샤르코Jean-Martin Charcott를 사사한 피에르 자네Pierre Janet는 자아의 정신생물학적 개념을 추구했다. 그는 생각이 의식에서 떨어져 나와 다른 어딘가를 여행하다가 히스테리 증상으로 나타날 수 있다고 주장했다. 무에서 꽃을 피우는 이론은 없다. 확실한 것은 지그문트 프로이트가, 그리고 충실한 쪽이든 수정주의 쪽이든 그의 계승자들이 우리가 스스로에 대해 생각하는 방식을 바꿔놓았다는 점이다. 그러나 여기서 문제는 소설에 대한 것이다. 정신분석학이 소설을 바꾸어놓았을까? 어떤 소설에 정신분석가를 등장시키는 일은 소설의 형식이나 시대감각, 본질에 영향을 미치는가?

소설은 카멜레온이다. 그것은 소설이라는 장르의 영광이다 그것은 뒤뚱거리는 거대한 괴물일 수도 있고, 날쌔고 야윈 요정일 수도 있다. 그것은 모든 것을 끌어넣을 수도, 대부분의 것들을 생략할 수도 있다. 그것은 톨스토이이고 베케트다. 소설을 쓰는 것에는 규칙이 없다. 규칙이 있다고 믿는 이들은 현학자이거나 잘난 척하는 사람이므로 단 1분이라도 우리의 시간을 내어줄 가치가 없다. 그러브 스트리트, 자연주의, 누보 로망, 마술적 사실주의 등 다양한 글쓰기 양식들과 유파들이 생겼다가 없어졌다. 그래도 소설은 남는다. 현대 소설은 러시아 이론가 M. M. 바흐친의 용어를 빌리면 잡종으로 태어났다. 그 단어는 사회 각계각층에서 외치거나 속삭이는 소설이라는 장르의 뒤엉키고 모순된 목소리들을 일컫는다. 정신분석학이 대두하자 소설은 다른 모든 담론을 환영했듯이 정신분석학을 반갑게 받아들였다.

책 속의 '나'가 분석가일 때는 소설이 작용하는 방식이 근본적으로 바뀌는 것일까? 하지만 시몬느 드 보봐르의 《레 망다랭Les Mandarins》은 정신분석가 안느가 이야기를 끌어가는데도 상당히 관례적인 구성을 보이는 반면, 훨씬 더 급진적으로 구성된 로렌스 스턴Laurence Sterne의 《트리스트럼 섄디Tristram Shandy》는 내가 볼 때 그야말로 인간의 정신과 기억의 결합작용에 더 가까운 것 같다. 그러나 나는 이 질문을 던지기 위해 3인칭 시점으로 그것을 내려다보면서 그 바깥에 머물 수가 없다. 인생에는 전지적 시점의 화자가 없다. 소설을 쓰는 일은 놀이다. 그것은 지독하게 진지한 놀이가 되겠지만 그래도 놀이인 것에는 변함이 없다. D. W. 위니콧에 따르면, 놀이는 보편적이고 모든 인간의 창조성의 일부이며 의미 있는 삶의 원천이다. 예술작품을 만드는 일은 일종의 놀이다.

실제로 나는 소설이 오직 놀이로만 쓸 수 있음을 깨달았다. 열려 있고 느긋하고 민감하게 반응하고 허용적인 상태일 때 작품이 자유롭게 진행되기 때문이다. 《미국인의 슬픔》은 내가 공상에 잠겨 있을 때 예기치 않게 떠오른 심상에서 태어난 작품이다. 나는 내 조부모의 농가에 있던 아주 작은 거실과 상당히 비슷해 보이는 방에서 어떤 탁자를 보고 있었다. 탁자 위에는 열려 있는 관이 놓여 있고, 그 관 속에는 한 소녀가 누워 있었다. 그런데 내가 바라보고 있는 동안 그녀가 일어나 앉았다. 그 당시 나의 아버지가 죽음을 앞두고 있었다. 친숙한 배경에도 불구하고-아버지는 그 집에서 자랐다- 그리고 그 환상의 한가운데에 고인을 깨우고자 하는 노골적인 소망이 있었음에도 불구하고 나는 그것을 해석하지 않았다. 그 후 얼마 지나지 않아 아버지가 돌아가셨다. 책 속에서 기적은 일어나지 않지만, 농가가 있고 어린 소녀가 깨어나며 소설이 진행되는 내내 죽은 자가 산 자로 복귀한다. 책을 나누는 단락들은 아버지가 생애 말년에 가족들과 친구들을 위해 쓴 회고록에서 그대로 따왔다. 내가 그 구절들을 인용한 것은 유령의 형태로나마 그를 되살리는 한 방법이었다는 것을 이제는 알고 있다.

그렇다면 나의 화자, 고독하고 슬픔에 잠긴 마흔일곱 살의 이혼남이자 정신과 의사이며 정신분석의인 에릭 데이비드센은 어디서 나왔는가? 1980년대 초반 언젠가 나는 뉴욕의 휘트니미술관에서 '상상 속의 형제와 함께 있는 자화상'이라 불리는 윌렘 드 쿠닝Willem de Kooning의 소묘를 본적 있다. 나는 드 쿠닝의 작품을 무척 좋아하지만, 이번 경우 내 마음을 건드린 것은 제목이었다. 네 자매 가운데 한 명인 나는 이것이 내가 가질 수 있는 유일한 종류의 형제임을 깨달았다. 1986년 박사과정을 마친 후 나는 정신분석가가 되기 위해 교육을 받고 싶었으나 나의 경제력으로는 더 이상 학비를 감당할 수 없었다. 그런데도 내가 그 이야기를 쓰기 시작하자 나의 상상 속 형제-분석가-자아가 나를 기다리고 있었다. 그리고 나는 놀이를 시작했다.

책이 작가가 아는 것보다 더 많은 것을 알고 있을 수 있다는 것은 무의식적인 과정에 대한 진실이다. 그것은 부분적으로 몸에서 나오는 앎이고, 언어 이전의 자아 안에 있는 리드미컬한 움직임에서 솟아오르는 것으로, 이는 프랑스 철학자 모리스 메를로 퐁티Maurice Merleau-Ponty가 신체도식이라 불렀던 것이다. 나는 단어가 떠오르지 않을 때면 산책을 한다. 내 발이 비밀스러운 지하세계에서 풀려난 문장을 일깨워주기 때문이다. 이미지들도 반쯤 형성된 문장들, 누구에게도 속하지 않는 온전한 문장들과 함께 그 지하 저장고에 웅크리고 있다. 영국의 정신분석가 윌프레드 비온Wilfred Bion은 이렇게 말했다. "만일 누구의 것인지 모를 생각이 떠오른다면, 그것은 단상이거나 소유자의 이름과 주소가 그 위에 찍혀 있는 생각이거나 또는 '두서없는 생각'일 수 있다."1) 나는 가끔 글을 쓰고 있을 때 두서없는 생각들이 떠오른다. 생각들은 내 앞에서 날아간다. 지금 무슨 일이 일어나고 있는지 이해하려면 나는 그들을 뒤쫓아 가야 한다.

나는 계속 글을 써나가면서 그 소설의 음악을 발견했고 틈과 침묵도 발견했다. 이야기되지 않는 것들-의미심장한 구멍들이 언제나 존재한다. 나는 내가 기억에 대해 글을 쓰고 있다는 것을 알았다. 프로이트의 사후성(Nachtraglichkeit) 개념이 그 책 곳곳에서 출몰했다. 우리는 기억하며, 자신에게 어떤 이야기를 들려준다. 그러나 우리가 기억하는 것의 의미는 시간이 흐름에 따라 재설정된다. 기억과 상상은 분리될 수 없다. 기억하기는 항상 일종의 상상하기이기도 하다. 그렇지만 어떤 기억들은 순서나 줄거리, 우리가 느끼는 인간의 시간 바깥에 남아 있다. 그 예로 정신적 외상의 원치 않는 플래시백을 들 수 있다. 이처럼 시간을 벗어난 이런저런 이미지들과 감각의 충격들은 이야기 진행을 와해시키고 방해한다. 그것들은 플롯에 저항한다. 이 특별한 소설의 진짜 비밀들은 플롯을 통해 드러나지 않으며, 그 가운데 많은 것이 결코 밝혀지지 않는다.

물론 내가 여러 해에 걸쳐서 정신분석에 대해 배운 것들이 내 작품을 형성했음은 분명하다. 그것이 나의 두서없는 생각과 정돈된 생각을 모두 바꿔놓았기 때문이다. 그러나 기억하든 잊어버렸든 내가 살아온 모든 경험은 물론이고 철학, 언어학, 신경생물학, 그림, 시, 그리고 다른 소설들도 하나같이 그러했다. 위니콧이 잘 알고 있었던 것과 같이 정신분석학이 존재하기 훨씬 이전에도 놀이는 존재했다.

2009년

LIVING

수면과 불면

1. 잠에 빠지지 못하는

제프리 초서Geoffrey Chaucer의 시 〈공작부인의 책〉의 화자는 잠들지 못한다. 단편적인 생각들이 오고가는 동안 그는 깨어 있는 채로 누워 있다. 그는 아주 오랫동안 잠을 자지 못해서 불면으로 죽을까 봐 두려워한다. 도대체 그의 불면의 이유는 무엇이란 말인가? 그는 "내 자신이 왜 그런지 말할 수 없다"[1]고 한다. '잠에 빠지다'라는 표현은 매우 적절해 보인다. 깨어 있음과 잠 사이의 이행은 하나의 상태에서 다른 상태로의 점진적인 떨어짐이며, 무의식이나 꿈속의 변형된 의식을 위해 온전한 자의식을 포기하는 것이기 때문이다. 탈진한 경우나 약물의 도움을 받은 경우를 제외하면 한 세계에서 다른 세계로의 이동은 즉각적이지 않다. 완전히 깨어 있는 자의식이 느슨해지고 흐트러지기 시작하는 데는 얼마의 시간이 걸린다.

이런 중간 단계에 있는 동안에 나는 종종 내가 깨어 있다는 환상을 가졌다. 내 발이 경계석에서 미끄러져 넘어지는 것처럼 느껴지지만 도로에 부딪히기 전에 갑자기 끌어당겨지면서 나는 다시 잠에서 완전히 깨어버린다. 내가 눈을 감고 있는데도 그 위로 눈부시게 변화하는 광경이 펼쳐지는 것을 볼 때도 있다. 이른바 입면환각이라 불리는 것인데, 이것은 나를 잠으로 안내한다. 가끔 나는 한 단어나 짧고 단호한 문장을 발음하는 목소리를 듣는다. 블라디미르 나보코프Vladimir Nabokov는 《기억이여 말하라》에서 시각과 청각이 뒤섞인, 반쯤 몽환적인 현상을 경험한 이야기를 들려준다. "잠에 빠져들기 직전에 나는 종종… 중립적이고 무심한 익명의 목소리가 무엇이든 내게 전혀 중요하지 않은 말－영어나 러시아어 문장－을 하고 있는 것을 의식했다." 그는 잠들기 전에 '그로테스크'한 환영을 경험하는 경우도 잦았다. 입면환각은 기면증과 관련해서를 제외하고는 제대로 연구되지 못했지만, 기면증이 없는 사람들 가운데에도 잠의 문턱에서 머뭇거릴 때 어떤 그림을 보거나 단순히 색채와 그림자들을 본다고 보고하는 이들이 많다. 이런 경험들을 진짜 꿈과 구별하게 해주는 것은 자각이며, 일종의 이중 현실이다. 나보코프가 그가 보는 이미지들에 대해 쓴 것처럼 "그것들은 졸린 관찰자의 참여 없이 오고가지만, 그가 여전히 자기감각의 주인이라는 점에서 꿈속 영상들과는 근본적으로 다르다."[2)]

내가 불면 상태일 때는 깨어 있음과 잠 사이에 존재하는 이 특이한 영역으로 빠져들지 못한다. 반은 꿈꾸고 반은 자각하는 속에서 말을 듣고 그림을 보는 상태에 이르지 못하는 것이다. 호르헤 루이스 보르헤스Jorge Luis Borges가 그의 시 〈불면〉－ "헛되이 나는 기다리네/해체를, 잠들기 전에 찾아오는 상징들을."[3] – 에서 관찰했듯이 내 내면의 화자, 내 머릿속에서 온종일 말하고 있는 그가 입을 다물기를 거부한다. 자의식 강한 사색가의 낮의 목소리는 그것을 멈추고 편히 쉬고 싶다는 나의 욕망은 아랑곳하지 않고 계속 질주한다. "그런 환상들이 내 머릿속에 있으니,/내가 뭘 해야 좋을지 모르겠구나."[4]라고 한 것을 보면 초서의 화자도 비슷한 문제를 가졌던 것 같다. 그래서 그는 그의 전후에 존재했던 수많은 불면증 환자들이 그랬듯이 책을 한 권 집어 들고 읽기 시작했다.

처음 불면증을 겪었을 때 나는 열세 살이었다. 우리 가족은 아이슬란드의 레이캬비크에서 여름을 보냈는데, 낮이 정말로 밤이 되지 못하는 곳이었다. 나는 잠을 잘 수가 없었다. 그래서 책을 읽었다. 하지만 내가 읽고 있는 소설들은 나를 더 자극할 뿐이어서 나는 디킨스, 오스틴, 브론테 자매의 글이 머릿속에서 울려대는 소리를 들으며 집안을 이리저리 돌아다녔다. 잠에 빠져들지 못하는 이런 형태의 불면증을 주체와 통제력의 질병, 즉 우리가 무슨 일을 하는지 알지 못하게 될 취약하고 무지한 잠의 영역으로 들어가기 위해 고도의 자기반성적인 의식을 포기하는 일을 하지 못하는 상태로 생각하려는 유혹을 느낀다. 아리스토텔레스는 《동물의 발생에 관하여》에서 잠을 '사이 – 세계(between – world)'로 본다. "…존재에서 비존재로, 거기서 또다시 존재로 이행하는 일은 중간 상태를 통해 일어난다. 잠은 살아 있는 것과 살아 있지 않은 것 사이의 경계지역에 있기에 본질적으로 이런 종류의 상태처럼 보일 것이다. 예를 들어, 잠자는 사람은 완전히 존재하지 않는 것도, 그렇다고 전적으로 존재하는 것도 아닌 것처럼 보인다…."[5] 《맥베스》에서 뱅쿼가 '죽음의 모조품'이라고 불렀듯이 잠은 깨어 있을 때보다 죽음에 더 가까이 있다.

잠잘 때 우리는 외부세계의 감각적 자극에서 멀어진다. 시상(thalamus, 간

뇌의 대부분을 차지하는 회백질 부분으로 후각을 제외한 모든 외부감각입력이 지나가는 관문—옮긴이)이라 불리는 뇌의 한 부분은 자고 깨어나는 것을 조절하는 기능과 관련이 있어서 체성감각의 자극을 차단하고 피질이 잠들게 만드는 데 핵심 역할을 한다. 입면환각을 설명하기 위해 제안된 한 이론은 시상이 인간의 피질보다 먼저 비활성화 되어서 여전히 활동 중인 피질이 이미지들을 생산한다는 것이다. 하지만 이것은 단지 가설일 뿐이다. 분명한 것은 잠드는 일에는 정신생물학적인 이행이 포함된다는 사실이다. 불안, 죄책감, 흥분, 정신없이 몰아치는 잠자리의 상상, 죽음에 대한 공포, 고통, 질병은 우리가 몽환적인 지하세계로 떨어지는 것을 막을 수 있다. 우울증은 종종 수면장애, 특히 아침에 일찍 깨어나서 다시 잠들지 못하는 장애를 가져올 수 있다. 정말 희한하게도 병원에서 우울증 환자를 이틀 정도 깨어 있게 하면 증세가 일시적으로 누그러질 수 있다. 하지만 다시 정상적으로 잠을 자기 시작하는 순간 그는 원래대로 돌아간다. 나도 편두통 증세와 함께 밤 내내 불면에 시달리는 드문 경우에, 마치 불면이 편두통을 치료하는 것처럼 느껴졌다. 우울증이나 편두통이 수면 주기와 어떤 관계가 있는지, 어떻게 겹쳐지는지는 그 누구도 제대로 알지 못한다.

제프리 초서의 불면증 환자는 오비디우스의 《변신이야기》를 읽는다. 그것이 그를 잠들게 해주지 않는다. 오히려 그는 그 책에 흥미를 갖고 여러 줄을 할애하여 그의 독서에 대해 보고한다. 이제 나는 오후에 책을 읽고 밤에는 절대 읽지 않는다. 책은 내면의 화자에게 활기를 불어넣어 생각이 꼬리에 꼬리를 물게 만들기 때문이다. 오래전 그 여름에 나의 강박적인 독서가 나를 계속 잠들지 못하게 했던 것은 확실하다. 하지만 6월의 레이캬비크의 계속되는 햇빛이 나의 생체 리듬을, 정상적인 24시간의 수면과 비수면 주기를 깨뜨렸음에 틀림없고, 내 몸은 어둠 없이는 나를 수면세계로 데려가줄 경계지역으로 결코 빠져들지 못했다. 돌이켜보건대 나는 내가 제기할 수 있는 다른 어떤 것보다 불면에 대해 더 불안해했다는 생각이 든다. 지금도 불면의 낌새가 조금이라도 보이기만 하면 여전히 그런 편이다. 그나마 그런 일이 그리 잦지 않아 다행이다. 새가 지저귀는 소리를 들으면 씁쓸하다.

2. 왜 잠을 잘까?

잠과 깸은 존재의 양면이다. 아리스토텔레스는 그것을 이렇게 표현했다. "잠에서 깨어나는 모든 생명체는 반드시 다시 잠들 수 있어야 한다. 항상 자기가 가진 힘을 발현하고 있는 것은 불가능하기 때문이다."[6] 맞는 말이다. 우리는 우리가 잠을 자야 한다는 사실을 안다. 불면이 우리를 괴팍하고 멍청하고 슬프게 만든다는 사실도 안다. 그렇지만 우리가 왜 잠을 자는지, 왜 꿈을 꾸는지, 심지어 왜 우리가 깨어 있는지－의식이 있는지－는 수수께끼로 남아 있다. 데카르트는 《제일철학에 관한 성찰》에서 자신이 깨어 있다고 정말 확신할 수 있는지 질문했다. "나는 밤에 잠이 들어서, 사실은 옷을 벗고 침대에 누워 있으면서도 내가 실내복을 입고 여기 난로 옆에 앉아 있다고 확신했던 일이 얼마나 많았던가! …나는 깨어 있는 상태를 잠자는 상태와 구별 지을 수 있는 수단이 될 어떤 확실한 신호도 없다는 사실을 분명히 안다."[7] 꿈을 꾸지 않는 잠은 데카르트에게 더 큰 문젯거리였다. 꿈도 꾸지 않고 깊이 잠들었을 때의 명백한 생각 없음이 인간에게 끝을 의미한다는 것은, 그의 "나는 생각한다. 그러므로 존재한다(cogito ergo sum)"에서 당연히 이어지는 결론이다. 어쩔 수 없이 그는 깨어 있을 때와 잠잘 때 모두 의식이 있다고, 심지어 우리가 전혀 꿈을 꾸지 않을 때에도 그렇다고 가정할 수밖에 없었다. 이것이 터무니없다고 생각한 존 로크는 반대되는 결론에 도달했다. 즉 꿈꾸지 않는 잠은 기억할 것이 아무것도 없는데, 개인의 정체성은 기억들로 만들어지므로 그것은 자아의 일부가 아니라는 것이다. 우리가 잠잘 때는 꿈이 실제 사건이라고 믿을 수도 있겠지만 아침에 똑같은 장소에서 깨어나면 간밤의 환영과 현실의 차이를 말할 수 있다는 사실을 우리는 대부분 받아들인다. 그러나 잠이란 무엇이고 우리는 왜 그것이 필요할까? 꿈꿀 때 우리는 누구인가? 불면증환자들이 간절히 바라는 것은 정확히 무엇인가?

20세기 중반까지 대부분의 연구자들은 피로가 뇌의 활동을 줄여서 잠이 들게 하며 잠은 정신이 대체로 활동을 중단한 상태라는 데 동의했다. 그러나 이것은 틀렸음이 입증되었다. 렘(REM, 급속한 안구운동) 수면 상태에서의 뇌 활동은 완전히 깨어 있는 상태의 뇌 활동과 엇비슷하다. 어떤 때는 신경의 점화가 깨어 있을 때보다 더 격렬하다. 지난날의 대답은 우리가 꿈을 꾸고 있기 때문이라는 것이었다. 그러나 렘 수면과 꿈꾸기 사이에 어떤 경우에도 계속 이어지는 등식은 뒤집어졌다. 물론 이것이 정확히 무엇을 의미하는지에 대한 논의는 계속되고 있다. 어쨌든 비렘 수면 동안에도 꿈을 꾼다. 깨어 있는 의식이란 무엇이고 그것이 무엇을 위해 존재하는지에 대해서는 서로 어긋나는 이론들이 많이 있지만 여전히 수수께끼로 남아 있다. 잠은 우리의 기억을 굳히는데 도움을 줄까? 어떤 과학자들은 그렇다고 하고, 또 다른 과학자들은 아니라고 한다. 꿈이 무엇인가를 의미할까? 꿈을 연구하는 사람들 가운데에는 그렇다고 주장하는 이들이 있다. 프로이트가 근본적으로든 꿈꾸기의 어떤 측면에 대해서든 옳았다고 주장하는 이들이 있다. 다른 사람들은 아니라고 한다. 그들은 꿈을 마음의 쓰레기라고 한다. 심지어 꿈이 의미를 갖기는 하지만 프로이트가 생각했던 것처럼은 아니라고 주장하는 이들도 있다. 의식과 잠, 꿈의 진화 목적은 무엇인가? 의견 일치는 없다.

쥐를 계속 깨어 있게 하면 쥐는 2주에서 4주 안에 죽는다. 물론 과학자들은 불쌍한 쥐들이 잠드는 것을 막기 위해 졸지도 못하게 만든다. 그렇기 때문에 쥐들이 실제로 잠이 부족해서 죽는지, 스트레스 때문에 죽는지는 확실하지 않다. 초파리와 바퀴벌레는 잠을 자지 못하면 죽는다. 인간이 의도적으로 잠을 자지 않고 버틴 추정 기록은 1965년 한 과학박람회를 위해 11일 동안 잠을 자지 않았던 열일곱 살의 랜디 가드너가 가지고 있다. 그는 실험이 끝날 때까지 잘 버텼지만 인지 능력은 엉망이 되었다. 뉴욕의 페인 휘트니 정신병원에서 글쓰기 교사로 자원봉사를 할 때 조증을 앓다가 병원에 수용된 조울증 환자들이 많이 있었다. 그들 가운데 많은 사람들이 기분이 들떠서 섹스를 하고 쇼핑을 하고 춤을 추고 심지어 글을 쓰면서 여러 날 동안 잠을 자지 않고 지냈다고 밝혔다. 한 여성은 가장 최근에 있었던 조증 기간에 글을 수천 장이나 썼다고 했다. 모르반 증후군이라 불리는 이상 질병은 사람들이 오랜 시간 동안 불면 상태에 머물게 만들 수 있다. 1974년 프랑스의 연구원 미셸 주베는 여러 달 동안 잠을 자지 못하는 장애에 시달린 한 젊은 남성을 검사했다. 그는 굉장히 논리적이었고, 기억장애나 불안도 전혀 겪지 않았다. 하지만 그는 매일 밤 두어 시간씩 시각적 · 청각적 · 촉각적 · 후각적 환각을 경험했다. 그는 깨어 있는 상태에서 꿈을 꾸었다. 뇌병변은 위치에 따라 사람들을 졸리게 만들 수도 있고 잠드는 것을 막을 수도 있다. 극도로 생생한 꿈을 꾸게 할 수도 있고 꿈을 전혀 꾸지 못하게 할 수도 있다. 하지만 뇌손상이 없는 사람들도 이 모든 증상을 경험할 수 있다.

분명 임의적일 이런 수면과 불면의 사례들은 매우 함축적이어서 왜 우리가 잠을 자고 꿈을 꾸는지에 대한 더 광범위한 논의의 부분으로 유용할 수 있다. 잠잘 때와 깨어 있을 때의 의식 모두에 대한 다양한 이해는 그 둘 사이에, 그리고 다양한 상태들 사이에 어떻게 선을 긋느냐에 달려 있다. 터프츠 의과대학의 어니스트 하트먼은 그가 '집중적인 깨어 있음에서 꿈꾸기까지의 연속체'라고 부르는 모델을 제시한다. 이 모델은 고도의 자의식을 보이고 논리적이고 범주에 얽매이고 순차적인 깨어 있는 상태에서, 더 파편화되고 덜 논리적이고 더 은유적인 생각이 있는 백일몽과 몽상의 상태로, 그리고 매우 시각적이고 자의식이 훨씬 약한 꿈꾸기의 상태로 옮겨가는 것이다. 이것은 정말 그럴듯해 보인다. 불면증 환자는 여러 가지 이유에서 완전히 놓지 못하고 그 연속체의 집중적인 깨어 있음 쪽이나 백일몽을 꾸는 덜 집중하는 상태로 남아 있는 것이다. 하트먼도 다른 연구자들과 마찬가지로 꿈꾸기가 깨어 있는 삶보다 더 감정적이고, 완전히 깨어서 어떤 과제에 몰두하고 있을 때보다 꿈속에서 더 창조적이고 종종 은유적인 관계를 만든다는 신념을 갖고 있다. 그는 꿈이 아무렇게나 나오는 허튼소리라고 믿지 않는다. 꿈꾸기는 다른 형태의 정신적 활동이다.

하트먼의 연속체에 꿈을 꾸지 않는 잠이 들어갈 여지는 없지만, 그 암흑 상태는 꿈꾸는 상태 언저리에 있을 수 있다. 고트프리트 라이프니츠는 모든 생각이 의식적인 것은 아니라는 주장으로 데카르트와 로크에게 응답했다. 어떤 지각은 너무 불분명하고 혼란스러워서 우리의 자기반성적인 의식 안으로 들어오지 못한다. 그는 무의식부터 완전한 자의식까지 포괄하는 지각의 연속체를 주장했다. 따라서 꿈을 꾸지 않는 깊은 잠도 우리의 일부다. 라이프니츠는 1716년에 죽었다. 하지만 그의 통찰력은 여전히 놀라운 것으로 남아 있다. 지금도 우리는 왜 우리가 잠을 자는지, 깨어나는지 알지 못한다. 그러나 양쪽 모두 역동적이고 변화하는 유기체의 일부라는 것은 잘 알고 있다. 데카르트와 로크, 라이프니츠의 시대로부터 오랜 시간이 지난 후, 모리스 메를로 퐁티가 《지각 현상학》에서 이렇게 썼다. "몸의 역할은 변신을 보장하는 것이다."[8] 확실히 그것이야말로 우리가 완전히 깨어서 집중하는 다양한 상태에서 몽상의 단편적인 사색으로, 졸음에 빠지는 것으로, 잠과 꿈으로, 또는 아무런 꿈도 없는 잠으로 옮겨갈 때 행하는 것이다.

3. 빠져들기

나는 여동생과 내가 잠자던 침실 입구의 바닥에 놓여 있던 전등을 기억한다. 어머니는 우리 방이 너무 캄캄해지지 않도록 매일 밤 그것을 거기에 놓아두었다. 오래 전 일이고 늘 그랬듯이 주변에 안개가 끼어 있어서 기억이 흐리기는 하지만, 그 불빛은 내가 불안 속에서 잠으로 빠져드는 동안 어둠이 눈에 보이는 세계를 완전히 덮어버리지 않을 것이라는 희망을 주었다. 이 닦기, 잠옷 입기, 책을 읽어주는 부모의 목소리, 오래된 담요나 장난감의 감촉과 냄새, 구석에서 빛나는 야간 전등 등 아이들을 위한 잠자리 의식은 잠이라는 다른 세계로 가는 길을 쉽게 만들어준다. 아이에게 잠자리에 드는 시간은 깨어 있는 상태와 헤어질 뿐 아니라 엄마 아빠와도 떨어지는 이중의 이별을 의미한다. 나는 지난 한 주 동안에 뉴욕 시에서만 아이들이 잠자리에서 요구한 물이 몇 잔일지, 더 읽어준 이야기는 몇 권이고 더 불러준 자장가는 몇 곡일지, 자그마한 등과 팔, 머리를 쓰다듬은 횟수는 몇 번일지 궁금하다.

지그문트 프로이트는 《꿈-이론과 초심리학》에서 다음과 같이 썼다.

> 우리는 매일 밤 인간이 그들의 피부를 감쌌던 포장재들과 신체기관의 보완물로 사용하는 것들… 예를 들어 그들의 안경이나 가발, 의치 등을 치워둔다는 사실에 대해 그리 깊이 생각하지 않는 편이다…. 우리는 그들이 정신적으로도 그와 비슷한 탈의를 함으로써 그들의 정신이 습득한 대부분의 것을 하나도 남김없이 따로 치워둔다고 덧붙일 수 있다. 따라서 두 경우 모두 그들은 그들이 삶을 시작했던 상황에 눈에 띄게 가깝게 접근한다.[9)]

아이들은 성인들보다 그 시작 상황과 훨씬 가깝다. 시간이 더 느리게 가기 때문에 밤이 더 크게 보인다. 살아온 삶 속에서 아이의 낮 시간은 중년 부모의 그것보다 훨씬 큰 비중을 차지한다. 어린아이들의 정신 능력에는 어른들이 겁먹을 필요 없다고 자신을 설득하기 위한 합리적 사고가 포함되어 있지 않다. 세 살짜리 아이는 아직 뉴턴의 물리법칙이 지배하는 세계에서 살지 않는다. 얼마 전 나는 어린아이들이 차보다 큰 자신의 몸을 장난감 자동차에 밀어 넣기 위해 애를 쓰는 심리 실험을 다룬 영화를 보았다.

자지 않으려고 버티기, 불면증, 악몽, 야경증, 밤중에 부모 침대로 기어들어가기 등은 아이들에게 너무 흔해서 '정상'으로 보는 것이 알맞을 것 같다. 물론 유아들은 시키는 대로 잠자고 깨어나기를 거부하는 것으로 악명이 높다. 화가 치민 부모는 돈을 내면 집으로 와서 아이의 '잠 문제'를 고민해줄 상담사를 부를 수도 있다. 판단하기에 이런 개입은 아이들의 안녕보다 기진맥진한 부모들의 안녕을 목표로 하는 경우가 더 많은 듯하다. 그것은 아이가 자신을 낳아준 이들이 불편한 시간에는 위안을 얻을 희망을 포기하도록 '가르치는' 행동주의적 기술들로 구성된다. 여기서 메시지는 자립자조의 어린 시절 버전이다. 사실 아기는 어머니(또는 오늘날 '1차

양육자'라고 불리는 존재)와의 반성적인 교환을 통해 자란다. 감정을 조절하는 데 필수적인 뇌의 성장은 출생 후에 이루어지며, 그것은 바라보고 만지고 위로해주는 등 모자간에 주고받는 관계를 통해 생긴다. 그러나 뇌에는 신경과학자 자크 판크세프가 패닉 시스템이라 불렀던 특유의 경보체계도 존재한다. 모든 포유류는 그들의 양육자와 떨어졌을 때 '고통의 소리'를 낸다. 혼자 남겨지면 우는 것이다. 판크세프가 말했듯이 "이런 회로가 [패닉 시스템]을 일깨우면 동물들은 뇌에서 '안전한 신경화학적 토대'의 느낌을 만들도록 돕는 상대와의 재결합을 추구한다."[10] 해리 할로Harry Harlow의 유명한 원숭이 실험은, 혼자 떨어진 아기 원숭이들이 그들에게 음식을 준, 단단한 철사로 만든 엄마보다 전혀 움직이지 않는 '테리직물로 만든 엄마'를 더 좋아한다는 것을 보여주었다. 홀로 자란 동물들은 불안정하고 겁이 많으며 잘 적응하지 못하는 어른이 되었다.

나는 지금 '수면 훈련'이 정신적 문제를 만든다고 말하려는 것이 아니다. 수면 훈련을 받은 많은 어린이가 분명 잘 자라고 있다. 그러나 나는 수면 훈련이 직관에 어긋난다고 말하고 싶다. 당신은 아기가 울면 다가가 품에 안고 어른 뒤 다시 재우려 할 것이다. 분명히 알게 된 것이 있다면 그것은 자녀 양육에 대한 조언이 얼마나 빨리 변하고 있는가이다. 행동주의 지령이 득세했던 20세기 초반에는 육아 전문가들이 엄격한 수유와 취침 규칙을 옹호했고 부모가 자녀와 노는 것을 말렸다.

나는 내 아이가 밤에 울도록 내버려두는 것을 견딜 수 없었고, 그래서 그렇게 하지 않았다. 여러 해 동안 나는 딸이 내 머리카락 사이에 손가락을 넣고 잠에 빠져드는 동안 책을 읽어주었다. 딸이 나이를 더 먹었을 때도 나는 계속 책을 읽어주었고 내가 잘 자라고 인사하면 딸은 몸을 기울여 스톡카드 채닝이 비버리 클리어리Beverly Cleary의 라모나 시리즈를 읽어주는 테이프를 틀었다. 그 테이프는 이행 대상, 즉 나와 잠 사이의 다리 역할을 하는 매개체가 되었다. D. W. 위니콧은 아이들이 애착을 가지는 물건들-담요 조각이나 동물 인형 또는 그들의 손가락이나 엄지손가락-을 가리키기 위해 이 용어를 만들었다. 주체의 내적 세계와 바깥 세계 사이의 공간을 차지하는 이 물건들은 위니콧의 표현대로 "깨어 있는 상태에서 잠으로 옮겨가는" 잠자리에서 특히 필요하다. "아이는 지각된 세계에서 스스로 만들어낸 세계로 건너간다. 그 사이에 온갖 종류의 이행 현상-중립지역-에 대한 요구가 존재한다."[11] 나는 여동생 애스티가 '네멘'이라 불렀던 해진 담요를 기억한다. 내 조카 한 명은 고무젖꼭지를 세 개나 썼는데, 하나는 빨기 위해서였고 두 개는 손에 들고 빙빙 돌리기 위해서였다. 그녀는 자기 '젖꼭지들'을 굉장히 좋아했다.

어린아이들이 아무 도움 없이 잠과 꿈이 기다리는 밤의 어둠 속으로 들어가기를 기대해야 할 이유는 전혀 없다. 부모와 치르는 의식들과 이행 대상들은 통로를 만들기 위한 수단 역할을 하며, 궁극적으로는 자신을 위로하는 아이의 능력을 키우는 데 도움이 된다. 잠 잘 준비를 하는 것의 특이함과 인간정신이 잠잘 때는 옷을 벗는다는 사실과 관련하여 프로이트의 주장이 확실히 옳았다. 이른바 뇌의 집행부-양측 전전두엽 피질-는 대체로 조용한데, 아마도 이것이 대부분의 꿈이 보여주는 탈억제와 고조된 감정을 설명해주는 것 같다. 깨어 있는 의식 아래에 놓여 있는 지역으로 내려가는 것, 낮의 그 생생한 감각적 현실을 포기하는 것은 항상 쉽지 않다. 게다가 어린아이에게는 그 현실에서 가장 중요한 것이 어머니와 아버지인데, 매우 개인적인 잠의 나라로 빠져들 때면 그토록 소중한 사람들을 남겨두고 떠나야 하는 것이다.

2010년

거울 바깥에서

내가 나를 보는 것이 다른 사람들이 나를 보는 것보다 훨씬 적다는 것은 이상한 진실이다. 나는 타이핑하고 있는 내 손가락들을 내려다볼 수 있다. 나는 신발과 셔츠 소맷부리의 세세한 부분들을 살펴보거나 앉아 있는 동안 내 다리를 감싸고 있는 새 타이츠를 감탄하며 바라볼 수도 있다. 그러나 내가 내 자신을 온전히 다 볼 수 있는 곳은 거울뿐이다. 그때만 비로소 나는 다른 사람들이 나를 바라보듯 내 몸을 보게 된다. 그러나 나의 '거울-자아'가 정말 이 세상에 있는 나의 페르소나를 재현하는 것일까? 자신을 대충 훑어보는 저 여자, 초록색 미소를 피하기 위해 앞니에 파슬리가 끼였나 들여다보는 여자, 새로 생긴 주름이나 급격하게 나이 들어가는 얼굴에 간혹 나타나는 붉은 반점들을 살피려고 몸을 바짝 기울인 여자가 다른 사람들이 보는 그 여자의 모습과 닮아 있을까? 나는 내가 말을 하고 내 말의 요지가 분명히 드러나도록 강조하는 몸짓을 하는 동안 내 자신을 직접 볼 수 없다. 거리를 활보하고 춤추고 비틀거리는 내 모습도 보지 못하며 내가 웃을 때, 얼굴을 찡그릴 때, 울 때, 비웃을 때 내가 어떻게 보이는지 알지 못한다. 이것은 분명 축복이다. 만일 내가 내 자신을 볼 수 있다면 나의 비판 기능은 결코 멈추지 않을 것이고 공격을 일삼는 자의식 없이는 손가락 하나조차도 들어올리기 힘들 것이다.

실제 우리는 자신을 바라보는 대신에 자신에 대한 어떤 생각을 갖고 돌아다닌다. 우리는 신체 이미지 또는 신체 정체성을 갖는다. 이것은 우리가 어떻게 보이는지에 대한 의식적인 개념이다. 나는 예쁘거나 못생겼고, 뚱뚱하거나 말랐으며, 여성적이거나 남성적이고, 늙었거나 젊다. 우리가 자신의 신체 이미지에 대해 틀릴 수 있다는 것은 모든 사람이 알고 있다. 자기가 뚱뚱하다고 믿는 날씬한 사람들이나 자기가 30세의 몸을 가지고 있고 거기에 맞게 옷을 입는다고 생각하는 나이 든 사람들을 만난 적이 있을 것이다. 나도 가끔 사진 속의 내 얼굴을 보고 깜짝 놀란다는 사실을 고백해야겠다. 나는 혼자 중얼댄다. "맙소사! 이게 지금 네 모습이야? 너 정말 이렇게 늙었어?" 하지만 어떤 때는 내가 훌륭하게 나이 들어간다고 느낀다. "쉰여섯 살치고는 그리 나쁘지 않은걸. 제법 잘 버티고 있네." 그러나 순간의 기록인 사진은 한 사람이 움직이는 모습을 포착하지 않는다. 사진은 정적인데 우리는 그렇지 않다. 그런데도 나는 내 신체 이미지가 가끔은 내 진짜 몸을 따라오지 못한다고 생각한다.

신체 이미지는 자신이 어떻게 보이는지 생각하는 것인 반면, 스타일은 자신을 누구로 생각하는지 표현하려는 의도를 갖는다. 그리고 생애 대부분을 벌거벗지 않고 옷을 입고 지내는 탓에 옷은 어떤 사람의 성격에 대해 중요한 점을 효율적으로 알려준다. 수수한지, 세련되었는지, 유머러스한지, 상냥한지, 겸손한지, 요란한지, 위험한지 등 성격을 알려주는 지표 역할을 한다. 옷을 입을 때 내가 고른 드레스, 바지, 블라우스, 코트, 구두, 부츠, 스카프, 지갑 등과 다른 갖가지 의류 용품들이 나를 대변해주기를, 내 자신에 대해 갖고 있는 생각을 세상에 보여주기를 바란다. 이런 생각들이 어떻게 생겼는지 물어보는 것은 흥미롭다. 나는 결혼생활을 거의 30년 넘게 하고서야 남편이 반짝거리는 직물(심지어 광택이 은은하게 돌지라도)로 된 셔츠는 어떤 것이든 그의 성격에 절대 어울리지 않는다고 여긴다는 사실을 알게 되었다. 여동생 리브는 장신구를 많이 하는데, 그 모습이 상당히 멋져 보인다. 가끔 나도 그녀를 따라하려 해보았지만 다 벗어버리고 늘 하던 귀걸이만 걸치게 된다. 단지 많은 장신구를 걸치는 것이 '나'와 어울리지 않아서이다. 그러나 나다움이란 대체 무엇인가? 그것은 어디서 왔는가?

모든 사람이 자신에게 맞는 복장에 대한 생각을 갖고 있다면, 우리 대부분은 이상적으로 옷을 입은 자신에 대한 생각도 갖고 있다. 옷을 입는 문제에 관한 한 생각과 이상이 교차한다. 현실과 상상이 피할 수 없이 서로 만나는 것이다. 살면서 나는 대체로 영화에서 나의 이상적인 옷을 발견했다. 나는 거대한 하얀 계단, 물결모양의 커튼, 휘황찬란한 샹들리에가 있는 눈부시게 아름다운 할리우드 촬영장에서 찍은 이미지, 가공된 화려함과 세련되게 반짝이는 이미지를 매우 좋아한다. 나는 어둠 속에 앉아서 모든 여행 가방이 가볍고, 심지어 가난한 점원들도 샹젤리제를 활보하는 우아한 프랑스 여자처럼 빈틈없이 차려입은 세상을 바라보는 것을 얼마나 사랑했는지 모른다.

내 생각에 이 모든 것은 헤일리 밀스가 주연을 맡았던 월트디즈니사의 영화 〈폴리애나〉와 함께 시작된 것 같다. 1913년에 나온, 속이 뒤틀릴 정도로 지나치게 달콤한 베스트셀러 소설을 각색한 이 영화는 나를 완전히 사로잡았다. 이 영화가 1960년에 처음 개봉되었을 때 나는 겨우 다섯 살이었다. 그래서 내가 이 영화를 본 것은 분명 개봉하고 다소 시간이 지난 후라고, 하지만 아주 많은 시간이 지나서는 아닐 것이라고 생각한다. 여하튼 나는 감청색 줄이 들어간 흰색 세일러복을 입은 헤일리 밀스와 나를 완벽하게 동일시했다. (당시에는 어머니가 노르웨이 남부에서 1920년대에 중산층 아이들이 관례처럼 여기던 바로 그 스타일의 옷을 입고 어린 시절 대부분을 보냈다는 사실을 몰랐다.) 내 어린 마음에는 매우 쾌활한 소녀가 뚱한 사람들을 한 사람씩 회유시켜서 결국 마을 전체를 상대로 승리하게 된다는 그 이야기의 표상이 바로 그 세일러복 같았다. 나는 그런 옷을 간절히 갈망했다. 그것을 변신 수단으로 믿었던 것이 틀림없다. 그 드레스만 입으면 나도 내 작은 마을에 사는 모든 주민에게 그야말로 사랑받는 그 여주인공처럼 될 수 있을 거라고 말이다.

세일러복에 대한 나의 집착은 끝났어도 영화 속 인물과의 동일시는 끝나지 않았다. 1930년대 영화 〈모로코〉에서 턱시도를 입고 계단을 내려오는 마를레네 디트리히를 처음 보았을 때 나는 다시는 드레스를 입지 않기로 했다. 대신 오직 남성 정장과 스모킹 재킷만 입을 거라고 마음먹었다. 〈포스트맨은 벨을 두 번 울린다〉에서 하얀 터번을 두른 래나 터너의 모습은 내게 그런 모양의 머리 장식을 생각하게 만들었다. 결국 터번은 아무런 힘을 발휘하지 못했지만 나는 턱시도를 갖고 있다. 내가 턱시도를 입어도 디트리히처럼 보이지 않는다는 것은 잘 알고 있지만 그걸 입을 생각을 한 것은 그녀 때문이라고 믿고 있다. 내가 즐겨보는 영화들은 1930년대와 1940년대의 할리우드 코미디 영화들이다. 그런 영화에서는 남녀 주인공이 영어 문장을 끝까지 제대로 말할 줄 알았을 뿐 아니라 농담을 어떻게 주고받는지도 알았다. 그들은 어떻게 가시 돋친 말을 하고, 재치 있는 말을 쏘아대며, 즉석에서 빈정대는 찬사를 보내는지 알았다. 톡톡 튀는 그들의 대화는 인물의 성격과 떼어놓을 수 없는데, 적어도 부분적으로는 그들이 입은 옷을 통해서도 그런 성격이 표현되었다.

나는 영화 속에서 옷이 움직이는 모습—여배우가 마루를 가로질러 가거나 춤을 추거나 달리는 동안 옷이 흔들리는 모양—을 바라보는 것을 좋아한다. 〈어느 날 밤에 생긴 일〉의 마지막 부분에서 서민인 클라크 게이블과 여행하는 모험을 통해 응석받이 상속녀의 모습을 벗어던진 클로뎃 콜베트는 하찮은 바람둥이, 전형적인 영화 속 얼간이와 그녀의 결혼식을 진행하게 된 사제 앞에 선다. 그리고 그 남자를 그녀의 합법적인 남편으로 받아들일 것인지 묻는 질문에 그녀는 그러지 않겠다고 힘차게 머리를 흔들고는 엄청난 치맛자락을 들어 올리고 등 뒤로 1마일은 족히 될 긴 베일을 너풀거리며 잔디밭을 달려간다. 그것은 생생하게 기억되는 꿈속의 이미지처럼 각인되는 엄청난 장면이었다.

내가 태어나기 전부터 지금까지 많은 사람이 캐서린 헵번에게 푹 빠진 것처럼 나도 그렇다. 나는 그녀의 스타일에 반했다. 그녀가 관례에 굴복하지 않은 여성이었다는 사실은 더 이상 새로운 이야기가 아니었기에 그녀의 옷 입는 방식이 반항의 표시로 여겨졌다. 심지어 그녀가 이브닝드레스를 입었을 때도 그녀의 옷에서 남성적인 특징이 느껴졌다. 〈팻과 마이크〉에서 그녀가 통 넓은 바지를 입고 스펜서 트레이시와 골프장을 당당히 걷던 모습이 기억난다. 그리고 〈어떤 휴가〉에서 하이넥의 근사하고 단순한 검은 드레스를 입은 모습도 기억한다. 그녀는 고상한 척 하지도 아둔한 모습을 보이지도 않았다. 또 피커부 블라우스(Peek-a-boo, 얇은 천이나 트임 등으로 속이 살짝 비치는 옷—옮긴이)와 빅보(big bow, 대형 나비넥타이—옮긴이), 우스

짱스러운 신발도 없다.

필리프 배리Philip Barry의 희곡을 바탕으로 조지 쿠커가 감독한 1938년 작 로맨틱 코미디 영화 〈어떤 휴가〉를 처음 보았을 때 나는 열아홉 살이었다. 대학 신입생이던 나는 셀룰로이드로 만들어진 존재, 즉 헵번이 연기한 린다와 동일시하는 두 번째 순간을 맞았다. 그녀는 굉장히 부유한 사업가의 자식이고 나는 그리 보수가 많지 않은 교수 딸이라는 사실이 무슨 문제가 되었겠는가? 그녀는 파크 애비뉴의 엘리베이터 딸린 대저택에 살고 나는 옥수수와 알팔파 밭이 펼쳐진 멋진 전망의 그다지 대단하지 않은 집에서 자랐다는 사실이 무슨 차이를 만들었겠는가? 내가 그랬듯이 그녀도 오해받지 않았던가? 그녀는 그 모든 호사와 피상적인 허튼소리에서 도망치기를 필사적으로 원하지 않았던가? 비록 나는 도망쳐야 할 호사 따위는 갖지도 못했지만 나 역시 또 다른 삶에 대한 환상을 품지 않았던가? 물론 이런 생각은 이른바 '영화의 마법'이 가진 본질적인 측면이다.

넋을 잃고 영화를 보는 동안 나는 세일할 때 산 낡은 청바지와 스웨터를 입고 좌석에 앉아 있는 내 자신을 보지 않았다. 나는 더 이상 미네소타 주에 머물러 있지 않았다. 이상적인 자아가 스크린 위에 형상화되어 있었다. 감정적 현실, 즉 덫에 걸렸으며 불행하다는 느낌을 빼고는 나와 아무 공통점이 없는 등장인물이었다. 나는 내 앞에 펼쳐지고 있는 이야기 속으로 들어갔고 그 안에 있는 동안 오만하고 천박한 린다의 여동생이 입은 옷이 아니라 린다의 옷을 입고 있다고 상상했다. 여동생의 값비싼 옷들은 린다의 옷에 비해 너무 천박해 보였다. 압권은 검은색 드레스였는데, 나는 린다처럼 마치 내 마음속에 더 긴급하고 더 중요한 다른 일이 자리 잡고 있어서 그 옷이 굉장히 우아하다 해도 별로 중요하지 않은 것처럼 그 옷을 입었다. 그리고 케리 그랜트가 연기한 또 한 명의 자유로운 영혼과 사랑에 빠졌다.

그런 마법에 영향을 받지 않는 사람은 거의 없으며 그런 일은 영화가 나오기 훨씬 전부터 있었다. 우리는 소설 속 등장인물이 되어 그들이 펼치는 이야기에서 그들의 옷을 입고 모험을 하는 모습을 그려본다. 우리가 그렇게 할 수 있는 것은 그러는 동안에 자신을 볼 필요가 없기 때문이다. 자기 모습을 볼 수 없을 때는 온갖 변신이 가능하다. 영화는 셀 수 없이 많은 우리의 백일몽에 시각적 형태를 부여한다. 스크린 위의 멋진 사람들이 잠시 거울이 되고 우리는 그들에게서 자신을 본다. 비추어보기는 생리적·사회적 현상이다. 우리는 다른 사람들의 표정을 흉내 낼 수 있는 능력을 갖고 태어난다. 그러나 우리는 멋지고 아름다운 것의 이미지를 무수히 많이 가진 우리 문화의 산물이 되기도 한다. 우리가 무엇을 입을지 선택할 때 단순히 특정 옷만 선택하는 것이 아니다. 그 옷에 우리에 대한 의미, 다른 사람들이 이해해주기를 바라는 의미가 담겨 있기 때문에 우리는 그것을 선택한다.

요즘 나는 내가 이미 갖고 있는 것들과 매우 비슷한 옷을 산다는 사실을 종종 깨닫는다. 이것은 다소 따분하게 들릴 수도 있고 아마 실제로도 그럴 것이다. 나의 신체가 변했다. 나는 더 이상 영화관에 앉아 〈어떤 휴가〉를 보던 열아홉 살 소녀가 아니다. 나는 그 영화를 본 지 몇 년 지나지 않아 미네소타 주를 떠나 뉴욕 시로 이사했다. 나는 작은 마을과 지방생활의 제약들로부터 벗어났다. 어떤 영화배우들은 계속해서 내 옷장에 나타났다 사라진다고 말하는 것이 옳을 것 같다. 캐서린 헵번은 수십 년 전 그 멋진 드레스를 입고 스크린 위에 등장한 모습을 본 이래로 항상 딱 들어맞는 아름다움의 이상으로 내 마음에 남아 있다. 나는 모든 종류의 사치품과 과도한 치장을 꺼린다. 나는 남자처럼 꾸미지는 않지만 남성적인 느낌을 주는 옷이 좋다. 나는 편하게 움직일 수 있고 춤출 수 있고 필요하면 뛸 수도 있는 신발이 좋다. 굽 높은 힐, 통굽 구두, 족쇄와 비슷한 복잡한 스트랩 슈즈 같은 것은 '나답지' 않다. 나는 품위를 지켜주고 높여주면서도 너무 수수하고 진지해서 재미없는 사람처럼 보이게 만들지 않는 옷이 좋다. 이것이 내가 옷을 입을 때 전달하고 싶은 것이다. 솔직히 나는 내 노력의 성공 여부를 모른다. 그럴 만큼 충분히 자주 나를 보지 않는다. 밤에 외출하려고 집을 나설 때도 거울에 비친 나를 잠깐 휙 보고는 그대로 나가고, 다행히도 인생을 살아가는 동안 내가 어떻게 보이는지 알지 못하는 채로 지낸다.

2011년

스칸디나비아라는 단어에 대한 사색

아이 때 내가 스칸디나비아Scandinavia라는 단어의 뜻을 제대로 알기나 했는지 잘 모르겠다. 그것은 나와 내 가족 주위에 퍼져있는 문화적 안개에 가려져 있었는데, 왜, 어떻게 그렇게 되었는지는 분명하지 않았다. 나는 이미 둘로 나뉜 사람이었다. 나는 노르웨이인 어머니와 노르웨이계 미국인 아버지 사이에서 태어나 미국에서 살았던 탓에 영어를 말하기 전에 노르웨이 말을 먼저 썼다. 그러나 미네소타 주 시골이 나의 일상세계였고 노르웨이는 또 다른 세계였다. 1959년에 네 살이었던 나는 어머니, 여동생과 함께 베르겐에서 5개월을 지냈다. 1967년에 가족들과 다시 그곳에서 1년간 생활할 때까지 노르웨이는 초창기의 단편적인 기억들−조각난 기억들(구스베리 나무에 닿은 내 손, 눈 속에 놓인 오렌지, 저녁 식탁에서 눈물을 흘리던 사촌), 가정용품들(상자와 자기 그릇, 벽에 걸린 사진들과 그림들), 음식(특히 라이스푸딩, 크림케이크, 트위스트라 부르는 작은 초콜릿), 부모님의 말, 몇몇 의미심장한 단어들-이 뒤섞인 형태로 내 안에 살아 있었다. 어린 시절 두 차례의 방문 사이의 7년 동안 나는 대체로 노르웨이 말을 잊고 지냈다.

어떤 장소에 살지 않을 때의 장점은 그곳이 완전히 관념적인 장소가 된다는 사실이다. 늘 향수에 잠겨 있던 어머니와 당신이 양육된 이민자집단과 동일시하여 노르웨이어학과 문학 교수가 된 아버지 밑에서 자라면서, 나는 이상적인 다른 어딘가, 트롤과 니스와 피쉬볼이 있는, 입센과 함순과 뭉크의 마법의 왕국, 아이들은 더 행복하고 더 건강하며 마룻바닥은 더 깨끗하고 사람들은 더 친절하고 더 공정한, 기막히게 좋은 저 너머 세상에 대한 환상에 굴복했다. 내 부모님이 노르웨이에 대해 비판적이지 않았던 것은 아니다. 하지만 두 분 모두 외세外勢의 굴욕 속에서 형성된, 소규모 공동체에서 쉽게 번성하는 민족주의에 취약했다. 노르웨이의 경우 처음에는 덴마크, 그 다음에는 스웨덴이 외부 세력이었다. 어느 시점에선가 나는 이 세 나라가 스칸디나비아를 구성한다는 사실을 알게 되었다. 우리가 스웨덴에서 독립한 것을 경축하기 위해 매년 5월 17일에 여는 열광적인 깃발행사에도 불구하고 우리는 어떻게든 그들과 같은 어족에 속하는 것이 밝혀졌다. 그리고 그들뿐 아니라 덴마크인들도 마찬가지였다. 한동안 이 생각으로 고심했지만 결국 그것이 어린 내 마음을 뚫고 들어왔고 나는 그것을 받아들이게 되었다.

스칸디나비아를 하나로 묶어주는 원칙은 지리가 아니라 언어다. 만일 당신이 그 세 가지 언어 가운데 하나를 할 줄 안다면, 다른 두 언어는 약간의 노력만으로 쉽게-적어도 지면으로는-할 수 있다. 글로는 쉽게 이해할 수 있는 덴마크어가 실제로 말하는 사람의 입과 목을 거치면 금세 알아들을 수 없는 소음의 연속이 될 수 있다. 스웨덴어는 보다 쉽게 이해할 수 있지만 세심하게 주의를 기울이지 않으면 점점 잦아들면서 유쾌한 음악소리로 바뀔 수 있다. 하지만 아주 많은 단어가 세 언어에 공통된다. 세상에 대한 지각을 형성하고 저쪽에 있는 것을 알아볼 수 있도록 선을 긋고 경계를 만드는 것은 언어다. 나는 노르웨이 계 미국인이지만 그다지 내가 미국인답다고 생각하지 않을 뿐 아니라 노르웨이인이라고도 여기지 않는다. 이것은 내 어린 시절의 유산일 것이다. 만일 내가 노르웨이 말을 할 줄 몰랐다면 나는 분명 훨씬 더 근본적인 방식으로 노르웨이 문화로부터 단절감을 느꼈을 것이다. 내가 태어나기 훨씬 이전 시대까지 확장된 과거와 연결되어 있다는 느낌으로 나를 유인하는 것은 언어다. 노르웨이어의 어휘와 억양은 내 안에 계속 살아 있으며 내 영어에도 나타난다. 나의 산문은 확실히 프로테스탄트적이고, 스칸디나비아는 더 이상 배타적인 프로테스탄트 국가가 아닌데도 그곳의 관습과 문화는 기독교의 우상파괴적이고 냉혹하며 고독한 버전으로부터 깊은 영향을 받았다.

영어와 달리 스칸디나비아의 언어들은 단어가 빈약하다. 오늘날 우리가 영어라고 알고 있는 것은 1066년 윌리엄 1세와 함께 발달하기 시작했고 라틴어에서 파생된 프랑스어가 앵글로색슨족에 유입되면서 한층 풍부해졌다. 그런데 스칸디나비아 언어를 쓰는 작가들에게 영어권 작가들이 갖지 못한 가능성을 부여하는 것이 바로 어휘의 빈약함이다. 빛과 양초를 뜻하는 노르웨이어 단어 lys는 영어에서는 가능하지 않은 반복과 애매함, 깊이를 허용한다. lys는 어둠에 대한 인식, 여름과 겨울에 대한 인식, 흐리고 구름 낀 날씨가 지속되는 오랜 나날에 대립하는, 빛이 긴 소중한 날들에 대한 인식으로 충만한 단어다. 나는 1년 동안 베르겐에서 김나지움에 다녔는데, 비가 얼마나 많이 오는지 태양이 비치는 날이면 휴교령이 내렸다. 어머니는 미네소타 주에서 여러 해를 산 뒤에도 따뜻한 햇살이 언제 사라질지 모른다는 듯 얼굴을 태양 쪽으로 돌리며 눈을 감곤 하셨다. 아마도 어둠은 스칸디나비아 가정 어디서나 볼 수 있는 양초 배후에 놓여 있는 것 같다. 거기서는 낮에도 양초에 불을 켜고 지냈고 밤에도 방을 밝혀주었다. 북유럽에서의 어둠과 빛의 경험은 설명이 불가능하다. 그 차이는 몸으로 직접 겪어야 한다. 나는 빛과 어둠으로 여름과 겨울이 정해지지 않는 장소에서 스칸디나비아로 이주한 사람들이 그곳에 도착했을 때 어떤 느낌을 받았을지, 어두운 오후에 쇼핑하거나 여름에 밤늦도록 해를 보는 일이 얼마나 이상하게 느껴졌을지 자주 궁금했다. 또한 그것이 그들의 생활 리듬을 어떻게 바꾸어놓았는지, 그들의 모국어에서 빛과 어둠을 뜻하는 단어의 의미가 어떻게 달라졌을지 궁금했다. 친조부모와 아버지는 노르웨이에서 태어나지 않았지만 노르웨이어 억양이 섞인 영어를 썼다. 하지만 그들의 노르웨이어는 대서양 건너편에서 사용되는 노르웨이어와 달랐다. 그들의 말은 19세기 어법으로 가득했으며 노르웨이어에는 그것에 해당하는 것이 없어서-영어에서 끌어온 단어에 성을 갖다 붙이는 식으로-혼합된 단어들도 간간이 섞여 있었다.

이것 하나는 확실하다. 유럽의 다른 지역들과 마찬가지로 스칸디나비아는 더 이상 단일하지 않다. 몸집이 크고 창백한 피부를 가진 금발의 루터교도(내가 완벽하게 구현하는 유일하게 전형적인 인물)라는 고정관념은 시대착오적인 생각이 되었고, 다양한 체형과 피부색, 종교들로 교체되고 있는 중이다. 나는 스칸디나비아의 바뀌는 이미지를 기쁘게 생각한다. 저쪽 사람들의 이주는 항상 이쪽 문화에 생기를 불어넣기 때문이다. 사람들의 이동은 새로운 단어, 새로운 생각들을 만들어내며 새로운 예술이 태어나게 자극한다. 나는 미국 중서부 이주민문화의 산물이며 지금 내가 살고 있는 뉴욕 시에서는 거주민의 40퍼센트가 다른 나라 출신이다. 최근에 오슬로를 여행했을 때 나는 택시에 타서 주소를 알려준 뒤 기사와 대화를 시작했다. 그의 아버지는 파키스탄에서 태어났지만 그는 노르웨이에서 태어났다고 했다. 굳이 그런 설명을 할 필요도 없었다. 그의 오슬로 사투리는 오해의 여지가 없었기 때문이다.

이주민들은 항상 그들이 이주한 나라에 새로운 활기를 불어넣지만 그들의 존재가 대립을 만들기도 한다. 북아메리카 원주민을 제외한 모든 사람들이 다른 어딘가에서 이주해온 미국에서는 몇 대에 걸쳐 살았느냐에 따라 우월함의 정도가 매겨진다. 미국에서 더 오래 살았을수록 더 좋다. 내가 베르겐에서 생활했던 1972~73년에는 시내에 이주민이 없었고, 나는 시민 평등권의 열렬한 지지자였는데도 정기적으로 미국의 인종차별주의 때문에 비난을 받아서 당황하곤 했다. 내가 다시 그곳에 돌아갔을 때는 파키스탄인들의 노르웨이 이주가 빠르게 늘어난 뒤였고, 사람들이 무심결에 인종차별적인 비방의 말을 하고 폄하하는 고정관념에 젖어 있는 것을 발견했다. 간단히 말해 그들은 미국에서는 끔찍하게 여겼을 말들을 했다. 스칸디나비아의 우익 정치가들은 전 세계에 있는 그들의 동지들처럼 우리와 그들을 나눠서 생각하고, 공유하는 지리나 언어로서가 아니라 혈통이나 배경으로서 '국가'라는 허구를 유지하기 위해 무지와 공포를 이용하는 죄악을 범한다. 이것은 항상 위험하며 인종적 순수성이라는 가장 추악한 이념의 악취를 풍길 수밖에 없다. 미국에서 인종차별적인 문화가 남긴 가장 유별난 유산 가운데 하나는 레나 혼Lena Horne이나 콜린 파월Colin Powell처럼 아주 연한 피부색을 가졌지만 아프리카 혈통을 가진 사람들이 '백인'이 아니라 '흑인'으로 불린다는 것이다. 나치스의 인종법은 인구 가운데 유대인의 비율을 놓고 가장 터무니없는 일을 벌였다. 유대인들이 수백 년 동안 살아왔고 그 기간 동안 유대인이 아닌 사람들과 결혼도 해왔던 나라에서 말도 안 되는 생각이었다. 아버지는 이민자들과 그들의 자녀들, 손주들로 구성된 아주 작은 세계에서 소년 시절을 보냈다. 그 세계에서는 인근 지역사회의 스웨덴인들과 덴마크인들을 노르웨이인들과 역사적·문화적으로 중요한 관계를 가진 언어적 사촌으로 여기지 않았다. 그들은 외국인이었다. 그렇지만 변화가 없는 이야기는 없다. 아버지가 어린 시절 알았던 세계는 영원히 사라졌다. 나는 대학에서 자신이 "일부는 스웨덴인, 일부는 독일인, 일부는 수Sioux 인디언"의 배경을 가졌다고 설명하는 사람을 만났다. 내 딸은 자신을 '반은 노르웨이인'이고 '반은 유대인'이라고 말한다. 그녀는 자신을 '주웨지안Jewegian'이라고 즐겨 부른다. 스칸디나비아는 의미가 유동적인 단어다. 그것이 가리키는 무수히 많은 내용과 의미는 결정되고 있는 중이며, 우리는 그것이 배제가 아니라 포함의 기호로 자리 잡기를 희망한다.

2005년

나의
잉거 크리스텐센

잉거 크리스텐센Inger Christensen이 죽었다. 위대한 작가가 죽었다. 나는 이 위대한이라는 말이 존경할 만한 문화인을 수식하고 그 또는 그녀를 사라진 다른 위인들과 함께 높이 받들기 위해 자주 쓰는 단어라는 것을 안다. 그러나 이것은 나의 의도가 아니다. 위대한 책이란 절실하고 인생을 바꾸어놓는 책, 독자의 두개골과 가슴을 열어놓는 책이다. 처음 〈그것〉을 읽었을 때 나는 20대 초반이었는데, 계시를 받은 느낌이었다. 이 작품은 내가 그때까지 읽어온 다른 어떤 작품과도 달랐다. 그 리듬과 반복은 내 몸에서 나온 것이었다. 내 심장박동과 숨에서, 내가 걸을 때의 다리 움직임과 팔의 흔들림에서 나온 것이었다. 그것을 읽는 동안 나는 그 음악에 따라 움직였다. 그러나 그런 신체의 음악에서 떼어놓을 수 없는 것, 즉 운율 자체에 배어 있는 것은 여느 철학자의 것만큼이나 철저하고 냉엄하며 강철 같은 정신이었다. 크리스텐센은 타협하지 않았다. 체현된 생각의 게임 속에서 역설 위에 또 역설을 쌓았다. 논리와 체계, 숫자가 생기를 얻어 내 앞에서 춤추었다. 하지만 그것들이 그렇게 한 것은 그녀의 목소리가 마법을 걸어 이상하게 바꾸어놓은 평범한 사물들과 손을 맞잡고서였다. 그녀는 내가 다르게 보게 만들었다. 그녀는 내가 새로이 주문의 힘을 느끼게 했다. 그래서 그녀의 작품을 더 많이 읽었다. 나는 그녀의 시를 특히 사랑한다.

나는 그녀를 두 번 만났다. 처음에는 뉴욕에서 열린 한 축제에서였다. 나는 그녀에게 달려가 악수를 청했고 깊은 존경심을 전하고자 몇 마디 말을 횡설수설했다. 그녀는 친절했다. 두 번째 기회는 코펜하겐에서 있었던 한 만찬장에서였다. 그때 나는 내 우상 옆에 앉았는데, 그녀는 매력적이고 재미있었다. 그녀는 내게 뉴욕에서는 누구도 담배를 피우게 내버려두지 않기 때문에 뉴욕에 다시 돌아가지 않을 거라고 말했다. 식탁에서 유쾌하고 가식이 없던 그 여인과 위대한 시인은 같은 사람이었다. 하지만 그 순간에 방에 있었던 사람과 책으로 만난 사람 사이에는 항상 약간의 간극이 있다. 나는 그 여인을 모르지만 시인은 나의 내면세계를 바꾸어놓았다. 내가 글을 쓸 때 그녀는 내게 속삭였다. 눈부시고 치열한 문학적 어머니를 나는 거듭해서 읽고 또 읽을 것이다. 다음은 크리스텐센의 글, 삶과 죽음의 음악이다. 그것들은 〈그것〉의 마지막 세 줄이다.

누군가는 죽어서 밤이 찾아오자 집 밖으로 실려 간다.
누군가는 죽어서 결국 눈이 먼 누군가에게 보인다.
누군가는 꼼짝 않고 있다가 마침내 다른 죽은 사람과 단둘이 된다.

2009년

아버지와 나

모성의 일부가 아닌 부성에는 거리가 있다. 초창기에는 어쩔 수 없이 아버지들이 한발 물러나 있다. 우리는 아버지의 자궁 안에서 살지도 않고, 그들의 몸에서 태어나지도 않으며, 그들의 젖을 빨지도 않는다. 유아기의 일들은 잊어버릴지라도 엄마와 아기 사이에 있었던 최초의 교감, 앞뒤로 어르기, 흔들고 달래기, 안고 바라보기 같은 그 시절의 흔적은 우리 안에 남아 있다. 반면에 아버지들은 다른 곳에서 무대로 들어온다. 정신분석학자 제시카 벤저민Jessica Benjamin이 지적하듯이 아버지들은 흥미진진하고, 그들과의 놀이는 대체로 어머니들과의 놀이와 달라서 유아에게 더 자극적이다. 아버지들은 주로 '몸 흔들기, 튀어 오르기, 함성 지르기'[1]를 하는 사람이다. 나는 제 아버지가 흔드는 무릎에 올라앉아 즐거워하던 내 아이의 얼굴을 생생하게 기억한다. 남편은 자주 딸아이 소피를 카우보이처럼 '소피 카우걸Sophie Cowgirl'로 만들었고 〈거침없이 쏴라〉의 음향효과를 흉내 내면서 딸과 함께 거칠게 질주했다. 나는 아버지 무릎에 앉아 뛰었던 기억이 없다. 하지만 문이 열리는 소리, 현관으로 들어서는 발소리, 아버지가 집으로 돌아올 때 맛보았던 강렬한 행복감은 기억난다. 여러 해 동안 나는 매일같이 세 여동생과 함께 아버지가 귀향하는 영웅이라도 되는 양 문으로 달려가 "아빠, 다녀오셨어요!"라고 소리를 지르며 아버지를 맞았다. 우리 집에는 딸밖에 없었다. 아들이 생기지 않았던 것이다. 나는 종종 아들이 없었던 것이 아버지를 포함한 우리 모두에게 다행이었다는 생각을 했다. 아버지가 아들과 가졌을 관계는 딸과의 관계와는 달리 강한 동일시로 물들었을 것이기 때문이다. 나는 이상하게도 그것이 자유를 주었다고 생각한다. 여동생들과 나는 여자아이에게는 큰 야망을 기대하지 않는 분위기에서 태어났다. 역설적인 것은 우리가 아버지를 남자 형제와 나누지 않아도 되었기 때문에 우리의 관심이 꽃을 피울 수 있었다는 점이다. 아들이라면 양쪽 부모로부터 중요한 사람이 되어야 한다는 압박을 필연적으로 더 많이 느꼈을 것이고, 우리는 분명 그런 압박을 부러워했을 것이다.

하느님 아버지(God the father), 조국(land of our father), 조상(forefathers), 미합중국 헌법 제정자들(Founding Fathers)은 모두 태생이나 혈통을 가리키며 우리를 낳은 존재나 어떤 권위를 가리킨다. 우리는 아버지 쪽의 혈연을 따른다. 아버지의 성 따르기. 나는 어머니의 성이 아니라 아버지의 성을 쓴다. 나는 결혼하면서 남편의 성을 따르지 않았다. 하지만 가부장의 상징적 표시는 나에게 시리 허스트베트라는 기호로 새겨져 있다. 우리는 자랄 때 같은 나무에서 자란 네 알의 사과처럼 '허스트베트씨네 딸들'이라거나 '허스트베트 자매'라고 불렸다. 아버지의 성은 혈통과 합법성, 일관성의 각인이다. 우리는 한 여성이 아이를 낳으면 그녀가 그 아이의 어머니임을 안다. 그러나 아버지의 신원은 눈으로 볼 수 없다. 그것은 침실의 비밀로 감추어져 있다. 어쩌면 그 침실에서 다른 남자들과의 은밀한 결합이 있었을 수도 있다. 유대교는 아버지라는 덜 확실한 혈통이 아니라 어머니를 통해, 즉 알려진 혈통을 통해 유대인의 정체성을 확립함으로써 이런 어려움을 피해간다. 아버지의 신원에 대한 의심이나 혼란, 사생의 재앙은 고대 그리스 시대 이래로 서구에서 문학의 재료가 되어왔다. 오이디푸스 이야기에서 주인공은 뜻하지 않게 부친 살해와 근친상간을 범하지만 그 범죄가 알려지게 되자 세상의 기반이 뒤흔들린다. 기독교의 처녀 수태설은 아버지를 알지 못하는 데 대한 궁극적인 환기다. 왜냐하면 여기서 창시자는 성령인 신 자신인데, 그가 인간의 이해력을 넘어서는 수단으로 유한한 여성을 수태시켰기 때문이다. 《리어왕》의 에드먼드는 서자로서의 그의 운명을 이렇게 한탄한다. "왜 그들은 우리가 천하다고 낙인찍는가? 서자라고? 천출이라고?" 그러나 에드먼드의 배반은 제대로 된 아버지와 잘못된 어머니에게서 태어난 자식, 즉 부정한 혈통을 가진 아웃사이더라는 그의 위치가 갖는 본질적인 부분이다. 찰스 디킨스는 그의 작품에 사생아를 많이 등장시켰고, 아버지가 없어서 생기는 극적인 사건이 본인은 물론 다른 이들에게도 의미가 없다고 분명히 말하고 표현했다. 《리틀 도릿》에 등장하는 사생아 아서 클레넘은 계속해서 '아무도 아닌 자(nobody)'로 불린다. 같은 소설의 또 다른 신랄한 부분에서는 신비에 싸인 웨이드 양에 대해 질문을 받은 팽크스 씨가 대답한다. "나는 그녀가 자신에 대해 알고 있는 것만큼 그녀에 대해 많이 알고 있소. 그녀는 어떤 사람의 아이-아무나의 아이-아무도 아닌 자의 아이라오."[2] 확인 가능한 과거가 없으면 자기지식에 이르는 길은 닫힌다. 이름에 대한 아버지의 권력은 우리가 아무도 아닌 자가 아니라 누군가가 되게 허락해주는 하나의 관계 안에 우리를 고정시키고 규정한다. 이것은 아버지가 갖는 두 가지 상징적 역할에 대한 자크 라캉의 유명한 말장난 "아버지는 이름을 짓고 아버지는 금지한다"의 원천이다(프랑스어로 이름을 뜻하는 단어 nom과 금지를 뜻하는 단어 non은 발음이 똑같다—옮긴이).

내가 어렸을 때 텔레비전에서 〈아빠가 제일 잘 알아〉라는 드라마를 방영했다. 이 건전한 드라마는 질서를 지키는 가족, 다시 말해 모두 일정한 위계질서 속에서 자기 자리가 어딘지 잘 알고 있는 가족을 보여주었다. 매주 가벼운 폭풍이 불어 그 체계가 흔들리지만 결국은 무사히 해결되었다. 나는 전후 시대의 신화적인 아버지들과 내 아버지에 대한 내 내면의 공상들이 뒤섞였다고 확신한다. 그들은 폭군은 아니었지만 책임을 지고 있었고, 최종적인 발언권을 행사했으며, 전쟁으로 미국의 많은 아버지가 해외에 나가 있는 동안 해체되었던 가족의 질서를 다시 확립하는 데 힘을 쏟던 시기의 이상적인 아버지들이었다. 내 아버지는 엄격한 사람은 아니었으나 그에게는 도전할 수 없는 무언의 권위가 있었다. 그가 조금이라도 화가 나거나 짜증이 났다는 낌새가 느껴지기만 해도 나는 매우 당황했다. 그런 경우가 드물기는 했지만 아버지의 제재는 막강했다. 나는 무척이나 그를 기쁘게 하고 싶었다. 나는 착한 딸이 되고 싶었다.

그렇게 이야기되어왔고, 그게 참이다.

그리고 이것은 진짜 고통이다,
게다가. 아이들을 보는 것은 끔직하다,

올바른 어린 소녀들,

그들은 그렇게나 착해지려 하는가….[3)]

조지 오펜George Oppen은 그의 시 〈거리〉를 이렇게 끝맺었는데, 나에게 마지막 두 줄은 항상 강력한 한 방의 힘을 발휘했다. 내가 올바른 어린 소녀였기에.

우리의 이런 애착들과 부모를 향한 처음의 커다란 열정들은 너무 섬세해서 아버지가 당신의 권력을 다르게 썼더라면 내가 어떻게 되었을지 종종 궁금해졌다. 일주일에 한 번씩 정신병원 환자들에게 글쓰기 수업을 진행하면서 나는 아버지들에 대해 많은 이야기를 들었다. 폭력적인 아버지, 떠나버린 아버지, 유혹하는 아버지, 소홀한 아버지, 잔인한 아버지, 감옥에 있는 아버지 또는 술이나 마약, 자살로 죽은 아버지. 수치스러운 아버지들이다. 이런 아버지의 특징들은 우리 사회의 사람들이 너무도 열렬하게 집어삼키는 냉혹한 '학대' 이야기를 부채질한다. 그럴 때 원인과 결과를 만들어내고, 모든 모호함을 없애며, 각 사례의 개별성을 무시하고, 도덕적 분노의 길을 행진하는 것은 간단하다. 잔혹한 이야기들이 있다. 우리 모두 그런 이야기를 들어보았다. 그러나 기형적인 삶을 만들어내는, 더 교묘한 형태를 띠는 아버지의 권력도 존재한다. 내가 생각하는 것은 헨리 제임스Henry James의 《워싱턴 스퀘어》에 나오는 아버지 슬로퍼 박사 같은 남자다. 그는 딸 캐서린에게 구애하는 젊은 남자가 재산을 노리고 결혼하려는 사람이라는 사실을 알게 되었을 때 끼어든다. 그의 평가는 결코 틀리지 않았고 자식을 보호하고자 하는 그의 욕망은 매우 합당하다. 그러나 그의 예리한 통찰 저변에는 자식에 대한 냉담함뿐 아니라 거의 사디즘에 가까운 역설적인 거리가 있다. 슬로퍼와 그의 여동생이 주고받은 주목할 만한 대화에서, 두 사람은 남자 친구와 바로 결혼하지 않고 까다로운 아버지가 마음을 바꾸기를 기대하며 기다리겠다는 캐서린의 결정에 대해 이야기를 나눈다.

"난 오빠 딸이 오빠를 존경한다는 게 그렇게 웃기는 농담이라고 생각하지 않아요."

"내가 확실하게 하고 싶은 것은 그 존경심이 끝나는 지점이야."

"다른 감정이 시작되는 곳에서 끝나겠죠."

"전혀 그렇지 않아. 그렇다면 아주 간단했겠지. 그 두 가지가 지독하게 뒤섞여 있는데 그 혼합이 매우 이상하거든. 그것이 뭔가 제3의 요소를 만들어 낼 거야. 그게 내가 보려고 기다리고 있는 거지. 나는 긴장하고 기다리고 있어. 긍정적인 흥분이지. 그건 캐서린이 행여 나에게 주게 될 거라고는 생각지도 않았던 종류의 감정이야. 난 정말이지 그 애에게 아주 많이 고마워하고 있어."[4)]

캐서린이 그녀의 연인과 아버지인 그에게 가진 감정들이 "지독하게 뒤섞여 있다"는 슬로퍼의 말은 반박할 수 없는 통찰이며, 그것은 제임스 소설의 경계를 넘어선다. 우리의 가장 깊은 성인 애착은 최초의 사랑에 의해 채색된다. 그것은 지독하게 뒤섞여 있다. 그러나 그에게 권력을 부여하는 것은 캐서린이 아버지에게 품고 있는 사랑과 공포다. 아버지를 기쁘게 하려는 캐서린의 욕망은 그녀를 그의 의지에 휘둘리게 만든다. 하지만 제임스의 소설에는 더한 역설, 제3의 요소가 존재한다. 망나니 모리스 타운센드를 두고 벌이는 싸움 때문에 숨길 수도 있었던 딸에 대한 아버지의 경멸이 드러난 것이다. 이 일로 캐서린은 강철 같은 의지를 갖게 된다. 슬로퍼는 캐서린에게 자신이 죽은 뒤에도 타운센드와 결혼하지 않겠다고 약속할 것을 요구하지만 그녀는 거절한다. 그와 결혼할 생각이어서가 아니다. 그것이 그녀가 할 수 있는 유일한 저항방법이기 때문이다.

내 아버지는 온화하고 친절하며 우리가 하는 일에 자주 관심을 보였고 우리가 거둔 성과를 자랑스러워했다. 아버지는 어린 딸들의 사랑을 누렸다. 나는 나중에서야 이런 사실을 깨달았다. 어릴 때는 아버지의 입장에서 그런 찬사가 어떤 느낌을 줄지 상상할 수 없었다. 당시 그는 흥분과 다른 매력으로 감싸인 마술적 존재였다고 생각한다. 그는 모든 질문의 대답을 아는 것 같았다. 그는 크고 강했으며, 목수이면서 나무꾼이었고, 불을 만드는 사람이자 모든 포유류와 곤충의 친구였으며, 이야기꾼이었고, 담배 연기를 도넛 모양으로 만들 줄 알았다. 또 당연한 일이지만 대학교에서 학생들을 가르치고, 내게는 그 성격이 조금은 분명하지 않았던 다른 다양한 두뇌 활동에 참여하는 일을 하러 가는 남자였다. 아이들이 자기 아버지를 이상화하는 일은 흔하다. 아이들이 자라면서 아버지가 인간이라는 사실을, 그의 약점과 맹점까지 포함해서 깨닫게 되는 일도 흔하다. 위니콧이 말했듯이 아이들이 "실제 아버지에게 실망하는 경험"[5)]을 하는 것은 괜찮다. 하지만 이상에서 현실로 옮겨가는 일이 아이들에게도 아버지에게도 쉽지만은 않다.

정체성과 동일시, 욕망은 복잡하게 얽혀 있다. 우리는 다른 사람들을 통해 우리 자신이 된다. 자아는 밀폐된 용기가 아니라 구멍이 많이 나 있는 용기다. 그것이 유전자 지도로 시작된다 해도 결국은 시간을 두고서 오직 세상과의 관계 속에서만 표현되는 지도다. 미국인들은 그들의 창조 신화와 지금은 개척자보다 자유시장이 더 많은 비중을 차지하게 된 극렬한 개인주의, 그리고 인간을 공구상자나 설명만 있으면 고칠 수 있는 물건으로 바꾸어 DIY(소비자가 직접 만들기)를 기묘하게 비틀어놓은 듯한 자구 행위에 필사적으로 매달린다. 우리는 우리 자신의 작가가 아니다. 우리에게 주체성이나 책임이 없다는 말을 하는 것이 아니다. 그보다는 변화가 관계를 벗어나지는 않는다고 말하는 것이다. 내 남편 폴 오스터Paul Auster는 《고독의 발명》 1부 '보이지 않는 남자의 초상'에서 "당신은 어른이 된 뒤에도 아버지의 사랑을 끊임없이 갈구한다."[6]라고 썼다. 2부 '기억의 책'은 3인칭 시점으로 서술되어 나는 그가 된다.

> 그는 아버지가 죽을 때 아들은 자신의 아버지이자 자신의 아들이 된다고 쓴다. 그는 자기 아들을 바라보면서 아이의 얼굴에서 자신을 본다. 그는 아이가 그를 바라볼 때 무엇을 보게 되는지 상상하고 자신이 자기 아버지가 되어간다는 것을 깨닫는다. 이해할 수 없지만 그는 이 사실에 감동한다. 그를 감동시킨 것은 단순히 아이의 모습도 아니고, 자기 아버지 안에 서 있다는 생각 때문도 아니다. 그것은 아이를 통해 보게 되는 자신의 사라진 과거다. 그가 느끼는 것은 자신의 삶에 대한 향수, 아마도 그가 아들로서 아버지에 대해 갖고 있는 소년 시절의 기억이다. 설명하기 힘들지만 그는 그 순간에 자신이 행복과 슬픔 사이에서 흔들리는 것을 깨닫는다. 만일 그런 일이 가능하다면 그가 앞쪽과 뒤쪽으로, 미래와 과거로 동시에 가고 있는 것 같다. 그리고 그런 느낌이 너무 강렬해서 그의 삶이 더 이상 현재에 머물러 있지 않은 것 같은 시간들, 그런 시간들이 종종 있다.[7]

여기서 동일시에는 봉합선이 없다. 세 세대가 뒤섞이고 유사성 안에서 시간이 붕괴된다. 나는 당신이다. 나는 당신이 되어왔다. 그러나 아버지가 죽을 때 딸은 자신의 아버지가 되고 그 후 자신의 아들이 된다고는 쓸 수 없다. 딸은 결코 아버지가 되지 않는다. 성의 한계는 쉽게 넘을 수 없는 문턱이다. 그것은 동일시와 욕망을 복잡하게 만든다. 오스터가 이 글을 썼을 때 그에게는 딸이, 우리의 딸이 없었다. 그녀는 그 뒤에 태어났다. 한번은 그녀가 아주 어렸을 때였는데, 자기도 더 나이 들면 페니스가 커지는지 물었다. 우리는 그녀에게 대답했다. 아니, 그런 일은 결코 없을 거야. 성전환 수술 이야기를 꺼낼 상황은 아니었다. 그러나 많은 비난을 받아온 프로이트의 "해부학적 구조는 운명이다"라는 말에 대해 진지하게 질문을 던져볼 수 있을 것 같다. 과연 우리는 어느 정도로 우리의 성에 갇혀 있는 것일까?

나 역시 우리 집안 여자들에게서 대를 이어 전해지는 연속성을 느꼈고, 모계를 끊을 수 없는 감정의 고리로 느꼈다. 나는 외할머니를 사랑했다. 내가 잘 알고 있던, 나의 모르모르mormor. 모르모르는 노르웨이어로 어머니의 어머니를 뜻한다. 외할머니는 막내였던 내 어머니를 매우 사랑했고, 나도 매우 사랑했다. 나는 잠시 놀러 갔다가 "안녕히 계세요" 하고 인사할 때 내 얼굴을 어루만지던 그녀의 손길과 그녀의 눈 속에 가득하던 애정, 그녀의 상냥함을 기억한다. 내 어머니의 얼굴, 그녀의 손, 그녀의 손길과 목소리는 내가 사는 내내 내 안에서 울려 퍼졌고 간직했다가 내 딸에게 전해주는 유산의 일부가 되었다. 그것은 내 몸에 있는 음악과도 같은 것이었고 시간이 흐르면서 주어지고 받아들인 무언의 지식이었다. 이런 점에서 나는 행운이었다. 한 여성에서 다른 여성에게로 전달되는 선율에는 불협화음이 거의 없다. 어머니의 사랑은 모든 사람의 시작이고 그 효력은 압도적이다. 언젠가 내가 여러 여자와 함께 모여 있었을 때(아마도 누군가의 임신 축하파티였던 것 같다) 우리 가운데 한 명이 남편과 아이가 물에 빠지면 누구를 구하겠느냐는 잔인한 질문을 했던 게 기억난다. 모든 여자가 앞다퉈 아이라고 대답했다. 고백이 계속되는 동안 두서없는 농담들(한 명 이상의 여성이 이야기했다)이 오갔고 요란한 웃음이 뒤따랐다. 내가 이 일을 기억하는 것은 그것이 대부분의 여성들이 자기 자식에게 품고 있는 사랑의 맹렬함을 보여주었기 때문만은 아니다. 그것은 적어도 특정 여성들이 상상 속의 깊은 바다에 빠져죽게 내버려두었던 남자들을 향해 품고 있었을 숨김없는 적대감, 솔직히 나는 공감할 수 없었던 그 감정을 건드리고 있었기 때문이기도 했다.

어머니를 이야기하지 않고 아버지에 대해 이야기하는 것은 불가능하다. 아들과 딸 모두에게 어머니는 눈부신 인물, 생명과 음식, 감정의 원천으로 시작된다. 적어도 19세기 이래로 서구문화에서 모성을 두텁게 뒤덮어온 감상성은, 오직 그것이 온 힘을 발휘할 때만 위협적인 상호 열정을 길들이는 한 방식이라는 느낌을 준다. 자식들은 어머니로부터 벗어나야 하고 어머니들은 자식을 놓아주어야 하지만 그 이별이 오랜 줄다리기가 될 수도 있다. 모든 문화가 모성의 신비(생리, 임신, 출산, 성인으로의 입문식인 분리)를 체계 안에 집어넣으려 한다. 금기와 의례, 이야기들은 이것과 저것을 구별하고 이해 가능한 질서를 만들어냄으로써 인간의 경험을 이해하게 만드는 틀을 창조한다. 메리 더글러스Mary Douglas는 그의 책 《순수와 위험》에서 다양한 종류의 사회조직에 대해 논의하면서 흥미로운 사실을 말했다. "나는 [사회]체제 속에서 명시적인 영역을 담당하는 사람들이 의식적으로 통제된 권력을 갖게 되는 경향이 있다고 주장하려 한다. 이는 덜 명시적인 역할을 담당하는 사람들이 더 잘 규정된 지위에 있는 사람들을 위협하는 무의식적이고 통제 불가능한 권력을 행사하게 되는 경향이 있는 것과 대조된다."[8)] 그녀의 요점은 애매성은 위험스러우며 '명확하고 의식적인 권력'은 불분명하고 체계화되지 않은 영역들로부터 체제 전반을 보호하려 한다는 것이다. 그녀는 마녀를 '비체계(nonstructure)'의 예로 든다. "마녀들은 벽과 징두리널의 갈라진 틈에 사는 딱정벌레와 거미들의 사회적 등가물이다." 그러나 그 후 그녀는 다른 종류의 애매한 인물인 합법적 침입자를 언급한다. "이들 가운데 잔 다르크는 정말 훌륭한 원형으로 여겨질 수 있다. 궁중에 온 소작농, 갑옷을 입은 여자, 작전회의에 참석한 외부인이었기 때문이다. 그녀가 마녀로 고발당했다는 사실은 그녀를 완벽하게 이 범주에 포함시킨다."[9)]

고전적 정신분석에서 의식적이고 명확한 권력은 아버지에게 있다. 그는 어머니와 아들 사이에서 명확하지 않은 비체계와 집어삼키는 어머니로부터 지켜주는 일종의 구원자로 등장하지만 동시에 아들이 어머니에게 품은 욕망을 좌절시키고 경쟁심을 불어넣기도 한다. 오이디푸스의 비극이다. 일단 그것이 해결되고 아버지의 법이 내면화되면 소년은 아버지의 자리를 차지하러 갈 수 있게 된다. 더글러스의 모델을 사용할 때 정신분석학에서 어머니는 마녀와 매우 비슷한 존재다. 더구나 이 모든 과정에서 어린 소녀들이 아버지와 갖는 관계는 더 이상 다루어지지 않았는데, 이 부분은 정확히 그 분야에서 계속 혼란스럽게 남아있다.

이야기를 뒤집어놓는 것은 소용이 없다. 어린 소녀들도 자기 어머니를 떠나고 싶어하기 때문이다. 《오이디푸스 콤플렉스 해소》에서 프로이트는 해부학적 구조와 운명에 대한 그의 관찰을 계속한다. "어린 소녀의 클리토리스도 처음에는 페니스와 비슷한 역할을 하지만 다른 성을 가진 친구의 것과 비교하면서 그녀는 자기 것이 좋지 않게 떨어져나갔음을 알게 되고, 이것을 그녀에게 좋지 않은 일로, 열등함의 이유로 느낀다. 한동안 그녀는 나중에 더 나이 들면 그녀도 남자아이들의 것만큼 큰 부속물을 가지게 될 것이라는 기대로 자신을 위로한다…."[10)] 페미니스트들이 남근 선망 개념을 별 설득력 없게 본 것도 당연하게 여겨진다. 대신 벤저민은 다른 독법讀法을 제안한다. "프로이트가 남근 선망이라 불렀던 어린 소녀의 남성 지향은 사실 아버지와 동일시하고자 하는 - 양 쪽 성의 - 유아의 소망을 반영한다. 아버지가 외부세계를 대표하는 존재로 인지되기 때문이다."[11)]

딸들도 확실히 아버지와 동일시할 수 있다. 그렇게 하는 경우가 많다. 실제로 아들이 "나는 정말 어머니와 비슷해"라고 말하는 것보다 딸이 아버지와 비슷하다고 인정하는 쪽이 훨씬 더 흔하다. 아들의 경우 어머니에 대한 의존을 떠올리게 하는 것은 그의 남성성을 침해하는 것으로 여겨지기 때문이다. 딸이 할 수 없는 것은 사회에서 여전히 명확하게 표현된 권력과 권위의 지위를 갖고 있는 아버지의 자리를 차지하는 것이다. 벤저민만 그런 비판을 한 것은 아니다. 오이디푸스의 갈등은 한동안 정신분석 쪽에서 비판받아왔고 프로이트가 아버지를 강조함으로써 어머니와 아이의 어린 시절에서 어머니의 중대한 역할을 과소평가했다는 사실이 널리 인정되고 있다. 하지만 어머니가 중요하다고 해도 딸들이 성적 구분에서 자리를 찾고 명확한 권력의 지위를 누리기 어렵다는 사실은 바뀌지 않는다. 마녀는 항상 배경에 숨어 있는 법이다.

물론 인생이 신화에 정확히 들어맞는 일은 없다. 성적차이를 설명하기 위해 정립된 예리한 구분은 이 세상에서 실제로 부모와 함께 자라는 사람이 처하는 애매한 상황들을 포괄하지 못한다. 나는 선머슴이 아니었다. 어린아이였을 때는 여자아이들 놀이를 좋아했고, 인형을 좋아했으며, 늘 남자아이들에게 사랑의 감정을 품었다. 나는 쉽게 울음을 터뜨렸다. 또 부모님의 기대에 매우 신경 썼고, 조금 수동적이었으며, 허물을 잘 이해했다. 나의 물활론적(animistic) 경향은 대부분의 사람들보다 더 오래 유지되었다. 모든 것을 의인화했던 것이 기억난다. 내게 가장 큰 행복은 그림그리기, 책읽기, 상상하기였다. 내 삶에서 대부분의 행동은 내면적으로 일어났다. 이것은 지금도 참이다. 내가 살던 곳에서는 그런 사람을 '천생 여자' 또는 '겁쟁이'라고 불렀다. 버지니아 울프가 글을 쓰기 위해 물리쳐야했던 '집안의 천사(Angel in the House)'는 빅토리아 시대의 겁 많고 여성스러운 이상적인 여성상의 전형이다.

> 그녀는 매우 동정심이 깊었다. 그녀는 엄청 매력적이었다. 그녀는 이기심이 전혀 없었다. 그녀는 가정생활의 어려운 기술들에 능숙했다. 그녀는 매일 자신을 희생했다. 닭이 한 마리 있으면 그녀는 다리를 집었다. 외풍이 있으면 그 앞에 앉았다. 간단히 말해, 그런 일이 몸에 배어 있어서 그녀는 결코 자기 마음이나 바람 따위는 갖지 않았고 항상 다른 사람들의 마음과 소망을 살피는 것을 더 좋아했다.[12)]

천사는 주관이 없는 인간, 다른 사람들의 욕망을 비춰주는 거울이다. 그녀가 더 이상 여자들의 귀감으로 존재하지 않음은 틀림없다. 그러나 그녀에게는 쉽게 묵살할 수 없는 뭔가가 있다. '다른 사람들의 마음과 소망을 살피는' 그녀의 태도는 모성의 한 부분이기 때문이다. 위니캇이 '충분히 좋은 엄마 노릇'이라고 불렀던 것에는 유아의 요구에 맞추고 대답하고 비추어 보여주고 달래는 능력이 포함된다. 앨런 쇼어Allan Schore는 이것을 어머니와 아이 2인조의 '정신생물학적 조율(psychobiological attunement)'[13)]이라고 불렀는데, 이것은 모든 인간의 성장에 핵심 역할을 한다. 신경생물학적 연구들은 모자간의 상호작용이 아이의 뇌 발달에 필수임을 보여주었다. 조율은 어머니의 이타적 행동에서 나온다기보다 오히려 사이에의 몰입에서 나온다. 그것은 두 유기체를 연결시켜주지만 사실상 단일한 과정인 변증법적 움직임의 몰입이다. 울프의 천사는 아기가 연약하고 많은 보살핌이 필요하고 소모적인 시기라고 할 수 있는 생후 첫 1년 동안 아기를 돌보는 어머니와 비슷하다. 빅토리아 시대 여성들의 덫은 복합적이다. 그것은 어머니의 특성을 이상화하고 아버지의 특성과는 완전히 다른 여성성 특유의 융통성 없는 특징으로 분류했다. 또 여성적인 성격을 아이 같은 성격과 결부시킴으로써 여성들을 어린아이처럼 취급했다. 충분히 좋은 어머니는 완벽한 어머니가 아니다. 충분히 좋은 어머니는 자녀와 상관없는 관심, 생각, 요구, 욕망을 가진 주체다. 그런데 다른 사람들의 욕망이 여성뿐 아니라 남성에게도 강력한 힘을 발휘함에도 불구하고 심리적·생리적·사회적인 여러 이유로 인해 대부분의 여성들은 "다른 사람들의 마음과 소망"의 압력에 저항하는 것을 남자들보다 더 어렵게 느낄 수 있다. 다른 사람을 위해 지속적으로 자기를 억누르는 것은 격분까지는 아닐지라도 필연적으로 억울한 마음을 가지게 할 것이다.

그렇지만 다른 사람들의 기대에 자기를 맞추는 조절은 유년기에 똑같이 겪는 일이다. 남자아이와 여자아이 모두 부모 앞에서는 모든 면에서 작아진다. 작고 힘이 없는 그들은 부모의 권위에 쉽게 짓눌린다. 어머니나 아버지의 소망에 복종하는 것을 노예화라고 하기는 어렵겠지만 모든 아이가 자기를 낳아준 사람들에게 얽매여서 그들을 기쁘게 해주려는 욕망이 내적 독재의 형태를 띠기 쉽다. 아버지에게 썼으나 끝내 전하지 못한 편지에서 프란츠 카프카는 어린 시절의 유약함을 적나라하게 드러내는 그림을 보여주었다.

결국 저는 아버지의 모습이 보이는 것만으로도 짓눌리는 느낌이었습니다. 예를 들어 저는 우리가 수영장 탈의실에서 종종 함께 옷을 벗을 때 어땠는지 기억합니다. 저는 깡마르고 약하고 비실거렸지만 아버지는 강하고 키도 크고 듬직했습니다. 그래서 이미 탈의실에서부터 제 자신이 비참하게 느껴졌습니다. 그것도 아버지의 눈뿐 아니라 온 세상의 눈앞에서요. 아버지는 저에게 모든 것의 척도였기 때문입니다. 우리가 탈의실에서 나와 사람들이 있는 쪽으로 걸어갈 때 아버지는 제 손을 잡았습니다. 휘청거리며 맨발로 서 있는, 물을 무서워해 아버지의 수영 실력을 흉내 낼 수도 없었던 말라깽이 꼬마인 제게 그런 제 모습을 계속 보게 했던 겁니다. 아버지는 좋은 의도로 그랬겠지만 사실 저는 엄청난 수치심을 느꼈습니다. 그럴 때 저는 절망 때문에 제정신이 아니었고, 그런 순간이면 제가 그동안 겪었던 갖가지 나쁜 경험들이 뒤섞여서 한꺼번에 떠올랐습니다.[14)]

여기서 아버지의 몸은 거대하고 그 앞에 선 아이는 위축된 '말라깽이 꼬마'가 된다. 그것은 소년의 경험이다. 여자의 몸은 남자아이에게 '모든 것의 척도'가 되지 않을 것이기 때문이다. 어린아이였을 때 나는 벌거벗은 성인의 몸을 보고 느꼈던 경외감과 소외감을 뚜렷하게 기억한다. 그러나 여기서 카프카가 벌거벗은 아버지와 함께 있었던 경험은 끔찍한 것, 불가능한 표준이어서 그에게 굴욕감을 주었고 곧바로 그의 갖가지 '나쁜 경험들'과 연결된다. 욕망과 공포, 수치심이 뒤섞여 있다. 그 편지는 오직 간헐적으로만 억눌린 분노를 담고 있을 뿐이고 실제로는 불만의 표현인 대화를 위한 공공연한 노력이다. 왜 아버지들에게 말하기는 그토록 어려울까? 몽테뉴는 그의 에세이 《우정에 대하여》에서 자식과 아버지 사이에는 우정이 있을 수 없다고 주장한다.

자식들이 아버지에게 보내는 것은 차라리 존경이다. 우정은 의사소통으로 커지는데, 그들은 엄청 불공평하기 때문에 그들 사이에 존재할 수 없으며 오히려 자연의 의무들을 방해할 수도 있다. 부적절한 친밀함을 부를 수 있기 때문에 아버지의 모든 비밀스런 생각들을 자식들에게 전달할 수도 없고 우정의 중요한 의무에 속하는 책망과 정정을 자식들이 아버지에게 행할 수도 없다.[15]

몽테뉴가 옳다. 불평등은 필연적으로 침묵을 낳는다. 어린 자식들이 정말로 아버지에게 원하는 것은 우정이 아니라 존경할 수 있는 영웅적인 인물이다. 우리가 알고 있는 대로 부성에는 본질적으로 소통을 막는 뭔가가 있는 걸까?

아버지는 우리에게 가르쳐주기를 좋아했고, 우리와 함께 정원에서 일하기를 좋아했으며, 우리에게 어떤 것에 대해서든 설명하기를 좋아했다. 아버지도 우리 이야기를 듣기는 했지만 그에게는 넘어서기 어려운 거리가 있었고, 어머니와 달리 딸들에게 개인적인 문제를 직접 이야기하는 것을 어렵게 여겼다. 우리가 나이를 먹고 성적으로 성숙해질수록 특히 더 그랬다. 간혹 그는 자식들에 대한 걱정을 아내를 통해 전했고 이는 아버지의 말이 어머니의 상황 판단에 따라 차단되거나 수정되었다는 의미였다. 그러다 보니 그의 말이 우리에게 전달되었을 때는 그를 불안하게 만들었던 일의 정확한 내용이 이미 흐릿하게 변해 있었다. 내가 나이를 먹을수록 아버지는 더 비밀스럽게 여겨졌고, 깜짝 놀랄 정도로 그를 이해하기 힘든 순간들도 있었다. 아버지에게는 말하기가 어려웠을 수도 있다. 그래서 가끔 아버지는 행동으로 표현했다. 내가 치아 교정기를 한 날 아버지는 나를 집까지 태워주었다. 고통스럽고 녹초로 만드는 치아 교정실에서의 시간은 교정전문의가 정말 기분 나쁜 남자여서 더 끔찍했다. 그는 불편해서 몸을 꼼지락거리는 나에게 발 좀 그만 움직이고, 입은 더 크게 벌리고, 예민한 부위를 건드릴 때마다 움찔거리지 말라고 무뚝뚝하게 말했다. 시련이 끝났을 때 눈에는 눈물이 고여 있었다. 아버지는 별다른 말을 하지 않았지만 잠시 후 주유소에서 차를 세우고 나가더니 상자 하나를 들고 와 나에게 건네주었다. 내려다보았더니 아버지가 좋아하던 초콜릿을 입힌 체리였다. 나는 열한 살이었는데도 그 순간 희극적인 신랄함을 느꼈다. 나는 초콜릿을 입힌 체리를 좋아하지 않았고, 설령 좋아했다 하더라도 결코 그것을 먹을 수 있는 상태가 아니었다. 그러나 말 없는 몸짓이 나에게 무한한 것으로 남았다. 조금 방향이 잘못되긴 했어도 어쨌든 그의 친절의 증표였다.

사람들 말에 따르면 아버지는 착한 소년이었다고 한다. 그는 나처럼 네 자녀 가운데 첫째였으며 곧고, 세심하고, 지적이고, 나에게도 강하게 나타났던 완벽주의적인 면이 있었다. 언젠가 고모에게서 미네소타 주 농촌 교실 하나짜리 학교에 함께 다녔던 몇몇 소년들이 아버지가 책을 너무 많이 읽는다고 놀렸다는 이야기를 들었다. 분명 그것은 남자답지 못한 취미였다. 아버지의 어린 시절에는 남성의 역할과 여성의 역할이 농장에서 행하는 노동의 종류에 따라 엄격하게 나뉘어 있었다. 할아버지와 할머니 두 분 모두 열심히 일했지만 일의 종류는 서로 달랐다. 아버지는 당신의 회고록에 "오늘날 생각하는 종류의 사춘기는 존재하지 않았다. 소년은 남자의 일을 할 수 있게 될 때 남자가 되었다"라고 썼다. 아버지는 언제 통과의례를 거쳤는지, 즉 '몇 살 때 아무개가 말 떼를 맡고, 트랙터와 집안의 자동차를 맡게 되었는지, 얼마나 많은 젖소의 젖을 짰는지'를 놓고 친구들과 열띤 경쟁을 벌였던 것을 고백했다. 하지만 그럴 때도 아버지가 인정했듯이 운동을 잘했던 것은 여동생이었다. "여동생은 오빠들보다 더

빨리 달릴 수 있었고, 옆으로 재주넘기를 하고 물구나무서서 걷고 소프트볼 본루를 향해 멋지게 방망이를 휘둘렀다." 아버지는 여동생의 육체적 기량을 자랑스럽게 여겼다. 비록 당신의 장녀는 그 핏줄을 잇지 못했지만 다른 두 딸이 여성 승마 챔피언이 되자 아버지는 그 누구보다 그들의 트로피를 기뻐했다. 아버지는 농가에서 태어났지만 지성인이 되어 교수가 되었다. 많은 독서량이 아버지를 다른 곳으로 데려다주었다.

그러나 우리 모두가 그렇듯이 아버지도 아버지의 어린 시절 경험들을 통해 형성되었다. 아버지는 대공황에 부모님의 농장이 파산하는 것을 지켜보았고 지독한 가난이 주는 수모와 굴욕을 겪었다. 아버지가 소년 시절에 이런 끔찍한 사건들을 접하면서 겪었던 무력감은 부서진 것을 고치기 위해 살아가는 인생의 촉매가 되었다. 만일 아버지가 도울 수 있었더라면 우연과 대대적인 파괴의 바람이 아버지의 가족을 넘어뜨리지 않았을 것이다. 만일 그래야 했다면 아버지는 죽도록 일했으리라. 이것은 착한 아들이 자라서 의무감 있는 아버지가 되었다는 옛날이야기다. 그가 결코 말할 수 없었던 것은 부모님의 결혼이 갈등과 소외의 결혼이었다는 사실이다. 그도 그의 아버지를 이상화하고 동일시했다. 할아버지는 다정하고 온화한 남자였는데, 내가 만났을 무렵에는 이미 모든 것을 운명에 내맡긴 것 같았다. 반대로 할머니는 불굴의 정신을 가졌고 직설적으로 말하는 분이었다. 감탄할 만한 성격이지만 가끔은 목소리를 높이고 비합리적인 쪽으로 방향을 틀기도 했다. 아버지처럼 기질적으로 섬세한 소년에게 어머니의 독설은 깊은 상처를 남겼을 게 틀림없다. 그러나 그는 이런 상처들을 숨겼다.

아버지가 돌아가신 지 3년쯤 지났을 때 어머니와 대화를 나누었는데, 그때 너무 인상적인 이야기를 들어서 거의 단어 하나까지 모두 떠올릴 수 있다.

“그 사람은 자기 딸들이 농부와 결혼하기를 바랐어.”

“우리가 농부와 결혼하기를 아버지가 바랐다고요? 그럴 리가요.” 내가 말했다.

“글쎄, 네 아버지 같은 농촌 소년은 다른 일을 하게 되었잖니.”

“교수가 된 농촌 소년?” 내가 믿기지 않는다는 듯 말했다.

어머니가 고개를 끄덕였다.

“하지만 엄마, 대학 교수가 된 농촌 소년이 얼마나 많겠어요? 그건 우리가 결혼하지 말았어야 했다거나 우리가 그와 결혼했어야 한다고 말하는 것과 같아요!” 내가 말했다.

어머니와 나는 웃었다. 하지만 아버지의 이런 이상한 생각은 그가 딸들을 놓아주고 우리의 성장을 인정하는 일이 힘겨웠다는 사실을 확인시켜주었다. 그는 어린 우리 눈에 비친 자신의 모습을 계속 확인하고 싶어 했고, 그 이상적인 아버지가 그에게 다시 빛을 던져주는 것을 보고 싶어 했다. 내가 이런 사실을 이해하기까지는 오랜 시간이 걸렸다. 부분적으로는 내가 끊임없이 아버지의 사랑과 인정을 갈구했고 그는 여전히 내게 모든 것까지는 아니더라도 많은 것의 척도였기 때문이다. 그러나 이제 나는 아버지가 마음 한구석으로 나를 내 남편에게, 일에 빼앗겼다고 생각하지 않았을까 생각한다. 우리는 솔직한 대화를 잘 나누지 못하는 편이었고 약간 불평등했기에(나는 계속 공손한 딸이었다) 우리 사이에는 무언의 오해가 존재했다.

언제 내가 아버지처럼 되고 싶어 한다는 사실을 깨달았는지 잘 기억나진 않지만 아주 어린 시절은 아니었던 것 같다. 나는 내가 열한 살 무렵부터 야망을 품게 되었다고 생각한다. 그것은 내가 갑자기 ‘글자가 작은’

책을 읽을 수 있게 된 시기였다. 처음으로 윌리엄 블레이크와 에밀리 디킨슨을 읽었던 즈음이다. 시와 소설은 나의 심리적 크로스드레싱cross-dressing을 위한 길, 더 정확히 말하면 나의 남성성을 발견하기 위한 길이 되었다. 마녀로 몰렸던 합법적 침입자 잔 다르크의 이야기를 처음 들었을 때 나는 열두 살이었다. 그 이야기를 들려준 남자는 노르웨이 베르겐의 루돌프슈타이너학교 7학년 때의 영어 선생님 아르네 크론 닐센이었다. 그는 눈썹이 길고 숱이 많아서 계속 놀라고 있는 것처럼 보였으며 키가 크고 팔다리가 길었다. 의욕이 넘치는 교사였던 그는 잔 다르크의 영광과 고통의 이야기를 결코 잊지 못할 열정을 담아 들려주었다. 그는 학급 전체에 그 이야기를 들려주었지만 나는 그것을 들으면서 비밀스런 선물을 받은 느낌이었다. 어쨌든 그 소녀 전사가 한동안은 일반적으로 여성들에게 금지된 역할을 수행하는 것이 용인되었기 때문에 내 마음을 끌었다고 말할 수는 없지만 나는 그렇게 느꼈었다고 확신한다. 선생님이 이야기를 들려주는 동안, 선생님의 목소리가 오르내리는 동안, 선생님의 휘몰아치는 몸짓이 이야기의 극적 내용을 강조하는 동안 나는 잔 다르크였다. 그는 빈 공책에 갑옷을 입고 하얀 말 위에 앉아 검을 들고 있는 역사적인 여성 영웅의 그림을 그려주었고, 나는 지금도 그것을 갖고 있다. 내가 이 이야기를 한 것은 잔 다르크가 성차性差를 나누는 명확한 경계선을 무너뜨렸을 뿐 아니라 그녀가 내 능력을 진정으로 믿었던 한 남자, 즉 아버지 같은 존재를 통해 나에게 왔기 때문이다.

젊은 여성 예술가의 초상 수전 하우Susan Howe는 《나의 에밀리 디킨슨》에서 이렇게 말한다. "정체성과 기억은 시를 쓰는 누구에게나 핵심적이다. 여성들에게 그 분야는 여전히 기가 죽을 만큼 비어 있다. 나는 어떻게 언어의 보편적 주제에 참여하기 위해 다른 사람들의 코드에서 메시지를 선택하면서 그HE의 무수히 많은 온갖 상징과 발견으로부터 그녀SHE를 끌어낼 수 있을까."[16] 에밀리 디킨슨은 그녀의 시에서 항상 그런 질문을 던졌다.

내가 결코 본 적 없는 나라에서 – 그들은 말한다
불멸의 알프스가 내려다본다고 –
그의 보닛이 창공을 건드리네 –
그의 샌들이 도시를 건드리네 –

그의 영원한 발아래 유순하게 피어난
무수한 데이지들이 장난친다 –
선생님, 어떤 게 당신이고 어떤 게 나인가요
8월의 어느 날엔?[17]

디킨슨은 집에 머물면서 읽고 썼다. 거기서 그녀는 자기만의 방대한 내면적 삶을 살았다. 그녀의 스승들은 책 속에 살았다. 수백 명의 아버지들. 그러나 하우는 디킨슨이 신문에서 조지 엘리엇이 죽었다는 소식을 읽고 사촌에게 쓴 편지에서 책 제목을 따왔다. "신문 지면에 찍혀 있던 그 글자들을 난 결코 잊지 않을 거야. 관 속에 누운 얼굴이었다면 나에게 영원할 수 없었겠지. 이젠 나의 조지 엘리엇이야."[18] 그리고 나의 엘리엇이다. 번역가이자 학자, 지성인, 뛰어난 소설가였던 메리 앤Mary Ann은 조지의 가면 뒤에 숨었다. 나는 그 가명('여류 작가'라는 꼬리표에 붙어오는 고정관념을 피하고 싶은 욕구)을 너무 잘 이해할 수 있다. 나에게 독서는 교수인 아버지의 기호 아래에 있는 합법적인 권력으로 가는 길이었지만, 나에게 책을 한 권씩 주어서 점점 자라는 굶주림을 달래준 것은 어머니였다. 가끔은 이런 굶주림이 강박적으로 변했다. 어머니는 폭넓게 책을 읽었다. 따라서 문학에 대한 생각은 아버지와 어머니 두 분 모두 갖고 있었지만 나의 문학, 즉 내가 열한 살, 열두 살, 열세 살에 읽었던 영어책들은 어머니가 나를 위해 골라준 것이었다. 나는 두 북극성의 원조 아래 책을 읽었다. 아버지라는 북극성은 더 멀리 있었고 어머니라는 북극성은 더 가까이 있었다.

나는 무엇을 원했던가? 더 많이. 독서는 내면적인 행위다. 그것은 내 남편의 말처럼 '두 의식이 접촉하는' 사적인 장소다. 나는 여기에 두 무의식의 접촉도 추가하고 싶다. 우리 문화에서 독서가 너무 줄어들은 탓에 이제는 모든 독서가 '좋은 것'으로 여겨진다. 아이들은 무조건 책을 읽으라는 권유를 받는다. 마치 모든 책이 같다는 양 말이다. 그러나 진부한 말과 상투적인 문구, 판에 박힌 이야기, 형편없는 질문에 대한 단순한 대답들로 가득 찬 뇌는 우리가 갈망해야 하는 것이라고 말하기 어렵다. 이상하게도 우리가 더 이상 제대로 기억하지 못하는 책들조차 우리의 일부로 남아 있다가 잊고 있던 선율처럼 갑작스레 떠오를 수 있기 때문이다. 나는 읽었던 책을 다시 읽으면서 내가 본문을 빌려온 것을 발견했다. 결코 정확하지 않은 이런 도용은 항상 무의식적으로 일어났다. 청년기에는 닥치는 대로 걸작들을 읽었다. 위대한 책은 성취와 숙달을 의미했지만 동시에 견습의 의미도 있었다. 나는 모든 것을 알고 싶었고, 나 자신을 확장하고 싶었으며, 넓은 정신을 갖고 싶었다. 그런데 그런 정신은 지금까지 밝혀진 바로는 대부분 남자들 것이었다. 해럴드 블룸Harold Bloom은 《영향에 대한 불안》에서 "문학적 영향의 과정은 강력하게 대립하는 아버지와 아들처럼 강하고 동등한 사람들 사이의 전투다…."라고 썼다.[19] 압제적인 아버지를 살해하는 탐욕스런 아들들이 나오는 프로이트의 《문명과 불만》

도 문학이 극한의 대결을 펼치는 남자들(강하고 동등한 사람들)의 영역이라던 블룸의 선언과 그리 거리가 멀지 않다. 이런 서사 속에 딸들은 존재하지 않는다. 여기서 문제가 생긴다. 걸작 목록이 가부장적이라고 하면서 존 밀턴John Milton을 밀어내고 조르주 상드George Sand를 집어넣는 것이 그 문제의 해결책이라고 말하는 것은 너무 쉽다. 그러나 그것은 평등함의 명목 아래 작품의 질을 무시하는 행동이다.

글을 쓰는 여자들이 어떻단 말인가? 우리에게도 문학적 아버지와 문학적 어머니가 있다. 나는 인생의 거의 대부분 동안 읽기와 쓰기야말로 내가 성의 제약으로부터 해방되는 인생의 두 지점이라고, 내가 다른 성으로 바뀌는 춤이 아무 제약 없이 일어나는 곳이라고 느껴왔다. 자유로운 동일시 놀이는 인간의 다양한 경험들로 들어가는 문을 열어준다. 나는 일할 때 이런 특별한 자유, 나의 다수성을 느낀다. 그러나 지금도 바깥세상에서는 여전히 '여성 작가'라는 꼬리표가 작가의 이마에 달라붙어 쉽게 떼어낼 수 없다는 사실을 발견했다. 지금도 메리 앤보다 조지가 더 유리하다.

블룸이 전적으로 틀렸다고 이야기하는 것이 아니다. 나는 많은 남성 작가가 영향을 극복하기 위해 몸부림친다고 한 그가 옳다고 생각한다. 내가 알고 지내는 몇몇 남자들이 매우 존경하던 작가와 결별한 후에야 자신의 글을 쓸 수 있게 되었던 것을 가까이에서 지켜보았다. 고전적인 사례로 베케트가 제임스 조이스에게 가졌던 압도적인 존경심을 들 수 있다. 베케트는 그 영향력에서 벗어나고서야 작가가 될 수 있었다. 문제는 여성 작가들도 영향을 받느냐의 여부에 있지 않다. 모든 작가가 과거로부터 취하는 것이 있게 마련이다. 문제는 어떻게 영향을 받느냐이다. 나는 스펀지처럼 책을 빨아들였지만 남자든 여자든 내가 사랑하는 작가들과 호전적인 관계였던 적은 한 번도 없었다. 심지어 가장 강력한 영향을 준 작가들과도 그랬다. 나는 헨리 제임스Henry James를 사랑했지만 끝까지 싸워서 그를 넘어서기를 원한 적은 없었다. 내가 여자여서 부계와 모계에 다른 관계를 맺기 때문일까? 에밀리 디킨슨, 제인 오스틴, 에밀리 브론테, 샬럿 브론테, 조지 엘리엇, 거트루드 스타인, 버지니아 울프 같은 작가들도 영문학의 만신전(pantheon)에 자리 잡지 않았던가? 나는 사람들이 그 작가들의 책을 생각할 때 가장 먼저 떠올리는 것이 그들의 성이라고 생각하지 않는다. 그렇지 않겠는가? 그러나 그들은 글을 쓰는 남자들과 다른 방식으로 자신을 표현하지 않았던가? 그들이 그렇게 해야 하지 않았겠는가? 앞에서 밝힌 작가들 가운데 단 한 명도 어머니가 되지 않았다. 여자들은 남자와의 평등 문제가 너무 시급해서 다른 전투를 벌이는 것일까? 우리는 아버지들이 남긴 유산 바깥에 있는 굽은 선의 일부일까? "선생님, 어떤 게 당신이고 어떤 게 저인가요?" 불멸의 알프스인가, 데이지인가? 디킨슨의 알프스가 보닛을 썼다는 사실에 주목하라. 하우는 비밀에 싸인 '스승'에게 쓴 디킨슨의 두 번째 편지를 인용한다.

> 만일 총알이 새 한 마리에게 명중하는 것을 당신이 보았다면(그리고 새가 당신에게 자기는 총을 맞지 않았다고 말했다면) 당신은 예의를 차리는 그의 모습에 눈물을 흘릴 수도 있겠지만, 분명 그의 말을 의심하실 테지요.
>
> 당신의 데이지 가슴의 얼룩진 상처에서 한 방울 더 흘러내리면 그제야 당신은 믿으실 건가요?[20]

그녀는 알프스이자 데이지가 아닐까? 여기서는 상처 입은, 다른 곳에서는 온전한 그녀는 무수히 많지 않은가? 하우는 독자를 《데이비드 코퍼

필드》에로 이끈다. 데이비드는 평소에는 데이비 도련님이지만 연상의 친구 스티어포스는 그를 데이지라는 다정하고 여성적인 애칭으로 불렀다.[21] 문학의 혼합. 성의 혼합. 언어는 어느 누구에게도 소유되지 않는다. 그것은 안이자 바깥이다. 그것은 남자에게 속하기도 하고 여자에게도 속한다. 여자들은 대부분 문학의 탁자에 늦게 도착한다는 사실이 문제가 되는가? 그럴 수도, 그렇지 않을 수도 있다.

살면서 합법적 침입자처럼 느껴지는 순간들이 있다. 예를 들어 영문학 박사학위 논문 심사를 받을 때 여섯 명의 남자들로 구성된 심사 교수들과 함께 탁자에 앉았다. 그들이 비호의적으로 굴지는 않았다. 그들 대부분이 칭찬해주었다. 나이 든 현학자만이 예외였다. 그는 정확성을 위해 내 논문의 주석을 검토했지만 아무 실수도 찾지 못하자 어쩔 수 없이 이렇게 지적했다. "하지만 나는 당신이 사용한 판본들 가운데 일부가 어처구니없다는 걸 발견했어요." 복도에서 그들의 결정을 기다리는 동안에도 나는 그들이 수정을 제안할 것이라고 생각하지 않았다. 나는 내 논문이 훌륭하다는 사실을 알고 있었다. 그러나 학위를 받기 위한 7년간의 모험은 부권과의 부딪힘의 연속이었다. 거의 모든 교수가 남자였기 때문이 아니라 제도 자체가 아버지의 승인 도장 같은 Ph.D., 디킨스가 '건조한 세 글자'라 불렀던 것을 제공했기 때문이다. 아버지도 그런 힘든 시기를 거쳤다는 사실이 그 기간 내내 내 뇌리에서 떠나지 않았음은 분명하다. 그때 이후 나는 젊은 남성들보다 젊은 여성들이 높은 학위의 유혹을 포기하는 것을 훨씬 더 힘들어한다는 것을 발견했다. 여러 해 동안 박사과정을 밟아온 한 시인은 교수가 되려는 의도가 없는데도 학위를 따려는 희망을 포기하는 것이 고통스러운 지위 상실처럼 느껴졌다고 고백했다. 나는 이해한다. 여자들에게 이름 뒤에 붙는 학위는 일종의 갑옷이 될 수 있다. 이것은 인문학 분야보다 여성이 적은 과학 분야에서 더할 것이다. 사람들이 여성성의 문제를 가장 절실하게 느끼는 것이 바로 이런 학계에서다. 여기서는 여성성이 보여서는 안 된다. 성에 대한 의식은 대학에서 정신을 추구하는 것을 방해하는 역할을 한다. 체계 안에서 이름 붙일 수 없는 구멍들은 위험한 힘을 발산하기 시작하고 모성의 마녀가 돌아온다.

물리학자인 한 친구는 같은 분야에서 일하는 여자들이 합당한 권력을 누릴 자격이 있음을 보여주기 위해 보통 남성적인 복장으로 그들의 몸을 가린다고 했다. 그러나 여성이 존경과 찬사를 받는 지위에 이르고 빛나는 명성을 얻고 나면 그녀의 복장 규율이 흐트러지기 시작하는 경향이 있다는 것을 깨달았다고 말했다. 예전에는 보이지 않았던 색채, 하이힐, 화장, 장신구 등이 잇따라 그녀의 몸에 등장한다. 마치 이런 여성적인 복장이 오랫동안 억눌린 성적 에너지의 표시인 양 그 불쌍한 것이 갑자기 활짝 피어도 좋다고 허락받은 것처럼 말이다. 계몽사상이 올바른 방향으로 진전하긴 했으나 이성을 불가능한 위상까지 끌어올렸다. 여자들은 그 반대되는 것으로 여겨졌고 인간의 삶 속에 있는 비합리적인 힘들과 한통속으로 여겨졌기 때문에 더 이상 이해할 수 없거나 신비로운 존재가 아니라 그저 울타리의 잘못된 쪽에 자리 잡게 되었다. 그들은 남성의 이성과 권리들이 자기들에게도 있다고 주장할 수 있게 될 때까지 거기 머물러야 했다. 그러나 가부장의 세계로 들어가는 일에는 상당한 왜곡이 따른다. 나는 대학원 세미나에서 말할 때 목소리를 낮춰 말하고, 심지어 내가 감정이 격해져 몸이 떨릴 때조차 냉철하게 들리게 말하는 법을 배웠다. 나는 진지하게 받아들여지기 위해, 내 안의 소녀를 숨기기 위해 남성적인 방식에 기댔다. 시간이 흐르면서 그런 방식이 나다운 것이 되기도 했다. 우리는 정적인 존재가 아니다. 우리는 나이 들고 변한다.

소설을 쓸 때 나는 여성으로서도, 남성으로서도 글을 썼다. 나는 아버지의 입장에서 글을 썼고, 아들의 입장에서도 글을 썼다. 한 젊은 여성이 남자처럼 옷을 입는다. 그녀는 그녀의 갑옷을 걸치고 거리를 돌아다닌다. 한 남자가 그의 자화상을 여성의 모습으로 그린다. 한 남자는 여자처럼 옷을 입고 명성을 얻는다. 우리는 모두 다수이다. 데이지들, 마녀들, 알프스, 스승들. 그리고 거대한 아버지를 올려다보는 말라깽이 꼬마들. 몽테뉴가 생애 말년에 아버지와 자식들에 대해 했던 주장과는 반대로 나는 아버지가 돌아가시기 얼마 전에 아버지와 친구가 되었다. 아버지는 나를 자랑스럽게 여겼고 나에 대한 좋은 비평들을 스크랩북에 정성스럽게 붙여두었지만 내 작업에 대해 많은 말을 한 적이 없었다. 나는 여러 다양한 방식으로 해석될 수 있는 짤막하고 수수께끼 같은 논평에 익숙했다. 내가 세 번째 소설을 마치고 부모님께 원고를 보냈을 때 아버지는 심하게 아팠지만 여전히 집에서 생활하고 있었다. 그 책은 내가 남자 목소리로 글을 쓴 첫 번째 책이었다. 어느 날 오후 전화가 울렸다. 놀랍게도 아버지가 건 전화였다. 아버지는 거의 전화를 하지 않았다. 나는 주로 어머니에게 말했다. 그러면 어머니가 이야기를 나누라고 아버지를 바꿔주었다. 아버지는 아무 예고 없이 그 책에 대한 상세한 논평을 시작했고 나의 문학적 노력을 한껏 칭찬했다. 나는 흐느껴 울기 시작했다. 그는 말했고 나는 흐느꼈다. 그는 더 많이 말했고 나는 더 많이 흐느꼈다. 수년간의 눈물. 미처 생각지도 못했던 격렬한 반응이었다. 그러나 그때 그는 알게 되었다. 그는 내가 그의 허락과 승인, 감탄을 얼마나 원했는지, 그가 항상 당연하게 여겨왔다고 오해했던 것이 서로에게로 가는 길이 되었다는 사실을 그도 알게 되기를 내가 얼마나 원했는지 알게 되었다. 그 후 아버지와 나는 달라졌다. 적어도 우리 사이의 거리는 매우 좁혀졌고 그가 세상을 떠나기 몇 달 전에 함께 앉았을 때 우리는 친구로서, 강하고 동등한 사람으로서, 이상 속의 사람이 아니라 서로를 다시 발견한 현실 속의 두 사람으로서 이야기를 나누었다.

2008년

꽃

방에 꽃이 있으면 눈길이 그쪽으로 쏠린다. 나는 의자, 소파, 커피 탁자, 커튼을 느끼는 것과는 다른 방식으로 꽃의 존재를 느낀다. 꽃의 매력은 나에게 그것이 죽지 않고 살아 있다는 사실과 관련 있음에 틀림없다. 끌림은 전반성적(prereflective)이다. 그것은 명확한 생각 이전에 내 몸 안에서 일어난다. 내가 그 꽃의 이름을 대기도 전에(만일 내가 그럴 수 있다면), 그 꽃에 마음이 끌린다고 스스로에게 말하기도 전에 유쾌한 감각이 먼저 찾아온다. 빨간색은 특히 자극적이다. 활짝 핀 아마릴리스 같은 빨간 꽃을 외면하기는, 최대한 꼿꼿하게 피어 있거나 꽃병 유리에 살짝 걸쳐진 그 꽃의 연녹색 넓은 줄기를 못 본 척하기는 힘들다. 밖에 눈이 내리고 있을 때 나의 행복감은 커진다. 창문으로 내다보이는 하얀색을 배경으로 놓인 빨간색을 생각해보라. 그리고 여름이면 노란 가루가 달린 수술을 드러내며 도톰하고 무거운 꽃잎을 펼친 모란을 몇 분씩 바라보게 된다.

죽어가는 꽃들은 나에게 이런 힘을 발휘하지 못한다. 나는 정원에서 시든 꽃을 떼어내고 찔레꽃 열매를 잘라내고 말라서 갈색으로 변한 입을 뜯어낸다. 나는 죽은 것들을 정리하면서도 살아 있는 꽃 주위를 맴돈다. 나는 활짝 핀 데이지의 구슬 장식이 달린 주황색 심장에 벌 한 마리가 내려앉는 것을 본다. 나는 가끔 꽃잎이 상하지 않게 조심하면서 꽃의 머리를 햇빛 쪽으로 돌려놓는다. 나는 활기를 더하지만 감각이 없는 이런 식물들과의 만남에 너무 몰입해서 그것을 묘사하지 않는다. 나는 생활하면서 끊임없이 말을 보태기 때문에 이것은 특이한 일이다. 내가 어떤 사람에게 인사할 때, 만찬모임에 앉아 있을 때, 거리를 거닐 때면 항상 그 상황을 문장으로 만드는 일이 뒤따르지만 정원에서는 나를 따라다니는 내면의 목소리가 없다. 내 머리가 침묵한다.

어릴 때 나는 미네소타 주의 작은 도시 외곽에 있는 집에서 살았다. 집 뒤에 개울로 이어지는 비탈진 강둑이 있었다. 눈이 오고 나서 봄이 되면 물이 불어 평평한 지면까지 흘러넘쳤다. 내가 그런 토양에서 자라는 블러드루트를 처음 발견한 것은 개울 위 비탈에서였다. 그 꽃을 살펴보며 앉아 있는 동안 바지에 스며들던 냉기를 기억한다. 블러드루트 꽃이 많이 피었을 때 나는 어머니를 위해 한 다발 꺾기로 했다. 꽃의 아주 작고 하얀 머리가 마치 슬픔에 잠긴 듯 처졌다. 하지만 진짜 매력은 뿌리에 있었다. 내 손 위로 흘러내리던 불그스름한 수액을 간직한 알뿌리에. 나는 그것을 뽑으면서 상처와 비탄을 생각했고 기분 좋은 비애감에 사로잡혔다. 나의 유아적 물활론은 오래되었지만 나의 의식적인 기억 속에서 이런 의인화는 결코 완벽하지 않았다. 나는 진정한 믿음이 아니라 부분적인 믿음의 상태에서 살았다. 일찍 피는 블러드루트는 피를 흘릴 수 있었기 때문에 나중에 피는 블루벨보다 인간적이었다. 집에 가서 손바닥을 펴고 그 꽃이 내 피부에 남긴 빨간 얼룩을 보는 것을 얼마나 좋아했는지 기억난다. 나는 일종의 외경심을 느꼈다. 살아 있는 것들과 죽은 것들, 상처 입은 것들에 대한 외경심.

2011년

생각하다

THINKING

지각과 마찬가지로 기억은 수동적인 검색이 아니라 상상력이 관여하는 적극적이고 창조적인 과정이다. 우리는 항상 우리의 과거를 재창조하고 있지만 일부러 그러는 것은 아니다. 착각이 아무리 크다 하더라도 거짓과는 다르다. 우리가 거짓말하고 있을 때 우리는 그 사실을 안다.

실화

1996년 〈뉴욕타임스 매거진〉에 개인적인 회고록의 출간이 폭발적으로 증가했다는 기사가 실렸다. 그 기사에서 다음과 같은 글을 읽었다. "만일 프루스트가 오늘날 태어나서 젊고 잘생긴 남자들이 살아 있는 쥐를 모자 고정용 핀으로 찌르는 모습을 관찰하기를 즐기는 그의 기호에 대해 글을 쓰고 있었다면, 그는 소설 속 화자 뒤로 숨지 않았을 것이다. 《잃어버린 시간을 찾아서》는 회고록이 되었을 테니까."[1] 나는 매우 거슬렸던 그 논평을 결코 잊을 수 없었다. 거기에 함축된 의미는 소설이 과거에는 금기시되는 개인적 소재를 덮어주는 편리한 차단막 역할을 했지만, 아무리 추악할지라도 모든 폭로를 허용하고 심지어 환영하는 오늘날의 고백문화에서는 이제 그 유용성이 끝나버렸다는 것이다. 그 글을 쓴 제임스 아틀라스James Atlas가 진심으로 그런 주장을 했는지는 분명하지 않다. 그의 글에는 우리가 많은 문화저널리즘으로부터 기대하게 된 반어적이고 거들먹거리는 어조가 있기 때문이다. 그렇다고 하더라도 회고록이 소설과 얼마나 다른지 생각해보고 이런 사색들이 어떤 결과로 이어지는지 살펴보는 것은 흥미롭다. 프루스트나 다른 많은 소설가가 실제 삶 속의 사건, 감정, 생각, 사람 등을 이런저런 방식으로 그들 작품 속에 등장시킨 것은 반박의 여지가 없다. 학자들은 프루스트의 걸작 일곱 권을 분석하고 또 분석했듯이 그의 '실제' 경험의 모든 조각을 얻기 위해 그의 전기를 열심히 살펴보았다. 그러나 두 사람의 마르셀, 즉 실제 삶 속의 마르셀과 소설 속의 마르셀은 똑같지 않다. 설령 어떤 작가와 그의 소설 속 인물이 가까운 가족처럼 닮았다 하더라도 그 둘은 별개의 존재로 남는다. 어떤 작가와 자전적인 작품에 등장하는 그녀의 페르소나의 경우는 어떤가? 그 질문은 우리가 실재와 가상이라 여기는 것 사이의 헷갈리는 경계를 건드린다.

소설쓰기는 자유로운 창작의 정신적 영역에서 일어나지만 회고록은 그렇지 않다(또는 그래서는 안 된다). 어떤 사람이 '회고록'이라는 딱지가 붙은 책을 고를 때는 그 책의 작가가 진실을 말했기를 기대하고 선택한다. 작가와 독자 사이의 암묵적 계약은 간단하다. 그것은 작가가 이야기를 대충 끝내지 않는다는 것이다. 설사 우리가 간직한 명시적이고 의식적인 기억들이 암시적이고 무의식적으로 기억하는 것의 일부에 불과할지라도, 그리고 프로이트가 여러 차례 관찰했듯이 우리가 간직한 자전적 기억들이 안정적이지 않고 변하기 쉬울 때조차 이 계약은 유효하다. 기억은 시간이 흐르면서 수정되고 의미도 나이를 먹음에 따라 변한다. 이것은 신경과학이 인정하는 중요한 사실이며, 이를 기억 재경화(再硬化, reconsolidation)라고 부른다. 기억하는 행위는 뇌의 '하드 드라이브'에 저장된 원래의 사실을 검색하는 것이 아니다. 우리가 떠올리는 것은 주어진 기억의 마지막 버전이다. 회고록의 작가는 3인칭 시점을 취하라는 요구를 받지 않으며, 오히려 그 또는 그녀가 당사자로서 갖는 입장을 유지하면서 그 또는 그녀가 기억하는 것을 쓰라고 요구받는다. 하지만 남편과 나는 함께 산 지 거의 30년이 되는데 종종 같은 사건을 다르게 기억한다. 남편은 딸아이가 나중에 연예인이 되고 싶다고 선언했던 순간에 우리 셋이 지하철을 타고 있었다고 주장한다. 하지만 나는 택시 안이었다고 말한다. 그 논쟁의 주인공인 소피는 그 일이 일어난 장소도, 자신이 한 말도 정확하게 기억하지 못한다. 더욱더 극적인 것은 오직 나만의 것이라 확신했던 기억이 남편에게는 그의 사적인 정신적 자산이었다는 점이다. 그는 그것을 완벽하게 기억하며 내가 착각한 것이라고 확신한다. 우리 가운데 한 명은 틀렸다. 이 이야기가 기억에 대해 알려주는 것은 우리가 어떤 사람, 특히 매우 친한 사람의 이야기를 들을 때면 그 이야기가 너무나 생생한 심상을 낳아서 그것이 마음속이 아니라 마음 바깥에서 비롯된 주관적 경험인 것처럼 마음에 각인된다는 사실이다. 그 나는 그 너의 기억을 채택한다. 지각과 마찬가지로 기억은 수동적인 검색이 아니라 상상력이 관여하는 적극적이고 창조적인 과정이다. 우리는 항상 우리의 과거를 재창조하고 있지만 일부러 그러는 것은 아니다. 착각이 아무리 크다 하더라도 거짓과는 다르다. 우리가 거짓말하고 있을 때 우리는 그 사실을 안다. 거짓말하기는 이중의식의 한 형태다. 두 종류의 발언이 있다. 하나는 말로 하거나 쓴 것이고, 다른 하나는 말하지 않은 것, 기록되지 않은 것이다. 많은 회고록 작가가 과거를 회상하는 데 초자연적 능력을 갖춘 것처럼 보인다는 사실에도 불구하고, 허구로 드러난 회고록에 대한 대중의 분노는 논픽션 작품에 내재된 계약이 여전히 유효함을 보여준다.

수년 간 나는 소설가들이 자신들을 '직업적인 거짓말쟁이'라고 부르는 것을 여러 차례 들었다. 그 말은, 허구를 쓰는 작가들은 뭔가 지어낼 수 있음을, 실화를 쓰는 동료들과 달리 반드시 실제로 일어난 일을 묘사해야하는 것은 아님을 알려준다. 이것은 의심의 여지없이 참이지만 소설이 일종의 거짓말이라는 생각 앞에서는 항상 망설이게 된다. 어떤 소설은 거짓말을 하지만 좋은 소설은 그렇지 않다고 믿기 때문이다. 어떻게 소설이 틀릴 수 있겠는가? 어떤 절대적 기준도 적용할 수 없다. 내가 내 소설의 화자를 바닷속에 사는 거대한 문어 눈에서 태어나게 만든들 누가 나를 막겠는가? 하지만 내가 자서전을 이런 식으로 시작한다면 문제 삼는 사람이 있을 것이다. 출생증명서에는 그 일이 다르게 기록되어 있으니까. 그렇지만 내가 어린 시절 상상하던, 발이 여덟 개 달리고 물속에 사는 어머니 이야기로 회고록을 시작할 수는 있다. 조카딸 에이바는 세 살 때 부모에게 자신은 중국 계란에서 태어났다고 여러 차례 말했다. 에이바의 부모는 이런 개인적 신화의 근원을 추적할 수 없었다. 그 어떤 야심찬 기자도 내 내면의 창조적 삶의 진실성을 확인할 수 없다. 회고록 작가를 곤경에 빠뜨리는 거짓말은 예상대로 공식적 기록을 찾으면 쉽게 확인할 수 있는 허풍이다. 제임스 프레이James Frey의 《백만 개의 작은 조각들》을 둘러싼 논란(알코올과 약물 중독에서 벗어나는 과정을 다룬 이 회고록은 2003년 출간되었고 오프라 윈프리가 소개하면서 화제가 되었으나 짜깁기, 부풀리기 혐의로 온갖 공방의 대상이 되었다—옮긴이)의 핵심은 작가가 그의 범죄와 체포 행각을 과장하거나 조작했으며, 실제보다 더 나쁘게 부풀렸다는 사실에 있다. 그는 소설처럼 이야기를 들려주는 페르소나를 만들어냈다. 그가 더 유순하고 더 평범했을 실제 자아보다 선호한 페르소나였다. 프레이는 그의 회고록의 화자 뒤에 숨었다. 그 화자는 소설에서와 같은 변장 수단의 역할을 했지만, 실화와 허구에서의 가면과 노출이라는 더 심도 깊은 쟁점들은 훨씬 복합적이어서 흥미진진한 독서를 위해 자신의 병적인 측면을 부풀려 쓴 한 중독자의 수준을 훨씬 넘어선다.

성공적인 회고록은 대체로 소설처럼 읽힌다. 그런 책들은 소설 형식의 기존 관례들, 그 가운데에서도 상투적인 것들을 끌어다가 자서전적인 글쓰기를 위해 사용한다. 나는 여러 '회고록'에서 사람들의 생김새, 복장, 방과 풍경의 정교한 묘사와 여러 페이지씩 이어지는 대화를 읽었다. 솔직히 나는 그 대부분이 불가능까지는 아니더라도 그럴 법하지 않다고 생각한다. 예를 들어 내가 자란 집에 있던 방들은 매우 세세히 기억하지만 잠시 머물렀던 실내(내가 열일곱 살 때 런던에서 묵었던 호스텔)의 특징은 내 머릿속에서 거의 지워지고 없어서 모호하지만 이용할 수 있는 허구적 공간으로 대체되었다. 지난 몇 년 동안 내게 소중한 사람들이 말했던 문장 한두 개, 중요한 대화의 요지를 기억하고 있지만 그것을 글자 한 자 틀리지 않고 그대로 재생할 수는 없으며 그러려고 시도한 적도 없다. 심지어 내가 어렸을 때의 어머니 얼굴조차 내 마음속 눈앞에 되살릴 수 없어서 나는 그녀의 젊은 모습을 떠올리기 위해 가끔 사진을 꺼내본다. 그렇지만 나는 시각적 기억력이 매우 좋은 편이다. 대중적인 회고록은 인간의 기억 특유의 현실과 아무 상관이 없다. 그것은 주로 그저 그런 소설을 바탕으로 빚어낸 성공적인 문학 형식이 되었고, 굳어진 모든 장르와 마찬가지로 일련의 기대와 함께 등장한다. 최근 몇 년 동안 (더하거나 덜한 정도 차이는 있겠지만) 사기로 드러난 많은 회고록은 하나의 공통된 특징을 갖고 있다. 그것은 회고록들이 모두 감동적인 생존 이야기라는 점이다. 예를 들어 프레이의 책이나 죽음의 수용소에서 피어난 사랑 이야기를 담은 허먼 로젠블랫Herman Rosenblat의 《철책 위의 천사》, 불량배들 속에서 성장한 이야기를 들려주는 마거릿 P. 존스Margaret P. Jones의 《사랑, 그리고 결말》 등은 본질적으로 동일한 서사체계를 따른다. 이야기의 남자 주인공 또는 여자 주인공이 온갖 역경에 맞서서 결국에는 승리한다. 각자에게는 장애물(약물중독, 나치의 만행, 혈통)이 하나씩 있다. 물론 이 장애물들을 비슷한 고통이라 할 수는 없겠지만 그것들이 갖고 있는 포괄적인 줄거리는 똑같다. 그것은 인간의 강한 소망, 그것이 무엇이든 정복하고자 하는 소망, 망가지고 충격을 받은 나약한 인간으로서가 아니라 강인하고 고상한 인물로 다시 태어나 살아남고자 하는 소망을 이용한다.

그런 이야기의 서사적 장치는 문학만큼이나 오래되었다. 죽음을 피해가는 트릭스터trickster는 부족문화와 민속문화에서 많이 볼 수 있는 인물이다. 오디세우스는 마침내 집으로 돌아온다. 아무나 흉내 낼 수 없는 뱃사람 신드바드의 일곱 차례의 여행은 매우 탁월한 생존기다. 그는 운 좋게 또는 그의 책략 덕분에 거듭 되풀이해서 죽음의 아가리(뱀, 바다 괴물, 거대한 새, 식인종 등)에서 구조된다. 다양한 전통의 동화 속 어린이는 역경에 시달리지만 결국에는 악을 극복한다. 대니얼 디포Daniel Defoe의 강인한 여주인공 몰 플랜더스는 늙어 죽을 때까지 온갖 공격과 운명의 우여곡절을 겪으며 참회자가 된다. 이들은 저항할 수 없는 진화론적 매력을 가진 인물들이다. 내가 소녀 시절에 보던 루니 툰의 와일 E. 코요테Wile E. Coyote가 그랬듯이 그들은 뽕 하고 원래 모습으로 돌아가는 멋진 재능을 갖고 있다. 물론 역경에 저항하는 사람들, 기괴한 경험들에도 불구하고 결국 병원에서 끝나지 않는 사람들, 베케트식의 체념보다 훨씬 더 많은 것을 갖고 계속 앞으로 나아가는 사람들의 실화도 있다.

임상정신의학 교수 마이클 H. 스톤Michael H. Stone은 그의 책 《성격 장애》에서 끔찍한 어린 시절을 보낸 것으로 보이는 두 남자의 비슷한 사례를 간략히 요약해서 소개한다. 둘 다 어릴 때 지독하게 내성적이었다. 두 남자 모두 부모에게 학대받았으며 폭행과 성추행의 피해자였다. 그 가운데 한 남자는 스톤의 환자였는데, '피해망상에 사로잡힌 계층의 사람'으로 수년간의 무력감을 치료받은 뒤 대학원 과정을 다시 시작할 수 있었다. 다른 한 남자는 악명 높은 연쇄 살인범 제프리 다머Jeffrey Dahmer다. 스톤 박사는 다음과 같이 쓴다. "이 이야기의 핵심은 두 사람 가운데 한 사람이 젊은 남자들을 여럿 죽인 연쇄 살인범이라는 사실이 미리 밝혀졌다면 대부분의 사람들은 '그런 환경에서 자랐으니까 당연하지!'라고 말했을 것이라는 점이다."[2] 그러나 실제 이야기들은 '미리' 이야기될 수 없으며 나중에서야 가능하다. 스톤의 환자나 그와 비슷한 다른 사람들이 특별히 건강한 유전적 기질을 가졌는지, 그의 삶에서 선생님, 아주머니, 할머니, 형제자매 등 그가 무너지지 않게 도와준 사람이 있었는지는 알지 못한다. 그러나 스톤의 논평은 회고록과도 관련 있어서, 특정한 한 인간의 이야기가 어떻게 진전될지 예측해주는 공식은 없다. 그런데 시간이 흐름에 따라 기준 서사가 변하는데도 우리는 거기에 매달린다. 18, 19세기 소설에서 농락당하고 타락한 여자들의 모든 이야기를 생각해보라. 아동 성학대와 그로 인한 파멸은 한층 이 시대다운 서사다. 하지만 탈의실에서의 추행부터 잔혹한 강간에 이르는 모든 것을 포함하는 이런 파괴적인 범주조차 한 사람의 인생 전체에 대한 설명이 될 수는 없다. 애착 현상(유아와 돌보는 사람의 정서적 유대의 정신생물학적 역학관계)에 대한 수년간의 연구에서 생애 초기의 상호작용이 한 사람의 성장에 얼마나 중요한지 보여주었다. 어릴 때 방치 또는 폭행을 당한 많은 사람이 자라서 정신과적 문제를 갖게 된다는 것은 분명한 사실이지만 단순한 등식을 만드는 것은 주의해야 한다. 사기든 사기가 아니든 많은 회고록의 서사들은 인간의 복잡한 현실을 시장성 있는 피해자 패키지로 환원하고자 하는 광범위한 문화적 요구와 함께한다. 이런 점에서 회고록들은 똑같은 공식을 사용하면서도 현실의 각인이 없는 많은 대중소설과 아무 차이가 없다.

오늘날 미국 시장에서 거짓이거나 부분적으로 날조된 자서전들이 소설보다 더 높게 평가되지 않았다면 그것들은 아예 존재하지도 않았을 것이다. 프레이의 책은 처음에 소설로 투고했다가 거절당했다. 출판업자들이 소설에도 똑같이 마음이 끌렸다면 셀 수 없이 많은 실화소설로 넘쳐났을 것이다. 실제 범죄, 실제 섹스, 실제 비참, 리얼리티 TV 프로그램, 공식적·비공식적으로 품위를 떨어뜨리는 영화배우 등이 대중매체의 일용할 양식이다. 수많은 과학 장비들은 보는 관점에 따라 샤덴프로이데(Schadenfreude, 남의 불행을 보고 느끼는 쾌감—옮긴이)가 될 수도 있고 자극제가 될 수도 있는 것으로 가는 통로를 열어준다. 그러나 이 역시 전혀 새롭지 않다. 읽고 쓸 줄 아는 능력이 확대된 이래로 사람들은 소설이든 실화든 그들을 자극하고 충격을 주는 이야기들을 탐욕스럽게 소비해왔다. 17세기 말과 18세기 내내 영국에서 독서 인구가 증가함에 따라 그들의 요구를 만족시키기 위한 소재도 늘어났다. 특히 범죄자들의 삶을 다룬 이야기는 인기가 있어서 저렴한 소책자나 브로드사이드 같은 약식 인쇄물로 곧잘 출간되었다. 대표적인 것으로 《뉴게이트 감옥 소식: 몇몇 악명 높은 악한들의 가장 놀라운 재판에 대한 정확하고도 진실한 해설》이 있다. 이런 문헌에서는 진실한과 진짜 같은 단어들이 계속 되풀이된다. '마지막 유언'이나 올드 베일리(Old Bailey, 영국 런던에 있는 중앙형사법원—옮긴이)에서 열린 재판 내용을 녹취한 기록 등 오락거리를 위해 쓴 글들에 대한 갈망도 있다. 신문들도 범죄와 체포, 재판 내용을 앞 다투어 보도했다.

1734년 9월 17일. 어제 프리스키 낸으로 알려졌지만 흔히 다이빙 몰이라 불리는 메리 프리먼이 한 신사의 주머니에서 15기니와 은으로 만든 코담뱃갑, 꽤 비싼 금반지 두 개를 소매치기했다는 이유로 코튼 판사에 의해 웨스트민스터의 게이트하우스에 수감되었다.

—〈데일리 저널〉

같은 날 〈그루브 스트리트 저널〉에서는 동일인으로 탤보이Talboy로도 불리던 '악명 높은 몰'에 대해 더 자세히 다루었다. 재판관들에게 '게으르고 지저분한 인간'이라 불린 이 '생물'이 '코벤트 가든 주변의 유명한 도박꾼들과 사기꾼들'의 부양을 받았으며 "젊은 얼간이들을 끌어들여 그들의 희생양으로 만드는 일"을 했다는 이야기도 볼 수 있다. 그 기사를 쓴 사람은 약간의 페이소스에 탐닉한 듯 이렇게 이야기한다. "…그리고 가련한 몰은 매우 수치스럽게도 다시 구금되어 다음 개정 때까지 그녀에게 부과된 삼(大麻, Hemp)을 두드리는 노동을 하게 되었다." 곧 초보적 소설이 한몫 끼면서 범죄와 방탕, 유혹에 대한 허구적인 설명이 독자들의 관심을 얻기 위해 '실제' 이야기들과 경쟁하기 시작했다.

세상은 요즘 소설이나 로맨스와 너무 친해져서, 어떤 개인의 이야기에서 그 사람의 이름이나 기타 상황들을 가리면 진실이라고 여기기 어려울 것이다. 그런 까닭에 우리는 독자가 앞으로 들려줄 이야기에 대해 자기 의견을 말하고 자기가 원하는 대로 받아들이게 내버려두고 만족해야 한다.[3)]

또 다른 몰의 이야기인 디포의 《몰 플랜더스》 서문은 이런 야심 찬 첫 문장으로 시작한다. 허구의 편집자는 원래 원고가 있지만 도덕적으로 나쁜 영향을 줄 수 있는 내용을 없애기 위해 그것을 다시 썼다고 알려준다.

독자가 손에 들고 있는 책은 '원래의 이야기를 새로 꾸민 것'이다. 몰의 1인칭 대하소설은 극한의 가난, 도둑질, 매춘, 중혼을 포함한 다섯 번의 결혼, 한 명을 제외하고 모두 죽거나 버린 아이들, 투옥, 강제 이주, 그리고 최후의 개심改心으로 이어지는 그녀의 모험을 들려준다. 17세기에 융성한 또 다른 형식으로 죄인이 신과 구원에 이르는 자신의 길을 찾아가는 프로테스탄트 정신에 충만한 자서전이 있었는데, 몰은 이 형식이 범죄자의 전기라는 대중적인 장르와 결합되면서 태어난 존재다. 최근의 많은 회고록도 이런 똑같은 움직임, 즉 학대, 중독, 장애, 또는 어쩌면 죽음을 가져올 수도 있는 질병 등 저주받은 상태로부터 벗어나려는 움직임을 취하며, 결국 이런 상태는 의지력이나 일종의 개인적인 각성에 의해 극복된다. 회고록, 편지, 공판 조서, 범죄자와 매춘부의 전기 등 실화를 들려주기 위한 관례적인 형식들은 평범한 인간 존재를 실제 있는 그대로 묘사한다는 생각에 깊은 관심을 가졌던 18세기 소설 속으로 침투했다.

진실과 사실성에 대한 생각은 고상한 독서를 위해 실제 고백을 다듬었다고 주장하는 편집자 서문이 포함되지 않은 경우에도 초기 소설의 본질적인 존재 이유였다. 《톰 존스》에서 필딩의 화자는 상당한 반어법이 있기는 하지만 그의 이야기가 있는 그대로의 진실이라는 주장을 거듭 되풀이한다. "…사실을 있는 그대로 들려주는 것이 우리의 일이다. 그렇게 했을 때 자연 그대로의 원래 책을 찾아 우리가 작품 속에 고쳐 쓴 모든 구절을 대조해보는 것은 박식하고 명민한 독자의 몫이다. 비록 우리가 그 권한을 위해 특정 페이지를 항상 그대로 인용하는 것은 아니지만 말이다."[4] 존 클렐런드John Cleland의 악명 높은 《파니 힐》에서는 화자가 첫 페이지부터 편지의 수신인에게 그녀의 이야기가 실화라고 이야기한다. "진실! 말 그대로 아주 적나라한 진실입니다. 저는 일부러 그것을 얄팍하게 포장하는 수고 없이 제게 일어난 일들을 있는 그대로 묘사하려 합니다….”[5] 독자를 끌어들이려는 작가의 유혹에는 아무것도 덧붙이지 않은 사실성에 대한 약속이 포함된다. 이 경우에는 이야기를 '꾸미지' 않고 있는 그대로 드러내겠다는 약속이다.

18세기 동안 소설은 거듭해서 정신을 오염시키는 원인으로 매도되었다. 비스시무스 녹스Vicessimus Knox는 그의 1778년 에세이 《소설 읽기에 대해서》에서 일반적으로 받아들여지는 견해를 분명하게 표현했는데, 이것은 더 최근의 불안감, 예를 들어 폭력적인 컴퓨터 게임의 위험성에 대한 불안감을 떠올리게 한다. “현 시대가 이전 시대보다 더 타락했다는 말이 사실이라면, 아마도 소설의 엄청난 증가가 그 원인 가운데 하나일 것이다.” 소설을 읽는 일이 정신을 약하게 해서 '육체적 욕망의 가장 미약한 충동'에도 취약하게 만들었다는 것이다. 녹스는 로맨스를 더 좋아했는데, '인간의 본질을 그린 그 그림들이 정확하지 않기'[6] 때문이다. 물론 인간 본질의 정확한 그림이 어떻게 생겼는지는 또 하나의 당혹스러운 문제다. 녹스에게 소설의 정확성은 인간 존재의 불결한 측면(인간의 욕망과 약점)의 노출, 이전의 문학 형식들보다 더 '현실적인' 삶의 이미지를 의미했던 것 같다.

장 자크 루소는 《고백록》에서 '모두 이야기'하겠다고 약속한다. 더 정확히는 '모든 것을 이야기'하겠다고 약속한다. 그는 독자에게 이렇게 선언하면서 시작한다. “나는 전례가 없는 작업, 누구도 그 성과를 흉내내지 못할 작업에 착수했다. 나는 자연의 진실 그대로의 한 인간을 동료 인간들에게 소개할 작정인데, 바로 내 자신이 그 인간이다.”[7] 물론 루소 이전에도 회고록은 많았고 회고소설도 많이 있었다. 제네바 출신의 철학자 루소는 다른 허구적 자서전 가운데에서도 디포의 《로빈슨 크루소》를 무척 좋아해 자신의 삶을 이야기하는 데 이 허구적인 서사의 영향을 받았다. 성 아우구스티누스와 미셸 드 몽테뉴는 루소 이전에 그들의 개인적인 삶을 드러낸 작가로 유명하다. 차이가 있다면 두 사람에게 자기표출은 자기 자신을 넘어선 사상을 전하기 위한 것이었다는 데 있다. 루소는 오직 이야기하기 위해 이야기하는 일의 효용을 믿었다. 그는 독자가 그의 영혼을 들여다볼 수 있게 해줄 투명성을 믿었다. 이런 점에서 그는 근대적이었다. 그는 신에게 고백하지 않았다. 그는 모든 인간의 눈앞에서 자신의 오점까지 모두 털어놓았다.

나는 20대에 처음으로 루소의 인생 이야기를 읽고 깜짝 놀라기도 하고 즐거워하기도 했으며 충격을 받기도 하고 당혹감을 느끼기도 하는 등 다양한 느낌을 받았음을 인정해야겠다. 그가 소년 시절에 볼기를 맞으면서 느꼈던 성적 쾌감을 밝히면서 그것이 그가 평생 간직한 '굴복 행위에 대한 애착'[8])을 형성했다고 주장하리라고는 미처 생각하지 못했다. 그가 자기 자식들을 버리고 심지어 그것을 정당화하려 하는 것을 보고 경악했다. 배신, 자기기만, 비열함 등 사소하든 더 심각하든 다른 많은 수치스런 행동을 고백하는 그의 허심탄회함이 놀랍기만 했다. 루소는 자신의 삶에 대해 쓰면서 자신을 미화하려고 하지 않았다. 루소의 자서전에 녹스가 우려한 소설에 묘사되던 욕망과 약점이 가득 나열되어 있었다. 그러면서도 《고백록》의 화자는 해협 건너편의 영국의 비평가 녹스의 주장을 똑같이 반복한다. 철학자 루소는 그의 상상력에 돈키호테같이 엉뚱한 면이 있음을 인정하면서 어릴 때 소설을 읽은 것이 그를 이상하게 만들어놓았다고 주장한다. 이런 소설들은 '인생에 대한 기묘하고 낭만적인 생각'을 갖게 했고, "경험과 반성은 결코 진정으로 나를 치유해줄 수 없었다."[9]) 바꾸어 말하면 그가 읽은 소설들이 그의 일부가 된 것이다.

루소는 진실했을까? 그가 이야기했던 세세한 사항과 날짜들 가운데 많은 부분이 거짓으로 밝혀졌다. 게다가 그는 그 책에 나오는 일부 장면을 꾸미거나 부드럽게 만들었다는 비난을 받았다. 회고록 날조를 파헤치는 기자처럼 열성적인 학자는 루소가 자신을 설명한 글에서 부정확한 부분과 얼버무리는 부분을 짚어낼 수 있다. 또한 앞에서 말했듯이 평범한 인간이라면 누구도 기억할 수 없을 너무 긴 대화와 연설을 포함시키는 덫에 거듭 빠지는 서술방식은 그 책의 절실하고 자서전적인 어조를 훼손한다. 그런데도 그의 글을 읽을 때 한 번도 루소가 철두철미한 거짓말쟁이라고 느낀 적이 없다. 그는 상황에 따라 재기발랄하기도 하고 현명하기도 하며, 상냥하거나 과장되거나 편집증적이고, 설득력이 있을 때도 있고 덜 그럴 때도 있다. 그럴 때는 그가 자신을 정당화하려고 열심히 노력하다가 자기기만의 영역에 빠졌다는 느낌을 받는다. 그런데 그는 자기가 사실들에 관해서는 실수할 수도 있지만 그 자신의 감정들과 관련해서는 틀릴 수 없다고 공언한다. 그의 호소는 감정의 진실, 감정적 진실에 대한 것이다. 과거의 사건을 완벽하게 재생할 수 없는 것처럼 우리 가운데 과거의 느낌과 감각을 온전히 되살릴 수 있는 이가 있을지는 의문이다. 하지만 기억은 감정에 의해 굳어지며 우리가 가장 잘 떠올릴 수 있는 과거의 조각들은 그것이 기쁨이든 슬픔이든 죄책감이든 상관없이 감정에 의해 채색된 것이 분명하다. 또한 예전의 자기를 돌이켜보면서 적어도 글을 쓰고 있는 자아가 적어도 과거의 화신에 대한 현재의 감정들은 정확하게 알 수 있다고 인정하는 것이 옳을 것이다.

자서전은 소설 못지않게 작가가 자신을 어떤 이야기에 등장하는 인물로 구성할 것을 요구하며, 그런 구성은 언어에 의해 조정된 형식을 필요로 한다. 과학자들이 일화 기억(episodic memory) 또는 자서전적 기억

(autobiographical memory)이라 부르는 것은 시간이 흐르는 동안 자아의 일관성 있는 서사 감각을 창조하는 데 필수적이다. 그것은 의식의 일부이지만 그 의식은 무의식에 의해 형성되었다. 생각하는 주체가 된다는 것이 의미하는 바는 엄청나게 복잡한 철학적·신경생물학적 문제로 아직 해결되지 않고 남아 있다. 그러나 당신이 어떻게 당신의 인생 이야기를 들려줄 것인지 또는 당신의 인생에서 특별히 극적인 사건을 어떻게 들려줄 것인지 스스로에게 묻는다면, 당신은 곧 진퇴양난에 처했음을 깨닫게 될 것이다. 내 자신의 기억들은 뒤죽박죽 잡동사니일 뿐이기 때문이다. 나의 두뇌와 마음이 간직하고 있는 이미지들과 단어들은 순차적이지 않으며 나의 몽상을 넘나든다. 그것은 다른 사람들의 말과 내 자신의 연상적인 사고, 냄새와 소리, 광경들에 의해 일어난다. 윌리엄 제임스William James가 《심리학의 원리》에서 언급했듯이 "몇 달, 몇 년이고 정신의 보관함에 어떤 생각을 간직하고 있어서 원할 때마다 끄집어낼 수 있는 그런 정신적 보존 같은 것은 없다. 지속되는 것은 연관 짓는 경향이다."[10] 기억은 유동적이다.

더구나 내 인생의 첫 두 해는 기억상실증으로 사라졌다. 그 시기에 대해 이야기하려면 내 기억이 아니라 부모님이 들려준 이야기에 의지해야 한다. 나는 본인의 출생에 대해 잘못 알고 자란 사람을 대여섯 명 알고 있다. 우리는 자신의 출생에 진정으로 참여하지 못했다. 비록 우리 인생에서 이 최초의 몇 달 동안의 학습과 성장이 빠르고 결정적이기는 하더라도 자서전적인 '나'의 자기반성적 기억은 아직 시작되지 않았다. 인간 존재에게 '나'는 굉장한 유연성을 갖는다. 그것은 거울에 비친 자신을 알아보고 그에 따라 다른 사람의 눈에 비치는 자신을 상상하기 시작하는 데 의존한다. 인간은 본인에게도 한 사람의 등장인물이 될 수 있다. 다시 말해 인간은 바깥에서 바라본 존재, 우리가 과거에 위치 지을 수 있고 그 미래를 상상할 수 있는 인물이 될 수 있다.

대략 여섯 살 이후부터 나는 사람들이 지속적인 자서전적 기억이라 부르는 것을 갖기 시작했다. 그러나 이것은 무엇을 의미하는가? 이는 내 인생의 모든 날과 모든 사건을 기억할 수 있다는 의미는 아니다. 데이비드 흄이 《인성론》에서 쓴 것처럼 "과거 행동 가운데 우리가 기억하는 것은 얼마나 적은가? 예를 들어 1715년 1월 첫째 날에, 1719년 3월 11일에, 1733년 8월 3일에 자신의 생각과 행동이 어떠했는지 누가 나에게 말할 수 있겠는가?"[11] 지속적인 기억은 내가 갖고 있는 기억을 우리집, 롱펠로학교, 웨이 파크, 노르웨이 베르겐의 아파트, 컬럼비아대학교의 버틀러도서관 등 내가 알고 있는 장소들에 배치할 수 있다는 의미일 뿐이다. 정신적으로 친숙한 이런 공간들을 떠올림으로써 나는 젊은 자아를 그 안에 넣고 나에게 의미 있는 사건들이 간간이 섞여 있는 일상적인 현실의 율동적인 공식을 구축한다. 그런 중요한 사건들 사이에 안개와 실수가 섞여 있다. 나는 잊어버린다. 나는 잊어버린다. 나는 잊어버린다. 그리고 나는 가끔 내 인생과 관련된 것을 바꾸어놓고 압축하고 투사하고 오해한다. 나는 내 자신도 모르게 사진에서 '기억들'을 훔쳤다. 유아기 때의 스냅사진들을 보면서, 마음속에 간직하고 있던 영상이라고 상상했던 것이 앨범에서 빌려온 이미지라는 사실을 인정하지 않을 수 없었다. 내 실수는 그다지 특이한 것이 아니다. 분명 내가 결코 깨닫지 못할 다른 실수도 무수히 많겠지만 나는 내 기억에 가상적 차원이 있음을 인정한다. 그러므로 회고록을 쓰는 것은 나의 '실제' 삶을 다큐멘터리로 다루는 것이 아니다. 과거를 되살리는 일, 심지어 과거의 감정을 되살리는 일에 대한 루소의 낙관주의는 옳지 않다. 회고록을 쓰는 일은 내가 꾸며낸 것이 아니라 사실이라고 믿는 기억들을 언어적 서사로 구성하는 문제다. 그리고 그 믿음은 내적 신념의 문제, 즉 지금 사실이라고 느끼는 것의 문제다.

내가 소설을 쓸 때 그것은 내 존재 어딘가에 묻혀 있는 '진짜' 이야기를 찾으려고 열심히 노력하면서 기억을 건져 올리는 것과 많이 비슷하다. 그리고 그런 이야기를 찾으면 그것이 사실처럼 느껴진다. 그러나 틀린 구절들, 거짓말처럼 느껴지는 구절들도 썼다. 그러면 나는 그것들을 지우고 다시 시작해야 한다. 나는 나의 허구적인 이야기의 진실을 내 기억들과 연관된 내적인 감정의 진실에 비추어서 측정한다. 그것이 바로 내가 소설가들을 '상습적인 거짓말쟁이'[12]로 보는 생각에 반발하는 이유다. 그런 생각은 정확히 그와 반대되는 기획인 소설의 위신을 떨어뜨린다. 기억과 창조성 사이의 관련은 철학에서 오랫동안 인정되어온 동시에 부인되어왔다. 잠바티스타 비코Giambattista Vico는 《새로운 과학》에서 기억과 창조성을 동일시한다. "그런 까닭에 기억은 상상력과 동일하다… 기억은 세 가지 측면을 갖는다. 사물을 떠올릴 때의 기억, 사물을 바꾸거나 모방할 때의 기억, 기억이 사물에 새로운 전환을 제공하고 그것을 적절한 배열과 관계 속에 둘 때의 발명이 그것이다."[13] 심리학을 독립된 학문분야로 확립하는데 기여한 독일학자 빌헬름 분트Wilhelm Wundt는 그의 책 《심리학 원론》에서 그 두 가지를 완전히 섞어놓았다. "상상 속 이미지와 기억 속 이미지 사이에 어떤 명확한 경계도 정할 수 없음은 분명하다…. 따라서 우리의 모든 기억은 '공상과 진실'로 구성된다. 기억은 우리의 감정과 자유의지의 영향 아래 상상 속 이미지들로 바뀌며 우리는 대체로 그런 이미지가 실제 경험과 닮았다고 자신을 속인다."[14] 발명은 자발적이든 비자발적이든 인간 경험의 일부이며 모든 사람은 투사된 '나'에 의해 만들어졌을 공상과 백일몽을 갖고 있다. 우리는 정신적으로 현실 공간과 비현실 공간으로 옮겨갈 수 있다.

> 나는 유명한 가수가 되어 양키 스타디움에서 공연하는 나 자신을 그려볼 수 있다.
>
> 내 애인이 죽어서 혼자 남겨지면 어쩌지?
>
> 나는 날개가 돋아서 뉴욕 시 상공으로 행복하게 날아오르고 있다.

특히 젊은이들이 자기만의 공상에 잠겨 시간을 보내는 편이다. 《청소년의 상상력과 창조성》에서 러시아의 심리학자 레프 비고츠키Lev Vygotsky는 허구의 이중적인 경험을 다음과 같이 멋지게 표현한다.

> 공상의 도움으로 뭔가 비현실적 이미지들을 구성할 때 그 이미지들은 사실이 아니지만 그것들이 불러일으키는 감정은 사실로 경험된다. 어떤 시인이 "나는 이 소설을 읽고 울음을 터뜨렸다"고 말할 때 그는 이 소설이 비현실적임을 인식하고 있지만 그의 눈물은 현실의 영역에 속한다. 이런 식으로 청소년은 공상 속에서 그의 풍부한 내면의 감정적 삶과 그의 충동들을 표현할 수단을 발견한다.[15)]

일화 기억과 스스로를 미래로 투사하는 상상 행위에서 뇌의 똑같은 부위나 기관이 작동한다는 신경생물학적 증거가 늘어나고 있다. 신경과학자 랜디 버크너Randy Buckner와 대니얼 캐럴Daniel Carroll은 《인지과학의 동향》에 실린 그들의 논문 〈자기투사와 뇌〉에서 다음과 같이 표현한다.

> 마음속으로 미래 그리기(투사), 과거 기억하기, 다른 사람들의 견해 상상하

기(마음 이론), 방향 찾기의 몇몇 형식이 똑같은 두뇌 네트워크의 작동을 반영한다는 사실을 보여주는 자료들이 늘어나고 있다. 이런 능력들은 비슷한 나이에 나타나며 전두엽과 내측두엽 계통을 포함하는 공통된 해부학적 구조를 공유한다. 이는 전통적으로 계획하기, 일화 기억, 디폴트(수동적) 인지능력과 관련지어지던 부분이다.[16]

'디폴트 시스템'이란 특정 과업으로 바쁘지 않을 때, 외부 자극에 집중하지 않고 쉬면서 몽상이나 공상에 빠져있을 때 뇌에서 일어나는 일에 과학자들이 붙인 조금은 불쾌한 이름이다. 그것은 아무것도 하지 않고 자기 내면에만 집중하고 있을 때에도 뇌는 매우 활동적으로 작동하고 있다는 사실을 드러낸다. 과학자들이 작성한 관련된 활동 목록을 주목하라. 미래 그리기는 아직 도착하지 않은 시간 어딘가로 현재의 자기를 투사하는 철저하게 허구적인 행위다. 하지만 한편으로는 자서전적 기억도 매우 허구적이다. 이전의 자아를 상상하고 과거 시점으로 다시 데려가야 하기 때문이다. 모든 동물은 기억한다. 에릭 캔들Eric Kandel이 바다달팽이 아플리시아Aplysia로 했던 획기적 연구는 단순한 동물도 뭔가를 배우며 자기가 배운 것을 기억한다는 사실을 보여주었다. 살아 있는 생명체는 모두 내재된 운동-감각 기억력을 가지며, 무의식적으로 학습된 이런 능력들은 우리가 이 세상에서 하는 습관적인 동작을 주목하게 한다. 그러나 바다달팽이에게는 일화적인 자서전적 기억력이 없고 자신이 다른 아플리시아라는 환상을 갖거나 상상하지 않는다. 다른 사람의 관점을 취하는(다른 사람이 되었다고 상상하는) 능력이 없다면 우리에게 자의식은 없을 것이다. 그리고 자의식이 없다면 우리 모두 갖고 있는 불안정한 자아, 현실적이든 비현실적이든 현재로부터 떨어져 나와 다른 세계를 항해하는 자아를 구성할 수 없을 것이다. 이 논문의 저자들은 철학이나 심리학을 거론하지 않으며, 투사된 자아의 늘어나는 기동력이 거울 인식이나 그 이후의 언어 및 추상적 사고의 습득과 연결된다는 사실을 주목하지도 않는다. 그들은 그들의 논의를 공상이나 창조성 또는 상상력 일반으로 확장하지 않는다. 하지만 그들은 그런 조심스런 방식으로 기억 대 허구 문제에 발을 들여놓는다.

> …이 설명은 왜 기억이 구성되는지, 왜 그것이 오류와 변화를 겪기 쉬운지 이해하게 돕는다. 아마도 자기투사와 관련된 이 핵심 네트워크의 특징은 실제 상황들과 유사할 뿐인 다양한 대안을 시뮬레이션하는 유연성인 것 같다. 핵심 네트워크의 유연성은 과거 사건들의 특수하고 정확한 구성을 재현하는 네트워크의 정확성이라기보다는 그것의 적응 기능일 수 있다.[17]

미국은 기본적으로 허구를 미심쩍게 여기고 그 자체로 환상일 뿐인 '실제 기억'이나 '실화'의 이념에 집착하는 문화를 갖게 된 것 같다. 실화를 말해줄 수 있는데 왜 소설을 쓰겠는가? 이것이 바로 제임스 애틀러스 James Atlas가 프루스트를 거론하면서 주장한 것 아닌가? 얼마 전 우편으로 추천사를 부탁하는 편지가 동봉된 소설 한 권을 받았다. 편집자는 편지에 그 책이 성폭행에 대해 다루고 있으며 저자 본인이 성폭행을 당한 경험이 있다고 설명했다. 게다가 저자는 가상의 성폭행을 다룬 그 소설을 홍보하는 동안 그녀가 실제로 당한 성폭행 경험에 대해서도 기꺼이 이야기할 마음이 있었다. 나는 그 책을 읽지 않았다. 물론 그 책이 훌륭할 수도, 섬세할 수도 있다. 내가 관심이 있는 문제는 그 소설에서 삶과 허구가 서로 겹쳐지기 때문에 더욱 진실하다는 추론이다. 이것을 어떻게 받아들여야 할까? 문제의 책은 회고록이 아니라 소설인데도 그 둘이 혼합된 것처럼 광고되었다. 가상의 성폭행에 신빙성을 주기 위해 실제 성폭행을 언급하는 것이다. 소설가들이 허구를 만들기 위해 자신의 경험을 이용하는 것은 새로운 일이 아니다. 새로운 것은 그런 경험들의 내용을 밝히려 하는 출판사 측의 욕구였다.

프루스트로 돌아가자. 프루스트의 전기 작가들은 그의 가학피학증에 대해 방대한 글을 써왔다. 들은 바에 따르면 그는 쥐를 고문하는 것을 즐겼던 것 같다. 그의 가정부 셀레스트 알바레Celeste Albaret에 의하면 어느 날 그는 남창굴을 다녀온 뒤 그녀에게 한 남자가 채찍질당하는 것을 작은 창을 통해 보았다고 말했다. "피가 사방에 튈 정도였다. 그제야 그 불쌍한 인간은 쾌락의 극치를 맛보았다."[18] 그 후 프루스트는 충격을 받은 셀레스트에게 그가 보았던 채찍질에 대해 몇 시간 동안이나 들려준다. 줄리아 크리스테바Julia Kristeva는 프루스트에 대한 책 《시간과 감각》에서 이렇게 주장한다. "프루스트는 멀리서 그 장면을 재구성하기 위해 그 착한 여자의 참여-분노를 이용한다. 이런 식으로 그는 그가 자신의 감각과 분리되게 도와줄 유사 코미디를 만들어낼 수 있다…."[19] 《되찾은 시간》에서 프루스트의 화자도 채찍질을 본다. 하지만 그 전에 먼저 고통스런 신음소리를 듣고 연이어 자비를 간청하는 목소리와 "그렇게 소리 지르면서 무릎으로 기어 다니면 침대에 묶고 인정사정 봐주지 않을 거야"라고 위협하는 또 하나의 목소리를 듣는다. 그리고 채찍을 휘두르는 소리를 듣는다. 잠시 후 화자는 '작은 타원형 창'을 발견하고 들여다본다.

> 그곳 방 안에 바위에 묶인 프로메테우스처럼 침대에 사슬로 묶인 샤를뤼스 씨가 보였다. 그는 모리스가 못이 박혀 있는 채찍으로 마구 갈기는 채찍질을 당하고 있었다. 이미 피투성이였고, 이런 고문이 처음 일어나는 것이

아님을 알려주듯 멍으로 뒤덮여 있었다.[20)]

이 구절만 따로 떼어놓으면 '유사 코미디'의 요소가 전혀 없지만 소설의 문맥을 살펴보면 조금 웃기는 면이 있다. 한바탕 잔혹극을 치른 뒤 남작은 분명 힘이 없고 비틀거리는 모습이었지만 놀랍게도 멀쩡하게 서서 호텔 '소년들'과 농담을 주고받기 때문이다. 모리스가 약간의 돈을 받고 고문하는 연기를 했으며 그의 마음은 그것을 원하지 않았음을 알게 된다. 그러나 이런 깨달음을 얻는 것은 '어둠 속에서 은밀하게' 작은 구멍 쪽으로 기어가 침대 위의 비참한 사람이 내가 아는 사람이라는 사실을 보게 되는 다른 '나'를 사로잡은 공포에 독자로서 참여한 뒤이다. 여기서 '내가 아는 사람'은 프루스트가 셀레스트 알바레에게 들려주었던 이야기 속의 이름 모를 '불쌍한 인간'이 아니다. 그는 바로 샤를뤼스 남작이다. 타락했지만 관대한 댄디, 고통을 추구하는 도착증의 용감하고 부조리한 생존자, 멀지 않은 곳에서 제1차 세계대전이 맹위를 떨치고 남자들이 참호 속에서 울부짖으며 죽어가는 동안 뇌중풍으로 노망이 들어 죽은 친구들의 이름을 줄줄 늘어놓으며 즐거워하던 그 남자. 프루스트가 남작의 다른 성격 특징 가운데 일부를 로베르 드 몽테스키외 페젠삭 백작에게서 훔쳐왔다는 것이 문제가 될까? 백작은 그 소설에서 자신의 모습을 알아보고 개인적으로 모욕감을 느꼈다고 한다. 실제 경험에서 예술로의 치환은 꿈속에서 일어나는 기이한 융합과 비슷하다. 나는 한 친구의 꿈을 꾸는데 그는 내 친구처럼 생기지 않고 다른 누군가와 닮았다. 마치 엉뚱한 사람에게 이름을 붙인 것만 같다. 어떤 사람, 어떤 물건이 다른 것과 뒤섞이거나 깨어 있을 때의 내 삶에서 가져온 두 이야기가 하나로 뒤섞인다. 내 소설 《내가 사랑했던 것》에서 비중이 적은 인물 라슬로 핀컬먼의 이름과 머리 모양은 한 친구의 어린 아들에게서 따왔다. 그의 성은 내 딸의 소아과 의사에게서 가져왔다. 그의 엉덩이와 간결한 말투는 또 다른 친구의 것이고 파티에서 음식을 훔쳐 레인코트에 쑤셔 넣는 습관은 언젠가 들었던 젊고 가난한 시절의 헨리 밀러 이야기에서 빌려왔다.

프루스트가 훔쳐본 경험들을 자신의 경험으로 열거했다면, 이름 모를 남자가 채찍질당하는 끔찍한 장면을 남작의 이미지로 바꾸지 않고 사실에 충실했다면 우리는 더 좋아했을까? 실제 있었던 사건에 대한 프루스트의 자서전적 기억은 기억과 시간을 다룬 그의 방대한 책에서 인간의 단일한 능력의 야누스 같은 얼굴이라 할 수 있을 그의 기억과 공상보다 더 효과적으로 기여했을까? 소설을 쓸 때, 다른 사람으로서 글을 쓸 때는 항상 감정적 진실을 추구한다. 하지만 프루스트의 화자처럼 화자가 이중 자아일 때조차 자신의 관점이 아닌 다른 사람의 관점에서 기억과 상상에 빠져드는 것을 허용할 때에는 거리가 존재한다. 코미디와 아이러니는 이처럼 한 발 뒤로 물러나는 데 의존한다. 나는 다른 곳에서, 다른 사람으로서 볼 때 더 분명하게 보는 편이다. 그리고 그 상상 속의 타인에게서 가끔씩 내 자신에게 숨기고 있던 것을 발견한다. 상상력의 자유로운 유희 속에서, 무의식의 원천에서 솟아오르는 말 속에서, 그뿐 아니라 소설을 쓰는 행위에 수반되는 신체의 리듬 속에서 나는 내가 기억하려 애쓰기만 할 때 가능한 것보다 더 많은 것을 발견할 수 있다. 이것은 현실을 위장하기 위한 방법이 아니라 경험의 진실을 언어로 드러내기 위한 방법이다.

나는 첫 소설 《눈가리개》에서 내 이름을 거꾸로 뒤집은 아이리스Iris를 화자의 이름으로 택했다. 그녀의 성은 어머니의 결혼 전 성 비건으로 했다. 나는 그녀를 웨스트 109번가 309번지에 있는, 한때 내가 살았던 아파트에 살게 했다. 나는 친한 친구들의 성격을 훔쳤고 그것을 허구적인 성격들과 함께 섞었다. 내가 마운트 시나이 병원 신경과 병동에서 환자로서 직접 겪었던 경험도 일부 썼다. 그러나 아이리스의 모험은 내 것이 아니다. 그것은 내가 만든 것이다. 그 모험들은 나에게 불가피하고 진실하게 여겨졌지만 그래도 그것은 허구다. 하지만 모든 일이 책에서 이야기했던 것과 똑같이 일어났을 것이라고 확신하는 사람들이 있다. 내 환자들의 가까운 친구 한 명도 그랬다. 나는 내가 자란 고향 사람들이 내 두 번째 소설 《릴리 달의 황홀》에 나오는 모든 인물을 실제 그 마을 사람들과 하나하나 맞춰보면서 즐거워했다는 이야기를 들었다. 그 책 속의 웹스터는 미네소타 주 노스필드의 허구적 버전이고 비중이 크지 않은 인물들 가운데 여러 사람은 실제로 존재하는 사람들을 바탕으로 했다. 하지만 주인공을 포함한 많은 인물은 나의 상상력에서 태어났다. 소설을 쓰는 내내 나는 내 삶과 다른 사람들의 삶에서 이런저런 것들을 빌려와 새롭게 상상하고 조합하고 간추려 재구성했다. 그러나 이것은 나의 인생 이야기를 들려주는 것과 전혀 다르다. 내가 썼던 자서전적 에세이들과 단 한 편의 회고록(나에 대해서보다는 의학과 진단, 심신의 질환이 무엇을 의미할 수 있는지에 대해 더 많이 할애했다)에서 나는 독자들에게 허구가 아닌 글을 쓰겠다는 약속, 즉 고의로 거짓말하지 않겠다는 약속을 지켰다.

우리의 기억을 믿을 수 없을지라도 우리는 현재 주어진 현실(지금 내가 서재 컴퓨터 앞에서 이 글을 쓰는 동안 앉아 있는 의자)과 내가 바로 그 의자에 앉아 소설을 쓸 때 머물러 있는 공상세계 사이의 차이를 말할 수 있다. 모리스 메를로 퐁티가 《지각 현상학》에서 주장한 것처럼 '보통의 주체'는 현상적인 현재를 상상 속의 잠재적 공간과 혼동하지 않는다.[21] 나는 그것을 이렇게 말하고 싶다. 미치지 않은 이상 우리는 지금 여기와 기억·공상할 때의 마음속 저기 다른 곳의 차이를 인식할 수 있다.

그러나 허구를 위해 자신의 기억을 훔치는 것은 기억 자체에 특이한 영향을 미칠 수도 있다. 블라디미르 나보코프는 그의 회고록 《기억이여, 말하라》에서 다음과 같은 변화를 말한다.

> 나는 소설의 등장인물에게 내 과거의 소중한 어떤 특징을 나누어준 뒤에 그것이 내가 너무나 갑작스레 집어넣었던 인공적 세계에서 시들어가는 것을 종종 깨달았다. 그것은 여전히 내 마음속을 맴돌고 있지만 그 개인적인 온기, 그것을 돌아볼 때 느끼던 매력은 사라져버렸다. 이제 그것은 과거의 내 자아보다 내 소설과 더 밀접한 관련을 갖게 되었으며 그 속에서 작가의 침입으로부터 벗어나 매우 안전해 보였다.[22)]

나도 이런 느낌을 받은 적이 있다. 과거와 관련된 사람이나 장소, 심지어 그런 사람이나 장소의 한 부분이 소설 속으로 옮겨지면 이따금씩 그런 허구적 변형이 기억을 덮어버릴 수 있다. 물론 그런 일은 그 인물이나 장소가 더 이상 당신의 일상적 경험에 포함되지 않을 때만 일어난다. 한번은 내가 첫 소설을 쓴 지 몇 년이 지난 뒤에 식당에서 소설의 등장인물들 중 한 명의 모델로 삼았던 사람을 만났다. 정겹게 수다를 떨고 나서 헤어질 때 그의 진짜 이름보다 소설 속 인물의 이름이 머릿속에 먼저 떠올라 그 이름으로 이별 인사를 하려다가 멈칫거렸던 적이 있다. 상상 속 인물에게 잘 가라고 인사할 뻔 했던 것이다. 다행히 제때 멈출 수 있었던 이런 말실수는 그에 대한 내 기억을 그 책이 어느 정도 대신하게 되었음을 보여줄 뿐 아니라, 그 소설과 그 책의 집필, 그리고 내가 만든 인물에 대한 나의 감정적 관계가 어떤 점에서는 실제 그 남자보다 더 현실적이 되었음을 드러냈다. 줄리아 크리스테바Julia Kristeva가 프루스트에 대해, 매 맞던 남자와 채찍질하던 남자가 소설 속에서 다른 얼굴로 나타난 것에 대해 쓰면서 표현했듯이 "경험한 것은 차츰 재현된 것으로 바뀐다."[23] 언어적 재현은 마음속 이미지나 감각 경험과는 다르다. 우리 모두 이야기로 굳어진 기억을 갖고 있지 않은가? 감각과 그에 따르는 영상이 희미해지기 시작했을 때도 우리는 그 이야기를 어떻게 들려줄지 기억한다. 말이 흐릿해지는 과거를 지배한다.

프루스트의 꿈은 과거를 떠올리는 것이었지 실제로 과거를 현재로 끌어들이고 과거의 흥망성쇠를 되살려서 시간을 속이려는 것이 아니었다. 그래서 그는 글을 쓰고 또 썼으며 그 글쓰기는 그때를 지금으로 가져오기 위한 적극적이고 고통스런 탐색이었다. 키르케고르의 《이것이냐 저것이냐(Either/or)》에 등장하는 유혹자 요하네스도 비슷한 소망을 갖고 있다.

> 내가 코델리아와 나눈 대화를 정확하게 재현할 수 있는지는 나에게 정말 흥미로운 문제다. 그러나 나는 그것이 불가능함을 쉽게 감지한다. 설령 우리가 주고받은 단어 하나하나를 모두 기억해낸다 할지라도 사실상 대화의 신경이라 할 수 있는 현장성의 요소, 놀람의 분출, 대화에 생명을 주는 원리인 열렬함을 재현하는 일은 있을 수 없다.[24]

우리가 잃은 것의 직접성과 존재감을 그리워하는 것은 인간적이다. 말과 이미지, 감정으로 과거의 시간에서 붙잡고 있는 것은 안정적이지 않다. 증거 자료에 기대어 우리의 기억을 판단할 수 있는 경우는 매우 드물며 그럴 때도 우리의 현상학적 관점(가족 모임이나 돛단배 타기, 만찬을 경험하고 있는 '나')은 사라진다. 기억은 오직 현재형으로만 존재하기 때문이다. 나는 아르네 크론 닐센Arne Krohn Nilsen을 기억한다. 그는 내가 노르웨이에서 보낸 열두 살에서 열세 살로 넘어가던 시기의 영어 선생님이었다. 나는 지금 그를 떠올린다. 그는 싹이 난 식물을 떠올리게 하는 매우 긴 속눈썹을 가졌고, 급작스럽고 어색하게 움직였으며, 뒤에서 그를 흉보며 웃어대던 아이들에게 몹시 짜증이 났을 수도 있다. 그러나 나는 그를 사랑했다. 나는 그를 온전히 떠올릴 수 없다. 침범할 수 없는 현재형으로도, 1967년의 모습으로도 불가능하다. 그런데 그가 소설 작품의 등장인물로 돌아온다면 어떨까? 그는 새로운 리얼리티와, 역행보다는 순행하는 기억에서 발생한 직접성과 존재감을 찾게 될 수도 있다. 그것이 소설의 마법이다. 위대한 회고록들도 생생한 재경험이나 똑같이 공상에 해당하는 과거의 다시 보기에 참여하지만, 그럼에도 불구하고 현재의 자아, 즉 오래 전 유리창에 끼어있던 서리를 떠올리면서 그 이미지에서 강렬한 우울의 감정을 경험하는 사람에게는 그것이 사실이다.

회고록이 상투적 형식을 빌려 일반적 지식만 떠들어대는 식으로 거짓말할 수 있는 것처럼 소설도 똑같이 그렇게 할 수 있다. 그리고 두 장르 모두 크든 작든 인간이 무엇을 의미하는지 진실을 보여줄 수 있다. 내가 소설가로서 가장 흐뭇했던 순간은 《내가 사랑했던 것》을 낸 뒤에 찾아왔다. 나는 그 책을 아이오와시티에서 낭독했는데, 낭독이 끝나자 한 여성이 다가와 그녀의 아버지가 전해달라고 한 말이 있다고 했다. 그녀는 자기 아버지가 그 소설의 화자 레오 허츠버그처럼 베를린에서 태어난 유대인이라고 설명했다. 그는 부모와 함께 나치를 피해 먼저 런던으로 도망쳤고 결국에는 미국에 도착했다. 그는 지금 플로리다에 살고 있다. 그가 전해달라고 한 말은 이랬다. "그녀에게 내가 레오라고 말하렴."

허구 속 이야기와 실제 이야기 사이에 유사성이 있음에도 불구하고 그 어떤 문자적 의미에서도 이것은 참일 수 없다. 레오는 그의 어린 시절을 아주 간략하게 들려줄 뿐이며 그것이 그 책에서 차지하는 비중은 매우 적다. 그 여인의 아버지는 다른 현실, 감정의 현실, 아마도 실향과 슬픔의 감정에 대해 말하고 있었던 것 같다. 나는 알지 못한다. 내가 아는 것은 나도 살면서 독자로서 내가 어떤 소설의 화자가 된 것처럼 느낀 적이 있다는 사실이다. 나도 루소처럼 소설 속 인물들과 그들의 이야기를 나 자신의 것으로 받아들였고 그들이 나를 바꾸어놓았다는 사실도 알고 있다. 허구도 기억되며 그것을 마음에 저장할 때 다른 경험과 조금도 다르지 않게 저장된다. 그것은 경험이다.

2010년

THINKING

행복한 소수의 섬

지표의 기호학적 모델과 수행성의 언어학적 모델(그리고 종종 그들의 조합)은 모두 개념미술 미학에 핵심이 되었다. 또한 1960년대 말 데이비드 라멜라스David Lamelas의 영상작업과 사진작업의 독특한 시각성과 텍스트성을 규정해 준다. 전자의 경우에서 묘사와 형상화가 사진이나 필름, 비디오 영상 기록이 순수한 정보로 환원되었을 때 제공하는 단순한 흔적이나 순수한 기록으로 대체된다면, 그때 우리는 후자의 경우에서 텍스트성의 모델을 접하게 된다. 그 속에서 수사법, 서사 구조와 허구, 작용 주체와 성격분석적 전기(psychobiography)는 이데올로기적인 것과 신화(바르트가 정의한 의미로)의 조건들에 완전히 참여하는 것으로 무시된다.

–베냐민 H. D. 부흘로[1)]

하지만 좀 더 근본적으로 활성화 입상도가 생기게 되는(결과는 나타나지 않은) 메커니즘의 약리학적 수단에 의한 검사는 40헤르츠의 활동성을 보이는 부분들 사이의 침묵의 영역이 적극적인 억제에 의해 발생됨을 보여준다. 더구나 가바GABA A 차단제들이 있을 때는 앞에서 묘사된 대뇌피질 활동의 공간 필터링이 사라진다. 이런 결과는 대뇌피질 억제성 뉴런들이 고주파 진동이 가능하다는 발견에 확실하게 부합하며, 그런 뉴런들이 시냅스에 의해 연결되고 동시에 점화되면 대뇌피질의 감마밴드 활성을 만들어내는 데 중요 역할을 할 수 있다는 견해에도 잘 들어맞는다.

–R. 리나스, U. 리바리, D. 콘트레라스, C. 페드로아레나[2)]

하지만 일차적인 자기애는 뒤이어 일어나는 성장과 관련된 고려 사항의 중심에 놓여 있지 않다. 이것들이 평생 동안 원래의 입장(인격의 모든 양상으로 확산되는 기초적 자기애적 긴장)인 중요한 직접적인 잔여물로 남는다고 하더라도 그것이 구별되는 다른 두 형식, 즉 자기애적 자아와 이상화된 부모 이마고imago로 관심을 돌리고자 한다.

–한스 코헛[3)]

나는 앞에 인용한 구절들을 그리 멀리서 찾지 않았다. 부흘로의 책과 의식에 대한 과학 논문, 코헛의 자기애에 대한 논문은 내 책상에서 몇 발짝 떨어져 있지 않은 내 서재 책장에 꽂혀 있다. 나는 그 글들을 모두 읽었다. 어떤 식으로든 그것이 내 연구와 관련 있었기 때문이다. 내가 읽은 셀 수 없이 많은 다른 책도 지금 내 목적에 똑같이 도움이 되었을 것이다. 내 목적은 간단하다. 나는 앞에 소개한 분야(미술사 이론과 신경과학, 정신분석학)의 책들을 많이 읽지 않은 사람은 그들이 무슨 이야기를 하고 있는지 이해하기 어려울 것이라는 사실을 보여주고 싶었다. 나에게는 그 글들이 공유하는 것이 그것들을 구분하게 해주는 것보다 더 중요하다. 그 글들은 그것을 읽고 있는 '행복한 소수'에게만 알려진 단어들에 의존하는, 극히 일부만 이해할 수 있는 텍스트들이다. 그런 글은 모두 해당 주제를 잘 알고 있는 독자를 요구한다. 그 독자는 롤랑 바르트Roland Barthes가 신화와 이데올로기에 대해 어떻게 생각했는지 알고 있고, 가바가 중추신경계에 중요한 억제 신경전달물질인 감마 아미노낙산임을 쉽게 알 수 있으며, 가바 A를 가바 B와 구별할 수 있고, '기초적인 자기애적 긴장'이 어떤 것인지 대강은 알 것이다.

우리는 초집적·전문지식 문화에서 산다. 이런저런 특정 주제에 대한 '전문가들'이 신문, 잡지, 텔레비전, 라디오에서 끊임없이 상담해주고 거론된다. 최근 몇 년 동안 '중동 전문가'라는 용어를 우리가 얼마나 많이 들었는지 한번 생각해보라. "F 박사는 카벙클대학에서 시리아와 이란 관계를 연구하는 주요 전문가다." 와 같이 좀 더 세밀한 자격설명과 함께 말이다. 각 분야가 하나의 영지를 개척하고 고도로 특수한 지식을 방대하게 축적하면서 그것을 집요하게 추구한다. 연구 내용을 사회에 발표하는 경우를 제외하면 이런 사람들은 비슷한 교육을 받고 비슷한 생각을 하는 사람들의 학문적 섬에 거주한다. 문학에 학문적 배경을 두고 방랑하는 소설가이자 에세이 작가로서 나는 내가 얼마 동안 다양한 섬을 향해 수영해서 나아가는 것을 깨달았다. 나는 그 섬들 가운데 몇 군데의 기슭에 도착했고, 심지어 한동안 거기 머물면서 그곳 토착민들을 조사했다. 내가 발견한 것은 흥미진진하면서도 실망스러웠다. 나는 난해한 텍스트들을 이해하고 낯선 어휘를 배우느라(셀 수 없이 많은 두문자어와 약어는 말할 것도 없다) 어려움을 겪었지만 그런 소풍을 통해 나는 끊임없이 달라졌다. 인간이라는 사실이 무슨 의미를 갖는지에 대한 내 생각이 미술이론과 신경과학, 정신분석학 영역에서의 모험으로 인해 바뀌고 넓어지고 재구성되었다. 하지만 동시에 공유된 지식의 결핍에 슬픔을 느꼈다. 사람들에게 말하고, 그들이 당신을 이해하게 만들고, 당신이 그들을 이해하는 것이 매우 힘들 수 있기 때문이다. 대화 자체가 위험에 처한 경우가 많아졌다.

몇 년 전, 내 소설을 위해 정신병질, 다르게는 사회병질과 반사회적 인격장애로도 불리는 질환에 대한 대대적인 연구를 진행했다. 나는 손에 잡히는 모든 것을 닥치는 대로 읽었다. 정신분석학과 정신의학 책들을 읽었고 재소자들 가운데 사이코패스의 통계를 분석한 글을 읽었다. 범죄를 저지른 반사회적 인격장애 환자들의 세로토닌 수준을 측정한 과학논문들을 읽었고, 전형적인 사이코패스와 같은 특징을 보이는 전두엽 손상 환자들의 신경학적 사례들을 읽었다. 참고문헌이 모든 것을 말해준다는 사실이 드러났다. 저자들이 인용하거나 참조하는 사람들을 살펴보면 그들의 지적知的 거주지를 알 수 있었다. 심지어 같은 주제를 연구하는 사람들이 서로 완전히 고립되어 있는 경우도 왕왕 있다. 예를 들어 한 통계학자는 위니콧이 그의 저서 《박탈과 비행》[4]에서 반사회적 태도에 대해 말한 것을 전혀 다루지 않는다. 그리고 신경학자들은 존 볼비John Bowlby가 그의 명저 《애착과 상실》[5]에서 아이들과 영장류에게 어릴 때의 이별이 미치는 영향에 대해 쓴 것을 연구하기 위해 애쓰지 않는다. 우리의 세계는 지적 파편화의 세계이며 그 속에서 분야 간의 교류는 점점 더 어려워졌다.

토머스 쿤Thomas Kuhn은 그의 책 《과학 혁명의 구조》에서 과학계 안의 이런 그룹들을 '전문 분야 행렬'[6]이라고 불렀다. 이런 그룹들은 일련의 방법과 기준, 기본 가설들(가치의 패러다임)을 공유한다. 다르게 말해 이런 그룹의 사람들은 모두 같은 언어로 말한다. 독일 철학자 위르겐 하버마스는 한 강연에서 결코 과학 분야에만 한정되지 않는 이런 분리에 대해 고심했다. "신중하게 표현된 타당성의 영역이 명제적 진리와 규범적 올바름, 정통성에 대한 권리 주장을 도와주는 전문가 문화의 형성은 그들 고유의 논리를 만들어낸다(물론 이로 인해 그 성격을 이해하기 어렵게 되고 평범한 의사소통 관행에서 멀어져서 그들의 생명을 위험에 빠뜨리기도 했다)…."[7] 괄호 안의 지적이 결정적이다. 이런 전문가 문화의 논리는 해독하기가 점점 더 어려워지고 있다. 그들의 표현이 지나치게 정교하고 일상 언어로부터 너무 동떨어져 문외한은 아무것도 이해하지 못하는 상태가 되기 때문이다. 실제로 이런 전문 텍스트를 읽을 때면《고도를 기다리며》에 나오는 럭키의 장광설을 떠올리게 된다. 그를 창조한 학식 있는 사뮈엘 베케트는 럭키의 연설을 위해 학계의 지나치게 현학적인 표현에서 영감을 얻은 시적인 헛소리를 만들어냈다. "프왕송과 와트만의 최근의 공동 연구에서 밝혀진 바에 의하면 까까 흰 수염이 달린 까까까까 인격적인 신은 공간의 시간 밖에 존재하고 있어 하늘의 무감각과 무공포와 침묵 위 높은 곳에서 몇몇을 제외하고는 우리를 사랑하는데 그 까닭은 모르지만 시간을 두고 생각해보기로 하고… 미완성인데도 블레스의 베르트와 테스튜와 코나르의 인체체체 측정학 아카데미 수상 연구 결과 인간의 계산에서 발생되는 오류 이외에 다른 어떤 오류의 가능성도 배제된 다음과 같은 이론이 설설설정되었으니…."[8]

1년 전쯤 리스본에서 뉴욕으로 가는 비행기를 탔는데, 내 옆에 앉은 남자가 신경학 논문을 읽고 있었다. 보통 비행기에서 사람들에게 말을 거는 것을 삼가는 편이지만 신경학에 대한 호기심이 너무 큰 나머지 그의 일에 대해 질문했다. 내가 예상했던 대로 그는 알츠하이머병 전문 신경과 의사였고 알고 보니 미국에서 대규모 연구소를 운영하면서 환자들 및 그 가족들과 함께 꾸준히 일 해온 사람이었다. 그는 똑똑하고 개방적이고 싹싹하고 세상 그 누구보다 알츠하이머병에 대해 잘 알고 있어서 나는 이해할 꿈도 꾸지 못할 깊은 지식을 갖고 있었다. 한동안 이야기를 나눈 뒤에 그는 내가 갖고 있던 책을 내려다보면서 무슨 책이냐고 물었다. 나는 그에게 키르케고르의 《이것이냐 저것이냐》를 다시 읽고 있다고 말했다. 그는 멀뚱한 표정으로 나를 쳐다보았다. 그래서 나는 키르케고르가 덴마크 철학자라고 설명했고 그의 명성을 더 이상 확신할 수 없었기에 유명한이라는 단어를 쓰는 것을 삼갔다. 이 세상의 모든 사람이 키르케고르의 책을 읽었어야 한다고는 생각하지 않는다. 모든 사람이 키르케고르가 누구인지 알아야 한다고 믿지도 않는다. 내가 말하려는 요지는 나 역시 종종 내가 닫힌 세계의 일원임을 깨닫는다는 것이다. 나는 그 세계 안에서 일반적인 지식에 대한 가정을 하지만 결국 그것이 전혀 일반적이지 않음을 깨닫게 될 뿐이다. 대화가 끝날 무렵 그에게 '거울 뉴런(Mirror neuron)'에 대해 어떻게 생각하는지 물어보았다. 1995년 자코모 리촐라티Giacomo Rizzolatti와 비토리오 갈레세Vittorio Gallese, 그의 동료들이 처음 발견한 거울 뉴런은 신경과학 분야는 물론이고 그 밖의 영역에서까지 큰 관심을 모았다. 연구자들은 짧은 꼬리 원숭이의 전운동피질(premotor cortex)에 움켜쥐기 같은 특정 과제를 수행하고 있을 때 작동되는 뉴런이 있는데, 그것이 그런 과제를 수행하는 다른 동물을 그저 바라보기만 할 때에도 작동되는 것을 발견했다. 비슷한 뉴런 시스템이 인간에게서도 발견되었다. 그 발견에 함축된 의미는 어마어마해 보였고 그 의미에 대한 많은 추측이 시작되었다. 그런데 알츠하이머병 전문의는 거울 뉴런에 대해 알지 못했다. 분명 그것은 그의 연구에서 결코 핵심적인 비중을 차지하지 않았을 테고 나는 또 하나의 주제넘은 실수를 한 셈이 되었다.

사실 알츠하이머병을 다루든 17세기 영국 시를 다루든 한 분야의 전문가가 된다는 것은 영웅적인 노력으로 당신의 시간 대부분을 투자한다는 뜻이기에 주어진 주제와 관련된 모든 자료를 읽는 것은 불가능하다. 제2차 세계대전 이전에는 제대로 교육받은 사람에게 철학과 문학, 과학이 모두 중요하게 여겨지던 시대가 있었다. 유럽에서의 홀로코스트, 엘리트 계층 이상으로 확대된 교육, 전후에 폭발적으로 늘어난 정보, 서구 규범의 죽음(더 이상 그리스어와 라틴어가 필요 없어졌다) 등은 인간이 많은 학문 분야를 관통하는 공통된 지식을 완전히 알 수 있다는 생각을 지워버렸다. 그런 세계는 영원히 사라졌고 그것을 슬퍼하는 것도 많은 이유에서 부적절할지 모른다. 그러나 그로 인한 손실은 느낄 수 있으며 적어도 몇몇 집단에서는 변화의 기운이 감돈다. 움베르토 마투라나Humberto Maturana와 프란시스코 바렐라Francisco Varela의 《오토포이에시스와 인지》를 위한 서문에서 스태퍼드 비어Stafford Beer 경은 '여러 학문 분야의 고차원적 통합'을 이루어낸 저자들의 능력을 칭송하면서 현대 학문의 성격을 공격한다. '아무리 작을지라도 세상의 분류된 한 조각에 대한 지식을 가졌다고 주장할 수 있는 사람, 같은 조각에 대해 다른 사람이 가진 것보다 더 큰 지식을 가졌다고 주장할 수 있는 사람은 한평생 안전하다. 명성은 높아지고 편집증은 깊어지니까. 논문 수는 기하급수적으로 늘어나고 지식은 극히 조금씩 늘어나지만 세상에 대한 이해는 사실상 줄어든다. 세상은 상호작용하는 하나의 체계이기 때문이다."[9] 잠시라도 학계생활을 접했던 사람이라면 비어의 말이 일리 있음을 인정할 것이다.

컬럼비아대학에 다닐 때 같은 학교에서 공부하는 한 젊은 여성과 나누었던 대화가 기억난다. 그녀는 스펜서의 말 두상에 대한 논문을 쓰고 있다고 했다. 물론 그 두상을 검토하는 일이 스펜서의 작품 전반에 대한 놀라운 성찰로 이끌어줄 수도 있을 것이다. 그러나 그녀가 자기 논문 주제를 말했을 때 나는 예의바르게 고개를 끄덕이면서도 조금 서글픈 마음이 들었던 기억이 난다. 그 주제에 대해 여러 해 동안 연구하는 일은 어떤 문학작품의 본질을 파고드는 열정적인 지적 노동에 대한 나의 환상과 어울리지 않는 것 같았다. 찰스 디킨스의 소설에 나타난 언어와 정체성에 대한 논문을 쓰기 위해 준비하면서 그의 작품을 다룬 많은 책을 탐독했는데, 결국 나에게 조금이라도 의미 있는 책은 몇 권 안 된다는 사실을 깨달았다. 오히려 언어학자들과 철학자들, 정신분석가들이 훨씬 더 많은 도움이 되었다. 지금 내가 알고 있는 것을 그때 알았더라면 나는 디킨스의 끝없이 매혹적인 세계를 설명하기 위해 신경생물학에도 관심을 돌렸을 것이다. 당시 내가 의지했던 이론들은 대부분 그때 함께 공부했던 동료 학생들과 같은 저장고에서 나왔다. 1970년대 말과 1980년대 초에는 프랑스 사상이 인문학부에 지적인 붐을 일으켜 데리다, 푸코, 바르트, 들뢰즈, 크리스테바, 가타리, 라캉, 그리고 여러 다른 학자들을 미친 듯이 흡수했고, 그들이 비단 문학뿐 아니라 텍스트 세계 전체를 설명해줄 것으로 기대했다. 헤겔, 마르크스, 프로이트, 후설, 하이데거도 모든 대화의 언저리에 숨어 대기하고 있었지만 그 시기 내가 나누었던 대화에 잠시라도 과학이 끼어든 적은 단 한 번도 없었다. 과학은 우리의 모호한 문화적 진실을 규정하는 이데올로기적 상부 구조의 일원이 아니었단 말인가?

미술가 루이즈 부르주아Louise Bourgeois에 대한 에세이를 쓰려고 조사하는 동안 미뇽 닉슨Mignon Nixon이 쓴 《환상적 실재》[10]를 읽었다. 저자는 루이즈 부르주아의 작업을 설명하기 위해 정신분석학의 개념들, 특히 멜러니 클라인Melanie Klein의 부분 대상 개념을 이용한다. 닉슨의 분석은 지적이고 대체로 설득력이 있었다. 그 과정에서 그녀는 클라인의 유명한 환자 리틀 딕Little Dick을 말하면서 그의 행동은 브루노 베텔하임Bruno Bettelheim이

《텅 빈 요새》에서 쓴 자폐증의 묘사와 비슷하다고 말한다. 그녀는 베텔하임의 기계 같은 자폐증 환자 조이에 대해 논의한 뒤《안티 오이디푸스: 자본주의와 정신분열증》에서 들뢰즈와 가타리가 그를 묘사한 부분으로 옮겨간다. 그들도 그들의 특별한 논의를 더 밀고 나가기 위해 조이를 이용했다. 내 목적은 부르주아나 몇 년 전에 흥미롭게 읽은《안티 외디푸스》에 대한 닉슨의 분석을 비판하는 데 있는 것이 아니라 닉슨의 자료들이 매번 예측 가능했음을 지적하는 데 있다. 그의 자료들은 내가 대학원에 다녔던 시기에 습득한 것과 조금 비슷한 이론적 배경을 보여준다. 그녀는 언급할 가치가 있는 사상가들의 확립된 계보를 따라 한 사람에서 다음 사람으로 넘어갔을 뿐 공유된 참고문헌 목록의 특별한 지형을 넘어서서는 단 한 발짝도 더 나아가지 않았다. 마음 이론에 대한 오늘날의 생각이나 자폐증에 대한 최근의 과학 이론은 베텔하임의 생각과 완전히 다르고 대립하는데, 그런 것에 대한 조사는 그녀의 논의에 포함되지 않았다. 그녀만 그런 것이 아니다. 섬은 도처에 존재하며, 심지어 단일 학과 안에서도 그렇다. 예를 들어 대륙과 영미의 분석철학자들이 서로 상대의 글을 읽는 것도 자존심 상한다는 듯이 구는 것은 말할 것도 없고 종종 상대의 존재 자체도 인정하지 않으려 든다는 것을 눈치 챘다.

다양한 분야의 전문가들이 서로 소통하고자 하는 새로운 욕망의 배후에는 한 분과와 다른 분과 사이에, 또는 하나의 분과 안에서 이 계파와 저 계파 사이에 그어진 엄격한 경계가 꾸며낸 것에 불과하다는 깨달음이 자리 잡고 있음에 틀림없다. 철학자들은 의식에 대한 그들의 이론을 뒷받침하기 위해 신경과학자들과 인지연구가들 쪽으로 관심을 돌렸다. 그들의 다양한 사색은《의식 연구 저널》에 정기적으로 실리고 있으며 문학 교수 한두 명의 글도 실린 적 있다. 철학자 대니얼 데넷Daniel Dennett은 그의 책

《설명된 의식》[11]에서 신경과학과 인공지능 이론에 의지해서 마음의 효과적인 은유(다양한 초안)를 제시한다. 신경학자 안토니오 다마지오[12]와 V. S. 라마찬드란Ramachandran[13]은 우리가 '자아'라고 부르는 것의 신경학적 기반을 탐구할 때 철학과 예술을 떠올리게 한다. 《이미지의 힘》을 쓴 미술사학자 데이비드 프리드버그David Freedberg는 이미지가 마음-뇌에 미치는 영향을 탐색하기 위해 신경과학 연구에 뛰어들었다.[14] 그는 컬럼비아대학에서 신경과학자들과 현재 활동 중인 시각예술가들 사이의 대화를 시도한 학회의 주최자들 가운데 한 사람이었다. 나도 그 학회에 참석했다. 하지만 자신의 학문 분야 밖으로 진출하는 일은 쉽지 않다. 전문가들이 잠복하고 있다가 그들의 신성한 땅으로 넘어오는 침입자들을 공격했다. 이런 방어적인 태도도 이해는 된다. 한 분야의 전문가라도 그만큼 잘 알지 못하는 다른 분야에서는 환원주의적 태도로 엉망을 만들어놓을 수 있다. 내 생각에 서로 다른 분야에서 일하는 사람들 사이의 대화는 관련된 모든 사람에게 이득이 되겠지만 한 학문분야에 속하는 지적인 창문이 다른 학문 분야에도 항상 열려 있는 것은 아니다. 그래서 오히려 용어와 신념이 뒤섞이고 엉망진창이 되는 경우도 왕왕 있다. 낙관적으로 보면 그 혼란으로부터 대답까지는 아니더라도 흥미로운 질문들이 나올 수 있다.

지난 2년 동안 나는 뉴욕 정신분석연구소의 신경과학 월례 강좌에 참석했다. 그리고 신경과학과 정신분석학 간의 대화를 주도해온 정신분석가이자 뇌연구자 마크 솜즈의 권유로 그 강좌가 끝난 뒤에 열리던 연구회에도 참여하게 되었다. 지금은 고인이 된 정신분석가 모티머 오스토Mortimer Ostow와 신경과학자 자크 판크세프가 이끌던 연구회였다. 그 연구회 구성은 중간에 변경되었지만 초기 모임에 정기적으로 참석하던 시기에 나는 내가 특이한 위치에 놓여 있다는 것을 깨달았다. 분석가, 정신과 의사, 신경과학 연구자 속에서 나 혼자만 예술가였던 것이다. 나는 다양한 학문 분야의 용어들이 불협화음을 내면서도 서로 다른 관점에서 마음–뇌가 실제로 어떻게 작용하는가라는 똑같은 수수께끼를 다루는 것을 직접 볼 수 있었다. 정신분석학 용어는 오래전부터 친숙했지만 뇌의 생리학에 대해서는 아는 것이 거의 없었다. 첫 번째 모임에서 사람들이 이야기하는 것을 이해하기 위해 너무 집중해서 공부한 탓에 정신적으로 탈진하여 그날 밤에 열린 만찬모임에서 잠이 들어버렸다. 뇌의 많은 부위를 익히기 위해 고무로 만든 뇌 모형을 주문했고 책을 읽기 시작했다. 피상적으로나마 논의의 신경과학적 측면을 제대로 이해할 수 있기까지 셀 수 없이 많은 책과 훨씬 더 많은 논문을 읽어야 했다. 그러나 안개가 어느 정도 걷히고 나자 나는 내가 여러 가지를 관찰할 수 있는 위치에 놓인 것을 느꼈다. 놀랄 것도 없이 우리의 대화는 언어 문제로 점철되었다. 예를 들어 프로이트가 일차 과정이라는 말로 의미했던 것이 자크 판크세프가 신경과학에서 썼던 비슷한 개념과 같을까? 양쪽 모두 뇌–마음의 작용 대부분이 무의식적이라는 데에는 동의한다. 그러나 신경과학의 무의식이 프로이트의 무의식 개념과 조화를 이루는가? 과학자들은 뇌 기능에 대해 이야기하면서 뉴런의 재현이라는 말을 사용하는데 그것은 무슨 의미일까? 정확히 어떻게 뉴런이 사물을 재현하며, 그것이 재현하고 있는 그 사물은 무엇인가? 일종의 정신적 번역(지각의 내면적인 재구성)일까? 뉴런의 상관관계라는 말도 흥미롭다. 나는 이것을 더 잘 이해하게 되었다. 내가 지금 화가 났는데, 내가 화가 날 때면 내 뇌에 활발하게 점화되는 뉴런의 네트워크가 존재한다. 흥분한 뉴런을 화내는 감정과 동일시해서 말하는 것을 피하기 위해 과학자들은 상관관계를 이야기한다. 언어가 중요하다. 항상은 아니지만 종종 나는 사람들이 제각기 자기언어를 쓰면서 서로 엇갈리는 이야기를 주고받는 것을 들었다.

말은 금방 사물화된다. 예를 들어 내적 대상(internal object) 같은 정신분석학 개념이 다른 사람들의 정신의 존재를 필연적으로 포함하는 우리 자신의 내적 복수複數성에 대한 은유가 아니라 삽처럼 조작 가능한 구체적 사물처럼 취급되곤 하는데 이런 일이 종종 내 관심을 끌었다. 또한 정신분석가들이 자아가 마치 간이나 비장 같은 내장기관이라도 되는 것처럼 말하는 것을 어이없어하며 들은 적도 있다. (나는 프로이트의 Ich를 영어로 번역할 때 대명사적 연관성을 포함하고 있는 I가 ego보다 더 적절하다고 여긴다.) 그 연구모임에서 만난 한 약학자는 이 현상을 '범주의 경화(hardening of the category)'라고 불렀는데, 이 표현은 우스꽝스러우면서도 현명해 보였다. 이름이 나뉘면 그런 구분이 불가피하게 보이기가 쉽다. 물론 뉴런은 내적 대상이나 자아, 이드와 비슷하지 않다. 뉴런은 물질적이지만 이런 정신적 범주들은 그렇지 않다. 그런데도 그것들을 이해하려면 해석이 필요하다. 판크세프가 즐겨 말하듯이 과학 연구는 마술처럼 실재가 튀어나오게 만들지 않는다. 그는 '물자체(the thing in itself)'를 움켜쥐려는 순박한 사실주의에 사로잡힌 희생양이 아니다. 자연과학은 발견과 재발견, 또 다른 발견의 연속이다. 그것은 점진적이고, 종종 모순되며, 연구를 행하는 정신의 창조성에 의존한다. 그 순간에 연구가 의미하는 것을 파악하고 의미가 달라질 수 있음을 이해하는 정신이 필요한 것이다. 많은 과학 논문의 끝부분에는 토의라 불리는 난이 있는데, 거기서 연구자들은 그들의 연구가 어떻게 이해될 수 있을지, 후속 연구는 어떻게 이어질지 독자에게 설명한다. 결과가 저절로 드러나는 경우는 드물다.

그 연구회에서 자기self 문제가 여러 차례 다루어졌다. 무엇이 자기를 구성하는가? 내가 받은 교육에 따라 나는 자기가 자의식 안이나 나와 너가 주고받는 대화의 비추어 보여주는 관계 안에 있다고 보았고, 우리는 시간이 흐르면서 만들어지는 서사 안에서 다른 사람들을 통해 자신을 창조한다고 믿었다. 이런 관점에서 보면 자기는 우리가 일상의 볼일을 보는 동안 구성하고 재구성하는 허구, 필요할 때 요긴하게 쓸 수 있는 허구다. 우리가 누구인지는 대부분 무의식적이지만 그 무의식적 현실이 결코 단일하지 않은 복수(소곤거리는 다수)로 보였음은 확실했다. 그 이후 나는 나의 견해를 수정했다. 언어는 자기 자신을 다른 사람으로 보고 미래를 향해 자신을 내던지고 과거의 자신을 기억하는 능력인 상징적 자의식의 형성에는 중요하지만 의식이나 자기다움의 느낌에는 중요하지 않다. 확실히 동물들, 심지어 달팽이들도 일종의 자아를 가지며 깨어 있고 살아 있고 의식한다. 그 깨어 있음이 일부 동물이 갖고 있는 것처럼 욕망, 생존 본능, 공격성, 애착과 함께 핵심적인 또는 원초적인 자기를 구성하는 것일까, 아니면 자기는 의식적이든 무의식적이든 갈등을 겪고 파편화된 우리의 모든 부분의 총합일 뿐일까? 뇌의 왼쪽에 있는 언어 영역에 손상을 입은 사람들은 종종 자신에 대한 강력한 감각을 유지하며 그들이 잃은 것을 깊이 인식할 수 있다. 파괴적인 병변을 가지고 있음에도 자신이 누구인지에 대한 내적 감각을 유지하는 사람들이 있다. A. R. 루리아는 《지워진 기억을 쫓는 남자》에서 정확히 그런 사람이라 할 수 있을 자제츠키의 유명한 사례를 기록했다.[15] 제2차 세계대전 중에 끔찍한 머리 부상을 입은 그는 죽을 때까지 계속 일기를 쓰면서 지워진 기억의 조각을 떠올리기 위해 노력하며 하루하루를 살아갔다. 다른 형태의 신경 손상, 특히 뇌의 오른쪽 반구의 손상은 인간의 존재 감각에 훨씬 더 심각한 혼란을 일으킬 수 있는데, 이는 언어가 중요하기는 하지만 우리의 정체성을 결정할 정도는 아님을 보여준다. 그러나 이 논의에서 내 관심은 자기가 무엇인지에 대한 내 자신의 견해가 진화해왔다는데 있지 않다. 나는 우리가 누구인가 하는 포괄적 질문이 신경생리학자들과 분석가들에게도 똑같이 길고 복잡한 문제이며 불가피하게 사전의 철학교육을 요구한다는 사실에 관심이 있다. 신경생리학자들과 분석가들에게도 범주를 느슨하게 하고 테두리를 조정하며 가장 소중하게 간직해온 생각들에 대해서조차 질문을 던질 수 있을 정도로 자유로워지는 능력이 필요한 것이다. 인간의 탐구는 경계와 범주를 만들고 그것을 분석할 것을 요구하지만 이런 구분은 사태에 대한 공유되고 명확한 시각, 임의적이지는 않지만 절대적이지도 않은 시각에 속한다. 궁극적인 시야, 즉 육신을 벗어난 최상의 과학적 관찰자를 믿지 않는 이상 우리는 완벽하게 객관적 사물의 이미지를 있는 그대로 발견할 수 없다. 우리는 천사나 통속의 뇌가 아니라 우리가 제대로 이해하지 못하면서 내면화하는 세계의 적극적이고 체현된 거주자다. 메를로 퐁티는 철학과 과학을 구분했는데, 이 구분은 매우 중요하다. "철학은 과학이 아니다. 과학은 그 대상보다 위에 자리 잡을 수 있다고 믿으며 지식이 존재와 갖는 상관관계를 이미 확립된 것으로 여긴다. 반면에 철학은 스스로에게 질문을 던지는 사람이 그 질문 속에 내포되어 있는 질문의 집합이다."[16] 메를로 퐁티의 현상학에 동의하든 동의하지 않든 철학에서뿐 아니라 과학에서도 관찰자가 대상과 갖는 관계는 고려되어야 한다.

모든 학문 분야에는 나름의 철학이나 최소한의 기본 원칙이 필요하다. 나의 또 다른 섬 여행은 내가 입원 환자들을 위한 글쓰기 선생으로 자원봉사를 했던 페인 휘트니 정신병원에서였다. 입원 환자들에게 뉴욕 병원 11층에 있는 병동은 그 자체로 하나의 세계다. 환자들은 잠겨 있는 병실에서 생활하며 계속되는 감시 아래 놓여 있다. 그리고 그들 가운데 많은 이가 자신이 언제 떠날 수 있을지 알지 못한다. 어떤 사람들은 그곳에서 나가게 되기를 간절히 바란다. 또 어떤 사람들은 원래의 생활로 돌아가는 것을 두려워한다. 퇴원한 환자들 가운데 일부는 얼마 지나지 않아 되돌아오는데, 그들이 다시 교실 문을 열고 들어올 때면 설사 내가 그들을 그리워했을지라도 어느 정도로 그들을 반갑게 맞이해야 할지 망설이게 된다. 그들 모두 《정신장애 진단 및 통계 편람》(미국 정신의학협회에서 제정한 진단 및 질병 분류체계—옮긴이) 제4판에서 찾을 수 있는 하나 또는 다수의 장애를 갖고 있는 것으로 진단받았다. 그 편람의 저자들은 서문에 이렇게 명시한다. "《정신장애 진단 및 통계 편람》은 정신장애의 각 범주가 다른 정신장애나 비정신장애와 구별되는 절대적 경계를 가진 별개의 실체라고 가정하지 않는다."[17] 이런 통고에도 불구하고 적어도 환자들에게는 이런 진단이 놀라울 정도로 엄격해질 수 있음을 깨달았다. 진단과 환자가 너무 심하게 동일시되어서 일단 한 사람이 조울증이나 정신분열병으로 진단받으면 그가 거기서 벗어나거나 지울 수 있는 가능성은 전혀 없으며 그가 붙잡을 수 있는 것도 아무것도 남지 않는다. 이것은 여러모로 이상하지 않다. 정신장애는 외부에서 몸을 공격하는 바이러스나 세균이 아니다. 만일 내가 지속적으로 다른 세계에서 들려오는 목소리를 듣거나, 너무 우울해서 매일같이 꼼짝하지 않고 침대에 누워 지낸다거나, 열광적인 조증 상태에 빠져 짧은 시간 동안 50페이지에 달하는 시를 마구 쓰거나, 소름끼치는 회상에 걷잡을 수 없이 빠져 들어가 고통스런 과거를 다시 체험하고 있다면 누가 이런 경험들이 나의 것이 아니라고 말하겠는가?

어느 날 오후, 내 수업에 들어온 학생들이 자기들이 받은 진단에 대해 이야기를 나누기 시작했다. 한 젊은 여성이 나를 향해 언짢은 목소리로 말했다. "어떤 사람을 경계성이라 부르는 건 '난 당신이 싫어'라고 말하는 것과 같아요." 어리석은 지적이 아니었다. 그녀는 《정신장애 진단 및 통계 편람》에서 경계성 인격장애를 규정하는 특징들, 그 가운데에서도 '부적절하고 극심한 분노'가 호의적이지 않은 특성으로 해석될 수도 있음을 이해하고 있었고 역설적이게도, 그리고 아마도 그녀의 진단에 맞는 것이겠지만 그녀는 병명을 공격으로 해석했다. 그러자 또 다른 환자가 친절하게 나섰다. "내 담당의사는 그녀가 진단이 아니라 증상을 다룬다고 말해요." 더 유연한 이 입장 역시 복잡하다. 나는 환자들이 여러 증상(불면, 불안, 사고장애, 환청)의 혼합으로 취급된다는 것을 알게 되었다. 마치 이런 특성들이 몸과 분리되어 있으며, 쉽게 식별할 수 있는 문제이고, 그 각각이 약물로 해결될 필요가 있는 것처럼 말이다. 나는 약물 사용을 반대하는 사람이 아니다. 약을 바꾸며 2주일이 지나자 눈에 띄게 호전된 사람들을 보아왔다. 또 거칠고 앞뒤가 맞지 않으며 통제 불가능하던 환자가 과거 전기충격요법이라 불리며 대중의 상상 속에서 악몽 같은 치료법으로 남아 있는 전기경련요법(electroconvulsive therapy, ECT)을 받은 후에 놀라울 정도로 좋아지고 너무나 정상적으로 보여서 깜짝 놀란 적도 있다. 그 효과가 항상 지속되지 않는다는 것은 안다. 위험 요소가 있다는 것도 안다. 입원 환자들을 치료하는 정신과 의사를 만난 적이 있는데, 그는 치료에 잠재된 위험뿐 아니라 하나를 고치는 것이 다른 것의 손실을 의미할 수도 있음을 계속 의식해왔다고 말했다. "어떻게 지내세요?" 나는 한 달 넘게 내 수업에 들어왔던 재능 있는 한 작가에게 물었다. 그녀는 예전에 보았을 때보다 조용해 보였고 과대망상이 훨씬 덜한 것 같았다. "그리 좋지 않아요." 관자놀이를 가볍게 두드리며 그녀가 대답했다. "리튬 머리. 여기가 죽었거든요." 죽은 자기는 편안한 자기일까? 조금 더 추가된 리튬이 더 정상적인 자기를 만들게 도와줄까? 나는 정신과 의사들이 경조증(hypomanic) 단계라고 부를 법한 과도한, 아니 어쩌면 강박적인 읽기와 쓰기로 표출되며 종종 그 뒤를 따르는 편두통 증상을 겪고 있기에 그 환자에게 완전 공감한다. 우리의 차이는 정도의 차이일 뿐이다. 나는 그럭저럭 버티고 있는데 그녀는 그렇지 못한 것이다.

환자와 그가 받은 진단이 동일하다고 주장하는 사람은 아무도 없을 것이다. 하지만 한 질병을 규정하는 특징들이 그 사람의 일부가 아니라고 주장하는 사람도 없을 것이다. 심지어 아무것도 모르는 나 같은 사람도 수업에 들어온 학생들, 특히 요란한 증상을 보이는 학생들을 잠자코 진단하고 있다는 사실을 깨닫는다. 일단 그 전문 용어에 익숙해지고 충분히 책을 읽고 나면 자연스럽게 그렇게 되는 것 같다. 하지만 다른 시대에는, 아니 겨우 몇 년 전만 해도 다양한 질병의 명칭과 범위가 달랐고 내 생각에는 그것이 반드시 지금의 것보다 더 나쁘지는 않은 것 같다. 신판을 찍을 때마다 《정신장애 진단 및 통계 편람》은 기술 범주를 바꾼다. 새로운 질병들이 발표되고 오래된 질병들이 빠진다. 비록 의심으로 물들어 있긴 해도 환자들의 장애에 대한 나의 지각이 현재 통용되는 정신의학 전문가 문화의 기정사실들에 의해 형성되어왔다는 사실이 흥미롭게 여겨진다. 나는 내가 찾고 있는 것을 보기 시작했다. 담론의 테두리가 내 시야의 방향을 잡아준다. 내가 그 세계 사람들에게 말을 걸고, 어느 정도 정보를 갖춘 질문들을 하고, 더 많은 것을 알아내면서 호기심 어린 모험가로서 내 삶을 계속할 수 있었던 것은 분명 내가 그런 테두리에 친숙한 덕분일 것이다. 그러나 혹자는 질문할 수도 있겠다. 단지 내가 섬을 거닐면서 그 거주민들에게 말 걸기를 좋아한다는 이유만으로 전문화에 정말로 문제가 있다고 할 수 있을까? 알츠하이머병이나 경계성 인격장애나 스펜서의 말두상 그림에 대해 가능한 한 많이 아는 것이 잘못일까? 예를 들어 내가 매주 가르치러 가는 병동의 의사들이 (이제는 그 직업에 중요하지 않은) 철학, 역사,

미술이론, 언어학, 신경과학, 문학, 심지어 정신분석학을 다룬 책을 읽는 것이 그들에게 보탬이 될까? 우리는 진정 임마누엘 칸트, 이폴리트 텐, 어윈 파노프스키, 로만 야콥슨, D. O. 헤브, 표도르 도스토옙스키, 그리고 모방할 수 없지만 여전히 논란의 대상이 되는 프로이트에 깊이 빠진 정신과 의사들을 원하는가? 그게 무슨 의미가 있을까? 아무도 모든 것을 알 수 없다. 사상가들이 잘 교육받은 남자(이렇게 말하기는 싫지만 그건 남자였다)의 시각을 공유했던, 지금은 사라져버린 세계에서조차 사람들이 모든 것을 알지는 못했다. 심지어 그때도 놓치지 않고 계속 추적하기에는 너무 많은 책과 너무 많은 전문 분야, 너무 많은 사상이 있었다.

로베르트 무질Robert Musil의 《특성 없는 남자》에 나오는 스툼 장군은 '세상에서 가장 훌륭한 사상'을 찾고 싶어했다. 무질의 방대한 미완성 소설 제100장은 스툼이 도서관을 찾아간 이야기를 들려준다. 그는 '세상에서 가장 훌륭한 사상'이라는 표현이 '동화'처럼 들린다고 털어놓으면서 어떤 책을 요구할 때 그 말을 사용하는 것을 너무 쑥스러워했다.[18] 하지만 그는 지식의 궁전에 있는 수백만 권의 책을 접하는 사서가 그것을 찾을 수 있도록 그를 이끌어주기를 바란다. 그는 자신이 원하는 것을 구체적으로 표현할 수가 없다. 그가 생각하는 책은 하나의 주제를 다루는 것이 아니기 때문이다.

"내 눈이 지식을 향한 너무나 간절한 목마름으로 활활 타올랐는지 갑자기 그 남자는 마치 내가 그를 통째로 집어삼키기라도 할 것처럼 겁을 먹었다. 나는 모든 방면에서 온갖 종류의 사상을 연결시켜줄, 일종의 이정표가 필요하다고 좀 더 길게 설명했다. 그러자 그는 아주 예의 바르게 돌아서면서 그건 절대적으로 위험하다고 했다. 그러고 나서 그는 목록실은 사서들만 이용하게 되어 있어서 규정에 위배되지만 내가 직접 찾아볼 수 있게 그곳으로 데려다주겠다고 제안했다. 그래서 나는 사실상 성역 가운데에서도 가장 신성한 곳으로 들어갔다. 거대한 뇌 속에 있는 느낌이었다."[19]

끝없는 책들, 참고문헌 목록들, 이런저런 주제와 관련된 목록들, 분류표들과 구획들에 불쌍한 스툼은 엄청난 충격을 받았고, 사서가 소장된 책들의 제목과 차례만 볼 뿐 실제로 책을 읽지 않는다고 고백하자 더욱 혼란에 빠졌다. 사서가 스툼에게 말한다. "자제력을 잃고 책을 읽기 시작하는 사람은 사서로는 가망이 없습니다. 전망을 잃게 될 테니까요."[20]

무질의 희극은 진실을 들려주고 있다. 전망을 잃는 것은 지적인 덕목이다. 그럼으로써 슬퍼하고 혼란스러워하며 방향 전환을 하고 새로운 생각들을 요구하기 때문이다. 그 과정이 없다면 지식이 여러 가지 편협한 틀 속에서 계속 앞으로 나아갈 수 있을지는 몰라도 도약은 할 수 없다. 전망이 좁을수록 한 학문 분과에서 미리 정해놓은 규칙을 위반할 수 없는 진리로 받아들일 가능성이 더 커진다. 의심은 생각의 엔진이다. 기꺼이 전망을 잃으려 하는 마음은 익숙하지 않은 명제들의 집합을 따르는 타자들에 대한 개방성을 의미한다. 그것은 당황스럽고 심지어 두렵게 만드는 급진적인 형태의 상호주관성을 품는다는 의미다. 또한 당신이 당신의 특수한 섬에서 함께 살아가는 소수 거주민들 속에서 아무리 행복할지라도 그 작은 섬이 전 세계는 아니라는 의미이기도 하다.

2007년

독서에 대해서

독서는 번역된 지각이다. 전혀 움직이지 않는 기호인 문자가 마음속에서 살아 있는 의미가 된다. 생각해보면 그것은 매우 이상한 일이다. 우리의 진화 역사에서 말이 생기고 한참이 지난 후에야 문자 언어가 생겨났다는 건 그리 놀라울 것도 없는 사실이다. 읽고 쓰는 능력은 모든 학습된 행위가 그렇듯 우리의 뇌조직을 바꾸어놓는 것으로 보인다. 연구에 따르면 읽고 쓸 줄 아는 사람들은 글을 모르는 사람들과는 다른 방식으로 음소(phoneme)를 처리한다. 문자에 대한 지식이 말을 서로 다른 분절음들의 연속으로 이해하는 능력을 강화시킨 것 같다. 내 딸은 읽기를 배우기 전에 내가 대답하기 어려운 질문을 한 적이 있다. 그녀는 우리가 읽고 있던 책에서 두 단어 사이의 빈 공간을 가리키며 말했다. "엄마, 여기 아무 것도 없는 건 무슨 뜻이야?" 빈칸의 의미를 명확히 표현하기가 쉽지 않았다.

글을 모르는 세 살짜리 딸아이는 언어 특유의 배열과 분리, 말보다 글에서 더 분명하게 드러나는 그것들을 이해하지 못했다.

독서가 어떻게 작동하는지 설명하는 이론은 많지만 그 가운데 어느 것도 완전하지 않다. 기호를 해석하는 신경생리학에 대해 충분히 알려지지 않았기 때문이다. 그러나 독서는 다른 사람의 말, 즉 작가와 협력하는 인간의 특별한 경험이며 책은 말 그대로 그것을 읽는 사람들에 의해 생명을 얻는다고 해도 큰 무리는 없을 것이다. 독서는 체현된 행동이기 때문이다. 《보바리 부인》의 텍스트는 영원히 불어로 고정되어 있지만 그 텍스트는 살아 숨 쉬는 인간이 받아들이기 전까지는 죽은 것, 무의미한 것이다.

읽는 행위는 인간의 시간, 즉 몸의 시간 속에서 일어나며 몸의 리듬, 심장 박동과 호흡, 눈의 움직임, 책장을 넘기는 우리의 손가락과 함께한다. 하지만 우리는 그 어느 것에 대해서도 특별히 주의를 기울이지 않는다. 책을 읽을 때 나는 나의 내적 언어 능력을 사용한다. 글을 읽는 동안 나의 내적 화자가 된 작가의 글이 내 머릿속 목소리라고 가정하는 것이다. 이 새로운 목소리는 내가 글을 읽는 동안 감지하고 취하는 나름의 리듬과 휴지기를 갖는다. 텍스트는 내 바깥에도, 내 안에도 있다. 내가 비판적으로 읽고 있다면 나 자신의 말이 끼어들 것이다. 나는 질문하고 의심하고 궁금해 하겠지만 동시에 양쪽 위치에 설 수는 없다. 나는 책을 읽거나 그것에 대해 사색하기 위해 멈추거나 한다. 읽기는 상호주관적이다. 작가는 없지만 그의 말은 내 내적 대화의 일부가 된다.

글을 읽다가 그것을 어설프게 읽고 있음을 깨달을 때도 있다. 눈은 책 속의 문장을 따라가면서 단어들을 받아들이고 있지만 생각은 다른 곳에 있어 두 페이지를 읽었는데도 내용을 이해하지 못한다. 가끔은 어떤 과학 논문을 다 읽는 게 좋을지 살펴보느라 텍스트를 재빨리 훑어보며 초록을 속독한다. 하지만 시는 천천히 읽으면서 단어들이 만들어내는 음악이 내 안에서 울려 퍼지게 한다. 간혹 한 철학자가 쓴 문장의 의미가 이해되지 않아 그 문장을 거듭 읽어보기도 한다. 문장을 구성하는 단어 하나하나는 알고 있지만 그 모든 단어가 어떻게 서로 맞아떨어지는지 이해하기 위해서는 집중력과 반복적 독서가 요구된다. 이처럼 다양한 텍스트가 서로 다른 전략을 요구하는데, 그 모든 것은 자동적으로 선택된다.

어떤 책들은 내 의식 속에 생생한 기억으로 계속 남는다. 특히 소설들은 내 기억 속에서 종종 그림의 형태를 띤다. 나는 엠마 보바리가 약제사의 가게로 가기 위해 풀이 뒤덮인 언덕을 달려 내려가는 모습을 본다. 그녀의 뺨은 상기되고 머리카락이 바람에 헝클어진다. 풀, 뺨, 머리카락, 바람은 텍스트에 없다. 내가 그것들을 만들어냈다. 키르케고르는 철학자이자 소설가이고 사상가이자 이야기꾼이기 때문에 그에 대한 이미지가 형성되어 있지만 대부분의 철학은 나에게 그림보다는 말로 남아 있다. 나는 《이것이냐 저것이냐》의 가상 편집자 빅토르 에레미타Victor Eremita가 가구를 부수려고 작은 손도끼를 들고 있는 모습을 본다. 그 가구 속에 원고 두 편이 숨겨져 있다. 다른 책들은 거의 다 내 의식에서 자취를 감추었다. 나는 다닐로 키슈Danilo Kis의 《보리스 다비도비치의 무덤》을 무척이나 좋아하며 읽었던 것을 기억하지만 그 내용을 단 한 부분도 떠올릴 수 없다.[1] 모두 어디로 사라졌을까? 어떤 연상 작용이 그것을 마음속에 되살려줄 수 있을까? 나는 제목과 작가, 내가 받은 느낌(그 책에 대한 감탄)을 분명하게 기억한다. 그러나 남은 건 그것뿐이다.

그런데 명시적 기억은 아무리 희미해도 기억의 일부일 뿐 암묵적 기억도 존재한다. 그것은 요구한다고 되살릴 수 있는 것은 아니지만 우리가 세상에 대해 계속해서 갖게 되는 지식의 일부다. 간단한 예가 바로 독서다. 독서는 내가 행하는 학습된 기술이지만 내가 어떻게 그렇게 하는지는 기억할 수 없다. 글자를 앞에 두고 고심하며 여러 단어를 맞추어보던 오래전의 고초는 의식의 과정에서 사라졌다. 잠재된 기억의 다른 사례는 책에서 특정 구절을 찾는 것이다. 나는 종종 수백 페이지나 되는 책의 어디에 내가 찾는 구절이 있는지 알지 못한 채 책장에서 책을 꺼내 든다. 분명 나는 그 페이지수를 외우지 못했는데도 일단 책을 손에 들면 내가 원하는 구절을 바로 찾을 수 있다. 마치 내 손가락이 기억하고 있는 것 같다. 이것이 고유수용성 능력이다. 고유수용성이란 공간 속에서 자신의 위치를 파악하는 운동-감각 능력, 즉 의자까지 가는 길을 가늠하고, 장애물을 피하고, 컵을 집어 들고, 핵심 구절을 어디서 찾아야 할지 무의식적으로 기억하는 능력이다.

인지과학자들은 기억에 대해 이야기할 때 부호화나 저장, 검색 같은 표현을 자주 쓴다. 이것들은 컴퓨터 은유로서 실제로 기억하는 경험과 비슷할 뿐 내가 볼 때는 오히려 그 경험을 왜곡시키는 면이 있는 것 같다. 우리의 뇌 속에는 자료들을 저장해서 원래 형태로 검색될 때까지 보관하는 창고 같은 것이 없다. 기억은 사진이나 다큐멘터리 영화가 아니다. 기억은 시간이 흐름에 따라 변하고, 창조적이고 적극적으로 감지되며, 이는 우리가 기억하는 책들에도 적용된다. 기억 속의 책들은 시간이 지나면 희미해지거나 변형될 수 있다. 또 어떤 책들은 점점 깊이 각인되는 것 같다. 분명 단어들로만 이루어진 책이 이미지나 감정 또는 다른 단어들로 기억될 수도 있다. 가끔 우리는 우리가 기억하는지도 몰랐던 것을 기억하고 있을 때가 있다. 이런 통찰은 새로운 것이 아니다. 데카르트는 《정념론》에서 어린 시절 겪은 끔찍한 사건은 당사자가 그 일을 잊어도 마음 한구석에 계속 남아 있을 수 있다고 주장했다.[2] 라이프니츠도 《단자론》에서 우리가 의식하지는 못해도 우리에게 영향을 미칠 수 있는 무의식적이거나 무감각한 지각에 대한 생각을 피력했다.[3] 19세기에서 20세기 초반까지 윌리엄 카펜터William Carpenter, 피에르 자네, 윌리엄 제임스William James, 지그문트 프로이트 등 모두가 무의식적 기억을 탐구했다. 비록 독서의 기억은 그들의 사색에서 그리 중요하지 않았지만 말이다.

최근에 조지 엘리엇George Eliot의 《미들마치》를 다시 읽었다. 예전에 그 책을 세 번이나 읽었지만 마지막으로 그 책을 본 뒤로 많은 세월이 흘렀다. 소설의 전반적 흐름과 등장인물들을 잊어버리지는 않았지만 복잡한 구성을 세세히 떠올릴 수는 없었다. 그런데 그 책을 다시 읽는 행동이 같은 텍스트에서 그 다음으로 진행될 내용에 대한 구체적인 기억들을 촉발시켰다. 다시 읽기는 다음 단락을 읽기도 전에 잊어버렸던 것을 기억하는, 일종의 선행 기억이 되었다. 물론 이것은 잊고 있던 것을 다시 접하자 묻혀있던 것이 드러났음을 시사한다. 암묵적인 것이 명시적인 것이 된 것이다. 인지과학자들은 '반복 점화(repetition priming)'라는 용어를 사용한다. 그들은 실험 참가자들에게 800페이지짜리 소설을 주는 대신에 다양한 언어적 과제를 제시한다. 그리고 한참 지난 후에 앞에서 제시한 단어 목록과 이전에 본 적 없는 다른 단어들을 놓고 시험을 치르게 한다. 실험 참가자들은 이전에 접했던 단어들에 대한 의식적 자각이 없는 상태에서도 무의식적 기억을 갖고 있었고 사전 지식이 주어지지 않았을 때보다 과제를 더 잘 수행했다.

그러나 어떤 독서 경험도, 심지어 똑같은 텍스트를 읽는 경험일지라도 똑같지 않다. 나는 《미들마치》를 다시 읽으면서 전에는 제대로 인식하지 못했던 역설들을 발견했다. 분명 내가 더 나이를 먹고 점점 더 많은 책이 내면에 축적되면서 내 생각이 달라지고 독서를 위한 폭넓은 문맥을 갖추게 된 덕분일 것이다. 텍스트는 똑같지만 내가 똑같지 않은 것이다. 그리고 이것이 결정적이다. 책은 독자에 의해 열리기도 하도 닫히기도 한다. 우리는 우리의 인생사, 편견, 원한, 기대, 한계 등과 함께 책을 읽는다. 10대 때 처음 카프카의 책을 읽었을 때 나는 그의 유머를 이해하지 못했다. 내가 《변신이야기》를 읽으며 웃게 된 것은 더 나이 들어서였다. 불안이 책에 접근하는 것을 막을 때도 있다. 열여덟 살에 처음으로 조이스의 《율리시스》를 읽으려고 시도했을 때 나의 무지함이 걱정스러운 나머지 책을 끝까지 다 읽을 수 없었다. 2년 뒤에는 긴장을 풀고 나에게 가능한 것만 받아들이자고 마음먹었고, 결국 그 소설은 내게 소중한 시각적·감각적·정서적 기억들의 생생한 혼합물이 되었다.

독자들 가운데에는 책을 읽으면서 그것이 다른 책이기를, 즉 그들 자신의 삶과 관심사에 더 가까운 것이기를 바라는 이들도 있다. 작가들은 직접적으로든 서평이나 학구적인 논문을 통해서든 독자들을 접하는 행운(어떤 때는 불운)을 갖는다. 내 책 《흔들리는 여자 또는 내 신경의 역사》(진단의 애매모호함과 질병이 다양한 학문 분야에서 어떻게 틀이 정해지는지를 다룬다)의 서평을 쓴 한 사람은 내가 환자를 돌보는 사람들의 고통을 다루지 않았다고 화를 냈다. 그런 특수 주제는 내 책의 논의 범위를 벗어나는 것이므로 나는 그 논평자가 분개한 이면에 개인적인 이유가 있지 않을까 하고 추측할 수밖에 없었다. 그녀는 질병에 시달리는 사람들에 대한 책이 아니라 간병하는 사람에 대한 책을 원했다. 가끔은 책들이 기억 속에서 뒤죽박죽이 될 때가 있다. 친구 한 명은 얼마 전 자기가 좋아하는 장면이 나오기를 애타게 기다리며 《캐치 22》를 다시 읽었다고 한다. 그런데 그 장면은 끝까지 나오지 않았다. 그녀는 서로 다른 책 두 권이 머릿속에서 뒤섞였을 거라고 짐작했다. 그렇다면 그녀가 좋아하던 부분은? 어떤 소설에 나오는 것이었을까? 그녀는 기억하지 못했다.

책에 마음을 열어놓는 것은 꼭 필요한 일이며 이런 개방성은 우리가 읽은 것에 따라 기꺼이 자신을 바꾸겠다는 의지다. 이것은 말처럼 쉽지 않다. 많은 사람이 자기 견해를 굳히기 위해 책을 읽는다. 그들은 자기 분야의 책만 읽는다. 그들은 책을 펼치기도 전에 책 내용을 안다고 믿거나 꼭 따라야 한다고 생각하는 규칙들을 갖고 있어 자기들의 예측이 무너지면 실망하는 반응을 보인다. 어느 정도는 지각 자체의 본질이 바로 그렇다. 반복적인 경험은 기대를 만들고 이것이 우리가 책을 포함한 세계를 지각하는 방식을 형성한다. 최근 몇 년 동안 '변화 맹시(change blindness)' 4)라고 불리는 것에 대해 많은 연구가 진행되었다. 이런 실험 대부분이 시각적 장면들을 이용하는데, 많은 사람이 그 장면에 일어난 중대한 변화를 알아차리지 못한다. 예를 들면 영화를 중단시킨 후 두 카우보이의 머리를 바꾸어놓는 식이다. 루이스 부뉴엘Luis Bunuel의 〈욕망의 모호한 대상〉은 바로 이런 뿌리 깊이 박혀 있는 기대를 이용했다. 다르게 생긴 두 여배우가 번갈아가며 한 역할을 맡았는데도 많은 관람객은 상당한 시간이 흐르도록 그들이 서로 다른 사람이라는 사실을 알아차리지 못했다.

독서는 그 나름의 형태로 변화 맹시를 갖는다. 우리는 특정 문학 장르의 책들(탐정소설, 로맨스소설, 회고록, 자서전)이 어떤 내용일 것이라는 편견을 갖고 그 작품을 대하기 마련이다. 그럴 때 세심한 주의를 기울이지 않으면 그런 형식에서 벗어난 중대한 부분을 놓치고 그 안에 있는 것을 인식하는 데 실패할 수 있다. 마찬가지로 어떤 책의 명성이나 거기 주어진 상 같은 명예의 훈장을 의식하는 것은 독자들이 책을 읽기도 전에 그것을 좋게 생각하게 만든다. 고등학생이었을 때 나는 아치볼드 매클리시Archibald MacLeish의 시를 읽고 싫어했던 기억이 난다. 그는 미국에서 받을 수 있는 모든 문학상을 받았기 때문에 나는 내가 뭔가 잘못되었다고 생각했다. 하지만 이제 나는 나의 어릴 때 의견이 옳았다고 확신한다. 더 이상 나 혼자만 그렇다고 느끼지도 않는다. 매클리시의 명성은 땅에 떨어졌다.

한 작가의 지성이나 유려하고 우아한 문체는 잘 알겠는데, 별다른 느낌이 들지 않는 경우도 있다. 그런 책들은 거의가 읽자마자 사라져버리는 것 같다. 강렬한 감정을 경험하면 마음에 오래 남는다. 하지만 미지근한 감정은 그렇지 않다. 내가 볼 때 위대한 책들은 이야기의 절실함, 우리가 본능적으로 느낄 수 있는 욕구에 의해 구별된다. 독서는 기호를 해독하는 순수한 인지적 행위가 아니다. 그것은 단순히 지적인 것을 넘어서는 울림을 갖는 의미들의 춤을 받아들이는 것이다. 도스토옙스키는 나에게 소중하며 나는 러시아 지성사에서 그가 차지하는 위치를 짚을 수 있다. 나는 그의 생애와 사상, 간질병에 대해서도 말할 수 있다. 하지만 그런 것들이 내가 그의 작품들을 그토록 가깝게 느끼는 이유는 될 수 없다. 나의 친밀감은 나의 독서 경험에서 비롯되었다. 《죄와 벌》을 떠올릴 때마다 나는 연민, 공포, 절망, 구원의 감정들을 다시 체험한다. 그 소설은 내 안에 살아 있다.

그러나 어디서 오는지 미처 의식하지 못하는 상태에서 책들이 생각의 지하세계에서 햇빛 속으로 나오는 경우도 있다. 나는 글을 쓸 때 그동안 읽은 책들이 지금 구성하고 있는 것 속에 섞여 들어가는 것을 알고 있다. 심지어 잊어버리고 있던 소설들도 내가 무의식적으로 텍스트를 생산하는 데 어떤 역할을 수행할 수 있다. 책을 읽을 때 정확히 어떻게 해서 그것이 우리 안에 남게 되는지 제대로 밝혀지지 않았으며 사람마다 그 방식이 제각기 다르다. 우리 대부분은 학자가 아니다. 우리가 적극적으로 기억하고 있는 시나 글귀를 제외하면 우리가 읽은 책들은 책장에 꽂힌 책을 다시 펼쳐보듯 떠올릴 수 있는 완전한 텍스트로 기억 속에 남아 있지 않다. 책은 단어들과 작가가 종이 위에 남긴 공간들, 그리고 좋든 싫든 자신의 구체적 현실을 통해 그것을 다시 만들어내는 독자 사이에서 만들어진다. 많이 읽을수록 나는 더 많이 변한다. 그리고 다양하게 책을 읽을수록 나는 무수히 많은 관점으로 세상을 더 많이 지각할 수 있다. 내 안에 다른 이들의 목소리가 있으며 그 가운데 많은 이가 오래전에 죽었다. 죽은 자들이 말한다. 그들은 소리를 지르거나 속삭이거나 시와 산문의 음악으로 말한다. 독서는 독자를 바꾸어놓는 창조적 듣기다. 책은 그림과 단어로 의식적으로 기억되지만 우리의 무의식의 기묘하고 이동하는 방들 속에도 존재한다. 어떤 이유에서든 우리의 삶을 재배열할 힘을 갖지 못한 다른 책들은 주로 완전히 잊힌다. 하지만 우리와 함께 머무는 책들은 우리가 된다. 종이 위의 작은 기호들을 살아 있는 현실로 번역하는 인간정신의 신비로운 작용이다.

2011년

THINKING

스티그 다게르만

밤들이 풀려났어.

–에드워드 드미트릭 감독 〈십자포화〉에서 로버트 미첨

《뱀》은 청소년기를 막 지난 사람이 쓴 환각적인 절박함의 소설이다.[1] 그 책이 출간된 1945년에 스티그 다게르만Stig Dagerman은 스물두 살이었고 이 사실만으로도 그것은 소설의 역사에서 보기 드문 작품이다. 시인, 음악가, 수학자, 시각예술가가 젊을 때 꽃을 피우는 일은 종종 있지만 위대한 소설은 대체로 나이가 지긋한 작가들에게서 나왔다. 하지만 스물네 살에 《낙원의 이쪽》을 낸 F. 스콧 피츠제럴드처럼 다게르만은 빨리 성공을 거두었고 일찍 드러난 그의 천재성은 작가로서 그의 정체성을 구성하는 한 요소가 되었다.▪

그러나 이것은 일반적인 지식이다. 《뱀》의 힘은 무엇인가? 처음 그 책을 읽기 시작했을 때 나는 엄하게 나를 공격하는 은유와 직유로 연신 강타당하는 느낌을 받았다는 사실을 고백해야겠다. 혹시 내가 레이먼드 챈들러Raymond Chandler와 무법자 같은 그의 산문의 열광적인 유럽식 버전에 뛰어든 것은 아닌지 자문했다. 하지만 계속 읽으면서 전혀 다른 일이 진행되고 있음이 분명해졌다. 이것은 은유와 직설이 너무 많이 어우러져 끝부분에서는 그 두 가지가 완전히 융합되는 텍스트다. 그 과정은 소설의 도입 단락에서부터 시작한다. 다게르만의 화자는 찌는 듯한 무더운 날 '나른하게 조용한 작은 마을'의 기차역을 둘러보는데, 마을이 의인화되어 '옆구리를 쿡 찌르는' 것으로 표현된다. 짐작컨대 이 찌르기가 마을을 깨우는 것 같다. 잠과 꿈, 혼미의 테마는 이 문장을 시작으로 소설이 끝날 때까지 계속 되풀이된다.

바로 그 뒤를 잇는 단락에서는 그 책을 지배하며 때로 실제 생물이나 물건으로 바뀌는 더 진전된 비유들이 소개된다. 예를 들어 역에서 본 '쥐

▪ 스티크 다게르만은 1923년에 엘브칼레뷔Alvkarleby 마을 외곽에서 노동자계급의 부모에게서 태어났다. 어머니는 그가 아기였을 때 그를 버리고 떠났고, 조부모 밑에서 자랐다. 열두 살에 아버지와 함께 살기 위해 스톡홀름으로 이사했고 생디칼리슴(Syndicalism, 노동조합주의)의 청년단체에서 활동하기 시작했다. 그가 열여섯 살일 때 한 정신병자가 사랑하던 할아버지를 살해했고 할머니도 오래지 않아 세상을 떠났다. 다게르만은 스무 살에서 스물여섯 살까지 소설 4편, 희곡 4편, 소설집 1권, 기사와 에세이, 시 등을 썼다. 1946년에는 독일을 여행하면서 전후 독일의 놀랄 만큼 인간적인 초상을 담은 《독일의 가을》을 썼다. 하지만 다작하던 능력이 줄어들면서 그는 글을 쓸 수 없어 고통스러워했다. 서른한 살이던 1954년에 우울증과 정신분열증으로 시달리다가 자살했다. 그의 책은 영어로 번역되어 영국과 미국의 많은 작가에게 존경받고 있지만 다게르만의 명성은 대체로 유럽에 국한된다. 이는 가슴 아픈 일이다. 왜냐하면 그는 흔치 않은 절박함과 힘을 가진 작가이기 때문이다.

처럼 빠른 눈을 가진' 나이 든 여인은 '쥐눈이'가 된다. 그녀의 기괴한 동행(나중에 이레네의 어머니로 확인되는)은 '뱀의 머리처럼' 입안에서 좌우로 흔들리는 혀를 가졌다. 그리고 기차는 '면도날처럼' 정적을 갈라놓는다. 입과 목구멍의 이미지, 질식과 교살의 이미지, 무는 이미지들, 물리는 데 대한 공포, 억눌린 또는 실제 절규에 대한 공포, 침묵과 말에 대한 공포가 재등장하듯이 설치류, 뱀, 절단기구는 다양한 모습과 형태로 변형되면서 끊임없이 재등장한다.

소설은 다양한 관점에서 들려주는 이야기들의 연속으로 구성된다. 소설은 가장 긴 절節 〈이레네〉로 시작하는데, 여주인공의 것으로 여겨지는 3인칭 시점의 서술이면서도 가학적인 군인 빌Bill의 마음속에 들어가기도 하고 잠깐 동안은 빌이 보여주는 뱀을 보고 두려워하는 보먼Bowman 병장의 마음속으로 들어가기도 한다. 다음 절 〈우리는 잠들 수 없다〉는 첫 번째 절의 절반 정도의 분량이다. 이 절은 군인들이 공통적인 불면증과 두려움 속에서 잠들지 못하고 침상에 누워 있는 동안 1인칭 복수로 이야기되는 집단 서사이지만 남자들 개개인의 이야기들도 포함되어 있다. 그 뒤로 추가적인 3인칭 시점의 이야기 5편이 이어지는데, 모두 제목이 붙어 있다. 그러나 그 가운데 어느 것도 두 번째 절의 절반 분량보다 길지 않다. 이 5편의 이야기는 앞에서 만났던 개별 징집병들에게 다시 돌아가는데, 사건이 발생한 순서대로 진행되지 않는다. 이렇게 해서 이 소설의 두 번째 절반은 짜임새가 뱀 같다고 말할 수 있다. 앞으로 직진하면서 움직이지 않고 등장인물의 서술 안팎과 그 주변을 빙 둘러서 스르르 나아가는 것이다.

소설을 둘로 나누었을 때 앞뒤 부분은 장소와 진짜 뱀에 의해 연결된다. 그 뱀이 막사에 나타났다 사라지는 바람에 남자들은 뱀이 공격할 채비를 하고 근처 어딘가에 숨어 있다는 느낌으로 두려워한다. 그 가운데 한 명인 기디언은 뱀이 죽은 채 발견된 뒤에도 공포가 사라지지 않은 것을 깨닫고 깜짝 놀란다. 뱀은 계속 살아 있는 것이다. 제2차 세계대전 중 스웨덴의 위태로운 중립성을 뱀으로 은유한 것은 적절하지만, 내 관심은 다게르만이 체현된 두려움을 환기시킨다는 데 있다. 그것은 기디언이 알아차렸듯이 대상을 가질 필요가 없기 때문에 콕 집어서 설명하기 어렵기로 악명 높은 인간의 상태다. 불안의 대상은 뭐라 말할 수 없는 것일 수 있다.

《억압, 증상, 그리고 불안》에서 프로이트는 불안의 애매모호함에 대해 이렇게 쓴다. "우리가 분명하게 원하는 것은 불안이 정말로 무엇인지 우리에게 말해줄 어떤 것, 즉 우리가 참된 명제를 거짓 명제들로부터 구별하게 해줄 기준이다. 불안은 그리 간단한 문제가 아니다."[2] 프로이트는 이 책에서 불안에 대한 그의 이론을 수정했다. 하지만 여기서 핵심적인 생각은 불안으로 고통받는 사람은 꼭 필요한 에너지 방출이 막혀 있다는 것이다. 그는 그런 방출 없이 만족을 찾을 수 없다. 불안감은 위험신호이며 프로이트의 주장처럼 우리는 억압을 통해 그런 위험으로부터 우리 자신을 구출한다.

《뱀》의 등장인물은 들끓는 불안으로 가득하다. 그들의 감정과 말 모두가 온갖 종류의 제약으로 억제된다. 하지만 결국 내부 압력이 증가하고 견딜 수 없게 되면서 등장인물은 화산 폭발에 굴복한다. 이레네는 빌이 그녀의 경쟁자 베라와 있다는 질투심에 사로잡혀 "그녀가 뭔가 말하는 것을 막기 위해 (비유적인) 칼을 그녀의 목에 갖다 댄다…." 나중에 그녀는 자기 어머니를 기차 밖으로 밀어버린 후 "숨이 막혀서 목소리를 낼 수 있을 만큼 충분한 공기를 들이마시지 못할까 봐" 두려워한다. 정육점 소년에게 강간당한 또는 거의 강간당하다시피한 후에 그녀는 발작적으로 웃음을 터뜨린다. 그녀가 억누르고 있는 공포와 죄책감은 그녀의 내면을 갉아먹어서 결국에는 밖으로 내보내야 하는, 그녀 안에 있는 작은 쥐에 비유된다. "그녀의 공포는 어떤 것도 더 이상 계속 안에 가두어놓을 수 없는 작은 동물이다. 밑도 끝도 없이 그녀는 비명을 지른다. 사실 비명을 지르는 건 그 작은 동물이다." 빌은 그의 승리를 매듭지어줄 '비명이 터져 나오게 하려고' 싸우는 동안 상대방을 내리누르지만 그는 이레네의 어머니가 가졌던 뱀 같은 혀와 닮았고 남근같이 생긴 그 남자의 늘어진 혀를 보게 된다. "그는 그 남자의 혀가 목처럼 쭉 늘어져서 입 밖으로 튀어나와 있는 것을 볼 수 있었다." 한편, 〈거울〉에서는 목소리가 부드럽고 다소곳하던 소녀가 한계에 달해서 우둔한 럭키에게 으르렁댄다. "안 보이니, 이 바보야, 난 눈이 멀었어! 멀었어! 멀었다고!" 〈헝겊 인형〉에서 약탈자의 성추행에서 소런슨이 구해줄 수도 있었던 소년은 집으로 돌아가서 끔찍한 장면을 접하고, 그를 돕기 위해 행동했어야 할 남자에게 속에 있는 것을 다 토한다. 동료 징집병들에게 괴롭힘을 당하던 아웃사이더 기디언은 계속 커져가는 불안의 절규를 억누른다. 그는 그의 동료들에게 난폭하게 공격당한 후에 그들이 그를 내버려두고 간 지 한참 뒤까지 마비된 채 바닥에 누워 있다. '그 후 그는 비명을 지른다.'

그 이야기들을 관통하는 성적 위험의 한가운데에는 오르가슴의 분출에 대한 요구와 공포가 놓여 있다. 이레네는 억제와 자유 사이에서, 졸리는 따분함과 각성 사이에서, 빌에 대한 두려움과 그를 향한 피학적 이끌림 사이에서 흔들린다. 이런 그녀의 동요는 체현된 감정과 감각에 대한 다게르만식 현상학 속에서, 그녀의 변화하는 내적 현실들을 계속 진행되는 현재에서 추적하는 현상학 속에서 미묘하게 환기된다. 무기력과 갈망,

침묵과 말 사이를 오가는 등장인물의 변모는 그들의 즉각적인 경험의 렌즈를 통해 지속적으로 탐색된다. 그리고 그들 가운데 많은 이에게 감정의 이런 변증법적 다툼은 갑작스런 폭력 행위에서 점점 고조된다. 독자가 처음 이레네를 접할 때 그녀는 나른한 관능과 도덕적 동요 상태에서 벌거벗은 채 침대에 누워 있는데, 이것은 그녀가 창을 사이에 두고 빌에게 이야기하는 동안 계속된다. 그녀의 느긋한 기분은 빌이 그들을 갈라놓은 벽으로 그의 총검을 내동댕이치고 그들이 키스하는 동안 그녀의 입술을 깨물면서 갑작스레 끝난다. 그 후 그녀는 총검의 날에 손목을 베인다. 그는 그가 정복한 다른 연애 상대들도 깨문다. "그는 면도날처럼 재빨리 베라의 귀를 깨문다." 〈헝겊 인형〉에서와 같은 성적인 폭력성은 전혀 보이지 않지만 남색가가 피해자를 칼집에 든 칼로 매수할 때 불길한 조짐이 나타난다. 베기, 도축, 상처, 성적 가학증, 흐르는 피 등 그 소설에서 칼이 불러일으키는 무수히 많은 은유적·현실적 연상들이 텍스트 곳곳에 퍼져 있다. 어느 순간에는 지구가 뿔에 들이받힌 것처럼 보인다. "그 후 그는 너무 빽빽해서 질식할 것 같은 가문비나무숲으로 들어간다. 베리 열매들이 땅바닥에 터져 있어 검은색 깊은 상처에서 피를 흘리는 것 같다."

소설의 끈질긴 비유는 한 등장인물의 주관에서부터 마을이나 풍경이 잠들거나 피 흘린다는 식의 의인화로 매끄럽게 옮겨간다. 이 은유적 움직임에 따르는 것이 한 인물에서 다른 인물로 옮겨가면서 그들 사이의 경계가 흐려지는 감정의 전염이다. 공포는 개인적이면서도 집단적이다. 그것은 번진다. 하지만 다게르만의 심리학적 통찰력이 없었다면 혼란스런 은유들이나 서로 연결된 이야기들이 지금과 같은 힘을 가질 수 있을 것이라고 생각하지 않는다. 그는 순간적인 것의 대가이며 우리 모두가 자신이 그 속에 빠져 있는 것을 발견하고 무슨 일이 있었던 건지 궁금하게 여기는 짧은 순간의 감정적이고 윤리적인 혼란 상태의 거장이다. 또한 그는 자아와 타자 사이에서 계속되는 오해에도 민감하고, 우리가 얼마나 자주 그 둘을 혼동하는지에도 민감하다. 〈거울〉에서 럭키가 그 소녀에게 느끼는 끌림은 투사이며, 따라서 역설적이게도 일종의 맹목이다.

럭키는 갑자기 그녀가 불쌍하다고 느꼈다. 그녀는 너무 외로웠기 때문이다. 그의 자기연민이 그녀에게까지 확대된 것이다. 그는 이제 그런 기분에 빠져들었다. 주변에 있는 모든 사람이 생각을 나눌 수 있는 친구를 가졌고 오직 그만이 지독하게 외로운 사람 같았다.

럭키의 고통스런 고립감이 그의 지각에 영향을 미쳤고 눈 먼 소녀의 측은한 처지에 대한 그의 동일시는 결국 극심한 자기혐오의 폭발로 이어진다. 그는 아파트에서 거울을 박살내고 그 즉시 동료들에게 두들겨 맞는다.

《뱀》에서 혼란스럽게 뒤섞여 있는 성욕의 맹렬한 억제와 가학적 측면은 이레네와 빌, 베라의 이야기에서 전형적으로 드러나는데, 이것이 이 책의 나머지 절반에 담긴 공공연한 정치적 메시지와 거리낌 없이 말하고 행동하지 못하는 집단의 실패와 결합된다. 이것은 에드먼드에 의해 또 하나의 억제 이미지로 가장 분명하게 표현된다. "난 압박감을 느껴…. 누구도 나에게 받아들일 건지 묻지 않았던, 사실상 나를 무방비 상태로 만드는 법이 있다는 걸 깨달았을 때 내 두개골 안으로 조여드는 강철밴드가 존재한다는 걸 느껴." 이 메시지는 다음과 같은 추가 진술로 더 복잡해진다. "당신이 그럴 만해서 그걸 쓰고 있는 게 아니야. 너무 많은 사람의 비겁함과 당신 자신의 부족함 때문이라고." 〈강철밴드〉에서는 단어들이

'그들의 침낭에서 잠을 자려고' 했다가 흔들려서 잠에서 깨어난다. 에드먼드는 그의 목소리와 말을 발견한다. 그는 자기가 느끼는 불안을 바로 이야기하고 누구의 것도 그의 것보다 더 크지 않다고 주장하면서 크게, 너무 크게 말한다. 조커는 동료의 말을 들으면서 말하고 싶다는, '명료성'을 달성하겠다는 갑작스런 욕망을 느끼지만 말이 '나오다 끊기면서' 조리 있는 문장 대신에 그저 횡설수설하게 되고 인접한 두 개의 방이 나오는 환각적인 꿈이 그 뒤를 잇는다. 그것은 조커 자신의 내면에 있는 방(딸꾹질 소리를 내고 깔깔대고 웃으며 이리저리 움직이는 거실 하나와 말하는 의자와 천장 주변을 맴도는 두려움이 있는 또 하나의 위협적인 불안)이다. 이 방들은 분명 정치적 현재를 다룬다. 방 하나는 술꾼들과 가구, 라디오 하나로 가득하다. 한편, 다른 방은 마비시키는 두려움으로 가득 찬 피폐한 장소다. 그러나 그 환상은 정치적 아지프로(agitprop, 선전선동)가 되거나 전쟁과 관련해서만 이해되기에는 너무 이상야릇하다.

키르케고르의 역설적이고 반어적이며 풍자적이고 난해한 텍스트 《불안의 개념》에서 가공의 인물 비길리우스 하우프니엔시스는 널리 알려진 대로 불안과 현기증을 하나로 묶는다.

우연히 입을 크게 벌린 심연 쪽을 내려다본 그는 현기증을 느낀다. 그 까닭이 무엇일까? 원인은 심연뿐 아니라 그의 눈에도 있다. 만일 그가 내려다보지 않았다면 그런 일도 없었을 것이기 때문이다. 그러므로 불안은 자유의 현기증이며 이것은 정신이 계속 살아가기 위해 유한성을 붙잡으면서 종합을 사실로 가정하고자 하고 자유가 그 가능성을 내려다볼 때 출현한다. 자유는 이 현기증에 굴복한다. 그 이상은 심리학이 나아갈 수도 없고, 나아가지도 않을 것이다. 바로 그 순간 모든 것이 변하고, 자유는 다시 솟아오를 때 유죄가 된다는 것을 알게 된다. 이 두 순간 사이에 어떤 과학도 설명한 적 없고 어떤 과학도 설명할 수 없는 비약이 놓여 있다.[3)]

《불안의 개념》은 원죄와 타락의 결과(죄의식, 순수함, 자유 같은 인간의 근본적 본성으로부터의 소외)에 대한 지독하게 복잡한 검토서다. 정신은 신과 무한한 것과 관련이 있고 몸과 마음은 유한한 것에 매여 있다. 프로이트에게 그렇듯 키르케고르에게 불안은 마음속의 주관적 신호 역할을 하며 대상이 필요하지 않다. 두려움 자체에 애매모호한 뭔가가 있으며 정확히 밝힐 수 없는 어떤 것이 있다. 과학은 이런 현실을 접할 기회가 없다. 과학은 3인칭 객관적 시점만 받아들이며 이루어진 '비약'이 합리적으로 설명될 수 없기 때문이다.

다게르만의 뱀은 필연적으로 뱀과 이브, 아담이 등장하는 낙원 추방 이야기와 태초의 순수의 상실, 자유의지에 대한 끈질긴 질문을 떠올리게 만든다. 사실 그 책은 자유롭게 행동한다는 것의 의미를 성찰한다고 해석할 수 있다. 조커의 불안한 환각은 자유의 현기증이다. 두 개의 방은 계속 분리되어 있는 것이 아니라 무너진 벽, 거친 웃음, 흐려지는 경계의 무시무시한 이미지 안에서, 그리고 참을 수 없는 두려움의 가공할 만한 혼동 속에서 통합된다. 조커는 자신이 폭발해서 산산이 흩어질 것 같다고 느꼈던 끔찍한 꿈에서 깨어났을 때 다시 그의 마음을 말하고 싶은 마음이 간절하지만 그렇게 하지 않는다. 그는 그의 자유를 끌어안지도, 그의 죄의식을 표현하지도 않는다. 그는 자기가 말을 했고 동료들이 "네가 양심의 가책을 느낄 필요는 없어"라는 대답으로 그의 죄책감을 달래주었다고 상상하면서 아무 행동도 하지 않고 공상세계 속에서 계속 침묵한다. 윤리적 딜레마, 결백과 죄의식의 문장 분석은 간단하지 않으며 독자로서 나는 조커와 동료들에게 도움을 받고 싶어하는 그의 소망에, 어떻게든 자신의 복잡한 감정들을 명확하게 표현하고 싶어하는 그의 혼란스런 소망에, 말을 밖으로 내뱉지 못하는 그의 무능력에 깊은 연민을 느낀다. 죄의식도 확산된다. 그것은 문화 전체에 침투하여 모든 사람을 감염시킨다.

다게르만이 키르케고르를 읽었는지 읽지 않았는지는 중요하지 않다. 왜냐하면 그가 《뱀》을 쓴 1940년대 초반에 키르케고르가 알려지면서 실존주의의 렌즈를 통해 재해석되었기 때문이다. 실존주의라는 꼬리표가 붙었던 사람들은 대부분 그 이름을 거부했다. 그런데도 여기서는 그것이 유용한 역할을 한다. 지금 나는 바람처럼 퍼지던, 그래서 마치 읽을 필요도 없이 사람들 귓속으로 파고 들어간 것 같은 사상에 대해 이야기하고 있기 때문이다. 내가 1970년대 후반과 1980년대 초반에 컬럼비아대학에 다닐 때는 프랑스 사상이 인문학부에 속속들이 퍼져 있어서 캠퍼스에 서 있기만 해도 그것을 들이마실 수 있을 것처럼 느껴졌다. 1940년대 초반에는 실존주의가 그랬다.

장 폴 사르트르는 자신이 키르케고르에게 진 빚을 계속 부인했다. 하지만 '현기증'과 '고뇌'에 대한 사르트르의 언급이나 자유는 피할 수 없는 인간의 운명이라는 그의 주장에서 드러나듯이 덴마크 철학자의 흔적은 《존재와 무》 도처에 존재한다.[4] 물론 《뱀》의 저자를 감염시킨 것은 실존주의만이 아니다. 시대마다 나름의 경향이 있는 법이며, 흉물스런 나치즘을 감안할 때 그 당시와 그 뒤를 잇는 시기의 사상과 예술에 숙명적인 비관주의가 어려 있는 것은 이상할 것도 없다. 인간의 야만성을 다루는 어두운 이야기들을 창조하기 위해 유럽 영화를 차용한 미국의 필름 누아르를 그 예로 들 수 있다. 미국 산문작가들에 대한 다게르만의 관심은 잘 알려져 있지만 《뱀》에서 그들의 영향은 재창조다. 하드보일드hard-boiled 은

유들은 애매성을 제한하기보다 강조하는 철학적 도구가 되었다.

다게르만의 소설은 개인의 책임과 자유를 요구하는 외침이며 사람들을 저지하고 깜짝 놀라게 하는 부르주아적 삶의 관례에 저항하는 기백이 넘치는 작품이다. 또 행해져야 하는 것을 천명할 자유로운 생각과 표현에 대한 요구이기도 하다. 그것은 전쟁과 사디즘, 피, 파괴에 대한 이루 말할 수 없는 공포를 절실하게 의식하고 있지만, 이 가운데 어느 것도 그 책이 발휘하는 힘을 온전히 다 설명해주지 못한다. 알레고리와 상징, 피 흘리는 은유들이 효력을 발휘하는데, 그것들이 진실한 심리적 힘과 뉘앙스를 가진 인물들과 장면들 속에 체현되어 있기 때문이다. 또한 그 소설의 시각적 세계가 빈틈없이 관찰되고 진부한 관례들이 거부되기 때문이고 이야기 진행에 저항할 수 없는 강렬함과 추진력이 있기 때문이다. 게다가 그 책에는 아이러니와 유머가 가득하다. 저자는 그 소설에 등장하는 그의 또 다른 자아로서 작가 인물이라 할 수 있는 필경사 스크라이버를 통해 본인의 은유적 관용까지 비웃는다. 2장에서 우리는 에드먼드가 스크라이버에 대해 소화기를 먹물병과 비교하고 먹물병을 소화기와 비교하는 녀석이라며 조롱했다는 이야기를 듣는다. "하지만 그가 같은 문장에서 먹물병과 소화기 둘 다 필요하다면 어떻게 할지 생각해보라고. 그것들을 섞는 일 없이, 소방관이 불 위로 먹물을 뿌려대고 화가가 이산화탄소로 스케치하는 일 없이 어떻게 그가 그걸 해결하려는 거지?" 자기지시적인 경솔함의 반가운 순간이다.

《뱀》의 마지막 장 〈성공하지 못한 비행〉에서 스크라이버는 떨어진다. 스크라이버는 가늠할 수 없는 양의 맥주를 마시고 문화비평가, 시인과 기나긴 언쟁을 하면서 '현대인의 비극은 그가 더 이상 두려워하지 않는다는 데 있다'고 주장한 뒤에 논지를 입증하기 위해 충동적으로 행동한다. 그는 '그의 추론을 논리적 결론으로 이끌어가기'를 원한다. 스크라이버는 창밖으로 기어나가 난간을 따라 이동한다. 시인이 그에게 떨어질 수도 있으니 들어오라고 큰 소리로 부르자 스크라이버는 말한다. "빌어먹을 겁 따윈 나지 않아." 물론 이것은 심연을 들여다보는 이가 느끼는 자유의 현기증이 아니라 오만함의 순간이다. 그의 대담무쌍함에는 잘못된 점이 있다. 그는 공포와 두려움의 가치를 옹호하지 않았던가? 그는 발을 헛디뎠고, 그가 마지막으로 들은 것은 자신의 비명이 아니라 아래 출입구 쪽에서 있던 매춘부의 외침이다.

동산에 있던 뱀은 낙원 추방의 원인이 아니다. 그는 단지 유혹자일 뿐이다. 그러나 나는 스크라이버의 추락이 단일한 방식으로 해석될 수 있다고 믿지 않으며, 그 결말이 절망을 환기시킨다고 생각하지도 않는다. 그것은 애매모호하다. 스크라이버의 추락은 어리석은 사고이기도 하다. 정력적이고 논쟁적이며 술 취한 젊은 남자가 이렇다 할 이유도 없이 창밖에서 있다가 떨어져 죽는다. 갑작스럽게 심연으로 미끄러지는 것, 그것도 인생이다. 불안을 주제로 삼은 소설 끝에 등장하는 스크라이버의 변덕스런 대담무쌍함에는 아이러니가 존재한다. 겨우 몇 페이지 앞에서 스크라이버는 자신의 공포가 '세상에서 가장 크다'고 주장했다. 우리는 합리적인 존재가 아니다. 최고의 예술에는 항상 우리를 벗어나며 우리를 어리둥절하게 만드는 뭔가가 있다. 만일 그런 것이 없다면 우리는 결코 그것을 다시 찾지 않으리라.

2010년

THINKING

소설 속의 정신분석가

거의 숨겨진 존재에 대한 성찰

다음 구절은 가장 최근에 펴낸 내 소설 《미국인의 슬픔》 초안의 일부다. 화자 에릭 데이비슨은 뉴욕 시에 사는 정신과의사 겸 정신분석가다. 나는 십여 통의 원고 상자를 사용하지 않은 자료들과 함께 쌓아두었던 벽장에서 이 삭제된 구절을 구해냈다. 이 구절이 끝내 완성된 책으로 들어갈 길을 찾아내진 못했어도 정신분석가가 현대 미국 사회에서 차지하는 불안한 위치에 대해 들려준다.

정신의학의 역사는 시작부터 병명을 정하는 문제로 골머리를 앓았다. 그것은 분산된 여러 증상을 하나의 명칭으로 모으는 고통스러운 퍼즐이라 할 수 있다. 상처 입은 정신은 부러진 다리와 다르다. 엑스선 촬영으로 그 골절상이 드러날 리 없고, PET 스캔과 fMRI로 얻은 뇌 영상은 뉴런의 경로만 보여줄 뿐 생각은 보여주지 못한다. 마음속으로 침입한 후 점점 자라나서 사람들에게 고통을 일으키는 것은 촌충의 유충처럼 단일한 병원체가 아니다. 그 진지함과 정확성에 대한 열망에도 불구하고 제4판이 출간된 정신의학의 성경이라 할 수 있는《정신장애 진단 및 통계 편람》은 뒤죽박죽이다. '장애'는 근래 들어 선택된 용어다. 정신질환은 혼란 상태이며 정신건강 전문가는 무슨 수를 써서라도 그들이 원하는 대로 질서를 회복하는 것이 일이다.《정신장애 진단 및 통계 편람》의 신판이 나올 때마다 새로운 장애들이 추가되고 다른 장애들이 떨어져나간다. 어떤 장애가 포함되거나 배제되는 것은 반드시 새로운 과학에 기반을 두는 것이 아니다. 그보다는 합의에 따른 것이며 유행에 근거한다. 유행이라는 단어는 더 나은 용어를 찾지 못해서 사용하였다. 소냐의 반 친구들 가운데 절반이 주의력결핍 과잉행동장애(ADHD) 진단을 받았다.《정신장애 진단 및 통계 편람》은 그에 대한 설명을 이렇게 시작한다. "ADHD는 성장 수준이 비슷한 개인들에게 전형적으로 나타나는 것보다 더욱 자주 드러나며 더욱 심각한 부주의 또는 과잉행동-충동성의 빈번한 유형이다." 전형적으로는 주목해야 할 단어다. 정확히 무엇이 전형적인가? 수천 명의 미국 소년들이 별다른 이유 없이 흥분제를 받아왔다고 생각하는 사람은 나만이 아니다. 물론 나는 장애가 실제로 있으며 약이 가끔은 도움을 준다고 믿는다. 그러나 그것이 유행병처럼 존재하는 것은 문화적 현상, 즉 정상적인 어린이가 어떠해야 하는지에 대한 달라지는 생각의 산물이다.

나는 젊을 때 많은 약물을 처방해왔고 그것의 유용함을 부인할 수 없다. 비명을 지르는 내면의 목소리가 침묵하고 우울증이 사라지거나 공황 상태가 가라앉을 때의 안도감은 이루 헤아릴 수 없다. 나는 그 직종 종사자들이 역효과를 점잖게 표현하는 것도 보아왔다. 운동 실조(Ataxia), 일시적 의식 상실, 발작, 실금(incontinence), 콩팥급통증, 정좌불능증(가만있지 못하고 씰룩씰룩 움직여서 꼼짝하지 않고 앉아 있는 것을 불가능하게 만드는 감각), 지발성 안면 마비(기면증으로 인해 혀가 흔들리며 턱이 돌아가고 손발이 갑자기 비틀리는 증상) 등이 그것이다. 오르가슴에 도달하지 못하는 것은 대중을 위해 선택된 약물 SSRI(선택적 세로토닌 재흡수 억제제, 항우울제 — 옮긴이)의 흔한 '부'작용이다. 환자에게 그런 부작용에 대해 말하는 의사는 많지 않다. 보험회사는 단기적 치료에 대해서만 돈을 지불할 것이다. 이는 의사가 간단한 면담이나 짧은 입원 기간 동안에 대체로 불분명한 여러 증상의 무리에 이름을 붙이고 약을 처방해야 한다는 의미다. 대부분의 미국 정신과 의사들은 사회복지사들에게 심리치료를 떠넘기면서 처방전 쓰는 기계에 다를 바 없는 존재가 되었다. 이 모든 것에서 그냥 지나친 문제는 우리가 어떻게 이것과 저것 사이에 선을 그을 것인가 인데, 말은 그 대답이 될 수 없다. 문제는 의사들 사이에 그럴 마음이 없어서가 아니다. 그것은 에어빈 슈뢰딩거Erwin Schrodinger가 언젠가 안타까워했듯이 '정규과학교육을 받은 매우 유능한 정신이 믿기 힘들 정도로 어린애 같은(발달이 덜 되고 위축된) 철학적 시야를 갖고 있는 그로테스크한 현상' 때문이다. 나도 사면초가에 빠진 문화적 일탈자 그룹의 일원인 정신분석가로서 신경과학의 발견 덕분에 이제 겨우 명예를 회복하고 있는 중이다. 동료 하나가 언젠가 표현했듯이 정신분석학도 은유적 개념들을 의자나 포크인 양 취급하는 '범주경화'를 겪어왔지만, 그것의 참모습은 인내심을 소중히 여기고 애매성을 용인하는 학문이다. 상담실에서 두 사람 사이에 일어나는 일은 수량화하거나 측정할 수 없다. 어떤 때는 그것을 이해하기 힘들지만, 수년간의 진료 경험 이후 나는 다른 사람들의 이야기로 인해 달라진 남자, 말과 침묵, 말 못 하는 슬픔과 뒤덮인 공포를 보관하는 인간 금고가 되었다.

일탈자(outcast)라는 에릭의 표현이 강할 수도 있겠다. 하지만 지난 몇 년 동안 정신분석학은 약물 중심의 정신의학에 밀려났고 그 결과 우리 문화 속에서 분석가에 대한 묘사가 점점 부정적이 되었다는 그의 견해는 사실이다. 이것을 확인하려면 최근에 당신이 대중매체에서 신경과학자를 우스꽝스럽게 묘사하거나 비하하는 캐리커처를 얼마나 많이 접했는지 질문을 던져보기만 해도 된다. 널리 알려진 그들의 몇몇 연구를 비웃기는 쉬울 것이다. 그 예로 종교 문제나 미국의 정치 문제를 언어와 문화에서 완전히 따로 떼어내어 관자엽이나 소뇌의 편도체 문제로 환원할 수 있다는 듯, 뇌에서 '신의 영역(God spot)'을 찾고 '당파성'으로 진통을 겪고 있는 공화당원들과 민주당원들의 fMRI 검사 결과를 살펴보는 연구를 들 수 있다. 신경과학자들은 그런 연구가 '신골상학(new phrenology)'의 사례라며 비웃는 경우가 많다. 그러나 그 분야 사람들이 표현한 의혹들은 '마지막 남은 미개척지'에 대한 탐색을 기록하고 뇌에 대한 가장 최신 발견들을 신성한 곳에서 하사받은 절대적인 진리인 양 받아들이는 데 열심인 기자들 무리의 귀에까지 들어가지 않는다.

나는 정신적 과정의 신경생물학에 관심이 있고, 그 중에서도 뇌의 가소성과 그것이 시간이 흐르면서 모든 인간의 성장에서 수행하는 역할에 깊은 관심을 갖고 있다. 그러나 나는 인간의 주관성과 상호주관성의 미세한 특징이 뉴런으로 환원될 수 있다고 믿지 않는다. 프로이트가 《실어증 : 비판적 탐구》에서 썼듯이 "정신적인 것은 생리적인 것과 나란히 일어나는 과정에 의존하는 부수적인 것이다."[1] 지금도 뇌/마음 관계라는 난제는 프로이트가 1892년에 이 글을 썼을 때만큼이나 이해하기 힘든 것으로 남아 있다. 신경과학의 성찰이 정신분석학을 보완하는 데 도움이 되었다는 에릭의 관찰은 내가 생각할 때 정확한 것 같다. 신경과학의 일부 성찰들이 무의식, 억압, 동일시에 대한 정신분석학의 오랜 견해들과 구술 치료의 효과를 확인시켜주는 것처럼 보인다. 그러나 그것은 당신이 어떤 질병을 특정 신체 부위와 연결시킬 수 있다면 그렇게 할 수 없는 경우보다 더 실질적이라는 상투적인 생각을 반영하기도 한다. 이것은 철학적으로 소박한 믿음이지만, 질병과 건강에 대한 의식을 형성하는 분류체계를 검토하는 데 거의 시간을 들이지 않는 많은 의사를 포함한 다수의 사람들이 여전히 간직하고 있는 믿음이기도 하다.

대중문화는 대략적인 경우가 많다. 정신분석가를 빈의 억양에 턱수염을 기르고 입을 꽉 다물고 있는 나이 든 인물로, 자기 환자와 침대로 뛰어드는 음흉한 유혹자로, 어려운 전문용어를 마구 남발하는 사람으로, 정상이 아닌 괴물로, 또는 악의 없는 익살꾼으로 묘사한 초상들은 정신분석학에 대한 상투적이고 종종 적대적이지만 이미 많은 이에게 친숙해진 견해를 반영한다. 그러나 이런 이미지들이 아무리 우스꽝스럽다 해도 거기에는 대중의 생각에 지대한 영향을 미치고 있는데도 여전히 근본적으로 제대로 이해받지 못한 분야로 남아있는 정신분석학에 대한 진지한 의혹이 숨어 있다.

사제들과 의사들, 정신분석가들은 비밀을 털어놓는 대상이며 비밀을 이야기할 때는 신뢰할 필요성과 누설에 대한 공포가 항상 공존한다. 신부와 마찬가지로 분석가도 평범한 세계 바깥에 있는 영역에 거주한다. 그 또는 그녀는 친구도 가족도 아니지만 다른 사람의 사적인 생각, 환상, 공포, 소망 등(조심스럽게 다루어야 하는 소중한 것들)을 담는 용기가 된다. 정신분석가의 상담실에서 금지된 행동은 있어도 이야기하면 안 되는 주제는 없다.

신성불가침의 공간에서 환자가 자유롭게 발언할 수 있는 흔치 않은 기회는 많은 작가에게 허구적 고백을 위한 완벽한 틀을 제공해왔다. 바로 그런 최초의 정신분석 소설인 이탈로 스베보Italo Svevo의 《제노의 의식》은 주인공의 분석가가 쓴 다음과 같은 서문으로 시작한다. "나는 이 이야기에서 가끔 비호의적으로 언급되는 의사다. 정신분석학에 친숙한 사람은 누구든 나를 향한 그 환자의 분명한 적대감을 어떻게 평가해야 할지 알 것이다."[2] J. D. 샐린저Salinger의 《호밀밭의 파수꾼》에 등장하는 홀든 콜필드는 드러나지 않은 정신과 의사에게 속마음을 털어놓는다. 나보코프는 스베보처럼 《롤리타》에서 존 레이 주니어John Ray Jr. 박사라는 인물이 쓴 '서문'을 포함시킨다. 그는 험버트 험버트의 이야기를 사례 연구의 하나로 제시하면서 저자의 문학적 재능은 인정하지만 그를 '도덕적 타락의 두드러진 사례'라고 맹비난한다.[3] 필립 로스Philip Roth의 《포트노이 씨의 불만》도 사전의 표제항 같은 형태로 간략한 도입부을 포함하고 있는데, 거기서 '포트노이 씨의 불만'이라는 용어를 정의한다. 그리고 이 특별한 '장애'의 이름을 만들어낸 의사이며 "당황한 페니스"라는 기사를 쓴 O. 스필보겔Spielvogel을 언급한다. 이 작은 패러디 이후 독자는 270페이지에 이르도록 계속 떠들어대고 장황하게 설명하면서 자신의 분석가를 맹렬히 비난하는 수다스러운 화자를 만나게 된다. 분석가는 그 후 책 마지막에 유명한 한마디를 내뱉는다. "자 (의사가 말했다) 이제 시작할 준비가 된 것 같은데, 해볼까요?"[4]

이 책들은 기본적으로 같은 범주에 들어가는 독백이다. 논쟁도 없고, 대화도 없으며, 치료사와 환자 사이에 형성된 세계도 없다. 그것은 치료 관행을 허구적으로 보여주는 것이 아니라 아무런 검열도 받지 않는 1인칭 고백을 다루기 위해 정신분석을 문학적 장치로 이용하는 서사다. 분석가나 심리학자는 대부분 그 서사 바깥에 머무른다. 스베보의 의사는 본인의 지적처럼 이후 펼쳐질 내용에서 아주 작은 역할을 할 뿐이다. 또 그는 환자가 치료를 마치지도 않고 떠나버린 데 대한 '앙갚음으로' 회고록을 출간한다고 선언하면서 "나는 그가 불쾌하게 여기기를 바란다"는 격한 농담까지 덧붙인다. 미국 학자들에 대한 나보코프의 짐짓 겸손한 태도는 서문 내용뿐 아니라 심리학자의 이름 뒤에 주니어Jr.를 덧붙여놓은 데서도 드러난다. 샐린저와 로스에게 분석가는 화자인 나에게 너가 아니라 멀리 떨어져 있는 숨겨진 존재다. 샐린저의 정신과 의사는 결코 말하지 않고 로스의 정신과 의사는 대답하지 않는다. 그들은 대화 상대가 아니라 대상이다. 고개를 끄덕이고 "아" 또는 "글쎄요"라고 말하고 콤플렉스나 집착을 포함하는 난해한 언급을 간간이 할 뿐인 의사다. 이런 동떨어지고 완강한 의사의 이미지는 하나의 고정관념이 되었지만 그 뿌리는 정신분석의 역사에서 찾을 수 있다.

나는 오래전부터 분석가를 중립적인 인물로 보는 생각에 결함이 있다고 여겼다. 과학에서 객관성의 개념도 마찬가지일 것이다. 분석가든 실험실의 연구원이든 한 사람의 주관성을 없애는 것이 가능할까? 실험실에서도 실험 결과는 인간이 해석해야 하며, 그 해석에서 해석하는 사람의 생각과 언어, 문화는 없앨 수 없다. 숨 쉬는 육체적 존재로부터 분리된 3인칭 시점이나 조감도는 존재하지 않는다. 인간의 편견으로부터 자유롭지 않은데도 자연과학의 실험들은 통제되고 반복될 수 있다. 이것은 분석 환경의 미묘한 분위기에는 적용되지 않는다. 초창기 때부터 정신분석학은 분석가와 환자 사이에 오가는 상호 제안이 분석과정을 오염시켜서 그 타당성을 파괴할 것이라는 비난에 대항해 스스로를 방어해야 했다. 조지 마카리George Makari가 《마음속의 혁명》에서 지적한 것처럼 "분석가의 주관성을 막고 싶었던 프로이트는 욕망과 편견이 억제되는 분석가의 이상형을 창조했다. 그러나 문제가 하나 있었다. 균등하게 유예된 관심 속에 떠 있는 상상 속의 분석가는 저항하지 않아야 하고 맹점이 없어야 한다."[주5]

다시 말해 그의 이상은 분석가가 초인이 되기를, 그 또는 그녀의 1인칭 현실이 과학이 예고했던 대로 육체에서 벗어난 3인칭 시점으로 변형되기를 요구한다. 완벽하게 중립적이고 공중에 떠있는 이 인물이 어떻게 코미디나 풍자 목적으로 이용될 수 있었는지, 내성적이고 침묵을 지키는 동일 인물이 어떻게 이야기에서 자취를 감추게 되었는지 이해하는 것은 어렵지 않다.

오토 컨버그Otto Kernberg[6] 같은 일부 정신분석 이론가들은 계속해서 이상적인 중립성을 옹호하지만 많은 이가 더 이상 그것을 문제 삼지 않고 성취 가능한 태도를 취한다. 즉 치료가 동등한 사람들 사이에서 일어나는 과정이 아니라 상호주관적 과정임을 인정하는 태도를 취한다. 유능한 분석가는 기다릴 줄 알고, 자신의 역할과 전문적 태도, 깊이 생각한 후의 개입을 통해 거리를 유지한다. 정신분석은 위계적일 수밖에 없다. 환자는 자신을 전문가에게 맡기지만 분석 내용은 환자와 그의 내면생활이다. 분석가의 생각은 순간적이고 오직 환자와의 관계 속에서만, 그것도 순간적으로만 분명해진다. 분석가의 가족이나 그녀의 기쁨과 고통, 불안은 그녀가 특별한 목적을 위해 정보를 공유하겠다고 하지 않는 한 알려지지 않은 채로 남는다. 만일 친밀감이 위선이었다면 치료는 실패한다. 알렉스 포트노이Alex Portnoy는 자유롭게 미친 듯이 악을 쓸 수 있지만 분석가는 그렇지 않다. 기본적으로 정신분석가는 환자의 사랑과 증오를 듬뿍 받는 수수께끼 같은 존재임에 틀림없는데, 그런 환자의 감정들은 순식간에 뒤바뀐다. 우리 문화에서 정신분석가에 대한 가장 통속적 묘사는 분열의 형태를 취할 수 있다. 우상이 몰락하고 사악한 악마가 그 자리를 차지한다. 따라서 작업 중인 치료사의 진정으로 인간적 초상은 애매성을 수용할 수 있는 관점에 의존한다. 또한 그것은 분석가나 분석 대상자가 아니라 둘이 함께 만들어낸 격렬한 공간인 사이(the between)의 문제도 다루어야 한다. 이것은 명확하게 표현하기 쉽지 않은 영역이다. 여기서 반드시 만나게 되는 것은 주체와 객체가 아니라 두 주체다. 이것은 인간적인 현실이다. 분석은 이것을 확대하고 정신분석학의 역사는 그에 맞는 용어를 찾으려고 노력해 왔다. 전이와 역전, 비온의 담는 것과 담기는 것, 위니캇의 이행 대상은 이 알 수 없는 중간 영역에 대한 것이다. 소설은 미끄러져 공회전하는 언어를 많이 사용한다. 그들의 화법은 서로 다른 인물들의 목소리의 높고 낮음과 그 안팎을 따라 움직인다. 환자가 정신분석 중에 하는 것처럼 작가는 참된 의미를 가진 단어들을 탐색한다. 궁극적으로 참된 의미가 아니라 감정적으로 참된 의미를 말한다.

정신분석학의 결론 없는 논쟁들을 묘사한 소설 작품은 매우 드물다. 리사 아피그나네시Lisa Appignanesi가 《가디언》에 실은 글에서 지적했듯이 "소설에 등장하는 정신과의사들은 정작 그들의 직업이 다루는 것으로 여겨지는 내면생활이라고는 없는 모습인 경우가 많다. 그들은 주로 허구의 무대를 괴기스럽게 거들먹거리며 활보할 뿐이다."[7] 그녀는 많은 소설가의 작품에 나타난 정신과 의사들과 분석가들의 외형을 언급하고, 최근 소설 하니프 쿠레이시Hanif Kureishi의 《당신에게 들려줄 말》과 샐리 비커스Salley Vickers의 《당신의 다른 면》에 등장하는 정신분석가의 외형에 이르기까지 대체로 적대적인 초상을 발견한다. 그녀는 버지니아 울프, 블라디미르 나보코프, 도리스 레싱, 아이리스 머독, 필립 로스, D. M. 토머스, 실비아 플래스, 시몬 드 보부아르, 에리카 종 같은 이들을 언급하지만, 1933년에 출간된 피츠제럴드의 《밤은 부드러워》에 대해서는 아무 말도 하지 않았다. 피츠제럴드의 정신분석가 딕 다이버Dick Diver는 조롱거리가 되는 인물도, 무의미한 공명판도, '사례'를 소개하는 권위자도 아니다. 피츠제럴드의 이 소설은 내가 읽었던 분석가를 다룬 소설들 가운데 가장 깊이 있게 사이의 영역으로 들어간 것이다. 정신과 의사에 대한 피츠제럴드의 지식은 대부분 그의 아내 젤다를 치료했던 많은 의사에게서 나왔다. 그들 가운데에는 젤다를 정신분열증으로 진단했던 오이겐 블로일러Eugen Bleuler도 있다. 전이와 역전 개념이 피츠제럴드의 관심을 끌었던 것은 분명하지만 그 소설의 강점은 정신분석 이론을 잘 알고 있다는 데 있지 않다. 다이버 박사는 돈 많은 환자 니콜 워런Nicole Warren과 결혼한다. 그럼으로써 그녀의 질병이 이야기의 중심이 되며 두 사람은 불안정한 줄다리기를 한다. 책이 진행됨에 따라 의사/남편/딕과 환자/아내/니콜의 역할과 성격이 융합되고 녹아들어 딕과 니콜은 한동안 자신들을 디콜Dicole이라는 이름으로 부른다. 이것은 경계가 없는 정신 이상을 암시한다.

하지만 그 책에서 가장 가슴 아픈 대목은 다이버와 그가 일하는 스위스 병원에 입원한 다른 환자 사이에서 일어난다. 이름 없는 이 여인은 '특별히 그가 맡은 환자'로 묘사된다. 그녀는 미국 화가이고 고통스러운 피부병에 시달렸다. 그녀의 병명은 '원인을 알 수 없어 신경성 습진으로 분류'되었다.

> 그녀는 격심한 고통에 시달렸지만 오히려 그는 성적 욕망에 가까울 정도로 그녀에게 온통 신경이 쓰였다. 그는 종종 니콜에게 그랬던 것처럼 그녀를 안고 싶었고, 그녀의 잘못조차 그녀의 일부이기에 소중히 감싸주고 싶었다. 닫힌 블라인드로 비치는 주황색 햇빛, 침대 위에 석관처럼 누운 그녀의 모습, 얼굴의 반점, 병을 치료하는 것 모두 부질없다고 말하는 그녀의 목소리.
>
> 그가 일어나는데 눈물이 용암처럼 그녀의 붕대 위로 쏟아졌다.
>
> "그건 뭔가를 위해서예요." 그녀가 속삭였다. "뭔가가 거기서 나와야

해요."

그는 몸을 기울여 그녀의 이마에 키스했다.

"우리 모두 선해지려고 노력해야 해요." 그가 말했다.[8)]

선량함은 전적으로 피츠제럴드답다. 미국 중서부에서 보낸 어린 시절의 도덕적 진리에 대한 갈망, 지그문트 프로이트의 토대가 되는 외디푸스 신화와는 유사성이 거의 없는 잃어버린 선량함의 천국에 대한 갈망의 되풀이되는 압박감이 그의 작품 속에 계속 존재한다. 그러나 다이버가 자신의 환자에게 느끼는 '거의 성적인' 내면의 흔들림과 절절한 그의 연민, 그리고 그녀의 말과 그녀의 고통 사이에 넓은 간극이 있다는 그의 이해 등에 대한 피츠제럴드의 묘사는 정신분석 작업의 진실을 잘 보여준다. 말은 종종 침묵 주변을 맴돌면서 무의미하게 느껴지는 것에 의미를 가져다줄 고통에 대한 설명을 구한다. 정신분석학에서처럼 예술에서도 올바르게 느껴지는 것은 항상 울림을 가져야 한다. 심지어 왜 어떤 단락이 그런 강렬한 감정적 반향을 불러일으키는지 제대로 설명할 수 없을 때조차 그렇다. 다이버의 보살핌을 받는 여자가 화가인 것은 우연이 아니다. 그가 그녀를 안고 싶은 욕구를 느끼기 바로 직전에 그는 그녀의 운명에 대해 생각한다. 그가 느끼기에 결코 그녀와 어울릴 수 없을 것 같은 직업의 운명에 대해 깊이 생각하는 것이다.

예술가들이 탐색해야 하는 변경 지역들은 결코 그녀 몫이 아니었다. 그녀는 지나치게 예민한 성격을 타고났다. 결국 그녀는 고요한 신비주의에서 안식을 찾게 될지도 모른다. 탐험은 농부의 피를 물려받은 사람들, 빵과 소금을 얻기 위해 영혼과 육신 구석구석까지 고통을 겪어야 하는 두꺼운 넓적다

리와 굵은 발목을 가진 사람들을 위한 것이었다.[9)]

셀 수 없이 많은 예술가의 삶을 살펴보기만 해도 이 진술은 쉽게 부인할 수 있다. 하지만 그것을 흥미진진하게 만드는 것은 그 진술의 진릿값이 아니다. 피츠제럴드의 피조물들은 살아온 경험에서 허구를 만들어내는 꿈같은 행위에서 태어난다. 많은 작가가 그렇듯이 그는 자신의 삶을 끌어다가 그것을 변형시켰다. 피츠제럴드는 그의 아내가 글을 쓰고 춤을 추고 그림을 그리는 등 예술세계에 뛰어드는 것을 한사코 반대했다. 이 단락을 이해하는 확실한 한 방법은 그녀가 그럴 만큼 충분히 강하지 않다는 그의 저항감을 소설로 설명했다고 보는 것이다. 피츠제럴드는 그 단락을 쓰면서 젤다를 생각했을지도 모른다. 그렇지만 나는 다이버가 격렬하게 연민을 느끼는 침대에 누운 꺼칠꺼칠하고 붕대를 두른 여자는 그 자신의 이미지이기도 하며 나아가 그의 창조자이기도 하다고 믿는다. 다이버 박사의 이야기는 알코올 중독과 실패를 향해 치닫는다. 피츠제럴드의 음주벽은 전설적이다. 《밤은 부드러워》 이후 그는 다른 소설을 단 한 편도 완성하지 못했다. 그도 강하지 않았다. 그리고 피츠제럴드가 간혹 자신의 여성성을 두려워하긴 했지만(그는 동성애 혐오자였다) 그는 헨리 제임스Henry James처럼 남성적인 상상력과 함께 여성적인 상상력도 갖고 있었다. 예술적 실패의 비참한 상황은 작업을 하기에 너무 약한 한 여자의 몸에서 발견된다. 물론 나의 이런 해석이 뭔가 입증하는 것이 있다면 그것은 문학적 텍스트의 독자가 얼마나 빨리 정신분석가처럼 변하는지, 우리 같은 소설가들이 글을 쓸 때 미처 의식하지 못하는 것이 얼마나 많은지 하는 것이다.

1933년 피츠제럴드가 정신분석가를 주인공으로 한 책을 썼을 때는 정신분석가의 이미지가 아직 굳어지기 전이었다. 제2차 세계대전과 그것의 대대적인 파괴를 앞두고 있었고 정신분석학은 여전히 어수선하고 균열이 많은 창조과정에 있는 분야였다. 진지하고 박식한 정신분석가라는 전후의 초상은 보부아르의《레 망다랭》에 등장하는 안에게서 찾아볼 수 있다. 그녀는 소설 안에서 확장된 1인칭 서술로 제시되며 그녀의 환자들은 모두 어떤 식으로든 전쟁으로 정신적 외상을 입은 사람들이다.

> 흰 머리카락을 가진 젊은 여자는 이제 악몽 없이 잠을 잤다. 그녀는 공산당에 합류했고 애인들, 그것도 너무 많은 애인들을 만났으며, 지나치게 술을 마셨다. 사실 그것이 적응의 기적은 아니었지만 적어도 그녀는 잠을 잘 수 있었다. 그리고 그날 오후에 나는 행복했다. 꼬마 페르낭이 창문과 문이 있는 집을 그렸기 때문이다. 처음으로 철책도 없었다.[10)]

보부아르는 정신분석학에 조예가 깊었고 환자들에 대한 안의 묘사는 진정성으로 가득하다. 앞의 구절은 그녀가 기적을 기대하기보다는 자잘한 성공에서 기쁨을 얻는다는 사실을 분명히 보여준다. 그녀의 태도는 매우 전문가적이다. 하지만 그 소설이 사르트르와 함께하는 보부아르의 삶과 그들의 주변인들, 미국 작가 넬슨 올그런Nelson Algren과 있었던 그녀의 연애사건을 바탕으로 면밀하게 그려낸 실화소설이기 때문인지 안은 그녀의 환자들을 너무 짧게 생각하고 그들을 쉽게 떠난다.《레 망다랭》에는 다이버가 고통스러워하는 그의 환자 옆에 서 있을 때 느끼는 감정의 깊이나 솟구치는 동일시의 순간에 버금가는 정신분석적 접촉과 관련된 것이 전혀 없다.

나는 에릭 데이빗슨으로서 글을 쓰기 시작할 때 그의 성격을 구성하기 위해 문학적 선례들을 염두에 두지 않았다. 나는 그를 상상 속의 형제로 여기거나 내가 다른 삶에서 가질 법한 상상할 수 있는 직업에 종사하는 남자로 생각했다. 내가 지금의 부모와 많이 비슷한 부모에게서 태어났으나 남자 형제와 함께 자랐다면 어땠을까? 궁금했다. 만일 딸 넷 대신에 아들 하나, 딸 하나였다면 어땠을까? 그리고 아버지가 돌아가신 후에, 아니 좀 더 정확히 말하면 아버지의 죽음으로부터 그 소설을 쓰고 있었기 때문에 아버지 같은 등장인물과 내 슬픔과 같으면서 동시에 똑같지 않은 슬픔이 이야기의 일부가 되었다. 나는 나의 경험을 변형시켰고, 성을 바꾸었으며, 다른 목소리로 글을 썼고, 의사로서의 자아와 환자로서의 자아를 여럿 발견했다. 에릭이 된다는 것은 가상의 직업을 갖는다는 의미였다. 나의 화자와 그가 치료하는 사람들의 상담에 대해 글을 쓰는 것은 알려지거나 알려지지 않은 내 안에 자리잡은 곳에서 시작되었다.

나는 고등학생 때부터 정신분석학에 대한 책을 계속 읽고 있다. 그러나 에릭이 된다는 것은 정신의학의 진단과 약리학, 무수히 많은 신경과학 논문에 몰두한다는 의미도 되었다. 정신질환을 다룬 회고록들도 수없이 읽었다. 그 가운데 어떤 것은 좋았고 어떤 것은 부실했다. 뉴욕 시에 있는 정신과 의사들과 분석가들도 여러 명 만나 보았고, 정신분석가 고故 모티머 오스토와 신경과학자 자크 판크세프가 이끌던 신경정신분석학 토론 모임에도 참여했다. 그리고 페인 휘트니 병원에서 정신과 환자들에게 주 1회 글쓰기 수업을 시작했다. 그것은 알려진 부분이다. 책과 대화, 지각은 우리 안으로 들어오고 우리가 된다.

알려지지 않은 부분은 훨씬 더 모호하고 도달하기 어렵다. 나는 앞에서 인용한 구절을 소설에서는 잘라냈다. 이야기의 진행과 상관없는 현대사회학에 대한 내용이 있어서이기도 했지만 내 소설이 산 자와 죽은 자가 함께 거주하는 심리적 풍경 속에서 진행되기를, 주로 한 남자의 내면에서 진행되기를 바랐기 때문이기도 했다. 에릭은 그가 중립적이지 않음을 알고 있으며 심리치료가 당신과 나 사이에 놓인 황무지 같은 사이의 영역에서 일어난다는 것을 알고 있다. 환자의 이야기가 가장 중요하겠지만 분석가도 사려 깊고 공감 어린 직업적 거리를 유지하면서 조종하고 살피고 궁금해하고 해석할 수 있다. 포용하는 환경은 단순히 고백을 위한 공간이 아니라 진실이 발견되고 이야기가 다시 만들어질 수 있는 공간이다.

듣기의 의미가 그 소설에서 핵심이다. 분석가는 듣는다. 나는 글을 쓰면서 에릭이 소리에 극도로 예민하다는 사실을 깨달았다. 이 소리에는 발화된 말뿐 아니라 중단과 침묵, 그리고 인간의 목소리의 억양과 운율도 포함된다. 또 그의 청각적 예민함이 인간의 소리뿐 아니라 그 도시에서 들리는 다른 무수한 소리들에까지 확대된다는 것을 깨달았다. 환자들은 그의 내면세계의 일부고 그는 그들에 대해 생각한다. 그들은 다양한 방식으로 그의 마음을 아프게 하고 자극하거나 따분하게 만들며 감동시키고 흐뭇하게 한다. 그는 상담 중에 갑작스레 심상을 가지며, 환자들이 사용하는 단어들에서 연상하고, 듣고 보는 것에 대한 자신의 감정적 반응을 검토한다. 그가 환자들과 갖는 경험은 반드시 지적이지만은 않다. 분명하게 표현되지 않은 긴장이 공기 중에 감돈다. 의미가 혼동된다. 유령들이 방으로 들어온다. 에릭은 경계선상의 환자 L. 부인과의 균형을 잃고 나서 그의 훈련분석가 매그다에게 조언을 구한다. 그는 오랜 정체 기간을 보낸 후 다른 환자와 함께 돌파구를 찾게 된다. 나는 허구 속의 초상화에 포착되는 일이 그토록 드문 것은 정신분석가로서 갖는 다면적 현실 때문이 아닐까 짐작한다. 지적이기만 하거나 편리한 보관함 역할을 하는 분석가는 정신분석학의 핵심이라 할 수 있는 무의식을 배제한다. 위니콧은 '역전이(Counter-Transference)'를 다룬 심포지엄 강연에서 전이의 역동성을 논의하면서 "당신은 나에게 내 어머니를 떠올리게 한다"는 가상적 진술을 통해 전이에 대해 언급한다.

> 정신분석에서는 어머니로부터 분석가로의 감정 전이뿐 아니라 배후에 있는 무의식의 본능적 요소와 유발된 충돌, 체계화하는 방어도 해석할 수 있게 분석가에게 단서가 주어질 것이다. 이런 방식으로 무의식은 그에 상응하는 의식을 갖고 사람들을 끌어들이는 살아 있는 과정이 되고 환자에게 허용 가능한 현상이 되기 시작한다.[11)]

정신분석가의 상담을 소설로 쓰는 것은 분석에 참여하는 것과 똑같지 않다. 소설에는 진짜 다른 사람이 존재하지 않으며 상상 속의 다른 사람들만 있다. 그런데도 소설을 쓰는 일은 그런 상상 속의 타인들에게 개방적으로 귀를 기울이는 한 형식이며 공상과 두려움으로 인해 바뀐 기억들에 의지한다. 그리고 그것은 지성화가 아니라 체현된 행위다. 명확한 표현을 향해 분투하는 무의식적 과정들은 정신분석학과 예술 모두에서 작용하고 있다. 책이 어떻게 생겨나는지 온전히 이해하기란 불가능하다. 왜냐하면 말은 다른 어딘가에서 태어나기 때문이다. 실제로 소설 쓰는 작업이 잘 진행되고 있을 때면 글이 저절로 써지는 것 같다. 그것은 더 이상 저술작업의 문제가 아니라 산파술(출생이 이루어지게 하는 것)이 된다.

나는 에릭으로서 글을 쓰면서 그 책의 형식적 리듬을 결정하는 배후에 깔린 음악을 느꼈다. 나는 내가 언어적 푸가, 의미와 반의미, 주제를 추적하는 주제, 계속해서 되돌아오는 변주곡, 즉 말하기와 말하지 않기, 듣기와 듣지 못함, 부모와 자식, 현재 속의 과거, 다음 세대까지 계속 남아 있는 한 세대의 슬픔에 대해 쓰고 있다는 것을 알았다. 그래서 나는 그 소설에서 에릭이 그의 환자들과 갖는 관계들을 명시적으로 탐색했던 부분만 정신분석학과 관련이 있는 것이 아니라, 책 전체가 정신분석학의 특별한 대화 형식에서 비롯되었으며 옳다고 느끼고 이해할 수 있는 이야기를 추구하는 데서 나왔음을 알게 되었다.

2010년

언어적 기후에 대한 비판적 고찰

모든 정치적 순간에는 특유의 수사적 기후가 존재한다. 언어는 중요하다. 단순히 그것이 한 시대의 지배 이데올로기를 표현하기 때문만은 아니다. 언어는 세계에 대한 우리의 지각을 만들어내고 변화시키며 결정하기 때문이다. 우리는 요즘 내가 언어적으로 나쁜 날씨라고 생각하는 것 속에서 살거나 미국의 정치 담론에 퍼져서 해를 끼치는 언어적 안개 속에서 살아가고 있다. 이데올로기적 목적을 위해 언어를 조작하는 것은 전혀 새로운 일이 아니다. 그것이 효과적일 때면 필연적으로 듣는 사람에게 감정적 반응을 만들어내고 변연계의 흥분을 일으켜 인간으로서 갖는 가장 깊은 감정을 불러일으킨다. 이런 호소는 기본적으로 감정이입을 요구하는 것과 두려움을 요구하는 것, 이 두 범주로 나뉜다.

어릴 때 마틴 루서 킹의 연설을 듣고 그의 말에 감동하여 눈물을 흘렸던 기억이 난다. 그가 하는 말을 모두 이해하지는 못했지만 본질적인 것은 파악했다. 그는 모두를 위한 자유와 정의는 법적·도덕적으로 긴급한 명령이라고 주장하면서 인권을 이야기했다. 인종차별주의와 그것의 수치스러운 정책들은 미국의 모든 시민이 자유로울 수 있기 위해 뿌리 뽑아야 할 오점이었다. 아홉, 열 살짜리답게 단순했던 나에게 킹의 웅변은 공감하는 상상력의 문을 열어주었다. 내가 백인 소녀가 아니라 아무 이유 없이 모욕당하고 학대당하던 흑인 소녀였다면 어땠을까? 나는 내가 매우 분개했을 것임을 알고 있다. 나는 내 권리를 위해 싸웠을 것이다. 나의 감정적 동일시는 초보적이었지만 진심 어린 정치적 입장을 만들어냈다. 그리고 그것은 점점 발전하게 되었지만 그 근본은 변하지 않았다.

킹이 사용했던 공감과 상상력을 요구하는 자유라는 말은 이제 공적인 담론에서 사라졌다. 그 말은 비슷하면서도 공포를 불러일으키는 함축된 단어로 바뀌었다. 조지 W. 부시는 연설에서 경보 신호를 표시하는 것으로 자유라는 단어를 반복적으로 사용했다. 우리는 '자유를 싫어하는 악당들'과 싸워서 '자유의 적들'로부터 우리의 '자유'를 지킬 것이라고 말이다. 이라크 침략의 근거는 허위였으며 사담 후세인이 9·11 테러와 관련 있다는 주장은 사실이 아니라는 것이 이제는 잘 알려져 있다. 거짓말을 반복하는 낡아빠진 프로파간다propaganda를 활용하면서 부시 행정부는 이런 핑계가 참이라고 상당히 많은 국민을 설득하는 데 성공했다. 하지만 흥미를 끄는 것은 이것이 왜 효력을 발휘하는가다. 미국인들이 무식해서 무슨 말이든 믿을 것이라고 주장하는 것은 너무 지나치게 쉬운 답이다. 양편 모두에 지성인들, 이데올로그ideologue들, 많은 정보를 가진 사람들이 있다.

대통령이 미국인들에게 자유에 대해 말할 때 그는 거의 모든 사람에게 좋게 들리는 말을 사용하고 있는 셈이다. 《웹스터사전》에서 자유 항목은 내용이 길게 이어지는데, 그 가운데 첫 번째 정의는 이렇다. "갇혀 있거나 육체적 제약을 받지 않고 풀려나 있는 상태." 물론 이것은 그 단어의 가장 흔한 의미다. 나는 묶여 있거나 노예가 되거나 감옥에 갇혀 있지 않고 자유롭다. 그 단어는 칸트가 1784년에 발표한 《계몽이란 무엇인가?》에서 "계몽이란 모든 점에서 자신의 이성을 공개적으로 사용할 자유다"라고 일깨웠던 계몽사상과 자유에서 생긴 미국 정부의 건국이념과도 잘 어울린다. 하지만 철학자는 여기에 이르기 전에 그런 자유를 받아들이는 것이 그냥 주어지는 것은 아니라고 경고한다.

> 나태함과 비겁함은 자연이 훨씬 오래전부터 인류를 외부 지시에서 벗어나게 해주었음에도 불구하고 여전히 많은 사람이 평생을 다른 사람들의 지도 아래 있는 까닭이며, 다른 사람들이 그들의 보호자를 자처하는 것이 쉬운 까닭이다. 성인이 되지 않는 것은 그렇게나 쉽다. 만일 나에게 나를 대신해서 이해하는 책이 있고, 나를 대신해서 양심을 갖고 있는 목사가 있으며, 나의 식습관을 결정해주는 의사가 있고 등등이라면 고민할 필요가 없다. 대가를 지불할 수만 있다면 나는 생각할 필요가 없는 것이다. 다른 이들이 나를 위해 기꺼이 이 귀찮은 일을 대신할 테니까."[1)]

이 구절은 지금도 타당성을 전혀 잃지 않았다. 자동적인 애국심, 단지 그가 대통령이라는 이유만으로 그를 지지하라고 요구하는 것, 성경을 문자 그대로 해석하는 것 등 이 모두가 칸트가 이야기한 '지도'의 다양한 변형들이며, 민주공화국이 아니라 봉건제도를 떠올리게 하는 정신 상태다. 하지만 우리는 한때 아이였다. 부모의 보호를 기대하며, 다른 누군가가 결정해주기를 원하고, 무시무시한 세상에서 안전을 바라는 욕망들은 특이할 것도 없다. 그런 욕망은 익숙한 것이다. 나는 9월 11일 이후 많은 미국인이 조지 W. 부시가 대변하는 것처럼 보였던 가부장주의 안에서 위안을 구했다고 믿는다.

그러나 자유라는 단어에는 깊이 뿌리내린 미국의 신화도 함축되어 있다. 거친 서부, 내 앞에서 꺼져, 내 맘대로 하기, 총기 휴대, 무정부주의적 공상 등은 계몽된 개인의 성숙함이나 독립적으로 사고하는 고독한 작업에 대한 칸트의 냉철한 주장과는 공통점이 별로 없다. 정부는 그들이 정확히 어떤 종류의 자유 또는 누구를 위한 자유를 이야기하고 있는지 정의하는 데 신경쓰지 않을 만큼 충분히 수완이 있었다. 그들은 많은 이의 마음을 끌 수 있는 생각을 만들어냈다. 그것은 카우보이 부츠를 신고 으스대며 첨단 무기를 휘두르는 아버지가 가장 잘 알고 있다는 생각이었다. 자유가 외부 괴물들로부터의 보호와 끊임없이 결부되는 단순한 슬로건을 동반한 이런 이미지는 본능적으로 강력한 효력을 발휘한다. 그러나 자유에 대한 정부의 주문 이면에는, 우리가 이라크에 자유를 가져다주었지만 이라크인들은 겁 없이 그들의 거리를 활보할 수 없다는 지극히 모순되고 비합리적인 메시지가 있다. 그리고 그들이 주의해야 할 사람들은 이슬람 과격파와 과거의 바스당 지지자(Baathist)만이 아니다. 이해할 수 없는 것은 아니지만 심각한 편집증에 사로잡혀 총알을 날리는 경직되고 혼란에 빠진 미국 병사들도 있다. 미국은 자유를 자랑스럽게 광고하지만 그 자유의 이름으로 고국에서 시민의 자유를 제한하고, 전쟁 포로를 위한 제네바 협정을 무시하며, 추악한 법률

만능주의를 통해 이미 발생한 고문을 정당화시킨다. 자신이 원하는 대로 신을 섬기거나 섬기지 않을 자유는 한 종교의 계율을 공적 생활의 모든 측면으로 가져간다는 의미였고 자유는 억압을 의미했다. 따라서 지구 온난화에 대한 과학적 연구 결과가 워싱턴에서 내세우는 이데올로기와 대립한다면 그 결과를 바꾸면 된다. 보편적으로 받아들여진 과학 이론인 진화론이 성서 문자주의(Biblical literalism) 자들을 불쾌하게 한다면 가짜 대안인 지적 설계론(intelligent design)을 지지하는 데 온 힘과 적법성의 무게를 온통 쏟아 부어라. 이런 온갖 파렴치한 행태가 신문에 보도되었지만 그 대통령은 선거에서 승리했고 홍수가 걸프 지역으로 밀려들 때까지 많은 인기를 누렸다.

부시가 자유라는 단어를 끝없이 반복한 것은 개인의 보편적 자유를 법으로 수호한다는 추상적 정치사상보다 부족 중심의 사고방식을 편하게 받아들이는 사람들의 마음을 움직이기 위해서였다. 그런 사고방식은 계몽사상이나 거기서 유래된 이 나라의 제도보다 훨씬 더 오래된 것으로 사람들이 타자로부터의 위험을 감지할 때, 야만인들이 목전에서 울부짖고 있을 때 다시 나타난다. 두려움은 강력하고 사람을 결집시키는 감정이어서 칸트식으로 사고할 여지를 거의 남기지 않는다. 9월 11일에 뉴욕에서 일어난 대대적인 파괴를 지켜보았던 사람이라면 누구도 그런 참상을 계획하고 실행한 사람들이 위험하지 않다고 주장하지 않을 것이다. 그러나 부시 행정부는 이를 대표한다고 여겨지는 사람들 가운데 많은 이를 배척하기 위해 그날 우리 모두가 느꼈던 공포심을 조종해왔다. 공화당의 미사여구에서 타자는 이 도시에서 3,000명에 달하는 사람들을 살해한 과격파들에 한정되지 않는다. 부시는 처음부터 그들을 인간으로 취급하지 않았다. 여러 해 동안 우파의 언어는 이 나라에서 세속적인 도시에서 살아가는 미국인들과 종교적이고 시골에 사는 미국인들 사이의 실질적 분열을 이용해왔다. 그들이 민주당원들을 나약하고 여성적이며(프랑스어를 할 줄 아는 존 케리의 능력에 대한 말도 안 되는 명예훼손이나 아널드 슈워제네거의 "계집애 같은 남자들" 같은 발언), 비애국적이고(행정부 정책에 대한 모든 비판을 근거로), 신을 믿지 않는(공화당원들은 지난 선거운동 중에 민주당원들이 성경을 금지시킬 것이라고 주장하는 전단지를 유포했다) 역할로 캐스팅함으로써 사실상 타자는 이 나라를 제외한 전 세계 사람들뿐 아니라 이 나라 국민의 절반 이상까지 포함하게 되었다.

전에도 이런 일이 많았다. 한 가지 예만 들어도 충분할 것 같다. 1840년대와 1850년대의 반이민자 움직임이다. 1844년 4월, 《뉴욕 데일리 플레비언》에 다음과 같은 선거 광고가 실렸다. "네덜란드와 아일랜드에서 온 도둑과 부랑자의 무리를 보라. 거리를 싸돌아다니면서 넝마 조각과 뼈다귀를 줍고, 부두와 좁은 길을 따라 설탕과 커피, 그리고 토박이들이 길을 가다 우연히 흘리는 것은 무엇이든 좀도둑질한다." 공포를 조장하는 이 글은 계속해서 '영국과 스코틀랜드의 소매치기와 절도범들', '이탈리아와 프랑스의 사기꾼들', 그리고 마지막으로 앞에 언급한 것들 못지않게 중요한 '방랑하는 유대인들'을 언급한다.[2] 이처럼 나중에 생각해보면 우스꽝스럽고 기괴하게 느껴지지만 이 텍스트는 정치적 이득을 위해 매 순간 어떻게 사람들 사이에 임의적이고 허구적인 경계가 그려지는지 상기시킨다. 이민 배척주의자들 또는 '노나싱 당원들'(Know Nothing, 1850년대 중반에 토착주의를 근간으로 한 미국의 정당 — 옮긴이)도 다들 언젠가 어딘가에서 온 이민 가정 출신이었다. 우리와 그들 사이의 경계는 계속 이동한다.

구분하려는 요구 자체는 오래되었지만 구분하는 선들은 계속해서 변한다. 늘 거대기업을 지지하고 최고 부유층을 위한 감세를 지지해온 정당이 대중을 위한 정당을 자처할 수 있었다는 사실에 놀라움을 느끼는 것은 나만이 아닐 것이다. 《왜 가난한 사람들은 부자를 위해 투표하는가?》처럼 온통 그 주제를 다룬 책도 있다.[3] 자신의 이익에 반대되는 쪽에 투표하는 사람들은 누구인가? 그들은 정신이 나간 걸까, 뭘까? 내 아버지가 자랐고 내가 소녀 시절을 보낸 기억이 있는 노르웨이계 미국인들의 농촌마을은 확고하게 좌익이었다. 노르웨이계 이민 2세, 3세 가운데 많은 이가 대공황으로 고통을 받거나 파산했다. 나의 조부모님은 은행이 그분들의 대출에 대한 담보권을 행사하는 바람에 당신들 소유의 땅 대부분을 은행에 빼앗겨 농사를 그만두어야 했다. 당시 미네소타주에서는 민주농민노동당(DFL)이 우세했고 평생 대공황을 고통스러운 기억으로 간직하고 있어서 탄압받는 이들에 대한 공감이 강할 수밖에 없었던 나의 아버지는 농촌과 도시 노동자들 사이의 연합을 전폭적으로 지지했다.

그러나 그 세계에도 편견이 있었다. 이방인들, 특히 '평범한 촌사람들'에게 우월감을 느끼는 것으로 의심되는 '도시 깍쟁이'에 대한 불편한 마음이 깊이 자리잡고 있었다. 나는 나의 할아버지뻘 되는 나이 든 농부들이 은행가와 부자, 도시인 대부분의 도덕성을 은근히 의심하는 대화를 나누던 것을 들은 기억이 난다. 그들의 '화려한 치장'은 단순히 이질적인 것으로 머물지 않고 부정직함, 도박, 춤, 온갖 종류의 타락의 냄새를 풍겼다. 심지어 편견이 최대한으로 작용하고 있지 않았을 때도 차이를 분리시키는 것은 공동체의 존재 양식에 매우 중대했다. 노르웨이 혈통에 여전히 노르웨이어를 사용하는 노인들은 그들의 일원이 아님을 표시하기 위해 수식어를 사용했다. 예를 들어 '스웨덴인 스벤'이라거나 '덴마크인 프레드릭'이라고 말하는 식이었다. 악의가 있는 것은 아니었지만 그것은 그들이 살아가는 세계의 협소함을 강조했다. 아버지가 양로원에서 죽음을 앞두고 있을 때 자주 찾아오는 방문객 가운데 아버지를 좋아하고 그의 영적 안녕에 관심이 많은 루터교 목사가 한 명 있었다. 나는 그들이 대화를 나눌 때 함께 있었던 적 있었다. 그때 목사가 자신이 참석하는 성경 공부 모임을 말하면서 회원 가운데 한 명에 대한 이야기를 꺼냈다. "잘 아시겠지만, 감리교 신자들이란…."이라고 하며 못마땅한 기색의 목소리로 작게 선언했다. 나는 웃지 않을 수 없었다. 세계 곳곳에서 온 주민들이 수십 가지 언어를 구사하고 다양한 종교를 갖고 살아가는 뉴욕 시에서 내 인생 50년 가운데 27년을 보내고 나니 루터교 신자들과 감리교 신자들의 구분은 너무 사소해 보였다.

노인들은 좌파적 정치사상에 대한 신념을 결코 잃지 않았다. 그들은 좌파 신봉자로 죽었다. 하지만 그들의 편견을 물려받은 그들의 자녀들과 손자들 가운데 많은 수가 우파로 옮겨갔다. 미국 땅이나 다른 어딘가에 사는 악의에 찬 아웃사이더와 외국인에 대한 해묵은 공포심을 이용하는 것은 공화당의 전유물이 되었고 나는 어떻게 그런 일이 벌어졌는지 잘 알고 있다. 평등주의적·반지성적·편집증적 감정들은 이 나라에서 오랫동안 이용되어왔다. 그런 감정의 대상이 달라졌을 뿐이다. '악당들', '자유의 적들', '만일 당신이 우리와 함께하지 않는다면 당신은 테러리스트 편이다'라는 식의 경고는 대화를 불가능하게 만드는 정치적 발언이다. 다른 생각을 접하는 이는 누구든 이미 비인간적인 적으로 취급되어왔기 때문에 적법한 반응은 존재하지 않는다. 대통령이 습관적으로 하던 절대적인 편 가르기가 정신과 환자들에게서 발견되었다면 병적인 것으로 취급되거나 경계성 인격장애를 가진 환자들에게서 흔히 볼 수 있는 이분법적 사고의 일종으로 여겨졌을 것이다. 그런 환자들은 애매모호함을 견딜 수 없어

하고 살면서 만난 사람들을 '다 좋은' 또는 '다 나쁜' 렌즈를 통해 보려고 고집한다. 부시와 그의 동료집단은 천사/악마 담론의 달인으로서 대화의 여지를 주지 않고 안 그래도 혼탁한 현실을 왜곡할 수밖에 없는 언어를 사용해왔다. 대화 상대를 진짜 다른 인간으로 인정하지 않는 이런 종류의 말은 공감이 없는 말이며 서구와 '이슬람의 적들'에게 독설을 퍼붓는 이슬람 과격파들의 화법과 놀라울 정도로 비슷하다. 만일 9월 11일에 그 비행기에 탑승했던 남자들이 희생자들을 같은 인간으로 상상할 수 있었다면 그들은 임무를 완수할 수 없었을 것이다.

이런 분열 현상에는 분명 인간적인 어떤 것이 존재할 것이다. 선과 악, 영웅과 악당의 단순한 병치에 대한 욕구는 흔히 볼 수 있다. 그것은 대부분의 할리우드 영화와 많은 대중소설의 재료다. 미묘한 차이는 손쉬운 명료성을 위해 폐기된다. 부시가 실제로 세상을 이런 흑백논리로 바라보고 있으며 그의 정신이 그의 즉흥적인 문장만큼이나 노골적이고 교양 없는 것일 가능성은 분명 존재한다. 그를 위해 일하는 사람들에게 '충성심'을 강조하는 그의 태도는 '절대 찬성' 아니면 '절대 반대'라는 사고방식을 보여주는 지표일 수 있다. 나는 모르겠다. 내가 아는 것은 허리케인이 적어도 짧은 기간 동안 대통령의 극단적인 수사학의 매력을 파괴시켰다는 것이다. 결국 자연은 도덕을 초월한 것이기에 그 피해에는 죄가 없다. 그런데도 대통령은 나라 전체의 눈을 외국의 악당들에게 고정시키려 헛되이 시도하면서, 만일 테러리스트들이 허리케인이 불러온 그 극적인 참상을 본다면 자기들이 그런 일을 벌였으면 좋았겠다고 여길 것이라는 뜻의 발언을 했다. 나는 이것을 슬프게 생각한다. 또한 텔레비전에 비친 익사체들과 오도 가도 못하게 된 사람들의 이미지가 대중매체의 관심을 '가난'으로 향하게 만든 것도 슬프게 생각한다. 백인이든 흑인이든 구분 없이 이 땅의 엄청나게 많은 사람이 끔찍할 정도로 가난하며, 가난한 흑인들은 가난과 인종차별이라는 이중고를 겪고 있다는 사실이 하룻밤 사이에 갑자기 드러나기라도 한 것처럼 말이다. 인종이라는 것이 유전적 실체를 갖지 않음에도 불구하고 주변세계에 대한 우리의 지각을 지속적으로 형성하기 때문에, 인종은 여전히 분열을 초래하는 또 하나의 범주, 즉 실재하는 것으로 만들어진 또 하나의 문화적 허구로 남는다는 사실은 물론 전혀 언급되지 않았다. 이 사실을 분명히 이해하기 위해서는 여러 인종을 구분하는 임의적인 선이 어디서 어떻게 그어졌는지 질문하기만 하면 된다. 그런데도 공적인 담론은 달라졌다. 그것은 우리와 그들에게서 떠나 그냥 우리로 옮겨간다. 죽은 자들은 우리의 죽은 자들이다. 이재민들도 우리의 이재민들이다. 우리가 탓할 이는 다른 누구도 아닌 우리 자신이고 우리를 대표하는 것으로 여겨지는 무관심한 정부다.

우리는 항상 우리에게 속한 사람들, 우리 가족들, 우리 이웃들, 우리 동료 시민들을 위해 더 큰 감정을 느낀다. 아무도 종족 감정에서 완전히 벗어날 수 없다. 뉴욕 시 거주자로서 나는 허리케인 카트리나보다 9·11 테러에 더 많은 충격을 받았다. 그 말은 나의 사적인 감정적 애착을 공공정책으로 돌리려는 생각에 저항한다는 뜻이다. 다른 사람들이 그렇게 하는 것을 원하지 않기 때문이다. 가깝든 멀든 다른 사람들을 악마로 만드는 담론은 모두 자유의 이념을 배신하는 것이다. 자유로운 사회에서 정치적 자유는 모두에게 속하며 그것이 억제되면 모두에게 손해다. 자유로운 사회에서는 아무도 진리를 소유하지 않는다. 너무 분명한 사실을 설명해야 한다고 느끼는 것, 우리의 정치체계 안에서 오래 소중히 여겨온 원칙들을 변호해야 할 필요가 있다고 느끼는 것이 이상하지만 우리는 최근 몇 년 동안 계몽사상에서 물려받은 우리의 유산으로부터 빗나가 있었다. 물론 그것이 처음은 아니었다. 그것은 사실이다. 하지만 나는 우리가 현재 말하고 있는 것을 재검토하고 우리의 공적 언어를 신중하고 창의적으로 선택하기 시작해야 한다고 확신한다. 그러지 않으면 우리는 우리를 뒤덮고 있는 뉴스피크(New Speak. 조지 오웰의 《1984》에서 전체주의 지도부가 여론을 조작하고 효과적으로 통제하기 위해 고안한 기만적이고 모호한 표현법을 이른다—옮긴이)의 침울한 안개 속에서 앞을 보지 못하게 될 위험에 처해 있다.

2005년

세 가지 감정 이야기

1995년에 쓴 기억에 대한 에세이 《저기》에서 나는 다음과 같은 문장을 썼다. "소설을 쓰는 일은 한 번도 일어나지 않은 일을 기억하는 것과 같다."[1] 15년 전에도 그랬지만 나에게는 지금도 우리가 기억이라 부르는 정신 활동과 상상력이라 부르는 것이 똑같은 정신적 과정을 거치는 것으로 여겨진다. 둘 다 감정과 밀접한 관계가 있고 의식에 들어올 때는 주로 이야기의 형태를 띤다. 감정, 기억, 상상력, 이야기 등은 우리의 주관적인 정신적 풍경에 매우 중대하고 문학과 정신 분석에 핵심적이다. 최근에 와서는 신경과학에서도 큰 관심을 보이는 주제이다.

플라톤이 그의 공화국에서 시인들을 추방한 이래 철학자들은 상상력의 역할과 그것이 기억과 갖는 관계를 논의해왔다. 전통적으로 상상력은 직접적인 지각과 반대되는 것, 우리가 마음속에 그리는 정신적 그림으로 여겨졌다. 아리스토텔레스, 데카르트, 칸트, 헤겔 같은 다양한 사상가들에게 상상력은 신체 감각과 지성 사이의 중간 영역을 차지했다. 아우구스티누스는 상상력을 감정 및 의지와 관련지었다. 의지는 내적 시각을 기억 쪽으로 이끌지만 기억들을 변형시키고 재조합하여 새로운 뭔가를 창조하기도 한다. 그는《고백록》에서 이렇게 쓴다. "내 기억에는 나의 감정들도 들어 있다. 감정을 경험할 때 그것이 마음에 제시되던 방식 그대로가 아니라 기억의 특별한 힘에 어울리는 매우 다른 방식으로." 아우구스티누스가 알려주듯이 욕망, 기쁨, 두려움, 슬픔 같은 감정은 모두 거기에 있고 모두 기억될 수 있지만, "우리가 슬픔이나 두려움 같은 감정을 언급할 때마다 매번 똑같은 경험을 반복해야 한다면 아무도 그런 말을 하려고 하지 않을 것이다. 반대로 우리가 기억 속에서 몸의 감각에 의해 기억에 새겨진 이미지들로 간직하고 있는 그 명칭들의 소리뿐 아니라 감정 자체의 개념도 발견할 수 없었다면 우리는 아예 그런 말을 할 수도 없었을 것이다."[2)]

기억과 지각이 다른 것이라는 아우구스티누스의 생각은 분명 지금도 설득력 있다. 우리는 우리가 지각한 것을 기억한다. 물론 우리가 머리에 떠올린 자료를 알아보고 정리하려면 이념이나 개념, 이름 같은 언어가 필요하다. 17세기 이탈리아 철학자이자 역사학자 잠바티스타 비코는 기억과 상상력을 감각 지각에 뿌리 내린 동일한 능력에 속하는 것으로 보았다. 그에 따르면 상상력은 '확장되거나 혼합된 기억'이며 기억과 감각, 상상력은 몸의 기술들이다. 그는 이렇게 주장했다. "이 능력들이 마음에 속하는 것은 맞지만 그 뿌리는 몸에 있으며 거기서 힘을 끌어낸다."[3)]

비코의 언급은 20세기 프랑스 철학자 모리스 메를로 퐁티의 현상학과 놀라울 정도로 비슷하다. 메를로 퐁티는 상상력을 감각 지각에 의존하지만 우리가 가능한 공간, 심지어 가상적인 공간인 '잠재적 공간(potential space)'으로 들어가는 것을 허용하는 체현된 실재로 이해했다. D. W. 위니콧은 동일한 용어를 놀이와 문화에 대한 그의 사상과 관련지어 사용했다. 다른 동물들과 달리 인간은 가상적 세계에 거주할 수 있고, 현상학적 현실을 외면할 수 있으며, 우리 자신이 다른 곳에 있다고 상상할 수 있다. 쥐, 심지어 바다우렁이도 기억할 수 있지만 적극적으로 자신을 과거 속의 인물로 떠올리거나 가상적인 미래에 자기를 던지지 않는다.

오늘날 우리는 상상력을 어떻게 이해하는가? 2세기의 갈레노스부터 데카르트가 환상 또는 상상력이 자리 잡은 곳이라고 했던 솔방울샘에 이르기까지, 19세기의 골상학과 20세기의 여명이 가까워질 때 프로이트가 포기한 기획에 이르기까지 사상가들은 정신적 기능의 해부학적 부위를 찾아왔다. 우리는 마음의 눈이라는 수수께끼나 이제는 뇌/마음 문제로 틀이 정해진 문제를 아직 해결하지 못했다. 신경의 재현, 상관관계, 심리 현상을 위한 기질 같은 용어는 설명의 간극을 좁히기보다는 오히려 드러낸다. 이에 대한 방대한 문헌이 있으며 그에 대한 논쟁이 격렬하다. 곧 하나의 해결책을 구할 수 있을 것 같지는 않다. 지금은 심상, 사고, 기억, 공상 같은 주관적인 내적 경험이 뇌 부위들이나 시냅스 연결, 신경화학물질, 호르몬 같은 객관적 실재와 서로 밀접하게 연결되어 있다하더라도 서로 닮은 점이 없다고 이야기하는 것으로 족하다.

나는 여기서 몸과 마음의 문제를 해결하고자 하는 것이 아니다. 그러나 "소설을 쓰는 일은 한 번도 일어나지 않은 일을 기억하는 것과 같다"는 나의 오래된 문장에 압력을 가하거나 그것을 "기억과 상상은 어떤 점에서 똑같고 어떤 점에서 다른가? 라는 문장으로 고쳐 쓸 수는 있다.

소설가와 정신분석가, 신경과학자는 기억과 상상력을 제각기 다른 관점에서 바라볼 수밖에 없다. 소설가에게는 이야기가 모든 일을 한다. 나는 소설을 쓸 때 옳게 느껴지는 것과 그르게 느껴지는 것에 마음을 쓴다. 일하는 동안에도 기억할 때 그런 것처럼 마음속으로 이미지들을 본다. 또 실제로 존재하는 풍경이나 방, 거리를 내 소설 속 인물들이 행동하는 배경으로 자주 이용한다. 나는 이야기에 이끌리며, 그것이 사실이 아니더라도 감정적으로 사실 같은 울림을 남기는 이야기를 창작하고 싶다. 소설은 내 감정에 의해 인도되는 그 자체의 내적 논리를 발전시킨다.

분석가에게는 환자의 개인적 기억들이 중요하지만 공상과 꿈도 중요하다. 이런 것들은 상담실의 대화 분위기와 정신분석가가 그의 작업에 부과하는 추상적 개념 틀 안에 존재한다. 환자의 기억을 들을 때 정신분석가는 프로이트의 '사후성' 개념을 염두에 둘 것이다. 성인 환자가 다섯 살 때의 기억들을 갖고 있을 수 있지만 그것은 시간이 흐르면서 재구성된 것일 수 있다. 분석가는 환자의 말 속에서 반복되는 주제와 변명뿐 아니라 목소리의 억양, 망설임, 그리고 환자가 그를 바라보고 있다면 몸의 움직임과 손짓에도 주의를 기울일 것이다. 분석가와 환자 사이에 만들어지는 것은 반드시 역사적인 사실을 들려주는 이야기가 아니라 괴로운 감정들과 노이로제를 이해하게 해주는 서사로 과거를 재구성한 것이다. 환자와 의사에게도 소설가에게 그런 것처럼 이야기가 느껴져야 한다. 감정적 진실이라는 것이 몸 전체로 전달되어야 하는 것이다.

신경과학자는 주관적 기억과 창조적 행위를 객관적 범주를 통해 구상하도록 훈련받으며 이것이 기억하고 상상하는 자아의 신경생물학적 현실을 알려주기를 희망한다. 그녀는 엔델 털빙Endel Tulving과 다른 사람들의 뒤를 이어서 다음과 같이 기억을 세 범주로 나눌 것이다. 첫째, 구체적인 장소와 시간에 국한되는 개인의 의식적인 기억인 일화 기억(episodic momory), 둘째, 고양이는 털이 있다, 키르케고르는 가명으로 글을 썼다 같은 몰개인적인 정보의 환기를 가리키는 의미 기억(semantic memory), 셋째, 자전거 타기, 잔을 잡으려고 손을 뻗기, 타자치기같이 무의식적으로 학습된 능력을 가리키는 절차 기억(procedural memory).[4] 기억 연구자로서 그녀는 기억속의 감정, 특히 두려움으로 형성된 지속적인 시냅스 연결에 대한 조지프 르두Joseph LeDoux의 연구를 알고 있을 것이고,[5] 기억이라는 것이 우리의 뇌에서 경화될 뿐 아니라 재경화되기도 함을 알 것이다. 우리의 신경과학자가 프로이트를 꼼꼼하게 읽었을 것 같지는 않지만 원래의 '진짜' 기억 따위는 없다는 프로이트의 의견에 그녀 자신도 모르게 동의할 것이다. 자서전적 기억들은 변하기 쉽기 때문이다. 이론적으로 볼 때 그녀의 주관적 감정들은 그녀의 작업과 아무 상관없다.

이 세 가지 직업에서 우리는 윌리엄 제임스가 그의 논문 〈동물과 인간의 지적 능력〉에서 서사적 사고와 추론이라고 불렀던 인간의 두 가지 사고방식을 발견한다.[6] 제롬 브루너Jerome Bruner는 철학적인 용어를 사용해서 그것을 두 가지 자연종이라고 불렀는데 이는 그 둘이 본질적으로 다르다는 의미이다.[7] 소설가들은 이야기 안에서 생각한다. 분석가들은 서사적 사고와 단정적 사고인 추론 모두 이용한다. 과학자들은 사례연구를 실례로 쓸 수 있지만 그들의 작업은 이야기 없이 진행된다. 추론은 순차적이지만 시간의 표상에 의존하지 않는다. 반면에 서사에는 시간이 개입한다. 서사의 특징이 되는 흐름과 달리 과학적 범주들은 정적이다. 기억과 상상력은 3인칭 시점에서 접근해야 하며 더 광범위한 분류체계 안에 놓여야 한다. 추론방식에서는 정의定義가 전적으로 중요하여 잦은 논쟁거리가 된다. 1인칭의 경험은 서사에 필수적이다. 서사에는 항상 행위자가 존재하고 그의 주관성과 지향성이 이런저런 관점에서 서술되는 이야기의 진전에 포함되기 때문이다. 과학에서 주체는 이름이 없고 규범적이다.

3인칭 시점이란 무엇인가? 과학자들이 자신들에게서 뛰쳐나올 수도 없고 나머지 우리와 달리 신이 될 수 있는 것도 아니다. 과학자들은 쿤이 《과학 혁명의 구조》에서 패러다임이라 불렀던 것(일반적으로 받아들여지는 이론의 핵심으로 시간이 흐르는 동안 종종 큰 폭으로 변한다)에 대해 대체로 별다른 검토 없이 동의하며 방법론에 대해서도 명시적으로 합의한다. 이를 통해 그들이 목표로 삼는 것은 주관의 편향성을 방지하는 것이다.[8] 프로이트가 중립적이라는 단어를 직접 사용한 적은 한 번도 없지만 분석가가 중립적이라는 생각은 자연과학에서 바로 가져온 것이다. 어떤 소설에서는 전지적 시점의 화자가 등장인물들과 그들의 어리석은 행동들을 높은 곳에서 내려다보며 이런 역할을 수행한다. 그러나 독자들은 헨리 필딩의 《톰 존스》에 등장하는 화자가 아무리 영리하다 해도 신이 아니라는 사실을 안다. 사실 거의 모든 학술 문헌의 '나를 제거한' 냉철한 목소리는 3인칭 입장을 취한다. 저자(들)는 존재하지만 그들 개개인은 텍스트에서 사라진다. 그렇다 해도 쿤이 그의 책에서 주장한 대로 지각의 중립성 같은 것은 존재하지 않는다. 과학의 역사와 정신분석학, 그리고 당연히 소설도 이런 사실을 매우 분명하게 보여준다. 이와 같은 진실은 발견이나 혁신을 방해하지 않는다. 단지 인식론의 중요성을 부각할 뿐이다.

아우구스티누스가 지적하듯이 우리에게 사물의 이름과 개념이 없다면 우리는 그것에 대해 아무 말도 할 수 없을 것이다. 생각의 추론방식과 서사방식은 모두 언어적 표상을 만든다. 그것들은 언어학자 에밀 뱅브니스트Emile Benveniste가 담론의 대명사적 중심축이라고 불렀던 것 위에 존재한다.[9] 나는 설사 그 나가 자기 내면의 자아가 하는 말을 듣고 있을 뿐일지라도 너를 함축한다. 언어전쟁은 뇌/마음 전쟁만큼이나 격렬하다. 놈 촘

스키Noam Chomsky의 주장처럼 보편적 문법이 존재할까? 사적 언어 같은 것은 존재하지 않는다고 했던 비트겐슈타인이 옳았던 것 아닐까? 언어는 어떻게 습득되며 우리의 기억, 상상력과 정확히 어떤 관계가 있을까? 합의된 의견은 없다. 나는 언어의 출현이 정신의 풍경을 재정리한다고 했던 A. R. 루리야의 입장에 공감하며,[10] 언어가 곧 정신의 풍경이라는 포스트모더니즘의 생각에는 동의하지 않는다. 그렇지만 우리가 언어를 배우기 위해 갖고 있는 타고난 능력이 무엇이든 간에, 주체의 외부와 내부에 동시에 존재하는 언어는 우리의 반성적인 자의식에, 우리가 '나는 기억한다'뿐 아니라 '만일 그렇다면...?'하고 물어볼 수 있는 존재가 되는 데에 핵심적인 역할을 한다.

우리가 의식적 기억 속의 지각 경험들을 암호화하는 것은 그것이 언제 어디서 일어났는지 배치하고 내 삶의 더 넓은 맥락에서 그것이 어떤 의미인지 해석하는 일을 통해서다. 우리는 거울을 볼 때 그렇듯이 우리의 자서전적 기억 속에서 자신에게 타인이 된다. 자신을 제3자로 보지 않는다 해도 시간상 다른 지점으로 자기를 투사하는 것이다. 메를로 퐁티가 《지각의 현상학》에서 지적하듯이 "지각을 분석하는 자아와 지각하는 자아 사이에는 항상 거리가 존재한다."[11] 그는 헤겔의 구분을 이용해 '즉자(in itself)'와 '대자(for itself)' 사이에 차이가 있다고 주장한다.[12] 내가 과거에 있었던 일을 적극적으로 기억할 때면 아우구스티누스가 '의지'라고 불렀던 것이 관여한다. 아리스토텔레스가 인간의 기억을 동물의 기억과 구별한 근거가 바로 여기에 있다. 오직 인간만이 시간을 거슬러 가기를 바란다.

우리가 떠올리는 일화 기억은 대부분 이야기로 바뀌어 있다. 폴 리쾨르Paul Ricoeur가 《시간과 이야기》에서 주장했듯이 서사가 실제 삶이나 소설 속에서 있었던 다양한 시간의 행위와 일화를 의미 있는 하나의 전체로

'함께 파악하는 것'[13]이라면, 나는 그 의미가 본질적으로 감정에 근거를 두고 있다고 믿는다. 그것은 인간의 사고 어디에나 존재하는 형식인 서사가 기억 자체를 흉내 내면서 의미 있는 것에 집중하고 무의미한 것을 생략한다는 사실에서도 잘 드러난다. 별로 관심 없는 일은 쉽게 잊어버린다. 기억과 허구의 이야기들도 부재(생략된 모든 재료)에 의해 만들어진다.

1895년에 심리학자 알프레드 비네Alfred Binet와 빅토르 앙리Victor Henri는 의미가 통하는 구절과 서로 아무 관련 없는 단어들의 목록으로 아이들의 기억력을 시험했다.[14] 아이들은 의미가 통하는 구절을 훨씬 더 잘 기억했지만 그 구절을 시험관에게 다시 전할 때는 그들 자신의 단어를 사용했다. 러시아 형식주의자들의 용어를 빌리면 그들은 파불라(fabula, 이야기의 바탕이 되는 내용을 가리키는 러시아 형식주의자의 용어 — 옮긴이)를 기억하고 있었다. 신데렐라는 다양하게 많은 방식으로 이야기될 수 있고 세세한 부분들은 서로 다를 수 있다. 하지만 이야기의 뼈대인 파불라는 동일하게 유지된다. 서사 양식은 모든 감정에 내재하는 의미나 유의성에 전후관계를 설정한다. 그것이 다함께 작용하여 이질적인 감각적·정서적 요소들을 이해하게 된다.

하지만 감정이 기억 속에서 약해진다는 아우구스티누스의 통찰은 일화 기억에서는 압도적으로 참이다. 이런 기억에 속하는 감정의 냉각은 일화 기억의 본질 속으로 들어간다. 재빨리 서사로 전환되기 때문이다. 기억의 다듬어지지 않은 감정적 내용은 재구성된 후에 어느 정도 거리를 두고 이야기로 전달된다. 전부는 아닐지라도 이런 재구성은 많은 부분 무의식적으로 일어난다. 예를 들어 내가 1982년에 여러 달 동안 극심한 편두통이 지속되어 8일간 입원했던 일을 떠올릴 때면 내 마음속 그림들은 슬픔에 잠겨 회색으로 물든다. 하지만 그때의 고통이나 감정적 고충은 다시 경험하지 않는다.

나는 편두통 환자들이 노이로제 환자이거나 꾀병쟁이라고 믿는 것 같았던 간호사, 나에게 대통령이 누구냐고 계속 물어보던 수련의들, 내 병이 낫지 않아 몹시 짜증이 난 듯했던 담당 의사(그들의 생김새는 이제 모두 시각적으로 흐릿하다) 등 굵직굵직한 장면들 몇몇을 제외하고는 그때 병원에서 매일같이 일어났던 일을 더 이상 기억하지 못한다. 병원 침대에 누워 있었던 기억은 나지만 병실은 자세히 떠오르지 않는다. 그런데도 나는 내가 방문했거나 영화에서 보았던 여러 병실을 조합한 것일 가능성이 큰 심상을 하나 갖고 있다. 우리는 기억할 만한 감정적 사건들을 의미가 통하는 시각적 배경 안에 집어넣는다. 그러나 우리가 마음속으로 보는 것은 실제 모습과 거의 닮지 않았을 수도 있다. 내가 계속 기억하고 있는 것은 이야기와 약간의 유용한 정신적 그림들뿐인데, 그 언어적 설명에는 많은 것이 빠져 있다.

나의 첫 소설 《눈가리개》에서 그때의 입원 경험을 이용했다는 사실이 문제를 더 복잡하게 만든다. 나는 내 삶의 일화를 허구로 바꾸었는데, 그 일화는 분명 이미 기억 속에서 허구화한 것이기 때문이다. 기억 속의 이야기와 소설은 모두 무의식적으로 창작되었다. 게다가 나는 스물일곱 살 때의 나 자신을 있는 그대로 떠올린 것도 아니다. 너무 많은 시간이 가로놓여 있었다. 나는 쉽게 장면을 바꾸고, 나 자신을 제3자로, 즉 소라진을 잔뜩 복용하고 천장을 노려보고 있는 금발의 창백한 젊은 여자로 볼 수 있다. 《눈가리개》의 병원 부분은 프랑스 영화감독 클로드 밀러Claude Miller가 〈마법사들의 방〉이라는 영화로 만들었다. 결국 1982년에 마운트 시나이 병원에서 있었던 내 경험은 동일한 파불라를 가진 세 가지 이야기를 만들어냈다. 실제로 있었던 사건에 대한 내 자신의 서사적 기억과 그것을 바탕으로 한 내 소설 속 등장인물의 이야기, 그리고 여배우 안 브로셰Anne Brochet가 맡았던 영화 속 등장인물의 이야기가 그것이다. 이 이야기들은 서로 다르고 각자 하나의 서사로 구성되는데, 여기에는 반성적 자의식인 기억에 내재된 가상의 것들, 허구화 과정이 포함되어 있다.

상상력에 대한 신경과학의 연구는 한정되어 있다. 하지만 양측 해마에 손상을 입은 환자들에 대한 2007년의 논문은 그들이 약화된 기억뿐 아니라 약화된 상상력 때문에도 고통을 받았음을 보여주었다. 같은 해에 같은 연구팀 D. 하사비스Hassabis 외 여러 명이 쓴 논문 한 편이 〈신경과학 저널〉에 실렸다. fMRI 촬영을 바탕으로 "일화 기억의 신경학적 기제를 이해하기 위해 상상력을 이용한" 이 논문은 "…우리는 해마를 포함한 광범위한 뇌 네트워크가 일화 기억의 회상이나 허구적 경험의 시각화가 일어나는 동안 항상 보강된다는 사실을 입증했다"는 결론을 내린다.[15] 뇌의 활성화된 부위는 일화 기억뿐 아니라 미래에 대한 사고와 공간 탐색, 마음 이론, 그리고 디폴트 네트워크(default network) 같은 '수준 높은' 인지 기능과 관련 있는 대뇌피질 네트워크다. 참가자에게는 지시문 기억하기, 재창조하기, 상상하기의 세 가지의 과제가 주어졌다. 특히 그들은 이 모든 시나리오에 대해 감정적으로 중립을 유지하라는 요구를 받았다.

논문의 저자들은 일화 기억을 그들이 '개념적 구성 요소들'이라고 부르는 것으로 나누었는데, 그 가운데에는 주관적인 시간 감각과 서사 구조, 자기 처리가 있다. 나는 그런 연구를 열광적으로 지지하며 일화 기억과 상상력은 근본적으로 연결되어 있다고 믿는다. 하지만 여기서는 그 구성 요소들 가운데에서 자기 처리에만 집중하고 싶다. 저자들은 가상의 타자지향적 시나리오에서는 자전적 시나리오보다 자기 처리가 더 적을 것이라고 추정한다. 이는 자기 처리가 정확히 무엇인지 자문하기 전까지는 합당한 생각이다. 그러나 당신에 대해 또는 그녀나 그에 대해 내가 만들고 있는 가상 이야기가 정확히 어떻게 해서 나를 끌어들이지 않을 수 있을까? 기억했든, 재창조했든, 상상했든 이들 서사는 모두 내 자아와 관련되고 나의 주관적 경험에 속하지 않겠는가? 더구나 이 서사들이 적어도 부분적으로는 언어로 재현되며, 따라서 당연히 담론의 축 위에 자리 잡지 않는가? 대명사 나는 너 없이 존재하지 않는다. 내가 당신을 생각할 때 당신은 나의 일부가 아닐까? 여기서 처리되고 있는 것은 무엇일까? 신경과학은 자기 처리라는 이 애매한 개념을 개선하기 위해 다른 분과를 살펴보아야 하지 않을까? 이와 관련하여 현상학의 체현된 자아 개념이 유용하지 않을까? 아니면 내적 대상, 전이, 역전이 등의 개념이 있는 정신분석 이론은 어떨까? 설사 냉각효과가 있다손 해도 일화 기억과 상상력은 정말로 감정과 완전히 결별할 수 있을까?

2009년 〈심리학 평론〉에 실린 자기 처리와 타자 처리를 비교한 뇌신경영상 연구를 다룬 포괄적 논평에서 도로테 르그랑Dorothee Legrand과 페린 뤼비Perrine Ruby는 이렇게 설명한다. "앞서 언급한 연구의 저자들은… 주어진 뇌 기질이 비非자기(the nonself)에 대해서보다는 자기에 대해서 조직적으로 더 활성화되어야 한다고 가정했다. 우리 보고서는 그들이 확인한 뇌의 네트워크가 그런 기능적 특성을 보이지 않는다는 사실을 보여준다."[16] 나는 르그랑과 뤼비가 논평했던 연구자들 가운데 많은 이가 자기라는 철학적 황무지에서 길을 잃었다고 정중하게 주장한다. 일화적이고 창의적인 서술의 명시적 재현 단계에서 자기 처리와 타자 처리를 구분하는 것은 전적으로 인공적인 것 같다.

매우 흥미로운 논문 〈육체적 자아 : 명시적으로 알려지지 않은 것에 대한 암시적 지식〉에서 프라시네티, 페리, 마이니, 갈레세는 다음과 같은 질문을 해결하기 위해 두 가지 실험을 진행했다. "우리는 신체적 자기우위, 즉 다른 사람들의 신체와 비교하여 자기를 차별하게 만드는 것이 암시적인 신체-지식의 표현이라는 가설을 시험하기 위해 신체적 자아의 암시적 지식과 명시적 지식을 직접 비교했다."[17] 첫 번째 실험에서는 피험자에게 본인이나 다른 사람의 손발을 찍거나 본인 및 다른 사람 소유의 물건, 휴대전화, 신발 등을 찍은 사진 세 장을 포개어 준다. 그들은 아래나 위에 있는 이미지를 중앙의 '표적' 사진과 연결시키라는 주문을 받는다. 이 과제에서는 자기우위가 뚜렷하게 나타났다. 다시 말해 사람들은 다른 사람의 신체 부위를 연결시키는 것보다 자신의 신체 부위를 연결시키는 것을 훨씬 더 잘했다. 물건들과 관련해서는 그런 우위가 나타나지 않았다. 두 번째 실험에서는 중앙에 표적 이미지 대신 텅 빈 하얀 상자만 놓았다. 이번에는 피험자에게 나머지 두 개의 이미지 가운데 어느 쪽이 그 또는 그녀 자신의 손이나 발, 휴대전화, 신발인지 질문했다. 그 결과 이 경우에는 자기우위가 존재하지 않았을 뿐 아니라 자신의 신체 부위를 알아보는 데 자기열위가 나타났다. 이는 자신의 물건을 알아보는 상황에서는 보이지 않았던 특징이다.

가설은, 첫 번째 과제에서는 우리 몸에 대한 무의식적 운동 표상이 작용하는 반면에, 명시적 과제를 해결하기 위해서는 저자들이 '신체 정체성(body indentity)'이라 부르는 것이 요구된다는 것이다. 신체 정체성(또는 숀 갤러거Shaun Gallagher가 《어떻게 몸이 마음을 형성하는가》에서 '신체 이미지'라고 부른 것)은 무의식적 개념이 아니라 의식적 개념이다.[18] 그것은 타자로 지각된 자기다. 명시적 과제에서는 반응이 자동적이지 않아서 그것에 대해 생각해야 한다. 생각은 시각적 구성뿐 아니라 언어적 구성도 포함하는 경우가 많다. 저것은 내 발일까? 아니면 다른 누군가의 발일까? 저자들의 결론은 인용할 가치가 있다. "통틀어서 생각할 때 우리의 실험 결과는 신체 반응기의 표상이 무생물인 물체를 표상하는 방식과 다를 뿐 아니라(더 중요하게도) 그것이 적어도 두 가지 서로 다른 방식으로 접근 가능하다는 사실을 처음으로 입증했다. 하나는 암시적인 방식이고 다른 하나는 제3자처럼 거리를 두는 방식이다."[19] 이 무의식/의식의 구분은 뇌신경 영상 연구자들이 '자기처리'라고 부르는 것을 이해하는 데 다른 무엇보다 중요하다.

윌리엄 제임스는 개인적인 기억들은 모두 '온기와 친밀함' 그리고 자기만의 특징을 갖는다고 말했다.[20] 자아나 정체성에 해당하는 라틴어 단어를 사용하여 표현하면 내 기억들은 나다운 특징(ipseity)을 갖는다. 그러나 나의 공상들, 책을 읽으면서 했던 나의 대리 경험들, 다른 사람들에 대한 나의 생각들, 허구적 인물들에 대한 나의 감정들, 나의 꿈들도 마찬가지다. 제임스의 '온기와 친밀함', 즉 나의 것이라는 의식은 감정적으로 중립적이지 않다. 그리고 프로이트가 《꿈의 해석》에서 강조했듯이 우리가 꾸는 꿈의 구성이 비합리적이고 기괴할지라도 그때 우리가 느끼는 감정들은 허구가 아니다. 그는 꿈 연구자 슈트리커의 말을 인용한다. "만일 내가 꿈속에서 강도들을 만나 두려워하고 있다면, 물론 그 강도들은 가상이지만 두려움은 실재한다."[21]

프루스트의 홍차에 적신 마들렌 조각은 거의 모든 사람이 쉽게 말하게 되었다. 하지만 흥미로운 점은 작은 마들렌이 화자에게 그의 어린 시절에 대한 기억을 열어주었다는 데 있는 것이 아니라, 그 맛이 처음에는 오직 감정만을 불러일으켰다는 사실에 있다. "마치 사랑이 나를 소중한 본질로 채우는 것과 같은 효과를 불러일으켰던 이 새로운 감각… 그런데 이 소중한 본질은 내 안에 있는 것이 아니었다. 그것은 나였다." 프루스트의 화자가 "그것은 무슨 의미였을까?"라고 자문한 것은 고조된 감정의 물결이 지나간 뒤였다.[22] 일곱 권에 달하는 《잃어버린 시간을 찾아서》의 1인칭 서사 속에서 탐색되었던 그 의미는 시공간 안에 있는 감정적 자아의 주관적 경험의 파동 안에 놓여 있다. 가장 먼저 화자는 지각하고 느낀다. 그는 감각적 현실의 전반성적 의식으로 빠져드는데, 이것도 어찌 보면 기억하기다. 그는 나중에 그것을 돌이켜보는데, 이 반성은 그가 다른 사람들에 대해 생각할 때처럼 자기 자신도 대상으로 생각할 것을 요구한다. 그렇다면 이야기하기의 명시적 의식 단계에서는 당연히 '자기 처리'와 '타자 처리'를 구분할 수 없지 않을까?

서사적 자아는 시간 속의 자아다. 우리는 시간 속에 들어가 있다. 그것은 성인들이 의지하는 시간이긴 하지만 반드시 시계가 가리키는 시간은 아니며, 물리학의 시간도 분명 아니다. 우리는 주관적인 시간, 의식의 순차적인 시간 속에서 살아가며 이전에 일어난 것은 더 나중에 일어날 것으로 기대하는 것의 본보기가 된다. 과거의 지각들이 반복을 통해서 미래의 지각들을 창조한다. 에드문트 후설Edmund Husserl은 《내적 시간의식의 현상학 강의》에서 "각각의… 순간적 지각이 연속체의 중핵이 되며, 한쪽으로 차차 빛깔이 바래지는 순간적 상기想起들의 연속체가 있고, 다른 쪽에는 앞으로 다가올 것들의 지평, 즉 끊임없이 단계가 나뉘는 시작을 특징으로 하는 예지의 지평이 있다"고 했다.[23] 우리는 계속해서 기억을 간직하고 투사하며, 현재는 늘 그 속에 이전과 이후를 겹겹이 품고 있다. 윌리엄 제임스에게 영향을 받은 후설은 시간을 경험하는 지각의 흐름이 항상 1인칭 시점으로 미리 주어진다고 주장한다. 내 조카 타이는 다섯 살 때 승용차를 타고 가다가 놀라운 사실을 깨달았다. 타이가 뒤로 펼쳐진 길을 돌아보더니 "저게 과거야!" 하고 소리친 것이다. 그러고는 앞으로 펼쳐진 길 쪽으로 몸을 돌리더니 탄성을 질렀다. "저건 미래야!" 시간과 공간이라는 흘러가는 현실의 중심은 타이 자신이었다.

우리는 이제 시간의 형식, 좀더 정확히 말해서 타이밍이 유아기에 생기는 것임을 알고 있다. 생애 초반의 상호주관적인 음악이라 부를 수 있는 것, 최초의 인간적인 상호작용이 만들어내는 언어 이전의 멜로디를 표기하는 데 매우 중대한 역할을 한 것은 정신 분석과 애착 연구, 그리고 다니엘 스턴 같은 유아 연구자들이었다. 존 볼비John Bowlby가 가정했듯이 이런 애착의 리듬은 나중에 살아가면서 정서를 조절하는 데 결정적이다. 성인-유아 사이의 음성 상호작용에 대한 경험적 연구서《유아기의 대화 리듬》에서 저자들은 초기 의사소통의 이항적 견해에서 출발한다. 모자간의 율동적인 변증법의 미묘한 분석은 저자들이 지적하듯이 '일시적인 기대'를 형성함으로써 아이의 계속되는 사회적·인지적 경험을 위한 토대를 제공한다.[24] 이런 신체적·감정적 기대들이 담론의 축과 서사적 자아를 위한 근거를 형성한다. 유아의 전반성적 의식적 지각은 아직 명확하게 표현된 이야기 안에 있는 자신에 대한 것이 아니다. 그런데도 깊숙이 자리잡은 이런 신체적 측정 지표, 자아와 타자의 운동-감각적 박자는 초기의 정서적 학습을 수반하는 역동적인 시냅스의 성장에서 유전적 기질과 결합된다. 판크세프는 그의 책《정서적 신경과학》에서 다음과 같이 쓴다.

> 심리학적 관점에서 볼 때 나는 정서 발달에서 (아동이 그의 세계와 상호작용하면서) 주요하게 개발되는 것은 내면의 정서적 가치를 삶의 새로운 경험들과 연결시키는 것이라고 말하고 싶다. 하지만 독특한 정서적 습관과 특성으로 이어지는 각 개인의 사적인 정서적 경험과 관련된 후생적 과정뿐 아니라, 어린 시절과 청소년기 동안 정서체계와 행위체계도 자연스럽게 신경생물학적

으로 전개된다.[25)]

우리는 유아기의 무언의 대화에 기초한 주관적인 시간의 산물이다. 이 시간은 언어와 그것의 자연스런 산물인 이야기에서 더욱 발달한다. 그러나 서사적 자아도 중요하지만 《주관성과 자아》에서 "우리의 자아를 서술될 수 있는 것으로 환원하는 것이 과연 타당할까?"라고 질문했던 단 자하비Dan Zahavi에게 전적으로 공감한다. 그는 이어서 덧붙인다. "이야기꾼은 살면서 겪은 일을 이야기할 때 실제로 경험하는 동안에는 없었던 질서를 부여할 수밖에 없다."[26)] 프루스트가 그 자신이라고 주장했던 '소중한 본질'은 데카르트의 유명한 명제 "나는 생각한다 고로 존재한다"를 "나는 느낀다 고로 존재한다"로 바꾸었던 판크세프의 수정을 떠올리게 한다. 판크세프는 〈핵심 자아의 신경학적 특성〉에서 핵심 자아를 뇌줄기에서 찾았다. 그는 이렇게 주장한다. "…날것 그대로 경험하는 능력은 예견과 계획, 따라서 고의적인 지향성의 본질적인 선행조건일 수 있다."[27)] 나는 그 목록에 서사를 추가하고 싶다. 안토니오 다마지오는 그의 책 《자아가 마음으로 가다》에서 '원초적 감정들'을 낳는 원시 자아에 대해 논한다. 이 원초적 감정들은 "쾌에서 불쾌에 이르는 다양한 단계에 따라" 일정하게 유지되는 몸의 현실을 반영한다. 그는 계속해서 이렇게 말한다. "그리고 그 감정들은 대뇌피질이 아닌 뇌줄기에서 비롯된다. 모든 감정은 원초적 감정들의 복잡한 음악적 변주다."[28)]

프로이트는 《본능과 그 변화》에서 '근육운동의 효과'를 통해 안과 밖을 구분할 수 있는 유기체 안에 있는 원초적 자아의 항상성 모델을 제시했다. 프로이트에게는 내적 충동과 외적 자극의 통제가 모든 감정의 근원이다. 그는 이렇게 말한다. "심지어 고도로 진화된 마음의 기관도 쾌/불쾌 시리즈에 속하는 감정들에 의해 자동적으로 통제된다."[29] 이처럼 느낄 줄 아는 핵심 자아로부터 반성적으로 의식하고 기억하고 상상하는 서사적 자아가 성장한다.

갤러거도 최소한의 자아 또는 '초보적인 체현된 자아'가 자신의 경계를 인식하는 유기체의 운동-감각적인 육체적 실재 안에 이미 존재한다고 단정한다.[30] 모방과 지연된 모방에 대한 유아 연구는 갓난아이가 자신이 타인이나 환경으로부터 분리되어 있다는 사실을 과거에 생각했던 것보다 더 크게 의식한다는 생각에 신빙성을 부여한다.[31] 정확히 어떻게 해서 아이들의 기억력이 성장하는지에 대해서는 논란이 많다. 아직 자라지 못한 해마와 전뇌와 불완전한 신경 섬유의 수초 형성이 기억력의 성장에 어떤 영향을 미치는 것일까? 아직 언어를 배우기 전의 유아에게서 암시적 기억과 명시적 기억이란 정확히 무엇을 의미할까? 모방, 비추어보기, 말장난은 어떤 역할을 할까? 우리는 어떻게 유아의 의식의 실재를 표현할까? 그것이 어떻게 최소한의 자아나 핵심 자아와 관련될까? 즉자는 언제 대자가 될까? 시간 지각의 신경생리학은 무엇이고, 그것은 어떻게 개발되는가? 이 모든 질문에 대해서는 아직 답을 찾지 못했다.

캐서린 넬슨Katherine Nelson이 편집한 《요람에서 들려오는 이야기》는 에밀리 오스터Emily Oster가 21개월부터 36개월까지 잠자리에 들기 전에 녹음한 독백에 초점을 맞춘다. 이 독백은 비고츠키가 혼잣말이라 불렀던 내적 언어가 시작되기 이전 단계를 보여주는 주목할 만한 실례다.[32] 우리는 여기서 아직 지하로 숨지 않고 종알거리는 실황중계 아나운서를 목격한다. 다음은 에밀리가 21개월이었을 때의 독백이다. 그녀는 자기 인형에게 말하고 있다. 나는 그것을 조금 줄였다.

아기 밤에 안 돼
왜냐하면 아기 울어
아기 여기 여기 여기서 저녁 안 먹어
브로콜리 안 먹어 아냐
그래 우리 아기 저녁 먹네
근데 아기 아파
아기 저녁 안 먹어…
브로콜리 당근 왜냐하면 쌀
에미 저녁 안 먹어
브로콜리 수프 왜냐하면
아니 아기 잠자기
아기 밤새도록 잠자기[33)]

여기에는 과거와 현재, 미래에 자리잡은 고정된 시제도, 대명사 '나'도 없다. 등장인물로는 3인칭의 아기와 3인칭의 에미가 있는데, 이들은 원시 서사라 부를 수 있는 것 속에 뒤섞여 있다. 에밀리는 말을 통해 자신을 대리인으로 표현하며 그녀의 감정, 즉 몸이 좋지 않고, 먹지 않고, 잠자지 못했던 기억을 설명하기 위해 일련의 동작들을 묘사한다. 3인칭 '에미'가 1인칭 '나'보다 앞선다. 반성적 자의식인 '대자' 현실은 다른 사람들(에미를 세상에 있는 주체이자 행위자로 인정하는 그 중대한 타인들)이 그녀를 바라보듯이 자신을 보는 데서 나오기 때문이다. 나중에 28개월 무렵에 했던 독백에서 어린 소녀는 앞에 놓여 있는 것에 대한 불안감을 제어하기 위해 자신을 가상의 장소인 미래에 있는 것으로 상상한다. "우린 바다로 갈 거야/바다는 좀 멀어…/나는 그게 두 블록 떨어져 있다고 생각해."[34)] 물에 잠긴 냉장고와 강을 포함하는 연상의 흐름 이후에 아이는 상어가 자기를 무는 상상을 한다. 공상은 감정에 이끌리지만 그녀의 말은 그녀가 안전하게 아기 침대에 머물면서도 창조적인 사색을 꽃피우게 해준다. 에밀리의 독백은 그 책에서 충분히 분석되었지만 두 가지 요점은 언급되지 않고 넘어갔다. 이는 너무나 당연한 이야기여서인 듯싶다. 그 가운데 하나는 외적이며 목소리를 가진 화자든 내적이고 침묵하는 화자든 화자를 갖는다는 것은 자신의 자아와 친해지는 한 방식이라는 점이다. 또 하나는 언어에서 자아는 오직 그것이 표현되었다는 이유만으로 항상 타자성과 접촉한다는 사실이다.

어떤 기억들은 화자가 없고 현재를 제외하면 시간도 없다. 나의 사촌 넷은 한 살이던 1961년에 부모님, 언니와 함께 아프리카로 갔다. 나의 숙부인 그녀의 아버지는 당시 탕가니카로 불리던 밤부리에서 의사로 일했다. 넷은 스와힐리어를 배웠는데, 나중에는 잊어버렸다. 그녀는 세 살 때 가족들과 함께 고국 노르웨이로 돌아왔고 아프리카에 대한 의식적인 기억은 간직하고 있지 않았다. 넷은 2007년에 남편 마스와 탄자니아를 방문했고 밤부리에 발을 디디자마자 친숙한 감각에 휩싸였다. 냄새, 색, 소리 등 모든 것이 집에 돌아온 것 같은 흥분된 느낌을 불러일으켰다. 그러던 어느 날 오후, 넷과 마스는 길에서 여학생 몇 명을 만났다. 그들은 서로 공통 언어를 공유하지 않았는데도 미소와 웃음, 몸짓으로 의사소통에 성공했다. 마스는 넷에게 그녀가 어릴 때부터 기억하고 있는 멜로디를 흥얼거려보라고 했다. 그녀의 가족이 예전에 다같이 불렀던 노래인데 가사는 잊어버렸다. 그 노랫가락을 들은 소녀들은 따라 부르기 시작했고 넷은 놀랍게도 그들과 함께 노래했다. 잊어버렸던 스와힐리어 가사가 속속 다시 떠올랐고 넷은 큰 소리로 즐겁게 노래했다. 그 열광적인 회상의 순간에 41년의 세월이 사라진 것 같았다. 마흔네 살 먹은 여자와 어린아이가 만났다.

이 기억은 일화 기억이 아니다. 비록 그것을 하나의 이야기로 들려주긴 했지만 가사가 떠오르고 기쁨에 넘쳤던 사촌의 경험은 서사가 아니라 일종의 비자발적 기억이다. 19세기 신경학자 존 휴링스 잭슨John Hughlings Jackson은 이런 종류의 반복적이고 학습된 지식을 자동법(automatism)이라고 불렀다. 자동법은 고유 수용성을 가지며 공간 속에서의 내 몸의 위치 설정(메를로 퐁티가 '신체도식'이라 불렀던 것)과 관련이 있고, 나의 운동-감각 능력들이 작용하게 한다. 시각적·청각적·후각적 문맥 등 지각의 문맥이 계기 역할을 하면서 과거에 배웠지만 잊어버린 스와힐리어 단어들이 자동으로 떠올랐다. 넘치는 기쁨을 주었던 넷의 기억의 분출은 그 자체로 의미를 갖는다. 감정은 쾌-불쾌 시리즈의 일부인 긍정적이거나 부정적인 유의성을 가진 경험을 표시한다. 이는 우리가 그게 무슨 의미였지? 하고 자문하기 전까지는 전적으로 경이롭고 전반성적이다.

몸의 전반성적이고 비자발적인 기억의 가장 극적 형태는 단연 플래시백flashback이다. 교통사고를 당한 후 나는 연이어 나흘 밤이나 그때의 일이 떠올라 기겁하며 잠에서 깨어났다. 가혹하고 반복적이며 소름 끼치는 이 기억은 충돌사고의 시각적이고 운동-감각적인 재경험이었다. 정신분석학자 프랑수아즈 다브왕Francoise Davoine과 장 막스 고딜리에르Jean-Max Gaudilliere가 그들의 저서 《트라우마 너머의 역사》에서 주장한 대로 이런 형태의 매우 충격적인 기억은 시간과 언어를 벗어나 존재한다.[35]. 그것은 과거에 있지 않다. 그것은 아우구스티누스가 아무도 갖기 원하지 않을 것이라고 했던 종류의 기억이다. 신경생리학자 반 데어 콜크와 사포르타는 1993년 논문에서 같은 주장을 펼친다. "그럴 때 이 경험들은 시공간 안에 적절하게 배치되지 않은 채 감각운동 단계에서 암호화되기도 한다. 따라서 그것들은 언어적 검색을 위해 필요한 상징적 언어로 쉽게 번역될 수 없다."[36] 말로 옮긴다는 것은 시간과 공간 속에 자리잡게 만든다는 뜻이다. 또 거리 두기를 의미하기도 하고 역설적이게도 기억에서의 더 큰 가변성을 뜻하기도 한다. 하지만 바로 이 가변성이 기억에서든 허구에서든 이야기 진행을 차분하고 창조적이게 만드는 데 기여한다.

《쾌락 원칙을 넘어서》에서 프로이트는 칸트를 인용하면서 칸트에게 "시간과 공간은 '사고의 필수적인 형식'"이라고 지적한 후에 이렇게 말한다. "우리는 무의식적인 정신과정이 그 자체로는 '시간을 초월한' 것이라고 배웠다. 이는 일차적으로 그 과정들이 시간적으로 정돈되어 있지 않고, 시간이 그것들을 어떤 식으로든 변화시키지 않으며, 시간 개념이 그것들에 적용될 수 없음을 의미한다."[37] 2차 과정과 달리 프로이트가 1차 과정이라 불렀던 것은 과거와 현재, 미래를 구분하지 않는다. 우리는 오래전 가졌던 이런 형태의 사고를 꿈속에서 접한다. 그것은 깨어 있을 때의 사고보다 더 구체적이고 감정을 자극하며 연상적이다. 이런 사고는 주관적 시간이 아직 충분히 언어로 체계화되지 않은 에밀리의 초기 독백에서도 살펴볼 수 있다.

창조성이 대체로 무의식적이라는 사실은 그다지 놀라울 것도 없다. 정신분석학은 우리가 스스로에게 이방인이라는 것을 오래전부터 알고 있었다. 그리고 무의식적 지각이라는 개념은 적어도 17세기의 라이프니츠 이래로 우리와 함께 있었다. 추론과 서사라는 두 가지 사고방식에서 창조성은 항상 이처럼 시간을 초월한 인간 경험의 차원으로, 또는 운동–감각적 타이밍을 가진 차원으로 거슬러 올라갈 수 있다. 하지만 자기반성적 시간으로는 거슬러 올라갈 수 없다. 알베르트 아인슈타인Albert Einstein은 자크 아다마르Jacques Hadamard에게 보내는 편지에서 언어나 '다른 사람들과 소통할 수 있는 다른 종류의 기호'는 그의 사고의 중요한 특징이 아니라고 했다. 그는 자신의 작업이 '연상 놀이'의 결과이고, '시각적·운동적' 성격을 가지며, '감정적 토대'를 갖고 있다고 했다.[38] 위대한 수학자 앙리 푸앵카레Henri Poincare는 1915년에 자신의 작업의 무의식적 근원을 다음과 같이 지적했다.

> 잠재의식적 자아는 수학적 창작에 중요한 역할을 한다…. 우리는 수학적 작업이 기계적이기만 한 것이 아니며, 아무리 완벽한 기계도 그 일을 할 수 없음을 알게 되었다. 그것은 단순히 규칙을 적용하고 고정된 법칙에 따라 가장 많은 조합을 가능하게 만드는 문제가 아니다. 그렇게 얻은 조합들은 지나치게 많고 쓸모없으며 다루기 힘들 것이다.[39]

가끔은 마치 백일몽 중에 그런 것처럼 어떤 공식이나 시, 에세이, 소설이 불쑥 튀어나온다. 시인 체스와프 미워시Czeslaw Milosz는 이렇게 말한 바 있다. "솔직히 나는 살아가는 내내 다이모니온(daimonion, 금지의 형태로 나타나는 내적인 신神의 소리—옮긴이)의 지배 아래 있었고, 그가 불러준 시들이 어떻게 생겨났는지 잘 알지 못한다."[40] 윌리엄 블레이크는 그의 시 〈밀턴〉이 "사전 계획 없이, 어떤 때는 내 의지에 반하여… 즉각적으로 받아쓴 것"이라고 했다.[41] 니체는 그에게 찾아온 생각을 번갯불에 빗대어 묘사했고 "나는 그와 관련해 아무 선택권도 갖지 못했다"고 했다.[42] 나는 내 소설 《미국인의 슬픔》의 마지막 부분을 가수면 상태에서 썼다. 글이 저절로 써지는 것 같았다. 그런 계시는 여러 해에 걸쳐 힘들게 살면서 책을 읽고 배우며 사색한 것이 바탕이 되었을 것이다. 그런데도 그것은 계시처럼 다가온다.

이런 창조적 현상의 틀을 잡기 위해서는 19세기 과학으로 물러날 필요가 있다. F. W. H. 마이어스Myers는 유명한 심리연구가이자 윌리엄 제임스의 친구였는데, 지금은 대부분 잊혀졌다. 그의 대표작은 《육체가 죽어도 살아남는 인간의 성격》[43]인데, 이 제목이 그가 망각 속에 묻히는 데 도움이 되었음에는 의심의 여지가 없다. 하지만 그는 자동법의 개념을 창조성에 적용시킨 세련된 사상가였다. 잭슨의 습관적인 자동법이나 피에르 자네가 연구했던 히스테리의 병적 분열, 프로이트의 승화 개념과 달리, 마이어스는 잠재의식에 생성된 자료가 갑자기 의식으로 나아갈 수 있다고 보았다. 또 이런 분출이 반드시 히스테리나 노이로제 또는 다른 정신질환의 산물은 아니라고 주장했다.

신경과학 연구에서 창조성을 정의한 것 가운데 계속 마음에 걸렸던 것은 "주어진 사회적 맥락 안에서 새롭고 유용한 것을 생산하는 일"이다.[44] 유용한 것이라고? 에밀리 디킨슨의 작품을 유용하다고 여겼을까? 그녀에게 주어졌던 사회적 맥락에서 철저하고 맹렬하게 혁신적이던 그녀의 시는 설 자리가 없었다. 그렇다면 그녀의 시가 지금은 유용할까? 이 연구의 정의는 후기자본주의 용어로 이해된 창조성임에 틀림없다. 이런 연구에 등장하는 창조성의 또 다른 구성 요소는 확산적 사고다. 한 실험에서는 피험자들이 '표적 문제의 다양한 해결책을 내고 있는' 동안 그들의 뇌를 정밀 촬영했다. 더 많은 해결책을 내놓을수록 더 많은 창조성을 가진 셈이다. 그러나 이것은 푸앵카레가 너무나 간명하게 지적했듯이 멍청한 짓이다. 우리는 기계나 컴퓨터가 아니라 거대한 무의식에 이끌리며 감정을 느끼는 존재다.

나는 종종 자문했다. 왜 다른 것이 아니라 이런 허구 이야기를 들려주는 것일까? 이론적으로 볼 때 소설가는 그 어떤 것에 대해서도 글을 쓸 수 있지만 그녀는 그렇게 하지 않는다. 마치 파불라가 미리 거기서 기다리고 있어서 공들여 발굴해야 하거나 갑자기 기억에서 풀려나야 하는 것 같다. 그 과정은 오로지 더 고차원적인 인지작용의 결과인 것만이 아니다. 그것은 전적으로 인지적이거나 언어적인 것이 아니다. 글을 쓸 때 나는 내 마음속의 이미지들을 보며 구현된 일시적인 기대들이라 할 수 있는 내 문장의 리듬을 느낀다. 그리고 나는 옳고 그름에 대한 직감에 이끌린다. 내가 환자로서 심리 치료를 받을 때 느꼈던 것과 다르지 않은 감정들이다. 상담의의 해석을 들은 후 새삼 깨달음을 얻고 충격을 느꼈는데, 이는 결코 단순히 머리로만 인식하는 것에 머물지 않고 "세상에, 정말 그래, 그게 정말이라면 난 내 이야기를 다시 써야 해" 하는 식으로 항상 체감된 의미를 갖는다.

소설은 우리가 명시적으로 기억하는 경험을 무의식적으로 형성된 서사로 변화시키는 것과 동일한 능력에서 태어난다. 소설 속 등장인물과 구성이 반드시 실제 사건에 닻을 내리고 있지 않을지라도 소설은 일화 기억이나 꿈처럼 지극히 감정적 재료를 의미 있는 이야기로 다시 만들어낸다. 시간을 초월해서 핵심적인 감각운동을 하는 정서적 자아가 있고 시간과 공간의 주관적-상호주관적 현실 속에 뿌리 내리고 완전한 자의식을 갖고 추론하거나 서술하는 언어적·문화적 자아가 있다. 상상력이 그 두 자아를 이어주는 다리라고 생각하기 위해 우리가 데카르트식의 이원론자가 될 필요는 없다. 소설쓰기, 상상의 세계 창조하기는 결코 일어나지 않았던 것을 기억하는 일과 매우 비슷한 것 같다.

2010년

프로이트의 놀이터

청소년기 때 나는 두 사람 사이에 가능한 모든 관계에 제3의 실체(당사자들이 둘 사이에 만들어낸 상상의 존재)가 존재한다고 생각했다. 그리고 보이지 않는 이것은 매우 중요하여 갓 태어난 신생아처럼 고유한 이름을 가질 자격이 있다고 생각했다. 그런 생각을 하게 된 것은 두 사람, 특히 사랑이 관련된 경우 그들 사이에 요정도 괴물도 만들어낼 수 있음을 깨달았기 때문이라고 나는 믿는다. 더 나이가 들고 더 많은 책을 읽으면서 나는 사람들 사이에 있는 이 영역이 눈에 띄지 않고 사라진 적이 없음을 깨달았다. 거기에는 서로 다른 이름들이 붙여졌고 다양한 메타포를 통해 이해되었다. 하지만 일 더하기 일은 삼이라거나 일 더하기 일은 둘을 하나로 만드는 것이라는 형태는 내가 가장 매력적으로 느끼는 철학적 사유의 중요한 측면이었다. 자기와 타자에 대한 질문은 정신분석학에서 핵심적이었지만 그 경계를 넘어서 분석적 대륙철학과 인문학의 다른 분과들과 정신의학, 그리고 더 최근에는 신경과학에서까지도 맹위를 떨치고 있다. 주관성, 상호주관성, 비추어보기, 대화, 마음의 이론은 모두 사이의 문제를 다루기 위한 용어들이다.

2년 전 나는 기술에 대한 프로이트의 논문 〈기억하기, 되풀이하기, 그리고 훈습하기〉를 다시 읽으면서 다음과 같은 유명한 구절에 사로잡혔다.

> 하지만 되풀이하고자 하는 환자의 충동을 억제하고 그것을 기억을 위한 동기로 전환시킬 주된 방편은 전이의 조작에 놓여 있다. 우리는 한정된 영역에서 자기를 주장할 권리를 줌으로써 충동을 무해하고 유용한 것으로 바꾼다. 우리는 그것이 놀이터로 전이되는 것을 허용한다. 그리고 충동이 놀이터 안에서 거의 완벽하고 자유롭게 확장될 수 있고 환자 마음에 숨어 있던, 병을 일으키는 본능이라 할 만한 모든 것을 우리에게 드러낼 것을 기대한다.

이것이 "질병과 실제 삶 사이의 중간 구역을 만들며"[1] 사이라는 이 지리적 은유는 안녕과 현실주의에 이르는 길이 된다.

제임스 스트레이치James Strachey는 툼멜플라츠Tummelplatz를 '놀이터(playground)'로 번역했다. 즐겁게 뛰노는 아이들을 떠올리게 한다는 점에서 괜찮은 선택이다. 하지만 독일어 툼멜플라츠에는 단순히 아이들뿐 아니라 어른들 사이의 서두름과 소동이라는 의미가 추가적으로 함축되어 있고 행동의 온상이라는 비유적 가능성도 포함되어 있다. 다른 곳에서 프로이트는 전이를 의사와 환자의 '투쟁'의 장, 또는 더 극적으로 그들의 '전쟁터'라고 묘사했다. 놀이의 현장이든 유혈 사태가 벌어지는 곳이든, 유순한 인물이 거주하든 험악한 인물이 거주하든 이 중간 구역은 분석이 일어나는 장소다. 꿈이 고풍스럽지만 과잉 규정된 방식으로 진행되어 해석되어야 하듯이 전이의 표현적이고 저항적인 특징은 원초적인 신체적 욕구와 감정들에 이끌리는 반복적인 행동의 언어다. 그런 욕구와 감정은 환자가 의식적으로 기억하거나 이해하지 못하는 어린 시절의 애증을 재연하는 관계의 패턴이 되었다.

분석가는 환자에게서 안나 프로이트Anna Freud가 방어적 방식이라고 불렀던 것을 본다. 그것은 세상에서 다른 사람들과 함께하는 개인의 존재 양식이다.[2] 다른 사람들에 대한 우리의 욕구는 본질적 충동이며 그 욕구는 몸과 마음을 가진 존재인 우리에게서 나온다. 프로이트는 《새로운 정신분석 입문》에서 그것이 '우리의 신화'이고 충동들은 '그 무한함 속에서 참으로 근사하다'고 공개적으로 말함으로써 충동(본능)이론을 도입한다. 계속해서 그는, 그런데도 인간은 '두 개의 커다란 욕구(배고픔과 사랑)'에 사로잡힌다고 지적한다.[3] 우리는 《문명 속의 불만》에서 그가 "배고픔과 사랑이 세상을 움직인다"는 실러의 말을 인용한 것을 알고 있다.[4] 프로이트는 자신이 '생물학적 심리학'('생물학적 과정에 대한 정신 수반')을 주장하고 있음을 분명히 했다.[5] 나름의 신화를 갖고 있는 우리 시대의 신경생물학은 우리를 이런 '정신 수반' 문제로 되돌려놓는다. 정신 수반이란 무엇인가? 프로이트는 내가 그렇듯 사랑에 관심이 많았다. 자크 판크세프는 《감정 신경과학》에서 이렇게 쓴다. "모든 포유류는 사회적 유대를 형성하기 위해 심리적 행동체계를 물려받으며, 강한 이끌림부터 이별이 일으키는 절망에 이르기까지 다양한 사회적 감정도 물려받는다는 사실은 이제 널리 받아들여지고 있다."[6] 포유류는 단지 음식에 대한 배고픔을 충족시키는 것만으로는 살아남을 수 없다. 쥐가 그렇듯이 우리는 사회적·성적 충동

(쾌락 원칙)을 갖고 있고 이것은 우리에게 생기를 불어넣고 좋은 기분이나 나쁜 기분을 느끼게 만든다.

우리 뇌의 감정체계가 쥐와 공통점이 아주 많다 하더라도 우리는 사람들이 서로 말을 주고받는 세상에 태어났다. 우리는 자신을 스스로에게 언어로 재현하는데, 이것이 문제를 상당히 복잡하게 만든다. 그것은 우리가 누구를 어떻게 사랑하는지에 영향을 미친다. 프로이트는 이렇게 쓴다. "어떤 본능이 그 목표나 대상과 갖는 관계에는 변화의 여지가 있다. 목표와 대상 둘 다 다른 것으로 변경될 수 있는 것이다…. 우리는 사회적 평가를 고려하여 목표를 변경하거나 대상을 바꿀 때 승화라고 기술한다."[7] 쥐들은 승화시키지 않는다. 모호하기로 유명한 프로이트의 승화 개념은 원초적인 성적 본능이나 충동들이 지적이고 예술적인 창조적 작품으로 바뀐다는 탈바꿈의 개념이다. 말로 표현할 수 없는 감정의 힘은 문화의 장식품 속에서 상징적 실현을 발견한다. 사랑은 재설정될 수 있다.

환자가 분석가와 갖는 관계의 반복적인 양식은 명확하지 않지만 하나의 대상을 가진다. 분석가는 자신이 어머니, 아버지, 형제, 자매 등 다른 누군가의 역할을 대신하고 있음을 깨닫게 될 것이다. 전이 사랑이 맨 처음 시작될 때부터 환상과 현실의 문제들로 가득한 까닭이 바로 여기에 있다. 프로이트는 《히스테리 연구》에서 그의 환자가 그에게 키스하고 싶어 하는 욕망을 '잘못된 연결' 탓으로 보았다. 사람을 착각해서 보았기 때문이라는 것이다. 그 여성이 진짜 대상에 대해 가졌던 기억들은 사라졌다.[8] 그러나 도라의 사례에 붙인 후기에서 프로이트는 간단한 대체를 통해 전이가 오래전 사랑의 대상의 승화된 형태를 만들어낼 수 있는데, 그것에는 분석가의 '실제' 특성이 약간 차용되어 있을 수 있다고 주장한다.[9] 《기억하기, 되풀이하기, 그리고 훈습하기》에서 전이는 '인위적인 질병을 대변'

한다. 그런데도 그것이 '진정한 사랑'의 특성을 가진 '진짜 경험의 일부'라는 말을 듣다 보면 장 샤르코Jean Charcot의 유령이 되살아나는 것 같다.[10)] 하지만 1906년 융에게 보낸 편지에서 프로이트는 그 문제를 훨씬 더 간단하게 진술하여 정신분석은 '사랑이 일으키는 치료'라고 했다.[11)] 그러나 그것은 일방적인 사랑일까, 쌍방의 사랑일까?

샨도르 페렌치Sandor Ferenczi는 역전이의 복잡성을 처음으로 다루었다. 그는 정신분석이 '인간의 내밀한 업무'라고 인정했고, 상호분석을 시도했으며, 분석가의 부자연스럽고 인위적인 위치에 반발했는데, 그것들은 오늘날 정신분석학에서 점점 더 큰 의미를 갖게 되었다.[12)] 프로이트는 환자들 가운데 몇몇을 좋아했으면서도 역전이를 분석가가 넘어서야 할 어떤 것이라고 믿었다. 하지만 사실 전이는 인간적이며 양방향으로 움직인다.

사람들은 놀이터에서 사랑에 빠진다. 거기서든 다른 어디서든 사랑에 빠지는 일은 흔히 상상으로 가득하고, 내가 의식적으로 기억할 수 없는 과거에서 온 유령의 힘에 의해 조종된다. 나는 전이에서 현실적인 것과 비현실적인 것에 대해 프로이트가 보였던 애매함이 그가 《꿈의 해석》에서 제시한 통찰로 해결된다고 생각한다. "우리의 느낌은 꿈속에서 경험한 감정이 깨어 있을 때 경험한 비슷한 강도의 감정보다 결코 열등하지 않다고 알려준다. 꿈은 관념적인 내용보다는 정서적인 내용과 관련하여 우리의 실제 정신적 경험에 포함될 권리를 더 강력하게 주장한다."[13)] 꿈속에서도 전이에서도 감정은 허구가 아니다. 전이의 사랑은 '특별한' 상황에서 생겨나긴 했어도 현실이다.

프로이트의 툼멜플라츠와 스트레이치의 놀이터는 D. W. 위니콧의 '잠재적 또는 과도기적 공간'을 위한 촉매제가 되었다. 그것은 놀이와 시합, 창조성과 문화의 장으로서, 그가 정신분석학 이론에 기여한 가장 중요한 공헌 가운데 하나로 꼽힌다. 그가 쓴 대로 사람들이 '진짜처럼 느끼기' 시작할 수 있었던 것은 오직 놀이를 통해서였다. 나는 위니콧의 책에서 단 한 번도《기억하기, 되풀이하기, 그리고 훈습하기》에 대한 언급을 찾아볼 수 없었다. 언급된 적이 있다면 미처 보지 못하고 놓친 것이겠지만, 그가 인정하든 하지 않든 그 책에서 영감을 받은 것은 분명하다. 프로이트의 언어는 스트레이치를 거쳐 위니콧의 문장 에 가득 퍼져 있다. 위니콧이 볼 때는 치료 중인 노이로제 환자뿐 아니라 평범한 유아들에게도 "현실을 인식하고 받아들이는 데 [그들의] 무능함과 점점 성장하는 능력 사이의 중간상태"가 필요하다.[14] 스트레이치의 번역은 질병과 실제 삶 사이의 중간 구역이다. 프로이트의 것처럼, 위니콧의 중간 영역은 놀이에서 생겨난 환상들로 들끓는다. 하지만 그것은 그 사람의 내부에만 존재할 수는 없다. 위니콧의 "잠재된 공간은 내면의 심리적 실재가 아니다. 그것은 개인의 바깥에 존재하지만 외부세계도 아니다."[15] 곰 인형이나 담요 조각 같은 이행 대상은 세상에 있는 진짜 물건이면서도 유아가 가진 자기 어머니와의 통합 환상으로 빛나는 '상징'이기도 하여 그녀와의 분리가 쉽도록 도와준다. 그것은 '실제 경험의 일부'인 동시에 허구다.

프로이트가 보기에 '놀이 중이다'를 뜻하는 라틴어 'illudere'에서 유래된 환상(illusion)에는 병적인 함축이 있었다. 위니콧에 따르면 우리는 현실세계를 위해 허구를 포기하는 법이 없다. "이행 현상에서 놀이로, 놀이에서 함께하는 놀이로, 그리고 여기서 문화적 경험으로 옮겨가는 직접적인 성장이 존재한다."[16] 음악, 회화, 춤, 소설의 대안적 세계는 모두 놀이에서 생겨난다. 놀이와 문화의 상관관계는 별로 새로운 이야기가 아니다. 위니콧의 논문 〈이행 대상과 이행 현상〉이 나오기 13년 전에 요한 하위징아 Johan Huizinga는 모든 문화는 놀이의 형식이라고 주장하는《호모 루덴스》를 출간했다.[17] 레프 비고츠키에게 놀이는 발달 현상의 하나였다. 그러나 그는 아이의 인생에서 그것이 나타나는 시기를 위니콧보다 더 뒤로 잡았다. 비고츠키에게 놀이는 가상의 상황과 함께 시작했다. 아이가 뭔가를 가장할 때면 "실제 상황과는 거리가 있는 의미에 맞추어 행동한다."[18] 사물의 상징이나 이름은 바뀐다. 냉장고 상자는 집이나 숲속 깊은 곳의 동굴이나 아이들을 잡아먹는 괴물이 되지만 실제 삶에서 그 상자는 여전히 상자일 뿐이다.

이 중간 구역이 이론적으로 얼마나 복잡해질 수 있는지는 쉽게 확인할 수 있다. 사람들은 어떻게 관련 주제의 틀을 정하는가? 그들은 각자 개인적이고 망상에 빠진 경우가 많은 심리적 공간에 앉아 서로에게 메시지를 보내기만 하는 모나드monad일까? 그들 사이의 경계는 어디일까? 그들은 자유롭게 흐르는 상호관계의 단일한 구성단위를 형성할 수 있을까? 그 상호관계를 그들 사이에 존재하는 제3의 실체로 볼 수 있을까? 그 가운데 얼마나 많은 것이 의식적이고 얼마나 많은 것이 무의식적일까? 거기서 현실적인 것은 무엇이고 가상적인 것은 무엇일까? 나는 마르틴 부버의 용어 '사이(the Between)'를 빌려 썼다. 철학자 부버에게 '사이'란 관련된 사람들 가운데 어느 쪽으로도 환원될 수 없는 존재론적 실체였고, 단순히 두 사람을 합한 것 이상의 의미를 가졌다. 사람들 사이의 이상적인 관계는 '의사소통에서 교감으로의 변화, 즉 대화라는 말의 *체현(embodiment)*으로' 귀결되었다. 그것은 다른 사람에게 몰두하거나 다른 사람을 상실하는 종류의 관계도 아니고 나와 당신의 정신분열증적 혼동도 아니었다. 그것은 제3의 실재였다. 부버는 "어느 쪽도 자기의 관점을 포기할 필요가 없다…. 그들은 관점이 더 이상 유지되지 않는 영역으로 들어간다"고 했다.[19] 부버의 교감에서 핵심 단어는 체현된이다. 체현된 대화는 단순히 두 지성이 관계를 맺는 것이 아니라 두 존재가 관계를 맺는 것이다. 심리 치료에 관심이 있던 부버에게 정신 질환은 이 사이 영역에서 생기는 것이었다. 부버의 나-너 변증법은 정신분석학에서도 루트비히 빈스방거Ludwig Binswanger와 칼 로저스Carl Rogers의 작업에 깊은 영향을 미쳤다.

부버와 프로이트는 서로에 대해 잘 알고 있었지만 부버를 둘러싼 종교적 신비주의의 조짐은 철학적 성향이 매우 합리적이었던 프로이트에게 불쾌감을 주었음에 틀림없다. 그는 종교를 제일의 환상으로 여겼다. 놀이는 이성의 반대이고, 이성은 상상력에 대해 승리해야 하며, 철학과 과학이 예술에 승리해야 한다던 칸트의 생각은 마치 유령처럼 프로이트에게서 계속 이어진다. 칸트의 위계는 프로이트의 과학적 기질과 잘 들어맞았다.

과학은 이상적으로 볼 때 거리두기 학문이다. 실제로 과학자는 관찰이나 실험의 3인칭 객관성 뒤로 사라질 것으로 기대된다. 나-너 변증법은 연구 대상이 될 수도 있지만 그것은 인식론적 드라마에 속하지 않는다. 문제의 치료가 대화의 형태(한 방에 두 사람만 함께 있는)로 행해질 때 중립성이라고 불리게 된 거리두기는 그 놀이터에서 일어나는 일들이 아무리 엉망이고 거칠게 변하더라도 냉철한 이성이 분석가를 이끌어야 한다는 주장을 담고 있다. "우리는 그것이 거의 완전히 자유롭게 확장이 허용되는 놀이터인 전이로 들어가는 것을 수락한다…." 그런데 여기서도 실러의 반향(놀이 충동)이 존재한다. 실러에게 놀이 충동(spieltrieb)은 상상력과 예술을 생성하는데, 이들은 소재 충동(Stofftrieb), 즉 감성 충동(감각적이고 육체적인 현실)과 형식 충동(Stofftrieb, 개념적·도덕적 질서의 합리적 수단) 사이에서, 감정과 의지 사이에서, 철학적-과학적 담론과 알 수 없는 외적 실재인 칸트의 물자체 사이에서 중재자 역할을 한다. 실러에게 상상력의 위치는 고전적이다. 몸과 지성이 만나는 바탕으로서의 심상을 의미하는 상상력은 그리스인들에게로 거슬러 올라간다. 그러나 실러에게 수동적 감정과 적극적 의지의 통합, 감각과 이성의 통합은 인간의 자유로 귀결된다.[20] 확실히 프로이트는 이상주의자도, 낭만주의자도 아니었다. 심지어 그의 놀이터를 확장하는 전이의 반복도 자유롭지는 않다. 그는 거의 완전한 자유라고 표현했다. 프로이트는 과학자이자 의사이자 유대인이었다. 완전한 자유라는 말은 그의 사전에 없었다.

프로이트의 충동 이론도 통합을 추구하는데, 그것은 동물의 몸을 갖고 태어났다는 기정사실과 인간정신의 불안정한 성격을 설명하는 방식이다. 그는 충동을 "정신적인 것과 육체적인 것의 경계에 놓여 있는 것"[21]으로 묘사했다. 또 하나의 중간 영역을 통해 프로이트는 지금도 과학자들과 철학자들을 당혹스럽게 만드는 문제를 해결하려 시도한다. 생각은 어떻게 신경망과 관련될까? 정신이 생물학적 과정과 함께 일어난다는 것은 무슨 뜻일까? 사람이 살아가는 동안 갖는 사랑에 대한 기본적 욕구는 신체적 흥분이나 긴장과 함께 시작되는데, 이것은 정신적 표상 또는 심상과 결합되며, 모든 것이 잘 진행될 때 사랑의 대상에서 만족을 찾는다는 것이 프로이트의 대답이다. 충동은 세상을 향해 밀고 나가며 그 여정에는 항상 최소한의 감정이 함께 일어난다. 바로 이것이 우리의 의식적인 주관적 감정들로 귀결되며 최상의 경우 안도의 감정이 된다. 다른 사람들에 대한 우리의 첫 경험들은 무의식적인 기억의 흔적들을 만들고 이 흔적들은 감정과 생각 사이의 연결고리가 된다. 프로이트는 《억압, 증후, 그리고 불안》에서 감정은 "아주 초기에, 어쩌면 개체화 이전에 있었던 매우 중요한 경험들의 재생산"[22]이라고 했다. 이 말이 맞는다면 우리는 전에 우리가 느꼈던 것을 다시 느끼는 셈이다.

프로이트의 '생물학주의(biologism)'는 많은 분야에서 오랫동안 조롱당했지만 이제 부활의 기쁨을 누리고 있다. 지적 기후가 달라졌고 바람의 방향이 바뀌었다. 인문학계 사람들에게 20세기 후반 이론을 이끌던 주체(육체와 분리되고 문화적으로 구성된 언어적 주체)는 지치고 불완전해 보이기 시작했다. 한편, 자연과학계에서는 내면생활과 주관적 경험을 경시하던 행동주의의 대대적인 영향력이 똑같이 줄어들었다. 물론 이것은 개괄적인 일반화다. 언제 어디서나 분위기의 압력에 굴하지 않고 자신의 지적 관심을 추구하는 사람들은 있었다. 그러나 우리는 지금 변화의 순간에 놓여 있음을 깨닫게 된다. 정신생물학적 과정에 대한 프로이트의 생각에 새로운 활기를 불어넣고 놀이터의 정신적 실재뿐 아니라 해부학적 실재도 조명하는 변화다.

그러나 우리는 어떻게 다른 사람들을 이해하는 걸까? 신경과학 분야의 그 어떤 발견도 1996년에 발표된 갈레세, 파디가, 포가시, 리촐라티의 연구 결과만큼 그 분야 안팎에서 동시에 엄청난 소동을 일으킨 적은 없을 것이다. 그 연구에 따르면 짧은 꼬리 원숭이의 뇌의 전운동 피질에는 동물이 움켜쥐기 같은 특정 동작을 수행할 때 점화되는 뉴런이 있는데, 이것은 다른 동물이 똑같은 행동을 하는 것을 관찰하는 것만으로도 점화되었다.[23] 이 반사적 행동이 선천적인지 개발된 것인지는 아무도 알 수 없다는 사실은 분명히 밝혀둘 필요가 있다. 하지만 거울 뉴런이라는 적절한 이름이 붙여진 이것은 인간의 상호주관성을 생리학적으로 설명하는데 힘을 보태게 되었다. 분명한 것은 뉴런이 모방뿐 아니라 의도(어떤 행동의 이유)를 이해하는 데도 개입된다는 사실이다.

다양한 종의 생물학적 모방과 생애 첫날부터 시작되는 1차적인 상호주관성에 대한 연구가 폭발적으로 증가했다. 하지만 거울 뉴런의 개념이 직관적으로 관심을 끌지 못했거나 정신분석학, 현상학, 언어학, 애착 연구, 유아 연구 등 신경과학 외부 생각들에까지 강력한 파장을 불러일으키지 않았다면 그 발견의 운명은 달라졌을 수도 있었다. 실제로 권위 있는 학술지 《사이언스》는 당시 갈레세를 비롯한 저자들의 논문이 일반적인 관심에서 벗어났다고 여겨 논문 게재를 거절했다.

거울은 있는 그대로의 경험으로서도, 은유로서도 서구 사상에서 긴 역사를 갖는다. 에코와 나르키소스의 비극적 삼각관계를 다룬 사랑 이야기는 지금도 감동을 준다. 그 신화에서 사건의 제3의 인물은 아무도 아닌 자(물에 비친 환영)다. 아이가 거울과 갖는 관계를 맨 처음 연구한 이들 가운데 한 명인 빌헬름 프라이어William Preyer는 《아동의 정신》에서 아들이 여러 달 동안 거울에 비친 자신의 모습에 보이는 반응을 꼼꼼하게 기록했다. 그는 실험에서 거울에 비친 자신을 알아보는 것은 자아(나)의 출현을 표시하며, 그로 인해 아동은 거울에 비친 자신과 다른 사람들의 이미지에서 자기와 다른 사람들을 구분하게 된다는 결론에 이르렀다.[24] 자크 라캉은 스승 알렉상드르 코제브Alexandre Kojeve의 헤겔 해석, 특히 《정신현상학》의 주인-노예 장章의 해석에 영향을 받아 거울 단계를 체계적으로 정리했다. 라캉은 유아기에 자기와 타인을 혼동하는 현상, 실제 놀이터에서 거듭해서 입증되어온 현상을 설명하기 위해 증상전가(transitivism) 개념[25]을 사용했다. 증상전가는 샤를로테 뷜러Charlotte Buhler에게 빌려온 개념인데 원래는 카를 베르니케Carl Wernicke가 만든 용어이다. 예를 들어 한 아이가 넘어져서 울기 시작하면 그 장면을 바라보기만 했을 뿐인 다른 아이도 따라 울기 시작한다. 라캉을 읽은 후에 위니콧은 비추어보기를 어머니와 아이의 관계로 다시 생각한다. 비슷한 경향의 생각을 갖고 있는 현대적인 사례는 정신분석가 제시카 벤저민Jessica Benjamin에게서 찾아볼 수 있다. 그녀는 여성주의적·대화적 관점에서 헤겔과 프로이트를 비판적으로 해석하고 위니콧의 이행 이론과 상호성과 조율에 대한 급증하는 유아 연구를 활용하였고, 이를 통해 인간과 정신분석학의 놀이터를 옮겨놓았다. 그녀는《사랑의 굴레》에서 이렇게 쓴다. "…상호주관성 이론은 동일성과 차이 사이의 긴장을 유지하는 자기와 타자의 관계를 지속적인 영향의 교환으로 본다."[26)]

프로이트는 분석 기술을 다룬 그의 논문에서 다른 여러 가지 은유들 가운데에서도 거울 이미지를 분석가에 대한 은유로 이용한다. "의사는 환자들에게 불투명해 거울처럼 그에게 드러난 것 외에는 다른 어떤 것도 그들에게 보이지 말아야 한다."[27)] 우리는 그것을 환자의 관점에서 이런 식으로 표현할 수도 있다. 당신에게서 나는 내 자신을 볼 수 있다 또는 당신을 통해 나는 내 자신을 볼 수 있게 되었다. 한 조사 연구에서 성공적인 심리 치료 시간에는 치료사와 환자가 신체적으로 비추어보기에 참여한다는 것이 드러났다.[28)] 프로이트는 그렇게 말 그대로의 비추어보기를 염두에 두지 않았겠지만 정신분석을 순수하게 인지적인 작용을 넘어서서 소통하는 두 무의식의 대화로 이해했다. 나는 생각의 전이 개념에 주술적인 함축이 가득함에도 불구하고 프로이트가 그 개념에 관심을 갖게 된 것은 그의 임상 경험에서 비롯되지 않았을까 추측한다.

타인을 거울에 빗대는 은유는, 비록 내가 내 자신을 보지 못해도 당신을 바라보면서 우리 두 사람의 신체의 대칭적 유사성을 느끼게 된다는 경이로운 현실을 드러낸다. 이런 비추어보기는 대부분 무의식적이지만 내가 당신을 바라볼 때면 매우 근본적인 방식으로 당신의 얼굴이 나의 것을 대신하게 된다. (생후 1시간도 되지 않은) 유아들이 성인의 표정을 따라한다는 사실을 입증한, 이제는 고전이 되다시피 한 연구는 과학계의 많은 이를 깜짝 놀라게 했다.[29] 그러나 그 발견이 주의 깊은 부모라면 누구나 알고 있을 사실을 확인시켜주었을 뿐임을 여기서 덧붙이고 싶다. 내 딸은 태어난 지 한 주가 되자 내 표정을 흉내 냈고 오늘날 원시대화라고 불리는 것도 하기 시작했다. 내가 말을 하고 조금 기다리면 딸아이가 나에게 대답했던 것이다. 실제로 유아를 관찰한 과학자들도 있었다. 그들 가운데 프라이어는 그가 혀를 내밀자 17주된 그의 아들도 똑같이 행동했다는 사실을 기록으로 남겼다. 그러나 그런 과학자들의 관찰은 인정받지 못했고 일반적으로 받아들여지던 대립되는 이론들의 물결에 밀려 사장되었다.

신생아는 자기중심적이고 비사교적이며 자기밖에 모르고 자폐적이라는 생각은 신생아는 선천적으로 우호적인 존재라는 생각으로 교체되었다. 다시 말해 유아 연구자들이 흔히 지적한 대로 지난 30년 동안 알려진 신생아는 프로이트의 신생아도, 피아제의 신생아도 스키너나 말러의 신생아도 아니다. 콜윈 트리바던Colwyn Trevarthen의 글에 따르면 "유아가 상호주관성을 가진다는 생각은 인간의 몸 안에 있는 마음이 어떻게 인지적·상징적 성장과 무관하게 상대방의 충동을 직관적으로 이해할 수 있는가를 다루는 이론이라 할 수 있다."[30] 직관적으로라는 말은 이전의 아동연구가들뿐 아니라 인지이론가들과 분석철학자들에게도 뒤통수를 한 대 맞은 것 같은 충격을 주었다. 그들은 다른 사람의 마음이라는 문제를 다루기 위해 매우 난해하고 완전히 의식적이고 지적인 훈련을 가정해야 했기 때문이다. 그 바탕에는 인간의 마음을 잠긴 방으로 보고 다른 사람을 로봇 같은 외계인으로 보는 패러다임이 깔려있었다.

트리바던, 대니얼 스턴, 슈타인 브라튼, 갈레세 같은 사람들은 메를로 퐁티의 체현된 상호주관성과 눈에 띄게 비슷한 이론적 입장을 분명히 표현한다. 《지각의 현상학》에서 메를로 퐁티는 유비를 통해 다른 사람들을 이해하는 것에 강력하게 반대 주장을 펼친다. 그는 다음과 같이 쓴다.

> 15개월 된 아기는 내가 아기 손가락을 내 이 사이에 장난스럽게 끌어다가 무는 시늉을 하면 입을 벌린다. 하지만 아기는 거울에 비친 자기 얼굴을 본 일이 거의 없었고 아기의 이는 결코 나의 이와 비슷하지 않다. 사실 아기의 입과 이는 아기가 몸으로 느끼는 대로 즉각적으로 물기 위한 도구고, 내 턱은 아기가 외부에서 바라보는 대로 같은 의도를 가진 행위가 즉각적으로 가능한 도구다. 아기에게는 물기가 즉각적으로 상호주관적인 의미를 갖는다. 아기는 몸으로 자기 의도를 지각하고, 자기 몸과 함께 내 몸을 지각하며, 그럼으로써 자기 몸으로 내 의도를 지각한다.[31)]

이후 어떤 연구자도 그 문제를 이보다 더 잘 표현하지 못했다. 아기가 다른 사람을 파악하는 것은 반성적인 자의식을 통해서가 아니다. 그것은 체현된 잠재의식적 관계에 의해서 이루어진다. 어머니와 아기는 존 볼비가 제시한 대로 둘이서 하나의 단위를 구성하는 한 쌍이다. 그들은 부버의 '우리 공간'에 참여한다. 상대방을 향하는 그들의 응시, 억양, 접촉, 몸짓의 리듬은 위니콧의 변증법에서 서로에게 '조율'된다. 그들은 음악을 만든다. 그들은 춤을 춘다. 그들은 놀이를 한다. 이런 역동성에서는 고전적인 주체/객체의 구분이 흐려지기 시작한다.

이런 반복과 몸으로 공유하는 음악, 오가는 정서적 신호를 통해 미성숙한 아기의 뇌는 엄청나게 성장한다. 생후 1년쯤 되면 뇌의 전두부가 눈에 띄게 커진다. 생후 첫 12개월 동안에는 감정 조절(우리가 우리의 감정적 반응을 관리하는 방식)에 핵심 역할을 하는 뇌의 영역인 오른쪽 안와 전두 피질이 많이 자란다. 앨런 쇼어는 아동과 양육자의 오른쪽 뇌 반구에서 일어나는 상호작용과 그것이 정신병리학에서 갖는 중요성에 대해 방대하게 글을 써왔다. 모자간의 애착이나 애착 실패가 성장하는 뇌의 자율 기능과 신경 화학적 기능, 호르몬 기능에 영향을 미친다는 사실도 점점 분명하게 드러나고 있다.[32] 2006년 《네이처 뉴로사이언스》에 실린 논문에서 미렐라 다프레토Mirella Dapretto 외 여러 저자는 상호반영을 이렇게 설명한다. "일반적으로 성장하는 아이들은(뇌 섬엽을 거쳐 대뇌변연계와 접속하는) 신경기제를 반영하는 오른쪽 뇌 반구에 의지할 수 있는데, 모방된(또는 관찰된) 감정의 의미를 바로 느끼고 이해하는 것은 이곳에서다."[33] 여전히 유동적 상태에 있는 신경생물학을 과도하게 끌어들이지 않더라도 여기서 출현한 것이 사이의 정신생리학이라고 말하는 것은 옳다. 여기에는 자연이나 양육 어느 한쪽이 아니라 그 두 가지가 서로 구분되지 않고 뒤섞인 것이 포함된다. 유전적 기질과 그 사람의 구체적인 일대기가 시간이 흐르면서 인격이 되는 것이다. 그것은 "아주 초기의… 매우 중요한 경험의 재생"이라 할 수 있는 정서적 일대기에 의해 형성된 인격이다.

유전자 연구, 특히 일부 과학자들이 모든 인간의 특성을 밝히기 위한 지도 역할을 할 것으로 기대했던 게놈 해독은 실망스러운 것으로 밝혀졌고 후성유전학에 자리를 내주고 물러났다. 특정 유전자에 생긴 돌연변이가 단순하고 한결같은 영향을 미친다는 증거는 별로 없다. 인간의 이야기는 훨씬 더 복잡하다. 분명해 보이는 것은 감정의 양식이나 반응 유형, 다른 사람들과 갖는 반복되는 관계의 형태와 근원적 의미 등이 다함께 만들어지며, 심지어 태어나기도 전에 시작된다는 사실이다. 뇌 가소성은 다이너미즘dynamism뿐 아니라 신경의 반복도 포함한다. 키르케고르의 지적처럼 반복 없이는 의미도 없다. 그리고 모든 기억은 그것이 암시적이든 명시적이든 일종의 반복이다.

우리의 사회적 관계의 초기 형식은 언어 습득 이전에 상징적 재현 없이 우리 몸의 운동 감각적·감정적 체계 속에 새겨지며 더 고차원적인 모든 의미의 밑바탕에 프로이트의 원초적인 쾌-불쾌 원칙의 일부로 깔려 있다. 이것은 일시적인 신체적 기대를 낳는데 이런 기대는 무의식적 기억의 일부가 되고 다른 사람들과 갖는 관계에 필수적이다. 그것은 놀이터에서 나타나는 행동의 대화코드가 된다. 론 조지프Rhawn Joseph가 말했듯이 "… 초기의 감정적 학습은 왼쪽 뇌 반구와 무관하게 오른쪽 뇌 반구에서" 일어날 수 있다. "학습이나 그와 관련된 감정적 반응이 나중에는 뇌의 언어 중추에 완벽하게 접근 불가능할 수도 있다…."[34] 그가 알고 있든 아니든 그는 프로이트의 주장을 반복하고 있다. 바로 이런 식으로 의식적으로 기억되지 않은 것이 반복되면서 자동적인 정서적 반응이 된다. 생물학적 기제를 통해 다른 사람들의 행동을 직관적으로 지각할 수 있다. 그러나 그런 지각도 과거 경험에 의해 결정된다. 그렇게 해서 환상과 망상이 놀이터로 들어간다. 아이 때 방치되었던 사람은 다른 사람의 종잡을 수 없는 시선을 방치되지 않았던 사람과 다르게 해석할 것이다. 항상 사랑받지 못했다고 느껴온 사람은 대화 상대나 분석가가 다른 데로 눈을 돌리는 모습을 보는 것만으로도 공포감이나 슬픔, 푸대접을 받는다는 느낌을 가질 수 있다. 나중에 그는 자기가 그런 식으로 느낀 것이 왜 옳은지 갖가지 이유를 대며 설명하려 하겠지만 그 가운데 어느 것도 실제 상처를 건드리지는 않는다.

우리는 우리가 명시적으로 기억하지 않는 것을 반복한다. 겉으로는 기계적으로 보이는 이런 학습된 감정적 반응의 재연은 간혹 지겹게 되풀이되는 음악 소절처럼 환자와 분석가 사이에서 거듭 반복된다. 흔히 상징화되지 않은 가장 최초의 관계로 거슬러 올라갈 수 있는 드라마의 반복이다. 이처럼 귀에 거슬리는 악절(musical phrase)을 의식으로 가져가는 것은 쉽지 않고 설사 그렇게 하더라도 그것은 단지 번역에 불과하다. 관계의 병적인 측면은 각색으로 나타나며 결국에는 불협화음을 내는 사이(Between)에 대한 방어로 나타난다. 부버가 옳았다. 심리 질환은 정말 사람들 사이에서 자란다. 그리고 신생아도 우유만큼이나 인정을 갈망하고, 자신을 향한 타인의 눈을 갈망하며, 거울에 비친 여러 신체 부위를 자기 자신으로 알아보게 되기 한참 전에 이미 타인의 눈을 통해 자신의 눈, 입, 혀, 팔다리, 몸 등을 발견한다.

상호작용의 멜로디는 무의식적 기억이 된다. 프로이트의 용어를 빌리면 이것은 기억의 흔적(mnestic traces)으로 우리 각각의 고유수용성과 감정의 배후가 된다. 이 음악은 엔델 털빙의 일화 기억, 즉 개인적인 자서전의 시공간 속에 뿌리내릴 수 있는 기억과 구별되어야 한다.[35] 프로이트가 《자아와 이드》에서 말했듯이 사물들은 그에 상응하는 '단어 표현'을 통해 의식에 이용 가능하게 된다.[36] 나는 단어와 관련해 프로이트가 옳았다고 확신한다. 즉 자의식적 서사 기억은 언어 속에서 유연성(시간의 이동)과 가변성(그 기억은 신뢰할 수 없고 평생 동안 지속적으로 재구성된다)을 얻는다. 서사 기억은 다른 사람이 우리를 보듯이 자신을 가족의 일원, 사회 속의 한 개인으로 바라볼 수 있는 우리의 능력(거울에 있는 것은 나이다)에 의지한다. 이런 타자성은 단어를 통해 가장 정교하게 표현되어 과거의 자신을 끌어모으고, 자신을 미래에 투사시키며, 항상 본질적으로 대화적인 허구의 세계를 만들어내게 한다.

반성적 자의식은 소외의 한 형태로서 "상자가 용이라고 상상하자"라는 비고츠키의 가상적 상황을 수반한다. 그러나 그가 말하지 않았던 것은, 이런 형태의 상상하기는 그 이전에 있었던 정서적 비추어보기 관계에 근거를 두고 있다는 사실이다. 단어들은 궁극적인 특사들이다. 단어들은 몸 안쪽에서 바깥쪽으로 여행하며 사적으로 소유되지 않고 공유되기 때문이다. 나의 심상, 나의 꿈속 장면들은 내가 그것들에 대해 당신에게 말하기 때문에 당신에게 가 닿을 수 있다. 그리고 당신이 반응을 보일 때 우리는 실세계에서 또는 분석적 공간이라는 특별한 상황 속에서 대화를 나눈다. 러시아의 M. M. 바흐친Bakhtin이 주장한 것처럼 단어는 그 자체로 대화적이고, 타인에 관련되거나 다른 사람들에 의한 쓰임새와 문맥의 전체 역사에 관련된 개인적인 의도로 가득하며, 구체화되거나 고정된 최종적 의미가 주어질 수 없다.[37] 내가 혼자 있을 때조차 자아와 타자 사이에 오가는 율동적인 현실이 내 안에 체현되며 그 의미는 암시적이면서도 명시적이다.

이것은 프로이트의 《쾌락 원칙을 넘어서》와 그의 손자에게로 이끈다. 생후 1년 6개월 된 아이는 엄마가 곁을 떠나도 울지 않고 밤에도 부모를 귀찮게 하지 않는 '착한' 소년이다. 대신 그는 포르트 다 게임(fort–da game, 손자가 실패를 멀리 던지고 '포르트(없다)'라고 외치고 다시 실패를 끌어당기며 '다(있다)'라고 외치며 노는 것을 보고 프로이트가 이름 붙인 게임이다. 프로이트는 이 게임을 엄마와 헤어지는 고통스런 체험을 놀이로 상징화하여 극복하는 과정으로 보았다 – 옮긴이)을 하면서 엄마를 멀리 내던지고 다시 끌어당기는 행위를 통해 엄마의 부재를 재연하면서 거기에 익숙해진다.[38] 이 게임의 '상징적' 의미, 즉 부재를 무마하는 수단으로서 포르트fort와 다da라는 단어가 갖는 역할에 대해 라캉은 심하다 싶을 정도로 많은 주석을 달았다.[39] 그러나 그것은 율동적이고 신체적인 게임이기도 하다. 실이 연결된 실패를 던졌다가 끌어당길 때 왔다 갔다 하는 움직임에서 관계의 형체가 재연된다. 프로이트의 손자는 사이 게임(the Between game)을 한다. 실패와 실을 진짜 가상적 상황으로 바꾸기에는, 비고츠키식으로 표현하여 "시각 영역에서 의미 영역을 떼어내기"에는 그는 너무 어리다.[40] 그 아이는 "실패가 엄마고 나는 힘이 아주 세다고 상상하자"라고 말할 수 없다. 그러나 프로이트가 주목했듯이 포르트 다 게임에는 강력한 감정적 의미가 있다. 그것은 비고츠키의 용어로는 아직 충분하고 분명하게 표현되거나 소원해지지 않은 의미다. 소년에게 즐거움을 준 것은 그 게임이 반복적으로 집어던지고 끌어당기는 신체 리듬에 맞추어 음악적으로 단어를 반복하는 데서 드러나는 지배의 환상이다. 운동-감각 행위와 발화라는 두 단계가 분리되지 않고 통합되어 있다.

모든 포유류, 그 가운데에서도 특히 어린 개체들이 놀이를 한다. 그들은 신나게 뛰어다니고 뛰놀며 구른다. 시늉을 하는 것은 사람들에게만 국한되지 않는다. 개를 키워본 사람이라면 싸우면서 노는 모습을 보았을 것이다. 거울에 비친 자신의 이미지를 알아보는 유인원과 돌고래는 더 복잡한 가장의 징후를 보인다. 자크 판크세프는 그 고유의 놀이 충동 버전을 갖고 있다. 그것은 뇌에 있는 본능적인 놀이체계로서 기본적으로 감정적이고 사회적이며 시냅스의 화학물질 종류에 따라 강화되거나 침체된다. 판크세프는 다음과 같이 쓴다. "대부분의 영장류에게 과거에 사회적으로 격리되었던 경험은 놀이를 하려는 욕구에 파괴적인 영향을 미친다. 며칠 동안 격리시킨 어린 원숭이들과 침팬지들은 의기소침해하고 집단으로 다시 돌아갔을 때도 상대적으로 놀이를 거의 하지 않는 모습을 보이는 경향이 있다. 사회적 다정함과 지지, 소속에 대한 그들의 기본 요구가 먼저 충족되어야 함은 분명해 보인다. 신뢰를 회복한 후에만 자유분방한 장난기가 돌아온다."[41] 위니콧에 따르면 그의 환자들 가운데 몇몇은 치료받을 때 어떻게 노는지 배워야 했다. 사람(그리고 몇몇 동물들)은 안전하고 인정받는다고 느껴야만 놀이터로 간다.

유희의 성격이 없는 강박적이고 비자발적인 반복은 대체로 그 근원에 정신적 외상이 숨어있다. 프로이트도 《쾌락 원칙을 넘어서》에서 그런 반복에 대해 다루었다. 나는 그런 반복의 특징이 죽음의 본능을 끌어들이지 않고도 설명 가능하다고 생각한다. 그것은 완전히 신체화되고 운동 감각적이며 간혹 시각적인 기억들로 언어적 표상은 없다. 플래시백은 가장 극적인 실례다. 그러나 히스테리나 전환 장애의 징후들도 언어적 상징으로 명확하게 표현되지 않은 상태들이다. 프로이트가 1895년에 주장했듯이 이것은 "몸이 대화에 참여하는" 순간이다.[42)] 기억과 정신적 외상을 다룬 정신분석학과 신경생물학의 연구서는 많다. 그에 대해서는 《흔들리는 여자》[43)]와 《신경정신분석》에 실릴 예정인 논문에서 훨씬 더 상세히 다루었으니 간단히 한 가지만 말하고 넘어가기로 하자. 전이의 전쟁터도 올바른 감정적 환경에서는 놀이터가 될 수 있다. 여기서는 위니콧과 비온의 안아주고 담아주는 환경이 매우 적절해 보인다. 프로이트가 알고 있었던 것처럼 타인이나 분석가와 갖는 관계에서 병적인 반복을 계속하게 되는 것은 엄청난 정신적 외상을 입은 사람들뿐 아니라 보통의 나이 든 노이로제 환자들도 마찬가지다. 언젠가 이런 내용을 강의했던 정신분석가이자 뇌 연구가인 내 친구 마크 솜즈는 정신분석이란 당신이 알고 싶지 않은 것을 대면하는 법을 배우는 것이라고 말한다. 내 경험에 비추어볼 때 이것은 정확히 맞는 말이다. 거울을 들여다보는 것이 고통스러울 수도 있다. 그 이미지 안에서 우리는 결코 혼자가 아니기 때문이다. 우리는 사랑하는 사람들, 그리고 그들과 벌인 싸움까지 함께 갖고 거기에 있다. 치료의 여정은 억압된 의미의 융통성 없고 표현되지 않은 유형들을 단어로 분명하게 표현될 수 있고 더 자유롭고 더 창의적이며 장난스러운 의미로 대체하는 것, 그리하여 더욱 다양한 반복 속에서 사는 것이다.

포르트 다 게임은 혼자 하는 놀이조차 원래는 사회적이고 대화의 성격을 갖고 있음을 보여주는 훌륭한 사례이며 하나에 둘이 들어 있음을 보여주는 실례다. 18개월 된 그 소년은 이제 겨우 거울을 보고 자기를 인식하는 단계에 와 있을 뿐이다. 그 아이가 반복하는 놀이를 벌이는 놀이터는 타인이 있는 실제 외부세계와 그의 욕망 사이에 있는 중간 공간이다. 상상 놀이는 이행적이다. 그것은 지배를 위해 한층 더 나아간 새로운 놀이와 공상들로 대체되면서 그의 삶에서 사라질 것이기 때문이다. 그런데도 이후의 놀이 형식들은 말을 배우기 전의 대화의 가장 오래된 운율과 신체적 리듬을 바탕으로 세워진다.

성장하는 중간 영역의 가장 눈에 띄는 특징은 아마도 상상의 친구들일 것이다. 이 이행적 존재는 어린 시절에 나타나서 가족의 중요한 일원, 어떤 때는 다루기 힘든 일원으로 시간을 보내다가 나중에 사라진다. 그 현상은 제대로 연구되지 않고 있는데, 심리학자들이 그 개념을 정의하는 문제에서 끝없이 난항을 겪기 때문이다. 상상의 친구에 인격을 가진 동물 인형들을 포함시켜야 할까? 애플잭(Applejack, 미국 애니메이션 〈마이 리틀 포니〉에 등장하는 캐릭터.)이랑 얼마나 자주 노는지 질문하자 "내가 애플잭이야!"라고 대답한 어린 소녀처럼 스스로 상상의 친구가 되는 아이는 어떤가?[44] 《연도별 아동 발달 추이 2000~2001》에서 상상 친구의 두 가지 사례를 뽑았다. "소 떼 : 여러 가지 색과 다양한 크기의 소들에게 아기처럼 젖을 먹이고 기저귀를 채운다. 아버지가 우연히 그 가운데 하나를 밟았다고 해서 알게 되었다." "메이비 : 성별이 바뀌는 인간으로 주로 아이가 집 현관에서 큰 소리로 외쳐서 부른다."[45]

소 떼와 메이비는 허구적 세계의 인물들로 외부 현실세계와 관련된 감정적인 목적에 기여한다. 이런 허구적 존재의 심리적 풍부함은 이런 짧고 전혀 세밀하지 않은 묘사에서도 분명히 드러난다. 소들은 기저귀를 차고 아버지는 부주의해 그 가운데 하나를 밟았다! 한편, 메이비는 성별이 자주 바뀐다. 만들어낸 친구는 남자나 여자 한쪽으로 정해져 있지 않으니 얼마나 좋은가! 여동생 리브와 나에게는 적이 하나 있었는데, 바로 아이들을 괴롭히는 흉측한 여자 클린치 클롱크 부인이었다. 이런 편리한 투사의 가학적 활용은 우리를 몇 시간씩 즐겁게 만들어주었고 우리의 못된 충동과 우리가 어머니에게 품을 수 있는 온갖 분노의 안전한 저장고를 제공해주었다. 우리는 프로이트의 손자만큼이나 아주 착한 아이들이었기에 승화된 클린치 클롱크 부인이 필요했다고 생각한다. 머리칼이 곤두설 정도로 무섭지만 안전한 이야기들을 손쉽게 공급해주는 여자 괴물이 필요했던 것이다.

어린아이들도 그들의 상상 친구들이나 놀이를 위해 만들어낸 것들이 '진짜'가 아니라는 사실을 안다. 그들은 위니콧과 메를로 퐁티의 '잠재적 공간'에 거주한다. 그것은 지금 여기의 공간인 현상적 실재가 아니라 그것과 나란히 존재하는 환상의 서사적 영역이다. 정교한 이야기의 세계는 항상 이원적 의식의 산물(여기와 저기, 나와 너의 동시성의 산물)이다. 자폐증으로 훼손된 놀이에 대한 논문에서 쇼모지 버르거Somogy Varga는 그것을 이렇게 표현한다. "놀이는 본질적으로 상호주관적인 현상이어서 반응하는 다른 사람의 존재가 필요하다."[46] 그런 유령들을 보는 일은 불가능하겠지만 그들은 거기 존재하며 그들의 공명하는 힘은 감정에 영향을 미친다. 감정은 실재한다. 그러므로 아이들은 자신이 만들어낸 가짜 이야기에도 겁을 먹을 수 있다. 상상의 친구들이 상냥할 수도 있고 비열하고 고통을 줄 수도 있다. 일단 놀이터에서 어떤 인물이 생겨나면 그 또는 그녀, 아니면 메이비는 항상 고분고분하지도 우리의 의식적 통제 아래 머물지도 않는다.

우리는 살아가면서나 분석할 때 다시 환상 및 망상, 건강 및 질병과 맞닥뜨릴 수 있다. 그 경계는 어디에 있을까? 위니콧은 상상의 친구들을 미심쩍게 여겨서 그들을 "지극히 원시적인 유형의 다른 자아들"이라고 불렀다.[47] 그러나 마저리 테일러Marjorie Taylor가 그 주제를 다룬 책에서 지적한 것처럼 이런 꾸며낸 존재가 병적이라는 일반적 생각을 뒷받침할 증거는 별로 없다.[48] 대부분의 아이들에게 프로이트의 현실 원칙은 적극적인 제약으로 남아 있다. 더욱 흥미로운 사실을 보여주는 것은 신경과 환자들의 상상 속 친구들과 적들이다. 그들은 그들의 거울 이미지를 상냥하거나 해를 끼치는 타인으로 착각하고, 인형과 장난감을 의인화하며, 다락방에 나타나는 가상의 아이들이나 낯선 사람들을 만들어내고, 사랑하는 사람들이 사실은 외모만 꼭 닮은 가짜라고 믿거나, 마비된 자기 팔을 다른 사람의 팔로 여긴다. 신경학자 토드 파인버그Todd Feinberg의 지적대로 이런 망상들은 부정적인 징후가 아니라 긍정적인 징후이고 거의 항상 뇌의 우반구 손상과 함께 나타난다. 그러나 모든 우반구 병소가 망상으로 이어지는 것은 아니다. 단순한 위치 이론으로는 결코 그것을 설명할 수 없으며, 그것이 좌뇌의 온전한 언어 영역을 이용해서 사라진 기억을 채우려하는 것이라는 말로도 해명되지 않는다.[49]

파인버그는 이런 작화증(confabulation, 이야기나 세부적인 사항들을 꾸며내 기억의 틈을 메우는 행위—옮긴이)과 어린 시절의 상상 친구들, 그리고 프로이트의 무의식적 방어 개념 사이의 연관관계를 명확히 표현한다. 많은 동료와 대조적이게도 파인버그는 프로이트처럼 환자들의 흥미로운 서사의 주관적 내용에 관심을 보인다. 그들의 개인적인 서사가 없다면 그들의 질병은 포착하기 어려운 것으로 남는다.

파인버그의 환자 JK는 우반구의 뇌농양을 제거하는 수술을 받은 후 마비된 왼팔이 자기 형의 것이라 주장했다. 그 청년은 바다 건너편에 살고 있는 가족들을 매우 그리워했다. 그는 파인버그 박사에게 형의 팔이 관 안에 있는 것을 발견했는데, 그것이 자기 몸에 붙어 있어서 위안이 된다고 했다. 그 망상이 사라진 후 JK는 흐느껴 울면서 형의 팔이 그에게 더 강해진 느낌을 주었다고 설명했다. 파인버그 박사가 그에게 건강한 오른팔을 어떻게 생각하는지 질문하자 환자는 간단하게 "좋아요"라고 대답했다. 그러고는 이렇게 설명했다. "이건[그의 오른팔] 이것[그는 자기 왼팔을 가리켰다]처럼 이야기를 갖고 있지 않아요…. 그건 이야기가 있어요. 제가 선생님께 말씀드린 것처럼요. 이 손은 내가 형과 더 가까이 있다고 느끼게 해주는 배경을 갖고 있어요."[50)]

이 남자에게 형의 팔은 그의 질병과 실제 삶 사이의 허구적 영토를 차지했으며 그것이 그에게 이행 대상의 역할, 그가 사랑하는 형 전체를 대변하는 은유적 역할을 했던 것 같다. 파인버그는 환자들의 작화증이 신화, 꿈, 문학과 많이 닮았다는 사실을 놓치지 않고 간파했다. 그러나 나는 조금 다른 부분에 역점을 두고 그 사례를 검토하고 싶다. JK의 우반구 뇌 부상은 프로이트의 현실 원칙, 즉 규제 능력에서의 기능장애를 초래한다. 이 능력에는 만족을 지연시키고 불쾌한 현실, 예를 들어 나는 몸의 왼쪽이 마비되었고, 내 몸에 형의 팔이 붙어 있을 수는 없다는 현실을 대면하면서 본능의 방출을 인지적으로 통제하는 것이 포함된다. 뇌의 우반구는 다른 사람들의 감정을 읽는 일과 내면에서 감정을 조절하고 억제하는 일에 깊이 연루된다. JK나 그와 비슷한 환자들은 깬 채로 꾸는 꿈에 시달리는 것 같다. 꿈속에서 단 한순간도 이런 건 불가능해라고 생각하는 일 없이 새롭거나 근본적으로 달라진 신체 부위를 가진 내 모습을 발견한다. 꿈꿀 때는 전뇌가 활동하여 더 고차원적인 인지과정이 작용하지만 이른바 뇌의 집행 구역이라 불리는 양측 전전두엽 피질은 잠잠하다.

프로이트는 '정신이 잠자는 상태'[51]가 존재한다고 주장했고, 꿈 작업(dream work, 꿈의 내용을 만드는 무의식의 과정－옮긴이)은 의식에 감지되지 않을 뿐 낮 동안에도 일어난다. JK의 망상은 꿈의 응축을 떠올리게 한다. 프로이트는 이렇게 쓴다. "꿈에서 응축이 진행되는 방향은 한편으로는 꿈 사고의 합리적인 전의식적 관계에 따라 결정되고, 다른 한편으로는 무의식에서 시각적 기억들에 의해 발휘되는 매력에 따라 결정된다."[52] 추상적 사고는 꿈속에서 구체적이고 시각적이 되며 기억 이미지들에서 내용을 빌려온다. 나는 혼자이고 마비되었다. 나는 형을 기억하며 그를 원한다. 나는 그의 힘과 위로, 그의 사랑과 우정을 원한다. JK의 욕망은 그의 의식적 신체상의 변형으로 깔끔하게 변형되고 응축되거나 압축된다. 그런데 이것은 나의 형은 이제 나와 함께 여기에 있다. 나는 그의 팔을, 껴안아주는 그의 팔을 갖고 있다는 잘못된 정체성의 사례이기도 하다. 또는 나는 죽은 팔을 형이 가졌더라면 좋았을 거라고 생각한다는 어두운 측면도 있을 수 있다. 형의 팔은 상호주관적 관계의 가상적인 내적 구성물이고 이 허구가 취하는 형태는 임의적이지 않다. 그에게 '죽은' 팔이 처음 나타난 곳은 결국 쓸모없고 반응하지 않는 사지를 담기에 완벽한 용기인 관 속이었다. 하지만 환상이라는 이런 사이 영역에서 나타나는 감정은 무서울 정도로 현실적이다. 우리는 비탄을 바라보고 있다.

정신의학에서 신경학을 분리하거나 심리학에서 생물학적인 것을 분리하는 것은 잘못이며 질병 일반으로부터 주관적 경험을 무시하는 것은 한층 더 통탄할 오류다. JK의 뇌 병변이 꿈 작업의 환각적 과정을 대낮에도 허용하는 탈억제를 설명해줄 수 있겠지만 왜 그것이 비슷한 부상을 입은 다른 사람들이 아니라 JK에게서 분출했는지는 설명하지 못한다. 또한 그런 분출의 개인적 내용도 설명하지 못한다. 많은 종류의 꿈-의식은 사람들이 잠들지 않았을 때 나타난다. 합리적 사고의 논리적 배열은 공상에 잠겼을 때, 잠들기 전 선잠에 빠졌을 때의 환각 상태와 분석의 자유 연상 속에서, 그리고 예술작품을 제작할 때 느슨해진다.

예술가들과 예술 제작은 항상 프로이트를 다소 과민하게 만들었지만 그는 이따금씩 그랬듯이 《꿈의 해석》에서 실러에게 의지했다. 그는 시인이자 철학자인 실러가 한 친구에게 쓴 편지를 인용한다. "…창조적 정신이 있는 곳에서는 이성(내게는 그런 것 같아 보이네)이 출입구에 대한 감시를 늦추어서 생각들이 황급히 몰려드네. 그러면 이성은 그때서야 그것들을 훑어보고 뭉뚱그려서 검토한다네."[53] 이성이(그리고 몸 전체가) 긴장을 풀 때 생각들이 몰려들어 마비된 팔이나 거울에 비친 모습, 상담실에 있는 분석가, 또는 글로 쓴 이야기나 시에 달라붙을 수 있다. 상상 속의 다른 사람들이나 이런 허구 속 분신은 항상 착한 형제 요정들이 아니다. 그들은 클린치 클롱크 부인 같은 괴물일 수도 있다. 요정과 괴물은 다양한 형태를 취하며 전이와 역전이 속에서, 그리고 가상적인 허구의 놀이 속에서 잊어버린 과거의 유령이 되어 떠오른다. 그들은 나와 당신 사이에 놓인 중간 지역에서 출몰한다.

이것이 바로 이야기가 피어나는 곳이다. 문학의 작화증이 지배의 일환으로 상처와 상실 너머로 꿈처럼 꽃을 피우는 곳이다. 위니콧이 믿었던 것처럼 이런 환상들은 역설적이게도 현실처럼 느껴질 수 있다. 프로이트가 죽은 뒤에 그의 딸 안나는 그의 꿈을 꾸었다. 이 부활의 꿈을 분석하면서 그녀는 이렇게 썼다. "그런 꿈들의 주된 장면은 항상 그가 나에게 다정하게 대하는 장면인데, 그것은 항상 내가 과거에 보였던 다정함의 형태를 취한다. 실제로 그는 한두 번의 예외를 제외하고는 결코 그런 모습을 보인 적이 없었는데, 그것이 항상 내 기억에 남아 있었다."[54)]

허구를 만드는 일은 깨어 있는 동안 꿈꾸는 것과 비슷하다. 모호하든 생생하든 기억은 예술가가 놀이를 하는 동안 재설정된다. 상상 친구들이 함께 있어주기 위해 미지의 지역에서 나타난다. 모든 아이가 그런 것처럼 나도 내 소설 속의 세계가 '가장'이라는 것을 안다. 나의 현실원칙은 멀쩡하다. 하지만 내가 쓰는 모든 허구가 계속 만들어지고 놀이가 이어지기 위해서는 그 세계가 감정적으로 참이어야 한다. 선택은 결코 임의적이지 않다. 왜냐하면 내가 쓰는 단어들 아래로 아름다우면서도 불협화음을 이루는 선율이 이어지는 오래된 음악을 느끼기 때문이다. 그것은 내가 들려주고 있는 이야기를 이끌어가고 앞으로 진전시키는 자신의 멜로디와 리듬이고, 단절이다. 모든 소설은 타인(물론 상상 속의 타인을 말한다)을 위해 쓰인다. 소설은 대화적이고 그 안에서 수다를 떨지만 서로 동의하는 일이 드문 많은 목소리에 의해 만들어진다. 심리 치료를 받을 때는 나도 진짜 타인인 나의 분석가와 놀이터에서 만나야 한다. 그 놀이터에서 우리는 사이의 나라에 사는 요정들, 괴물들과 씨름한다. 그리고 나는 가끔 거울 속에서 괴물도 요정도 아니지만 변형된 내 자신, 더 열심히 더 자유롭게 놀 줄 아는 사람으로 바뀐 내 자신을 발견한다.

얼마 전 꿈속에서 지그문트 프로이트와 안나 프로이트를 만났다. 대스타를 만난 데 감동해 행복감이 밀려들었다. 나는 노인과 악수했다. 그러자 프로이트 양이 나에게 말했다. "당신이 오스카 와일드Oscar Wilde처럼 너무 오래 머물지 않았으면 좋겠네요." 이 꿈을 분석하려면 너무 깊이 들어가야 하는데, 여기서는 그럴 시간이 부족하다. 어쨌든 나는 내가 너무 와일드하지도, 너무 오래 머물지도 않았기를 희망한다.

2011년

바라보다

LOOKING

우리는 시력을 잃으면 환상을 만든다. 본다는 것은 창조하는 것이기도 하다. 예술가들은 때로 환각을 현실로 만들 수 있다. 날아다니는 얼룩말의 그림은 세상에 있는 진짜 사물, 실재하는 볼거리다.

보기에 대한 고찰

1. 바라보지만 알아보지 못하는 것은 오래된 문제다. 그것은 대체로 이해가 부족하다는 의미이며, 우리 주변에 있는 어떤 것의 의미를 간파할 수 없다는 뜻이다.

2. 인지과학자들은 다음과 같은 실험을 여러 차례 진행했는데, 항상 똑같은 결과를 얻었다. 그들은 실험 참가자들에게 야구시합을 하는 두 팀의 동영상을 보여주면서 공을 잡는 사람이 바뀌는 횟수를 확인하라는 과제를 내준다. 나도 참여해보았는데, 공의 움직임을 쫓기 위해서는 매우 주의를 기울여야 했다. 게임 중간에 고릴라 복장을 한 한 남자가 운동장으로 걸어 나와 카메라를 향해 가슴을 두드리고 퇴장한다. 그런데 실험 참가자 절반이 그 거대한 유인원을 보지 못했다. 그들은 영상을 되돌려서

고릴라가 한가롭게 거닐며 경기장을 들락거리는 모습을 확인할 때까지 그가 정말로 거기 있었다는 것을 믿지 못했다. 하지만 과제가 주어지지 않았을 때는 거의 모든 사람이 고릴라를 본다. 이것을 무주의 맹시(inattentional blindness)라 한다.

3. 나는 지금 내 책상에 앉아 글을 쓰면서 스크린을 보지만 나의 관심을 지배하는 것은 이 문장이다. 그 단어들 주변에 많은 것이 있다는 나의 순간적 인식은 사실상 내 주의를 다른 곳으로 분산시킨다. 페이지의 흰 모서리 너머 컴퓨터의 파란 스크린, 아래위의 다양한 아이콘, 분홍 종이에 '하버마스 254-55', '미니Meany 외, 스트레스에 대한 부신 피질의 반응에 미치는 영향' 같은 글을 휘갈겨 써서 고개를 돌리기만 하면 읽을 수 있게 붙여놓은 네모난 작은 포스트잇들(난해한 연구의 부산물이다)로 어수선한 책상 앞, 검은색 스테이플러, 그리고 내가 그들을 향하는 순간 내 의식 속으로 들어오는 셀 수 없이 많은 다른 물건 등. 결정적인 것은 내가 그들을 향하지 않는다는 데 있다. 매일 여러 시간 동안 나는 그들을 의식하지 않고 지내는데 설사 의식하는 경우가 있다 해도 매우 드물다. 나는 제한된 현상적 세계에서 살아간다. 내면의 화자가 단어를 발설하고 지시를 내리면 내 손가락은 자동적으로 자판을 두드린다. 머리와 손의 상관관계를 고심할 필요가 없다. 나는 그 관계 속에 포함된다. 만일 다른 무언가가 갑자기 내 책상 위에 나타났다 사라진다 해도 나는 그 등장이나 사라짐을 전혀 알지 못할 것이다.

4. 언젠가 낯선 복도에서 내가 거울을 보고 있는지 몰랐던 탓에 내 자신을 낯선 사람으로 착각한 적이 있다. 내가 어떤 공간에 있는지 몰

랐기 때문에 내 모습이 나를 깜짝 놀라게 했다. 기대는 지각知覺에 결정적이다.

5. 길에서 오래된 친구를 만났다고 생각했는데 알고 보니 낯선 사람일 때가 있다. 알아보는 일은 성냥처럼 점화되고 그 후 내가 틀렸다는 사실을 깨달을 때 즉시 꺼진다. 알아본다는 것은 생각하는 것이 아니라 느끼는 것이다. 나는 무엇이 그런 착각을 일으켰는지 추적할 수 없으며 왜 어떤 사람이 나에게 다른 사람을 떠올리게 했는지 당신에게 말할 수도 없다. 바로 그날 내 마음속에 그 친구가 잠재적으로 존재했던 것일까, 아니면 혼동은(튀어나온 턱이나 기울어진 어깨, 또는 보행 리듬 같은) 순전히 외적인 요인에서 비롯되는 것일까?

6. 우리는 죽음이나 고통을 보여주는 끔찍한 사진에 둔감해지지 못한다. 우리는 그런 것들을 피하는 쪽을 선택할 수도 있다. 아침에 신문에서 섬뜩한 이미지를 발견할 때면 너무 오래 보는 것이 상처가 될까 봐 외면한다. 사람들이 공포영화와 폭력적인 스릴러에 열광하는 까닭은 그들이 그런 것에 별 느낌을 받지 않는 법을 배워서가 아니라, 안전하게 앉아서 폭발하는 몸들을 볼 때 자신들의 몸으로 밀려드는 대뇌변연계의 쾌감에 탐닉하기 때문이다. 이런 시청자들은 대부분 남자들인 것 같다.

7. 우리는 무슨 색이라고 말하기도 전에 이미 그 색채를 느낀다. 색은 우리에게 전반성적으로 작용한다. 내가 빨간색이라고 말하기 전에 나의 일부가 빨강을 느낀다. 나의 인지능력은 그 색의 영향보다 뒤처진다. 어

떤 방에 서 있을 때 내 눈은 가장 먼저 빨간 튤립이 꽂힌 꽃병으로 향한다. 그것이 빨간색이고 살아 있기 때문이다.

8. 언젠가 어머니가 잔디밭에서 죽어 있는 고양이를 찾아 집으로 데려왔던 이야기를 들려준 적이 있다. 어머니는 몇 미터 떨어진 곳에서 보았는데도 불쌍한 우리 고양이가 죽었다는 사실을 절대적으로 확신할 수 있었다고 했다. 축 늘어진 사물. 그것.

9. 세상을 떠난 사랑하는 사람들의 사진은 나를 끌어들인다. 나는 넋을 잃는다. 선하고 소중한 얼굴, 세월이 흐르면서 달라진 얼굴이 거기 있다. 그 얼굴을 간직하는 것은 사진이지 내 기억이 아니다. 기억은 그가 여러 해에 걸쳐 보여준 많은 얼굴로 인해 흐릿해진다. 그런데 나이를 먹은 것은 하나의 얼굴일까? 가끔 나는 차마 바라볼 수가 없다. 그 이미지는 슬픔의 징표가 되었다. 그렇긴 해도 낯선 가족들의 사진처럼 따분한 것도 없다. 아버지가 돌아가신 후 나는 그의 서류 틈에서 모르는 사람들(행복한 가족들)이 보이지 않는 렌즈를 향해 활짝 웃고 있는 사진들이 들어 있는 크리스마스카드들을 발견했다. 나는 그것들을 없애버렸다.

10. 전류피부반응(galvanic skin response)은 감정적 상태에 빠져 있는 동안 신경과 땀에 의해 피부를 빠져나가는 열과 전류의 변화를 기록한다. 흰 가운을 입은 사람들이 당신의 손에 전극을 붙이고 무슨 일이 일어나는지 추적한다. 그들이 당신에게 당신 어머니의 사진을 보여주면 당신의 전류피부반응 수치가 올라간다. 몸 안에 간직된 의미.

11. 우리의 시각적 세계는 풍성할까 빈약할까? 이를 둘러싼 논쟁들이 있다. 사람들의 의견은 일치하지 않는다. 철학자와 과학자, 다른 분야의 학자가 논문과 책에서, 또는 강의할 때 이 풍부함과 빈약함의 문제를 깊이 성찰한다. 인간은 아주 제한된 주변 시야를 가졌지만 대신 머리를 돌려서 세상을 더 많이 받아들일 수 있다. 글을 쓰고 있을 때 내 시야는 엄격하게 내가 집중하고 있는 것에 한정되지만 내 눈이 어떤 공간을 배회할 때면 간혹 그곳을 가득 채운 빛과 색채를 발견하고 놀라게 된다. 예를 들어 내가 내 책상 위 그림자에 집중할 때 그것은 주목할 만한 것이 된다. 작고 동그란 시계가 둥근 바닥 양옆으로 두 개의 그림자를 드리운다. 하나는 연회색, 다른 하나는 더 짙은 회색의 그림자다. 더 짙은 쪽의 타원형 그림자 끝에 강렬한 빛의 얼룩이 있다. 내가 바라보자 이 광경이 아름다워졌다.

12. 왜 어떤 얼굴은 아름다울까?

13. 이미지가 너무 빨리 스쳐 지나가서 의식적으로 지각하지 못해도 우리는 무의식적으로 그것을 받아들여서 무슨 일이 일어나고 있는지 알지 못한 채 거기에 반응한다. 내가 보았다고 말할 수 없는 우거지상의 사진이 어떤 식으로든 나에게 영향을 미치는 것이다. 과학자들은 이것을 마스킹masking이라고 한다. 맹시 환자들은 피질맹(cortical blindness)을 갖고 있다. 그들은 시각적 무의식은 있지만 시각적 의식을 상실했다. 그들은 보고 있으면서도 자신이 보고 있다는 사실을 모른다. 만일 그들에게 당신이 들고 있는 것(연필)이 무엇인지 맞추어보라고 하면 그들은 진짜로 눈이 먼 사람들보다 훨씬 잘 추측할 것이다. 말과 의식은 연결되어 있다. 나는 이 세상

에서 내 의식에 결코 기록되지 않는 것들을 얼마나 많이 볼까? 길을 걸을 때 어떤 장면을 아주 잠깐 슬쩍 보고 지나가는데, 조금 뒤 그 알 수 없는 이미지를 분명히 이해하게 될 때까지는 내가 목격한 것을 당신에게 말할 수 없다. 예를 들어 털이 복슬복슬한 것은 어린 남자아이가 유모차에 앉아 달랑거리며 들고 있는 동물 인형이라는 사실을 깨닫기 전까지는 말할 수 없는 것이다. 또 한 번의 시간 차.

14. 우리는 그림을 만드는 존재다. 우리는 낙서하고 스케치하고 색칠한다. 내가 본 것을 스케치할 때 나는 지금 바라보고 있는 사물을 마음으로 건드린다. 그것은 손으로 그 물건의 윤곽을 쓰다듬는 것과 같다. 아이들처럼 그림을 그리지 않게 된 사람들도 꿈속에서나 잠들기 직전 도달하는 환각 속에서 그림을 만든다. 그런 이미지들은 어디서 올까? 나는 내 팔에서 풀과 덤불, 나뭇가지가 자라는 꿈을 꾸었는데, 급히 가위를 들고 내 팔을 다듬기 시작했다. 나는 놀라지 않았고 그 일은 사무적으로 처리되었다. 만일 덤불이 우거진 팔을 가진 자화상을 그렸다면 나는 초현실주의자로 불렸으리라.

15. 실명한 사람들 가운데에는 이미지와 색채를 생생하게 보는 이들이 있다. 시력을 잃어가는 사람들 가운데 깨어 있는 동안 환각을 보는 이들도 있다. 어떤 노인은 거실에서 소들이 풀을 뜯어먹는 것을 보았고, 한 여성은 만화의 등장인물들이 의사의 팔을 오르내리며 달려가는 모습을 보았다. 샤를 보네 증후군(Charles Bonnet syndrome). 나는 잠들기 직전에 작은 남자 한 명이 분홍색과 보라색의 절벽을 빠르게 넘어가는 것을 보았다. 또 한 번은 녹색, 파란색, 빨간색이 뒤섞여서 폭발하더니 그 모든 색을 집어삼키

는 거대한 섬광이 비치는 것을 보았다. 입면 환각(hypnagogic hallucination). 프로이트는 꿈이 잠을 보호한다고 했다. 밤이 되면 이 세계는 우리에게서 물러나고 우리는 자기만의 장면들과 이야기들을 만들어낸다. 만일 당신이 천천히 잠에서 깨어난다면 재빨리 깨어날 때보다 인간의 지하세계에 대해 더 많이 기억할지도 모른다.

16. 우리는 시력을 잃으면 환상을 만든다. 본다는 것은 창조하는 것이기도 하다.

17. 세상에는 볼 것이 있다. 나는 당신이 보는 것을 보는가? 우리는 그것에 대해 말할 수 있고 사실을 확인할 수 있다. 내 창은 어떤 집의 뒤쪽으로 나 있다. 그 창문들 가운데 하나는 파란색 가리개로 완전히 덮여 있다. 그러나 내가 당신에게 날아다니는 얼룩말을 보고 있다고 말한다면 당신은 "시리, 당신 환각을 보는 거예요", "깬 채로 꿈을 꾸는 거예요"라고 말할 것이다.

18. 예술가들은 때로 환각을 현실로 만들 수 있다. 날아다니는 얼룩말의 그림은 세상에 있는 진짜 사물, 실재하는 볼거리다.

19. 왜 나는 예술과 관련해서 테이스트(taste, 일차적으로 '맛', 예술과 관련해서 '취향, 취미'로 번역할 수 있겠으나 여기서 작가가 그 두 의미의 간격을 문제 삼고 있기에 부득이하게 taste라는 영어 단어를 그대로 사용하게 되었다—옮긴이)라는 단어를 쓰는 것을 좋아하지 않는가? 그것이 입과 음식, 씹는 행위와의 관계를 잃었기 때문이다. 나는 이 그림의 테이스트가 마음에 들지 않는다. 그것은 불쾌하다. 우

리가 진짜 맛에 대해 생각했다면 그 단어는 여전히 효력을 발휘했을 것이다. 그것은 우리의 감각들이 교차하는 일종의 공감각, 맛보기로서의 보기가 되었을 것이다. 그러나 대체로 그 단어는 더 이상 그런 식으로 사용되지 않기에 나는 예술에 대해 말할 때 아예 그 말을 피해버린다.

20. 사람을 바라보는 것, 심지어 사람을 그린 그림을 바라보는 것은 물건을 바라보는 것과 다르다. 태어난 지 몇 시간밖에 지나지 않은 신생아도 성인들의 표정을 따라한다. 그들은 입을 오므리고, 활짝 웃으려 하며, 놀란 것 같은 표정을 짓고, 혀를 내민다. 흉내 내는 아기의 사진은 웃기면서도 감동적이다. 그들은 자신이 그렇게 하고 있다는 것을 알지 못한다. 이런 반응은 처음부터 그들 안에 있다. 더 나중에 사람들은 모방 기제를 억제하는 법을 배운다. 영원히 계속해서 눈에 보이는 모든 표정을 따라하는 것은 바람직하지 않기 때문이다. 그런데도 인간들은 얼굴을 바라보는 것을 좋아한다. 거기서 우리 자신을 발견하기 때문이다. 당신이 나에게 미소 지을 때 나는 미처 의식하기도 전에 내 얼굴에 미소가 지어지는 것을 느낀다. 내가 당신의 눈으로 나를 보고 있기 때문에, 그리고 당신이 지금 보고 있는 것을 좋아한다는 사실을 알기 때문에 나는 미소 짓는다.

21. 나는 여기 뉴욕 메트로폴리탄미술관 전시실에 걸려 있는 요하네스 베르메르Johannes Vermeer의 〈젊은 여자의 습작〉의 작은 복제화를 바라보고 있다. 그것은 한 소녀의 두상과 얼굴이다. 그녀가 아주 어려서 나는 소녀라고 말한다. 그녀의 얼굴로 보았을 때 열 살 남짓 될 것 같다. 내가 가진 베르메르 책을 찾아보니 거기에는 훨씬 더 나은 제목인 〈어린 소녀의 초

상〉이라고 되어 있다. 소녀를 너무 빨리 여자로 바꾸어서는 안 된다. 그녀는 미소 짓고 있지만 활짝 웃는 미소는 아니다. 그녀의 입술은 닫혀 있다. 나는 그녀가 나를 바라본다는 인상을 받는다. 그러나 나는 그녀의 시선을 붙잡을 수가 없다. 확실한 것은 그녀가 다른 누군가의 시선에 응답하고 있다는 것이다. 어떤 사람이 그녀를 미소 짓게 만들었다. 그녀는 아름다운 아이가 아니다. 아름다운 것은 그녀의 시선이고 그녀가 보이지 않는 사람과 갖는 관계다. 그녀의 표정에는 수줍음, 신중함, 어쩌면 망설임의 기색이 있다. 나는 그녀가 성인을, 아마도 화가를 바라보고 있지 않을까 생각한다. 그녀가 긴장을 풀지 않고 있기 때문이다. 그녀는 어깨 너머로 그를 바라본다. 나는 이 소녀에게 크나큰 애정을 느낀다. 그것이 그 그림의 마법이다. 나는 1665년에서 1667년 사이에 그려진 한 아이의 두상 그림에 애정을 느끼는 것이 아니다. 아니 나는 내가 정말로 그녀에게 홀딱 반했다고 느낀다. 길에서 나를 올려다보고 미소 짓는 아이에게 반하는 것과 비슷하다. 아마 단 한 번 바라보는 것만으로도 모성애와 공감을 불러일으키는 편안한 아이이리라. 그러나 내 감정에는 그 이상의 것이 들어 있다. 나는 낯선 어른들 앞에서는 수줍어하던 내 자신의 소녀 시절을 기억한다. 나는 대담한 아이가 아니었는데, 그녀의 얼굴에서 같은 나이 때의 내 모습을 본다.

22. 게르하르트 리히터Gerhard Richter의 채색된 사진 가운데 그의 부인 얼굴과 신체 일부에 덧칠한 것들이 있다. 그는 자녀들의 아기 때 사진이나 성장기의 스냅사진들에서도 그 신체를 뒤덮었다. 이런 몸짓들 속에서 나는 그가 자신을 위해 그것들을 간직한다는, 사적인 것들을 숨겨둔다는 느낌을 받았다. 또 다른 작품들에서는 물감으로 그들의 테두리

를 따라 띠를 둘러 그들을 특별한 대상으로 만든다. 나는 그 그림들을 사랑한다.

23. 어머니들에게는 자기 자식들을 바라보고 싶은 욕구가 있다. 그것은 우리가 어떻게 할 수 없다.

24. 연인들에게는 서로를 바라보고자 하는 욕구가 있다. 그들도 어쩔 수 없다.

25. 때때로 나는 사진 속 남편의 얼굴을 바라보는 것을 좋아한다. 사진 속에서 그는 이방인이 되고 시간 안에 고정된 대상이 되기 때문이다. 여러 해 동안 나는 다른 감각들(그의 피부의 감촉, 봄, 여름, 가을, 겨울마다 달라지는 그의 체취, 그의 목소리, 그의 숨소리, 간혹 밤에 그가 코고는 소리 등)을 통해서도 그를 알아왔다. 내가 사진 속의 그를 바라볼 때면 나의 다른 감각들이 잠잠해진다. 나는 그저 그를 바라본다. 나는 그가 아름답다고 생각하기에 그의 움직임 없는 얼굴이 나를 흥분시킨다.

26. 포르노그래피를 쳐다보는 것은 자극적이지만 오르가슴 후에는 흥미를 잃게 된다.

27. 제임스 조이스의 《율리시스》에서 몰리 블룸이 기억을 떠올리는 마지막 부분은 에로틱하다. 그녀가 허용하고 포기하고 무너지기 때문이다. 이것은 몰개인적이지 않고 개인적이기 때문에 항상 자극적이고 흥미롭다. 흰 종이 위에 인쇄된 작고 추상적 기호들을 바라보는 일이 그런 느낌

을 불러일으킬 수 있다는 사실이 신기하지 않은가? 나는 그녀가 그의 품에 안겨 있는 것을 본다. 내가 그의 품에 안겨 있다. 나는 당신의 품을 기억한다.

28. 소설을 읽을 때 나는 그것을 본다. 나는 속으로 그림을 그리는데, 주로 이것들이 소설을 다 읽고 났을 때 몇몇 구절이나 문장과 함께 마음에 남는다. 나는 인물들을 실제 장소와 상상 속의 장소에 배치한다. 그러나 내가 책 자체를 완전히 잊어버리지 않는 이상 가장 잘 기억하는 것은 항상 어떤 책이 주는 느낌이다.

29. 나는 보통 철학은 보지 않는다. 플라톤, 파스칼, 키르케고르, 니체 같은 예외도 있는데, 그것은 그들이 이야기꾼이기도 하기 때문이다.

30. 어떤 사람들은 시각적 심상을 만들지 못한다. 그들은 자기 마음속에 있는 그림을 보지 않는다. 그들은 말을 이미지로 바꾸지 않는다. 나는 바로 얼마 전까지도 그럴 수도 있다는 사실을 몰랐다. 그들은 추상적으로 본다. 그들은 종이 위의 기호들을 기억한다.

31. '나는 본다'는 말은 '나는 이해한다'를 의미할 수도 있다.

32. 뇌에는 방추상회(fusiform gyrus)라는 작은 부위가 있는데, 이것은 얼굴을 알아보는데 핵심적 역할을 한다. 당신이 이 능력을 잃었을 때 생기는 장애는 안면실인증(prosopagnosia)이다. 뇌손상을 입은 사람이 거울에 비친 자신을 바라보면서 자기가 보고 있는 것이 본인이 아니라 분신이라고 믿

는 일이 있다. 사라진 것은 이성이 아니라 우리가 자신의 반영을 바라볼 때 갖는 특별한 느낌, 내 것에 느끼게 되는 다정한 감각인 것 같다. 그것이 사라지면 자신의 이미지가 낯설어진다.

33. 나는 바라보고 가끔 알아본다.

2010년

지각의 드라마

모란디를 보다

1960년에 출간된 에두아르 로디티Edouard Roditi와의 인터뷰에서 조르조 모란디Giorgio Morandi는 이렇게 말했다. "나는 우리가 실제로 보는 것보다 더 추상적이고 더 비현실적인 것은 없다고 믿습니다. 우리는 인간으로서 객관적인 세계에서 볼 수 있는 모든 것이 결코 우리가 그것을 보고 이해하는 그대로 존재하지 않는다는 것을 압니다. 물론 물질은 존재하지만 우리가 거기에 부여하는 의미들, 그 자체로 내재된 의미는 없습니다. 그저 잔은 잔이고 나무는 나무라고 알 뿐이지요."[1] 이것은 그가 1957년에 라디오 인터뷰에서 했던 비슷한 말을 수정한 것이다. "나에게는 어떤 것도 추상적이지 않습니다. 사실 나는 현실보다 더 초현실적이고 더 추상적인 것은 없다고 믿습니다."[2] 이전에 했던 좀 더 수수께끼 같은 이 말은 많은 비평가가 모란디에 대해 글을 쓸 때 인용했다. 그것이 화가의 미학적 입장에 대해 중요한 것을 드러내는 것처럼 보이기 때문이다. 그러나 모란디의 말은 어떤 의미였을까?

이미지는 말이 아니며 미술가들은 그들의 작업, 심지어 그들이 하고 싶은 작업이 무엇인지 항상 명확하게 표현할 수 있는 것이 아니다. 그런데도 모란디가 로디티와 인터뷰할 때 표현을 신중하게 수정했다는 사실을 알 수 있다. 짐작컨대 그는 하고 싶었던 말을 거의 정확하게 했을 것이다. 그 인터뷰를 읽어 보면 조금 코믹한 느낌을 받는다. 로디티는 매우 수다스럽게 다양한 주제를 이것저것 건드리고 여러 예술가의 이야기를 잇달아 꺼내는 반면, 모란디는 간단명료하고 자주 반대 의견을 내놓았다. 그는 자기가 가고 싶지 않은 곳은 어디도 끌려가지 않으려 한다. 나는 우리가 실제로 보는 것보다 더 추상적이고 더 비현실적인 것은 없다고 믿습니다. 이것은 분명히 철학적인 진술이다. 이것은 우리 인간이 결코 물자체에 이를 수 없을 것이라고 주장했던 칸트까지 거슬러 올라갈 수 있는 진술이다. 보는 것은 진짜 세계를 보는 것이 아니라 그 세계에 대한 우리의 지각, 우리의 의미들이 잔뜩 배어 있는 지각을 통해 바라보는 것이다. 모란디가 그의 철학으로 설명하듯이 그런 의미들은 적어도 부분적으로는 언어에 의해 생겨난다. 즉 우리가 이것은 잔이고, 저것은 나무라고 부르는 데 동의한 것이다. 모란디는 추상적이라는 단어를 어떤 의미로 쓰는 것일까? 내가 가진 《웹스터 사전》에는 여러 가지 의미가 제시되어 있다. "1. a 구체적 사물에 적용되는 것과는 거리가 있다고 여겨지는. 추상적인 진실. b 이념적인, 난해한. 2. 단어, 이름 등. 구체적이지 않은. 3. 어떤 주제를 이론적 관점으로만 다루는. 4. 미술. 식별할 수 있는 사물을 묘사하지 않는 비재현적인 디자인을 제시하거나 그런 특징을 갖는…." 내 생각에 모란디는, 우리가 세상을 무수히 경험하는 배후에, 우리의 지각 이미지와 언어와 감정들 아래 어딘가에 미술에서의 추상작업과도 같은 어떤 것이, 질료가, 근본적으로 식별할 수 없는 실재가 있으며, 이것은 우리가 손에 넣을 수 없는 것이라고 이야기하는 것 같다.

혹자는 질문할 수도 있겠다. 우리가 모란디의 그림을 볼 때 이런 사실에 신경을 써야 할까? 우리는 정말 그의 추상적인 실재에 관심이 있을까? 나는 그렇다고 생각한다. 하지만 그런 관심을 우리가 미술작품을 볼 때 생기는 일의 의미 속에 자리 잡게 하는 것이 중요하다. 그림은 보이기 위해 거기 있다. 그림에는 다른 목적이 없으며 우리는 그림을 오직 1인칭으로만 볼 수 있다. 이미지 위를 맴돌면서 그것을 바라보는 3인칭 시점, 객관적인 그는 없다. 1인칭 경험은 체현된 경험이다. 나는 그림을 볼 때 내 눈이나 내 지성 또는 내 감정만을 사용하는 것이 아니다. 나의 자아 전체를 그 전체 역사와 함께 가져간다. 따라서 관계는 어떤 나와 어떤 그것 사이의 것이지만 여기서 그것은 미술가의 존재도 포함한다. 설사 포크 같은 실용적인 물건들이 아무리 멋지다 할지라도 우리가 미술을 그런 것들과는 다른 방식으로 취급하는 까닭이 바로 여기에 있다. 나의 입장은 현상학적이다. 이 말은 미술을 바라보는 일이 우리의 생생한 세상 경험과 분리될 수 없으며 이미지는 그것에 대한 나의 지각 속에 존재한다는 뜻이다. 메를로 퐁티는 《눈과 마음》에서 "자연은 우리 안에 있다"는 세잔의 말을 인용한 후 이렇게 말한다. "우리 앞에 존재하는 특징, 빛, 색채, 깊이는 단지 그것들이 우리 몸에 반향을 불러일으키고 몸이 그것들을 환영하기 때문에 거기 존재한다."[3] 이것이 미술의 즐거움이며 낙서하는 코끼리와 원숭이들을 제외하면 유일하게 인간만이 갖는 즐거움이다.

그림은 세상에 있는 어떤 것을 재현할 수도 있고 재현하지 않을 수도 있지만 그것은 항상 예술가가 가시적인 것을 경험하는 데서 탄생한다. 모란디의 작업은 잔의 재현처럼 내가 알아볼 수 있는 것과, 내가 샤르댕의 그림에서 발견하곤 하는 단단함과 사실성의 환상을 상실한 그 잔에 내포된 소외의 성격 사이의 문턱을 맴돈다. 모란디는 샤르댕을 무척 좋아했다. 두 화가가 공유한 것은 정물화 장르 외에도 두 사람 모두 그들의 대상에 마법을 걸었다는 점이지만 그 방식은 서로 달랐다. 샤르댕의 마법은 커피 주전자와 마늘이 평범한 사물의 재현처럼 보이는데도 당신이 바라보는 동안 그것들이 거의 초자연적으로 비칠 만큼 감정이 고조되는 데 있다. 나는 이것이 그의 캔버스에 남은 몸짓의 흔적들 덕분이라 본다. 이것은 보는 이에게 가시적인 접촉으로 전달된다. 사실 샤르댕의 가장 훌륭한 그림들을 바라보는 일은 애무를 받는 것과 거의 비슷하다. 화가 샤르댕은 안기고 어루만져지던 유아기까지 거슬러 올라가는 인간 경험의 심원하고 말 없는 단계에서 우리에게 영향을 미친다. 역설적이게도 이런 느낌은 우리가 지금 살아 숨 쉬는 사람들을 보고 있다는 환상을 주는 샤르댕의 인물 이미지들에서보다 그의 정물화에서 더 강력하다. 모란디도 무생물을 그리는 일이 엄청난 가능성을 갖고 있음을 이해했다. 재현된 사물들이 사소하다는 사실이 오히려 화가의 풍부한 표현력에 더 큰 여지를 허용하기 때문이다. 그러나 모란디가 그의 물건들에 걸었던 주문은 다르다. 그의 병, 컵, 옷, 공, 그리고 그가 수집했고 먼지투성이가 되는 것을 허용했으며 그리기 위해 그의 앞에 진열해둔 다른 다양한 물건은 인간이 일상생활에 쓰는 물건이어서 선택된 것이 아니다. 소시지와 칼, 빵을 그린 샤르댕의 정물화를 바라볼 때면 여기 음식과 기구, 우리 인간이 매일같이 사용하는 것들이 있다는 사실에 마음이 끌린다. 내 부엌에도 저렇게 똑같은 것들을 남겨놓았을지 모른다. 그것은 소시지와 빵을 잘라먹었을 사람의 부재를 떠올리게 한다. 샤르댕의 정물화에서는 테두리 바로 바깥에 인간이 있다.

모란디가 물건을 모아놓은 것은 일상적인 부엌 정경과 비슷하지 않다. 그가 선택한 것은 오직 그의 지각을 위한 것이고 그것은 그 물건들의 유일한 유용성이다. 나는 샤르댕의 그림에 있는 물잔이 마시기 위한 것이고 마늘은 음식을 준비하기 위한 것임을 안다. 모란디의 그림에서 잔은 보기 위한 것이다. 내가 '저것은 잔이다'라거나 '저것은 잔의 재현이다'라고 말할 수 있지만 그렇게 부를 때 나는 상당히 거북한 느낌을 받게 된다. 그 잔이 원래 갖고 있던 고유 성질이 전체적으로는 아니지만 부분적으로 변질되었다. 단지 잔은 잔이고 나무는 나무라고 알 뿐이다. 물론 언어는 단순한 명명 이상의 것을 함축한다. 그것은 우리가 우리 사이에 의미 있는 존재를 구성하기 위해 사용하는 기호의 상징적이고 상호주관적인 자기지시체계다. 당신과 내가 우리 집 거실에 서 있고 내가 당신에게 마루 위에 개구리가 있다고 말하는데 당신은 개구리를 한 마리도 보지 못한다면 당신은 내가 환각을 경험하고 있다고 의심할 것이다. 그러나 내가 마루를 가리키면서 마루라고 말한다면 당신은 그런 의심을 하지 않을 것이다. 우리는 우리의 시각 영역 안에 그 실체를 공유하고 있으며 우리 둘 다 영어로 말하기 때문이다. 언어는 내면적이기도 하다. 우리는 인생을 사는 동안 진행되는 우리의 독백이나 사적인 내적 대화를 수행하기 위해서도 언어를 사용한다.

모란디의 작업에서는 적어도 부분적으로는 사물을 그 이름과 떼어놓고자 하는 욕망, 세잔과 밀접한 관련이 있는 욕망이 느껴진다. 세잔은 지각에서 관습적인 기대를 벗겨내기를, 새롭게 보기를 원했다. 우리는 우리가 볼 것으로 기대하는 것을 본다. 이것은 부분적으로는 과거에 사물을 보았던 우리의 기억에 의해, 부분적으로는 우리 뇌에 내재된 시각을 위한 신경의 배선에 의해 형성된다. 우리는 우리가 주의를 기울이는 것도 보지만 한 이미지 안에 있는 모든 것에 동시에 주의를 기울일 수 없다. 지각을 연구하는 과학자 앤 트레이스먼Anne Treisman은 시지각의 순서를 제시했다. 먼저 전주의 과정(preattentive process, 주의나 의식적 작용이 개입하기 이전에 주로 감각적인 정보가 추출되고 탐지되는 과정 — 옮긴이)이 있다. 우리는 인물을 배경과 구분할 수 있게 해주는 색이나 밝기, 선의 방향 같은 기초적 속성들이 있을 때 재빨리 장면을 훑어볼 수 있다. 이런 대략적인 첫 눈길은 확실히 진화에서 유리한 가치를 갖는다. 당신의 눈이 배경이 되는 숲에서 호랑이를 재빨리 분리해 지각할 수 있다면 당신이 호랑이에게 잡아먹힐 가능성은 줄어든다. 전주의적 시각은 색, 방향 감각, 크기, 움직임 같은 특성을 암호화한다. 그 다음으로 주의과정이 따르는데, 이것은 연속적으로 더욱 천천히 진행된다. 《신경과학의 원칙》에 실린 트레이스먼의 작업의 한 예가 이 사실을 분명히 보여준다. 그녀가 당신에게 빨간색 T가 딱 하나 섞여 있는 것을 제외하면 온통 파란색 T로 이루어진 그림을 보여주면서 특이한 요소를 찾아보라고 한다면 자동적으로 빨간색 T라는 답을 할 것이다. 반면에 그녀가 당신에게 파란색 T와 L, 빨간색 L이 뒤섞여 있는 속에 빨간색 T가 딱 하나 있는 그림을 보여준다면 유일한 빨간색 T는 시간을 들여 찾지 않는 이상 분명하게 드러나지 않을 것이다. 그것을 찾아내려면 더 고차원적인 수준의 인지작용이 필요하다. 유일한 빨간 T를 찾기 위해 당신은 문자 하나하나에 주의를 기울여야 한다.[4)]

시지각은 아직 완전히 이해되지 못했다. 예를 들어 뇌의 많은 시각 영역이 특정 종류의 인식(색채와 형태, 움직임)을 전문적으로 다루는 것으로 알려져 있지만 뇌의 이런 다양한 영역들 또는 신경 통로들이 일관성 있는 하나의 이미지를 구성하기 위해 어떻게 협력하는지는 수수께끼로 남아 있다. 이것은 흔히 '결합 문제'라고 불린다. 알려진 것은 인간이 저기 바같에 있는 것의 수동적인 수용자가 아니라는 사실이다. 우리의 체현된 마음은 우리가 보는 것을 적극적으로 창조하는 동시에 해석한다. 이것은 우리는 인간으로서 객관적인 세계에서 볼 수 있는 모든 것이 결코 우리가 그것을 보고 이해하는 그대로 존재하지 않는다는 것을 알고 있다는 모란디의 시각과 일치한다. 우리가 어떻게 저기 바깥 세상에 있는 것을 의식하게 되는지도 알려지지 않았다. 예를 들어 너무 짧게 보았기 때문에 결코 의식에 도달하지 않는 무의식적인 시각, 곧 잠재적인 정보가 존재하는데, 무의식적으로 기록된 이런 이미지도 우리에게 감정적으로 영향을 미칠 수 있다. 언어가 의식에서 수행하는 역할은 열띤 논의의 대상이지만 나는 내가 의식하지 않는 것에 대해서는 이야기할 수 없다고 말하는 것이 안전하다(물론 프로이트가 보여주었듯이 어떤 말이 무심코 내 입에서 튀어나올 수 있다. 그런 말실수는 표면 바로 아래에서 무슨 일이 진행되고 있는지 당신에게 알려준다). 그런데도 나에게 잔이라는 물건에 대한 자기반성적 인식이 없다면 그림에 그려진 잔을 알아볼 수 없을 것이다.

내가 볼 때 모란디는 적극적으로 지각의 드라마를 탐구하면서 시각의 두 단계(전주의 단계와 주의 단계)에서 유희를 벌이는 것 같다. 그는 이렇게 말한 바 있다. “가시적인 세계가 나에게 불러일으키는 유일한 관심은 공간, 빛, 색, 형태와 관련이 있다.”[5] 이것은 시각에 꼭 필요한 기본이라고 할 수 있는 것들이며 그가 내용은 언급하지 않았다는 사실을 주목해야 한다. 그는 로디티와 이야기할 때 언급했던 잔과 나무, 그가 주로 다루던 두 회화 장르인 정물화와 풍경화를 대변하는 그것들을 언급하지 않았다. 그 까닭은 사물들의 집합이나 자연 풍경 속의 집들과 정원들의 언어적 정체성이 정말 중요한 것은 아니기 때문이다. 모란디가 자신이 병, 항아리, 잔, 집, 나무 등을 그리고 있다는 사실을 몰랐다고 말하는 것은 터무니없을 것이다. 그는 수년 동안 그가 그리는 정물들에 대해 명상했고 그것들로 하나의 세계를 만들고 이리저리 이동시키고 다양한 빛 속에 두고 거듭 그렸다. 그러나 당신이 어떤 물건을 충분히 오랫동안 바라본 적이 있다면 그 물건을 가리키는 단어가 가장 먼저 사라지게 된다는 사실을 알 것이다. 그럴 때 다른 성질들이 전면으로 나선다. 나는 내 책상 위에 놓인 페리에 병으로 실험해보았다. 처음에 나는 그 병의 초록색, 내 책상의 잡동사니를 배경으로 서 있는 병의 몸체와 목 부분의 윤곽에 주목했다. 그 후 나는 잠시 동안 반대편에 붙은 라벨의 흐릿한 활자를 바라보았다. 그 다음에는 병 바닥에 있는 단일하고 고르지 못한 빛의 반점들이 그랬듯이 창문으로 비쳐 들어와 병의 둥근 옆면을 밝혀주던 빛이 갑자기 그 자체로 하나의 형체를 이루었다. 더 많이 바라볼수록 나는 더 많은 것을 알아보았다. 나는 둥그런 표면 안에 맺힌 아주 작은 물방울과 그 패턴을 주목했고 유리를 통해 다른 형체, 다른 색으로 보이는 내 책장의 비틀린 선에 주목했다. 내가 주목한 것이 그것을 변형시켰다. 그러는 데 5분이 걸렸다. 그런 병이나 신중하게 선택한 비슷한 물건들을 여러 해 동안 바라본 후에 그것을 스케치하거나 채색한다고 상상해보라. 내가 한 간단한 실험만으로도 주의 깊게 바라보는 동안 내가 그 병의 다양한 특징에 연속적으로 집중했다는 사실은 분명하게 드러난다. 나의 시각 경험은 더 많은 성질을 발견하기 위해 내 눈을 이리저리 움직이는 경험이었다. 그것은 시간이 걸리는 경험이었는데, 시간이 흐를수록 그 대상은 갖가지 다양한 모습으로 드러났다. 게다가 내가 바라보는 동안 내 방의 빛이 변했고, 그러자 병의 반짝임과 그림자와 투명한 정도도 달라졌다. 이 일은 나와의 관계 속에서 일어났고 오직 그렇게만 일어날 수 있었다. 후설이 《지각, 공간성, 몸》에서 말했듯이 "변함없이 똑같은 형태가 내 몸과의 관계에 따라 다른 외형을 갖는다….”[6]

공간, 빛, 색, 형태에 깊이 집중하면 반드시 사물은 그 언어적 정체성에서 분리된다. 물론 물질은 존재하지만 우리가 거기에 부여하는 것 같은 본질적 의미는 갖지 않는다. 피상적으로 주목하면서 처음 얻게 되는 것, 즉 내 책장 앞에 있는 병의 모양은 다른 성질들이 내 시선을 붙잡으면서 중요성을 잃는다. 잠시 후 빛이 이동하면서 그 물건을 완전히 바꾸어놓아 시각적으로 확실히 다른 물건, 거의 새로운 대상을 만들어낸다. 모란디의 정물화, 특히 한 거장의 눈이 일구어낸 성과라 할 수 있을 그의 후기 작품들은 지속되는 지각의 경험을 하나의 캔버스 안에 묘사한 것처럼 보인다. 즉 그의 미술은 지금 있는 것에 과거에 있었던 것을 포함시킴으로써 바라봄의 서사 안에 한 사물이나 한 무리의 사물이 가진 다양한 성질을 드러내는 시선의 변화를 포함하는 것 같다. 1분 전의 빛에 비친 병은 지금 병에 비치는 빛과 똑같지 않지만 이미지는 둘 다 담을 수 있다. 그림은 기억을 보존할 수 있다. 그래서 모란디는 그의 이미지에 어디와 무엇에 대한 애매성을 창조한다. 이것을 보여주는 예는 많다. 나는 그의 그림을 처음 볼 때 물건들을 배경과 구분한다. 나는 몇몇 물건을 이름으로 확인한다. 내 눈은 어떤 물건이 다른 물건 앞에 놓여 있는 것을 보지만 계속 바라보는 동안 나는 그것이 뒤로 물러났거나 내가 어떤 물건이라고 생각했던 것이 사실은 그림자일 수도 있다고 상상한다. 형체가 서로 섞이기 시작하고 옆에 있는 물건을 밀어내면서 그 공간을 침범하는 것처럼 보인다. 물건들 사이에 짙게 그늘진 영역이 나를 끌어들이고 물건들을 분리시키는데, 어떤 때는 하나가 끝나고 다른 것이 시작되는 지점이 어디인지 불분명하다. 마치 병이 다른 병위에서 흔들리고 있거나 상자가 지평선이나 탁자의 선 위에 놓여 있는 것처럼 보이기 시작하고 사물과 선이 뒤섞인다. 여러 시간에 걸친 지각의 다양한 순간이 하나의 이미지에 기억된 것 같다. 고트프리트 뵘Gottfried Boehm은 에세이 《조르조 모란디의 예술 개념》에서 이것을 "회화적 요소들의 박동"이라고 불렀다. 그는 이런 움직임의 환상에도 "전반적으로 차분한 인상이 계속 유지된다"는 사실에 주목했다.[7] 이것은 의심의 여지없이 참이다. 어디 또는 무엇에 대한 나의 갈등이 나에게 혼란을 주거나 고충을 가져다주지 않는다.

뵘은 이런 이미지에서 역설적 현실을 발견한다. "모란디는 우리를 그의 그림들에서 그 경험의 중심에 있는 낙천적이고 비물질적인 시간의 순서에 참여하도록 허용한다. 물건들은 스스로를 체현하면서 해체된다. 쏜살같이 흐르는 시간 속에서 화가는 견고함과 존재감이 있는 장소를 창조할 수 있다."[8] 내가 모란디의 작품에 담긴 초월적 의미에 대해 사색하게 이끄는 것이 바로 그 역설의 절반, 비물질적이고 해체된 것의 의미다.[9] 오랫동안 그의 그림들 가운데 하나를 바라보다 보면 사물들의 재현이 아니라 사물들의 유령의 재현을 보고 있다는 느낌을 받기 시작한다. 그렇다면 물건들은 질료의 재현으로 또다시 모습을 드러낼 수도 있다. 그런 동요는 그 그림의 특이한 감정적 세계에 핵심적이기도 한데, 이것이 낙천적인 것으로 규정될 수 있을지는 잘 모르겠다.

우리가 지금 바라보고 있는 것에 대해 일종의 중립성이나 균형을 느낀다 해도 모든 지각에는 감정이 따른다. 신경학자 안토니오 다마지오는 이것을 주체로서 우리 안에 항상 존재하는 '배후 감정'이라 불렀다.[10] 좋은 예술은 반드시 감정적 요소를 가지며 감정은 기억을 강화한다. 그렇기 때문에 그것은 우리가 예술작품을 기억하도록 똑같이 복제하는 것이 아니라 그것의 해석이나 그것을 경험한 기억을 우리 마음속에 간직하도록 도와준다. 헨리 제임스Henry James는 이런 생각을 이렇게 멋지게 표현했다.

"예술에서는 감정이 의미다."[11] 모란디는 내가 샤르댕을 바라볼 때 느끼는 감정의 파도를 만들어내지 않는다. 샤르댕의 작품은 거의 눈물을 흘릴 지경에 이르게 한다. 두 사람의 기획은 자체가 다르다. 그러나 샤르댕의 경우와 마찬가지로 모란디가 캔버스에 남긴 붓의 흔적들이나 소묘의 필치는 나에게 감정적으로 영향을 미치며, 결국에는 분위기를 미묘하게 바꾸어놓는 정지와 움직임의 변증법에 결정적이다. 여기서 동요와 불균형의 조짐은 전율이고 배회이며 우울감을 자아내는 어두운 색이다. 색은 전주의적(preattentive) 시각적 도식으로 분류된다. 심지어 우리는 어떤 색의 이름을 대기도 전에 우리 몸속에 있는 감각적인 실재로 그 색을 느낀다. 파란색과 녹색은 우리에게 빨간색이나 노란색과 다른 영향을 준다. 킴 매클래런Kym Maclaren이 체현된 지각을 다룬 에세이에서 주장한 것처럼 "어떤 색이 명시적으로 감지되기 전에 짧게 지속되는 자극이 사람들의 몸에 어떤 효과를 만들어내는데, 이는 색을 감지하는 것이 지적으로 생각하는 주체가 아니라 우리의 감성적-지각적인 운동하는 신체임을 시사한다."[12] 색은 우리 안에서 작용하며 모란디는 빛에 의해 드러난 색과 그것의 본질적인 불안정성의 섬세한 관찰자다.

모란디의 작품을 제대로 느끼려면 복제화가 아니라 원화를 보는 것이 중요하다. 또한 어느 정도는 작업실에서 벌어진 지각의 드라마를 재창조하는 것(그 앞에 서서 하나의 그림을 오랫동안 열심히 바라보며 무슨 일이 일어나는지 보는 것)이 필요하다고 생각한다. 심지어 모란디는 자기 작품을 완성한 후에도 똑같이 그렇게 바라보았던 것으로 보인다. 모란디와 알고 지냈던 재닛 아브라모비치Janet Abramowicz에 따르면 그는 유명해지고 그의 그림들이 인기를 끌게 된 후에 수집가들이 그의 그림을 기다리게 만들었다. 그는 그림을 완성해도 바로 보내주지 않았다. 대신 그는 "그 그림을 같은 주제를 다룬 다른 그림들과 함께 벽에 걸어두고 특정 연작이 순차적으로 발전해온 과정을 관찰했다. 그럴 때면 완성된 그림의 캔버스 나무틀에 미래 소유자의 이름을 써놓았지만 그가 충분히 연구했다고 느낄 때까지 그 캔버스는 그의 벽에 걸려 있었다"고 그녀는 밝혔다.[13] 그는 이미지를 수정하지 않았다. 그는 이미지에 대해 명상했다.

당신이 이런 그림을 보면서 눈물을 흘리지 않을 수도 있다. 그러나 뜻밖의 노랑이나 파랑이 섞여 있는 밝지 않은 색조, 누가 보아도 알 수 있는 물건들 사이의 틈과 관계, 몸체에 약간의 떨림처럼 작용하는 세로 홈 무늬의 흔들림, 흐릿하게 사라지기 시작하는 단단한 덩어리, 블록을 닮은 집들, 집 같은 박스나 블록, 건물 같은 병들, 물건일 수도 있고 공간일 수도 있는 짙은 색 영역 등이 묘사된 공간에 매료될 것이다. 계속 탐색하다 보면 이 모든 것은 영적인 성격을 띤다. 영적이라는 말은 까다로운 단어다. 모란디가 가톨릭 신자여서 성당에 다니긴 했지만 나는 그 말을 초자연적인 것이나 신을 대변하는 의미로 사용하지 않았다. 나는 훨씬 더 평범한 것을 생각하고 있다. 내가 오랫동안 나 자신을 완전히 열고 모든 관심을 이 캔버스로 돌린다면, 내가 저녁으로 먹게 될 것이나 어제 읽은 책이나 신발이 꽉 끼어 아프다는 사실이나 함께 관람하는 사람들의 논평 등에 대한 생각들을 차단하고 오직 내가 보고 있는 것에만 몰두한다면 야릇한 느낌과 완전한 침묵, 심지어 초월의 감정을 느끼게 될 것이다. 그것은 명상을 하면서 세상에 있는 사물들과 연결된 깊은 고리를 느낀다고 말하고, 텅 빈 자아에 대해 말하며, 경계를 없애는 것에 대해 말하는 사람들에게 일어나는 일과 매우 비슷하다. 정말 당신이 하나의 사물을 충분히 오래 바라본다면 당신 자신, 즉 당신의 '나다움'은 당신이 바라보고 있는 이미지의 풍부함 속에 사라질 것이다. 모란디가 선의 대가라고 주장하려는 것이 아니다. 단지 우리가 사물에 귀속시키는 일상적인 의미가 전적으로 사라지지 않더라도 그 지배력이 느슨해졌을 때, 드러나 보이는 것들을 포용하는 열린 시각을 통해 평범한 것이 비범한 것의 속성을 획득했을 때 그 그림들이 시각의 심리학에 참여한다고 이야기하는 것이다.

모란디의 후기 수채화들 가운데 추상화에 아주 가깝게 다가간 작품들이 있기는 하지만 그의 이미지들은 완전한 추상으로 해체되지 않는다. 형이상학적 사실주의(우리가 정말 실재를 알 수 있다는 생각)에 대한 화가의 단호한 거부는 우리가 세상을 보지 못한다고 말하는 것이 아니라 우리가 보는 것이 우리를 통해 걸러진다고 말하는 것과 같다. 이런 시각에서 주체와 대상은 그리 쉽게 분리되지 않는다. 나는 모란디가 실재의 추상적 성격을 강조하는 것이 이 캔버스는 나의 지각이고 나의 실재다. 그것은 내가 실제로 본 것을 재현한다고 말하는 한 방식이라고 생각한다. 이런 관점에서 모란디는 구상에 매달리지 않았다. 하지만 변화하는 일시적인 현실 속에서 그를 위해 존재했던 것에 대한 그의 이해에 여전히 형상이 남아 있으며, 이제는 그것이 그의 경험의 확고한 기록 또는 형식이라는 사실을 인정한다.

아브라모비치에 따르면 1955년에 모란디는 그녀에게 자신이 20년 뒤에 태어났더라면 추상화가가 되었을 것이라고 고백했다고 한다.[14] 로디티는 인터뷰 중에 추상작업과 몬드리안을 계속 들먹였지만 모란디는 네덜란드 화가 몬드리안이나 그의 기획과 어떤 상관관계도 인정하기를 거부했다. 당시 그는 자신에게 중요하다고 공개적으로 인정하지 않은 어떤 미술가와도 결부되기를 꺼렸고 그의 친구인 미술평론가 아르칸젤리가 그에 대해 쓴 논문을 숨기려고 무척 노력했다. 그 논문이 그의 작업을 역사적 관점에서 보았기 때문이다. 그가 더 늦게 태어났더라면 겪었을 운명에 대한 화가 자신의 추측이 어떤 것이었든 1955년 무렵에 추상화는 이미 오랜 역사를 지니고 있었다. 그리고 모란디는 전 세계에서 활동하는 그의 동료 미술가들의 작업에 깊은 관심이 있었다. 그가 재현과의 모든 연결고리를 끊고자 했다면 그는 그렇게 했을 것이다. 나는 모란디에게 철저히 검토할 대상들이 필요했다고 믿는다. 단지 그림만 그리는 것이 아니라 바라보고 그림을 그리는 행위가 그의 작업의 진정한 주제이기 때문이다.

내 앞에 있는 물건을 스케치할 때 나는 항상 내가 그것을 건드리는 것 같은 느낌을 받는다. 그것의 형태라고 느끼는 것을 내 손이 따라 그린다. 나는 내 손이 어디로 움직이는지 생각하지 않는다. 그저 바라보면서 옮겨 그린다. 그 두 행위는 별개의 것이 아니라 하나의 동일한 과정이다. 그 작업에 내 모든 관심이 집중된다. 나는 대개 그 과정을 서술하지 않는다. 그 작업을 하기 위해 말이 필요한 것 같지는 않다. 내가 페리에 병을 스케치하고 있다고 생각해보자. 그 병은 다른 무엇보다 중요한 것, 완전히 몰입하게 만드는 것이 된다. 병 모양과 종이 위의 내 손은 단일한 행위 속에 어우러진다. 그리고 나는 완전히 몰두한다. 숀 갤러거Shaun Gallagher와 댄 자하비Dan Zahavi가 그들의 책 《현상학적 마음》에서 지적한 것처럼 "몸이 계속 물러나 있으려고 해서 우리는 우리의 과업을 잘 수행할 수 있다. 그것은 의도하는 목표로 나아갈 때 표면에 나서지 않는 경향이 있다. 우리는 보통 분명한 의식적 태도로 우리의 움직임을 추적 관찰하지 않는다. 비록… 우리는 아주 일상적 언어로 우리의 신체에 대한 전반성적 의식을 갖지만… 이런 전반성적 의식은 그다지 상세하지 않다. 나는 내가 잔을 잡기 위해 손을 뻗고 있다고 말할 수 있지만 이에 대한 나의 감각은 내 움직임의 세세한 사항들 쪽이 아니라 내가 관여하는 목표나 의도적인 계획 쪽으로 방향이 맞추어진다. 나는 내가 잔을 집어 들기 위해 손을 어떤 모양으로 만들었는지에 대해 말할 수 있는 것이 그리 많지 않다."[15] 이것은 우리가 우리 몸에 대한 고유수용성 감각, 즉 신체 도식을 갖고 있기 때문인데, 여기에는 분명한 의식이 필요하지 않다. 우리가 모든 동작을 깊이 생각해야 한다면 우리의 삶은 매우 고통스러울 것이다. 잔으로 손을 뻗는 것과 달리 미술은 편집과 생각을 모두 요구한다. 하지만 자신이 찾고 있는 것을 정확히 찾고 언제 그만둘지 아는 것은 불가사의한 과정이며 주로 숨겨져 있는 마음속 장소에서 나타난다. 그 결과물(우리가 벽에 걸어둔 미술작품)은 지각하기와 만들기의 역동적 체현 경험 유형의 기록이 된다. 세잔은 자연이 우리 안에 있다고 말했다. 메를로 퐁티에 따르면 "우리는 '영감(inspiration)'에 대해 말하는데, 그 단어는 말 그대로 받아들여야 한다. 아주 미세하게만 식별되어서 보는 것과 보이는 것, 그리는 것과 그리는 대상의 구별을 불가능하게 만드는 그런 존재의 들숨(inspiration)과 날숨, 행위와 열정은 실제로 존재한다."[16]

모란디의 던져진 물건들, 그의 병들과 잔들, 상자들, 커피주전자들, 받침들, 그리고 종종 비대칭을 이루던 낡은 천들이 존재의 들숨과 날숨의 수단이 된다. 보잘것없고 텅 비고 먼지투성이에 눈에 띄지 않는 물건일수록 더 좋다. 그런 것들은 문맥이나 부과된 의미 없이 화가의 눈에 자신을 내놓기 때문이다. 그는 자신이 알 수 없는 것(추상적이고 객관적인 실재), 우리가 잔과 나무라고 분석하고 그렇게 표현했던 것을 그리려고 한다는 사실을 알고 있었다. 나는 볼로냐에서 모란디미술관을 방문했을 때 화가의 작업실이 재현된 작은 공간을 주의 깊게 살펴보았고 지독히 통렬한 감정에 빠졌다. 그 기획의 기묘함이 명확해졌다. 이 독신 남자의 내면 깊은 곳에 내향적이고 잘 잊지 않으며 고집스럽기까지 한 뭔가가 있었다. 그는 그가 했던 일을 했다. 나는 그의 의자와 모자, 그리고 그가 그림그리기 위해 신중하게 모으고 간직했던 재미없는 물건 더미를 바라보았다. 그것들은 너무 제멋대로이고 눈에 띄지 않으며 도저히 만회할 수 없도록 진부해 보였다. 그래서 그 순간에는 나에게 오직 화가의 죽음만을, 자신의 존재로 그 물건들에 마법을 걸었던 남자의 엄청나게 커다란 부재만을 떠올리게 했다.

2008년

루이즈 부르주아

"예술은 예술에 대한 것이 아니다. 예술은 삶에 대한 것이다."

—L. B.

긴 머리카락을 뒤쪽으로 하나로 묶고 위엄 있는 자세를 취한 작고 마른 여자, 빈틈없는 표정, 피에르 마티스 갤러리를 활보하는 힘찬 걸음, 그녀 뒤를 따르는 젊은 남자 수행원들. 다소 극적으로 보이는 검은색 옷을 입은 그녀의 존재는 그 방에 번쩍이는 전기 같은 역할을 했다. "저 사람 누구죠?" 남편에게 물었다. "루이즈 부르주아." "아, 그러네." 내가 대답했다. 2년 전인 1982년 현대미술관에서 그녀의 작품 전시회가 대대적으로 열렸다. 데버러 와이Deborah Wye가 전시 책임을 맡았던 그 전시회에 1940년대부터 미술계의 각광을 받으며 뉴욕에서 그림과 조각을 전시해왔던

71세의 부르주아가 찾아왔다.

내가 그녀를 실제로 본 유일한 순간이었다. 몇 분 뒤 그녀는 뒤따르는 자들을 이끌고 사라졌다. 세세한 부분들은 완벽하지 않을 수도 있지만 내가 그녀를 보았을 때의(경외감과 매혹과 즐거움이 뒤섞인) 느낌은 생생하게 기억한다. 마치 그녀가 우리를 위해 작은 연극을 무대에 올리기라도 한 것처럼 그녀의 갑작스런 등장에는 연극적인 성격이 있었다. 루이즈 부르주아는 지금(2007년 현재―옮긴이) 95세이고 여전히 미술작품을 만들고 있다. 테이트모던갤러리에서는 10월 11일부터 1월 20일까지 이어지는 전시에서 그녀의 작품을 200점 넘게 소개할 것이다. 그것은 70년 세월의 치열한 예술적 노력이 빚어낸 유명한 조각 작품뿐 아니라 그녀의 덜 유명한 작품도 많이 포함한 중대한 회고전이다.

루이즈 부르주아의 어린 시절 이야기는 그녀의 작업과 너무 밀접하게 연관되어 있어서 많은 비평가가 그녀의 예술세계를 전기적으로 또는 정신분석학적으로 해석하려는 유혹을 받았고, 이는 다작하는 미술가 부르주아의 간결한 선언으로 한층 가중되었다. “내 이름은 루이즈 조세핀 부르주아다. 나는 1911년 12월 24일에 태어났다. 지난 50년 동안 내가 한 모든 작업, 내가 다룬 모든 주제는 나의 어린 시절에서 영감을 얻었다. 나의 어린 시절은 결코 그 마법을 잃지 않았고, 결코 그 신비를 잃지 않았으며, 결코 그 드라마를 잃지 않았다.”[1] 또는 (적어도 분석적 성향을 가진 사람에게는) 더 감질 나는 표현도 있다. “쉰 살 어둠 속에 남아 있는(결과, 분노, 결과) 앎으로부터의 좌절/열 살 채워지지 않은 호기심(분노, 격분, 결과, 분노/배제된/한 살) 버려진(왜 그들은 나를 떠나지/그들은 어디 있을까/석 달) 배고프고 잊힌/한 달(죽음에 대한 공포).”[2]

(살아남은) 세 자녀 가운데 둘째였던 부르주아는 그녀의 부모가 갤러리를

소유하고 운영했던 센 강 좌안에서 삶을 시작했다. 나중에 그들 가족은 슈아지르루아Choisy-le-Roi로 이사했고 그 후 앙토니Antony로 옮겼다. 그녀의 아버지는 제1차 세계대전 중에 군인으로 참전했다가 전방에서 부상을 입었다. 그가 돌아온 후 그들 가족은 태피스트리 수선 공방을 열었고 거기서 루이즈는 집안 사업을 돕기 위해 스케치하는 법을 배웠다. 그녀는 아버지가 영국 여자인 그의 정부 세이디를 아이들 가정교사라는 명목으로 집에 들였다는 사실을 알고 끔찍한 고통을 받았다. 페미니스트를 자처했던 그의 아내 조세핀은 그 상황을 묵묵히 견뎠다. 세이디는 10년 동안 그 집에 머물렀다. 루이즈는 리세 페늘롱에 다녔고 1932년에 잠시 소르본대학에서 수학을 공부했다. 같은 해에 그녀는 위독한 어머니를 보살폈는데, 어머니는 그해 9월 그녀 곁에서 숨을 거두었다. 그 후 부르주아는 소르본대학을 떠나 여러 미술학교를 다녔고 그 중 한 곳에서 페르낭 레제Fernand Leger를 선생으로 만났다. 그녀는 초현실주의자들과 알고 지냈다. 하지만 그들이 여성미술가를 필요로 하지 않는다는 것을 깨달았고 그들의 연설과 터무니없는 행동들에 솔직히 짜증이 났다. 그녀는 1938년에 미술사학자 로버트 골드워터Robert Goldwater를 만나 결혼하면서 뉴욕으로 이주했고 그 이후로 계속 거기 살면서 작업했다.

이야기의 줄거리는 이야기되고 재차 이야기되면서 굳어진다. 우리가 동화와 신화에서 얻는 즐거움 가운데에는 형식이 일정하다는 점도 있는데, 가족 이야기 역시 주로 융통성 없게 변한다. 고통스러워하는 아버지나 우울증을 앓는 어머니, 자살, 잃어버린 돈 같은 것에 대한 서사들이 우리 자신을 설명해주는 역할을 한다. 그것들은 안정적이지 않으며 역동적이고 변화하기 쉬운 기억의 혼란스럽고 단편적인 특징에 질서를 부여한다. 부르주아의 가족 침입자 이야기는 그녀가 1982년 《아트포럼》에서 〈아동학대〉[3)]라는 제목으로 처음 밝힌 이래 미술가 자신은 물론, 온갖 비평가들에 의해 수차례 인용되었다. 그러나 그 이야기도, 다른 어떤 이야기나 그녀가 쓴 시적인 글들도 그녀의 미술을 설명해줄 수 없다. 작품은 그 자체의 완곡한 어휘, 그 자체의 내적 논리와 반논리, 들려주고자 하는 나름의 이야기를 갖고 있어서 아무리 흥미를 일깨우는 내용일지라도 거기에 외적인 이야기가 덧붙여지는 것을 거부한다. 작품의 의미는 보는 이와 예술적 대상의 만남에서 만들어지며, 그것은 감각적이고 감정적이며 지적인 경험, 바라보는 사람의 관심과 기대에 의존하는 경험이다.

나는 루이즈 부르주아에 대한 글이나 그녀가 쓴 글을 읽기 전부터 그녀의 작품이 갖는 감정적 힘에 매료되었다. 그것은 오랜 고통과 두려움을 일깨웠고, 복잡하고 종종 모순되는 연상을 불러일으켰으며, 방이나 인형, 잘려나간 사지, 거울, 폭력, 뭐라 설명할 수 없는 위협, 질서의 편안함과 애매성의 고충에 대한 나 자신의 강박증을 떠올리게 했다. 부르주아는 당신을 당신의 내면에 숨겨진 낯선 장소로 데려갈 수 있다. 이것이 그녀의 재능이다. 그녀에게 지극히 개인적일 수 있는 것들이 고백이라고 하기에는 너무 지나치게 신비로운 예술 속에서 그 번역문을 발견한다. 하지만 그녀가 긴 활동 기간 동안 보여준 다채로운 겉모습과 변형에 반복적으로 나타나는 주제와 형태가 존재한다. 〈여자-집〉이라는 공동 제목으로 1947년에 처음 전시된 그림들부터 1990년대의 매혹적인 작품 〈밀실〉에 이르기까지 미술가는 인간의 마음뿐 아니라 미술사에 대해 질문을 던지는 눈과 마음을 갖고 (은신처이거나 덫이거나 두 가지를 조금씩 섞은 것으로서의) 몸/집의 다양한 버전을 활발하게 재창조해왔다.

은유적 장소 토포스topos로서의 마음과 그 기억들은 역사가 오래되었다. 프로이트도 공간적 비유-고고학을 좋아했다. 파헤쳐라, 그러면 발견할 것이다. 억눌린 기억들. 차폐 기억(screen memory). 환상. 아리스토텔레스에게 모든 기억은 두 부분으로 나뉜다. 모조품 또는 이미지에 해당하는 시뮬라크룸simulacrum과 한 사람 내면에 있는 경험의 사슬과 연결된 감정의 색 인텐티오intentio가 그것이다. 무의식적 과정에 대한 단서로서의 단어 연상은 19세기에 정신의학의 본질적인 부분이 되었고 오늘날 뇌과학자들은 감정이 핵심적인 기억이라는 사실을 알고 있다. 우리는 우리가 느끼지 않은 것은 잊어버린다. 나는 부르주아가 과거의 것으로 가득 찬 곁방을 배회하면서 그곳에서 그녀가 외적인 장소와 존재 또는 존재–장소로 재설정할 재료를 약탈하는 예술가라고 생각한다. 〈여자–집〉의 집/여자들은 거대하지만 연약한 그들의 몸을 담을 수 없는 건축물 안에 있으며 그 건축물에 속한다. 초현실주의에 진 빚은 분명하게 볼 수 있다. 신발과 발이 하나인 마그리트의 〈붉은 모델〉처럼 부르주아는 담는 것을 담기는 것으로 만든다. 그러나 초현실주의의 충동은 항상 사물화(사람을 사물로 만드는 것)로 이어진 반면에 부르주아의 충동은 정확히 그 반대다. 무생물인 집들이 살아 있는 것이 된다.

1949년에 처음 전시된 그녀의 초기 조각들인 〈페르소나주〉는 나무를 실물 크기로 거칠게 조각한 가녀린 조각상들로서 설치미술의 초기 사례로 흔히 언급된다. 이 추상적인 탑/존재들 또는 '현존들'은 한 전시실에 거주하면서 서로 관계를 맺고 그들을 보러 오는 관람객들과 관계를 맺는다. 부르주아는 한 인터뷰에서 "그들은 내 마음속에 있는 사람들을 다룬 것"이라고 말했다. 그들은 뻣뻣하고 지치고 중심이 불안정해 보여서 비틀거리고 심지어 넘어질 거라고 생각할 수도 있다. 나는 〈잠자는 인물〉을 보았을 때 목발을 짚은 사람을 떠올렸다. 〈장–루이의 초상〉은 소년–마천루다. 같은 시기의 작품으로 긴 다리를 많이 가진 추상적인 작품 〈장님을 이끄는 장님〉은 전진하는 군중과 놀라울 정도로 비슷한 느낌이다. 그러나 이런 작품들은 3차원적인 기호나 허공에 새겨진 잘 모르는 언어의 문자와도 비슷하다. 문자들이 그런 것처럼 그 작품들은 거기 없는 것을 드러내기 위한 대리들, 만질 수 있는 유령들이다.

부르주아가 나무가 아닌 라텍스, 석고, 청동, 대리석으로 작업하기 시작한 1960년대부터 그녀의 조각들은 다른 외형을 갖게 되었지만 주제는 여전히 반복되었다. 1950년대의 엄격한 해부학적 구조와 건축물은 베르니니에서 브랑쿠시에 이르는 다른 조각가들의 작품뿐 아니라 생식기, 내장기관, 돌, 화석, 동굴, 원시인들의 오두막 등을 떠올리게 하는 유기적인 형태로 녹아 들어간 것 같다. 〈미궁의 탑〉은 소용돌이 모양의 남근이다. 〈은신처〉, 〈구름〉, 〈부드러운 풍경〉은 남근의 튀어나온 모양과 자궁의 움푹 들어간 모양, 바로크의 직물을 암시하면서 다양한 방식으로 불안하게 만들고 위안을 준다. 매달린 청동상 〈야누스〉는 남근이고, 골반이며, 음순이고, 유방이며, 눈이다. "세상에, 페니스잖아!"가 "글쎄, 딱히 그런 건 아니고, 그런 종류이긴 하지만 동시에 그건…."이 된다. 불안정한 경계, 달라지는 인식, 공격적인 성적 모호함, 조각조각 절단되었거나 별도의 부위가 추가적으로 돋아난 신체의 모습은 지각이 아직 언어에 의해 구조화되지 않은 세상, 원초적 충동의 환각적인 전언어적 공간을 떠올리게 한다. 어쩌면 프로이트의 '다형 도착'에 대한 시인이었을까? 과거에 "정신분석이 나의 종교다"라고 말했던 것이 인용되는 여성의 작업을 설명하기 위해 비평가들이 멜라니 클라인Melanie Klein과 D. W. 위니콧, 자크 라캉의 이론에 의지한 것은 이상하지 않다.

〈아버지의 파괴〉는 부르주아의 미술을 해석하려는 사람들이 직면하게 되는 어려움을 잘 보여준다. 대상과 그것이 가져오는 서사는 분리될 수 없기 때문이다. 그 물건은 테두리와 직물 장식, 내부에 붉은 조명을 갖춘 무대처럼 보인다. 아래위로 흙더미가 붙어 있는 거대한 입 또는 구멍 한가운데에는 혹과 돌기, 던져진 동물 뼈들이 놓여 있다. 미술가 부르주아가 1인칭과 3인칭으로 들려주는 이야기는 '우리' 또는 '아이들'이 식탁 위로 뛰어올라 아버지를 먹어치운다는 내용('입으로 하는 연극')이다. 아버지를 먹는 흥미진진한 공상은 한편으로는 그리스 비극을, 다른 한편으로는 〈토템과 터부〉를 떠올리게 한다. 이것은 우리 눈에 보이는 것에 내포되어 있을 수 있지만 분명하지는 않다. 세이디 때문에 복수하고 싶었을까? 클라인의 아동 분석 언어를 통한 페미니스트 정치학일까? 이런 해석들은 아무리 타당해 보일지라도 그 작품을 건드리는 두 가지 가능한 대답일 뿐, 그 속에 담긴 상처 입고 가공되지 않고 양면적인 감정을 다 포착하지는 못한다.

부르주아의 세련된 지성과 신랄한 해설, 그리고 그녀의 작업에 가해진 이론의 무게는 우리 앞에 있는 것을 드러내기보다 혼란스럽게 만들기 쉽다. 심지어 시각적인 참고 기준이 분명할 때도 〈히스테리의 아치〉에서처럼 비평가들은 성급하게 어떤 결론을 내린 후에 다음 결론으로 옮겨간다. 아치를 다룬 부르주아의 작품 대부분에서 몸은 남자의 것이다. 미술에 대해 글을 쓰는 작가들은 흔히 이것이 히스테리는 여성에게만 국한된 질병이라는 장 마르탱 샤르코의 생각을 페미니스트적으로 도치시킨 것이라는 주석을 달았다. 그러나 프로이트가 함께 공부한 적 있는 19세기 신경과학자 샤르코는 '남성의 외상성 히스테리'의 존재를 확고히 믿었고 그것에 대해 글을 쓰고 강연했으며 치료했다. 파리의 살페트리에르 병원에 있는 샤르코 도서관에는 벌거벗은 남자가 둥글게 아치를 만들고 있는 사진이 있다. 나는 부르주아가 그 그림을 알고 있었다고 확신한다. 그 유사성은 놀라울 정도이기 때문이다. 물론 히스테리에 함축된 의미는 그때나 지금이나 재론의 여지없이 성차별적이고 부르주아는 그런 가정을 놓고 장난을 치고 싶었을 수도 있다. 하지만 그녀의 이미지는 다른 어떤 것, 바로 정신적/신체적 상태에 대한, 터질 듯한 긴장과 그 반대–축 늘어진 탈진과 후퇴–에 대한 계속되는 강한 흥미를 다룬다.

아치를 다룬 작품 가운데 〈밀실〉 연작에 속하는 작품도 있는데, 그 안의 남자는 머리와 팔이 없다. 아마도 울타리 근처에 세워놓은 톱 때문인 것 같다. 그 남자 아래로, 또 그의 침대처럼 보이는 널빤지 위로 빨간색 손글씨로 마치 주문처럼 반복해서 적어놓은 쥬뗌므Je t'aime라는 글자가 보인다. 나는 〈밀실〉 연작을 무척 좋아하는데, 그 전시에도 이 연작에 속하는 작품이 여러 점 있었다. 나에게 그 작품들은 어린 시절 금지되었던 장소의 매력(거기 안에 있는 것을 보려 하는 에로틱한 매혹)을 담고 있다. 그것들은 나를 유혹하기도 하고 겁먹게 만들기도 한다. 그것들은 나에게 들어오라고 손짓해놓고 내가 들어가지 못하게 막는다. 가끔은 열린 문틈으로 엿볼 수 있다. 또 어떤 때는 새장의 철책 사이로 들여다본다. 〈눈과 거울〉에서 나는 나 자신의 관음증을 대면한다. 〈슈아지〉에서는 기요틴이 대리석 집 위에 불길하게 걸려 있고 나는 그 집이 둘로 잘리는 것을 상상한다. 내 몸이. 내 집이. 나는 내가 폭력과 사랑을 동시에 느끼는 이 수수께끼 같은 공간에 대해 쓰지 않을 수 없다. 그것들은 말도 움직임도 없는 서사와도 같고 사람들이 그 도상의 많은 수가 개인적이라는 사실(그 집은 슈와지에 있던 부르주아 가족의 집의 모형이고, 〈거미〉에 있는 태피스트리들은 조제핀의 복원작업을 떠올리게 한다)을 알지 못할 때조차 그 친근함은 만져질 것처럼 분명하다. 부르주아는 발견된 사물들(예를 들어 침대, 의자, 실패, 향수병, 열쇠 등)을 사용하면서도 적절히 배치하고 그것들이 신체 부위나 추상 조각과 비슷한 점을 부분적으로만 식별 가능하게 만들어 보는 이에게 〈밀실〉 연작이 은유적 연상과 회상의 기구가 되게 바꾸어놓는다. 나는 내 경험을 공간에 배치할 수 있게 해주는 내 어린 시절의 집과 비슷한 건축물을 통해 나의 어린 시절 기억의 파편들을 붙잡는다. 그런 틀이 없다면 기억은 텅 빈 공간에 매달려 있게 된다. 그러나 기억은 변하기도 한다. 우리가 어떤 사건을 기억할 때마다 매번 현재는 과거에 더해지는데, 이것은 항상 가상적이다. 〈밀실〉은 우리에게 기억과 공상이 뒤섞인 허약한 토포스로 가는 마술 같은 통로를 제공한다.

그 전시에서 가장 최근의 작품들은 직물로 만들어진 더 부르주아다운 몸들이다. 그 가운데 많은 수가 부상을 입었고 일부는 오갈 데 없거나 매달려 있다. 방들은 사라졌다. 머리 없는 한 쌍이 등장하는 〈커플 IV〉에서는 침대 파트너 가운데 한 명이 의족을 착용했다. 같은 사람이 점점 줄어드는 형태를 보여주는 것처럼 한 사람 위에 다른 사람이 올려져 있는 〈세 개의 수평선〉은 손발이 절단된 사람들이다. 그들의 부드러운 해부학적 구조는 찢어져서 수선된 것처럼 보인다. 〈거부〉의 얼굴에 나타난 아파하는 표정은 상자 속으로 손을 집어넣어 불쌍한 머리를 끄집어내어 내 품에 부드럽게 안아주고 싶게 만든다. 나는 바느질해서 만든 이 상처 입은 인물들이 불안감을 느끼게 한다는 사실을 알고 있다. 그러나 그것들은 나에게 부르주아가 만든 것 가운데 가장 아름답고 연민이 느껴지는 작품군群에 속하는 것이기도 하다. 그것들은 상실과 유한성의 인형들이다. 나는 내 자신을 바라보고 있다. 나는 우리 모두를 바라보고 있다. 부르주아는 〈히스테리의 아치〉를 다시 데려오는데, 이번에는 여자다. 그녀는 공중에 매달려 있고 상처가 꿰매져 있지만 그녀의 몸은 얇은 아치 모양으로 살아 있다. 부르주아는 늙었지만 그녀의 활기찬 상상력은 확실히 나이를 초월한다. 그녀는 그녀의 조각이 그녀의 몸이라고 말한 적 있다. 내가 그녀의 작품 가운데 하나를 선택할 수 있다면 열광적인 환희를 다룬 후기 작품 〈한 침대에 일곱〉(달콤하고 에로틱하고 우습다)을 고를 것이다. 그러나 나도, 미술가도 선택할 수 없다. 부르주아의 몸은 다양하고 강력하다. 그것은 현대미술의 어휘를 빌리고 변형시킨다. 그것은 여성적이면서 남성적이며, 겁을 내면서도 대담하고, 부드러우면서도 단단하다. 그것은 공간과 형태의 언어로 이야기하고 인식과 생소함 모두와 놀이를 벌인다.

테이트모던미술관의 카탈로그를 위한 에세이에서 로버트 스토Robert Storr는 부르주아를 이론적 대상으로 '읽지 말라'고 권유한다.[4] 현명한 충고다. 나는 당신에게 테이트 모던미술관으로 가서 작품을 오랫동안 열심히 바라보라고 권한다. 그러고 나면 당신은 이 특별한 예술가가 한 말이나 그에 대해 이야기한 것들을 읽고 싶어할 수도 있다. 그러나 어쩌면 당신은 여기 내가 써놓은 글까지 포함해서 모든 것을 읽지 않으려 할 수도 있다.

2007년

오래된 사진

사진은 오랫동안 과거의 표지로, 지금 있는 것 안에 과거에 있던 것을 보존하는 방식으로 여겨졌다. 대상을 만들어낼 수 있는 그림과 달리 사진은 어떤 대상을 실제 순간 안에 그대로 보존한다. 포토숍 시대가 열리기 훨씬 전부터 카메라 이미지가 조작되었는데도(코팅리 요정 사진을 생각해보라) 그런 생각은 오랫동안 힘을 발휘했다. 내가 사진에서 가장 큰 매력을 느끼는 부분은 사진이 개인적, 공적으로 기억의 징표로 사용된다는 점이며 사진이 어떤 것을 보고 기억할 때 뇌에 새겨지는 시지각이나 기억과 다른 정도에 정확하게 비례하여 그 효용성이 결정된다는 사실이다. 사진은 기계적으로 제작되며 이는 사진이 그림과 달리 인간의 지각 바깥에서 창조되면서도 그림과 마찬가지로 우리의 신체 외적인 표상으로 존재한다는 의미다. 동시에 우리는 우리의 눈으로 사진을 본다. 인간의 시각의 변덕스러운 변화들은 다른 모든 지각된 사물에 적용되듯이 사진에도 적용된다.

시각적인 것과 언어적인 것은 뇌에서 다른 지점을 차지한다. 분할 뇌 환자들에 대한 로저 스페리Roger Sperry의 유명한 연구는 지각의 복잡성을 분명히 보여준다. 난치성 뇌전증을 앓은 그들은 발작을 멈추기 위해 뇌들보(corpus callosum, 좌우 대뇌반구 사이에서 두 반구를 연결하는 거대한 신경섬유다발—옮긴이)를 잘라 언어를 지배하는 좌반구를 우반구와 분리시키는 시술을 받았다. 스페리는 그런 환자들에게 스크린으로 어떤 이미지를 잠시 보여줌으로써 좌반구가 접근할 수 없는 우반구에 정보를 제공할 수 있다는 사실을 발견했다. 예를 들어 한 여성 분할 뇌 환자에게 포르노 사진들을 보여주었을 때 그녀는 얼굴을 붉히며 키득거리고 웃었다. 하지만 그녀는 자기가 본 것이 무엇인지 알아차리거나 왜 당혹스러워했는지 설명하지 못했다. 마크 솜즈와 올리버 턴불Oliver Turnbull은 그들의 책 《뇌와 내부세계》에서 그 발견을 이렇게 설명한다. "어떤 사람이 시각적 경험을 의식적으로 되돌아보려면 그 또는 그녀는 그 시각적 경험을 글로 기록해야 한다. 이런 능력은 (언어를 다루는) 좌반구가 원래의 시각적 경험과 단절될 때는 이런 능력이 상실된다."[1]

지각과 그것의 중대한 코호트(cohort, 통계적으로 동일한 특색이나 행동 양식을 공유하는 집단—옮긴이)인 기억은 뇌 속에 있는 복잡한 역동적 체계이며 암시적(무의식적)이고도 명시적(의식적)인 특성을 가진다. 한때 과학자들은 기억 저장소(당신은 어떤 물건을 지각하고 그 지각을 당신의 기억 속에 온전하게 보관한다)라는 초보적인 개념을 지지했다. 하지만 이제 신경과학자들은 당신이 어떤 기억을 떠올릴 때 원래의 기억을 검색하기보다 당신이 마지막으로 떠올렸던 기억을 불러오는 것이라고 믿는다. 다시 말해 우리는 편집하고 기억은 변한다. 뇌는 카메라나 컴퓨터 같은 기계가 아니라는 사실은 이제 분명하다. 새로운 기술은 사람과 물건을 인식하고 볼 수 있는 기계를 개발하고 있으며 우리 대부분은 기억하는 기계라 할 수 있는 컴퓨터를 매일 쓰고 있다. 그런데도 (신경과학 용어를 사용하면) 시간이 흐를수록 기억을 기억 재경화하는 기계, 곧 과거의 장면들과 얼굴들을 미처 제대로 떠올리기도 전에 다시 쓰거나 재설정하는 기계를 갖고 싶어 하는 욕망은 거의 없다. 디지털 변형은 무의식적인 마음이 아닌 의식적인 마음을 위한 도구다.

사진의 '진실성'은 카메라가 우리의 허약하고 부정확한 뇌와 달리 존 버거John Berger가 '초자연적인 눈'[2]이라 부른 것을 가졌다는 사실에 기초한다. 이것은 오랫동안 카메라의 장점으로 여겨졌고 카메라가 훌륭한 과학적 도구로 일컬어진 까닭이었다. 그리고 실제로도 그렇다는 점을 입증했다. 19세기 신경학자 장 마르탱 샤르코가 "나는 사진사에 불과하다. 나는 내가 보는 것을 새긴다."[3]라고 했을 때 그는 자신에게 대단한 찬사를 보낸 셈이다. 살페트리에르 병원(파리에 있는 샤르코의 병원) 사진 부장이던 알베르 롱드Albert Londe는 사진 건판을 '과학자의 진짜 망막'[4]이라고 불렀다. 그러나 당시 신생 장르이던 사진은 많은 부분 회화와 조각에서 빌려온 관례들에 의해 체계화되기 시작했다. 그리고 샤르코가 히스테리의 도상이라 부르는 것을 기록으로 남기기 위해 그들이 찍은 히스테리 병동 여성들의 이미지들(특유의 자세와 일그러진 표정, 발작의 순간을 담은 아름답게 빛나며 얼어붙은 일련의 이미지들)이 이제는 인공적이면서도 낭만적으로 보인다는 사실을 샤르코와 롱드는 알지 못했다. 과학 사진은 지금도 그렇지만 당시에도 이데올로기에 이용당하는 도구였다. 피사체가 히스테리에 걸린 소녀이든 화성의 먼지든, 카메라는 그것이 보여주는 대상을 고정시켜서 보는 이에게

정적인 이미지나 움직이는 영상의 한 조각이 과거를 회복하는 길, 즉 사물이나 사람을 되살리는 방법이라는 느낌을 준다.

사진 찍힌 모든 피사체는 과거에 속하기 때문에 소멸의 기호가 된다. 설령 지난주에 찍은 것일지라도 가족사진은 하나같이 사별이나 상실의 성질을 담는 까닭이 바로 여기에 있다. 롤랑 바르트는 명상록 《카메라 루시다》에서 '배후에 있는 것'을 발견할 수 있을지도 모른다는 희망으로 계속해서 돌아가신 어머니의 사진을 응시한다고 고백한다. "내가 사랑하는 얼굴을 생각으로 감싸고 치열한 관찰이 가능한 특별한 장소로 삼고 싶다. 나는 이 얼굴을 더 잘 보고 더 잘 이해하고 그 진실을 알기 위해 사진을 확대하고 싶은 욕망에 사로잡힌다(때로는 어리석게 현상소에 그렇게 해달라고 주문한다). 세세한 부분들을 확대함으로써… 마침내 나는 어머니의 존재에 이르게 될 것이라고 믿는다."[5] 바르트는 살아 있는 여인의 중요한 어떤 것과 그녀가 그에게 의미했던 바를 되살리기를 열망한다. 하지만 존 버거가 《사진의 용도》에서 지적한 것처럼 "…기억과 달리 사진은 그 속에 의미를 보존하지 않는다."[6]

버거는 사진이 의미를 가지려면 시간과 서사에 뿌리내려야 한다고 설명한다. 우리는 사진을 우리의 이야기로 에워싼다. 작년 2월 초에 아버지가 돌아가셨는데, 그 후로 나는 과거 바르트가 그랬던 것처럼 계속 아버지의 사진 몇 장을 바라보았다. 어릴 때 그의 누이와 찍은 사진, 군복을 입고 활짝 웃는 사진, 약간 더 나이 들어서 교수였을 때 태평양에서 돌아온 후 말라리아에 감염되어 탈모가 더 심해진 모습을 담은 또 다른 사진, 돌아가실 무렵의 마지막 사진. 아버지가 돌아가시기 전에는 이 사진들을 들여다볼 필요성을 그다지 느끼지 못했다. 그러나 지금은 그렇게 하고 싶은 욕구를 느낀다. 나는 아버지의 사진들을 바라본다. 아버지에 대한 나의 이야기에 속하는 어떤 의미를 내가 그 사진들에 부여했기 때문이다. 그러나 그 사진들은 나의 기억과 다르다. 그것은 기계가 만들어낸 유령들, 공허한 환영들이지만 그럼에도 그, 그 남자의 흔적 역할을 한다. 그것들을 통해 나는 그가 나이 들면서 가졌던 다양한 모습을 떠올릴 수 있기를 희망한다. 내 기억 속에서는 젊을 때의 아버지, 더 나이 든 아버지, 81세에 돌아가실 즈음의 아버지의 얼굴이 뒤섞여 있기 때문이다.

사진과 달리 생생한 기억은 포괄적이지 않고 배타적이다. 예를 들어 몇 년 전에 아버지와 중요한 대화를 나누었는데, 그때 아버지는 조금 예리하게 내가 정말 교수가 되고 싶었는지 물어보았다. 이 일을 기억할 때 나는 어디서 그 대화를 나누었는지 정확히 기억한다. 바로 친정집 앞 잔디밭에 서였다. 초여름이었고 발밑 잔디는 새싹이라 푸르렀다. 나는 나란히 있는 아버지의 존재를 느꼈고 막연히 그의 표정은 어딘지 친절한 진지함을 보인다고 생각했다. 그러나 지금의 나보다 겨우 몇 살 더 많았을 뿐이던 그때의 아버지의 이목구비는 떠오르지 않는다. 기억에 대한 고전적 이론들은 기억술의 구성 원리인 장소의 중요성을 인정한다. 키케로에 따르면 그것은 모두 소크라테스 이전의 서정시인 시모니데스Simonides의 일화와 함께 시작했다. 시모니데스는 연회장에서 사람들 머리 위로 지붕이 무너져 그곳에 있던 사람들의 시체가 심하게 훼손되자 시체의 신원을 모두 확인해주었다. 그들이 앉아 있던 장소를 기억하고 있었기 때문이다. 키케로는 이렇게 쓴다. "그는 이런 능력(기억력)을 훈련하고 싶다면 장소를 선정하고, 그들이 기억하기를 원하는 사실들을 심상으로 형성해야 하며, 그 이미지들을 그 장소에 저장해야 한다고 추론했다…."[7] 아버지가 질문을 던졌던 장소와 질문에 대한 나의 기억은 고정되어 있지만 그 나머지는 유동적이다. 키케로의 멋진 방식대로 하면 나는 아버지의 말씀을 어떤 장소와 연관 지었고 내가 간직하고 싶었던 것, 다시 말해 아버지는 내가 교수가 되는 것에 크게 관심이 없었고 오히려 내가 교수가 되지 않기를 바랐다는 사실을 기억했다. 그가 그날 했던 말은 글을 쓰려는 나의 야심에 대한 그의 암묵적인 축복으로 기억 속에 남았다.

이 사건은 나의 확장된 의식, 즉 신경심리학자들이 '일화 기억'이라 부르는 것에 속하며 관련된 신경망들은 대뇌피질, 좌뇌반구의 언어 영역, 특히 좌측두엽의 상부 구조에 아주 많이 의존한다. 다시 말해 일화 기억은 일어났던 일을 축소하지만 고도로 효율적인 버전의 기억을 위해 지엽적인 정보를 폐기하는데, 이것은 말에 크게 의존한다. 그럴 때 일화 기억은 자아의 계속적인 서사, 즉 안토니오 다마지오가 "자서전적 기억"[8]이라 부른 것에 속한다. 일화 기억은 '나는', '나는 기억한다…'라고 말하는 것이다. 당시 아버지와 나 사이에는 훨씬 더 많은 일이 진행되고 있었다. 그리고 거기에는 내가 '나는 기억한다'는 말과 함께 떠올릴 수 없는 잊어버린 대화들은 물론, 내가 간직하고 있는 모호한 감정적·감각적 울림도 포함된다. 아버지의 언급은 대체로 완곡한 편이어서 내 쪽에서 해석을 해야 했는데, 그 해석은 확정되지 않아서 어쩌면 평생 계속될 수도 있다. 만일 누군가 그날 잔디밭에 있는 우리 두 사람의 스냅사진을 찍었다면 그 사진이 기억의 바탕이 되었을지도 모른다. 나는 지금 내가 잊어버린 세세한 내용들을 사진 속에 결빙되어 있는 것들을 바탕으로 기억에 포함시켰으리라. 그 이미지는 내 기억 속에 내면화되어 남기보다는 그 대화의 기호가 되어 나는 아버지와 있는 나 자신을 행동하는 자로서가 아니라 관찰자로서 거리를 두고 보게 되었을 것이다. 내가 기억을 잘못된 장소와 연결지은 경우도 있었다. 얼마 전 나는 내가 4학년 때의 일로 기억하는 것이 잘못된 집에서 벌어지고 있음을 깨달았다. 몇 년 동안이나 나는 그 작은 사건이 그때까지 지어지지도 않은 집에서 있었던 일이라고 생각해왔다. 어딘가에서 그 기억이 재경화될 때 한 건물이 다른 건물로 대체된 것이다. 많은 사람이 그런 것처럼 나도 사진을 어린 시절의 추억으로 잘못 생각했다. 거짓 기억이라는 또 다른 문제에 빛을 던져주는 전도다.

내가 아버지의 사진을 이용하는 방식은 지극히 사적이다. 그 사진들은 살아 있는 남자, 오랜 세월 동안 나와 복잡한 관계가 있었던 남자, 부활시킬 수 없지만 내 인생 서사의 한가운데 존재하는 사람에 대한 나의 사랑을 보여주는 납작하고 조용한 징표다. 그러나 그 사진들은 기억을 위한 촉매 역할을 하지 않는다. 그것들은 생소하여 사실상 내가 그에 대해 가진 기억을 방해할 수도 있다. 그것들은 나를 매혹함과 동시에 상처를 입힌다. 그것들이 시체들의 친척(비존재, 죽은 자들의 껍데기)이라고 생각하지 않을 수 없기 때문이다.

우리는 으레 사진에 의미를 부여하며 그것을 개인적인 기억의 자료뿐 아니라 우리를 자극하거나 혐오감을 주거나 위로하거나 속이거나 또는 정당화하는 상상의 대상으로도 사용한다. 사진은 더 넓은 문화 속에서 집단의 꿈이나 외상의 기호가 될 수도 있다. 예를 들어 대부분의 뉴욕 사람들에게는 쌍둥이 빌딩을 찍은 가장 진부한 사진조차 개인적인 기억들이 맹렬하게 되살아나게 하는 계기가 된다. 우리가 그 이미지를 우리 삶의 이야기 안에 내려놓거나 자리잡게 만들기 때문이다. 그런데 그 사진이 테러 공격 직후 텔레비전에 나왔던 영상들(잔해를 헤치고 나아가는 소방관, 영웅적인 음악 연주, 그 뒤를 이어 바람에 나부끼는 미국 국기 삽입)과 같은 편집 영상의 일부라면 사적인 기억을 위한 여지는 갑자기 크게 줄어든다. 그런 이미지들의 연속은 일종의 시각적 슬로건에 해당한다고 볼 수 있다. 그 의미를 요약할 수 있는 것은 막연한 관념(용기와 애국심)뿐이다. 그것은 광고처럼 감정적 반응을 불러일으키려는 의도를 갖는다. 우리의 지각이 유도되는 것이다. 데이비드 리바이 스트라우스David Levi-Strauss가 《사진과 믿음》에서 쓴 것처럼 "항상 가장 먼저 질문해야 할 것은 바로 이것이다. 누가 이 사진을 어떤 목적으로 사용하고 있는가?"[9] 그는 이런 종류의 선전이 효력을 발휘하는 것은 사람들이 자기가 믿고 싶은 것을 믿기 때문이라고 주장한다. 맞는 말이다. 지구는 평평하고, 인간은 결코 달 위를 걷지 않았으며, 홀로코스트는 일어난 적 없고, 9월 11일에 유대인은 한 명도 죽지 않았으며, 또는 사담 후세인이 그날의 재앙에 책임이 있다고 확신하는 사람들은 그들이 틀렸음을 '입증하는' 자료 영상이나 사진을 아무리 보여주어도 설득되지 않는다. 그러나 대중 프로파간다는 새로운 것이 아니며 그것의 가장 강력한 구현은 여전히 반복하는 것, 즉 같은 그림들을 계속 보여주고 같은 말을 끊임없이 되풀이하는 것이다. 조지 부시는 지난 미국 선거에서 이 기술을 계속 사용했다. 대중은 세심하게 선별된 환호하는 군중 앞에서 똑같은 문구를 반복하는 대통령의 모습을 담은 장면의 홍수에 익사할 지경이었다. 그런데도 이 이미지들은 나를 동요시키지 못했다. 나만 그런 것은 결코 아니었다. 프로파간다는 종종 보는 이가 이미 갖고 있던 욕망이나 믿음을 더 견고하게 만든다.

더 폭넓은 질문을 던져보자. 사진을 개인적으로나 공적으로 사용하는 것이 실재하는 것과 실재하지 않는 것에 대한 우리의 지각을 바꾸어 놓았을까? 수전 손택Susan Sontag은 그녀의 유명한 에세이 《사진에 관하여》에서 "실재의 개념은 점점 더 복잡해지고 약화되었다"고 주장한다. 실제로 그것은 너무 약해져 "사람들이 자기가 휘말렸던 폭력적인 사건(비행기 사고, 총격전, 테러범의 공격)의 경험을 이야기할 때 마치 영화 같았다고 표현하는 것은 이제 흔한 일이 되었다. 그것이 얼마나 현실적이었는지 설명하기 위한 다른 기술들이 충분하지 못해서 이렇게 이야기한다"[10]라고 딱 잘라 말한다. 그러나 정확히 그 역이 참이다. 사람들이 그런 상황에서 영화를 떠올린다면 그것은 정확히 그 사건이 얼마나 비현실적으로 느껴졌는지를 기술하기 위해서다. 가공할 폭력은 종종 사람들이 마치 참가자가 아니라 관찰자가 된 듯 관련이 없다는 반응을 보이고 공포에 대한 섬뜩한 거리감을 만들게 한다. 자동차 사고를 당한 후에 고속도로에 누워 있는 자신을 위에서 내려다보는 사람, 동료가 끔찍하게 죽는 것을 목격하지만 마치 그것이 다른 누군가에게 일어났던 일인 양 받아들이는 군인, 또는 반복적으로 구타당하다 보니 자신의 고통으로부터 '사라지는' 능력을 갖게 된 아이 등 모두가 일종의 적응적 비현실감으로 고통받는다. 신경학자이자 철학자인 피에르 자네는 19세기 말 정신적 외상을 입은 사람 내부의 정신생물학적 분열을 설명하기 위해 '해리(dissocation)'라는 용어를 만들었다. 오늘날 정신적 외상전문가 판 데르 콜크와 판 데르 하르트가 주장했듯이 "정신적 외상의 기억들은 압도적인 경험의 동화되지 않은 잔여물이고 이는 기존의 정신적 도식들과 통합되고 서사 언어로 변형될 필요가 있다."[11] 더 간단히 말하면 일부 끔찍한 경험들은 평범한 자서전적 일화 기억으로 흡수되지 않는다. 그런 경험들은 질적으로 달라서 어떤 경우에는 감각을 마비시키거나 당신 그리고/또는 주변 사람들이 비현실적이라는 느낌으로 귀결된다. 영화가 있기 전에는 이런 비현실적인 감각을 느끼면서 연극을 떠올렸을지도 모른다.

하지만 우리가 사진 이미지와 갖는 관계로 인해 '실재하는 것'의 위상이 낮아졌으며 우리 문화가 전쟁과 폭동을 담은 끔찍한 사진들에 무감각해졌다는 생각은 더 이상의 논의가 필요하지 않다는 듯 끝없이 반복되는 문화적 통념이 되었다. 게다가 시각적 기술의 폭발적인 발전은 어떤 물건을 그 복제물과 구별하는 능력을 잃게 만들었다. 장 보드리야르 Jean Baudrillard는 《시뮬라크르의 자전》에서 매우 수사학적인 장식을 동원하여 우리가(적어도 우리 미국 시민 가운데 일부는) "사실상 로스앤젤레스와 그 곳을 둘러싼 미국의 모든 것이 더 이상 실재하지 않으며 파생 실재와 시뮬라시옹의 질서를 따를 때 우리가 그 나머지 것들을 현실이라고 믿게 하려고 디즈니랜드를 가상의 것으로 제시하는" 문화 속에서 살고 있다고 주장한다.[12] 손택도, 보드리야르도 우리가 외부 실재를 있는 그대로 알 수 있다고 생각하는 소박실재론(naive realism)을 지지하지는 않았을 것이라고 지적해둘 필요가 있겠다. 그들은 인간이 외부세계로 가는 통로를 얻는 것은 그 세계에 대한 우리의 지각을 통해서라는 데 동의했을 것이고 이것은 사물에 대한 제한된 견해일 수밖에 없다. 하지만 실제로 살았던 삶과 그 삶의 기계적 이미지 사이의 차이는 여전히 남아 있다. 후기구조주의 사상이 복잡하게 진화하면서 어떤 집단에서는 우리의 새로운 기술세계가 사람들을 완전히 다시 만들거나 '구성'했고, 심지어 우리의 인간적 욕구들도 바꿔놓았다는 생각이 유행했다. 리얼리티 방송과 유명인 문화, 계속 성장하는 디지털 기술의 시대에는 보드리야르의 주장처럼 삶이 완전히 시뮬라크르가 되어버렸을까? 그는 에세이 말미에서 독자들에게 '가짜 강도짓'을 무대에 올리라고 독자들에게 종용한다. 그것은 '인공적 기호들'이 '현실적 요소들'과 혼합될 것이기 때문에 그가 실패할 수밖에 없다고 주장한 행동이다. 경찰관은 당신이 진짜 강도라고 믿는다면 당신을 쏠 수도 있다. 그러나 이것은 1730년에도 참이었을 것이다. 이 같은 질서의 혼란은 매우 오래된 것이다.

후기자본주의는 유혹적이지만 본질적으로 공허하고 사람들이 점점 더 많은 상품을 소비하게 하려고 만든 이미지들의 끝없는 퍼레이드에 굉장히 많이 의존한다는 사실에는 의문의 여지가 별로 없다. 실제로 매디슨 가(Madison Avenue, 미국 뉴욕 맨해튼 동쪽에 있는 거리로 광고회사와 방송국이 많이 모여 있어 미국 광고업계를 뜻하는 말로 흔히 쓰인다—옮긴이)의 일은 우리가 갖고 있는지도 몰랐던 욕구를 창조하는 것이다. 유명인은 인간을 말 그대로 오직 이미지만으로 사고팔 수 있는 텅 빈 상품으로 바꾸어놓는다는 의미이며 그것은 인터넷상으로(동시에 모든 곳에 있도록) 확산될 수 있다. 리얼리티 방송은 모순어법이다. 전쟁은 카메라 렌즈를 통해 대중에게 팔리게(그리고 팔리지 않게) 된다. 다음의 짧은 목록을 나열하는 것만으로도 충분할 것이다. 베트남, 걸프전, 이라크 침공, 아부그라이브교도소. 이제 사진은 발터 벤야민이 《기술복제시대의 예술작품》에서 사진이 가질 수 없다고 주장했던 것으로 유명한 아우라까지 얻었다. 한 예술가의 사진, 비디오, 영상은 그것이 끝없이 복제 가능한데도 매우 비싼 값을 받을 수 있다. 그것에는 '숭배 가치'가 있다. 예술가들은 예술을 만들기 위해 많은 수단 가운데 하나인 디지털 기술을 사용한다. 사진은 꿈과 결별했기 때문에 예술이 아니라는 보들레르의 비난은 한물간 이야기가 된 것 같다. 이 모두가 참이다. 이미지들이 우리에게 영향을 미치는 것도 참이다. 심지어 그것들은 기사도 소설이 가련한 돈키호테를 사로잡았던 방식으로 우리의 뇌를 허튼소리로 혼란스럽게 만들 수도 있다. 영화와 사진은 내 꿈과 내 소설 속으로 들어왔다.

어떤 생각을 받아들여서 그것의 논리적 결론으로 밀고 나가는 일에는 지적으로 자극적인 면이 있다. 자신의 시대에 대해, 그 독특함에 대해, 전에는 한 번도 없었던 특성에 대해 거창한 주장을 펼치는 것이 재미있기도 하다. 그리고 어쩌면 역설적일 수도 있는데, 지금은 상황이 정말 나쁘다고, 과거 어느 때보다 더 열악하다고, 사람들이 대중매체 때문에 너무 멍해져서 절실하고 생생한 현실 감각을 모두 잃어버렸다고 선언할 때도 본능적인 즐거움이 뒤따른다. 그런 주장을 하는 사람들은 특별한 위치를 차지하기 때문이다. 그들은 결코 속지 않고 그 모든 사태를 명확하게 파악한다. 나에게는 그런 확신이 없다. 나는 영화를 보거나 인터넷상의 이미지를 바라볼 때 그것에 아무리 몰입해도 현재 접촉하지 않는 즉각적인 감각세계의 실재에 대한 통상적 믿음을 여전히 갖고 있다는 사실을 안다. 나는 9월 11일의 재앙과 맞닥뜨려서 내 딸과 두 여동생, 그리고 그들의 가족의 안전을 걱정했을 때도 스스로에게 이렇게 말해야 했다. "이건 실재야. 이런 일이 정말 일어났다고." 자동차 사고를 당했을 때 나는 얼어붙어서 자리에 그대로 앉아 있었고 소방관들이 죠스 오브 라이프(Jaws of Life, 사고 난 차에 갇힌 사람을 빼내는 데 쓰는 공구－옮긴이)로 나를 망가진 차체에서 빼내는 동안 마치 나에게 일어나고 있는 일과 동떨어져서 무관심하고 멀리 떨어져 있는 느낌을 받았다. 그 모든 일이 비현실적으로 느껴졌다.

많은 뉴욕 사람이 그렇듯이 나는 9·11 테러 당시의 쌍둥이 빌딩을 찍은 사진을 보고 싶지 않다. 그 사건이 있은 지 1년 후 나는 내 책을 낭독하기 위해 파리의 한 미술관을 찾았다. 시간이 조금 남아서 속도와 사고 이론으로 유명한 프랑스 이론가 폴 비릴리오Paul Virilio가 기획한 전시장을 돌아다녔다. 하지만 벽 위로 뉴욕에서 있었던 대량학살을 다룬 익숙한 영상이 영사되자 나는 구역질이 나고 불쾌하여 즉시 그 자리를 떠났다. 그날 밤 만찬장에서 나의 프랑스 출판인은 겸손하게도 내가 당연히 비릴리오에 대해 들어보지 않았을 거라고 확신하면서 그가 '우리의 위대한 철학자들 가운데 한 명'이라고 설명해주었다. 하지만 나는 몇 년 전부터 비릴리오에 대해 알고 있었다. 나는 1980년대에 그의 책을 읽었고 그의 생각에 반발했다. 비릴리오 역시 "실재는 우리의 하이퍼테크놀로지 시대에는 더 이상 존재하지 않게 될 것"이라고 믿는다. 개인적인 경험 자체, 곧 세상에서 실제 사물들과 갖는 우리의 관계가 비물질화될 위험에 처했다. 그에 따르면 빛과 속도에 대한 과학 이론들이 이제 시간과 공간에 대한 이론들을 대신하게 되었다.[13] 시각 자체가 산업화되었고, 우리는 종말론적 미래로 향하며, 그럴 때 육체와 분리된 이런 이미지들은 우리의 대체물이 될 것이다. 비릴리오의 글에서 경고 신호는 손에 만져질 듯 분명하다. 그의 목소리는 새된 비명처럼 음조가 높았다. (나는 그가 여성이었다면 사상가로서 그의 운명이 훨씬 더 불분명했을 것이라고 감히 말한다.) 그 남자는 진지하고 유식하지만 자기 생각에 갇혀 있었다. 그의 생각을 실은 차는 이런 소름끼치는 공상과학 판타지를 향해 전속력으로 달리는데, 여기에 제동을 걸 브레이크가 없다.

공정하게 말해서 그의 생각에 대한 나의 반발은 지적인 동시에 감정적이다. 이런 점에서는 나도 다른 사람들과 전혀 다를 바 없다. 우리의 생각은 우리의 감정적 기질에서도, 이성만큼이나 비이성에서도 생겨난다. 9월 11일의 이미지가 가진 극적인 성격, 할리우드 영화와의 기괴한 유사성, 그 영상이 거의 즉각적인 속도로 전파된 것이 이런 관련된 이론들을 확인시켜주는 것으로 비치리라는 사실은 쉽게 알 수 있다. 그런데도 이런 생각들에는 지독하게 잘못된 뭔가가 있다. 현실성, 즉 어떤 것이 사실이고 지금 존재한다는 감각은 우리가 갖는 느낌이며 항상 고정되어 있는 것이 아니다. 나는 미술관에 있던 이미지들을 외면했다. 나에게는 그것들이 추상적이지 않았기 때문이다. 그 이미지들의 의미는 내가 거기에 부여한 개인적인 서사 안에 놓여 있다. 그것들은 슬픔을 재현한다. 반복한다고 나의 감정이 약해지지는 않을 것이다. 더구나 현실과 비현실의 문제가 이 비극적 상황 속에서 여전히 관련이 있기는 하지만, 쌍둥이 빌딩 가운데 한 건물이 타격을 받은 후 거기서 솟아오르는 연기를 내 집 창문으로 바라보는 것과 그 영상을 보는 것은 같을 수 없다. 그러나 그것은 상관이 없다. 우리가 기술 관료 체제의 도구가 되어 실제 건물을 그 사진이나 영상과 구별할 수 없을 정도로 정신이 둔해졌기 때문이다. 어떤 경험들은 인간의 유기체에 엄청나게 충격적인 영향을 미치며, 이 영향이 너무 파괴적일 때는 스스로를 보호하기 위해 자신에게 닥친 현실을 인정하기를 거부하기도 한다. 기술이 이것까지 바꾸어놓지는 못했다. 9·11 테러 이후 정신적 고통에 시달리는 사람들의 모습은 제1차 세계대전의 참호에서 살아돌아온 사람들의 모습과 매우 비슷해 보였다.

개별 경험은 항상 집단적인 경험의 일부다. 9월 11일에 뉴욕 시에 있었던 우리는 우리가 그때 어디에 있었는지 기억하며, 그 기억은 영원히 어떤 방, 어떤 길모퉁이, 어떤 정원, 그날 우리가 있었던 장소에 달라붙어 기괴하게 느껴질 정도로 생생하게 남는다. 그리고 그 선명함은 무슨 일이 일어났는지 깨달았을 때 우리가 느꼈던 감정에 의해 유지된다. 심지어 나는 대학살을 환영했던 사람들조차 그 순간을 흔치 않은 명료함 속에 기억할 것이라고 확신한다. 과학자들은 이것을 '섬광' 기억이라고 부른다. 그것은 특이한 일이 일어날 때, 우리의 일상적인 시지각 속에 너무 깊숙이 배어 있는 기대가 철저히 무너질 때 일어나는 기억이다. 평범하고 일상적인 사건들에 대한 기억은 양식화된 시각적 범주에 들어가기 쉬우므로 흐릿해지는 편이다.

나는 교통사고를 당한 날 남편과 딸, 우리 개가 타고 있던 차의 사진이 없어서 다행스럽다. 우리 토요타 자동차가 망가진 것을 나는 다시 본 적 없지만 남편은 그것을 보았다. 그는 그렇게 심하게 찌그러지고 망가진 자동차에서 우리가 살아나올 수 있었다는 것이 믿기지 않는다고 했다. 그 차의 이미지가 남아 있다면 다른 사람들에게는 방어운전을 하라는 경고의 의미 외에 별다른 의미가 없겠지만 나에게는 내 안 어딘가에서 부정하던 현실을 떠올리게 했을 것이다. 또 내가 그 차 안에 정말로 있었다고 그 교통사고를 객관적으로 확인시켜주는 역할을 했을지도 모른다. 그 사진에 대한 나의 지각은 복잡하고 가변적이며 내 기분에 좌우되었을 것이다. 나는 애매하고 종잡을 수 없는 이런 생각들이 대부분의 사람들에게 거의 매력을 발휘하지 못한다는 사실을 잘 알고 있다. 우리 가운데 많은 사람을 유혹하는 것은 확실성(새로운 기술이 인간을 완전히 영구적으로 바꾸어놓았고 우리를 멍청이로, 우리가 사용하는 기계의 부속물로 만들어놓았다는 자신만만하고 힐책이 섞인 선언)이다. 손택, 보드리야르, 비릴리오는 이런 견해의 사려 깊은 지지자다. 그들보다 훨씬 권위가 떨어지고 셀 수 없이 많은 대중적인 목소리도 책이나 신문기사, 블로그, 대중매체에서 주로 그런 의견을 내세우면서 '가장 최근의' 뇌 연구로 뒷받침된 내용이라고 주장한다. 그런 작가들은 자기가 인용하는 과학을 잘못 전달하는 경우가 많고, 설사 그렇지 않더라도 그것을 평가할 만큼 충분히 잘 알지 못하기 때문에 어떤 비판적인 거리도 없이 똑같은 말만 되풀이한다.

나는 19세기에 기차여행의 비인간적인 속도와 그로 인해 으레 일어나기 마련이던 사고들이 철도 척수라는 새로운 질병을 만들어냈다는 사실을 기억하는 것이 도움이 된다고 생각한다. 1866년에 그 주제를 다룬 책을 출간한 존경받던 외과의 존 E. 에릭센John E. Erichsen은 "…보통의 사고는 철도상에서 일어나는 사고들만큼 큰 충격을 주지 않는다….”[14]라고 선언했다. 예리한 생각이다. 다리나 말에서 떨어지거나 바다에서 폭풍을 만나는 일도 충격을 주겠지만 철도사고는 특유의 공포를 불러일으킨다. 기차여행을 가능하게 만든 기술은 동시에 독특하고 현대적인 병리학적 증상을 만들어내었고 이것에 대해서는 의학계에서 많이 논의되었고 대중언론에서 비중 있게 다루었다. 육체적으로 추적할 수 없는 경우가 많은 설명하기 힘든 고통은 인간이 자신이 만들어낸 기발한 발명품의 무력한 희생자가 되었음을 입증해주었다. 철도 척수는 의료사의 한 장으로 들어간 복잡하고 흥미로운 현상이다. 하지만 여기서는 단지 그것이 우리 시대 특유의 질주하는 기술의 새로운 버전들이 가져온 무시무시한 변화들을 바라보는 동시대의 생각들과 눈에 띄게 비슷하다는 점을 보여주고 싶었다.

진실은 사람들이 이런 으스스한 생각들을 믿고 싶어한다는 것이다. 그들은 그들의 공포에 말을 걸고 있으며 안전한 상태에서 느끼는 두려움 속에는 흥분되고 즐거운 뭔가가 있다. 역설적이게도 많은 사람(예를 들어 보드리야르의 시뮬라크르 이론에 서둘러 달려들었던 뉴욕 예술계 사람들)이 이런 사고방식을 받아들이는 일은 꼬투리에서 자라는 인간 모형이나 파괴된 도시를 돌아다니는 복제인간을 다룬 공상과학 영화에 버금가는 자극 가치를 갖는다. 그리고 아주 많은 이론적 입장이 그런 것처럼 이 이론도 그것을 지지하는 사람들은 예외로 둔다. 즉 실재를 장악할 힘을 잃은 것은 내가 아니라 그들이라는 것이다. 그러나 나는 여전히 회의적이다.

사진은 항상 그 시대의 문화적 이데올로기에 흠뻑 젖어 있고 그것에 대한 우리의 지각은 역사적으로 가변적인 이런 허구들에 의해 형성된다. 우리가 지금 보고 있는 것을 분명히 표현하지 못할 때가 많다는 것도 참이고, 한 이미지가 가진 어떤 측면들은 우리가 결코 온전히 이해하지 못할 잠재적인 영향을 미칠 수도 있다. 실제로 무의식적인 어떤 지각이 우리가 결코 깨닫지 못할 방식으로 우리를 형성할 수도 있다. 사진과 영화는 우리의 시각적 우주의 부분으로서 지각과 기억, 욕망과 감정의 변천에 지배된다. 그것들은 누가 보느냐에 따라 의미를 얻거나 잃으며 친숙하거나 낯설게 또는 현실적이거나 비현실적으로 느껴진다. 그러나 이런 의미와 느낌은 분산된 경우가 많고, 범주화하기 힘들며, 좀처럼 단순하지 않다.

2005년

메트로폴리탄의 두초 디부오닌세냐

1980년에 시에나에서 두초 디부오닌세냐Duccio di Buoninsegna의 〈마에스타〉를 본 이후로 나는 그의 이미지에 매료되었다. 뉴욕 메트로폴리탄미술관이 시에나 거장의 그림을 한 점 입수했다는 말을 들었을 때 그 그림을 보고 싶어 견딜 수가 없었다. 목판에 템페라와 금으로 그린 〈성모와 아기 예수〉는 27.9×21cm의 작은 작품이다. 그림 기원은 19세기 후반까지만 확인될 뿐이지만 학자들은 그 작품의 제작 연도를 대략 1300년으로 추정했다. 작고 진지한 아기가 어머니 품에 안겨 그녀의 눈을 뚫어지게 바라본다. 그녀는 그를 향해 있지만 그녀의 눈은 그를 향해 있지 않다. 그녀는 자기 내면을 들여다보고 있는 것 같다. 그녀의 가지런한 눈썹 선과 작고 섬세한 입매는 슬프면서도 체념적이고 상냥한 표정을 만들어낸다. 이 그림은 그 시대의 모든 종교적인 물건들이 그렇듯 교리를 지적으로 이해해서가 아니라 감정을 통해 신성한 서사로 들어가게 하는 수단이었다. 고전적인 14세기 작품 〈그리스도의 생애에 대한 명상〉에서 위-보나벤투라 Pseudo-Bonaventure는 독자들에게 그 이야기를 느끼고, 이집트로 피신하는 '아주 젊고 상냥한 어머니'와 '어둡고 바위투성이에 인적 없는 힘겨운 길'을 상상하라고 요구한다. 그러고 나서 그들과 함께 있는 어린 소년을 생각해보라고 촉구한다. 그는 '아기 예수와 함께 있는 아기가 되라'고 했다. 성공적인 이미지는 감정이입이 쉬워지게 만든다.

700년이 지났는데도 두초의 그림은 여전히 강렬한 느낌을 준다. 왜 그럴까? 그 그림의 구성은 어딘지 알 수 없는 빛나는 금색 배경을 바탕으로 이상화된 인물들이 등장하는 비잔틴 성상화의 추상적인 성격을 지니고 있다. 두 사람 아래 난간의 색다른 세부 묘사는 그들을 보는 이의 공간으로부터 훨씬 더 먼 곳으로 옮겨놓지만 모자간의 감정적 공명은 매우 인간적이다. 두 사람의 몸은 몸짓을 통해 연결된다. 즉 아기 예수는 성모의 얼굴 근처 베일을 움켜잡고 있고 성모의 손가락은 아기 예수의 빨간 망토 단을 쥐고 있다. 그러나 진짜 이야기는 그들의 표정, 그들의 눈, 그들 사이에서 일어나는 교감에서 나온다. 신경생물학자들이 오늘날 우리에게 이야기하는 것(어머니의 얼굴, 특히 그녀의 눈은 유아의 시각적 자극의 1차적 원천이며 모자간의 응시 유형은 아이의 전뇌 성장에 필수적이라는 사실)은 당신이 당신의 아기를 바라보아야 한다는 사실을 확인시켜줄 뿐이다. 그것은 대부분의 어머니들이 이미 알고 있는 사실이다. 두초의 성모는 잠시 생각에 잠겨 시선을 돌렸지만 아기 예수는 그녀가 다시 자기에게 눈을 돌리기를 기다리는 듯 그녀의 눈을 똑바로 바라본다. 그녀의 얼굴에 드러난 고요한 슬픔은 보는 이가 이미 알고 있으므로 예측할 수밖에 없는 수난의 고통을 암시한다. 하지만 그리스도교의 서사 배후에 일상의 서사가 깔려 있다. 모든 아이는 성장하면서 어머니를 떠나게 되며 어떤 아이도 세상의 모든 슬픔으로부터 보호받을 수 없다. 이미지가 매우 단순하고 특정 장소의 세세한 특징을 보여주지 않는다는 점이 그림의 명확한 주제인 모자간의 사랑을 돋보이게 한다. 관람객은 인간이 된다는 것의 의미의 본질적인 변증법, 즉 나는 다른 사람의 눈을 통해 나 자신이 된다는 사실을 깨닫는다.

2007년

키키 스미스

바운드와 언바운드

몇 년 전 나는 뉴욕 시에서 키키 스미스Kiki Smith의 전시회를 보았다. 갤러리 바닥에는 비틀거리며 앞으로 나아가는 것처럼 보이는 여자들의 조각이 여러 점 있었다. 기억 속에서 그 인물들은 검은색이었고 유리구슬로 된 반짝이는 빨간 사슬이 그들의 다리 사이로 떨어졌다. 월경에 대한 이런 노골적인 언급에 깜짝 놀랐던 기억이 난다. 지적인 도시인이자 예술 감상자인 내가 과연 생리 묘사를 회피하는 오래된 터부에 여전히 영향을 받고 있었는지 자문했다. 하지만 지나고 나서 생각해보니 내 관심을 끄는 것은 기억 자체, 즉 그 인물상들의 어떤 버전이 내가 미처 예상할 수 없었던 힘을 발휘하여 내 마음속에 남아 있다는 사실이다.

미니애폴리스에 있는 워커아트센터에서 열린 스미스 회고전에 전시된 작품들을 바라보는 동안에도 피 흘리던 여자들에 대한 기억이 계속 뇌리에서 떠나지 않았다. 그 조각들은 회고전에 전시되지 않았지만 다른 많은 작품이 강력한 감정적 영향을 주었다. 그 대상에 따라 나는 불편함과 슬픔, 불안, 평온함, 동정, 상냥함, 공감을 느꼈고 실제로 여러 차례 웃음을 터뜨리기도 했다. 이런 폭넓은 감정들이 내 관심을 끌었다. 많은 예술가가 냉철하거나 재치 있고, 비극적이거나 희극적인 식으로 내가 일관된 분위기라고 생각할 법한 특징을 보였다. 그런데 키키 스미스의 작품에서는 주제의 통일성이 눈에 띄게 다양한 감정들과 연관되었다.

스미스의 작품 상당수는 몸을 언급하고 있기 때문에 나는 해부학적 구조의 문제로 이야기를 시작했다. 몸에 대한 지각은 미리 주어진 것이 아니라 시간과 문화 속에서 암호화된 지각의 드라마이다. 이런 사실은 다양한 부족미술, 밀랍인형, 모형, 데스마스크, 마네킹, 봉헌물, 성상화, 그리스 조각상, 인형 등에서 인간이 엄청나게 다양한 형태로 묘사되었다는 사실만 보아도 알 수 있다. 스미스의 작품이 지니는 에너지는 부분적으로 전통적인 재현 양식을 빌린 후 그것을 자신의 목적을 위해 바꾼 데서 나온다. 그녀의 작품을 더 오래 바라볼수록 나는 그녀의 작업이 경계를 옮기는 예술, 우리 자신의 몸을 주변 세계와 관련하여 구분하고 분류하고 분리하고 정의하는 것을 방해하는 예술이라는 확신을 더욱 굳히게 되었다. 그녀가 2차원이나 3차원으로 제작한 인간과 동물의 몸이나 그 부위들이 다양한 재료(직물, 종이, 밀랍, 청동, 털, 자기, 라텍스, 유리, 알루미늄, 백랍, 금, 나무, 깃털, 보석, 플렉시글라스, 안료, 그리고 그것들의 혼합물)의 무분별한 배열로 제시됨으로써 관람객의 시각에 촉각이 침투한다. 나는 전시장을 걸어 다니는 동안 손을 뻗어 작품을 쓰다듬는 금지된 행동을 하면 어떤 기분이 들지 계속 상상했다.

많은 작품이 과학으로서의 해부학과 오래된 절개작업을 직접적으로 표현한다. 석고와 안료로 만든 제목 없는 손, 〈치아〉, 〈유리 위장〉 같은 작품에서 볼 수 있듯이 간혹 신체 부위가 별개의 구성단위처럼 묘사된다. 〈법의 9/10〉는 의사의 사무실에서 흔히 볼 수 있는 친숙한 인체해부도를 생각하게 만들었지만 스미스의 해부도는 페다고지(pedagogy, 교육학)에 저항한다. 모든 것이 흐릿해지지는 않았으나 아홉 가지 형태 가운데 일부는 알아볼 수 없게 흐릿해져 있고 몸속이 아니라 몸 바깥에 있는 유사한 형체들(돌, 나뭇잎, 나무)을 떠올리게 한다. 덧붙여놓은 법률 문구는 관람자로 하여금 자신의 몸을 소유한다는 것이 어떤 의미인지 풍자적으로 고찰할 수밖에 없게 만들며 우리의 신체기관과 장기들이 질병에 걸리거나 죽었을 때에만 분리된다는 암울하면서도 우스꽝스러운 함축을 포함한다. 〈귓속의 혀〉는 지명된 두 부위를 붙여서 역겨우면서도 익살스럽게 표현했고 이것은 나에게 인간의 에로티시즘의 기묘함을 생각하게 만들었다. 전시장 곳곳에 사람들과 동물들의 '조각들'이 널려 있었다. 〈속귀〉, 〈꼬리뼈〉, 〈작은 산〉이라 불리는 아름다운 크리스털 젖가슴, 주조 알루미늄으로 된 추상적인 〈피부들〉, 강철 사슬로 연결된 청동 두상과 사지를 이어주는 무시무시한 〈데이지 체인〉, 정자를 닮은 유리 방울들이 검게 그을린 〈이슬무지개〉, 〈동물 두개골들〉, 그리고 제목이 언급하는 두 실체를 서로에 대한 은유로 명시적으로 결합시킨, 청동으로 제작된 〈밀실-달〉 등이 그런 작품들이다.

그러나 내가 멈춰 서서 웃다가 몸의 파편화라는 주제를 더 곰곰이 생각하게 된 작품은 똑같은 모양의 은항아리 12개를 일렬로 세워놓은 제목 없는 작품이다. 단지마다 정액, 점액, 토사물, 기름, 눈물, 피, 젖, 침, 설사, 오줌, 땀, 고름이라고 우아하게 쓴 라벨을 붙여놓았다. 각각의 용기는 액체로 된 신체 분비물을 표시한다. 간단히 말해서 우리가 싸고, 흘리고, 배설하고, 사정하는 것들이다. 그 모두가 몸에 있는 구멍으로 흘러나와서 그 문턱을 넘는다. 그것들은 말 그대로 우리의 경계를 넘어서는 물질이다. 페니스, 입, 눈, 젖꼭지, 항문, 요도, 피부에는 모두 구멍이 있다. 몸이 시작되고 끝나는 곳, 우리가 무해하다고 여기는 것, 우리가 혐오스럽게 여기는 것은 문화적으로 형성된 생각들이다. 스미스의 목록에서 어쩌면 눈물은 예외가 될 수도 있겠지만 나머지 액체들은 모두 우리 세계에서 다양한 수준으로 금기시된다. 메리 더글러스Mary Douglas가 〈순수와 위험〉에서 지적한 것처럼 오염에 대한 생각은 다양하다. "어떤 [문화권]에서는 월경에 오염되는 것을 치명적인 위험으로 여기고 두려워한다. 그런데 다른 문화권에서는 전혀 그렇지 않다. 어떤 문화권에서는 배설물이 위험하지만 다른 곳에서는 단지 웃기는 농담거리에 불과하다. 인도에서 요리된 음식과 침은 오염의 위험이 있는 것이지만, 부시먼족은 나중에 구워먹기 위해 입으로 멜론 씨앗을 모은다."[1] 위태로운 것은 세균이 아니라 질서(우리인 것과 우리가 아닌 것, 우리가 더 이상 나에게 속하지 않는다고 떨쳐버리는 것에 대한 우리의 지각을 결정하는, 무수히 많은 의미를 가진 상징적 구조)다. 왜 오줌이나 다른 분비물들은 공기에 닿는 순간 더 이상 나에게 속하지 않게 될까? 왜 그것은 더 이상 나의 것이 아닐까?

물론 모든 액체는 용기에 담기지 않는 이상 형체가 없다. 그것들은 땅에 스며들거나 증발하여 대기의 일부가 된다. 체액을 말끔하게 분리하여 예쁜 은단지에 담고 각각 그 안에 담긴 것의 이름을 쓴 라벨을 붙임으로써 스미스는 우리에게 언어와 정체성에 대한 풍자적인 해설을 제공한다. 결국 단어는 언어적 범주를 만들고 이것은 한 물건을 다른 물건과 분리하는 데 도움을 준다. 어떤 구조물이든 구멍과 유출은 우리가 모든 존재와 사물을 구성할 때 사용하는 깔끔한 윤곽선에 대한 위협이고, 우리가 어떤 사람이나 물건을 그 주변의 것들과 구별하는 방식에 대한 위협이다. 무너지고 흘러내리는 경계는 형태의 명료성을 파괴한다. 유머는 명확하게 설명하기 어려운 것으로 악명이 높지만 이 작품을 보았을 때 내가 지은 웃음이 적어도 부분적으로는 그 아름다움에서 비롯되었다고 생각한다. 고름이나 설사 같은 단어를 우아한 옛 글씨체로 써 붙인 반짝이는 단지들이 일렬로 세워져 있는 것은 우스웠다. 나는 종종 역겨움이나 불편함을 떨쳐버리기 위해 웃는데 여기서는 단지 그것 때문만은 아니었다. 작품 전체가 상징적인 견제를 위한 우리의 엄청난 투자와 그 배후에 놓여 있는 애매성에 대한 불안감을 드러냈기 때문이다.

상징적인 구분과 분류는 원래 고정되어 있지 않고 이름도 없는 것을 고정시킨다. 스미스는 주어진 체계 안에서의 유동성의 문제와 집요하게 유희를 벌인다. 예를 들어 정확히 무엇이 전체를 구성하고 무엇이 부분을 구성하는가? 예를 들어 그녀의 남성적이고 여성적인 비뇨생식기계는 전체인가 아니면 부분인가? 해부학에서는 그것들이 별개의 기관으로 분류될 수 있지만 살아 있는 몸 안에서는 단순히 기능하는 전체의 부분에 불과하다. 게다가 이런 기관은 청동으로 만들어져 고고학적 발굴물들, 잃어버린 문명과 신념체계의 유물을 떠올리게 할 뿐이라는 사실은 무엇을 의미하는 것일까? 청동으로 만든 텅 빈 〈자궁〉은 '발굴'해서 찾은 대접이나 사발을 닮았고, 동시에 작은 관이나 무덤을 포함하는 많은 용기를 떠올리게 한다. 스미스의 작업은 내적이고 신체적인 것과 외적이고 사회적인 것 사이를 오가면서 하나의 대상이 다른 대상을 환기시키고, 그 다음에 또 다른 대상을 환기시키는 식으로 연결되는 엔진 역할을 한다. 그 효과는 보는 이에게 의심을 불러일으키는 것이다. 나는 내가 보고 있는 것을 의심하기를 좋아한다. 그것은 필연적으로 하나의 단일하고 통합된 전체 안에 머물기를 거부하는 다양한 의미들과 애매성들을 만들어내기 때문이며, 나는 이것이야말로 내가 계속해서 바라보는 까닭이라고 생각한다.

여러 해 전에 나는 독일의 〈보그〉로부터 한 분야의 예술가가 다른 분야의 예술가를 만나 함께 이야기를 나누는 인터뷰 기사를 청탁받았다. 나는 키키 스미스를 생각했다. 그녀도 이 인터뷰 기사에 동의하여 우리의 대화가 잡지에 실렸다. 나는 대화를 나누면서 그녀에게 꿈이 그녀의 작업에 미친 영향에 대해 물었다. 그녀는 과거에는 꿈을 꾸고 나서 아침에 일어나면 '그것을 만드는' 시기가 있었다고 했다. 그 정도로 솔직한 대답을 기대하지는 않았지만 그녀의 대답에 놀라지는 않았다. 우리는 꿈이 실제로 살아가는 삶의 법칙을 따르지 않으며 꿈속에서는 익숙한 인지작용이 중단되고 실세계에서 불가능한 일들이 일어난다는 사실을 알고 있다. 잠의 생리학은 여전히 논쟁을 불러일으키고 있으며 왜 우리가 잠을 자고 꿈을 꾸는지에 대한 생물학적 이유는 지금도 알 수 없다. 하지만 우리가 꿈을 꿀 때 뇌의 배외측 전전두엽 피질이 활동을 중단하는 것은 분명해 보인다. 간단히 말해 이것이 의미하는 바는 자아의 감시와 억제를 포함하는 뇌의 '더 고차원적인' 특정 기능들이 꿈꿀 때는 작용하지 않는다는 것이다. 근본적으로 우리는 온전한 의식을 갖춘 인간으로 세상을 돌아다닐 때보다 꿈속의 공간에서 더 자유롭다. 깨어 있을 때 우리를 속박하는 논리가 잠을 잘 때는 적용되지 않는다.

스미스는 꿈의 언어를 빌리는 많은 예술가 가운데 한 명에 불과하며, 미니애폴리스 전시장에 전시되었던 작품 가운데 어떤 것이 구체적으로 어떤 꿈에서 생겨났는지 여부는 중요하지 않다. 나는 예술작품을 만든다는 것은 그것이 시각예술이든 음악이나 소설이든 간에 의식적인 꿈꾸기의 한 형식이라고 여겨왔다. 또한 예술은 경계가 없는 무한함과 망가짐, 융합된 정체성들, 시공간의 괴리, 그리고 우리의 무의식적인 삶의 강력한 감정들로부터 나온다고 생각해왔다. 나는 잘 아는 사람들이 낯선 얼굴로 등장하는 꿈을 자주 꾼다. 내 몸은 셀 수 없이 많은 변형을 겪는다. 예를 들어 털이 나고 눈이 여러 개 더 달려 있을 때도 있었고, 귀와 입술이 축 늘어지거나 머리카락이 빠졌거나 위장이 부풀어 오르거나 몇 갤런의 피를 흘린 적도 있었다. 그런 변형들은 스미스의 작품에도 수두룩하다. 안 피지와 메틸셀룰로오스로 된 강렬한 작품 세 점(1988년과 1989년에 제작된 제목 없는 작품 두 점과 〈심장에서 손까지〉라는 작품)과 1992년의 파피에마셰(papier-mache, 지점토의 일종—옮긴이) 작품 〈단단하고 부드러운 몸들〉은 꿈속 공간에 있는 기묘한 해부학적 구조들, 그 절단된 부분들과 불가사의한 유령들을 떠올리게 한다. 여성의 몸 가운데 허리 아래 부분이 공중에 매달려 있고 탯줄에 젖먹이가 매달려 있는, 무게가 없어 보이는 작품은 끔찍하면서도 가슴 아프다(출산하는 유령).

무의식적인 이미지(꿈의 재료)는 스미스의 작품에서 가톨릭 신앙, 특히 봉헌물과 종종 연결된다. 봉헌물은 위험한 사건에서 무사히 벗어나게 해준 데 대해 신성한 존재에게 감사드리거나 치료를 간청하기 위해 신성한 장소에 바치는 것이다. 예를 들어 봉헌화는 난파선과 구조된 사람이 물 위에 떠 있는 모습을 묘사할 수 있다. 특히 라틴아메리카에서 교회 천장에 매달려 있는 셀 수 없이 많은 봉헌 사지四肢는 부상당한 신체 부위의 기적적인 치료를 기원하면서 시작되었다. 데이비드 프리드버그David Freedberg가 그의 책 《이미지의 힘》에서 지적한 것처럼 그럴듯함에 대한 욕구가 봉헌물 창조에 중요한 역할을 한다. 가능한 한 실물 같은 조형 이미지를 만들기 위해 밀랍, 파피에마셰, 찰흙, 인간의 머리카락, 천 등이 사용되었다.

스미스의 1993년 작 〈밤〉은 봉헌 사지를 공공연하게 참조한다. 흉터가 있는 팔다리가 천국의 기호인 파란색 별들이 달린 모헤어mohair로 천장에 매달려 있다. 1990년대에 밀랍, 청동, 종이로 제작한 그녀의 비범한 인물상들도 이런 신성한 재현 형식을 떠올리게 한다. 매달려서 젖과 정액을 쏟는 여자와 남자, 등에 길고 가는 상처들이 있는 앉아 있는 여자, 가죽이 벗겨진 〈성모 마리아〉, 족쇄를 찬 짐승 같은 〈막달라 마리아〉, 놀랍도록 선명한 파란 유리눈을 가진 검은 〈릴리트〉, 십자가 책형을 떠올리게 하는 팔 자세를 취하고 몸을 웅크리고 매달려 있는 진짜 (말) 털이 달린 여자 등 이 모든 작품은 상처와 고통이라는 기독교적 주제의 변형이다. 하지만 스미스의 인물상들은 결코 봉헌작품들과 같지 않으며 신화적 서사를 재창조하기 위해 종교적 이미지를 이용할 뿐이다. 그녀의 〈막달라 마리아〉와 〈성모 마리아〉는 모두 이 여인들이 가진 여성적인 물질성을 노골적으로 강조하기 위해 전통적으로 기독교에서 그들을 재현하던 방식에서 철저히 벗어난다. 동시에 그 이미지들 가운데 어느 것도 이데올로기나 은근한 수줍음, 패러디를 끌어들이지 않는다. 그 이미지들을 가공되지 않은 감정들로 채우는 것은 이미지의 진지함이다.

1999년 휘트니미술관에서 열린 〈미국의 세기 : 예술과 문화 1950~2000〉에 전시되었던 문제작 〈이야기〉는 미니애폴리스 전시에 포함되지 않았다. 하지만 그것은 스미스가 집요하게 경계지역, 특히 안과 바깥 사이의 취약한 신체 영역을 집요하게 탐색한다는 나의 논의를 뒷받침한다. 충분히 강하게 압력을 가하면 이 문턱은 위치가 이동하면서 우리의 시각과 이해를 바꾸어놓는다. 〈이야기〉는 네 발로 기어가는 한 여성의 밀랍 조각으로 그녀 뒤로 배설물의 긴 '꼬리tail'(작품 제목 〈이야기tale〉와는 동음이의어다 — 옮긴이)가 있다. 그녀의 엉덩이와 허벅지가 배설물로 더럽혀져 있다. 메트로폴리탄미술관 관장 필리프 드 몬테벨로Philippe de Montebello는 그 작품을 불쾌하게 여긴 나머지 〈뉴욕 타임스〉에서 그것은 "역겹기만 하고 어떤 기술이나 예술적 장점도 갖지 못했다"고 말했다.[2)] 내가 이 일을 이야기하는 것은 그 문화적 전쟁에 끼어들고 싶어서가 아니다. 그것은 한 세기 동안의 미술의 반란(초현실주의, 다다, 뒤샹의 레디메이드, 워홀의 순응적 상업주의) 이후에, 주요 미술기관의 대표가 똥의 재현으로부터 그 자신을(그리고 아마도 미술관 일반을) 지켜야겠다고 느꼈기 때문이다.

그러나 내가 생각하기에 〈이야기〉는 관람자에게 충격을 주려는 작품이 아니다. 스미스의 작품에 묘사된 다른 신체 분비물들처럼 똥은 문화적이고 정신적 의미를 갖는다. 분리하여 잘 간직하는 병들과는 대조적으로 〈이야기〉는 몸과 몸의 산물을 하나의 형태(시각적으로 포유류 선조들과의 '잃어버린 고리' 역할을 하는 꼬리)로 뒤섞으면서 그 둘의 연속체를 만들어낸다. 인간/동물 관계는 스미스가 많은 작품에서 열정적으로 탐구해온 주제이고 당연히 실재한다. 인간 뇌의 가장 오래된 부위는 진화론의 용어로 간혹 '파충류 뇌'라고 불린다. 동시에 〈이야기〉에서 똥으로 엉망이 된 상태는 우리가 문명화된 코드로 생각하는 청결함을 위반하며 다른 사람들이 우리를 씻어주어야 했던 유아기의 망각 시기를 떠올리게 한다. 말 그대로 '똥 속에서 뒹굴기'가 어떤 형태의 정신병적 퇴행에서 보이는 경우도 있다. 그 작품은 감정적으로 복잡하여 매우 충격적이면서도 거리를 두고 보면 조금 웃긴다. 이야기(tale)/꼬리(tail)의 말장난은 스미스가 그녀의 작품에서 이용하는 많은 모양-연상의 언어적 상응물 역할을 한다. 그 꼬리의 길이는 공간상으로뿐 아니라 시간상의 연장도 함축한다. 통사론은 '내'가 상상 속에서 시간의 앞뒤로 이동하는 것을 허용하며 그런 복잡한 언어 형식들은 다른 종들에게서는 볼 수 없고 인간에게만 있다. 우리는 이 행성에서 이야기를 들려주는 유일한 존재다.

스미스를 사로잡은 이야기들은 우리가 공유하는 이야기들(종교와 민속문화를 구성하는 서사들)이다. 멀티미디어 작품 〈딸〉은 빨간 두건 이야기와 관련이 있다. 그 동화에서는 아이가 어머니 같은 인물이라 할 수 있는 할머니로 변장한 늑대에게 잡아먹혔다가 사냥꾼의 도끼 덕분에 그 짐승의 배에서 탈출한다. 이 줄거리는 임신과 출산, 그리고 어머니와 아기를 잇는 탯줄이 끊어지는 순간의 궁극적인 이별이라는 보편적 서사를 압축하고 있다. 스미스의 여주인공은 부분적으로 늑대다. 그녀는 빨간 두건을 쓰고 천진하면서도 두려움이 가득한 표정으로 (성인) 관람자를 올려다보는데, 그녀의 얼굴에 그녀를 잡아먹은 자의 털이 자라났다. 마치 꿈속에서처럼 두 인물이 하나로 결합되었다. 여기서 모성적인 집어삼킴과 해방에 대한 친숙한 이야기도 무슨 일이 일어났는지 들려주는 하나의 몸 안으로 녹아들어갔다. 〈황홀〉은 〈딸〉에서 숨겨졌던 것, 즉 늑대의 갈라진 배에서 튀어나오는 여인을 아주 생생하게 보여준다. 그리고 〈탄생〉은 사슴의 몸에서 튀어나오는 여인을 통해 출산이라는 주제를 계속 다룬다. 동화에 내재된 기묘함과 마법이 스미스의 작품에서 새로운 활기를 얻는다. 거기에는 아이들이 계속 이야기를 듣고 싶게 만드는 진실이 담겨 있기 때문이다. 우리 모두 한때 한 여자의 몸 안에 있었고, 그 몸의 일부였으며, 태어나면서 그 몸에서 떨어져 나왔다. 명시적이든 잠재적이든 탯줄로 이어진 관계는 그녀의 작품에서 반복적으로 등장한다. 종이로 만든 〈성모 마리아〉, 〈꼭두각시〉, 〈새를 내보내다〉, 〈검은 깃발〉, 길고 폭이 좁은 두루마리에 손으로 쓴 텍스트가 있는 종이로 만든 벌레처럼 생긴 〈폭로〉, 〈새와 알〉 등 이 모든 작품에는 몸에서 늘어진 형태를 다른 형태와 묶어주는 끈, 줄, 띠, 실 등이 포함되어 있다. 묶고 뜨개질하고 매듭을 짓고 연결하는 것은 망가지거나 잘려나간 것을 수선하여 이어주는 수단이다. 또한 이것은 이질적 요소들을 모아 하나의 전체로 결합하는 이야기 구성 작업이기도 하며, 기억과 우리가 '서사적 자아'라고 부르는 것을 구성하는 데 필수적이다.

스미스의 작품을 보는 것은 안과 밖, 전체와 부분, 깨어 있음과 잠듦, 인간과 동물, '자아'와 '비아非我'를 나누는 명확한 선들이 자주 일시적으로 유보되는 중간지대로 들어가는 것과 같다. 그것은 시각적·언어적으로 달라지는 관계와 변형의 영역이다. 이런 풍성한 연결고리들은 항상 의식적이지는 않아도 관람객의 마음에 반향을 일으키는 효과를 주어서 한순간에 아주 작은 것에서 우주적인 것으로, 극도의 비루함에서 신성함으로 옮겨갈 수 있게 한다. 나는 이런 가상적 변형이 그 전시를 보면서 느낀 감정의 강력한 힘과 그 작품들이 생각보다 오래 내 마음에 남았다는 사실을 설명해준다고 생각한다. 내가 몇 년 전에 보았던 저 피 흘리는 여자들처럼 그들은 나를 떠나기를 거부한다. 감정은 기억에서 매우 중대한 역할을 한다. 무관심은 망각으로 가는 가장 신속한 길이고, 결국 유일하게 중요한 예술작품은 우리가 기억하는 것들이며, 우리가 기억하는 작품들은 우리가 느꼈던 작품들인 것 같다.

2007년

LOOKING

살아 있는 이 손

'여기 있으니 보라'
나 그것을 당신을 향해 들고 있으리.

—존 키츠

세상에 있는 어떤 것(탁자나 사람, 나무)을 그릴 때면 마치 내가 그것을 건드리고 있는 것만 같다. 연필, 펜 또는 분필이 내 팔의 연장 역할을 한다. 내 눈이 그 물건을 보고 내 손이 내가 작업하는 동안 그 윤곽선을 옮겨놓는다. 나는 지금 내가 하고 있는 일을 나 자신에게 들려줄 필요가 없다. 사실 단어들은 소묘라는 당면한 경험 바깥에 있는 경우가 많다. 나는 내 자신에게 '재현'이나 '닮음'에 대해 말하지 않는다. 심지어 지금 그리고 있는 물건의 이름을 말할 필요도 없다. 이론적으로는 누군가 내가 전에 한 번도 본 적 없는 물건(예를 들어 알 수 없는 기계의 부속물이나 다른 행성에서 온 존재의 장기)을 내 앞에 가져다놓아도 나는 그 물건의 언어적 정체성에 대해서는 전혀 모르는 채 계속 그것을 보고 모양을 탐색하면서 종이 위로 손을 움직일 것이다. 그림을 그릴 때 나는 그 물건의 모든 것을 동시에 보지 못한다. 시간을 들일수록 더 많이 보고 내 손은 그 시각적 '더 많음'(코밑의 그림자, 꽃병 위 빛의 조각, 특정기관의 주름)에 반응한다. 소묘는 체현된 운동 동작이다. 천천히 훑어보는 나의 눈, 나의 팔, 나의 손뿐 아니라 나의 호흡, 나의 심장박동, 나의 생각, 나의 기분까지도 내가 어떤 대상을 지각한 것에 대한 통합된 반응의 일부다. 그것은 오직 나를 통해서만 일어날 수 있다. 나는 특정 장소에 앉아서 특정 사물을 바라본다. 그 사물은 나의 움직임에 따라 다르게 보이겠지만, 그것을 움직여도 다르게 보일 것이다. 최종 그림에서는 화가-관람자와 눈에 보이는 그녀의 물건이 더 이상 구별 가능하지 않다. M. M. 바흐틴이 주장한 것처럼 미적 대상은 '창조자와 내용의 행위와 상호작용이 실현된 사건'이다. 주체와 대상이 합쳐진다.

내가 소묘 경험을 강조한 것은 그것이 인지적 특성뿐 아니라 고유 수용적 특성을 가졌으며, 우리의 신체가 움직이는 대체로 무의식적인 체계에 속한다고 주장하기 위해서다. 소묘는 자전거 타기나 운전하기처럼 학습되는데, 일단 학습되고 나면 화가는 더 이상 모든 동작을 의식적으로 인식할 필요가 없다. 아이들은 모두 그림을 그린다. 크레용을 잡는 일은 아주 어릴 때 시작된다. 처음에는 아무렇게나 휘갈기다가 자신이 종이에 남긴 흔적들에 푹 빠지고, 그 다음에는 그들의 세계나 가상의 세계를 도식적으로(태양의 기표로 노란 동그라미를 그리고 거기서 뻗어 나오는 선들을 그리는 식으로) 재현하기 시작한다. 아이들 그림이 (피아제가 믿었던 대로) 인간의 발달과정을 반영하는 보편적 특징을 갖는지 여부는 여전히 논란의 대상이다. 그림을 그리려는 욕구는 인간의 놀이의 보편적 형식으로 보이지만 휘갈기기 이후의 재현들은 문화적 의미와 관례들로부터 자유로울 수 없다. 시지각은 결코 독자적으로 이루어지지 않으며 상호주관적이고 공유된 실재로 둘러싸여 있다.

2008년 6월 나는 남프랑스에 있는 니오Niaux 동굴 깊숙한 곳에서 들소 한 마리와 얼굴을 마주했는데, 이글거리는 눈에서 내뿜던 열기를 지금도 느낄 수 있다. 지금껏 발견된 가장 오래된 동굴 그림은 아니지만 1만 2,000여 년이나 된 이미지들인데도 굉장히 '사실적'이었다. 이 단어는 앞에 있는 이미지가 들소임을 알아보는 데 아무 문제가 없었다는 의미에서 심사숙고하여 쓴 것이다. 하지만 그 생물이 그 그림을 그렸던 사람들에게 가졌던 더 폭넓은 종교적·미적 의미들은 알 수 없다. 남아 있는 것은 인간의 몸짓의 흔적들인데, 매우 친숙하고 전혀 낯설지 않게 느껴졌다. 그 동물을 그렸던 특정 예술가는 무시무시함에 근접하는 생생한 환상을 창조했다. 그것이 바깥세상에 있는 것을 묘사했든 추상적 개념을 포함하는 예술가의 내면에 있는 것을 묘사했든 보는 이가 접하는 이미지는 다른 사람의 움직임을 통해, 움직임을 동반하는 만져질 듯한 감각적 표현을 통해 만들어졌다. 단지 이런 붓놀림이 살아 있는 구체적 존재의 산물이라는 이유만으로 그렇다. 다빈치가 그린 열린 두개골 그림을 보고 있든, 자코메티가 그린 장 주네Jean Genet의 초상화를 보고 있든, 또는 필립 거스턴Philip Guston이 신발 한 짝을 그린 후기 소묘 한 점을 보고 있든, 호피Hopi족의 추상적인 바위그림을 보고 있든 나는 '나'와 관계하는 '당신'이라는 또 하나의 마음과 몸을 의식한다.

나는 예술가가 종이 위에 남긴 이미지를 의사소통 행위로, 그녀나 그가 알고 있는 어떤 것의 말없는 표현으로 파악한다. 이 선들과 음영, 인물들이나 사물들에 대한 나의 지각은 나와 그것 사이에서 창조된다. 내가 거기서 보는 것은 그 내용물만이 아니다. 나는 그것이 한때 텅 비어있던 공간을 움직여서 그런 은밀한 만남의 흔적을 뒤에 남겨놓은 살아 있는 손의 창조물임을 느낀다.

2009년

진실과 올바름

게르하르트 리히터

우리는 누구나 집에 사진을 갖고 있다. 아기가 자라 어린이가 되고 성인이 되는 모습을 담은 사진, 부모와 형제 사진, 남편, 아내, 친구들 사진, 휴가 사진 등. 그 사진들은 상자 속에 들어 있거나 앨범에 정리되어 있거나 컴퓨터 파일로 저장되어 있다. 시간이 흐르면서 그것들은 죽음의 표지가 되고 우리 삶의 더 이전 순간들을 향한 작은 창문이 된다. 그 가운데 어떤 것은 기억나고 어떤 것은 기억나지 않는다. 이런 이미지들은 개인적인 의미들로 채워져 있다. 10대 때의 부모님. 갓 태어난 내 아이. 그녀의 여섯 살 때 생일. 열여덟 살 때. 머리가 백발이 되기 전의 젊은 남편. 지금은 돌아가신 아버지. 그러나 다른 사람의 가족을 찍은 스냅사진만큼 따분한 것도 없다. 산꼭대기에 서서 활짝 웃거나 해변에서 자세를 취하거나 사진기를 향해 아기를 안은 타인들. 가족 사진사가 경외감의 순간을 담아놓으려는 열망으로 기록한 풍경들은 더 나쁘기 일쑤여서 그림엽서들만큼이나 따분하고 교체 가능하다. 때때로 다른 사람들도 감탄할 만한 절묘한 사진이나 멋지게 포착된 순간도 있지만 그런 일은 드물다. 가족사진은 기억을 대신하는 자료, 즉 그것을 기억하려고 애쓰는 마음속에서 변하고 흐려지는 얼굴과 경치, 사건의 기계적 대안이다.

우리가 미술을 사용한다고 말할 수 있다면 우리는 우리가 미술을 사용하는 방식으로 이런 사진들을 쓰지 않는다. 나에게 예술작품은 수수께끼여야 한다. 그것은 내가 모르는 곳까지 나를 밀어붙여야 한다. 그렇지 않으면 나는 내가 이해한 것을 지겨워하게 된다. 내가 미술작품에 대해 글을 쓰는 것은 설명하기 위해서가 아니라 나와 그 이미지 사이에 감정적? 지적으로 무슨 일이 일어났는지 탐색하기 위해서다. 결국 바라보는 행위는 항상 1인칭으로 일어난다. 나는 물건을 보지만 그것을 보는 행위 자체는 나와 그것의 구분을 뛰어넘는다. 그 순간에는 주체와 대상이 지각이라는 통합된 고리 속에 함께 묶이지 않는가?

이런저런 방식으로 사진을 이용하거나 참조하는 게르하르트 리히터의 역사는 길고 복잡하다. 그러나 그가 작품을 만들 때 실제 사진을 이용했건 어떤 사진에 대한 생각을 바탕으로 삼았건 간에 그것은 항상 재창조된 느낌을 준다. 덧칠된 이 작은 사진들을 보라. 쥘 수만 있다면 양손으로 트럼프처럼 섞을 수 있을 것 같은 크기의 스냅사진들이다. 나는 그것들이 무척 아름답다고 생각한다. 아름다움이 무엇인지 확실히 아는 사람은 아무도 없다. 그것은 우리가 보는 것에 대한 반응으로 그 가운데 일부는 균형, 빛과 색에 대해 유전적으로 프로그램된 이끌림인 것 같다. 하지만 다른 나머지 것들은 확실히 학습되었다. 그러나 나는 내가 물감의 색과 그 아래 있는 사진의 색채에 도취되었음을 깨달았다. 그리고 계속 바라보는 동안 안타까움, 슬픔, 홍겨움, 혼란스러움, 놀라움, 그리고 가끔은 가슴 아픈 상실감에 사로잡히는 것을 느꼈다. 여러 번씩이나 크게 웃어젖히기도 했다. 나는 항상 매혹된다. 왜 그럴까?

그것들이 변형되기 전에는 리히터의 개인적인 사진이었고 그 가운데에는 그의 부인과 자녀들의 사진도 있었다. 그 가운데 많은 사진에서 사진 찍은 사람과 피사체 사이의 친밀감이 드러난다. 풍경과 도시 정경도 있다. 바깥과 안에서 찍은 집들도 있다. 비행기 한 대가 보이는 공항사진도 있다. 창문이나 문, 방의 일부가 보이기도 하고 그 가운데 일부에서는 배경에 리히터의 그림들도 보인다. 약간 멀리 떨어져 있고 흐릿해 보이지만 카탈로그에 실린 복제화처럼 보이지 않아서 흐릿하게 만든 그의 캔버스들을 떠올리게 한다. '변형 이전의' 사진에서 볼 수 있는 것은 내가 직접 찍은 다소 재미없는 사진들과 그리 다르지 않다. 물감 배후에, 아래에, 사이에 또는 너머에 놓여 있는 일상적인 스냅사진의 이런 일별들은 이 작품들의 누적되는 감정적 효과에 필수적이다. 나는 그 바탕에 사진 찍기의 방대한 사회학이 있으며 그것은 우리 대부분이 이런저런 정도로 참여하는 사생활의 열정적 기록이라고 인정한다. 사진 속에 포착된 순간들. 나는 한 소녀가 방바닥에 누워 개와 놀고 있는 것을 본다. 그녀는 빨간 타이츠와 회색. 빨간색. 흰색 줄무늬 양말을 신고 있다. 빨간색과 파란색의 물건 하나가 오른쪽 아래 구석에서 테두리 쪽으로 튀어나와 있다. 그때 셔터가 눌렸다. 나는 지금 그녀를 본다. "순간을 포착한다"는 상투적인 문구가 떠오른다. 그것은 시간이 정지되었다는 환상을 준다. 그리고 나는 일고여덟 살 때의 과거의 아이를 떠올릴 수 있다. 그러나 나에게 남겨진 것은 항상 작은 사각형 속에 들어 있는 그녀의 납작한 재현밖에 없다. 그것이 바로 모든 사진, 특히 사람들의 사진이 존재와 부재를 동시에 환기시키는 까닭이다. 이런 과거 이미지들에 덧칠을 하면 무슨 일이 일어날까? 바로 그 의미가 달라진다.

리히터가 화가로서 개입한 것에 임의적인 것은 전혀 없다. 그의 딸과 개의 이미지 위로 아이의 옷 색깔(빨간색, 파란색, 초록색, 약간의 하얀색)을 떠올리게 하는 물감의 흔적이 커튼처럼 그들 위로 드리워져 있다(또는 걷어 올려져 있다). 마치 사진이 무대장치가 된 것 같다. 인물들 오른쪽으로 아주 작은 빨간색 방울들이 있어서 연극 같다는 내 생각이 환상임을 다시 한 번 알려준다. 이 특별한 그림에서 사진의 근본적인 주제(아이와 동물의 상호작용)는 가려지지 않고 드러난다. 하지만 그려진 부분은 내가 그 인물들과 갖는 관계를 바꾸어놓는다. 물론 그 둘에 대한 나의 해석은 일상적이고 가족적인 성격을 유지하고 있다. 그러나 화가의 붓질이 내 시각의 테두리를 축소하여 지금 일어나고 있는 것에 대한 나의 관심을 심화시킬 뿐 아니라 그 행동을 예술작품의 일부로 바꿈으로써 거의 터무니없을 정도로 엄청난 변화를 만들어낸다. 그것은 그 이미지를 곧바로 다른 전통 속으로, 회화의 오랜 역사 안에 자리 잡은 또 하나의 바라보는 방식 속으로 옮겨놓는다. 그림은 이 세상에 있었던 한순간을 '보존하지' 않는다. 그것은 기계를 이용하여 기록한 자료가 아니라 어떤 사람이 실제로 겪은 경험의 흔적이다. 이 흔적은 세상에 있는 사물들을 재현할 수도 있고 재현하지 않을 수도 있다.

엄격히 말해서 리히터의 개입은 모두 비구상이다. 그것들은 사진의 직사각형을 본거지로 삼은 추상화와 비슷해 보인다. 하지만 그려진 몸짓들은 그 아래 놓인 이미지(커튼, 베일, 벽, 파도, 눈, 나뭇잎, 풀, 잎, 불꽃 등)를 이용하여 유희를 벌이는 의미심장한 조합들을 많이 만들어낸다. 마음은 의미를 파고들고, 거기서 벗어날 수도 있는 것들을 이해하며, 애매성에 저항하고,

이름을 붙이느라 열심이다. 나는 세 점의 겨울 풍경화를 보았을 때 미소 지었다. 하나는 하늘을 배경으로 일직선으로 늘어선 소나무가 있는 눈 덮인 언덕을 다루었고, 또 다른 하나는 눈이 덮여 있는 산꼭대기를, 그리고 나머지 하나는 스키를 타는 사람들의 무리를 보여준다. 모두 빨간 물감이 흩뿌려져 있는데, 그 얼룩들이 눈처럼 보인다. 마법에 걸린 눈이겠지만 그런데도 그것은 눈이어서 좀 우스꽝스러운 크리스마스카드 같다. 색이 틀렸다는 사실, 누구도 '눈처럼 빨갛다'고 말하지 않는다는 사실은 중요하지 않다. 여기서 문제는 사실성이 아니다. 문제는 시각적인 시다. 폴 엘뤼아르Paul Éluard가 썼다시피 "지구는 오렌지만큼 파랗다." 몇몇 해변사진에는 파도처럼 보이는 것이 그려져 있다. 파란색, 청록색, 회색, 녹색, 흰색의 거대한 형태가 여자와 아이 위로 솟아오른다. 강렬한 파란색 하늘을 배경으로 여자 얼굴이 그 파도의 끝자락 위로 돌출해 있고 아래쪽으로 그녀의 다리가 부분적으로 보인다. 아이의 경우 우리가 볼 수 있는 것은 그의 머리 꼭대기와 아래쪽으로 약간 드러난 피부뿐이다. 개입하는 화가의 손은 그 장면 속에 물을 암시하지만 정확하게 그것을 묘사하지는 않는 어떤 것을 만들었다. 그리고 유동적인 형체가 부분적으로 인물들을 숨김으로써 그들을 더욱 흥미롭게 만들어 더 이상 화가의 부인과 아들이 아니라 체현된 사상에 의해 변형된 예술적 상상력의 산물로 바꾸어놓았다.

메를로 퐁티는 《눈과 마음》에서 "화가는 그의 몸을 세상에 빌려줌으로써 이 세상을 그림으로 바꾸어놓는다"라고 한다.[1] 기계의 눈(테두리 안에 들어오는 모든 것을 취하는 눈)이 기록한 이미지와 나 사이에 한 남자의 몸, 그의 팔, 도구를 든 그의 손의 움직임이 놓여있다. 이것은 내가 보는 방식이 아니다. 모든 인간이 그렇듯이 나의 주변 시야는 빈약하다. 방의 한쪽 모퉁이에 있는 것을 눈여겨보려면 머리를 움직여야 한다. 나는 내가 주목하는 것을 본다. 나는 여러 가지를 그냥 지나친다. 그리고 그 순간이 지나고 나면 내가 관심을 갖지 않았던 온갖 표류물과 잡동사니들을 잊고 중요했던 것만 기억한다. 기억은 감정적이다. 나는 내 딸이 우리집 방바닥에서 지금은 죽고 없는 우리 개와 뒹굴던 것을 기억할 수 있다. 그러나 그녀 옆에 놓여 있던 책가방은 거기에 어떤 감정이 연관되어 있지 않는 이상 기억하지 못한다. 하지만 카메라는 그것을 포함시켜 기록한다. 나는 리히터의 이런 작품들을 인간의 감정과 우리의 시각적 경험에 더욱 충실한 것으로 만드는 것이 그의 움직임(결국 존재하는 것은 그것, 바로 어떤 몸짓이나 몸짓들의 흔적이다)이라고 느낀다.

이런 해석은 동시대의 많은 미술평론가가 중요하게 여기는 것이 아니라는 사실은 나도 잘 알고 있다. 그들은 리히터를 냉철한 인물로 바꾸어놓았으며 최고의 풍자작가이자 예술이론가로도 바꾸어놓았다. 리히터가 여러 장르와 시대와 미술, 그 자신의 예술, 그리고 세상에 있는 사물들을 참조했으며 보는 이의 기대를 이용한 후 종종 그것을 뒤집거나 복잡하게 만들었다는 점은 부인할 수 없다. 그는 자신의 작업에 대해 깊이 생각하는 지적인 작가이지만 내가 볼 때 그의 진술은 잘못 해석되는 경우가 잦은 것 같다. 디트마르 엘거Dietmar Elger는 《모델로서의 풍경》에서 리히터를 인용한다. "창밖을 내다볼 때 내가 바깥에서 보는 것은 다양한 색조와 색채, 비례로 내게 참되다. 그것은 진실이고 나름의 올바름을 갖는다. 그 문제에 대해 당신이 좋아하는 어떤 발췌든 이런 발췌는 나에게는 끊임없는 요구이고 그것이 나의 그림을 위한 모델이다." 엘거는 다소 막연하게 이 표현을 '지적인 개념'이라고 언급한다.[2] 나는 그런 설명을 이해할 수 없다. 이것은 창문 너머 세상을 내다보는 한 남자의 지적·감정적·육체적 경험을 함축하는 현상학적 진술이다. 내가 보는 것은 나에게 진실이다.

이 진실은 과학의 진실, 객관화하는 3인칭 시점의 진실이 아니다. 그것은 사진기의 진실도 아니고 전적으로 사적이거나 유아론적 시각도 아니다. 나도 같은 창가에 앉아서 우리 둘 다 볼 수 있는 집을 가리킬 수 있다. 그 집은 공유될 수 있다. 그러나 화가의 눈은 내가 느끼는 것과 다른 방식으로 올바름에 대한 요구를 느낄 것이다.

예술의 요구는 항상 세상에 대한 요구이며 진실에 대한 요구이다. 나는 소설을 쓸 때 늘 '아냐, 그건 틀렸어. 그건 거짓말이야. 그걸 없애야 해'라고 혼자 생각해본다. 그러고 나면 내가 지금 만들고 있는 것 속으로 더 많이, 더 깊이 들어가게 된다. 나는 올바름을 발견하고 나는 안다. 그러나 그 앎이란 무엇인가? 나는 만들어낸 인물들과 상상의 이야기들이 있는 허구적 우주에 살고 있으며, 그럼에도 진실의 힘은 압도적이다. 그 진실은 사실주의와 아무 상관없다. 마법도 참되고 올바를 수 있다. 인지과학자 클레르 프티망쟁Claire Petitmengin은 논문 〈생각의 원천을 향하여: 생생한 경험의 몸짓과 양태전환의 차원〉에서 이 올바름의 영역을 다룬다. 그녀는 그것을 '주관적 경험의 전반성적 차원', 몸짓과 리듬의 성격을 모두 갖춘 내면 영역, '느껴진 의미'의 영역이라고 부른다. 문제는 내가 작업하고 있을 때 이야기의 전환이나 인물들의 대화가 올바른지 어떻게 알 수 있는가 하는 점이다. 왜 나는 다른 단어가 아닌 이 단어를 선택할까? 프티망쟁은 단어를 찾는 간단한 예를 들었다. "…몇 분 전에 나는 '증류하다'라는 단어를 찾고 있었다. 나는 그 단어의 내적·포괄적 느낌, 설명하기 매우 어렵지만 동시에 상당히 정확한 감각을 갖고 있었다. 비슷한 의미의 단어가 마음속에 떠올랐을 때('발효시키다') 나는 즉시 그것을 거부했기 때문이다."[3] 우연히 올바른 것과 마주쳤을 때 이렇게 알아보는 일은 대화를 나눌 때, 글을 쓰거나 소묘하거나 그림을 그리거나 연구할 때 매일같이 일어난다.

하지만 이런 일이 논의되거나 연구되는 경우는 드물다. 뭔가 떠오른다. 아직은 생각이나 단어나 창조된 이미지로 자리 잡지 못했다. 그것은 나중에 어떤 단어나 공식이나 붓놀림으로 명확하게 표현될 수 있는 것 아래에 깔려 있다. 프티망쟁의 지적처럼 경험의 이런 단층을 기술하는 데 사용되는 어휘는 다양한 '감각 영역'에서 나온다. "여기에는 시각적인 것(형태, 그림자, 몽롱함 등), 동작과 관련이 있는 것과 촉각적인 것(진동, 맥박, 압력, 밀도, 무게, 감촉, 온도 등), 청각적인 것(반향, 공명, 리듬 등), 심지어 후각적이거나 미각적인 것이 포함된다."[4] 이런 것들은 내적인 몸짓을 포착하는 은유적 방식으로, 대체로 아직 차별화되지 않고, 범주화되지 않고, 구별되지 않았으나 그럼에도 느껴진다. 이것은 리히터의 '올바르고 진실한' 세계, 그의 시각적 경험이 그에게 '요구한' 세계다.

예술작품을 만드는 일이 비반성적이라거나 지적인 내용이 없다고 주장하려는 것이 아니다. 예술가가 아는 모든 것이 그의 작품 속에 자리 잡게 된다. 하지만 이런 지식 가운데 어떤 형태는 숨겨져 있다. 그것들은 신체적 기억 속에 살아 있고, 이것이(언어적으로나 음악적·시각적으로) 옳다고 느껴지는 재현을 향해 나아가려 투쟁한다. 2002년 현대미술관에서 개최한 회고전 카탈로그에 실린 로버트 스토Robert Storr와의 인터뷰에서 리히터는 그림 주제의 위계에 대한 질문을 받자 "나는 내가 무엇을 하고 있는지 알았던 적이 없습니다. 지금 내가 뭐라고 말하면 좋을까요? 지금 내가 정신분석가의 상담 의자에 있는 것처럼 여기 누워서 다른 사람들의 도움을 받아 나의 실제 동기들을 알아내고 그걸 이해하려 노력할 수도 있습니다. 그게 지금 우리가 하고자 하는 건가요?"[5]라고 답했다. 질문을 받고 분석되는 것이 예술가들의 (자아도취적인 즐거움일 뿐 아니라) 계속되는 고통이다. 가끔씩은 직접적으로 대답한다. 또 어떤 때는 사생활 침해나 전면적인 가정처럼 느껴지는 것을 피하기 위해 아예 회피해버린다. 그렇지만 나는 내가 무엇을 하고 있는지 알았던 적이 없습니다라는 리히터의 말은 나에게 성의 없는 대답 같은 인상을 주지 않는다. 정신분석에 대한 리히터의 농담 같은 말은 그의 작업을 해석해달라는 요구를 받을 때 으레 생겨나는 애매모호함을 인정한다. 그는 왜에 대답하기를 저항한다. 단순히 그 왜의 일부를 이해할 수 없기 때문이다.

까까머리 아기를 본다. 나는 그 아기가 지금은 사진을 찍을 때보다 훨씬 더 나이 들었을 화가의 아들 모리츠라는 것을 안다. 이 작은 사람은 사라졌다. 그의 머리와 어깨, 한쪽 손이 보인다. 그의 몸 나머지 부분은 내가 정체를 확인할 수 없는 하얀 장애물에 가려져 있다. 그는 올려다보고 있는데, 눈을 가늘게 뜨고 이루 말할 수 없는 기쁨의 표정으로 입을 벌리고 있다. 아마도 좋아하는 사람을 반기는 것 같다. 그는 사진사가 아니라 그 너머를 본다. 아이의 양옆으로 그의 얼굴을 건드리면서 날아오르는 것처럼 보이는 물감 자국이 보인다. 마치 아이의 감정 리듬에 맞추어 솟구치는 듯 나에게 더 큰 기쁨을 느끼게 만들면서 눈부시게 비행하는 줄무늬 색채들이다. 공간적 은유는 위로 올라감이다. 사진에 재현된 꾸밈없는 행복의 순간은 내면의 움직임(어떤 물건이나 더 그럴 법하게는 어떤 사람을 향한 황홀한 비상)을 표현하는 예술작품이 된다. 추상작업과 사진의 관계가 분위기를 긴장하게 만들지 않는다. 아이의 얼굴은 가려지지 않고 드러난다. 우리 가운데 많은 이가 자녀의 이런저런 순간을 절묘하게 맞추어 찍은 '회심의 사진'과 비슷한 면은 온전하게 남아 있다. 이는 '귀엽고 행복한 아기'를 찍은 따분한 사진의 특징이 여전히 남아 있다는 뜻이다. 그리고 그것은 내 아기가 아니고 나 자신의 삶에서 나온 사진이 아니기 때문에 나의 반응에는 어렴풋하게 소외감의 느낌이 배어있다. 이것이 그 이미지를 복잡하게 만들고, 가족사진의 기묘하게 무기력한 특징으로 나를 더 가깝게 끌어들인다. 가족사진은 고조된 감정을 묘사하고 있을 때에도 그렇다. 그 위에 채색하는 개입이 없었다면 그 이미지는 사장되었을 것이다.

사진과 물감 사이의 역동성은 폭로와 은폐, 봄과 보지 못함, 두 차원이 대립하거나 화합하면서 벌이는 유희와 그들 사이에 애매성을 만들어내는 것의 역동성이다. 물감이 끝나고 저 잎들과 나뭇가지들이 시작되는 지점은 어디일까? 사진 속 하늘, 풀, 건물, 옷의 색이 물감과 섞이거나 대조되고, 이것이 중간에 끼어든 붓 자국들로 인해 새롭고 놀랍도록 선명한 깊이감을 얻은 이미지를 들여다보는 동안 나의 시야를 열거나 닫거나 가린다. 파문처럼 번지고, 줄무늬 지고, 스치듯 칠해지고, 층을 이루는 물감의 질감이 아직 분명하게 표현되지 않은 내 존재의 저 범위(휩쓸려왔다 물러가는 고요와 격동의 감각) 속에서 내가 느낄 수 있는 움직임의 환상을 창조한다. 그러나 나도 지금 일어나고 있는 일에 대한 생각의 연상 고리를 만들면서 그림을 읽고 있다. 나는 리히터의 아내 자비네 모리츠Sabine Moritz를 본다. 그녀가 고개를 숙인 모습이 보인다. 그녀는 몰두한 표정이면서도 느긋한 표정을 짓고 있다. 그녀가 아기에게 젖을 먹이고 있음을 알 수 있다. 그녀의 몸과 아기 위로 도약하는 빨간색, 흰색, 초록색의 베일은 주제를 가리기는커녕 통상적인 어머니의 행위 너머로 고양시켜서 불가피하게 내가 보았던 많은 성모자 그림을 떠올리게 한다. 그러나 그 위를 덮는 물감 칠의 개입은 사적인 것의 공개에 저항하는 듯 보이기도 한다. 이 두 영역 사이에서 작용하는 변증법적 투쟁이 존재한다. 화가에게 소중한 사람들의 얼굴과 몸이 나타났다 사라지거나 가려진 존재로 드러나거나 심지어는 유령으로서만 정체를 보여준다. 사람들과 장소가 내게 낯설어서 알아볼 수 없는 경우도 있다. 어떤 점에서 그들이 개인적이라는 사실은 배후에 놓인 사진의 개념 자체에 함축되어 있다. 그는 거기 있었다. 그가 그 사진을 찍었다. 그러나 그것을 보러 갤러리에 가는 관람객인 나에게는 그것이 분명하지 않다. 내가 알아보는 것은 배후에 놓여 있는 형식 자체에 대한 익숙함에서 비롯된다. 그런데 그때는 이 형식이 가상적인 것의 개입으로 완전히 재설정되었거나 추상화되었다. 올바르고도 진실한 것은 움직임과 색을 가공하는 행위다.

2009년

아네트 메사제

그녀의 것과 나의 것

어떤 사람들은 자신의 어린 시절을 잘 기억한다. 그들은 놀이를 하면서 가장假裝하는 것이 어떤 느낌이었는지 기억한다. 그러나 어떤 사람들은 그렇지 않다. 그들의 어린 페르소나는 망각의 구름 뒤로 사라졌다. 또 어떤 사람들은 평생 계속해서 놀이를 하고 가장하며 그 가운데에는 예술가들도 있다. 프랑스 미술가 아네트 메사제Annette Messager는 영국에서 처음 열린 그녀의 대규모 작품 전시회인 헤이워드갤러리에서의 회고전 〈메신저들〉에서 분명히 드러났듯이 아직도 계속해서 열심히 놀이를 하고 있는 사람이다. 메사제의 작품을 보고 있을 때면 나는 항상 나 자신의 어린 시절이나 나의 공상, 두려움, 잔인하고 친절한 생각, 마술적인 느낌들, 그리고 놀이의 일부였던 환상들 속으로 다시 끌어들이는 강한 힘을 느낀다. 조직적인 놀이나 운동이 아니라 아무 제약 없는 자유로운 놀이.

"나는 해적선의 선장이야. 넌 납치된 선원 역할을 해."

"싫어, 내가 선장할 거야."

"알았어, 번갈아가면서 하자."

뭔가 만드는 일에 깊이 몰두함.

가위와 풀과 천 조각들.

눈과 입과 몸 그리기.

다른 목소리로 이야기를 나누는 인형과 인물, 동물인형. 그들은 껴안고 키스하고 치고 때리고 피 흘리기도 한다.

여동생과 내가 풀밭에서 발견한 죽은 참새를 위해 치렀던 장례식. 연극과 장례식. 침통한 조문객 역할을 하면서 우리가 느꼈던 즐거움.

밤이면 인형들이 살아나는지 궁금했다.

우리 모두 한때는 그 비옥하고 가변적인 세계에서 살았고 메사제를 통해 그 세계가 힘차게 되돌아온다. 그녀의 작업이 세련되지 못하다거나 그 속에서 다른 예술의 영향을 많이 찾아볼 수 없다거나 그녀의 작품이 어떤 의미에서 유아적이라는 이야기를 하고 있는 것이 아니다. 그보다는 그 작품들이 관람자에게 미치는 영향이 놀이의 보편성과 연결되어 있다고 말하려는 것이다.

〈놀이와 현실〉에서 위니콧은 "개별 아동이나 성인이 창조적이 되고 전인적인 인격을 사용할 수 있는 것은 오직 놀이를 할 때밖에 없으며, 개인이 자아를 발견하는 것은 창조적일 때뿐"이라고 했다. 위니콧은 모든 인간에게 있는 능력에 대해 말하고 있으며 이것은 이완과 개방성을 필요로 한다. 사람들이 우리가 자아라고 부르는 것을 찾는 것은 오직 이 상태에서이다. 위니콧의 '자아' 개념은 엄격하지 않으며 심지어 전체적이지도 않다. 그는 나를 찾는 일이 '인격의 비통합적인 상태'에서 일어나거나 그가 '두서없는 무형식의 작용'이라고 부르는 것이 진행되는 동안 일어난다고 주장한다. 다시 말해 우리가 자유롭게 놀이를 할 때 느슨하고 구조화되지 않은 특성이 우리 안에 존재하는데, 이것이 탐험과 발견을 가능하게 한다. 나는 이 진실이 정체성 또는 정체성들을 향하는 놀이, 결코 끝나지 않는 놀이 속에서 태어난 메사제의 작업의 핵심이라고 생각한다. 물론 아무도 혼자서 자기가 되지 않는다. 그런 일은 오직 다른 사람들과의 관계나 특정 문화와 언어 안에서만 일어난다. 메사제의 작업도 그녀의 구체적인 언어와 문화에 대한 저항에서 태어난다. 그녀는 활동하는 내내 주어진 어휘들을 강탈하고 뒤섞어서 새로운 의미를 만들었고 그것은 명확한 표현과 해체, 재표현의 과정이었다. 여기서 명확한 표현이라는 단어는 이중적 의미로 사용되었음에 틀림없다. 이런 작품들에서는 그 의미가 언어적이고도 해부학적이어서 단어와 신체로 명확히 표현하면서 부분들을 함께 합치고, 또다시 해체하고 분해하여 그것들을 따로 떼어놓기 때문이다. (그녀의 작품 가운데 〈표현된-해체된〉이라는 제목도 있는데, 그녀의 말장난도 목적도 묻히지 않았다.) 메사제가 만든 모든 것이 일반적인 생각이나 익숙한 서사, 신화, 의례 등과 나누는 치열한 대화에서 빚어진다는 주장은 충분히 가능하다. 그녀가 이렇게 하는 것이 부분적으로는 언어를 통해서이지만, 또한 그녀의 재료선택이나 그 교묘한 처리를 통해서이기도 하다. 예를 들어 그녀는 연관성이 유지되는 동시에 전복되는 문맥 속에서 가끔은 신랄한 정밀함을 보이며 뜨개질, 자수, 직물, 스타킹, 베일, 그물망(모두 여성성과 연관된 것들)을 자주 사용했다. 단순하지만 오싹하게 만드는 예는 〈나의 속담 수집〉에서 찾을 수 있다. 메사제는 단순한 사각형의 리넨 조각들에 "딸이 태어나면 벽도 눈물을 흘린다"와 같이 여성에 대해 이야기하는 오래된 프랑스 속담을 하나씩 수놓았다. 이제 '예술'로 승격된 '여자들의 일'인 바느질 작품에 수백 년에 걸친 여성 혐오사상이 표현되었다.

메사제는 1943년에 프랑스 북부 베르크쉬르메에서 태어났다. 그녀의 아버지는 시각예술에 열렬한 관심을 가진 건축가였고 부모 모두 재능을 가진 딸을 격려했다. 1960년대 초반에 그녀는 파리로 이사했고 지금도 그곳에 살면서 작업한다. 헤이워드갤러리 전시회는 그녀가 거의 40년 동안 해온 작업을 포함하고 있어서 관람객은 나이가 들수록 대체로 작품 제작의 규모가 커지고 더 극적으로 변해온 한 여성미술가의 성장과정을 살펴볼 수 있다. 1970년대 작품들 가운데 관람객은 〈아네트 메사제 : 수집가, 예술가, 여자잡일꾼, 손재주 좋은 여자, 협잡꾼, 땜장이, 그리고 행상인〉을 보게 될 것이다. 카탈로그에는 "내겐 아무런 직함도 없었어요. 그래서 직접 몇 개 만들어보았죠."라는 그녀의 말이 인용되었다. "그렇게 하면서 나는 중요하고 명확하게 규정된 사람이 되었어요. 난 아주 다양한 이런 특성들을 통해 나의 정체성을 찾았어요." 되고자 하는 역할, 어울리는 역할, 어떤 역할을 행하기, 그리고 가상적인 자아들이 이 최초 10년 동안의 작업에서 중심을 차지했다. 수집가는 단어와 물건을 모은다. 그녀는 〈나의 가장 훌륭한 서명을 찾기 위한 수집품〉에서 다양한 서명을 시도하며 〈내 친구들은 나를 어떻게 그릴까〉에서는 다양한 초상화를 시도한다. 그녀는 사진들, 기워서 만든 물건들, 쪽지들을 앨범에 수집한다. 그녀는 신문에서 사진이 실린 결혼 소식을 오려서 이미지는 그대로 둔 채 신부 이름 위에 그녀의 이름을 붙인다. 손재주 좋은 여자는 바느질하고 뜨개질하고 벽에 직물을 건다. 협잡꾼의 소묘들은 그녀의 '섬뜩한' 사도마조히즘(Sadomasochism, 가-피학증)적인 모험들을 보여준다. 다수의 허구적 전기들을 통해 다양한 페르소나를 시험하고 시도하는 시기였고, 마치 바깥에서 쳐다보는 것처럼 그녀의 여러 자아를 바라보는 3인칭 시점으로 신원을 확인하고 분류하는 시기였다. 그것은 아네트 메사제이고 그 밖의 이런저런 것들이다. 관람객은 다양한 대상을 통해 지각하는 주체를 찾는 미술가의 계속되는 탐색에 참여하게 된다. 최근 몇 년 동안에는 나를 향한 움직임에 내재된 페미니즘적 메시지가 표면화되었다. 보통의 여성적 범주들은 재조직되고, 재배열되고, 다시 이름 붙여지고, 애매해지고, 어떤 때는 반전되었다. 그녀는 〈접근〉에서 남자들의 가랑이를 찍은 사진들을 보여준다(여자들도 남자들을 바라본다). 〈남자-여자〉에서는 벌거벗은 몸 위에 페니스와 고환이 그려진 한 여자의 사진을 보게 되는데, 그것은 사육제 때처럼 예술에 힘을 실어주고/예술과 함께 놀고/봐, 내가 할 일은 하나를 고르는 것뿐이야! 라고 예술에 대해 농담하는 남근의 힘의 차용이다. 1980년대가 되자 3인칭 그녀가 1인칭 소유대명사에 자리를 내주어 〈나의 트로피들〉, 〈나의 채식 편지들〉, 〈나의 작은 모형물들〉, 〈나의 소망들〉, 〈관통하는 나의 소망들〉 등 그녀의 많은 연작의 제목에 사용되었다.

이처럼 바깥에서 안으로 관점이 전환된 것은 나를 배타적으로 확인하기보다는 나의 것으로 확인되는 이야기와 기호, 인물들을 가진 놀이의 더 깊이 있는 범위를 허용한다. 내가 이런 입장 변화를 과장하거나 이제는 고정된 주체, 즉 단일한 예술적 자아가 있어서 작품의 차분하지 못한 성격이 사라졌다고 말하려는 것이 아니다. 나는 그렇게 믿지 않는다. 그보다는 메사제가 1980년대에는 다른 수수께끼들로 시선을 돌렸고 더 오래된 회화적 전통에 의지하기 시작했다고 생각한다. 일련의 전시물들(〈다양성들〉, 〈단서들〉, 〈키메라 덫〉, 〈키메라들〉, 〈모형물들〉, 〈베일들〉, 〈나의 트로피들〉, 〈나의 소망들〉, 〈나의 수예품〉)뿐 아니라 다른 시리즈들에서도 수수께끼 같은 이미지와 기호가 수집가의 상자들과 범주 목록을 대신한다. 모든 시리즈가 복합적인 참고 기준을 갖고 있다. 〈단서들〉에서는 면도날, 눈, 칼, 입 등 마치 메시지를 담은 표의문자를 보고 있는 것 같은 느낌을 받는다. 글쓰기와 그림이 뒤섞인다. '키메라들'은 사물의 형체를 취하지만 그림에도 상형문자처럼 느껴진다. 가위에서는 비뚤어진 얼굴이 보이고 열쇠에서는 또 다른 것이 보인다. 마치 관람자에게 꿈의 어휘를 제공하는 듯하다. 이런 작품들에서 몸은 대체로 조각(눈, 귀, 손, 발, 코, 엉덩이)나 있지만 이런 해체는 엽기적이거나 폭력적이기보다는 환각적이고 초현실적이다.

메사제는 아주 오래되고 대중적인 봉헌 이미지의 세계도 파고든다. 역사적으로 이런 이미지 가운데 엄청나게 많은 수가 신체 부위, 특히 손과 발을 재현한 것으로 사람들이 신의 힘으로 치료되기를 희망하거나 그렇게 치료된 것에 감사하며 교회로 가져간 것이다. 봉헌물이 단순히 저급한 예술인 것만은 아니다. 거기에는 일찍부터 전복적인 성격이 포함되어 있었다. 분명 이 두 가지 사실이 메사제의 흥미를 유발했음에 틀림없다. 533년 오를레앙 종교회의는 봉헌물을 바치는 관행에 공식적으로 반대 의견을 표했다. 아마도 그것이 이교도에서 유래되었기 때문일 것이다. 그리고 587년 오세르 공의회에서 봉헌물을 금지하기에 이르렀다. 나무나 테라코타로 만든 이런 신체 부위들은 주로 교회 천장에 매달려 있어 늘어진 사지의 무리가 신자들의 머리 위에서 달랑거렸다. 봉헌화에는 항상 어떤 문구가 이미지에 들어갔다. 나는 멕시코에서 아마추어 예술가들이 제작한 이런 작은 그림들을 많이 보았는데, 그 가운데에서도 특히 거대한 파도에 휩쓸린 배를 그린 그림이 기억난다. 그 밑에는 그 신자가 물에 빠져 죽지 않게 구해준 데 대해 성모께 감사드리는 글귀가 적혀 있었다. 〈나의 소망들〉에서는 남녀의 신체 부위를 찍은 사진들을 액자에 넣고 손으로 써넣은 갖가지 색의 텍스트를 곁들인 작품들이 줄에 매달려 늘어져 있는데, 이는 봉헌화 전통을 그대로 옮겨놓은 것이다. 사진의 기계적인 재현이 조각과 회화를 대신한다. 이런 소망들 역시 여기서는 생식기를 포함한 여러 이질적인 신체 부위들이 뒤섞여 있는 속에서 성별을 흐려놓는 그녀의 주제를 계속 이어간다.

신성함과 기적, 소망에 대한 복합적인 암시는 우리의 유한성을 생각나게 한다. 우리가 막고 싶고 미루고 싶고 피하고 싶고 잊고 싶은 죽음을 감추는 동시에 떠올리게 하는 것이다. 이런 작품들에서는 장례식 같은 느낌이 많이 나타나며, 특히 옷들이 마치 직물로 된 신체인 것처럼 사인이나 상표 태그와 함께 옷상자/관에 넣어 진열된 〈드레스의 역사〉는 가장 가슴에 사무치는 작품이다. 사람들은 고난이라고 말한다. 그러나 페티시, 모형물, 봉헌물, 아이의 장난감이 그녀의 것이라고 주장함으로써, 이런 것들을 집짓기 블록으로, 그녀의 시각적 어휘를 위한 '문자'로 받아들임으로써, 메사제는 이런 재현물과 상징, 의식 들이 우리에게 발휘하는 영원한 영향력을 인정하는 셈이기도 하다. 그것들은 아이들이나 과거 인류학자들이 '원시인'이라 불렀던 사람들뿐 아니라 우리 모두를 뒤흔드는 힘을 갖고 있다. 우리는 예술이 살아 있지 않다는 사실을 알지만, 그럼에도 그것은 의식적으로나 잠재의식적으로 우리에게 강력한 영향력을 행사한다. 프리드버그는 〈이미지의 힘〉에서 재현물을 바라볼 때 우리를 사로잡는 아우라를 다룬다. 그의 주장에 따르면 세련되고 교육받은 사람들은 이것을 숨기거나 무시하는 법을 배운다. "우리도 예술가의 창조적 기량 앞에서 '막연한 경외감'을 느낀다. 우리도 그가 만들어내는 이미지의 힘을, 우리를 고양시키면서도 불안하게 만드는 그 기이한 능력을 두려워한다. 그것들은 우리가 우리 자신에 대한 진실을 접하게 하는데, 이것은 신비롭다고밖에 설명할 수 없다. 아니면 그것들은 마치 마술처럼 우리를 속인다.” 메사제는 관람자를 마법에 걸렸거나 악마적이거나 아름답거나 불길한 세계, 또는 이 모든 것이 동시에 느껴지는 세계로 데려가며, 해가 갈수록 그 강도는 점점 강해지고 확신도 커진다.

1990년대에는 장난감 동물 봉제인형이 메사제 작업의 한 특징으로 등장한다. 그녀가 초기 연작 〈기숙생들〉에서 사용했던 박제된 새(말 그대로 속을 가득 채운 동물)의 새로운 버전이라 할 수 있다. 그것은 움직이는 기구 위에 피조물들이 타고 있는 새장을 만든 후 금속 탁자에 묶어놓은 작품이다. 여기에는 아이들이 그들의 분노와 좌절을 인형들에게 쏟아낼 때 탐닉하게 되는 종류의 사디즘적 기미뿐 아니라 통렬한 슬픔과 다정함이 섞여 있다. 박제된 새들과 동물들은 〈우화와 이야기〉 같은 작품에서도 아이들의 장난감과 함께 등장한다. 이 작품에는 높이 쌓인 책 더미도 포함된다. 이것은 포개져 있는 부드러운 피조물들을 압박하는 한편, 책 더미 꼭대기에 가면이나 눈가리개를 쓴, 한때 살아 있었던 동물들이 자리잡고 있다. 동물들은 우리 대부분이 아주 어릴 때 읽기 시작하는 우화나 동화, 마법과 잔혹성으로 우리를 유혹하는 이야기들 속에서 말하는 존재였다. 나는 고전 동화 《신데렐라》의 한 버전에서 이야기 마지막에 새들이 날아와 신데렐라의 두 언니의 눈알을 뽑았을 때 느꼈던 섬뜩한 매혹을 결코 잊지 못할 것이다. 메사제는 이런 부드러운 등장인물들과 박제된 시체들로 매우 효과적으로 그녀의 작품을 채운다. 그들은 우리가 이미 알고 있는 서사들뿐 아니라 우리가 온전히 밝히지 못하고 단지 추측만 할 수 있는 숨겨진 이야기들과도 관련이 있는 애매모호한 존재들이다.

가면 주제의 변형들은 축제와 가장무도회, 강도, S&M 게임, 고문희생자들을 떠올리게 하는 다양한 연상들과 배후에 깔린 서사들에 따라 나타나기도 하고 사라지기도 한다. 앙증맞은 장난감이 위험스런 모형물과 뒤섞이고 축하가 애도와 합쳐진다. 대못과 창의 모양이 예식과 의식, 혁명에 대한 암시와 함께 나타난다. 그리고 색연필이 메사제의 무대에 등장하는데, 이 연필들은 어떻게 쓰이느냐에 따라 단검, 바늘, 호저의 가시털, 또는 치아를 연상시킨다. 이런 날카로운 형태는 토실토실하고 연약한 동물의 털과 살이나 메사제가 영화 〈블레이드 러너〉에 대한 경의의 표현으로 복제인간이라 부르는 얼굴 없는 휴머노이드 형태와 극적으로 대비된다. 미술가의 도구가 공격하고 방어하고 보호하는 무기로 변한다. 그러나 이 연필들은 그녀의 다른 많은 물건처럼 거의 희극적일 정도로 시각적인 재치를 보여주기도 한다. 이것은 메사제의 개인적이고 자기반성적인 예술적 모험을 이루는 한 구성성분이다. 그녀가 그림을 그리고 글을 쓰는 도구들은 갑옷과 공격의 은유가 된다. 그런데도 그것은 여전히 연필이다.

"우리가 의도하는 것은 바로 이것이다. 매번 공연할 때마다 우리는 진지한 게임을 하고 있으며, 우리의 노력에서 가장 중요한 요점은 진지함이라는 자질에 있다." 알프레드 자리Alfred Jarry의 연극을 다룬 한 에세이에서 앙토냉 아르토Antonin Artaud가 쓴 글이다. 메사제 작업은 연극 형태로, 본격적으로 공연하는 구경거리로, 지독하게 심각한 게임으로 발전해왔다. 그런데도 가장假裝과의 관계는 여전히 유지되어왔다. 다채롭고 가끔은 동적인 요소들이 모여서 역설과 애매성을 창조하고 위협과 재미를 결합시킨다. 2005년 베네치아 비엔날레에 처음 전시된 후기 작품 〈카지노〉에서 메사제는 콜로디의 유명한 어린이 책 《피노키오》에 등장하는 거짓말쟁이 꼬마 주인공을 빌려온다. 이 주인공은 시각적인 서사 속에서 움직이는 코를 가졌는데, 이것은 관람객이 알파벳을 알게 되는 것들(베개 받침(bolsters), 새(birds), 부리(beaks), 매달린 가면(suspended masks), 그물(nets))을 이용한다. 〈카지노〉의 그물은 꼭두각시 피노키오가 당나귀로 바뀐 뒤 비참하게 서커스단에서 지내던 일을 떠올리게 한다. 하지만 동시에 그 그물들(그리고 그녀의 작품에서 거듭 등장하는 모든 그물)은 아네트(Annette/a net)라는, 작가 자신에 대한 시각적인 말장난 역할도 한다. 이것은 그녀가 여러 인터뷰에서 지적했다. 어떤 의미에서 《피노키오》는 이 특별한 미술가와 그녀의 미술 이야기에서 완벽한 신화 역할을 하며 그 속에서 그녀는 꼭두각시인 동시에 꼭두각시 조종자이다. 그저 재미있게 놀고 싶었고 모험을 하는 과정에서 불가사의하게 어떤 것에서 다른 것으로 바뀐 버릇없는 거짓말쟁이 나무인형은 메사제의 가장 중요한 주제(취약하고 잘 변하고 다원적인 존재의 야심찬 연극은 단어와 그림으로 놀이를 하면서 자기다움을 향한다)를 압축하고 있다. 카탈로그에 인용된 한 친구의 말에 따르면 메사제는 과거에 "나 자신의 나는 나의 것이다(My own me is mine)."라고 했다고 한다. 이 전시장을 돌아다니는 동안 그 나는 당신의 것이 될 수도 있으리라.

2009년

필요한 도약

리처드 앨런 모리스

처음 리처드 앨런 모리스Richard Allen Morris의 그림을 보았을 때 나는 그가 만들어야만 했기 때문에 만든 거칠고 말끔하며 정교한 캔버스를 보고 있다는 것을 알 수 있었다. 벽에 걸 수 있는 사각형의 공간에서 이런 욕구를 본다는 것이 무엇을 의미하는지는 설명하기 어렵다. 그러나 나는 모리스의 작품에서 곧바로 그것을 발견했다. 미술작품을 만들고자하는 갈망은 자신이 겪은 경험을 다른 어떤 것, 즉 미술가의 몸 바깥에 있는 사물로 바꾸어놓으려는 육체적이면서도 지적인 충동이다. 훌륭한 예술작품에서는 항상 이런 충동이 나타나며 뛰어난 작품을 평범한 작품들과 구별하게 해주는 것은 주로 불가사의한 특징이다. 어떤 예술가의 목표가 단순히 시나 교향곡이나 소설이나 그림 한 점을 만드는 것일 때 그 작품은 태어나기도 전에 시들어서 죽어버린다.

모리스의 작품을 처음 본 것은 작년 11월의 어느 수요일이었다. 뉴욕시의 첼시 지구에 갤러리를 갖고 있는 비영리단체 CUE 재단을 위해 전시회를 기획해달라는 요청을 받았다. 그 단체는 이런저런 이유로 뉴욕 미술계의 주목을 받지는 못했지만 충분한 자격을 갖춘 예술가들의 작품을 전시하기 위해 설립되었다. 그 전시를 위해 미술가를 선정하는 것이 나의 일이었기에 나는 화가들, 조각가들, 미술잡지 편집자들에게 가능한 후보들에 대해 물어보기 시작했다. 내가 문의한 사람들 가운데에는 내 친구이자 화가인 데이비드 리드David Reed도 있었는데, 바로 그가 자신이 소장한 모리스의 작은 캔버스화 여러 점을 탁자 위에 펼쳐놓고 보여주었다. 그때까지 나는 한 번도 리처드 앨런 모리스를 만난 적이 없었다. 나는 그에게 편지를 썼고 전화로 이야기를 나누었다. 그리고 거의 다섯 달이 지난 후에 샌디에이고로 날아가서 시내에 있는 그의 작업실로 찾아갔다.

나는 전에 전시를 기획한 적이 없었기 때문에 조금 긴장했는데, 문 앞에서 나를 맞아준 온화하고 논리 정연한 남자는 바로 내 마음을 편안하게 만들어주었다. 이후 4시간 동안 그는 나에게 작품을 하나씩 보여주었고 우리는 이야기를 나누었다. 나는 모리스에게 언제 화가가 되겠다고 결심했는지 물어보았는데, 그는 그의 삶이 미술 쪽으로 향하게 되었던 순간을 기억하지 못했다. 그는 그림이 항상 그의 마음을 사로잡았다고 말했다. 심지어 그가 어릴 때부터 친숙하게 접했던 미국 서부의 키치 이미지들도 그랬다. 그는 고등학교를 다닐 때 가족들과 살았던 '카우보이 도시' 와이오밍 주 토링턴의 좁은 거실에 걸려 있던 그림 두 점을 떠올렸다. 하나는 포커를 치는 개들을 묘사한 그림이었고, 다른 하나는 통나무 위로 뛰어오르는 수사슴을 묘사한 그림이었다. 그러나 그는 1949년 〈라이프〉에 실린 잭슨 폴록Jackson Pollock에 대한 클레먼트 그린버그의 글을 기억했고, 그 글에 복제되어 실린 폴록의 작품들이 그에게 미친 강렬한 충격도 기억하고 있었다. 젊은 모리스에게 폴록의 드립 페인팅drip painting은 새로운 문을 열어주었고 이후 이 문은 결코 닫히지 않았다. 하지만 모리스는 한국전쟁 중에 항공모함에서 해군 복무를 마치고 1956년 샌디에이고로 돌아왔을 때 추상표현주의의 열광적인 중심지이던 뉴욕 시로 옮기지 않았고, 로스앤젤레스가 예술 현장으로 급성장하는 도시가 되었을 때도 그곳으로 옮기지 않았다. 그는 샌디에이고에 남아 계속 책과 잡지, 카탈로그를 통해 더 광범위한 미술계의 모든 변화를 접하며 지냈다. 그는 여러 해 동안 잡지에서 그가 존경하는 미술가들의 작품을 복제한 사진을 오려서 언제든 그것들을 다시 볼 수 있도록 빈 공책에 붙여두었다. 당시 그 미술가의 정신적 거주지는 그의 육체적 거주지와 다를 때가 많았다. 그는 샌디에이고 지역에서 작품 전시를 많이 했고 1999년에는 로스앤젤레스의 착몰갤러리에서도 전시회를 가졌다. 하지만 그의 뉴욕 진출은 지난 4월, 그의 일흔 살 생일이 지난 후에 이루어졌다. 리처드 앨런 모리스와 몇 분만 함께 있어보면 '경력'에 대한 야망은 작업 자체에 대한 야망, 미술작품을 만들고자 하는 그의 지속적인 욕구에 비해 한참 뒤로 밀려난 2등의 자리를 차지하고 있음을 분명히 알 수 있다.

나는 그와 대화를 나누는 동안 내 관심을 끄는 작품을 만든 남자가 아주 먼 과거부터 현재에 이르기까지의 수천 가지 미술작품의 저장소임을 알게 되었다. 이 내면 카탈로그의 어마어마한 규모는 모리스에게 그의 작업을 위한 깜짝 놀랄 만큼 풍부한 어휘력을 주었다. 또 미술사를 자기 목적을 위해 훔치고 재구성하고 수정하고 예측하는 기이한 능력을 주었다. 우리가 대화를 나누는 중에도 그는 조토, 렘브란트, 베르메르, 자코메티, 데이비드 스톤 마틴(앤디 워홀에게 영향을 미친 인물), 벤 샨, 요제프 보이스, 게르하르트 리히터, 그리고 내가 한 번도 들어보지 못했던 얼 커크햄을 언급했다. 또 그는 일본의 고전적인 회화와 전통극 노能에 사용된 가면들도 언급했다. 그는 자신이 다른 미술가들과 갖는 관계가 '학구적'이지 않고 '되든 안 되든 운에 맡기는' 식이라고 말했다. 그러면서 그가 다른 미술 작품에 대해 단편적으로 정보를 수집하는 것을 '사설탐정 사무소'에 빗대었다. 나는 이 비유가 특히 마음에 들었다. 실제로 모리스의 시각에는 그 상황에 본질적인 것(다른 관람객들은 대개 알아채지 못하는 미세한 세부사항들)에 눈부시게 집중하는 홈즈 같은 면모가 있었다. 예를 들어 그는 샌디에이고미술관에 소장된, 렘브란트의 것으로 여겨지는 한 소녀의 그림을 언급했는데, 그때도 그림의 출처보다는 소녀의 눈 바로 위, 눈썹 근처에 있는 얼룩에 더 관심이 있었다. 같은 미술관에 로버트 헨리Robert Henri가 그린 한 여성의 유채 스케치도 걸려 있는데, 모리스는 그 작품이 굉장히 훌륭한 것은 아니지만 그녀의 브로치를 묘사한 부분이 마법처럼 그를 사로잡았다고 했다. 그 브로치는 분리되어 생각을 전달하는 수단이 되었고 그 후 몸짓을 전달하는 수단이 되었다.

그는 자신의 그림들도 똑같이 철저히 검토하며 그가 실패했다고 여긴 그림들은 종종 새 작업에 이용되었다. 예를 들어 오래된 캔버스를 찢거나 잘라낸 가느다란 조각들은 〈사이 툼블리와 제프리 영을 위하여〉와 같은 해에 제작한 제목 없는 작품의 엇갈리는 줄무늬에서 다시 등장한다. 1974년에 제작된 무제 작품 한 점과 1987년에 제작된 무제 작품 두 점의 섬세한 내부 프레임은 가위를 쓰지 않고 그림을 잘게 잘라냄으로써 비슷한 발상(하나의 작품을 초점이 여러 개 있는 무대로 바꾸어놓는)의 유희를 벌인다. 미적인 것과 실용적인 것이 모리스의 작업에서 종종 교묘하게 결합된다. 그는 계속해서 왕성하고 재치 있게 작품을 제작하고자 하는 기획을 위해 그가 발견한 것과 가까이에 갖고 있는 것을 활용한다. 한번은 그가 전시물 전체를 껌으로 제작한 적도 있는데, 그 껌을 작가가 직접 미리 씹어두어야 하다 보니 피곤한 턱을 쉬기 위해 작품 제작을 이틀 쉬어야 한 적도 있었다. 〈껌 지도〉는 그 고귀한 껌 씹기 작업의 산물이다. 모리스는 오래전 그가 '작은 도시' 사이즈라고 했던 항공모함에서 지낼 때도 싫증난 선원들이 끝까지 완성하지 않고 중간에 버리는 번호대로 색칠하기 세트를 기꺼이 수거하는 남자로 유명했다. 이 색칠하기 세트도 모리스의 새로운 작업을 위한 토대가 되어 그는 그 위에 덧칠을 하거나 마음대로 바꾸어 그렸다. 복무기간이 끝났을 때 그는 다른 모습이 된 그림들을 여행 상자에 담아 고향으로 가져왔다.

모리스의 작품은 대부분 크기가 작다. 그와 관련하여 그에게 질문하자 그는 그의 작업실들이 대체로 작았기 때문이라고 설명해주었다. 그의 초기 회화 가운데에는 큰 작품이 많다. 예를 들어 몇몇 두상 그림들은 크다. 하지만 작품 수가 계속 늘어나면서 제약이 커지고 공간이 비좁아지자 시간이 흐를수록 캔버스의 크기와 구성은 자꾸 움츠러들었다. 그의 작업실은 이제 50년 가까운 작업의 결과물들로 터질 듯 가득 차 있었다. 모리스는 말 그대로 자신을 구석으로 몰아놓고 작업했다. 최근 몇 달 동안에는 공간적 제약이 너무 심해진 탓에 유화를 그리기 위해 몸을 편히 움직일 수 있는 공간이 더 이상 남지 않아 그냥 소묘만 했다고 한다. 캔버스 작업을 할 때도 그랬지만 그가 잉크 소묘에 만족하지 않을 때면 간혹 작은 부분만 절묘하게 잘라내어 빈 공책에 붙인다. 이렇게 오려낸 추상적인 그림의 크기는 매우 작다. 대부분 작은 구슬이나 연필 끝에 붙은 지우개보다 크지 않다. 이런 축소된 형식들은 나중에 프로젝터를 이용하여 확대해 훨씬 더 큰 그림을 위한 모델로 사용할 계획이라고 설명했다. 나는 미래를 위한 이 발상에 강한 흥미를 느꼈다. 그렇지 않아도 혼자서 모리스의 가장 작은 그림들조차 이상하게 크게 느껴진다고 생각했다. 나는 이틀 동안 그의 작업실에서 함께 시간을 보내며 많은 작품을 보았는데, 그 가운데 단 한 작품도 너무 작거나 축소되었거나 지나치게 점잔을 뺀다거나 왜소한 특성을 보이지 않았다. 그의 작은 캔버스들 가운데 많은 것이 몇 배나 확대될 수 있을 테고 그렇게 확대해도 아무것도 잃지 않을 것이다. 그 비밀은 그의 색채와 몸짓의 대담함과 복잡성(자유와 제약 사이에 항상 존재하는 긴장)에 있다고 생각한다. 모리스 작품에서 크기가 작다는 사실은 중요하지 않다. 그것은 필요성의 결과다.

나는 빽빽하게 들어찬 그의 작업실 계단에 앉아서 한 남자가 오랜 시간을 두고 제작한 작업의 목격자가 되었으며 특별한 상상력이 만들어낸 지형의 목격자가 되었다. 리처드 앨런 모리스는 구상적이면서 추상적인 캔버스들을 제작해왔다. 그의 작업에는 콜라주, 레디메이드, 구성이 포함된다. 그는 그림 안에 단어들을 쓰기도 했고, 고전적인 직사각형 캔버스뿐 아니라 원형 캔버스, 가로나 세로로 길고 좁은 막대기 모양을 한 캔버스 등 다양한 형태의 캔버스를 이용했다. 〈방랑자의 기쁨〉처럼 캔버스의 테두리 끝까지 밀고 나가는 작품들도 있다. 또 〈젖은 물감〉과 〈짙은 남색〉처럼 작품 안에 3차원적 요소를 포함하는 작품도 있고, 〈무제〉처럼 모퉁이에 전시되어야 하는 이중 캔버스도 있다. 모리스는 캘리포니아의 한 비평가가 그에게 '사방에 흩어져 있다'며 비난한 일을 들려주었다. 내 생각에 문제의 그 남자는 촌스럽고 편견으로 가득한 맹목적 비판에 사로잡혀 있었다. 많은 미술가가 하나의 발상으로 경력을 쌓고 죽을 때까지 약간의 변화만 주면서 같은 작업을 반복하는 것은 사실이지만 예술을 제작하는 데 규칙은 존재하지 않는다. 게다가 나는 동일함이 다양성보다, 점진적인 변화가 대대적인 도약보다 더 높이 평가되어야 할 철학적 근거를 단 하나도 떠올릴 수 없다. 미술가인 모리스와 내가 둘 다 존경한다고 인정했던 게르하르트 리히터는 그의 그림으로 계속해서 많은 가능성을 탐색한다. 모리스도 리히터와 마찬가지로 실험을 두려워하지 않으며, 리히터가 그랬듯이 그 다양성에도 불구하고 단일하고 쉼 없고 면밀히 살피는 상상력에서 나온 작품을 창작한다.

구상적이든 추상적이든 그 작품은 필연적으로 《웹스터》 사전에서 "생각들 사이의 상관관계를 예리하게 지각해서 재미있고 즐거움을 주는, 절묘하게 적절한 표현"이라고 정의한 재치를 보인다. 그가 그림에 제목을 붙이면 그것이 그의 이미지들과 어울리거나 대립하면서 시적이고 어떤 때는 코믹한 효과를 낸다. 1963년에 제작한 노란색 캔버스는 제목이 〈짙은 남색〉이다. 1999년에 제작한 물감으로 뒤덮은 레일에는 〈두려움 없는 화학자〉라는 이름이 붙었고, 같은 해에 제작한 동그란 캔버스는 〈거울〉이라는 제목으로 보는 이가 자기반성이 무엇을 의미하는지 생각하게 만든다. 하지만 시각적인 면에서 볼 때 모리스의 재치는 알려진 어휘를 약탈하여 거기에 색다른 변화를 가미하거나 흐릿하게 만드는 경향에서 나타난다. 1960년대와 1970년대 초반의 두상 초상화들은 레퍼런스에서 활기를 얻는 작품들이다. 예를 들어 〈필로〉와 〈돌〉의 인상적인 표현주의가 그렇고, 〈브렌다〉와 〈나이절〉이나 《매드》에서 떼어낸 알프레드 E. 노이먼Alfred E. Neuman의 얼굴에서는 팝아트의 만화 이미지를 볼 수 있다. 〈척(Chuck)〉 같은 캔버스의 녹아드는 추상작업도 있다. 그리고 〈칼〉과 〈아르고〉의 기묘한 힘은 고대의 토템을 떠올리게 한다. 하지만 이런 암시에도 그 이미지들 가운데 어느 것도 혼성 모방을 만드는 직접적인 차용은 아니며 단일한 미술양식이나 시기 안에 확고하게 자리잡을 수 있는 것도 없다. 그것들은 (반어적이면서도 무시무시한) 문화적 가면처럼 느껴진다. 그런 작품들의 재치는 표준적인 미술사적 관행(몸 없이 머리만 그린 초상화)에 대한 이런 해석들 속에 존재하는 발상들에서 생겨나는 긴장에서 파생된다.

모리스는 두상 그림 그리는 일을 접었지만 여전히 미술 잡지에서 잘라낸 것들로 빈 공책을 채우면서 그가 변신이라고 부르는 것을 만들고 있다. 그 과정은 간단하며 그가 설명했듯이 당연히 신속하다. 그는 먼저 인간의 몸을 다룬 그림이나 조각의 사진에서 머리를 제거한 후에 생각과 손의 움직임 사이에 거의 아무 지체도 없을 정도로, 단 한 번의 재빠른 몸짓으로 기존의 몸에 새로운 머리를 덧붙인다. 그 결과는 코믹하고 인상적이고 이상하고 무섭고 사랑스럽다. 그것은 흥미로운 사실을 드러내기도 한다. 그런 변신을 가까이에서 검토하면서 나는 모리스의 선택이 단순한 병치를 넘어서는 조화를 보이며, 이런 미술사적 게임(나는 변신에 사용된 그림들과 조각들 가운데 많은 것을 알아볼 수 있었다)은 전체로서의 작품에 말을 걸고 있고, 이것이 이미 알려진 것을 미지의 것으로 재구성한다는 사실을 깨달았다.

모리스가 작업하면서 그림 속 이미지나 콜라주의 구성물로 여러 번 다루었던 권총들도 비슷한 재발명에 참여한다. 그는 그것이 '아이들의 장난감과 아프리카인들의 페티시의 혼합'이라고 설명했다. 물론 그 총들은 가짜다. 그 총들은 발사되지 않는다. 그것은 그 사회에서 소형 화기가 갖는 신화적 의미를 드러내는 수단이다. 전쟁과 미국 서부의 상징이고, 영화 속에서 착한 남자들과 나쁜 남자들이 늘 갖고 다니는 부속물이며, 남근을 가진 남성성의 기호다. 거스턴의 후기 그림들을 기괴하게 미리 보여주는 것 같은 끝이 뭉툭한 〈테스를 위한 총〉부터 불길하게 못이 박혀 있는 〈왕자〉까지 모리스의 총들은 쉽게 해석할 수 없다. 그것들은 진짜 무기와 가짜 무기를, 전쟁터와 영화를, 권력과 무능함을 동시에 떠올리게 한다. 게다가 그 모든 것이 진짜 무기와 아주 달라 보이기 때문에 결국 그것들은 성상의 재현과 추상의 경계를 건드린다.

화가로서 보낸 시간의 대부분을 쏟은 비구상 작품에서도 모리스는 형식에 대한 다양한 사상들에 의지했다. 예를 들어 〈오프 레드〉에서는 구성주의를, 〈선데이 인 페인트〉의 두껍고 빽빽한 밀도는 추상표현주의를, 〈홉, 스킵 앤드 점프〉에서는 기초적인 미니멀리즘을 이용했다. 암시가 미술에서 수행하는 역할에도 불구하고 모리스는 결코 자의식이나 강제적인 기준에 얽매인 미술가였던 적이 없었다. 그는 그를 감동시키는 형식들로 돌아갔다. 〈영웅〉과 〈국제미술〉 같은 초기 작품들의 복잡한 흑백의 구상적 공간은 1979년의 제목 없는 작품을 비롯한 추상화들에서 다시 다루어진다. 한 남자 얼굴의 부드러운 기하학적 평면들을 거의 추상에 가깝도록 쥐어짠 가냘픈 초상화 〈아르고〉에서 드러나는 생각들은 수년 동안 길고 가는 캔버스를 즐겨 이용한 모리스의 애호에서 되살아난다. 〈아르고〉의 토템적인 성격도 다시 나타난다. 1988년에 제작된 놀라울 정도로 아름답고 뇌리에서 떠나지 않는 캔버스(황토색 바탕에 하나는 희끄무레한 노랑, 다른 하나는 청회색을 띤 서로 다른 크기의 막대기 두 개가 그려진 캔버스)를 처음 보았을 때 나는 곧바로 부족사회의 신성한 기호를 생각했다. 아메리카 원주민 예술을 다룬 책에서 본 이미지들과 색채들에 대한 기억이 되살아난 것 같지만 확실하지는 않다. 명백하게 단순한 구성은 계속해서 그것을 바라보는 동안 더 복잡해진다. 두 개의 깔끔한 막대기는 대단히 미묘하게 채색되어 암시적인 줄무늬를 남기며 거칠게 채색된 가장자리는 나에게 으스스한 느낌을 준다. 마치 그것들은 내가 떠올릴 수 없는 기억을 계속 건드리고, 한때 알고 있었지만 이제는 잊어버린 어떤 것의 기호를 바라보고 있는 것만 같다.

심지어 모리스는 가장 추상적인 이미지들도 사람이나 사물들을 떠올리게 하며 마음이 이런 연결고리를 고집한다는 사실을 알고 있었다. 그의 형식들은 보는 이의 욕망과 유희를 벌인다. 〈찾아봐〉 같은 제목은 관람객 안에 내재하는 이런 보편적인 소망에 직접 말을 건다. 심지어 제목을 몰라도 〈읽기〉는 노란색 종이 위에 적힌 외국어 글씨의 하얀 아지랑이를 연상하게 한다. 1999년의 제목 없는 작품도 튜브에서 갓 짜낸 순수색의 밝은 선들이 그어진 노란색 종이를 떠올리게 하며, 이중의 모서리 캔버스는 네온 색으로 빛나는 난해한 텍스트(미지의 이야기를 간직한 상형문자)가 있는 펼쳐진 책을 상기시킨다. 하지만 이런 그림들은 엄격하게 암호화된 것이 아니다. 그것들은 완벽하게 풀리는 수수께끼가 아니다. 예를 들어 나에게는 책인 것이 다른 사람에게는 풍경일 수 있다. 그러나 어떤 캔버스의 암시가 아무리 애매할지라도, 그 구성이 아무리 단순하거나 복잡하더라도, 모든 색과 선, 붓놀림이나 물감이 지나간 흔적은 전체적으로 그 작품에 필수적이라고 느껴진다.

"나는 해를 거듭하면서 더 향상되었습니다." 모리스가 샌디에이고의 미술비평가 로버트 핀커스에게 한 이 말은 2002년 4월 14일자 〈샌디에이고 유니언 트리뷴〉에 인용되었다. "그것은 완벽한 전율을 줍니다. 어떤 때는 그림이 이제 좀 수월해진 것 같다는 놀라운 느낌을 갖게 됩니다. 내 눈이 좋아졌습니다." 모리스는 훌륭한 눈, 행동하고 만들고자 하는 계속적인 갈망으로 단련된 눈을 가졌다. 당신은 그의 공간을 더 많이 들여다볼수록 더 많은 것을 보게 될 것인데, 그것이야말로 모든 미술에 주어지는 유일한 시험이다. 그것은 관람자에게 궁금해 할 시간을 허용해야지, 그렇지 않으면 즉각적으로 드러나는 명백함과 이미 이해된 것의 따분함

속으로 사라져버린다. 한마디로 죽어버리는 것이다. 리처드 앨런 모리스의 작품은 지독하게 생생하다. 그의 그림과 구성은 40년이 넘는 기간 동안 계속된 고독한 창작작업의 증거이며 준엄함과 맹렬한 지성, 유머, 기쁨의 지속적인 서사다.

2005년

마거릿 볼런드의 *세상이라는 극장*

어느 날 밤 자려고 침대에 누워 마거릿 볼런드Margaret Bowland의 그림에 대해 생각하고 있었는데, 불현듯 볼런드는 대립을 무대에 올린다는 문장이 머릿속에 떠올랐다. 나는 이 말이 옳다고 느꼈지만 그 올바름은 해명되어야만 한다. 나는 미술작품과의 모든 접촉은 대화라고 여긴다. 즉 어떤 사람이 캔버스나 조각 또는 미술이라고 알려진 어떤 대상을 바라볼 때 일어나는 일은 보는 사람과 보이는 물건 사이에서 생겨난다고 믿는다. 미술은 상호주관적이다. 우리는 그것을 단순히 하나의 사물로 대하지 않고 살아 있는 다른 의식의 흔적이 새겨진 대상으로 대하기 때문이다. 구상미술에서는 이 상호주관성, 즉 보는 사람과 이미지 사이의 대화가 강화된다. 우리는 미술가의 의도를 우리 앞에 있는 작품 속에 표현되어 있는 것으로 접할 뿐 아니라 우리와 같은 어떤 사람, 또 다른 인간 존재의 재현을 바라본다. 여기에는 일종의 반영하기가 작용한다.

태어나면서부터 아기는 다른 인간의 얼굴을 특별히 주의 깊게 대한다. 얼굴은 무생물과는 다르게 보인다. 아기들은 살아 있는 사람의 움직이는 특징뿐 아니라 사진이나 얼굴을 단순하게 그린 소묘에도 반응한다. 그들은 뒤죽박죽으로 묘사되거나 비뚤어진 얼굴보다 해부학적으로 정확한 표현을 더 좋아한다. 신생아들은 입체파의 초상화를 좋아하지 않는 편이다. 유아 연구 분야에서의 발견들은 우리가 자의식을 가진 존재가 되기도 전에 다른 사람들의 행동을 반영하고 거기에 참여한다는 사실을 보여주었다. 미술작품에서 사람을 묘사한 것을 바라볼 때는 으레 이런 대체로 무의식적인 끌림과 상관관계가 활성화된다. 볼런드가 그녀의 작업에서 사용하는 것이 바로 이렇게 서로 얼굴을 맞대는 인간의 드라마다. 보는 이는 다양한 단계(아름다운 얼굴을 계속 바라보고자 하는 단순한 욕구에서부터 이런 그림들 각각이 요구하는 이미지의 복잡한 해석에 이르기까지)에서 벌어지는 시각적 변증법에 자신이 사로잡혔음을 깨닫는다. 그 그림들은 특정 문화와 역사에 입각한 언급들로 가득하다. 그뿐 아니라 갖가지 즐거움을 주기도 하고 불안하게 만들기도 하는 더 애매한 암시들로 채워져 있다. 이런 캔버스들의 정적인 현실은 지금 자신이 실제로 보고 있는 것을 이해하고자 하는 관람객의 욕구가 불러일으키는 감정적 혼란으로 이어진다.

"나는 무엇을 보고 있는가?"라는 질문은 결코 아무 생각 없이 던져서는 안 된다. 지각은 의식적·무의식적 기대로 가득한 다루기 힘든 문제다. 그것은 피할 수 없는 사태다. 우리 모두 어떤 예술작품으로 다가갈 때는 생각과 느낌뿐 아니라 우리의 개인적·문화적 시각을 형성했던 경험의 역사 전체를 함께 갖고 간다. 하지만 개개인이 현상학적 태도를 취함으로써 자신의 속단에 맞서 싸울 수 있다. 어떤 예술작품을 충분히 오래, 열심히 바라본 후에 전에는 볼 수 없었던 것을 보게 되는 일이 종종 있었다. 볼런드의 전시에서는 그녀의 유채 캔버스와 파스텔화들을 검토하면서 그녀의 작업이 어떻게 우리의 기대를 이용하는 동시에 무너뜨리는지 이해하기 시작했다. 우리는 한 사람의 다양한 이미지들을 접하게 된다. 작가가 그녀를 기술적으로 매우 세련되게 묘사하여 우리는 그녀의 실재에 대한 환상에 참여하지만 그녀는 해독을 요구하는 도상 내부에 놓여 있었다.

이 작품들의 모델은 아홉 살 소녀 재나시아 또는 'J. J.' 스미스로 모두 같은 아이다. 그녀는 아직 몸에 사춘기의 조짐이 나타나기 이전의 시기, 프로이트가 '잠재기'라고 불렀던 시기, 내가 유년기 중반의 전성기라고 부르고 싶은 세계에 산다. 그녀는 아름답다. 물론 아름다움이 무엇인가는 여전히 이해하기 힘든 문제로 남아 있다. 하지만 이 아이의 얼굴은 아름답고 보는 즉시 그녀의 커다란 눈과 섬세한 이목구비에 마음이 끌린다. 우리는 가장 먼저 얼굴을 본다. 그런데 많은 이미지에서 소녀의 얼굴에 파우더를 뿌리거나 흰색 메이크업을 덮어 갈색 피부를 하얗게 만들어놓았다. 미국의 인종 문제와 노예제도의 유산은 그녀의 하얀 얼굴을 충격적이거나 아주 놀라운 것으로 만든다. 그녀의 위조된 창백함을 보자마자 그 반대되는 것(검은 얼굴)이 민스트럴 쇼minstrel show의 필수 구성 요소였다는 생각이 떠올랐다. 흑인들에 대한 증오와 선망이 기묘하게 뒤섞여 있던 이 쇼는 흑인음악을 빌려서 창조한 온전히 미국적인 최초의 극형식이다. 흑인 민스트럴 공연단들도 있었는데, 그들도 더 검게 분장한 얼굴로 공연했다. 사실 볼런드의 이미지 속에서 계속 등장하는 하얀 분장은 무수히 다양한 형태의 극예술들을 떠올리게 한다. 예를 들어 일본의 가부키歌舞伎와 노의 연기자들, 서커스에서 얼굴을 하얗게 칠한 광대들, 가발에 분가루를 뿌리고 달걀 껍질 색깔로 화장했던 18세기 프랑스 궁정 사람들이 채택한

고도의 인공성이 그렇다. 이것은 볼런드의 캔버스화 〈파티〉에서 직접적으로 언급되었다. 그 그림에서 아이는 하얀 가발을 쓰고 궁정 하인을 떠올리게 하는 자세로 20세기 하반기의 대량판매 시장을 휩쓸었던, 철저하게 미국적인 흑백의 호스티스 컵케이크를 내민다. 그녀 뒤로 보이는 벽 위에 그림 하나가 걸려 있는데, 이것은 보는 이를 또 다른 시대로 데려간다. 이 그림 속 그림은 자동차 한 대와 1940년대 복장을 한 어떤 남자의 머리 없는 시체를 묘사한 누아르 영화 같은 캔버스화다.

피부, 외피, 인공물, 예술, 기호, 상징이 된 대상들. 우리는 예술작품을 바라보고 있지만 각각의 작품 속에서 모순되는 외형의 드라마 속으로 유인된다. 나는 〈반드시 그렇지는 않지〉에서 무엇을 보고 있는 것일까? 하얀 얼굴을 한 그 아이는 오직 여자의 젖가슴과 엉덩이, 성기만 가리게 만들어놓은 비키니를 입고 있는데, 이 소녀에게는 아직 젖가슴이 없어서 수영복 상의가 한쪽으로 돌아가 있다. 그녀는 팔을 쭉 뻗는 자세를 취하고 엉덩이를 한쪽으로 내밀면서 한 발을 다른 발 위에 기대고 있다. '아주 자잘한 물방울무늬 비키니'와 그녀의 자세에 잠재된 에로티시즘에도 불구하고 그녀에게서는 성적 매력이 전혀 느껴지지 않는다. 그녀는 잘라놓은 거대한 수박(특히 미국의 인종차별주의를 가리키는 아이콘) 안에 서 있다. 수박 표면에 〈포기와 베스〉에 나오는 거슈윈의 유명한 노래의 제목(성경을 문자 그대로 받아들이지 않는다는 의미)이 적혀 있다(이 작품의 제목은 원래 거슈윈의 〈포기와 베스〉에 나오는 아리아 '반드시 그렇지는 않지'에서 따왔다—옮긴이). 텍스트는 다 보이지 않지만 읽기가 어렵지는 않다. 수박 뒤에 거대하고 위협적인 부엌칼이 있고 배경에 더 많은 텍스트(그것들을 더 잘 볼 수 있다면 해독될 수도 있을 더 많은 글자나 상형문자들)에 대한 유혹적인 암시가 있다.

볼런드의 숙달된 회화기법은 소녀의 묘사에서 잘 드러난다. 이것은 매끄러운 사진 같은 사실주의가 아니라 서양에서 수세기에 걸쳐 존재한 구상적 재현에 의지하는 회화적이고 시각적인 사실주의다. 수박은 다소 다른 취급을 받는 대상이다. 결국 이 거대한 수박과 씨앗들은 '사실적'이지 않다. 그것은 환상적이고 초자연적이며 우리의 집단적 문화적 악몽 속에 등장할 법한 물건이다. 수박이 어떻게 미국에서 흑인들과 결부되기 시작했는지 알려진 바는 없다. 하지만 그 과일은 수십 년간 인종차별적인 트레이딩 카드, 엽서, 작은 조각상, 셀 수 없이 많은 자잘한 장식품 속에 끝없이 등장했다. 사폴리오 스코어링 비누를 위한 1890년대의 빅토리아 시대풍 트레이딩 카드가 대표적인 예이다. 그 카드에는 잘라놓은 수박 안에서 미소짓는 흑인 소녀의 두상이 묘사되어 있다. 만족해서 활짝 웃는 것이 인종차별적 메시지 특유의 방어적인 부분이었던 것 같다. 그런 끔찍한 물건들은 과거의 것이라며 밀쳐버리지 말자. 2009년 캘리포니아 주 로스앨러미터스 시의 시장 딘 그로스Dean Grose가 백악관 잔디밭 사진을 수박밭으로 바꾸고 "올해 부활절 달걀 찾기는 없음"이라는 캡션을 집어넣은 이메일 카드를 보냈다(매우 적절한 이름을 가진 그로스(그로스 시장의 성 Grose는 '역겨운'을 뜻하는 gross와 동음이의어다 — 옮긴이)는 강제로 시장직에서 물러나게 되었지만 공화당의 지지로 다시 공직으로 돌아갔고 당신의 기부금을 노리고 있다).

〈반드시 그렇지는 않지〉는 노골적인 인종차별적 이미지를 빌려 미국의 아이콘과도 같은 음악을 환기시킴으로써 그것을 복잡하게 만든다. 그 음악은 흑인들에 대한 오페라를 만들기 위해 백인 남성이 흑인 남성을 주인공으로 쓴 소설 《포기Porgy》를 바탕으로 백인 유대인 형제 두 명이 작곡했다. 그림의 주제와 관련된 소재는 인종 문제를 어린 시절과 여성성과 뒤섞어놓았다. 우리는 계속해서 어린 시절을 낭만적으로 묘사한다. 인간의 유년기의 삶이 훼손되지 않은 순수의 시기라는 19세기적 생각의 유산이다. 과학과 대중문화에서 아이들과 여자들은 순수하고 성과 무관한 존재로 밀접하게 관련지어졌다. 순수성의 중심축을 이루는 이런 생각은 그 시대 특유의 감상성과 여성을 무시하는 태도의 전형이 되었다. 같은 시기에 여성의 권리를 요구하는 투쟁이 벌어진 것은 우연이 아니다. 물론 어린아이 취급은 인종차별의 수단이기도 했다. 백인의 환상이 만들어낸 이런 피조물은 노예제에 대한 사보타주와 내란, 무장봉기의 현실에 의해 허위임이 거듭 드러났는데도 미국에서 아이처럼 '행복한 깜둥이'는 노예제도를 옹호하는 논거에 핵심적이었다. 두려움은 고정관념을 더 강화시킨다.

카를 쾨니히Karl Köenig가 편찬한 앤솔로지 《재즈 인 프린트 : 1859~1928》에서 1856년 11월 15일자 〈드와이츠 저널〉에 실린 어떤 기사에서 발췌한 몇 구절을 발견했다. 그것은 이 복잡한 역사, 볼런드가 우리에게 인정하라고 강요하는 역사에 대한 주석을 제공한다. 그 글을 쓴 이는 "이 나라에서 유일하게 음악적인 인구는 남부의 니그로들이다…."라고 했다. 음악적으로 볼 때 백인들의 북부는 사막이다. "심지어 대부분의 시와 음악을 소유한 더 온화한 성(여성을 이른다—옮긴이)도 이상하게 그것에는 무관심한 것 같다." 하지만 니그로는 '선천적인 음악가'이며 "아프리카인의 천성은 시로 가득하다." 우리를 형성하고 연이은 연상을 불러일으키는 생각의 관례와 준거 틀, 이데올로기 등은 볼런드의 작업의 도상의 일부가 된다. 〈목화가 한창이네〉에서는 재나시아가 목화 왕관을 쓰고 있다. 흔들림 없는 시선과 꼿꼿한 자세를 한 그 소녀의 보기 드문 아름다움은 우리가 플랜테이션과 노예제도의 잔혹한 풍경으로 알고 있는 것과 극명한 대조를 이룬다. 이 목화 왕관은 가시면류관이기도 하다. 작가는 미국의 많은 백인이 잊고 싶어

하는 것을 우리가 바라보고 직면할 수밖에 없게 만든다. 이 나라에서 노예제도의 국가배상금 문제에 대한 논의가 거의 이루어지지 않는다는 사실은 이것이 어느 정도 진실인지를 보여주는 지표다.

역시 다른 세상 오즈를 꿈꾸는 내용을 다룬 미국의 대중적인 음악과 영화를 참조한 작품 〈무지개 너머 어딘가〉에서 재나시아는 손에 가위를 들고 서 있다. 볼런드는 이 캔버스에서 남북전쟁 이전의 남부를 다룬 카라 워커Kara Walker의 잘라낸 이미지들을 시각적으로 인용한다. 볼런드와 마찬가지로 워커도 이미지 창조의 역사는 물론이고 이미지들 자체에 내재된 폭력성을 비판하고 탐색하기 위해 인종차별적 형식들을 이용해왔다. 하지만 일부 흑인 미술가들은 워커가 상투적 표현을 이용하는 것이 흑인을 비하하고 백인, 특히 백인들의 예술세계에 영합하는 것이라며 공격했다. 그 어느 것도 간단하지 않다. 확실한 것은 인종이나 인종차별적 이미지를 다루는 일은 모든 종류의 공적 담론에서 여전히 위험한 것으로 남아 있다는 사실이다. 워커는 그녀를 비판한 사람들에게 분개하여 이렇게 대응했다. "당신들이 원하는 것은 무엇인가? 백인들의 부정적인 이미지, 흑인들의 긍정적인 이미지를 원하는가?" 흔히 이야기하듯이 인생은 희지도 검지도 않다. 억압은 사람들을 망가뜨린다. 일반적으로 그것은 그들을 더 낫게 만들지 않으며 도덕적 순수성을 보장하지도 않는다. 워커의 작업처럼 볼런드의 작업은 인종과 그것에 수반되는 문화적 오염에 대한 환상을 탐색한다. 한 명은 흑인이고 한 명은 백인인 이 두 미술가는 제각기 문을 열고 우리 자신이기도 한 괴물을 찾아간다.

하지만 그런 용기는 드물고 진정성과 억압 모두에 대한 숭배는 이런 논의 주변에서 서서히 자라났다. 내 소설 가운데에도 흑인 등장인물이 나오는 작품이 있다. 이름이 미란다인 젊은 미술가인데, 자메이카에서 태어났다. 인종과 노예제도는 미란다의 미술이 다루는 주제이자 그 소설 전체의 주제이다. 미국에서든 유럽에서든 내가 이야기를 나눈 기자나 평론가 가운데 딱 한 명을 제외하고는 누구도 미란다나 그녀의 미술과 인종에 대해 언급하지 않았다. 유일하게 관심을 가졌던 남자는 자메이카 출신의 흑인 여성과 결혼한 백인 이탈리아인이었다. 나는 그가 자기는 안전하다고 느꼈으리라 추측한다. 내가 묻고 싶은 것은 이것이다. 다른 사람이 되어보는 것이 아니라면 도대체 상상력은 무엇이란 말인가?

볼런드의 미술에서 암시가 강해짐에 따라 애매성도 커진다. 이런 작품들 속의 흑인 아이는 하얗게 분장하기만 하는 것이 아니라 그림 속에서 온갖 종류(레이스, 리본, 풀 스커트 등)의 여성적인 장신구와 성차를 드러내는 물건들로 다양하게 치장하고 있다. 아이들이 태어날 때부터 분홍색이나 파란색 또는 드레스나 바지로 그들의 성별을 낙인찍지 않는다면 우리는 그 나이 아이들의 성을 달리 어떻게 구분할 수 있겠는가? 〈무라카미 웨딩〉에서는 꽃무늬가 있는 여자아이 옷을 입은 어린 소녀가 정교한 정물화의 중심을 차지한다. 그 정물화에는 풍선, 포도주잔 한 개, 자기 접시, 은숟가락과 포크, 바구니와 장미꽃잎, 황금빛 의자 등받이가 포함되어 있다. 결혼식은 우리 문화에서 페티시('모든 어린 소녀의 꿈'의 실현)로 남아 있다. 그것은 신부가 한 남자의 관리를 받다가 다른 남자의 관리를 받는 신분으로 옮겨감을 상징하는 가부장의 '신부 넘겨주기'와 순결한 백색 상징주의가 지배하는 극적이고도 시대착오적인 행사이다. 오늘날 미국에서 결혼식은 평범한 삶 속의 화려한 오락물, 문화적으로 대본이 정해져 있는 여성성의 환상 속에서 신부가 일시적으로 주인공이 되는 예식이라고 볼 수 있다.

이 작품들은 치명적이고 단순한 이데올로기의 환영을, 우리가 살아갈 때 따르는 허구를 몇 번이고 반복하여 분명히 표현하고 또 표현한다. 〈언젠가 나의 왕자님이 오실거야〉에서는 흰색 분장은 하지 않았지만 잔뜩 차려입은 재나시아와 다른 한 소녀가 한 캔버스 아래쪽에 서 있다. 그림 속 그림인 그 캔버스에는 흑인 남자 한 명이 부상을 당했거나 죽어서 누워 있는 모습이 만화 같은 양식으로 묘사되었다. 작품의 제목(분명 디즈니 영화 〈백설공주〉에 나오는 노래 제목과 같은), 침울한 소녀들, 쓰러진 남자의 이미지 등이 결합하여 나를 뭐라 설명하기 힘든 슬픔에 빠뜨린다. 다른 사람을 갈망하고 사랑과 우정을 바라는 것은 오직 인간뿐이지만, 사랑의 실현에 대한 낭만적인 환상들, 영화나 노래나 로맨스 소설 속의 왕자들, 기사들, 영웅들에 대한 낭만적인 환상들은 한마디로 마음을 좀먹는다. 소녀들은 기다려야만 한다. 페넬로페가 기다린다. 기다림은 '언젠가…'처럼 수동적으로 예측하는 상태이다. 아이들은 지루해 보인다. 기다림은 지루하다.

〈무라카미 웨딩〉에서 정물화, 즉 죽은 자연(프랑스어로 정물화를 가리키는 단어 'nature morte'를 직역하면 '죽은 자연'이라는 뜻이다—옮긴이)에 대한 언급은 예리하다. 볼런드는 결혼축하연의 여파를 정교하고 화려하며 매우 인공적으로 떠올리게 하는 다른 물건들과 함께 소녀를 '배열'한다. 바로크 정물화에서 식탁에 남아 있는 식사를 한 흔적들은 일종의 혼돈에 대한 탐구로서 그 형식과 완벽하게 맞아떨어지는 모순어법으로서 묘사되었다. 그 시기 네덜란드와 플랑드르 회화에서 이런 남은 음식은 충고의 성격을 띠었고 그 주제는 우리의 유한성을 상기시키는 바니타스(vanitas, 이 세상과 그 속의 즐거움은 덧없이 사라질 것이다)였다. 그러나 볼런드의 캔버스에서 바로크 회화 일반의 극적인 성격과 세상은 또 하나의 극장(theatrum mundi)이라는 그 시기의 생각에 대한 암시도 발견할 수 있다. 이처럼 세상이 무대와 같다는 생각은 작가가 텍스트로든 시각적으로든 대중적인 극예술과 음악을 역설적으로 언급하는 데서도 강하게 드러난다. 하위 장르였던 정물화와 달리 바로크 시대에 상위 장르였던 인물화는 보는 이와 보이는 것 사이의 장벽, 기법과 규모에 의해 획득된 환상을 무너뜨리려는 의도를 가졌다. 관람객의 몸과 캔버스에 묘사된 몸들은 반영하는 실재를 창조한다. 그 그림이 일종의 육체적 상호성을 무대에 올리기 때문이다. 이런 장치를 통해 볼런드는 보는 이에게 어떤 도피도 허용하지 않는다. 그녀는 그녀의 관람객을 캔버스의 환각적인 꿈의 세계에 묶어놓는다.

나는 〈반드시 그렇지는 않지〉 앞에 서서 소녀의 눈을 똑바로 바라본다. 그녀도 아무 감정 표현 없이 가만히 나를 쳐다본다. 그녀의 표정은 엄숙하게 주의를 기울이는 표정이다. 그녀가 실제보다 그림 속에서 더 크게 묘사되었다는 사실을 알아채는 데 약간의 시간이 걸렸다. 그녀의 키는 아홉 살 된 소녀의 키가 아니라 성인의 키다. 그녀의 키는 말 그대로 내가 그녀를 내려다보는 것을 불가능하게 만든다. 성인이 아이에게 갖는 일상적이고 편안한 우월감을 느낄 수 없다. 이 소녀의 얼굴에 있는 어떤 것이 젠더의 덫의 무게(성적으로 미성숙한 몸에 걸친 우스꽝스러운 비키니)와 너무나 명백하게 그녀에게 덧씌워진 인종차별적 이미지에 저항한다. 나는 근본적으로 얼굴과 얼굴을 마주하는 반성으로, 인간이 서로 교류할 때의 나와 너 변증법으로, 타자가 아니라 나와 비슷한 사람을 보고 있다는 느낌으로 돌아가게 된다. 계속되는 작품들 속에서 나는 이 아이의 품위 있는 자아를 대면하게 되는데, 이 자아는 나에게 완전히 열린 것도, 그렇다고 전적으로 닫힌 것도 아니다. 그녀는 누구인가? 나는 궁금해한다. 나를 끌어들인 것은 빨아들일 듯 강렬한 그녀의 응시일까? 아니면 그녀의 자세일까? 내가 정말로 바라보고 있는 것은 누구일까? 작가의 뛰어난 기량 덕분에 하나의 인격이, 존재의 아이콘이 아니라 존재가, 저항하는 인물이 묘사되었고,

그 인물은 수수께끼 같은 텍스트들과 그녀를 둘러싼 세상이라는 극장의 무수히 많은 문화적 기호들을 통해 빛을 발한다. 흑백사진을 떠올리게 하는 파스텔 그림들에서는 소녀의 얼굴이 온통 마음을 사로잡는 초점이 되어 정말 눈을 돌리기가 너무 어렵다.

볼런드의 작품은 차이 또는 차이들의 가상적 연극을 조율한다. 이 차이들은 문화적 이미지들과 담론들에 너무 깊이 끼어들었고 정체성에 너무 비판적이 되어서 부자연스럽고 인공적이지 않고 자연스러워 보일 수 있다. 피부색과 성은 둘 다 역사의 흐름 속에서 다양한 방식으로 규정되고 재규정되어왔음을 기억해야 할 것이다. 볼런드의 작업에서는 과거와 현재의 아이콘들이 캔버스의 동시성 속에서 혼합된다. 꿈이 깨어 있는 현실과의 관계를 통해 해석될 수 있듯이 그 아이콘들도 그렇게 해석될 수 있다. 인종과 젠더에 대한 무시무시한 해석과 제약(우리에게 주입되어온 차이에 대한 거짓말)은 진실이기도 하다. 인종과 젠더를 나누는 야만적인 구분들이 우리 속으로 들어와 우리 자신이 되었기 때문이다. 이렇게 말하는 것은 슬프지만 그 가운데 많은 것이 무의식적이거나 은폐되어 있다. 오해하지 말자. 이 그림들 속에 분노가 있다. 그러나 그 속에는 인간이 서로를 반영하는 말없는 대화(우리 사이에서 일어나는 자연의 마법)도 존재한다.

2011년

왜 고야인가?

보들레르는 고야의 〈로스 카프리초스〉에 대해 이렇게 썼다. "나는 어떤 사람이 갑자기 그의 작품과 마주치는 상황을 상상하는 것이 좋다. 열렬한 지지자, 이 연작 판화의 곳곳에 암시된 역사적 사실들을 전혀 알지 못하는 아마추어, 고도이나 카를로스 왕 또는 여왕에 대해 아무것도 알지 못하는 소박한 예술적 영혼 등. 그런데도 그는 고야 특유의 방식과 그의 풍부하고 확고한 수단에 의해, 그리고 그의 모든 피조물을 둘러싸고 있는 환상의 분위기로 인해 뇌의 한가운데까지 울리는 예리한 충격을 경험하게 될 것이다."[1)]

나는 고야의 작품들을 잘 알고 있는데도 그의 어떤 작품들을 볼 때면 여전히 뇌 속까지 울리는 강한 충격을 느낀다. 〈로스 카프리초스〉의 판화들이나 이를 위한 소묘들, 〈1808년 5월 3일의 학살〉, 검은 그림들, 특히

〈아들을 잡아먹는 사투르누스〉, 〈전쟁의 참화〉을 위한 소묘들과 이를 구성하는 판화들, 그뿐 아니라 〈로스 디스파라테스〉 연작 속의 몇몇 이미지와 후기 소묘 등 이 모든 작품이 그런 충격을 준다. 흥미롭게도 모두 화가 쪽에서 먼저 그리고 싶다고 요청했거나(〈1808년 5월 3일의 학살〉이 그렇다) 심각한 질병을 앓아서 귀가 먼 후 자신을 위해 그린 작품들이다. 그 이미지들은 나에게 너무 강력하여 상처를 주는 것으로 남아 있다.

보들레르는 고야를 '늘 위대하고 종종 무시무시한 미술가'라고 불렀다. 또 고야가 '현대적'이라고도 주장했는데, 이후 많은 이가 같은 생각을 반복해왔다.[2] 1932년에 프라도미술관에서 고야의 작품들을 접한 미술비평가 버나드 베런슨Bernard Berenson은 "여기 고야에게서 우리의 현대적인 무정부상태가 시작된다"고 논평했다.[3] 데이비드 실베스터David Sylvester는 고야를 모더니즘의 '선구자'라고 선언했다.[4] 프레드 리히트Fred Licht[5]와 로버트 휴스Robert Hughes[6]는 고야가 미술에 근원적으로 새로운 것을 가져다주었다고 주장했다. 고야는 거듭 되풀이하여 선견지명을 가진 선도적인 화가, 앞으로 도래할 것을 내다본 선지자로 여겨졌다. 영국 작곡가 마이클 니먼Michael Nyman은 20세기 과학 이론과 그 오용의 문제를 다룬 복잡한 오페라 〈페이싱 고야〉에 "히틀러가 고야를 보기 전에 고야가 히틀러를 보았다"[7]라는 구절을 넣었다. 그것은 시간을 반전시켜 고야가 앞을 내다본다는 생각을 간결하게 담아낸 구절이다. 고야의 작품은 지난 수년간 수없이 복제되고 인용되고 재창조되었다. 그가 들라크루아, 마네, 르동, 피카소에게 미친 영향은 널리 알려져 있다. 그러나 고야는 오늘날의 예술가들, 아방가르드라는 말이 오래전에 사라진 과거를 가리킬 뿐인 사람들에게도 시금석 역할을 한다. 니먼 같은 작곡가뿐 아니라 시인, 소설가, 사진작가, 영화제작자, 시각예술가, 만화가까지 고야가 오늘날의 사회적·정치적 현실을 다루기에도 손색이 없는 작품을 남긴 거장이라는 사실을 거듭 인정한다. 2004년 나는 미국 대통령 선거가 열리기 전에 뉴욕 시에서 부시 행정부의 국내 및 대외 정책들에 항의하는 수십만 명의 다른 시위자들과 함께 행진하면서, 이라크의 아부그라이브 교도소에서 복면을 쓰고 고문당한 사람을 찍은 악명 높은 사진이 인쇄된 현수막과 그리 멀지 않은 곳에 고야의 〈전쟁의 참화〉 연작에 속하는 판화 두 점이 복제되어 내 앞 군중 위로 높이 매달려 있는 것을 보았다.

소묘, 유화, 에칭, 석판화에서 난도질당하고 절단된 신체, 고문, 강간, 식인 풍습(cannibalism), 처형, 날아다니는 악마, 게걸스런 괴물 등을 다룬 고야의 이미지들은 어떻게 현재까지 그렇게 충격적인 절박함을 간직할 수 있는 것일까? 200년 전 폐허가 된 에스파냐에서 고야가 자신의 혼란스런 상상력과 개인적인 경험을 바탕으로 창조한 이 그림들은 어떻게 지금까지도 계속 우리의 마음을 움직이고 겁먹게 만들고 충격을 주는 것일까? 결국 실제로 일어난 대학살과 고통, 공포를 기록할 수 있는 사진이 발명된 지 한참이 지났건만 자연적이거나 초자연적인 피조물을 그린 고야의 그림은 여전히 그 힘을 잃지 않았다. 그러다 보니 전쟁과 기근, 질병을 기록했던 돈 매컬린Don McCullin 같은 진지한 사진작가들의 작업은 고야의 작업과 비교될 수밖에 없다.[8] 존 버거는 고야의 〈전쟁의 참화〉에 묘사된 빛을 "폭격 직후 확 타오르면서 목표물을 환하게 밝혀주는 영화 장면"에 비유했고,[9] 그레고리 파스칼리디스Gregory Paschalidis는 그의 에세이 《전쟁의 이미지와 이미지의 전쟁》에서 고야가 전쟁을 목격하고 제작한 〈전쟁의 참화〉는 "과학기술의 이미지가 전쟁의 재현과 함께 성장하게 되는 밀접한 관련성을 미리 보여준다…."[10]고 주장하여 다른 사람들과 의견을 같이 했다.

허구든 실제든 폭력의 이미지가 도처에 있으며, 텔레비전과 컴퓨터 스크린이 극적인 공포의 각축장이 되었고, 관람자들은 매일같이 우리를 괴롭히는 넘쳐나는 그림의 둔감한 소비자가 되었다는 말은 이제 지적으로 진부한 주장이 되었다. 수전 손택은 그녀의 유명한 에세이집《사진에 관하여》에서 이런 입장을 이렇게 요약했다. "사진은 뭔가 새로운 것을 보여주는 한에서만 충격적이다. 불행히도 그 분담금은 계속 높아지고 있다. 부분적으로는 그런 공포의 이미지들이 급증한다는 사실로 인해서."[11] 보드리야르 같은 사상가에게 이미지 제작은 실재가 시뮬라크르에 의해 완전히 덮여버릴 정도까지 진화했다.[12] 비릴리오는 실제 현실을 '현실 감상실'로 이끄는 가상현실로 대체하는 과학기술에 대한 종말론적 시각을 제시한다.[13] 이런 주장들이 갖는 힘은 인간이 자신이 바라보는 이미지들에 의해 근본적으로 변한다는 사실에서 나온다.

손택이 두 번째 책《타인의 고통》에서 그녀가 이전에 사진에 대해 가졌던 생각들을 반박하면서 고야를 잔혹 행위에 대해 전례를 찾을 수 없이 예리한 시각을 가진 예술가로 지목했다는 사실은 의미심장하다. "고야와 함께 고통에 대한 민감성의 새로운 기준이 미술 속으로 들어왔다."[14] 그녀는 〈전쟁의 참화〉에서 배경이 묘사되지 않고 캡션을 사용한 것에 대해 간략하게 설명했지만, 이 새로운 기준이 무엇인지 또는 그것이 어떻게 작용하는지는 고심하지 않는다. 비슷하게 휴스는 〈1808년 5월 3일의 학살〉에 대한 그의 논의에서 고야가 환하게 묘사한 순교자가 미술에서 '가장 생생한 인간의 현존' 가운데 하나라고 주장했다. "인간의 생명의 가치가 인간의 역사 속에서 가장 심각하게 무시되는 것처럼 보이며, 우리의 문화가 끝없이 이어지는 고통과 만행, 죽음의 이미지로 넘쳐나는 계속되는 전쟁과 잔혹함의 시대에, 그는 계속 우리의 뇌리를 떠나지 않는다."[15] 손택과 휴스 모두 보들레르와 똑같은 느낌을 받는다. 그들은 보들레르가 그의 상상 속 관람자에게 부여한 것과 똑같은 충격을 경험하며, 전기가 통하는 것 같은 그런 경험은 관람자와 그가 보는 이미지 사이에서 일어난다. 관람자의 감정적 반응은 고야의 강렬한 이미지들과 그것이 현재 활동 중인 예술가들에게 미치는 지속적인 영향을 이해하는 데 필수적이다.

미술사학자들은 흔히 감정을 빙 둘러 간다. 그것이 무척 애매하고 주관적이어서 품격 있게 다루기 힘들기 때문일 것이다. 그러나 감정이 없는 의식은 정상적인 기능과 지적 판단을 손상시키는 병적인 상태다.[16] 고야는 일단 논리적 열쇠만 찾아내면 모든 것이 해결되기라도 할 것처럼 그의 작품에 숨은 합리적 패턴이나 도식, 일관성 있는 의미를 찾던 학자들을 어리둥절하게 만들었다. 그러나 넬슨 굿맨Nelson Goodman이 《예술의 언어들》에서 지적한 것처럼 인지능력과 감정을 분리하려는 문화적 고집은 '미적 경험에서는 감정이 인지적으로 기능한다는 사실'을 이해하지 못하게 만든다. "예술작품은 감각뿐 아니라 감정을 통해서도 파악된다. 감정의 마비는 눈이 멀거나 귀가 먹은 것만큼 완전히는 아닐지라도 확실히 장애를 가져온다."[17] 감정은 지각과 의미에 필수적이다. 진정으로 인간적인 면모(또는 서구식의 인간적인 면모)를 의도했던 현대성이나 탈현대성이 과도한 노출을 통해 그림, 특히 폭력적인 그림에 대한 무감각을 키웠다면, 우리는 왜 같은 주제를 다룬 미술작품에 반응할까? 고야의 작업은 우리와 별로 상관없을 것이고, '기준'으로 제시될 수도 없을 것이며, 시위대의 플래카드에서 발견될 수도 없었을 것이다. 고야가 이데올로기적 목적으로 환기될 때면 종종 간과되지만 그는 〈전쟁의 참화〉에 1인칭 다큐멘터리 소묘가 아닌 이미지들도 포함시켰다. 그가 〈로스 카프리초스〉에서 사용했던 올빼미, 박쥐, 짐승/인간 결합체들이 〈전쟁의 참화〉 뒷부분에서도 등장한다. '결과들'이라는 캡션이 붙은 72번 판화에서 죽은 여인의 가슴을 빨고 있는 기괴한 생물은 분명 전쟁을 고발하고 있지만 전쟁의 '사실적인' 묘사는 아니다. 화가는 44번 판화 〈나는 그것을 보았다〉에서 자신이 그런 사건들을 보았다고 주장하는데 실제로 이 괴물을 보았을 리 없다는 사실이 그 작품의 감정적 힘을 훼손하지 않는다. 이와 비슷하게 신화적 주제를 다루는 검은 그림 〈아들을 잡아먹는 사투르누스〉가 로마의 신을 묘사한다고 하여 위협적이지 않은 것은 아니다.

이미지가 우리를 감동시키는 것은 우리가 묘사된 것과 가상적인 관계를 갖기 때문이다. 그리고 이런 변증법적 조우를 위한 신경의 토대는 계속되는 과학적 탐구의 주제다. 사실 사람들은 자신이 진짜 사물이 아니라 그 재현을 보고 있다는 사실을 잘 알고 있을 때에도 이미지에 강하게 반응한다. 1940년대에 신경과학자 D. O. 헤브Hebb는 일반적으로 영장류가 절단된 신체의 재현(이 경우에는 절단된 원숭이 머리 모형)에 공포와 회피의 반응을 보인다는 사실을 입증했다.[18] 감정을 연구하는 인지와 뇌 연구가들은 실험에 사진과 비디오를 자주 사용한다. 예를 들어 플로리다대학의 한 연구 그룹은 피험자들이 절단과 공격을 다룬 사진에 생리적으로 가장 강한 반응을 보였다는 놀라울 것도 없는 결론을 내렸다. 일반적인 예술 연구와 고야의 소묘들, 특히 〈로스 카프리초스〉와 〈전쟁의 참화〉의 이미지들과 관련해서 추가적으로 발견된 사실은 참여자가 색깔이 있는 그림을 보든 회색톤 그림을 보든 반응에 차이가 없었다는 점이다.[19]

원숭이의 복부 전운동 피질에서 '거울 뉴런'이 발견되자 신경과학계 안팎에서는 이 체계가 언어부터 감정이입까지 모든 것을 다 설명할 수 있으리라는 추측의 물결이 일었다.[20] 이제 인간은 이 대화/반성 체계에 상응하는 것을 연구하고 있다. 아주 최근에 컬럼비아대학의 미술사학자 데이비드 프리드버그는 뉴욕대학의 신경학자이자 신경과학자 포르투나토 바타글리아Fortunato Battaglia와 함께 관람자들에게 한 그림의 부분(시스티나 예배당 천장에 있는 미켈란젤로의 아담과 이브의 낙원 추방)을 보여주는 실험을 진행했다. 피험자들이 그 그림에서 아담의 방어적인 팔 자세를 바라보는 것만으로도 실제로 그 자세를 취할 때 대뇌 피질에서 작용하게 되는 것과 동일한 뉴런들이 작용했다.[21] 또 다른 연구는 사진 속의 고통스런 표정을 보는 사람들이 직접 고통을 경험할 때 작용하는 것과 똑같은 피질 영역에서 반응을 보이는 것을 발견했다.[22]

비록 이 연구의 전체적 의미를 다 이해할 수는 없겠지만 그것은 그림이 관람자에게, 그리고 관람자의 내면에 미치는 정서적 힘을 이해할 실마리를 제공한다. 우리가 이미지들과 갖는 관계의 상당량은 무의식적으로 처리되며 우리가 의식적으로 느끼게 되는 것도 우리의 통제 아래 있지 않다. 어느 정도는 내용의 문제라고 볼 수도 있다. 부러지거나 피를 흘리는 신체를 묘사한 그림은 원초적인 방어 반응을 일으키는 반면에 풍경화는 그렇지 않다. 하지만 신경의 이미지 처리와 인지 연구는 왜 비슷한 내용의 그림들이 그토록 다른 느낌을 불러일으킬 수 있는지 설명할 정도의 세밀함을 갖추지 못했다. 장식적으로 성기를 가려주는 천을 두르고 한 손에 왕홀을 들고 비스듬하게 서서 천사 같은 어린 아들을 한입 베어 물고 있는 루벤스의 고상한 사투르누스는 나를 매혹하면서도 역겹게 만드는 고야의 끔찍한 그림만큼 충격적이지 않다. 루벤스의 신과 아이가 바로크 사실주의의 관례에 따라 묘사되어 아기의 살결은 빛나고 나이 든 신의 힘줄과 근육은 뚜렷하게 드러남에도 불구하고 그렇다. 고야의 괴물-신은 크기가 작고 머리가 없으며 성적으로 애매하고 해부학적으로 불가능한 시체의 허리를 움켜쥐고 어둠 속에서 관람자의 공간으로 나와 으르렁거리고 있는 것 같다. 거의 다 자란 아이는 피로 얼룩져 있고 한쪽 팔의 나머지 부분은 울부짖는 식인종의 입안에 들어 있다. 비록 이 그림은 갖은 고초를 겪었지만, 거기 남아 있는 것만으로도 누구든 공포에 질리게 만들기에 충분하다.[23)]

그러나 나는 무엇을 보고 있는가? 왜 고야의 작품이 루벤스의 것보다 훨씬 더 위협적으로 느껴질까? 프레드 리히트와 재니스 톰린슨Janis Tomlinson, 그 밖에도 여러 사람이 주장한 것처럼 단순히 그것이 더 뒤에 제작된 작품이어서 낡은 규칙을 깨고 과거의 이상화된 신고전주의적 신체를 떠났기 때문일까? 이것은 확실히 맞는 말이다. 하지만 나는 미술작품들 속에서 온갖 종류의 신체 묘사를 보아왔는데도 이 그림은 여전히 나를 흠칫 놀라게 한다. 그 이미지에 익숙해지지가 않는다. 최근에 쓴 소설 《내가 사랑했던 것》에서 미술사학자인 화자 레오 허츠버그는 테디 자일즈(내가 만들어낸 미술가)의 작품을 보기 위해 전시회장을 찾는다. 전시된 작품 중에는 폴리에스테르와 섬유 유리로 만들어진 신체들, 사지가 잘리고, 찢어져 열려 있고, 목이 잘리고, 가짜 피로 얼룩진 신체들과 리모컨을 들고 있는 작가의 사진도 포함되어 있었다. 레오는 다음과 같이 논평한다.

> 그 전시는 나를 구역질나게 했지만, 동시에 나쁘다는 생각도 했다. 공정함을 위해 나는 왜냐고 자문해야 했다. 사투르누스가 그의 아들을 잡아먹고 있는 고야의 그림도 그만큼 폭력적이다. 자일즈는 고전적인 공포 이미지들을 이용했다. 아마도 문화 속에서 그것들이 갖는 역할에 대해 비판하기 위해서이리라. 리모컨은 텔레비전과 비디오에 대한 분명한 암시였다. 고야도 그의 작품을 보는 사람이면 누구나 즉시 알아볼 수 있는 초자연적인 것의 일반적인 토속 이미지들을 차용했고 거기에는 사회적인 논평의 의도도 있었다. 그

런데도 왜 고야의 작품은 살아있다고 느껴졌는데 자일즈의 것은 죽었다는 느낌이 들었을까? 매체가 달랐다. 고야에게서 나는 화가의 손의 육체적 현존을 느꼈다. 반면에 자일즈는 살아있는 모델들에 기대 그의 신체 모형을 주조하고 그 후 그를 위해 그것들을 조립해줄 기술자를 고용했다. 그렇지만 내가 감탄했던 다른 미술가들 중에도 작품제작을 맡긴 이들이 있었다. 고야는 깊이가 있지만 자일즈는 피상적이다. 그러나 가끔은 그 피상성이 중요한 핵심일 때가 있다. 워홀은 표면에－문화의 공허한 겉치장에－골몰했다. 나는 앤디 워홀의 작품을 좋아하지 않았지만 그 관심은 이해할 수 있었다.[24)]

레오는 미술에 대한 의견이 나와 똑같지는 않지만 그럼에도 같은 질문으로 당황하고 있었다. 두 작품 모두 공포를 묘사하고 있는데도 왜 한 작품은 강렬하게 느껴지고 다른 작품은 공허하게 느껴질까? 소설 뒷부분에서 자일즈는 레오의 친구이자 화가인 빌 웩슬러가 제작한 값비싼 캔버스를 구입해 가짜 몸이 그것을 뚫고 통과하게 한 후 미술작품으로 전시했다. 나는 2001년 8월에 탈고했고 그 소설은 2003년 1월에 영국과 프랑스, 독일에서 처음 출간되었다. 그해 좀 더 뒤에 디노스와 제이크 채프먼 형제는 〈전쟁의 참화〉 연작 세트를 구입하여 희생자들의 머리에 방독면과 강아지, 어릿광대 머리를 그려 넣어 변형시킨 작품을 전시했다. 그들은 그 작품을 〈상처에 대한 모욕〉이라고 불렀다. 사람들이 이 작품에 대해 무슨 생각을 하든 그들 형제는 내가 창조한 뉴욕 시의 미술가 테디 자일즈가 그의 관객들을 놀라게 했듯이 그들의 관객을 놀라게 할 수 있었다. 나의 허구적 예감은 존경받는 미술작품을 훼손하여 다른 미술작품으로 바꾸는 것이 미술계의 공기 속에 잠재해 있었는데, 내가 그 냄새를 맡았음을 시사할 뿐이다. (자해와 고통에 대한 실험들이 이미 갤러리로 진입한 상황이어서 그

것은 그다지 혁명적인 단계처럼 보이지 않았다.)[25)]

하지만 감정적인 힘의 문제가 남아 있다. 〈전쟁의 참화〉의 판화 속 인물들을 실물 크기로 조각하여 〈죽은 자들에 맞서는 위대한 행동〉이라는 캡션을 붙인 눈에 띄게 미온적인 작품(그것이 요점일 수도 있다)과 달리 〈상처에 대한 모욕〉은 부분적으로는 고야의 독창적 작품을 너무 많이 포함하고 있기 때문에, 또 부분적으로는 그것이 희생자들의 얼굴을 가리기 때문에 매우 충격적이다. 나는 채프먼 형제가 고야에게 계속 매달리는 것이 보들레르가 〈로스 카프리초스〉를 보는 사람이면 누구나 피할 수 없다고 묘사했던 충격과 관련 있지 않을까 의심한다. 여러 인터뷰에서 제이크 채프먼은, 그리고 보다 적긴 하지만 디노스 채프먼도 걸핏하면 거의 패러디에 가까운 거창하고 특이하며 학술적인 산문을 입에 올렸다. "우리는 미적 희열의 순간에 육체를 뜯어먹는 신령이나 흡혈귀의 숭고를 묘사하기 위해 '괴물 같은 것들'을 취한다." 그들의 이런 언급에는 정신분석과 철학, 과학기술에 대한 단편적인 암시가 간간이 섞여 있다. 그들은 출처를 언급하지도 않고 여러 작가의 대표적인 문구들, 예를 들어 '속도와 이미지'(비릴리오)나 '스펙터클'(드보르) 같은 표현을 자주 인용한다. 그들은 프로이트의 에세이 〈애도와 우울증〉을 환기시키고는 "정신이상은 아무 제약을 받지 않기 때문에 초전도성 배출을 암시한다"라고 말한다.[26)] 이런 인용문들의 잡탕에서 출현하는 것은 일종의 흥분한 사춘기 청소년의 허무주의이며 일상적인 지각의 경계가 붕괴되는 극단적인 상태에 대한 관음증적 관심이다. 그들이 가장 매혹된 대상이 고야인 것은 놀랍지도 않다.

그들이 〈전쟁의 참화〉을 직접적으로 암시하고 거기에 변형을 가한 사실은 잘 알려져 있지만 그들이 고야를 차용하는 것은 거기서 그치지 않는다. 얼굴에서 생식기가 돋아나는 아이들이 등장하는 조각 작품 〈DNA 접합체〉는 아주 오래된 연상(입/질, 남근/코)을 이용하고 있다. 물론 이것은 고야에게서만 볼 수 있는 것이 아니지만 그들의 강박적인 집착을 감안할 때 〈로스 카프리초스〉의 57번 판화 〈계보〉로 나아가는 과정에서 제작된 소묘 두 점에서 영감을 얻었을 가능성이 있다. 그것은 〈마드리드 스케치북〉에 있던 〈그는 그녀가 자웅동체라고 기록한다〉와 〈꿈〉을 위한 소묘 한 점인데, 두 소묘 모두 필경사의 검사를 받고 있는 가면 쓴 여자의 다리 사이로 모습을 드러내는 생식기 같은 얼굴의 노골적인 묘사를 포함한다. 역시 《마드리드 스케치북》에 있는 〈로스 카프리초스〉 13번 판화를 위한 습작에도 코가 있을 자리에 긴 남근을 가진 수도승이 등장한다. 이전에 〈로스 카프리초스〉에 대해 쓴 에세이에서 나는 고야가 그 판화들에서 신체의 구멍들(입, 항문, 그리고 특히 생식기)을 곧잘 뒤바꾸어서(생식기가 있을 자리에 있는 머리) 다루거나 기괴하게 변형시켜 다룬 사실에 대해 자세히 썼다.[27] 채프먼 형제의 〈비극적인 해부학〉에서는 머리가 두 개 달린 여성을 볼 수 있다. 이런 기형은 고야의 작품(〈로스 디 스파라테스〉)에서도 볼 수 있고, 그들 형제가 한 무리의 아이들을 하나의 몸으로 결합시킨 〈접합 가속〉이라는 작품에서도 발견된다.[28]

채프먼 형제가 끌리는 것은 고야의 작품 속에 있는 폭발적이고 열기를 띠고 억제되지 않은 섬망이다. 제이크 채프먼은 한 인터뷰에서 고야는 "구체제의 표현주의적 투쟁이라 할 수 있는 것을 대표하는 미술가인데, 그 체제의 급소를 공격하는 것은 매우 기분 좋은 일이다. 그는 도덕적 테두리의 보호 아래에서 폭력을 선호했기 때문이다. 그의 작품 속에는 즐거움이 아주 많다"라고 했다.[29] 고야의 극단적 이미지들 속에 즐거움이 있다. 그가 가학적인 기쁨을 묘사한 부분은 검열되거나 위장되지 않고 직접적이다. 거세, 강간, 다른 사람들의 신체 절단은 욕구 없이 마지못해 행해지는 행위들이 아니며, 인간들이 잊어버리고 남겨두는 행위들도 아니다. 폭력이 감정을 더 생생하게 만드는 역설적인 상태는 비밀이 아니며, 자연적인 그림이든 초자연적인 그림이든(이 둘은 서로 분리되지 않으며 그래서도 안 된다) 그 속에서 야만적인 고야에게 스며든 것도 바로 이런 감정이다. 보들레르도 지적했듯이 고야에게서 인간과 짐승 또는 괴물이 결합된 것을 보여주는 '봉합선'은 찾을 수 없다.[30)]

〈음침한 마법사〉라 불리는 소묘는 검은 그림들의 사투르누스 이미지를 분명하게 예견하게 하는 작품으로, 그의 자식들 가운데 하나의 다리를 입안에 집어넣고 활짝 웃는 식인종을 보여준다. 다양한 종류의 잔인성에서 파생된 만족감은 고야의 작품에 자주 재등장한다. 예를 들어 〈로스 카프리초스〉의 69번 판화 〈불어 없애라〉에서 큰 돌풍을 일으킬 수 있도록 엉덩이를 바깥쪽으로 향하게 아이를 붙잡고 공중으로 휘두르는 크고 마른 남자의 푸근한 미소나 〈전쟁의 참화〉의 36번 판화에서 군인이 보이는 파렴치한 웃음을 들 수 있다. 채프먼 형제는 이 판화를 에칭으로 재창조한 작품에서 군인을 머리 둘 달린 인물로 바꾸고 죽은 에스파냐인을 스와스티카swastika 표지를 가진 사람으로 바꾸었다. 그들은 빽빽하게 채워진 배경에 일곱 살짜리가 그린 그림 같은 양식으로 그려놓았고 머리가 두 개 달린 인물은 발기한 남근을 가졌다. 고야가 〈로스 카프리초스〉에서 자신을 집어넣었던 것처럼 둘이 한 팀을 이루는 형제 미술가는 고야의 가해자/관음증적 관찰자의 자리를 차지하기 위해 친숙한 이미지 속에 그들을 끼워 넣는다. 이것은 작가와 그의 폭력적이거나 비열하거나 포르노그래피적인 이미지 사이에 잠재된 에로틱한 관계를 솔직히 인정하는 것이며, 이 관계는 바라본다는 이유만으로도 필연적으로 관람객을 끌어들인다. 다소 고리타분한 미술사학자 레오는 고야의 많은 소묘가 그에게 마치 최음

제 같은 영향을 미친다는 사실을 인정한다.

> 나는 야수와 괴물을 그린 그림을 더 많이 보기를 갈망하며 계속 페이지를 넘겼다. 나는 그들 모두를 익히 알고 있었지만 그날 밤에는 그들의 광포한 육욕이 마치 불처럼 내 마음을 그을려놓았고, 악마의 연회에서 염소를 타고 있는 벌거벗은 젊은 여자의 소묘를 다시 보았을 때 나는 그녀가 전속력을 내고 있으며 굶주렸다고 느꼈다. 또한 고야의 확신에 찬 신속한 손에서 태어난 그녀의 발광이 잉크로 종이를 멍들게 하고 있다고도 느꼈다.[31)]

어쩌면 채프먼 형제는 고야의 이미지들을 길들이려드는 비평가들의 언어를 비난하려는 의도에서 그 이미지들을 '옛 거장의 위대함'이라는 외피로 둘러싼 후 그것의 엄청난 애매함과 보는 이를 자극하거나 소름끼치게 만들거나 수치스럽게 만드는 다양한 영향들 쪽으로 맹목적인 눈이 향하게 하려했는지도 모른다. 만일 그렇다면 그들이 작은 규모로 재-창조하고 개입한 작품들(더 크게 만든 작품들은 그저 무해하게 느껴질 뿐이다)은 원작의 거친 느낌에 광을 내는 동시에 우리에게 그 거친 느낌을 되살리는 효과를 발휘한다.

하지만 채프먼 형제가 고야를 이용하고 논평한 것은 제한적이다. 그들의 작업이 힘을 갖는 것은 뭔가 만들 때 갖게 되는 유아적이고 도덕을 벗어난 비합리적인 행복감과 그들이 뿌리 깊이 배어 있는 경건함을 노골적으로 비난하면서 누리는 즐거움을 관람자가 느낄 수 있을 때다. 그들은 이런 전율을 느꼈음이 분명하다. 하지만 그들은 그들의 정치적 무력함과 그들이 미술시장에서 자발적인 상품으로서 갖는 자리를 고집하는 포스트휴머니즘의 이론적인 생각들 속에 그것을 감추었다. 고야 안에도 비합리적인 기쁨과 모반의 정신이 존재한다. 그러나 그 스페인 미술가에게는 파토스pathos와 분노, 감정이입을 포함하는 더 폭넓은 감정들이 존재한다. 비록 고야가 반도전쟁 중에 무엇을 보았는지 정확히 알 수는 없지만 그가 충분히 목격했음은 분명하다. 눈앞에서 참혹한 사건들이 일어나고 있는 동안 고야가 스케치북을 들고 시골 지역을 돌아다닌 것 같지는 않다. 그가 보고 듣고 느낀 것은 나중에 종이 위에 옮겨졌고 그 후 판화로 제작되었다. 모든 의식적인 지각은 주목을 요구하며 그 지각을 기억하는 일은 선택적이고 가변적이다. 그러나 감정, 특히 강한 감정이 추억을 생생하게 유지시키는 것은 확실하다.[32] 사람들은 공포나 위협을 느끼는 상황에서 과도하게 경계하고 집중하게 된다. 그렇게 바라볼 때 여유는 있을 수 없다. 소름끼치는 기억 때문에 보통의 자서전적 기억의 배경과 관련된 세세한 부분들을 흔히 빠뜨리게 되는 것이다.[33]

많은 작가가 〈전쟁의 참화〉 판화들에 세부적인 배경묘사가 빠졌다(〈로스 카프리초스〉에서도 사용된 형식이다)고 지적했다. 에칭과 소묘를 비교해보면 최종 버전에서는 주로 구체적인 부분들이 더 단순화되고 축소되었음을 알 수 있다. 60번 판화 〈그들을 도울 자가 없다〉를 위한 소묘에는 이미지 한가운데 서서 괴로워하는 인물 왼쪽에 여러 인물의 존재를 암시하는 윤곽선이 있고, 오른쪽에는 나무들의 윤곽선이 포함되어 있다. 판화에서는 이런 부분들이 사라졌다. 신체들은 이제 언덕 모양과 일치한다. 하늘은 완전히 추상적이고 빛 구름은 어둠으로 둘러싸여 있다. 살아서 애도하는 사람의 손은 소묘에서 그의 턱 아래에 있었는데, 이제 그의 얼굴에 밀착되어 있다. 그리고 여전히 볼 수 있는 것은 슬픔으로 일그러진 그의 벌린 입의 일부분이다. 들리지 않는 그의 비명이 그 그림의 타는 듯한 초점이 되었다. 이와 비슷하게 22번 판화 〈이 모두와 그 이상〉에서는 소묘에 있던 환한 하늘과 왼쪽 끝부분의 시각적 정보가 사라졌다. 이제 하늘은 텅 비어 있고 오른쪽에 건물의 존재를 암시하는 부분이 있을 뿐 바닥은 시체들이 만들어내는 선을 따라 그려진다. 관람객에게 주어진 것은 감정적인 풍경이다. 모든 지엽적인 정보는 시각적인 속기(shorthand) 형태를 제외하고는 모두 생략되었다. 게다가 시체들이 서로 뒤섞일 뿐 아니라 땅 자체와도 뒤섞여 있어 원근법의 규칙을 따를 때 보는 이는 그렇게 볼 아무런 합리적 근거가 없는데도 마치 위에서 그들을 내려다보는 느낌을 받는다. 63번 판화 〈죽은 남자들 수집하기〉의 소묘에서는 시체들이 더 완전하게 묘사되었지만, 뒤에 제작된 에칭에서는 한 사람의 몸이 어디서 끝나고 다른 사람의 몸이 어디서 시작되는지 확실히 분간할 수 없게 표현되었다. 그들은 전쟁의 폐기물이고, 피를 흘리고 썩고 부패하여 서로 뒤섞여 흙으로 돌아갈 것이다. 고야는 〈1808년 5월 3일의 학살〉에서도 같은 기법을 사용했다. 시체들이 바닥에 뒤엉켜 있어 죽은 자들의 사지가 놓인 자리를 모두 확인하기란 쉽지 않다. 관람객은 그들을 내려다보는 반면에 군인들은 올려다보게 되어 두 지점을 동시에 차지하고 있는 느낌이다.[34] 이런 이중적 시각은 감정을 이입하는 관람자를 흐릿하게 보이는 처형자들 앞에 속수무책으로 무릎을 꿇은 인물, 쓰러진 그의 동료들과 곧 합류하게 될 인물과 결속하게 한다.

고야가 세부적인 것을 생략하고 다수의 시점을 취함으로써 관람자들은 그가 묘사하는 끔찍한 사건들을 감정적으로 한층 더 진실한 것으로 지각하게 된다는 주장이 가능해진다. 끔찍한 사건들은 일관된 서사 속에서 자기 자리를 찾을 수 있는 완전하고 세세한 이미지들로 기억되지 않는다. 그것은 우리가 그 일을 완전히 잊어버리지 않는 이상 강력한 시각적 파편들로 또는 원하지 않는데도 압도하며 몰려드는 감정의 급습(몸서리쳐지는 공포 경험의 플래시백)으로 간직될 수 있다. 외상 후 스트레스 장애를 연구하는 한 과학자에 따르면, 그것은 "지각과 정서 단계에서 제한적인 의미의 재현으로 구성되며, 원래의 사건과 관련된 감정적/감각적 파편들로 침입하는 경향이 있다."[35] 고야가 묘사한 사건들을 사진으로 찍었다면 관람자는 그 테두리 안에 포착된 모든 것을 볼 수 있었겠지만 어지러운 시각은 거기 포함되지 않았을 것이다. 더 많은 것을 포함하는 합리적이고 기계적인 이미지는 경험이나 그 기억을 재현하기에는 근본적으로 부족하다.[36]

나는 고야에 대해 연구할 때 이미 내가 알고 있거나 접촉할 수 있었던 다양한 분야의 예술가들과 허물없는 대화를 나누고, 인터넷을 활용하고, 전 세계적으로 고야에게 영감을 받아 제작된 다양한 수준의 작품들을 찾아 읽거나 보았다. 그러면서 나는 비밀스럽고 귀가 먼 미술가, 우리에게 폭력과 꿈을 보여준 그 남자가 오늘날의 상상력에 양분을 제공하고 예술적 대화를 촉구한다는 사실을 분명하게 깨달았다. 만일 고야가 1794년에 걸린 병으로 죽었더라면 그는 지금과 같은 영향력을 갖지 못했을 것이다. 〈전쟁의 참화〉와 〈로스 카프리초스〉, 검은 그림들에 대해 다루거나 거기서 영감을 받아 시각적으로 재창조한 작품과 문학 텍스트들은 아주 많다. 그 가운데에는 잘 알려진 작품도 많다. 예를 들어 시그마르 폴케Sigmar Polke는 〈로스 카프리초스〉 26번 판화 〈이것이 네가 올바르게 앉는 방법이다〉를 이용하여 쉽게 잊을 수 없는 작품들을 만들어냈고, 영국 화가 세실리 브라운Cecily Brown의 작품들은 고야에 대한 몽환적인 오마주다. 그녀는 나에게 보낸 이메일에 이렇게 썼다. "어릴 때 〈아들을 잡아먹는 사투르누스〉의 복제화를 처음 본 이후 나는 계속 고야를 사랑했습니다. 미술학교에 다닐 때는 〈전쟁의 참화〉와 〈로스 카프리초스〉를 가장 좋아했고, 어떤 의미에서는 지금도 그렇습니다. 여러 차례 고야의 복제화를 참고삼아 작업했고 '복제화'도 두 번 만들었습니다. 그런데 둘 다 원작과 조금도 비슷해 보이지 않더군요…. 또 나의 검은 그림들에서는 아예 드러내놓고 〈이성의 잠은 괴물을 낳는다〉를 도용하기도 했습니다." 미국 미술가 키키 스미스도 어릴 때 처음으로 고야에게 감명 받았다고 한다. 그녀의 아주머니가 벽에 '투우사들' 연작을 붙여놓았던 것이다. 그녀는 "물론 나에게 커다란 영향을 미친 것은 〈로스 카프리초스〉와 〈전쟁의 참화〉예요. 특히 내가 에쿼틴트로 제작한 판화들은 직접적인 영향을 받았지요."라고 썼다. 제2차 세계대전 중 아우슈비츠에 수용되었던 부모의 이야기를 다룬 만화《쥐》로 만화를 바라보는 사람들의 시선을 바꾸어놓은 아트 슈피겔만Art Spiegelman도 〈이성의 잠은 괴물을 낳는다〉를 고쳐 그렸다. 그는 고야가 그래픽아트 분야의 사람들에게 미친 엄청난 영향력을 언급했는데, 고야에서 시작되어 오토 딕스Otto Dix와 게오르게 그로스George Grosz를 거쳐 현재까지 이어지는 계보를 확인할 수 있다. 그러나 덜 유명한 미술가들 가운데에도 고야에게 의지한 이들은 많다. 버클리의 캘리포니아 대학에서 개최한 전시회 〈고야의 빛 속에서〉에는 빅토르 카르타헤나, 루퍼트 가르시아, 수 코 같은 미술가들이 참여했는데, 전시 제목과 달리 다들 고야의 어두운 작품들에서 영감을 얻었다.

문학예술에서는 장클로드 카리에르Jean-Claude Carriere의 본격적인 모험소설《고야의 유령들》부터 미국의 공상과학소설가 마이클 스완윅Michael Swanwick이 〈로스 카프리초스〉에 곁들여서 쓴 아주 짧은 단편 시리즈에 이르기까지 고야에게 바치는 헌사들과 이야기들을 많이 찾을 수 있었다. 이번에도 작가들이 환기시키는 것은 기묘하고 잔혹한 고야다. 로렌스 펄링게티Lawrence Ferlinghetti의 시 〈우리가 본 것 같은 고야의 가장 위대한 장면들 속에서〉에는 이런 구절이 나온다. "그들은 정말 끝내주게 현실적이다/마치 그들이 실제로 존재한 것만 같다/그리고 그들은 존재한다….”[37] 보즈네센스키의 유명한 시 〈나는 고야다〉는 제2차 세계대전 때 러시아인들이 겪은 고통을 다루며, 네덜란드 시인 스테판 헤르트만스Stefan Hertmans의 책 《개가 된 고야》는 검은 그림에 나오는 불쌍한 강아지를 다룬다. 세르비아 작가 이보 안드리치Ivo Andric는 1986년에 《고야와의 대화》를 출간했다. 그 책의 화자는 고야가 말년을 보낸 보르도에서 그를 만나는 상상을 한다. 책의 대부분은 화자의 이야기로 구성된다.

> 인간의 모든 움직임은 공격이나 방어의 필요성에서 나온다. 대부분 잊어버렸지만 그것은 그 움직임들의 근본적이고 본능적인 원인이자 자극이다…. 내가 그렸던 것을 그리고 싶은 화가는 누구나… 많은 움직임의 집합인 어떤 행위를 묘사해야 하며, 이런 압축적인 운동은 그것의 진정한 근원인 공격과 방어, 분노와 공포의 흔적을 드러낼 수밖에 없다.[38]

젊은 시절 청년 보스니아 운동의 일원이었고 제1차 세계대전이 일어난 후 감옥에서 몇 년을 보낸 안드리치는 고야를 영혼의 동지로 보았음이 분명하다. 고야도 안드리치처럼 인간들 속에 있는 야수를 보았다.

> 나는 화강암보다 더 견고해 보이던 원칙들과 체계들이 옅은 안개처럼 바스라지고… 화강암보다 더 견고하게 확고부동하고 신성한 원칙들을 만들어내는 것을 보았다. 나는 이런 변화의 의미가 무엇인지, 그에 따른 계획은 무엇인지, 그 모든 것을 대체 어디로 이끌고 가는지 자문했다. 그리고 내가 아무리 많이 보고, 듣고, 궁금하게 여길지라도 나는 그 어느 것에서도 의미나 계획이나 목표를 찾을 수 없었다.[39]

고야에게로 돌아가는 길은 많지만 모두 필연적으로 '이성의 잠'(넌센스) 의 길을 거쳐 가게 되어 있다. 고야가 주문받아 그린 그림들, 그의 초상화들, 종교화들, 왕실의 태피스트리를 위한 작업, 심지어 초현실적인 주제를 다룬 초기 그림들까지도 오늘날의 예술에서 훨씬 적게 언급되는 까닭이 바로 여기에 있다. 역사학자들이 고야가 계몽사상에 동조했다는 사실을 설명하고 강조했는데도 예술가들은 뛰어난 통찰력을 보이는 이런 해석들을 거의 이용하지 않는다. 보들레르의 호의적이지만 무지한 미술애호가처럼 예술가들은 고야의 극단적인 이미지에 반응한다. 그런 이미지들 속에서는 꿈과 전쟁이 뒤섞여 지독하게 굶주리고 생생한 괴물들을 토해내는데, 이들은 어떤 형태의 이성적 담론에 의해서도 진정되지 않을 것만 같다. 합리적 질서를 향한 계몽주의의 신념, 한정된 범주 안에 모든 것을 포괄하려는 그 백과사전적인 열망은 그에 대립되는 것, 즉 기괴한 것(불구가 되고 미치고 비뚤어지고 혼란스런 몸)에 대한 매혹을 만들어내기도 했다. 따라서 고야가 소름끼치는 몸에 심취한 것은 특이한 일이 아니다. 그리고 이런 역사적 틀 속에서는 재니스 톰린슨Janis Tomlinson처럼 검은 그림들이 어쩌면 고야가 손님들에게 충격을 주려고 만든 일종의 세련된 판타스마고리아phantasmagoria였을지 모른다고 추측하는 일도 가능해진다.[40] 그럴 수도 있다는 사실을 부인하지 않는다. 그러나 예술가들은 이해하는 것 같지만 학자들은 그렇지 못한 것이 있다. 그것은 고야의 끔찍한 이미지들이 갖는 힘은 고야가 무엇을 생각했는지, 그가 그의 박식한 친구들에게 얼마나 많이 공감하고 당시 에스파냐의 미신들을 얼마나 많이 반대했는지, 그가 얼마나 철저하게 그 시대의 전형적인 부르주아 남성이었는지 등의 사실과 상관없으며 이를 넘어선다는 점이다. 그것들은 범주를 깨뜨린다.

어쩌면 예술가들은 그들이 자신의 작품을 통제하지 못한다는 사실을 알고 있어서인지도 모르겠다. 그림을 그리거나 글을 쓰거나 작곡을 할 때는 당신이 이해하지 못하는 일들이 일어난다. 나는 소설 쓰는 일이 꿈꾸기와 관련이 있다고 자주 느꼈다. 변형된 의식의 상태라고 할 수 있을 그 순간에는 내가 거기 있는지도 몰랐던 소재가 모습을 드러내면서 지배하기 시작한다. 어쩌면 이것이 간혹 글이 저절로 써지는 것 같은 기묘한 느낌을 받았던 까닭을 설명하는 데 도움이 될 수도 있겠다. 낭만주의자들의 말도 안 되는 헛소리와는 상관없는 이런 현상은 뇌에서 벌어지는 일 대부분이 무의식적이고 기억과 지각, 감정 처리가 대부분 우리의 의식 배후에서 일어난다는 사실에 뿌리를 둔다. 이제는 논박의 여지가 없게 된 사실에 뿌리를 두는 것이다. 프로이트가 잘 알고 있었던 대로 그것은 저 아래 숨어 있다가 가끔씩 떠오른다.

고야의 환각적이고 폭력적인 작품들, 특히 〈로스 카프리초스〉와 〈전쟁의 참화〉에 대한 예술가들의 열렬한 관심은 그 작품들이 뇌의 '한가운데까지 울리는 예리한 충격'을 주고 관람객과 이미지 사이에 불편한 반영하기 효과를 만들어내는 데 대한 찬사다. 〈로스 카프리초스〉의 풍자적인 내용에도 불구하고 거기서 드러나는 어지럽고 신나고 정신 나간 것 같은 성격은 훈계조의 해설로 억제될 수 없다. 탐욕스런 야수들과 도깨비들은 내가 내 꿈에 대해 느끼는 내밀하고 충격적인 성격을 갖고 있다. 불가리아 시인 콘스탄틴 파블로프Konstantin Pavlov는 그의 시 〈고야를 위한/고야에 대한 카프리치오〉 마지막 부분에서 이런 거북한 관계를 묘사한다.

아, 그 미소는 그것을 너무나 혐오스럽고
비틀리고

정신 나간 것으로 만든다네.
마치 턱수염과 콧수염이 난 아기들이
나에게 음탕한 키스를 퍼붓는 것처럼.

화자는 거리를 유지하지 못한다. 그 시의 앞부분에서 그는 "[공포가] 내 환심을 사려들고 자신의 이미지로 추파를 던진다"고 말한다.[41] 그는 있을 것 같지 않게 성숙한 유아들에게 추행이라도 당한 것처럼 더럽혀진다. 그 시 제목에 사용된 조사가 애매하게 '를 위한/에 대한'인 것은 과연 이것이 경의의 표시인지 고발인지 묻는 그의 의혹을 표시한다.

〈로스 카프리초스〉와 분위기는 전혀 다르지만 〈전쟁의 참화〉의 일부 판화에 솔직하게 묘사된 사디즘에는 역겨우면서도 마음을 끄는 측면이 있다. 이런 측면이 보기와 보지 않기 사이에서 양분되는 불안한 목격자의 감정을 이용한다. '사람들은[또는 우리는] 이것을 차마 볼 수가 없다'는 캡션(판화 26)은 《스케치일기》에서 고문 희생자의 소묘(#101)에 붙였던 것과 같은 텍스트다. 하지만 고야가 이런 이미지들을 만들었다. 그 이미지들의 유일한 목적은 보이는 것이다. 이 캡션은 그림 자체를 가리키며 그것이 재현하는 실제로 짐승 취급당한 것으로 상정된 몸을 가리킨다. 데보라 그레거는 그녀의 연작시 〈미술관〉 가운데 세 번째 부분 '전쟁의 기술'에서 고야에 대한 다음 시구를 통해 상처 입은 몸을 바라보는데 내포된 양가감정을 묘사한다.

그 무엇도 감히 서 있지 못했다.
빛조차도.
빛이 진흙투성이 부츠 위로 쓰러진다.

그것이 무릎까지 기어갔다. 가만히 들여다보았다.

손들을.

어두워진 얼굴들.

나는 눈길을 돌렸다. 나는 다시 돌아보았다.[42)]

도저히 입에 담지 못할 이미지들을 많이 본다고 해도 이런 그림들을 바라볼 때 갖게 되는 거북함은 사라지지 않으며, 그런 그림들이 불러일으키는 복잡한 감정들도 마찬가지다. 부러진 인간의 신체를 봄으로써 나의 변연계에 가해지는 즉각적인 충격, 그런데도 내가 매혹된다는 사실을 느낄 때 수반되는 죄책감과 수치심, 이런 것들은 희생자가 이미지나 글 속에 제시된 가상적인 존재든 사진으로 기록된 실존인물이든 그에 대한 나의 감정이입과 뒤섞인다.[43)] 실제 세상에서도 우리는 쳐다본다. 과거에 공개 교수형을 구경하러 우르르 몰려갔듯이 지금도 사람들은 화재를 구경하려고 모여들고 인터넷으로 참수형을 흘끔거린다. 9월 11일에 내 여동생은 일곱 살짜리 딸과 수백 명의 다른 사람들과 함께 불타는 쌍둥이 빌딩을 피해 북쪽으로 달렸는데, 막 자기 동네에 들어서자 그녀는 내 조카에게 이렇게 말했다. "됐어, 이제 돌아서서 보자." 그들은 그렇게 했다. 여동생이 나에게 말했다. "왜 그랬는지 나도 모르겠어. 그냥 그렇게 했어."

여동생은 달려갈 때 길에서 무릎을 꿇고 토하던 한 남자를 지나친 것도 기억했다. 〈전쟁의 참화〉에서 시체 더미 위로 토하던 고야의 남자처럼 그의 몸은 그가 본 공포를 거부했다. 전쟁터에서, 파괴된 도시에서, 폭탄이 떨어질 때, 건물이 붕괴될 때, 지하철이 폭발할 때, 이성적인 이유 같은 것은 몸과 함께 무너진다. 〈전쟁의 참화〉 2번 판화를 위한 캡션은 "이유가 있어서 또는 이유 없이"이다. 그런 것은 더 이상 문제되지 않는다. 실제

재앙의 경험에도 환각적인 성격이 존재한다. 바로 정신과의사들이 '해리'라고 부르는 비현실적인 감각이다. 희생자들은 동떨어진 느낌, 꿈같다는 느낌을 가질 수 있다. 어떤 사람들은 그들이 자기 몸 위를 맴돌고 있는 것을 느끼는 기괴한 유체이탈을 경험한다. 〈전쟁의 참화〉 36번 판화에서 전경의 목 매달린 남자는 그의 뒤에 매달려 있는 두 명의 동지들에 의해 되풀이된다. 그들은 이상하게 뒤로 물러나는 풍경 속에 매달려 있다. 그 속에서는 바닥이 공중에 떠 있는 것 같다. 고야의 작품에서는 인간의 다양한 현실들이 공존하고 겹쳐진다. 우리는 악몽 같은 현실과 현실의 악몽이 무의미에 의해 결합되는 것을 본다. 예를 들어 〈전쟁의 참화〉 69번 판화에서 반쯤 땅에 묻히고 입을 크게 벌린 인물이 석판에 새긴 끔찍한 글자 무無, Nada.

고야라는 남성의 애매모호함은 해결할 길이 없다. 하지만 그의 유산은 도전적인 활기를 띠고 그의 예술적 자손은 계속 크게 불어난다. 안드리치의 침통한 사색과 악동 같은 채프먼 형제의 포스트니체적 작품들에는 공통점이 거의 없다. 하지만 양쪽 모두 고야를 바라봄으로써 생겨났고 고야가 그의 그림 위에 풀어놓았던 고삐 풀린 남자들, 여자들, 야수들, 괴물들을 바라보며 그들이 느꼈던 충격에 대한 반응으로 만들어졌다. 아마도 고야는 최초의 '현대적' 미술가라 할 수 있겠지만, 그의 이미지들은 현대적인 것과 탈현대적인 것, 그리고 그 뒤에 오는 것이 무엇이든 그것보다 더 오래 살아남을 것이다. 본능적인 '공포와 분노'는 특정 시대에 속하는 것이 아니며 폭력, 상실, 슬픔, 광기, 꿈도 그러하기 때문이다. 문맥, 어휘, 이데올로기, 과학기술 등 이 모두는 시대에 따라 달라지며 우리의 집단의식을 형성하는 데 중요한 역할을 하는 것이 분명하다. 하지만 무수히 다양한 형태로 예술이 계속 이어지게 만드는 고야는 우리가 우리 안에 갖고 있는 무질서하고 이루 말할 수 없는 깊이를 느꼈던 사람이며 우리가 그것들을 인정하게 만들 수 있었던 사람이다. 우리는 거울을 들여다보는 자신을 발견한다. 고야 안에서 우리는 괴물이다.

2007년

체현된 시각

미술작품을 바라본다는 것은 무엇을 의미하는가?

인간은 미술을 하는 유일한 동물이다. 나는 그림 그리는 코끼리, 그림 그리는 원숭이, 타자치는 개 이야기를 들은 적이 있다. 하지만 후피동물, 원숭이, 개의 문화가 복잡하기는 해도 시각예술이 그 중심을 차지하는 경우는 없다. 인간은 이미지를 만든다. 진화의 서사 가운데 어느 순간에 인간사회는 사물을 그리기 시작했고, 그림을 만드는 행위는 오직 우리가 반성적인 자의식의 기능을 가졌기 때문에 가능하다고 말해도 지나치지 않다. 즉 우리는 우리 자신을 스스로에게 재현할 수 있으며 자신의 눈 속에서 대상이 됨으로써 스스로의 존재에 대해 골똘히 사색할 수 있다. 이런 능력은 전반성적 자의식, 즉 부엌 조리대 위 바질 향기, 창을 통해 비치는 햇빛의 열기, 의자에 앉은 내 몸의 느낌 등 우리가 지각하기 위해 반성할 필요가 없는 일상적 경험에의 몰입과 완전히 다르다. 물론 내가 의자에 앉아 있을 때 나 자신을 의식하지 못하는 것은 아니다. 당연히 의식한다. 그러나 나는 내가 거기 앉아 있는 것이 무엇을 의미하는지 사색하지 않고도 오랜 시간 동안 편안히 앉아 있을 수 있다. 그리고 앉아 있는 여자 시리라는 나 자신의 그림을 마음속으로 그리지 않고도 제자리에 평온하게 머물 수 있다. 이런 주관성의 형식은 우리의 경험에 미리 주어진 것이다. 윌리엄 제임스William James는 그것을 우리가 '스스로를 생각하는 사람으로 생각'할 때 일어나는 것과 대립되는 '겉으로 바라보는 관점'이라고 불렀다.[1] 심지어 후설은 우리가 자신을 생각하는 자로 생각하지 않을 때도 자기 지식의 한 형태는 거기 남아 있음을, '주체가 된다는 것은 자신을 의식하는 상태에 있는 것'임을 알고 있었다.[2] 확신할 수는 없지만 나는 나의 늙은 개 잭이 그 자신에 대한 전반성적 감각, 자신이 잭이라는 느낌, 신체적 나다움을 갖고 있어서 너무 덥거나 춥거나 배가 고플 때 그와 관련하여 뭔가 할 필요가 있다는 사실을 알 수 있었다고 가정한다. 그러나 내가 의자에 앉아 있는 동안 같은 의자에 앉아 있는 자화상을 그리려는 생각이 들어 연필과 종이, 그리고 나 자신을 비추어볼 거울을 가져다가 그림을 그리기 시작한다고 가정해보자. 말로 표현된 생각(나는 나를 그릴 거야)은 나 자신이 주체이자 대상으로 나뉘는 것을 수반하며, 이런 자기반성적 거리는 근본적으로 인간만의 모험이다.

그러나 이 반성 능력 배후에 놓여 있는 것(반영하기와 알아보기)은 사람들에게만 고유한 것이 아니다. 코끼리, 돌고래, 우리의 동료 영장류 가운데 일부, 몇몇 새들은 거울에 비친 자기 모습을 알아본다. 개는 알아보지 못한다. 아이들은 18개월 무렵이면 그렇게 한다. 1949년 라캉이 거울 단계에 대한 강연 원고[3]를 집필하기 한참 전에 독일의 연구자 윌리엄 프라이어William Preyer는 《아동의 정신》을 출간했다. 그 책에서 프라이어는 아이가

내가 또는 *나*를이라는 대명사를 사용할 수 있게 되기 전에 자기에 대한 감각을 갖게 되며 그와 같은 거울 자기인식(mirror self-recognition)이 아이의 성장에 결정적 역할을 한다고 주장했다.[4] 그러나 거울 자기인식이 있기 이전에 유아들의 반영하는 행동이 먼저 일어나며 이것은 선천적인 것으로 여겨진다. 태어난 지 1시간밖에 되지 않은 어린 아기들이 성인의 표정을 흉내내는 모습을 찍은 사진이 있다.[5] 그들의 반영하는 행동은 같은 인간의 얼굴에 대한 자동적인 반응처럼 보인다. 신생아는 반성적인 자의식을 갖지 않는다. 헤겔이 《정신현상학》에서 "배아는 확실하게, 그 자체로, 내재적으로 인간이지만 명시적으로는 아니다. 아직 독자적으로 인간인 것은 아니다…."[6]라고 주장했을 때 그는 확실히 옳았다. 이렇게 '독자적으로' 있는 존재는 삶의 더 나중 단계에 찾아온다. 그 이전에는 초기적인 형태의 상호주관성이 먼저 찾아온다. 위니콧은 아기 성장에 필수적인, 모자간의 반영하는 응시를 포함시키기 위해 라캉의 거울 단계를 변경했다.[7] 더 최근에 신경과학은 이런 모자간의 교류가 유아의 두뇌 성장에 영향을 미친다는 사실을 보여주었다.[8] 우리가 처음 자신을 보게 되는 곳은 어머니의 눈이며, 우리가 성장하여 그들의 얼굴 표정을 흉내내지 않게 된 후에도 우리는 한참을 계속해서 다른 사람들의 얼굴에 나타난 표정에 강한 반사적인 반응을 보인다. 타인의 얼굴은 우리의 기분에 영향을 미친다. 이것은 인지심리학자들이 '마스킹masking' 연구라고 부르는 것을 통해 여러 차례 입증되었다. 예를 들어 사람들에게 험상궂고 화난 얼굴이나 다정하게 미소짓는 얼굴의 이미지를 제시하는데, 너무 짧은 순간이어서 그들은 의식적으로 그 이미지들을 기억하지 못한다. 그런데도 잠재의식 속의 그림들은 뒤이어 제시되는 질문에 대한 그들의 반응에 영향을 미친다. 제시된 얼굴 이미지가 의식적으로 지각되지 않았지만 그것은 어떤 사람

의 생각과 기억, 감정에 영향을 미칠 수 있는 것이다.

신경과학에서 인간의 거울체계를 발견한 것은 많은 심리학자와 철학자가 자아와 타인의 변증법적 관계에 대해 오랫동안 가정해왔던 것을 입증해준다. 그리고 이런 무의식적인 뉴런의 발화는 우리가 진짜 사람을 바라보고 있든 어떤 사람의 사진이나 그림을 바라보고 있든 인간에 대해 작용한다.[9] 게다가 어떤 행위와 그 행위에 대한 지각을 연결시키는 이런 공유된 체계들은 예측, 즉 그 행동을 하는 이유와도 관련이 있다. 이 모든 것은 무의식적이거나 잠재의식적으로 일어난다. 사람들 사이에 생기는 상호성은 반박의 여지없이 실재하며 고립되어서는 개발될 수 없다. 나가 되는 것은 너 안에 들어 있다. 우리는 사회적 존재로 태어났다. 우리의 뇌와 몸은 초기에 아이와 부모 사이에 형성되는 역동적인 관계 속에서 다른 사람들을 통해 성장할 뿐만 아니라 주어진 언어와 전체 문화 속에서도 성장한다.

여기서 내가 하려는 주장은 시각예술을 바라보는 경험에 항상 일종의 반영하기가 수반되며 이것이 의식적일 수도 있지만 반드시 그렇지만은 않다는 것이다. 이것은 우리가 초상화나 어떤 사람을 바라볼 때(우리가 우리와 비슷한 뭔가가 저기 있는 것을 볼 때) 매우 분명하게 드러난다. 그러나 반영하기는 우리가 어떤 물건의 재현이나 추상화를 바라볼 때도 존재한다. 거기에 반성적인 성격이 존재하는 까닭은 우리가 다른 사람의 창조 행위가 남겨놓은 것을 목격하고 있기 때문이며, 예술적 대상을 통해 우리가 자아와 타자의 드라마에 휘말린 것을 깨닫기 때문이다. 관람자와 미술작품 사이에 오가는 이런 변증법은 그림이나 조각, 소묘도 그저 하나의 물건, 물질세계에 있는 다른 대상들과 같은 대상에 불과함에도 일어난다. 그것은 표면에 유채물감이나 아크릴물감이 발린 캔버스이거나 나무나 돌이거나 또는 목탄 흔적이 있는 종이나 섬유 유리 또는 고무 또는 다른 물질일 수 있다. 그것은 수세기 동안 유지될 수도 있고 불에 태워질 수도 있다. 하지만 앞에서 내가 앉아 있다고 언급했던 의자와는 근본적으로 다르다. 그것은 보고 생각하는 외에 다른 목적을 갖지 않는다. 그것은 도구가 아니다. 우리는 그것을 갖고 음식을 먹을 수 없다. 미술은 쓸모가 없다. 물론 건축에서는 이런 경계가 흐려진다는 것을 잘 알고 있다. 또 피카소가 접시를 장식했다는 것도 알지만, 나라면 거기에 음식을 차려먹기가 두려웠을 것이다. 몇몇 가구디자이너는 내가 개인적으로 특정 미술작품들보다 훨씬 아름답고 흥미롭게 여기는 물건들을 만들었다는 사실도 알고 있다. 그러나 나는 여기서 나의 논의를 유용성을 갖지 않는 대상으로 한정한다. 실용적인 물건을 미술작품으로 완전히 바꾸어놓은 유명한 사례는 뒤샹의 변기다. 일단 그것이 〈샘〉이 된 이후에는 적어도 내가 알기로는 아무도 거기에 오줌을 눈 적이 없다. 그것을 인간의 배설물을 담는 도구로서 일상적인 세계에서 갖는 문맥에서 떼어내어 아래위를 뒤집어놓고 'R. Mutt'라고 서명하자, 그것은 문화적 아이러니의 장막으로 둘러싸인 신비로운 미술작품으로 변신했다.

미술작품은 사물이면서도 이상하게 살아 있고 불가사의한 힘에 의해 생기를 얻는다. 이런 생각은 나를 프리드리히 셸링과 미술에 대한 그의 견해 쪽으로 가까이 데려간다. 셸링은 미술작품이 모든 대상의 법칙에 종속되는 특수하고 유한한 물건이라는 사실도 인정했다. 그런데도 미술은 결국 규정되거나 단정될 수 없다. 셸링에게 미술작품은 무의식적인 창작 에너지, 즉 자연 속에 있는 '충동'과 미술가의 자유로운 의식적 노력이 융합된 결과였다. 따라서 미술작품에서 중요한 것, 그것의 무의식적인 뿌리들은 항상 숨겨진 채로 남아 있다. 다른 철학자들과 달리 셸링은 자연과

정신을 대립시키지 않았다. 그는 이원론자가 아니라 일원론자여서 세상이 하나의 단일한 역동적 물질로 만들어졌다고(자연과 지성은 하나이고 같은 것이지만 그것들은 그 힘의 발전과정에서 서로 다른 단계를 대변한다고) 믿었고 지성과 자의식은 인간이 스스로에 대해 반성할 수 있을 때 가능해진다고 믿었다.[10] 셸링이 미술의 본질과 관련 있는 것을 발견했다는 사실을 인정하기 위해 그의 철학 전체를 받아들이거나 그의 낭만적인 '천재' 개념을 받아들일 필요는 없다. 나는 그가 뒤샹의 변기를 끔찍하게 여겼을 것이라고 확신한다. 하지만 물의를 일으킨 레디메이드 작품이 순수하게 자의식적인 인지 행위에 의해 창조되었기 때문은 결코 아니다. 결국 생각은 어디서 오는가? 생각을 위한 지하 공간, 즉 우리가 거의 접근할 수 없는 부화의 장소가 존재한다. 그리고 어떤 미술가도 그의 작품에 생각만 집어넣지 않는 것처럼 어떤 관람자도 오직 지성만 갖고 미술작품을 지각하지 않는다. 설사 그가 변기나 조지프 코수스Joseph Kosuth의 〈하나이자 셋인 의자〉를 바라보고 있다 해도 그렇지는 않다. 나는 코수스의 세 종류의 의자에 대해 내가 참이라고 믿는 것을 여러 문장으로 표현할 수 있다. 그러나 그 작품에 대한 나의 경험에는 그 문장들 이상의 것이 들어 있다. 나는 그 세 의자와 물리적인 관계, 즉 즉각적이고 느껴지는 관계를 가지며, 작가의 독단적인 존재와 미적인 것에 대한 낡은 생각들을 뒤집으려는 그의 욕구도 예리하게 느낀다. 나는 그에게 공감할 수 있지만 내 옆에 서 있는 남자는 짜증을 낼 수도 있다. 그는 "저건 미술이 아냐. 저런 건 나도 할 수 있다고"라고 말할 수도 있다. 그러나 작품에 대한 관람자의 반응에는 항상 감정적인 요소가 존재하며 그런 감정을 만들어내는 것이 무엇인지는 쉽게 이해하거나 묘사하거나 수량화할 수 없다.

미술은 미술가가 필요하며 그 미술가는 더 넓은 의미의 세계에서 의식적·무의식적으로 작용하는 체현된 자아를 갖고 살아 숨 쉬는 인간이거나 그런 인간이었다. 그 사람은 어떤 이유에선지 미술을 만들고자 하는 의욕에 사로잡힌다. 나도 갖고 있는 이런 충동은 나에게 설명 가능한 것이 아니다. 나는 글을 쓰고, 뭔가 만들고, 계속 밀어붙이고자 하는 절박한 욕구를 인식하지만, 그것이 어디서 오는지, 또는 왜 내가 그것을 갖고 있는지는 나도 모른다. 어떤 주어진 순간에 내가 누구인가 하는 것의 대부분은 숨겨져 있다. 우리는 명시적인 기억들(우리가 즉석에서 끄집어낼 수 있는 기억들)을 갖고 있지만, 동시에 다른 어떤 것에 대한 연상으로 전환되거나 영원히 묻혀버릴 수 있는 암시적인 기억들도 갖고 있다. 프로이트에게 예술작품을 만드는 것은 승화, 즉 인간의 기본적인 충동들, 특히 그에게는 성적인 충동들이 다른 어떤 것으로 바뀌는 일종의 번역과도 같은 것이었다. 이전 철학자들이 그의 생각에 미친 영향은 쉽게 볼 수 있다. 셸링의 영향은 확실하지만 쇼펜하우어의 권력에의 의지, 인간을 몰고 가는 맹목적인 힘도 빼놓을 수 없다. 나는 영어로 번역했을 때 본능보다 충동 쪽에 더 가까운 독일어 단어 트립Trieb이 이런 밀어붙이는 힘을 가장 잘 묘사한다고 생각한다. 모든 동물은 충동, 특히 살아남고자 하는 충동을 갖고 있다. 많은 미술가가 작업을 할 수 없다면 삶의 의미를 잃게 될 것이라고 느낀다. 그러나 미술을 하는 것은 생존의 문제가 아니다.

내 생각에 미술은 일종의 지향성에 의해 구별되어야 할 것 같다. 프란츠 브렌타노Franz Brentano와 그의 제자 후설, 그리고 프랑스 철학자 메를로퐁티가 이 단어를 사용했고, 이제 그것은 현상학을 연구하는 사람들뿐 아니라 영미 분석철학자들의 어휘록에서도 필수적이다. 브렌타노에게 지향성은 모든 정신활동의 특징이었다. 그는 그것을 '어떤 내용에 대한 언급'이나 '어떤 대상을 향한 이끌림'으로 설명했다.[11] 후설은 여러 측면에서 브렌타노의 정의를 반박했지만, 그도 지향성 개념을 주로 의식의 방향성으로 사용했다. 게슈탈트 심리학과 신경학의 영향을 받은 메를로 퐁티는 훨씬 더 체현된 지향성 개념을 갖고 있기 때문에 거기에는 전반성적 지향성과 어떤 것으로 향하게 동기를 부여하는 힘이 포함되었다. 이때 이 어떤 것은 반드시 우리 자신을 생각하는 자로 생각하는 식의 자의식적인 것은 아니다. 메를로 퐁티에게 체험된 지향의 영역은 의식적인 사고보다 범위가 훨씬 넓었다.[12] 연구를 통해 지향성에 잠재된 신경생물학이 밝혀지기 오래전에 메를로 퐁티는 이미 그것을 그의 이론에 포함시켰다. 미술 작품들은 이 체현된 지향성의 흔적을 전시한다. 소묘에는 과거에 그 종이 위를 움직였던 손의 느낌이 존재한다. 유화를 바라볼 때도 나는 화가의 몸짓의 흔적들이나 지금은 정지된 그의 움직임의 느낌에 종종 깊은 감명을 받는다. 예를 들어 잭슨 폴록의 액션 페인팅 작품이나 게르하르트 리히터의 〈신드바드〉 연작에 속하는 작품이 그렇다. 나는 유리 위에 칠해진 래커의 움직임을 느낄 뿐 아니라 춤추고 싶은 마음이 든다. 이 광경이 그 색채와 이제는 멈추어진 동작과 결합하여 마치 로큰롤 음악을 듣고 있을 때처럼 내 사지에 영향을 미친다. 그러나 미술가의 손이나 붓, 움직임의 흔적이 전혀 없을 때에도, 아래위를 뒤집어놓은 변기나 단순한 의자에도 더 인지적인 형태이긴 하지만 지향성은 존재한다. '그것'을 '너'의 한 형태로 바꾸어놓는 것이 바로 이런 성질이다.

예술을 제작하는 것은 뭔가 만들려는 충동, 체화된 지향성을 포함한다. 그러나 예술은 상호주관적인 인간의 경험 없이는 가능하지 않다. 예술은 항상 다른 누군가를 위해 만든 선물이기 때문이다. 물론 그 누군가는 구체적인 타인이 아니라 읽거나 듣거나 보라는 요구를 받게 되는 일반적인 다른 사람이다. 예술은 필연적으로 예술가와 가상의 독자나 관람자, 청취자 사이의 관계를 확립한다. 그것은 본질적으로 대화의 성격을 띤다. 따라서 모든 시각예술은 관람자를 함축한다. 이른바 아웃사이더 미술가로 불리는 헨리 다저Henry Darger의 경우처럼 그 타인이 자아의 일부, 즉 바라보는 자신일 때도 그렇다. 다저는 1973년 시카고에서 죽었을 때 비비안 소녀들을 그린 삽화가 들어간 방대한 분량의 대하소설을 남겼다. 1만 5,000장이 넘는 원고와 수백 장의 수채화 속에는 암수 한 몸의 소녀 전사들과 대체로 폭력적인 그들의 모험이 담겨 있다. 그는 그 자신을 훔쳐보는 사람이었다.

다저는 자기 안에 있는 것(어린 시절의 경험으로 영원히 상처 입은 한 남자의 환상들)을 세상을 향해 짜냈다. 그의 어머니는 그가 네 살 때 죽었고 얼마 뒤에는 장애가 있던 아버지까지 잃었다. 문제가 있다고 여겨진 소년은 정신병원에 수용되었고 열여섯 살에 그곳에서 도망쳤다. 그의 작품 속에서 그는 가학적인 성인들에 의해 노예가 된 아이들의 서사시, 고통을 겪지만 결국에는 승리를 거두는 반란의 서사를 창조했다. 이 이야기와 그림은 그의 것인 동시에 그의 것이 아니다. 다저는 도시의 은둔자였다. 그가 미술관에서 얼마나 많은 시간을 보냈는지는 알 수 없다. 하지만 그의 그림들은 그가 잘 알고 있었던 시각적 재현물들, 즉 광고나 만화, 어린이책의 삽화들에서 나왔다. 나는 다저의 이야기를 예로 들었지만 내가 말하려고 하는 것은 모든 예술가에게 참이다. 이는 안과 밖이 붕괴되는 곳이기 때문이다. 어떤 예술가도 진공 상태에서 살지 않는다. 다저조차 그럴 수 없었다. 지각된 세계는 기억 속에 들어가 우리의 일부가 되지만, 동시에 우리는 그 세상에 푹 잠겨 있다. 우리가 받아들이는 것의 많은 부분은 일단 그것이 학습되고 나면 사물들에 대한 우리의 방대하고 암묵적인 이해의 일부가 되며 몸의 지식이 된다. 그리고 이 지식은 우리가 우리의 특수한 환경

속에서 사람들 및 사물들과 맺는 관계와 분리할 수 없다.

내가 자화상을 그리고 있을 때 나는 내 손이 종이 위 어디에 있는지 생각하지 않는다. 나는 손을 어떻게 움직이면 되는지 알기 때문에 그냥 손을 움직인다. 내 손은 내가 거울 속에서 보고 있는 것에 자동적으로 반응한다. 자전거를 탈 때마다 다시 자전거 타는 법을 배우지 않듯이 나는 그림 그리는 것을 미리 연습하지 않는다. 내 솜씨를 한탄하면서 레오나르도 다빈치였으면 좋겠다고 바랄 수는 있겠지만 내가 할 수 있는 것은 내 손의 움직임 안에 존재한다. 산다는 건 움직임이다. 생각도 움직인다. 그리고 내가 생각할 때 내 몸도 생각한다. 글을 쓸 때 나는 내 마음속에서뿐 아니라 자판 위를 움직이는 내 손가락의 느낌 속에서도 단어들을 발견한다. 생각이 막히면 나는 일어나서 방을 걸어 다닌다. 걸어 다니다 보면 떠돌아다니던 문장에 가 닿게 된다. 시각과 운동감각 회로들은 뇌 속에서 강력하게 연결되어 있고, 시지각은 우리가 이 세상에서 움직이며 얻은 세상에 대한 지식과 분리될 수 없다.

우리는 고유 수용성을 가진 존재다. 자기 자신을 의미하는 라틴어 단어 프로프리우스proprius에서 파생된 고유 수용성은 공간 속에서 우리 몸의 위치와 방향, 움직임을 감지하는 능력이다. 많은 경우 우리는 이것에 대해 생각할 필요가 없다. 고유 수용성은 무의식적이기 때문이다. 우리가 당연하게 여기는 아주 많은 것이 그렇듯이 그것의 절대적인 필요성을 분명히 깨닫게 되는 것은 이 여섯 번째 감각이 개발되지 않거나 부상으로 손상되었을 때뿐이다. 고유 수용성 감각에 결함이 있는 아이들은 쉽게 넘어지거나 그들이 어디 있는지 더 잘 알기 위해 벽이나 문에 일부러 부딪칠 수 있다. 뇌를 다쳐 이 기능이 손상된 사람들은, 예를 들어 그들의 몸이 의자와 관련하여 어디에 있는지 느끼지 못해서 의자에 앉으려면 의자와 자신의 공간적 관계를 적극적으로 계산해야 한다.

만일 당신이 손을 내저으며 "하지만 이게 미술과 무슨 상관이야?" 하고 묻는다면 미술작품과의 모든 만남은 체현된 주관적인 만남이라는 것이 나의 대답이다. 뒤샹, 코수스, 리히터, 또는 다저에 대한 우리의 경이로운 경험은 3인칭의 객관적인 경험이 아니다. 메트로폴리탄미술관에서 두초의 〈성모자〉 앞에 서 있을 때 나는 내 몸과 나의 개인사를 벗어나 날아다니지 않는다. 무슨 일이 일어난다 해도 그것은 나와 그 이미지 사이에서 일어난다. 토머스 쿤Thomas Kuhn이 《과학혁명의 구조》에서 주장했던 것처럼 과학에서도 지각의 중립성 같은 것은 존재하지 않는다.[13] 그렇다고 미술을 바라보는 것이 유아론적인 경험이라거나 모든 반응이 똑같이 좋다는 의미는 아니다. 단지 내가 내 몸을 빠져나와 다른 관점에서 그림을 검토하는 상상을 할 수 있고 자식 없는 늙은 남자의 입장에서 말할 수도 있다는 뜻이다. 물론 그런 산책이 현실이 아니라는 사실은 잘 알고 있다. 또 나는 20세기가 끝날 때 시에나에서 그림에 대해 공부한 것을 활용하여 나의 시각을 보완할 수 도 있다. 우리는 어쩔 수 없이 우리의 언어와 문화의 일부이며, 이것이 사태에 대한 우리의 신념을 형성한다. 그리고 정도의 차이는 있겠지만 우리 모두가 공감대 형성에 참여하고 있고, 상호주관적인 공감대는 우리보다 앞선다. 그런데도 우리는 다들 환경을 통해 표현될 유전자 구성(어떤 과학자들은 그것을 기질이라 부른다)을 갖고 있다. 기질적으로 예민한 사람들은 기질적으로 튼튼한 사람들보다 충격과 타격에 더 취약하다. 이것은 미술에도 적용된다. 우리의 기질은 우리가 인간으로서 성장해온 개인사와 결합하여 어떤 그림에 대한 우리의 반응에 영향을 미치고 대화의 일부가 된다.

우리는 의미와 이념들 안에서 태어나며 이것은 우리의 체현된 정신이 세상과 만나는 방식을 형성하게 된다. 예를 들어 프라도미술관이나 루브르박물관의 문을 지나 걸어 들어가는 순간 나는 문화적으로 신성화된 공간으로 들어서게 된다. 내가 다른 은하계에서 온 외계의 방문객이 아닌 이상 나는 위대함의 정적에 젖어들고, 내가 지금 보려 하는 것이 정통한 사람들, 전문가들, 큐레이터들, 문화를 생산하는 사람들의 승인을 받았다는 생각에 지배될 것이다. 거대한 전시실들, 줄을 잇는 그림들, 조각들에 의해 형체를 얻은 이런 위대함의 이념은 내가 보게 될 것에 대한 나의 지각에 영향을 미친다. 나 자신은 내가 편견을 갖지 않는다고 여기고 어떤 미술작품에 대한 나의 견해가 그것이 어디에 놓여있는지에 따라 미묘하게 바뀌었다는 사실을 의식하지 못할 수도 있다. 그렇다 할지라도 어떤 작품이 위대할 것이라는 기대는 나의 지각에 포함될 가능성이 크다.

미술의 의미는 우리 경험의 모든 단계에서 창조된다. 예를 들어 색을 감지하는 것은 전반성적으로 보인다. 심지어 우리가 그것이 무슨 색인지 말하기도 전에 빨강, 초록, 또는 파랑이 우리에게 영향을 미칠 것이다. 우리는 그 색의 파장을 느낄 것이다. 게슈탈트 이론가들이 주장했듯이 우리는 어떤 바탕에 놓인 물건들을 알아보기에 앞서 먼저 바탕과 전경을 구분할 것이다. 이것을 '전주의적(preattentive)' 시각이라 부른다.[14] 커다란 미술작품은 아주 작은 작품이 그런 것처럼 우리가 크고 작음에 대해 표현할 수 있게 되기도 전에 즉시 우리에게 느껴질 것이다. 만일 우리의 고유 수용성 감각이 작용하고 있다면 우리가 그것에 대해 다시 생각에 잠기기도 전에 즉시 그 크기의 파악에 관여할 것이기 때문이다. 게다가 나는 우리가 보는 대상이 우리가 그 대상에 대해 고찰하여 이름을 확인한 후가 아니라 더 이전의 잠재의식적 시각의 단계에서 이미 감정적이거나 정서적인 가치를 갖는다고 생각한다. L. F. 배럿Barrett과 모셰 바Moshe Bar는 논문

〈느낌을 갖고 그것을 보라 : 대상 지각 중의 정서적 예측〉에서 어떤 대상이 무엇인지 확인되기도 전에 우리는 과거의 경험을 통해 그것의 지각된 특징이나 의미에 신체적으로 반응한다고 주장한다. 사물의 가치에 대한 예측에 따라 막연하거나 강력한 쾌의 감각과 불안, 고통뿐 아니라 우리의 호흡과 근육의 긴장, 심장박동 수, 위장의 운동성이 정해진다. 메를로 퐁티는 이런 종류의 기대를 고정관념이라고 했다.[15] 배럿과 바의 글에 따르면 "뇌가 현재 세상으로부터 새로운 감각적 입력을 받아들일 때 가까운 장래의 인지와 행동을 이끌어가기 위해 과거부터 알고 있었던 것을 바탕으로 한 추정을 만들어낸다."[16] 저자들이 다소 우스꽝스럽게 뇌를 주체로 바꾸어놓은 사실을 제외하면 그들의 요점은 확실히 타당하다.

틀에 박힌 시각을 보여주는 생생하고도 기억에 오래 남는 사례는 내 남편 폴 오스터가 경험한 일에서 찾을 수 있다. 그는 이 이야기를 그의 소설 《환상의 책》에서 다루었다. 안개 낀 어느 날 밤 그는 브루클린 거리에서 지금은 죽고 없는 우리 개 잭을 산책시키다가 가로등의 흐릿한 불빛 속에서 인도 위에 작고 파란 물체가 반짝이고 있는 것을 보았다. 즐거운 마음이 들고 호기심이 생긴 그는 확인하기 위해 그 위로 몸을 기울였다. 돌멩이거나 깨진 유리거나 어쩌면 반지나 목걸이에서 떨어진 월장석이거나 사파이어일 수도 있다고 생각했다. 책에는 그 부분이 이렇게 묘사되었다. "그래서 나는 그것을 집어 들려고 손을 뻗었다. 하지만 손가락이 그 돌에 닿는 순간 나는 그것이 내가 생각했던 것이 아니라는 사실을 깨달았다. 그것은 부드러웠고 내가 건드리자 축축하고 미끈거리는 분비물로 분해되면서 산산이 흩어졌다. 내가 돌멩이로 여겼던 것은 인간의 침이었다."[17] 즐거움이 재빨리 역겨움으로 대체되었음은 말할 필요도 없다. 우리가 이전에 했던 운동 감각적 경험들은 우리의 시각에 명령을 내리고 우리가 그 물건에 세심한 주의를 기울일 때 보게 될 것을 예측하는 변수가 된다. 맹인들이 생리적으로 시력을 회복한 뒤에도(그들의 기본적인 시각 피질이 정상적으로 기능하게 된 뒤에도) 제대로 '볼' 수 없는 까닭이 여기에 있다. 기대와 방위를 만들어내는 수년간의 지각 학습이 부족하여 그들의 시각은 혼란스럽고 흐릿하고 일관성이 없는 것이다.

미술작품을 보는 일은 그것의 가치(즐거움이나 역겨움이나 지루함, 그리고 그로 인해 육체적으로 수반되는 일)에 대한 이런 전반성적 기대를 끌어들인다. 그러나 이것은 대체로 순간적이고, 일단 사람들이 미술작품을 적절하게 바라보기 위해 멈추어 서면 반성적 의식의 형식들이 들어오게 된다. 사실 미술에 대한 거의 모든 글쓰기는 이 단계의 경험에서 진행된다. 우리는 그림이나 조각의 역사적 시기를 다루거나, 작가의 전기를 다룬 글이나, 엑스레이 검사를 통해 작품 창작과정에 대해 드러난 것을 알려주는 글이나, 어쩌면 아방가르드나 자본주의나 미술시장에 대한 복잡한 이론적 주장을 담은 글을 읽는다. 만일 내가, 예를 들어 코수스가 루트비히 비트겐슈타인의 사상, 특히 그의 《논리철학 논고》에 관심이 있었다는 것을 안다면 이 정보는 내가 그의 의자들을 어떻게 '읽는지'에 영향을 미칠 것이다. 다저의 어린 시절에 대해 아는 것이 그의 작품에 대한 이해를 바꾸어놓는 것과 같다. 《논리철학 논고》나 여러 해를 정신병원에서 보내야 했던 소년 시절에 대한 정보는 내가 실제로 보고 있는 것이 무엇인지 생각하는 동안에 나의 지각에 옷을 입히는 상호주관적이고 언어적인 직물의 일부다.

뇌의 시각 영역에 대한 연구에 의미심장한 진전이 있었는데도 실제로 우리가 어떻게 보는지에 대해서는 많은 이견이 있다. 예를 들어 뇌에서 시각을 담당하는 영역은 서른 곳 가까이 될 정도로 많으며 이 영역들, 더 정확히 말하면 이런 신경회로망들 가운데 일부는 색, 운동, 깊이의 지각

등 특정 기능을 담당하는 것으로 추정된다. 흥미롭게도 측두엽에는 얼굴을 알아보는 데 결정적 역할을 하는 뇌 부위인 방추상회가 있다. 얼굴 인식은 특수한 신경학적 사건이며 이 기능 역시 손상될 수 있다. 그러나 이런 발견들 가운데 어느 것도 시각에 대한 이론을 구성하지 못한다. 컴퓨터를 이용한 지각 모델에 매달리는 과학자들과 철학자들은 여전히 많다. 우리는 순차적인 입출력 프로그램을 가진 컴퓨터와 같고 우리의 뇌는 논리적인 규칙들에 따라 작동한다. 이런 시각에서는 본다는 것이 대체로 수동적이다. 우리가 하는 일이라고는 우리 뇌에 비친 그림자처럼 재현된 이미지들을 세상으로부터 받아들이는 것밖에 없다. 이보다 훨씬 더 설득력이 있다고 생각하는 견해는 현상학적인 견해다. 우리는 컴퓨터가 아니며 그저 뇌만 갖고 있는 것도 아니다. 우리는 공간 속을 움직이는 몸을 갖고 있고, 감정과 방대한 무의식을 갖고 있으며, 사람들과 사물들에 대한 우리의 지각은 능동적이고 창조적이다. 우리 뇌에서 신경이 연결되는 역동적 패턴의 많은 부분이 유전적으로 미리 결정되어 있지 않다는 사실은 점점 더 분명해지고 있다. 그것은 고정되어 있는 것이 아니라 우리의 행동과 운동감각적 경험, 인지 경험에 의해 형성된다. 학습은 뇌를 변화시키며 뇌의 가소성은 우리가 살아가는 내내 계속된다.

경험을 세분화하여 쉽게 이해 가능한 작은 조각들로 분해하려는 과학적 열의에도 불구하고 이런 접근은 흔히 현실에 대한 경직된 견해로 귀결된다. 최근 몇 년 동안 후설의 현상학과 더 중요하게는 메를로 퐁티의 영향을 받은 과학계의 일각에서는 지각에 대해 굳어진 순수한 3인칭 시점에 이의를 제기해왔다. 움베르토 마투라나와 고 프란시스코 바렐라[18] 같은 신경생리학자들, 인지과학자 숀 갤러거[19]와 클레어 프티망쟁[20], 알바 노에[21]와 J. J. 기브슨[22] 같은 철학자들까지도 운동 감각능력에 바탕을 둔

행동적 지각 이론을 옹호하고 환경과 관련하여 몸 전체로 시각을 이해한다는 입장을 받아들였다. 그들 사이에 공통되는 대표적인 입장은 존재하지 않으며 많은 이견이 존재하는 것은 사실이다. 하지만 이 사상가들의 글을 읽으면서 나는 보는 이가 단순히 저기 바깥세상을 수동적으로 반영하는 존재에 머물지 않고 창조적으로 바라보는 체현된 존재이기도 하다는 입장에 이르게 되었다. 막스 플랑크 연구소의 안드레아스 엥겔Andreas Engel과 페터 쾨니히Peter Konig는 〈신경생리학에서의 패러다임 전환 : 새로운 지각 이론을 향하여〉라는 논문에서 이런 입장을 잘 표현했다. 그들에 따르면 "신경과학이 설명해야 하는 것은 뇌가 어떻게 세상을 반영하는 도구로 작용하는가가 아니라 뇌가 어떻게 '세상을 만드는 수단' 역할을 하는가이다."[23)]

능동적인 시지각의 아주 간단한 예를 들어보자. 작년 봄 어느 날, 나는 딸 소피와 함께 로어 맨해튼 길을 걷고 있었다. 그녀가 몇 블록 떨어진 곳에 있는 새 아파트로 막 이사한 참이어서 그녀의 새집에 놓을 가정용품들을 사러 다니는 중이었다. 태양이 빛나고 있었다. 하늘은 파랬고 우리는 팔짱을 끼고 걸었다. 노래라도 부르고 싶은 기분이었다. 나는 위를 올려다보다가 '행복한 치아교정'이라고 적힌 간판을 보았다. 나는 소피를 돌아보며 말했다. "저기 봐, 치아교정병원 이름이 너무 웃기지 않아?" 나는 간판을 가리켰다. 그러나 다시 바라보자 거기에는 카르포프 치아교정(Karpov Orthodontics)이라고 적혀 있었다. 이 단순한 실수는 많은 것을 알려준다. 내가 글을 잘못 읽은 것은 잠재의식적이고, 능동적이며, 창조적이었다. 나는 내 감정 상태를 그 텍스트에 투사했고 결국 글자를 뜯어고치게 된 것이다. 이와 비슷하게 우울증 진단을 받은 사람들은 감정을 드러내지 않는 중립적인 표정의 얼굴 그림에 대해 우울증을 앓지 않는 사람들보다 훨씬 더 부정적으로 반응한다는 사실이 입증되었다. 기분은 우리의 지각에 창조적으로 영향을 미친다.

캘리포니아 주 패서디나의 노턴 사이먼 미술관에서 수르바란Zurbarán의 〈레몬, 오렌지, 장미가 있는 정물〉을 처음 보았을 때 나는 그 그림에 아주 강한 충격을 받고 한동안 그 앞에 서 있었다. 그림 크기는 60×107센티미터로 크지도 작지도 않았다. 나를 압도하는 크기는 아니었지만 그림이 매우 작다는 느낌도 들지 않았다. 그림 색은 어두운 배경을 바탕으로 생생하면서도 부드러웠다. 그 그림에 대한 나의 반응을 최초의 무의식적인 몇 밀리세컨드까지 추적할 수는 없지만 그 이미지가 즉시, 그리고 육체적으로 나를 덮쳤다는 사실은 알고 있다. 누군가 있어서 심장박동 수를 높이고 피부의 땀 분비를 늘려놓은 나의 공감하는 신경계의 활성화를 측정했더라면 그는 내 감정과 관심이 고조된 상태라고 했을 것이다.

도대체 왜? 은접시에 놓인 레몬 네 개, 바구니의 오렌지들, 장미 한 송이, 다른 은접시 위에 놓인 물이 가득한 찻잔 하나, 어떻게 이런 것들이 그런 육체적인 흥분을 만들어낼 수 있을까? 그림의 내용물을 거론하는 것은 아무 도움도 되지 않는다. 그것은 단지 평범한 사물의 따분한 나열일 뿐이다. 내가 당신을 위해 탁자 위에 이런 물건들을 배치했다면 나도 아름다운 정물화를 만들 수 있었을 것이다. 하지만 거기에 시각적으로 유쾌한 색채 대조는 있을 수 있어도 시각적 경험 자체는 완전히 달랐을 것이다. 무엇보다도 진짜 과일들과 자기 잔, 꽃은 3차원의 공간에 존재할 것이고 뒷면을 살펴볼 수도 있을 것이다. 당신의 지각에는 당신이 나의 구성을 파괴할 마음이 들면 레몬이나 오렌지 하나를 집어 들고 먹어치우면 된다는 사실도 포함되어 있을 것이다. 나는 그것을 나의 예술작품이라 선언할 수 있을 테고 실제로 그렇게 되었을 것이다. 그러나 당신이 수르바란의 작품에 그려진 물건들을 보듯이 내 작품 속 대상을 보는 일은 결코 없을 것이다. 그 물건들은 그림자가 있는데도 이 세상에 있는 실제 물건들보다 초점이 훨씬 또렷하고, 윤곽이 더 분명하며, 더 완벽하게 선명해 보인다. 마치 특별히 제작된 안경 덕분에 우리의 평범한 시력이 개선되었고, 하루의 시간대나 우리가 이름 붙일 수 있는 빛의 근원을 알려주지 않는 미지의 빛이 그 물건들을 비추고 있는 것 같다. 우리는 그 방 어딘가에 창문이나 양초가 있어서 그 물건들을 밝게 비추고 있다고 상상할 수 없다. 이 그림을 처음 보았을 때 '펑' 하고 터진 놀라움은 우리가 사실주의나 자연주의를 경험하고 있어서가 아니라 정확히 그 반대이기 때문에 생겨난다. 그것들은 허구적인 세계, 우리 눈앞에 펼쳐진 가상적인 다른 어딘가에 있는 허구들이다. 우리는 그 그림 속에 있는 모든 것을 알아볼 수 있지만 이 물건들은 하나같이 기분 나쁠 정도로 사용이나 소비의 개념과 동떨어져 있다. 그려진 물건이어서가 아니라 그려진 방식 때문이다. 그것들은 작가의 지향성(비록 타자의 유령, 즉 부재하는 너이긴 하지만 내가 다른 인간의 분명한 존재로 받아들이는 전반성적이고 반성적인 힘)의 마법에 걸렸다.

오래 바라보면 볼수록 그 이미지는 더 이상하고 신비로워졌다. 나는 그 순간 일어나고 있는 일을 정확히 표현하려 했으나 그럴 수 없다고, 아니 더 정확히는 내가 나 자신에게 무슨 말을 하든지 그것이 부정확한 것 같다고 깨달았다. 그 순간 레몬, 접시, 오렌지, 바구니, 찻잔, 장미 같은 단어들이 내 경험에서 떨어져나갔다. 최초의 깜짝 놀라는 반응 이후 나의 신경계는 평정을 되찾았고 재현된 사물들(레몬과 오렌지는 생물이 아니다)과 매체 자체의 정적과 침묵(그림은 말뜻 그대로 움직이지 않는다)이 나에게 향유와도 같은 영향을 미쳐 나는 미술 관람객들에게 전형적으로 찾아오는 일종의 몽상에 빠져들었다. 그것은 내가 보고 있었던 것에 대한 능동적이고 지속적이며 변하기 쉽고 육체적이며 정신적인 반응, 곧 감정을 포함하는 반응이었다. 그러나 대체 어떤 감정인가? 나는 일종의 경외감이라고 말하고 싶다. 우리가 과일과 잔과 탁자와 의자와 동물과 사람과 함께 살아가는 이 세상은 더 면밀하게 검토할수록 점점 더 생소한 느낌을 준다. 그것은 내가 아이였을 때 종종 느꼈으며 지금도 이따금씩 갖게 되는 느낌으로, 가끔은 내가 공중에 떠오르면서 나 자신으로부터 벗어나는 듯 내 안에서 강렬하게 솟구치는 감각을 동반한다. 수르바란의 이 작품은 나를 다시 그런 감정 상태로 데려간다. 그래서 그 그림에 대한 내 반응의 일부는 능동적인 투사, 또는 정신분석학의 용어를 사용하면, 내 기억과 내가 살아온 과거를 그 그림에 쏟는 일종의 전이(transference)다. 이런 전이는 내가 카르포프 치아교정을 잘못 읽었던 일보다 훨씬 미묘하지만, 그림에도 관련이 있는 현상이다. 주체와 대상, 나와 너가 나의 감상 속에서 붕괴되기 시작한다. 어떤 부분이 수르바란의 그림이고 어떤 부분이 관람자인가?

처음 그 그림을 보았을 때는 작품 속 대상들이 성모 마리아에게 바친 상징적인 공물들인 것(레몬은 부활절 과일이고, 장미는 사랑과 순수와 순결을 의미하며, 탁자는 제단을 의미하는 것)을 몰랐다. 나는 더 나중에야 그 사실을 알게 되었다. 그것이 그 그림에 대한 나의 감정을 근본적으로 바꾸어놓지는 않았지만 내가 교리와 무관하게 이미 느꼈던 것(내가 여기서 보고 있는 사물들에 속세를 벗어난 뭔가가 있다는 느낌, 초월적인 감정이 배어 있는 대상들이라는 느낌)을 더 강화시켰다. 미술을 다루는 학문의 대부분은 이런 식으로 의미를 설명하는 것이 주된 임무이다. 즉 오렌지와 그 꽃들은 생명의 부활을 의미한다는 식이다. 또 다른 학자들은 어떤 작품이 어떻게 만들어졌는지 설명하기 위해 기법에 대해 긴 담론을 펼친다. 미술에 대한 고차적인 이론이라 할 수 있는 미술 철학도 존재한다. 이런 철학자들의 글을 읽다가 나는 다음과 같은 것을 발견했다.

O는 미술작품이다−e=df O는 인공물이고 O는 미적 감상을 돕는 역할을 한다.[24)]

이것은 훨씬 더 긴 분석적 논의의 일부고 그 속에서 제임스 C. 앤더슨James C. Anderson은 독자에게 미술의 정의를 제시한다. 모든 정의는 포위 공격을 받으며 동의는 거의 존재하지 않는다. 나는 의미에 이르는 한 방법으로서의 논리적 공식에는 반대하지 않는다. 앤더슨은 그의 에세이 중간에 이 정의를 수정하면서 감상의 하위 범주로 '미술 자의식적인 미술'이라는 두 번째 수식 어구를 포함시킨다.[25)] 그러나 여기서 관심을 끄는 것은 그 공식에서 '미적 감상'이 나타나는 방식이다. 그 말은 추상적인 관람자, 일반적인 감상자를 나타내며 그 '감상' 중에 무슨 일인가 일어나지만 감상하기 특유의 체현된 역동성은 사라진다. 앤더슨은 역겨움조차 감상에 포함될 수 있다고 주장하지만 말이다. 앤더슨이 반드시 틀렸다고 이야기하는 것은 아니다. 단지 미술에 대해 논의하면서 창조적 지각과 체현된 감정의 드라마를 무시하는 이론들, 미술은 그것이 무엇이든 그 앞에 서서 어떤 때는 바른 안목으로, 어떤 때는 그렇지 못한 안목으로 그것을 바라보는 사람 안에 살아 있다는 사실을 대체로 잊어버린 이론들도 있음을 지적하고 싶을 뿐이다. 나는 여기서 그런 이론들에 부록을 제공하려 한다. 우리는 미술작품을 만들기 위해 얼마나 많이 감상해야 하는지 질문할 수 있다. 도대체 왜 우리는 미술을 감상할까? 왜 나는 수르바란의 그림을 사랑하는가? 왜 나는 그것을 사랑하는 유일한 사람이 아닌 걸까? 내가 느끼는 그 사랑은 언제, 어디서, 어떻게 생겨났을까? 가상적인 것 없이 미술은 존재하지 않으며 가상적인 것은 미리 주어지지 않는다. 그것은 인간이 성장해가는 어느 순간에 찾아오며 놀이에서 시작된다.

모든 포유류는, 특히 어린 개체일수록 놀이를 즐긴다. 그러나 가상적인 놀이(다른 역할을 맡는 것, 엄마나 아빠나 아기가 되는 것, 모래성을 쌓는 것, 진흙파이를 만드는 것, 집을 그리고 그 위에 커다란 태양을 그리는 것)는 인간의 아이들만 하는 것이며 그 능력은 시간이 흐를수록 개발된다. 비고츠키는 유아기에는 "동기와 지각의 결합이 존재한다. 이 나이에 지각은 대체로 독립적이기보다는 통합적인 운동 동작의 특징이다. 모든 지각은 활동에 대한 자극이다"라고 주장한다.[26] 이 논평은 사물에 대한 시지각의 배후에 깔려 있는 우리의 고유수용적·운동감각적 능력에 대해 앞에서 제시한 논의와 잘 부합한다. 아이들은 적극적으로 공간을 탐색하면서 배우고 때가 되면 이것은 육감으로 발전한다. 세 살 정도가 되면 가장하기(pretending)가 시작된다. 상상놀이를 할 때 아이는 어떤 사물, 예를 들어 막대기의 일상적인 의미를 떼어내고 거기에 말이라는 다른 의미를 부여한다. 말이라는 새로운 의미는 아이의 행동(다리 사이에 막대기를 끼우고 마루를 가로지르며 뛰어다니기)을 결정한다. 그런 질주는 그가 주변에서 보는 것들이 갖는 일상적인 의미에서 벗어난다. 개들도 같이 뛰어다니며 놀지만 그들은 다른 세상에 대한 공상에 빠져들지 않는다. 가장하기는 어디서 생길까? 그것은 실제 공간 또는 현실 공간과 나란히 존재하는 상상 공간에서 일어난다. 이처럼 동시에 두 장소에 있을 수 있는 인간의 유연성은 시간과 상징적 재현을 이해하게 해주는 기능이다. 어릴 때 어느 순간(거울에 비추어보고, 그 다음에는 언어적으로) 내가 반영된 모습을 이해하게 되면서 나는 과거의 나를 기억하고 자신을 미래로 투사하는 능력을 개발했다. 나는 내가 지금 처한 환경을 떠나 다른 어딘가에 있거나 다른 누군가, 예를 들어 두초의 작품을 바라보는 노인이 된 것처럼 가장할 수 있다. 나는 나를 제3자로, 내가 아닌 다른 누군가로 상상할 수 있다. 이것 없이는 미술도 없다.

메를로 퐁티는 이렇게 말한다. "평범한 주체의 경우 몸은 그것이 연루되는 실제 상황에서만 유용한 것이 아니다. 그것은 세상에서 벗어날 수 있고… 실험에 도움이 될 수 있다. 일반적으로 말해서 잠재적인 것의 영역에서 자기 자리를 찾을 수 있다."[27] 미술은 이 잠재성의 공간(나는 인간 삶의 허구적 공간, 놀이와 그 변형들의 세계라고 말할 것이고, 비고츠키는 '자발성과 자유의 영역'[28]이라고 불렀던 공간)에서 생겨난다. 그리고 그것은 항상 어떤 형태로든 타자와 타자성을 향해 바깥으로 나가는 의도적인 운동을 포함한다. 이것은 반드시 구체적인 장소나 사람일 필요는 없으나 적극적으로 그들 쪽으로 향하는 탐색이다. 《기억하기, 되풀이하기, 그리고 훈습하기》(1914)에서 프로이트는 전이와 관련하여 놀이터라는 단어를 사용한다. 환자와 분석가 사이에서 저 신비롭게 동요하는 공간을 그는 '거의 완전한 자유'가 가능한 '중간지역'이라고 부르기도 했다.[29] 위니콧은 프로이트의 놀이터를 창조성의 필수적인 공간으로 정교하게 다듬었다. 그는 이렇게 쓴다. "놀이를 하는 이 영역은 내면의 정신적인 실재가 아니다. 그것은 개인의 바깥에 있지만 외부세계도 아니다."[30] 그 영역의 근원은 깊고 신체적이다. 그것은 아이와 어머니의 최초의 관계에서, 반영하기에서, 우리의 육체적인 공간 탐색과 위니콧이 '잠재적 공간'[31]이라 부른 가상적인 경험의 영역을 가정하는 우리의 능력에서 시작한다. 여기가 바로 미술이 살아가는 곳이고 감상이 진행되는 곳이자 사랑이 생겨날 수 있는 곳이다.

우리가 미술작품에 다가갈 때 다른 사람의 허구적 공간에서 그의 의도적인 놀이의 결과물을 바라보기만 하는 것은 아니다. 자유롭게 직접 놀 수도 있고 골똘히 생각하고 꿈꾸고 질문하고 이론을 세울 수도 있다. 관람객으로서 우리는 우리와 우리가 보는 것 사이의 잠재적 공간에서 우리 자신을 발견하기도 한다. 지각은 능동적이고 창조적이기 때문이며, 미술작품은 지적으로뿐 아니라 감정적 · 육체적 · 의식적 · 무의식적으로 우리를 끌어들이기 때문이다. 그런 관계와 그런 대화는 셸링이 믿었던 대로 마지막까지 규정할 수 없는 것일 수 있다. 그러나 우리가 어떤 미술작품을 사랑할 때는 항상 일종의 알아보기가 작용한다. 그 대상은 우리를 반영하지만 거울이 우리의 얼굴과 몸을 우리에게 비추어 보여주는 방식으로는 아니다. 그것은 타인의 시각, 예술가의 시각, 우리 안에 있는 어떤 것이 진실이라고 응답하기에 우리 자신의 것으로 받아들인 그 시각을 반영한다. 이 진실은 단순히 어떤 느낌, 말로는 표현할 수 없는 콧노래의 울림에 불과할 수도 있고 방대한 이론적 진술이 될 수도 있다. 하지만 어쨌든 그것은 마법(나이기도 한 당신에게로 가는 여행)이 실현되기 위해 반드시 거기 있어야만 한다.

2010년

감사의 말

연속 강연회에서 발언할 수 있게 초대해준 미술관들과 여러 기관에 진심으로 감사드린다. 그 덕분에 이 책에 실린 여러 에세이의 영감을 얻을 수 있었다. 또 다른 에세이들을 처음으로 출간해준 잡지사와 신문사에도 감사의 말을 전한다.

"욕망의 변주곡 : 쥐, 개, 부버, 그리고 보바리"
〈컨정션〉 48호, 2007년

"나의 이상한 머리 : 편두통에 대한 고찰"
〈뉴욕타임스〉 편두통 블로그 :
migraine.blogs.nytimes.com/author/siri-hustvedt (2007)

"놀이, 두서없는 생각들, 그리고 소설의 지하세계"

리옹의 빌라 질레트에서 열린 작가 페스티벌에서 강연, 2009년

"수면과 불면"

〈뉴욕타임스〉 불면증 블로그:

opinionator.blogs.nytimes.com/2010/03/all-nighters (2010)

"거울 바깥에서"

〈얼루어〉, 2011년 5월

"*스칸디나비아라*는 단어에 대한 사색"

〈레트르 앵테르나시오날〉 덴마크, 2005년 8월

"나의 잉거 크리스텐센"

〈윌란 포스텐〉, 2009년 1월 8일(덴마크 신문), 〈포이트리〉 2009년 5월에 재수록

"아버지와 나"

〈그랜타〉 104호, 2008년

"실화"

〈샐머건디〉 봄/여름호, 2011년

"행복한 소수의 섬"

〈샐머건디〉 가을/겨울호, 2010년

"독서에 대해서"

〈컬럼비아〉 49호, 2011년

"스티그 다게르만"

《뱀》의 서문, 노르스테츠 출판사, 스웨덴 (2010년)

"소설 속의 정신분석가"

〈오늘날의 정신분석학〉 46, 2호 (2010년)

"세 가지 감정 이야기"

2010년 10월 30일 조지타운대학에서 열린 고통, 시, 지각 : 신경과학과 문학과 정신분석학의 통합에 대한 심포지엄에서 발표함. 볼티모어 워싱턴정신분석학센터와 조지타운대학병원 정신과의 지원을 받음. 〈신경정신분석학〉 13, 2호 (2011년 12월)

"프로이트의 놀이터"

빈의 지그문트 프로이트 재단 제39회 연례 지그문트 프로이트 강연회(2011년 5월 6일)에서 강연. 〈샐머건디〉 (2012년)에 수록.

"보기에 대한 고찰"

Nomadikon : The Bergen Center of Visual Culture : www.nomadikon.

net/contentitem.aspx?ci=125

"지각의 드라마: 모란디를 보다"

뉴욕 메트로폴리탄미술관의 연속 강연회 메트에서의 일요 강좌에서 강의(2008년 9월 21일). 〈예일 리뷰〉 97, 4호(2009년)에 수록.

"루이즈 부르주아"

〈가디언〉 2007년 10월 6일자에 〈당신을 두렵게 하는 장소들〉이라는 제목으로 발표.

"메트로폴리탄의 두초 디부오닌세냐"와 "성모자"

〈누벨옵세르바퇴르〉 2005년 8월 18일자에 실림.

"키키 스미스: 바운드와 언바운드"

〈모던 페인터스〉 2006년 9월호에 〈키키 스미스: 인사이드 아웃〉으로 발표.

"살아 있는 이 손"

〈가디언〉 2009년 10월 19일자에 〈작가 시리 허스트베트의 소묘 경험〉이라는 제목으로 실림.

"진실과 올바름: 게르하르트 리히터"

〈게르하르트 리히터: 사진들〉 전시회의 카탈로그 에세이. 레버쿠젠의 모르스브로이히미술관, 제네바사진센터(2009년).

"아네트 메사제 : 그녀의 것과 나의 것"

〈가디언〉 2009년 2월 21일자에 〈꼭두각시 조종자〉라는 제목으로 실림.

"필요한 도약 : 리처드 앨런 모리스"

독일 크레펠트의 하우스랑게미술관과 샌디에이고 현대미술관에서 개최된 리처드 앨런 모리스 회고전 : 1958~2004 카탈로그 에세이, 2005년.

"마거릿 볼런드의 *세상이라는 극장*"

뉴욕 시의 배브콕갤러리와 그린빌카운티미술관의 〈그레이트 아메리칸 송북*Songbook*에서 발췌Excerpts from the Great American Songbook〉 카탈로그 에세이, 2011년.

"왜 고야인가?"

마드리드의 프라도미술관에서 프라도미술관 후원재단의 지원을 받아 개최한 연속 강연회에서 한 강연, 2007년 2월 20일. 프라도미술관 후원재단에 의해 〈Francisco de Goya o los equivos〉라는 제목으로 스페인어로 출간, 2008년.

"체현된 시각 : 미술작품을 바라본다는 것은 무엇을 의미하는가?"

뮌헨의 조형예술아카데미에서 열린 제3회 연례 셸링 강연회에서 강연, 2010년 2월 27일. 독일 미술출판사 도이처 쿤스트에 의해 2개국어로 출간, 2010년. 〈예일 리뷰〉 98, 4호 2010년에 실림.

주석

▪ 욕망의 변주곡—쥐, 개, 부버, 그리고 보바리

1. Mary Carruthers and Jan M. Ziolkowski, The Medieval Craft of Memory: An Anthology of Texts and Pictures (Philadelphia: University of Pennsylvania Press, 2002), 7에서 인용.
2. Jaak Panksepp, Affective Neuroscience: The Foundations of Human and Animal Emotions (Oxford: Oxford University Press, 1998), 144.
3. Ibid., 144.
4. Martin Buber, Between Man and Man (New York: Macmillan, 1965), 11.
5. Gustave Flaubert, Madame Bovary, trans. Alan Russell (Baltimore: Penguin, 1965), 71.
6. Ibid., 325.
7. D. W. Winnicott, "The Relationship of a Mother to Her Baby at the Beginning," The Family and Individual Development (London: Routledge, 1995), 15.

▪ 나의 어머니, 피니어스; 도덕성과 감정

1. Antonio Damasio, Descartes' Error: Emotion, Reason and the Human Brain (New York: Harper Collins, 1994), 44.
2. A. R. Luria, Higher Cortical Functions in Man (New York: Basic Books, 1962), 256.

■ 나의 이상한 머리—편두통에 대한 고찰

1. Francis Crick, The Astonishing Hypothesis: The Scientific Search for the Soul (New York: Simon and Schuster, 1994), 3.
2. A. R. Luria, The Man with a Shattered World: The History of a Brain Wound, trans. L. Solotaroff (Cambridge, MA: Harvard University Press, 1972), 42.
3. "Varieties of Religious Experience," in William James: Writings 1902~1910 (New York: Library of America, 1987), 21.
4. Mark Solms, "Dreaming and REM Sleep Are Controlled by Different Brain Mechani는," in Sleep and Dreaming: Scientific Advances and Reconsiderations, ed. Edward F. Pace-Schott, Solms, mark Blagrove, and Steven Harnad (Cambridge: Cambridge University Press, 2003), 54.
5. Jacques Lusseyran, And There Was Light (Boston: Little, Brown, 1965).

■ 놀이, 두서없는 생각들, 그리고 소설의 지하세계

1. Wilfred Bion, Taming Wild Thoughts (London: karnac Books, 1997), 27.

■ 수면과 불면

1. Geoffrey Chaucer, The Book of the Duchess, line 34.
2. Vladimir Nabokov, Speak Memory: An Autobiography Revisited (New York: Pyramid Books, 1967), 24-25.
3. Jorge Luis Borges, "Insomnia," in Poems of the Night, ed. Efrain Kristal, trans. Christopher Maurer (New York: Penguin, 2010), 37.
4. Chaucer, The Book of the Duchess, Lines 28-29.
5. Aristotle, On the Generation of Animals, Loeb Classical Library 366, trans. A. L. Peck (Cambridge, MA: Harvard University Press, 1963), 1.1.778b28-33.
6. The Complete Works of Aristotle: the Revised Oxford Translation, vol. 1, On Sleep, trans. J. I. Beare (Princeton, NJ: Princeton University Press, 1984), P. 722, 1.1.451b7-8.
7. "The Meditations," in Essential Works of Descartes, trans. Lowell Bair (New York: Bantam Books, 1961), 60.

8. Maurice Merleau-Ponty, The Phenomenology of Perception, trans. Colin Smith (London: Routledge and Kegan Paul, 1962), 164.
9. Standard Edition of the complete Psychological Works of Sigmund Freud, ed. and trans. James Strachey, vol. 14, (1917) Metapsychological Supplement to the Theory of Dreams (London: The Hogarth Press, 1957), 222.
10. Jaak Panksepp, Affective neuroscience (Oxford: Oxford University Press, 1998), 266.
11. D. W. Winnicott, "The Deprived Child and How He Can Be Compensated for the Loss of Family Life," in Deprivation and Delinquency (London: Tavistock, 1984), 186.

▪ 아버지와 나

1. Jessica Benjamin, The Bonds of Love: Psychoanalysis, Feminism, and the Problem of Domination (New York: Pantheon Books, 1988), 102.
2. Charles Dickens, Little Dorrit (Oxford: Oxford University Press, 1953), 540.
3. George Oppen, Collected Poems (New York: New Directions, 1953), 109.
4. Henry James: Novels 1881-1886 (New York: The Library of America, 1985), 109.
5. D. W. Winnicott, The Child, the Family, and the Outside World (London: Penguin, 1991), 117.
6. Paul Auster, The Invention of Solitude (London: Faber and Faber, 1988), 19.
7. Ibid., 81-82.
8. Mary Douglas, Purity and Danger: An Analysis of Concept of Pollution and Taboo (London: Routledge and Kegan Paul, 1966), 102.
9. Ibid., 103.
10. The Standard Edition of the Domplete Works of Sigmund Freud, ed. and trans. James Strachey, vol. 19, (1924) "The Dissolution of the Oedipus Complex" (London: Hogarth Press, 1961), 178.
11. Benjamin, the Bonds of Love, 100.
12. Julia Brigg, introduction to To the Lighthouse, by Virginia Woolf (New York: Everyman Library, 1938), xvi에서 인용.
13. Allan N. Schore, Affect Regulation and the Origin of the Self: The Neurobiology of Emotional Development (Hillsdale, NJ:Lawrence Erlbaum, 1994), 97-108.
14. Franz Kafka, Letter to his Father/ Brief an den Vater, trans. Ernst Kaiser and Eithne Wilkens (New York: Schocken Books, 1953), 19 and 21.

15. "Of Friendship," in The Complete Essays of Montaigne, trans. Donald M. Frame (Stanford: Stanford University Press: 1957), 136.
16. Susan Howe, My Emily Dickinson (New York: New Directions, 2007), 18-19.
17. Ibid., 19.
18. Ibid., 19.
19. Harold Bloom, The Anxiety of Influence: A Theory of Poetry (New York: Oxford University Press, 1997), 11.
20. Howe, My Emily Dickinson, 24.
21. Ibid., 25.

▪ 실화

1. James Atlas, "Confessing for Voyeurs: The Age of the Literary Memoir Is Now," The New York Times Magazine, May 12, 1996, 26.
2. Michael A. Stone, Abnormalities of Personality: Within and Beyond the Realm of Treatment (New York: Norton, 1993), 285.
3. Daniel Defoe, Moll Flanders (New York: The New American Library, 1981), v.
4. Henry Fielding, Tom Jones (Oxford: Oxford University Press, 1996), 361.
5. John Cleland, Fanny Hill or The Memoirs of a Woman of Pleasure (London: Penguin, 1985), 39.
6. Vicessimu Knox, "On Novel Reading," in Novel and Romance 1700-1800: A Documentary Record, ed. Ioan Williams (London: Routledge, 1970), 228.
7. Jean-Jacques Rousseau, The Confessions, trans. J. M. Cohen (London: Penguin, 1953), 17.
8. Leopold Damrosch, Jean-Jeaques Rousseau: Restless Genius (New York: Houghton Mifflin, 2005), 30.
9. Ibid., 15.
10. William James, The Principles of Psychology (Chicago: Encyclopaedia Britannica, 1952), 288.
11. David Hume, A Treatise on Human Nature (Cleveland: Meridian Books, 1962), 311.
12. Siri Hustvedt, "Yonder," in A Plea for Eros (New York: Picador, 2006), 41.
13. Giambattista Vico, The New Science, trans. Thomas Goddard Bergin and Max Harold Fisch (Ithaca: Cornell University Press, 1968), 313.

14. Wilhelm Wundt, Outlines of Psychology, trans. Charles Hubbard Judd (London: Williams and Norgate, 1902), 261.
15. The Vygotsky Reader, ed. Rene van der Veer and Jaan Valsiner (London: Blackwell, 1994), 284.
16. Randy Buckner and Daniel Carroll, "Self Projection and the Brain," Trends in Cognitive Science 11, no. 2(2006): 50.
17. Ibid., 55.
18. Julia Kristeva, Time and Sense (New York: Comumbia University Press: 1994), 238.
19. Julia Dristeva, Time and Sense, 239.
20. Marcel Proust, Remembrance of Things Past, trans. C. K. Scott Moncrieff and Terence Kilmartin (New York: Vintage, 1982), 3:843.
21. Maurice Merleau-Ponty, Phenomenology of Perception, trans. Colin Smith (London: Routledge and Kegan Paul, 1962), 104-5.
22. Vladimir Nabokov, Speak Memory: An Autobiography Revisited (New York: Pyramid Books, 1967), 70.
23. Julia Kristeva, Time and Sense, 243.
24. S ø ren Kierkegaard, Either/Or, trans. David F. Swensen and Lillian Marvin Swenson (Garden City, NY: Anchor, 1959), 399.

■ 행복한 소수의 섬

1. Benjamin H. D. Buchloh, Neo-Avantgarde and Culture Industry: Essays on European and American Art from 1955 to 1975 (Cambridge: MIT Press, 2000), 329.
2. R. Llina, U. Ribrary, D. Contreras, and C. Pedroarena, "The Neuronal Basis for Consciousness," The Royal Society 353, no. 1377(1998): 1841-49.
3. Hans Kohut, "Forms and Transformations of Narcissism," Journal of the American Psychoanlytic Association 14 (1966): 246.
4. D. W. Winnicott, Deprivation and Delinquency (London and New York: Routledge, 1984).
5. John Bowlby, Attachment and Loss (New York: Basic Books, 1969).
6. Thomas Kuhn, The Structure of Scientific Revolutions (Chicago: The University of Chicago Press, 1970).
7. Jurgen Habermas, The Philosophical Discourse of Modernity: Twelve Lectures, trans. F.

G. Lawrence (Cambridge: MIT Press, 1990), 113.
8. Samuel Beckett, Waiting for Godot: A Tragicomedy in Two Acts (New York: Grove Press, 1954), 28.
9. Stafford Beer, preface to Autopoiesis and Cognition: The Realization of the Living, by H. R. Manturana and F. J. Varela (Dordrecht, Netherlands: D. Riedel Publishing, 1980), 64.
10. Mignon Nixon, Fantastic Reality: Louise Bourgeois and a Story of Modern Art (Cambridge: MIT Press, 2005).
11. Daniel Dennett, Consciousness Explained (Boston: Little, Brown, 1991).
12. Antonio Damasio, Descartes' Error: Emotion, Reason and the Human Brain (New York: Harper Collins, 1994).
13. V. S. Ramachandran, A Brief Tour of Human Consciousness: From Imposter Poodles to Purple Numbers (New York: Pi Press, 2004).
14. David Freedberg, The Power of Images: Studies in the History and Theory of Response (Chicago: University of Chicago Press, 1989).
15. A. R. Luria, The Man with a Shattered World: The History of a Brain Wound, trans. L. Solotaroff (Cambridge, MA: Harvard University Press, 1972).
16. Maurice Merleau-Ponty, The Visible and the Invisible, trans. C. Lefort and A. Lingis (Evanston, IL: Northwestern University Press, 1969), 27.
17. American Psychiatric Association, Diagnostic and Statistical Manual of Mental Disorders, 4th ed. (Arlington, VA: American Psychiatric Association, 2000), xxxi.
18. Robert Musil, The Man Without Qualities, trans. Sophie Wilkins (New York: Alfred A. Knopf, 1995), 502.
19. Ibid., 503.
20. Ibid., 503.

▪ 독서에 대해서

1. Danilo Kis, A Tomb for Boris Davidovich, trans. D. Mikic-Mitchell (New York: Penguin, 1980).
2. The Passion of the Soul, in Essential Works of Descartes (New York: Bantam, 1961).
3. Gottfried Leibniz, Monadology in Discourse on Metaphisics and the Monadology, trans. George R. Montgomery (Buffalo, NY: Prometheus, 1992).
4. 변화 맹시와 무주의 맹시에 대한 연구는 많다. 다음을 참조하라. R. Rensink, "When

Good Observers Go Bad: Change Blindness, Inattentional Blindness, and Visual Experience," Psyche 6(2000):9; A. Ariga, H. Yokasawa, and H. Ogawa, "Object Based Attentional Selection and Awareness of Objects," Visual Cognition 15 (2007): 685-709. 더 광범위한 철학적 함축을 살펴보려면 다음을 참조하라. Eric Switzgebel, "Do You Have Constant Tactile Experience of Your Feet in Your Shoes? Or Is Experience Limited to What's in Attention?" Journal of Consciousness Studies 14 (2007): 5-35.

▪ 스티그 다게르만

1. Stig Dagerman, The Snake, trans. Laurie Thompson (London: Quartet Books, 1995).
2. The Standard Edition of the Complete Works of Sigmund Freud, ed. and trans. James Strachery, vol. 20 (1926) Inhibitions, Symptoms, and Anxiety (London: Hogarth Press, 1959), 132.
3. Søren Kierkegaard, The Concept of Anxiety, trans. Edna Hong and Howard Hong (Princeton, NJ: Princeton University Press, 1981), 61.
4. Jean-Paul Sartre, Being and Nothingness: An Essay on Phenomenological Ontology, trans. H. E. Barnes (New York: Washington Square Press, 1966).

▪ 소설 속의 정신분석가—거의 숨겨진 존재에 대한 성찰

1. Sigmund Freud, On Aphasia: A Critical Study (1891), trans. E. Stengel (New York: International Universities Press, 1953), 55.
2. Italo Svevo, Zeno's Conscience, trans. William Weaver (New York: Everyman's Library, 2001), 3.
3. John Ray, Jr., foreword to Lolita, by Vladimir Nabokov (New York: Charles Putnam and Sons, 1955), 7.
4. Philop Roth, Portnoy's Complaint (New York: Vintage, 1994), 274.
5. George Makari, Revolution in Mind: The Creation of Psychoanalysis (New York: Harper Collins, 2008), 334.
6. Otto Kernberg, Borderline Conditions and Pathological Narcissism (Lanham, MD: Aronson, 1985).
7. Lisa Appignanesi, "All in the Mind," The Guardian, February 16, 2008,

http://www.guardian.co.uk/books/2008/feb/16/featuresreviews.guardianreview2.
8. F. Scott Fitzgerald, Tender Is the Night (New York: Charles Scribner' Sons, 1961), 208-9.
9. Ibid., 208.
10. Simone de Beauvoir, The Mandarins, trans. L. M. Friedman (New York: Norton, 1991), 184-85.
11. D. W. Winnicott, "Counter-Transference," in the Maturational Processes and the Facilitating Environment (London: Karnac Books, 1990), 160-161.

▪ 언어적 기후에 대한 비판적 고찰

1. Immanuel Kant, What Is Enlightenment? trans. H. B. Nisbet (New York: Penguin, 2009), 1.
2. New York Daily Plebian, April 20, 1844, http://www.historyteacher.net/USProjects/DBQs2002/DBQ2002_Immigration.htm.
3. Thomas Frank, What's the Matter with Kansas? How Conservatives Won the Heart of America (New York: Henry Holt, 2004).

▪ 세 가지 감정 이야기

1. Siri Hustvedt, "Yonder," in A Plea for Eros (New York: Picador, 2006), 41.
2. Augustine, Confessions, trans. H. chadwick (Oxford: Oxford Umiversity Press, 1988), 10:220-21.
3. Sandra Rudnick Luft, Vico's Uncanny Humanism: Reading the New Science Between Modern and Post Modern (Ithaca: Cornell University Press, 2003), 143.
4. Endel Tulving, "How Many Memory Systems Are There?" American Psychologist 40, no. 4 (1984): 385-98; Tulving, "What Is Episodic Memory?" Current Directions in Psychological Science 2, no. 3 (1993): 67-70; Henry L. Roediger and Fergus I. M. Craik, eds., Varieties of Memory and Consciousness: Essays in Honour of Endel Tulving (Hillsdale, NJ: Lawrence Erlbaum, 1989).
5. Jacek Debiec and Joseph E. LeDoux, "The Amygdala and the Neural Pathways of Fear," in Post Traumatic Stress Disorder: Basic Science and Clinical Practice, ed. Peter Shiromani, Terrence Keane and LeDoux (New York: Humana, 2009), 23-39; LeDoux,

The Synaptic Self (New York: Penguin, 2002); Karim Nadar, Glenn E. Schafe, and LeDoux, "Fear Memories Require Preteinsynthesis in the Amygdala for Reconsolidation after Retrieval," Nature 406, no. 6797 (2000): 722-26.

6. "Brute and Human Intellect," in William James: Writings 1878-1889 (New York: Library of America, 1992), 911.
7. Jerome Bruner, Actual Minds, Possible Worlds (Cambridge, MA: Harvard University Press, 1986), 3-10.
8. Thomas Kuhn, The Structure of Scientific Revolutions (Chicago: The University of Chicago Press, 1962).
9. Emile Benveniste, Preblems in General Linguistics, trans. M. E. Meek (Coral Gables: University of Miami Press, 1971), 217-22.
10. A. R. Luria, Higher Cortical Functions in Man, trans. B. Haigh (New York: Basic Books, 1966), 31-35.
11. Maurice Merleau-Ponty, The Phenomenology of Perception, trans. C. Smith (London: Routledge and Kegan Paul, 1962), 43.
12. Ibid., 43.
13. Paul Ricoeur, Time and Narrative, trans. K. McLaughlin and D. Pellauer (Chicago: The University of Chicago Press, 1984) 1:68.
14. Gregory A. Kimble, Michael Wertheimer, and Charlotte L. White, eds., Portraits of Pioneers in Psychology (Mahwah, NJ: Lawrence Erlbaum, 1998) 3:75.
15. D. Hassabis, D. Kurmran, S. D. Vann, and E. Maguire, "Patients with Hippocampal Lesions Cannot Imagine New Experiences," Proceedings of the National Academy of Sciences 104 (2007): 1726-31; D. Hassabis, S. D. Kumaran, and E. Maguire, "Using Imagination to Understand the Neural Basis of Episodic Memory," The Journal of Neuroscience 27, no. 52 (2007): 14365-74.
16. Dorothee Legrand and Perrine Ruby, "What Is Self-Specific?: Theoretical Investigations and Critical Review of Neuroimaging," Psychological Review 116, no. 1 (2009): 258.
17. F. Frassinetti, F. Ferri, M. Maini, and V. Gallese, "Bodily Self: An Implicit Knowledge of What Is Explicitly Unknown" (submitted to Experimental Brain Research, 2010), 2.
18. Shaun Gallagher, How the Body Shapes the Mind (Oxford: Oxford University Press, 2005), 24.
19. Ibid., 11-12.
20. William James, The Principles of Psychology (Chicago: Encyclopedia Britannica, 1952), 299.

21. The Standard Edition of the Complete Works of Sigmund Freud, ed. and trans. James Strachey, vol.4-5, (1900), The Interpretation of Dreams (London: Hogarth Press, 1953), 460.
22. Marcel Proust, Remembrance of Things past, trans. S. Moncrief and T. Kilmartin (New York: Vintage, 1982) 1:48.
23. Quoted in Dan Zahavi, Subjectivity and Selfhood (Cambridge, MA: MIT Press, 2008), 57.
24. Joseph Jaffe, Beatrice Beebe, Stanley Feldstein, Cynthia Crown, and Michael Jasnow, Rhythms of Dialogue in Infancy (Boston, MA: Blackwell, 2001), 2.
25. Jaak Panksepp, Affective Neuroscience (Oxford: Oxford University Press, 1998), 55.
26. Zahavi, Subjectivity and Selfhood, 112.
27. Jaak Panksepp, "Neural Nature of the Core SELF: Implications for Understanding Schizophrenia," in The Self in Neuroscience and Psychiatry, ed. T. Kircher and A. David (Cambridge: Cambridge University Press, 2003), 204.
28. Antonio Damasio, Self comes to Mind: Constructing the Conscious Brain (New York: Pantheon, 2010), 21.
29. Freud, The Standard Edition, vol. 14, (1915) Instincts and Their vicissitudes, 118.
30. Gallagher, How the Body Shapes, 78-79.
31. A. N. Meltzoff and R. Brooks, "Intersubjectivity before Lnaguage: Three Windows on Preverbal Sharing," in On Being Moved: From Mirror Neurons to Empathy, ed. S. Braten (Amsterdam: John Benjamins, 2007), 150.
32. L. S. Vygotsky, Thought and Language, trans. A. Kosulin (Cambridge, MA: MIT Press, 1986), 84-89.
33. Katherine Nelson, ed., Narratives from the Crib (Cambridge MA: Harvard University Press, 1989), 158.
34. Ibid., 163.
35. Francoise Davoine and Jean-Max Gaudillere, History Beyond Trauma, trans, S. Fairfield (New York: Other Press, 2004).
36. D. Brown, A. W. Sheflin, and D. C. Hammond, eds., Memory, Trauma, Treatment, and the Law (New York: Norton, 1998), 94.
37. Freud, The Standard Edition, vol. 18, (1920) Beyond the Pleasure Principle, 31-32.
38. Brewster Chiselin, The Creative Process: Reflections in the Arts and Sciences (Berkeley, CA: University of California Press, 1952), 32.
39. Ibid., 28.

40. Bruner, Actual Minds, 3.
41. Edward F. Kelly and Emily Williams Kelly, Ireeducible Mind: Toward a Psychology for the 21st Century (with CD of F. W. H. Myers Human Personality 1903) (Lanham, MD: Rowman and Littlefield, 2007), 445.
42. Ernst Bertram and R. E. Norton, Nietzsche: Attempt at a Mythology (Champaign: University of Illinois, 2009), 198.
43. F. W. H. Myers, Human Personality and Its Survival of Bodily Death (London: Longmans, Green, 1903).
44. R. Jung, C. Gasparovic, R. S. Chaves, R. A. Flores, S. M. Smith, A. Caprihan, et al., "Biochemical Support for the Threshold Theory of Creativity," Journal of Neuroscience 29, no. 16 (2009): 5319; R. Jung, J. M. Segal, H. J. Bockholt, R. A. Flores, S. M. Smith, R. S. Chavez, et al., "Neuroanatomy of Creativity," Human Brain Mapping 31, no. 3 (2010): 398; C. R. Aldous, "Creativity, Problem Solving and Innovation in Science: Insights from History, Cognitive Psychology and Neuroscience," International Education Journal 8, no. 2 (2007): 177.

▪ 프로이트의 놀이터

1. The Standard Edition of the Complete Works of Sigmund Freud, ed. and trans. James Strachey, vol. 12, (1914) Remembering, Repeating, and Working Through (London: Hogarth Press, 1958), 154.
2. Anna Freud, The Ego and Mechanisms of Defense (London: Karnac, 1995).
3. Sigmund Freud, The Standard Edition, vol. 22, (1932-33) New Introductory Lectures on Psychoanalysis, 95.
4. Sigmund Freud, The Standard Edition, vol. 21, (1930) Civilization and its Discontents, 117.
5. Sigmund Freud, New Introductory Lectures, 95-97.
6. Jaak Panksepp, Affective Neuroscience (Oxford: Oxford University Press, 1998), 262.
7. Sigmund Freud, New Introductory Lectures, 97.
8. Sigmund Freud, The Standard Edition, vol. 2, (1893-1895) Studies on Hysteria, 302.
9. Sigmund Freud, The Standard Edition, vol. 7, (1905) Fragment of an Analysis of A Case of Hysteria, 116.
10. Sigmund Freud, Remembering, Repeating, and Working Through, 154.

11. The Freud / Jung Letters: The Correspondence Between Sigmund Freud and C. G. Jung, ed. William Mcguire (Princeton: Princeton University Press, 1974), 12-13.
12. The Clinical Diary of Sandor Ferenczi, ed. Judith Dupont, trans. Michael Balint and Nicola Zarday Jackson (Cambridge, MA: Harvard University Press, 1985).
13. Sigmund Freud, The Standard Edition, vol. 4-5,(1900) The Interpretation of Dreams, 460.
14. D. W. Winnicott, "Transitional Objects and Transitional Phenomena-A Study in the First Not-Me Possessions," International Journal of Psychoanalysis 34 (1953): 90.
15. D. W. Winnicott, "Playing: A Theoretical Statement," in Playing and Reality (London: Routledge, 1971), 51.
16. Ibid., 51.
17. Johan Huisinga, Homo Ludens: A Study of the Play-Element in Culture (Boston: The Beacon Press, 1950), 11.
18. L. S. Vygotsky, "The Role of Play in Development," in Mind in Society: The Development of Higher Psychological Precesses, ed. Michael cole, Vera John-Steiner, Sylvia Scribner, and Ellen Souberman (Cambridge, MA: Harvard University Press, 1978), 99.
19. Martin Buber, Between Man and Man (London: Routledge, 1965), 6.
20. Friedrich Schiller, On the Aesthetic Education of Man, trans. Reginald Snell (Mineola, NY: Dover, 2004), 77-81.
21. Sigmund Freud, The Standard Edition, vol. 7, (1905) Three Essays on the Theory of Sexuality, 168.
22. Sigmund Freud, The Standard Edition, vol. 20, (1926) Inhibitions, Symptoms, and Anxiety, 133.
23. V. Gallese, L. Fadiga, L. Fogassi, and G. Rizzolatti, "Action Recognition in the Premotor Cortex," Brain 119 (1996): 593-609.
24. William Preyer, The Mind of the Child/ The Senses and the Will: Observations concerning the Development of the Human Being in the First Years of Life, trans. H. W. Brown (New York: appleton, 1905).
25. Jacques Lacan, "the Mirror Stage as Formative of the I Funcion," in Ecrits, trans. Bruce Fink (New York: Norton, 2006), 75-81.
26. Jessica Benjamin The Bonds of Love: Psychoanalysis, Feminism and the Problem of Domination (New York: Pantheon Books, 1988), 49.
27. Sigmund Freud, The Standard Edition, vol. 12, (1912) Papers on Technique, 118.

28. B. Beebe, J. Rustin, D. Sorter, and S. Knoblauch, "An Expanded View of Intersubjectivity and Its Applicatio to Psychoanalysis," Psychoanalytic Dialogues 13 (2003): 777-803.
29. Andrew Meltzoff and M. Keith Moore, "Imitation of Facial and Manual Gestures by Human Neonates," Science 198, no. 4312 (1977): 74-78; Giannis Kugimutsakis, "Neonatal Imitation in the Intersubjective Companion Space," in Intersubjective Communication and Emotion in Early Ontogeny, ed. Stein Braten (Cambridge: Cambridge University Press, 1998), 63-88.
30. Colwyn Trevarthen, "the Concept and Foundations of Infant Intersubjectivity," in Intersubjective Communication (ibid.), 17.
31. Maurice Merleau-Ponty, The Phenomenology of Perception, trans. Colin Smith (London: Routledge and Kegan Paul, 1962), 352.
32. Allan Schore, Affect Regulation and the Origin of the Self: The Neurobiology of Emotional Development (Hillsdale, NJ: Lawrence Erlbaum, 1994).
33. Mirella Dapretto, Mari S. Davies, Jennifer H. Pfeifer, Ashley A. Scott, Marian Sigman, Susan Bookheimer, and Marco Iabcoboni, "Understanding Emotions in Others: Mirror Neuron Dysfunction in Children with Autism Spectrum Disorders," Nature Neuroscience 9 (2006): 28-30.
34. R. Joseph, "The Neuropsychology of Development: Hemispheric Laterality, Limbic Language, and the Origin of Thought," Journal of clinical Psychology 38 (1982): 243; G. L. Risse and M. S. Gazzaniga, "Well-Kept Secrets of the Right Hemisphere: A Carotid Amytal Study of Restricted Memory Transfer," Neurology 28 (1979): 950-53.
35. Endel Tulving, "What Is Episodic Memory?" Current Directions in Psychological Science 2, no. 3(1993): 67-70.
36. Sigmund Freud, The Standard Edition, vol. 19, (1923) The Ego and the Id, 20.
37. M. M. Bahktin, The Dialogical Imagination, ed. Michael Holquist, trans. Caryl Emerson and Michael Holquist (Austin: University of Texas Press, 1981).
38. Sigmund Freud, The Standard Edition, vol. 18, (1920) Beyond the Pleasure Principle, 14-17.
39. The Seminar of Jacques Lacan, vol. 11, The Four Fundamental Concepts of Psychoanalysis, ed. Jacques-Alain Miller, trans. Alan Sheridan (New York: Norton, 1981), 60-64 and 239.
40. Vygotsky, "The Role of Play," 97.
41. Panksepp, Affective Neuroscience, 282.

42. Sigmund Freud, Studies on Hysteria, 148.
43. Siri Hustvedt, The Shaking Woman or A History of My Nerves (New York: Picador, 2009).
44. Margorie Taylor, Imaginary Companions and the Children Who Create Them (Oxford: Oxford University Press, 1999), 15.
45. Annual Progress in Child Psychiatry and Development 2000-2001, ed. Margaret E. Hertzig and Ellen Farber (London: Routledge, 2002), 110.
46. Somogy Varga, "Explaining Impaired Play in Autism," Journal fur Philosophie und Psychiatrie 3, no. 1 (2010): 7.
47. D. W. Winnicott, "Primitive Emotional Development," International Journal of Psychoanalysis 26 (1945): 140.
48. Taylor, Imaginary Companions, 34-61.
49. Todd Feinberg, From Axons to Identity: Neurological Explorations of the Nature of the Self (New York: Norton, 2009), 90-91.
50. Ibid., 85.
51. Sigmund Freud, Interpretation of Dreams, 590.
52. Ibid., 596.
53. Ibid., 103.
54. Elizabeth Young-Bruehl, Anna Freud: A Biography (New Haven: Yale University Press, 2004), 286에서 인용.

▪ 지각의 드라마—모란디를 보다

1. Karen Wilken, Giorgio Morandi: Works, Writings, Interviews (Barcelona: Ediciones Poligrafa, 2007), 146에서 인용.
2. Laura Mottioli Rossi, ed., The Later Morandi: Still Lifes, 1950-1964 (Venice: Mazzota, 1999), 13. Catalogue for the exhibition at the Peggy Guggenheim Gallery, Venice, April 30-September 13, 1999에서 인용.
3. Maurice Merleau-Ponty, "Eye and Mind," trans. Carleton Dallery, in The Primacy of Perception, ed. John Wild (Chicago: Northwestern University Press, 1964), 164.
4. Eric R. Kandel, James H. Schwartz, and Thomas M. Jessel, eds., Principles of Neural Science, 4th ed. (New York: McGraw Hill, 2000), 502-3.
5. Gottfried Boehm, "Giorgio Morandi' Artistic Concept," in Morandi, ed. Ernst Gerhard

Guse and Franz Armin Morat (Munich: Prestel, 2008), 15에서 인용.
6. "Perception, Spatiality, and the Body," in The Essential Husserl: Basic Writings in Transcendental Philosophy, ed. Donn Welton (Bloomingon: Indiana University Press, 1999), 165.
7. Boehm, "Morandi's Artistic Concept," 19.
8. Ibid., 20.
9. Siri Hustvedt, "Not Just Bottles," in Mysteries of the Rectangle (New York: Princeton Architectural Press, 2005), 131-32.
10. Antonio Damasio, The Feeling of What Happens (San Diego: Harcourt, 1999), 285-87.
11. Leon Edel, Henry James: A Life (New York: Harper and Row, 1985), 250에서 인용.
12. Kym Maclaren, "Embodied Perception of Others as a Condition of Selfhood: Empirical and Phenomenological Considerations," Journal of Consciousness Studies 15, no. 8 (2008): 75-76.
13. Janet Abramowicz, Giorgio Morandi: The Art of Silence (New Haven: Yale University Press, 2004), 216.
14. Ibid., 197.
15. Shaun Gallagher and Dan Zahavi, The Phenomenological Mind: An Introduction to Philosophy of Mind and Cognitive Science (London: Routledge, 2008), 145.
16. Merleau-Ponty, "Eye and Mind," 167.

▪ 루이즈 부르주아

1. Louise Bourgeois, Destruction of the Father/ Reconstruction of the Father: Writings and Interviews 1923-1997, ed. Marie-Laure Bernadac and Hans-Ulrich Obrist (Cambridge, MA: The MIT Press, 2005), 1.
2. Ibid., 21.
3. Bourgeois, "Child Abuse," Artforum 20, no. 4(1982): 40-47.
4. Robert Storr, "Abstraction: L'Esprit Geometrique," in Louise Bourgeois, ed. Frances Morris (London: Rizzoli, 2008), 26.

▪ 오래된 사진

1. Mark Solms and Oliver Turnbull, The Brain and the Inner World: An Introduction to the Neuroscience of Subjective Experience (New York: Other Press, 2002), 82.
2. John Berger, "Uses of Photography," in About Looking (New York: Pantheon, 1980), 54.
3. Georges Didi-Huberman, Invention of Hysteria: Charcot and the Photographic Iconography of the Salpetriere, trans. Aliza Hartz (Cambridge MA: MIT Press, 2004), 29.
4. Ibid., 32.
5. Roland Barthes, Camera Lucida: Reflections on Photography, trans. Richard Howard (New York: Farrar, Strauss and Giroux, 1980), 99.
6. John Berger, Ways of Seeing (London: Penguin, 1972), 47.
7. Frances A. Yates, The Art of Memory (London: Penguin, 1966), 17에서 인용.
8. Antonio Damasio, The Feeling of What Happens (San Diego: Harcourt, 1999), 120-22.
9. David Levi-Strauss, Between the Eyes: Essays on Photography and Politics (New York: Aperture, 2004), 74.
10. Susan Sontag, On Photography (New York: Picador, 1977), 160.
11. Daniel Brown, Alan W. Scheflin, and D. Corydon Hammond, Memory, Trauma, Treatment and the Law (New York: Norton, 1998), 440에서 인용.
12. Jean Baudrillard, Simulacra and Simulation, The Body in Theory: Histories of Cultural Materialism, trans. Sheila Faria Glaser (Ann Arbor, MI: Michigan University Press, 1994), 12.
13. Paul Virillio, The Aesthetics of Disappearance, trans. Philip Beitschman (New York: Semiotext(e), 1991).
14. Ralph Harrington, "The Railway Accident: Trains, Trauma and Technological Crisis in Nineteenth-Century England," http/www.york.ac.uk/insti/irs/irshome/papers/rlyacc.htm.에서 인용.

▪ 키키 스미스—바운드와 언바운드

1. Mary Douglas, Purity and Danger: An Analysis of Concepts of Pollution and Taboo (London: Routledge and Kegan Paul, 1966), 150.
2. Deborah Solomon, "How to Succeed in Art," New York Times Sunday Magazine, June 27, 1999, 38-41.

▪ 진실과 올바름—게르하르트 리히터

1. Maurice Merleau-Ponty, "Eye and Mind," trans. Carleton Dallery, in The Primacy of Perception, ed. John Wild (Chicago: Northwestern University Press, 1964), 162.
2. Dietmar Elger, "Landscape as Model," Gerhard Richter: Landscapes, ed. Elger (Ostfldern-Ruit: Hatje Cantz, 2011), 16.
3. Claire Petimengin, "Toward the Source of Thoughts: The Gestural and Transmodal Dimension of Lived Experience," Journal of Consciousness Studies 14, no. 3(2007): 58.
4. Ibid., 58.
5. Robert Storr, "Interview with Gerhard Richter," in Gerhard Richter: Forty Years of Painting (New York: Museum of Modern Art, 2002), 289.

▪ 왜 고야인가?

1. The Mirror of Art: Critical Studies by Baudelaire, trans. Jonathan Mayne (Garden City, NY: Doubleday Anchor Books, 1956), 183.
2. Ibid., 184.
3. Philip Hofer, introduction to Francisco Goya Y Lucientes, The Disasters of War (New York: Dover, 1967), 1에서 인용.
4. David Sylvester, "Goya" in About Modern Art: Critical Essays 1948-1997 (New York: Henry Holt, 1997), 253-58.
5. Fred Licht, Goya (New York, London: Abbeville Press, 2001), 174-93.
6. Robert Hughes, Goya (New York: Alfred A. Knopf, 2003), 307.
7. Michael Nyman, Facing Goya, libretto by Victoria Hardie, Warner Classics, CD 0927-45342-2, 2002.
8. 그는 고야를 다룬 거의 모든 글에서 매컬린과 관련지어 언급되며, 매컬린 본인도 인터뷰에서 고야를 언급하며 이렇게 말했다. "나는 전쟁터에서 사진을 찍을 때 고야를 생각하지 않을 수 없었다." 다음을 참조하라. "The Images and Memories of War," Open Country, BBC Radio 4, April 1, 2005, http://dartcenter.org/content/images-and-memories-war.
9. John Berger, "The Honesty of Goya," Selected Essays, ed. Geoff Dyer (New York: Pantheon, 2001), 57.
10. Gregory Paschalidis, "Images of War and the War of Images," Aristotle University of Thessaloniki, 2006, http://genesis.ee.auth.gr/dimakis/Gramma/

7/06-paschalidis.htm.

11. Susan Sontag, On Photography (New York: Farrar, Strauss, and Giroux, 1973), 19.
12. Jean Baudrillard, Simulacra and Simulation (Ann Arbor: University of Michigan Press, 1995) 참조.
13. The Paul Virilio Reader, ed. Steve Redhead (New York: Columbia University Press, 2004) 참조.
14. Susan Sontag, Regarding the Pain of Others (New York: Farrar, Strauss and Giroux, 2003), 45.
15. Hughes, Goya, 314.
16. 안토니오 다마지오가 전두엽 손상으로 감정적으로 냉담해지고 감정이입이 불가능해진 자신의 환자 엘리엇에 대해 펼친 논의를 참조하라. Damasio, Descartes' Error: Emotion, Reason and the Human Brain (New York: Quill: Harper Collins, 2000), 34-79.
17. Nelson Goodman, Languages of Art: An Approach to a Theory of Symbols (Indianapolis and Cambridge: Hackett, 1976), 248.
18. D. O. Hebb, The Organization of Behavior (New York: Wiley, 1949).
19. Margaret M. Bradley, Maurizio Codispoti, Bruce N. Cuthbert, and Peter J. Lang, "Emotion and Motivation I: Defensive and Appetitive Reactions in Picture Processing," Emotion 1, no. 3 (2001): 276-98.
20. Giacomo Rizzolatti and Michael A. Arbib, "Language Within Our Grasp," Trends in Neuroscience 21, no. 5: 188-94.
21. 바타글리아와 프리드버그는 2006년 6월 13일 컬럼비아대학에서 〈예술과 뇌(Art and the Brain)〉라는 주제로 열린 소규모 세미나에서 그들의 발견을 소개했다. 나도 그 세미나에 참석했기에 내가 기억하는 대로 그들의 발견 내용을 요약했다. 하지만 그들의 논문 출간과 관련하여 추가적인 정보는 얻지 못했다.
22. Matthew Botvinick, Amishi P. Jha, Lauren M. Bylsma, Sara A. Fabian, Patricia E. Solomon, and Kenneth M. Prkachin, "Viewing Facial Expressions of Pain Engages Cortical Areas Involved in Direct Expression of Pain," NeuroImage 25 (2005): 312-19.
23. 내가 검은 그림들을 그린 화가는 고야 본인이라고 믿는 사람들 쪽에 속하는 것은 분명하다. 그 논란에 대한 논의를 보려면 나의 에세이 "More Goya: There Are No Rules in Painting," in Mysteries of the Rectangle: Essays on Painting(New York: Princeton Architectural Press, 2005), 113-18을 참조.
24. Siri Hustvedt, What I Loved (New York: Henry Holt, 2003), 202.
25. 기존 미술작품을 변형시킨 선례 가운데 내가 아는 것은 딱 하나밖에 없다. 로버트 라우션버그는 윌렘 데 쿠닝에게 지우기 위해 소묘를 하나 청했고, 그는 그것을 얻었다. Mark

Stevens and Annalyn Swan, De Kooning: An American Master (New York: Knopf, 2004), 358-60.

26. Maia Damianovic, "Dinos and Jake Chapman," Journal of Contemporary Art, 1997, http://www.jca-online.com/chapman.html. 여기서 그들 형제가 마치 한목소리를 가진 단일 존재처럼 인용되었음은 주목할 만하다.
27. Siri Hustvedt, "Narratives in the Body: Goya' Los Caprichos," in Mysteries of the Rectangle, 62-91.
28. 이 작품에서는 의학기술을 다소 명확하게 언급하는 부분보다 융합의 개념이 훨씬 흥미롭다. 형제-공동작업자인 그들 형제를 떠올리게 하는 개념이기 때문이다.
29. Jonathan Jones, "Look What We Did," The Guardian, March 31, 2003에서 인용.
30. Baudelaire, The Mirror of Art, 186.
31. Hustvedt, What I Loved, 167.
32. Joseph E. LeDoux, "Emotion as Memory: Anatomical Systems Underlying Indelible Neural Traces," in Handbook of Emotion and Memory, ed. S. A. Christensen (Hillsdale, NJ: Erlbaum, 1992), 280-81.
33. J. H. Krystal, S. M. Southwick, and D. S. Charney, "Post-Traumatic Stress Disorder: Psychobiological Mechani는 of Traumatic Remembrance," Memory Distortion: How Minds, Brains, and Societies Reconstruct the Past (Cambridge, MA: Harvard University Press, 1995), 150-72.
34. 정신적 외상에 대해서는 허스트베트의 "More Goya," 105-7을 참조.
35. Daniel Brown, Alan W. Scheflin, and D. Corydon Hammond, Memory, Trauma, Treatment, and the Law (New York: W. W. Norton, 1998), 95-96에서 인용.
36. 신경학자 V. S. 라마찬드란은 "당신이 하나의 시각적 양식에서 신호를 확대하기 전에 그 양식을 분리하려는 요구'가 미술 일반의 구성 원리라고 주장했다. 그는 이것이 '윤곽을 그린 소묘나 스케치가 총천연색 사진보다 '미술'로서 더 효과적인 까닭'을 설명해준다고 말한다. Ramachandram and William Hirstein, "The Science of Art: A Neurological Theory of Aesthetic Experience," Journal of Consciousness Studies 6, no. 6-7 (1999): 24. 하지만 이 논의는 너무 쉬워 보인다. 더 적은 것이 항상 더 많은 것은 아니며, 카메라도 붓과 마찬가지로 미술을 만드는 도구다. 그런 원칙은, 예를 들어 잭슨 폴록의 작품이나 히에로니무스 보스의 거대한 세 폭 그림처럼 시각적인 세부 묘사로 관람자를 압도하는 작품의 매력을 설명할 수 없다.
37. Lawrence Ferlinghetti, "In Goya's Greatest Scenes We Seem to See," A Coney Island of the Mind (New York: New Directions, 1958), 9-10.
38. Ivo Andric, Conversation with Goya: Bridges, Signs, trans. Celia Hawkesworth and

Andrew Harvey (London: The Menard Press, 1992), 10-11.
39. Ibid., 16.
40. Janis Tomlinson, Francisco Goya Y Lucientes: 1746-1828 (London: Phaidon Press, 1994), 247-48.
41. Konstantin Pavlov, "Capriccio for/about Goya," in Capriccio for Goya, trans. Ludmilla G. Popova-Wightman (Princeton, NJ: Ivy Press, 2003), 61.
42. Debra Greger, "Musee des Beaux Arts," Western Art (New York: Penguin, 2004), 105.
43. 내가 볼 때 세계 곳곳의 전쟁지역과 재난지역에서 촬영한 사진과 영상이 확산된 영향은 '비현실감'의 정반대 결과로 이어질 수도 있는 것 같다. 고야의 이미지들은 지구 곳곳에서 살육을 기록하는 증거들로 넘쳐나는 오늘날의 예술가들과 관련이 줄어들기는커녕 오히려 더 큰 관련을 갖는 것처럼 보인다.

▪ 체현된 시각—미술작품을 바라본다는 것은 무엇을 의미하는가?

1. William James, The Principles of Psychology (Chicago: Encyclopedia Britannica, 1952), 191.
2. Dan Zahavi, "Inner Time Consciousness and Pre-Reflective Awareness," The New Husserl: A Critical Reader, ed. D. Walton (Bloomington: Indiana University Press, 2003), 158에서 인용.
3. Jacques Lacan, "The Mirror Stage as Formative of the I Function," in Ecrits, trans. Bruce Fink (New York: Norton, 2006), 75-81.
4. William Preyer, The Mind of the Child, trans. H. Brown (New York: D. Appleton, 1888-1889), 195-99.
5. Andrew Meltzoff and M. Keith Moore, "Explaining Facial Imitation: A Theoretical Model," in Early Development and Parenting 6(1997): 179-92.
6. G. W. F. Hegel, The Phenomenology of Mind, 2nd ed., trans. J. B. Baille (London: George A. Allen and Unwin Ltd. 1949), 83.
7. D. W. Winnicott, "Mirror-Role of the Mother and Family in Child Development," in The Predicament of the Family: A Psychoanalytical Symposium, ed. P. Lomas (London: Hogarth Press, 1967), 26-33.
8. Allan Schore, Affect Regulation and the Origin of the Self: The Neurobiology of Emotional Development (Hillsdale, NJ: Lawrence Erlbaum, 1994) 참조.
9. V. Gallese, L. Fadiga, L. Fogassi, and G. Rizzolatti, "Action Recognition in the Premotor

Cortex," Brain 119 (1996), 593-609.
10. Andrew Bowie, Schelling and Modern European Philosophy: An Introduction (London: Routledge, 1993), 45-54 참조.
11. Franz Brentano, Psychology from an Empirical Standpoint, trans. Antors C. Rancurello, ed. D. B. Terrell and Linda McAllister (London: Routledge, 1995) 88.
12. Maurice Merleau-Ponty, Phenomenology of Perception, trans, Colin Smith (London: Routledge and Kegan Paul, 1962).
13. Thomas S. Kuhn, "Revolutions as Changes of World View," Chapter 10 in The Structure of Scientific Revolutions, 2nd ed. (Chicago: University of Chicago Press, 1970).
14. Eric R. Kandel, James Schwartz, Thomas M. Jessell, eds., Principles of Neural Science, 4th ed. (New York: McGraw Hill, 2000), 492-505 참조.
15. Merleau-Ponty, Phenomenology of Perception, 104.
16. L. F. Barrett and Moshe Bar, "See It with Feeling: Affective Predictions during Object Perception," Philosophical Transactions of the Royal Society 364(1009): 1325-34.
17. Paul Auster, The Book of Illusions (New York: Henry Holt, 2002), 286.
18. H. R. Maturana and F. J. Varela, Autopoiesis and Cognition: The Realization of the Living (Boston: D. Reidel, 1980).
19. Shaun Gallagher, How the body Shapes the Mind (Oxford: Oxford University Press, 2005).
20. Claire Petitmengin, "Toward the Source of Thoughts: The Gestural and Transmodal Dimension of Lived Experience," Journal of Consciousness Studies 14, no. 3(2007).
21. Alva Noe, Action in Perception (Cambridge, Mass: MIT Press, 2003).
22. J. J. Gibson, The Ecological Approach to Visual Perception (Hilsdale, NJ: Lawrence Erlbaum, 1979).
23. Andreas Endel and Peter Konig, "Paradigm Shifts in Neurobiology: Towards a New Theory of Perception," in Philosophy and the Cognitive Science, ed. R. Casati and G. White, 131-38.
24. James C. Anderson, "Aesthetic Concepts of Art," Theories of Art Today, ed. Noel Carroll (Madison: University of Wisconsin Press, 2000), 65-92.
25. Ibid., 86.
26. L. S. Vygotsky, Mind in Society: The Development of Higher Psychological Processes, ed. Michael Cole, Vera John-Steiner, Sylvia Scribner, and Ellen Souberman (Cambridge, Mass: Harvard University Press), 96.

27. Merleau-Ponty, Phenomenology of Perception, 109.
28. Vygotsky, Mind in Society, 99.
29. Standard Edition of the Complete Psychological Works of Sigmund Freud, ed. and trans. James Strachey, vol. 12, (1914) Remembering, Repeating, and Working Through (London: The Hogarth Press, 1953), 154.
30. D. W. Winnicott, Playing and Reality (London: Routledge, 1975), 51.
31. Ibid., 53.

살다, 생각하다, 바라보다

첫판 1쇄 펴낸날 2014년 6월 17일

지은이 | 시리 허스트베트
옮긴이 | 신성림
펴낸이 | 박남희
디자인 | Studio Bemine

종이 | 화인페이퍼
인쇄 | 청아문화사
제본 | 정민제본

펴낸곳 | (주)뮤진트리
출판등록 | 2007년 11월 28일 제318-2007-000130호
주소 | 서울시 영등포구 양평동 2가 37-2 양평빌딩 301호
전화 | (02)2676-7117 팩스 | (02)2676-5261
E-mail | geist6@hanmail.net

ISBN 978-89-94015-67-5 03840